"炮灰"闺女的生存方式

乌里丑丑 著

上册

青岛出版集团 | 青岛出版社

图书在版编目（CIP）数据

"炮灰"闺女的生存方式／乌里丑丑著 . —青岛：青岛出版社，2024.6
ISBN 978-7-5736-2208-2

Ⅰ.①炮… Ⅱ.①乌… Ⅲ.①长篇小说－中国－当代 Ⅳ.①I247.5

中国国家版本馆CIP数据核字（2024）第089598号

"PAOHUI" GUINÜ DE SHENGCUN FANGSHI

书　　名	"炮灰"闺女的生存方式
作　　者	乌里丑丑
出版发行	青岛出版社（青岛市崂山区海尔路182号）
本社网址	http://www.qdpub.com
邮购电话	18613853563
责任编辑	李文峰
特约编辑	王羽飞
校　　对	王子璠
装帧设计	梁　霞
照　　排	梁　霞
印　　刷	三河市良远印务有限公司
出版日期	2024年6月第1版　2024年6月第1次印刷
开　　本	16开（710mm×980mm）
印　　张	35.5
字　　数	598千
书　　号	ISBN 978-7-5736-2208-2
定　　价	69.80元（全2册）

编校印装质量、盗版监督服务电话 4006532017　0532-68068050

To：小公主

　　谢谢你喜欢我笔下的故事
　　也感谢你一直以来的喜欢
　　小说的出版离不开你的支持
　　对于一个网文作者来说
　　笔下的故事装订成书籍
　　就是对她的最大肯定
　　热心是我们的起点
　　不是终点

我的小公主，希望你天天开心，没有烦恼。

「炮灰」閨女的生存方式

"炮灰"闺女的生存方式

目录　上册

目录 下册

流浪草工作室 制作，喆 主笔
同名漫画《"炮灰"闺女的生存方式》于快看漫画火热连载中

第一章
失宠的公主

北冥皇宫大殿内，一道娇小的身影瑟瑟发抖地跪在大殿中央，身侧正躺着一个双眼紧闭、浑身是血的美艳女子。

叶七七一睁开眼，便闻到一股浓烈的血腥味。

那强烈的味道让她忍不住作呕。

她下意识地伸手想要捂住口鼻，但蓦地瞪大了眼睛——她的手怎么变得这么小了？不仅如此，在她低头看到自己那单薄得可怜的古装时，整个人愣住了。

这……这是什么情况？明明上一秒她还在考场上和数学考卷顽强地抗争着，怎么一转眼就到这里了？

叶七七下意识地抬头，一眼瞧见了那坐在皇位上一身龙袍的俊美男子。

那人看着也就二十多岁，身着一身明黄色龙袍，头戴束发镶宝紫金冠，面容俊美绝伦，五官如雕刻般分明而又透着邪气，尤其是那双阴沉的眸子，漆黑如墨。

但她还没有惊艳多久，就见那坐在皇位上的俊美男子眼神极淡地扫了她一眼，单手撑着额头，声音冰冷无比地道："哪来的脏东西？给朕拖出去斩了！"

叶七七惊得愣住了。

"陛下，万万不可呀！"尚书大人俯首帖耳地跪在地上，战战兢兢地道，"七公主虽说不是正宫娘娘所生，但好歹也算是龙嗣呀！容嫔娘娘今日此举惹怒了圣颜，但七公主是无辜的，还请陛下三思呀！"

跪在地上的叶七七看着不远处那众多身着官服的文武官员，心跳猛地停了一拍——她怎么感觉这场景如此熟悉？

陛下、七公主、容嫔娘娘……

那上面那个身穿龙袍的男人岂不就是暴虐无道、杀人不眨眼、狼心狗肺起来连自己的亲女儿都砍的大暴君夜姬尧？

这一刻，叶七七心如死灰——她居然成了没活过半集就被大暴君父皇给砍了的短命七公主夜七七。

这是一本无女主角的热血男频文，讲述了男主角燕铖身为西冥太子，却在年仅十三岁的时候被那大暴君夜姬尧灭了国，沦为阶下囚，卧薪尝胆数十载，最终一举攻下北冥，砍下了那大暴君的头，而后合并四国一举称帝、名垂青史的故事。因其内容精彩绝伦、酣畅淋漓，让她这个向来只看女频霸道总裁言情文的小说狂热读者也不知不觉地花了三天时间，看完了全文三百多万字，然后彻底爱上了男主角燕铖这个"纸片人"。

可喜欢归喜欢，她从未想过自己有一天居然穿越到这本书中。穿越过来也就算了，她宁愿做一个默默无闻、毫不起眼的宫女，也不愿做这个开篇就被大暴君给砍了的短命七公主。

"呵，龙嗣？"夜姬尧慵懒地扫了一眼跪在地上的某团子，凤眸中闪过一丝杀意。

叶七七记得，七公主的母妃容嫔娘娘一不小心打翻了三公主送给大暴君的瓷娃娃，导致三公主大怒，直接拿起鞭子狠狠地抽了容嫔娘娘一顿。

大暴君虽说残暴不仁，狠起来连自己的子嗣都杀，却唯独极其宠爱那嚣张跋扈的三公主。

因大暴君毫无底线的宠爱，三公主夜云裳年仅十二岁便心思狠辣，杀人不眨眼，成了整个皇宫的恶毒小霸王，除了大暴君，谁都不放在眼里。这就是三公主随意地鞭打容嫔娘娘，而没人敢出手制止的原因了。

叶七七看着倒在自己身旁浑身是血、奄奄一息的容嫔，实在不敢想象那三公主小小年纪竟如此凶残。但她哪怕心中愤怒，也知此刻面对的可不是一般人，而是原文中杀人不眨眼的大暴君。她跪在地上，小小的身体忍不住抖了抖。

"过来。"

听到上方那冷血无情的大暴君语气冰冷地吐出两个字，她下意识地抬头和他对视。

在原文中，七公主夜七七就是因为性格太过软弱，所以和那冰冷无比的大暴君一对视，直接被吓得号啕大哭。

而大暴君夜姬尧生平最讨厌的就是性格胆怯之人，所以七公主这么一哭，显然就触及了他的逆鳞，他大怒之下直接让人将七公主给拖下去砍了。

叶七七缓缓地从冰冷的地板上起来，为了让自己不掉眼泪，小小的手攥成了拳头。她不能哭，大暴君冷酷无情，她不哭说不定还能保命，一哭肯定立马会死。

现在已经是十一月份，殿外飘着鹅毛大雪，而此刻的叶七七只穿着一身单薄的衣裳，小小的身子一瘸一拐地走向上头的男人时，整个人显得楚楚可怜。

容嫔不受圣宠，对她这个女儿很不好，平时动不动就对她拳打脚踢。她身为北冥的七公主，在寒冷的冬天不但连一件厚衣服都没有，还每天都吃不饱。

她才五岁半，整个人娇小无比，面色蜡黄，一看就是营养不良的样子。所以在她走到面前时，男人只是扫了她一眼，便面露嫌弃地道："长得可真丑。"长得这么丑居然还敢称是他的龙嗣，真是笑话！

"来人！"夜姬尧正准备让人把这个丑东西拖下去的时候，自己的大手突然被一只小小的手给握住了，那冰冷刺骨的触感让他不由得心悸了一下，猛地看向她。

叶七七现在心里怕极了，但是她告诫自己绝对不能哭，一哭就会死。她吸了吸鼻子，强忍着酸意开口道："父……父皇，七七不丑，七七会努力地长得和父皇一样好看。"

那软软的萌娃音传进耳中，夜姬尧半眯起眸子打量她，只见面前紧紧地攥着他的手的丑东西红着鼻子，大大的眼睛委屈地看着他。

夜姬尧觉得自己这辈子都没见过这么丑的丫头，面色蜡黄不说，脸上的瘀青也是东一块西一块的，丑得很。

在等待男人做出下一个反应的短暂时间里，叶七七感觉自己像是等了无数个春秋。

就在叶七七以为自己今日难逃一死的时候，那大暴君忽然伸手掐住她的下巴，力气大得似乎是想掐碎她。

"呵，要是长大了还这般丑，那该如何？"

叶七七望着男人冰冷刺骨的眼神，不敢迟疑，立马摇了摇头："不……不会的，七七会努力地长得好，绝……绝对不会让父皇爹爹失望的。"

父皇……爹爹？大暴君瞧着眼前这丑丫头，目光一闪。他膝下子嗣众多，却没一个敢叫他"爹爹"，眼前这个丑丫头，竟敢开口喊他"父皇爹爹"。

"呵。"他觉得有点儿意思。

在场的诸位大臣看着突然笑出声的男人，都惊呆了：陛下居然笑了！居然笑了！

"你这个丑丫头倒是一点儿都不怕我。"夜姬尧半眯起眸子审视着面前这个丑丫头单薄的身子：像这样的他一巴掌能拍死好几个。

怕！她怎么可能不怕？她最害怕的就是这大暴君夜姬尧。她记得自己第一次看到大暴君的剧情时，当天晚上睡觉的时候就做了噩梦，梦到大暴君派人将她扔进锅里给煮了，吓得她当场就从噩梦中醒了。

叶七七眨着大眼睛，一脸无害，声音软绵绵地道："父……父皇爹爹，好看。"

小丫头一边说，一边伸出手抱住男人的手臂。

在她抱上去的那一刻，一旁的赵公公瞧得眼珠子都要瞪出来了：这七公主怕不是想死了吧？

整个皇宫上下都知道陛下有洁癖，最不喜的就是别人碰他，连平时最受圣宠的三公主都不敢轻易碰陛下，而今日这七公主居然主动地抱住陛下的手臂。

赵公公内心一阵感叹：恐怕等下那后山中就又要多一具尸体了！

夜姬尧看着小丫头环住自己的手臂，眯起了眸子。

就在赵公公以为陛下要将这个不要命的七公主给一巴掌拍下去的时候，只见向来不喜与人触碰的陛下竟然任由那七公主环着自己的手臂。赵公公震惊地瞪大了眼睛，心想：陛下今儿是被人下蛊了吗？

"朕倒是挺想看看你究竟能长成什么样子。"大暴君没推开她，反而伸手捏了一下她的小脸。那软乎乎的触感，竟让男人觉得有些不可思议。

大暴君第一次捏人的脸，下手没个轻重，才捏了一会儿，小丫头的脸便被他捏红了。

"这脸怎么这么不禁捏？朕才捏了一会儿就红了。"大暴君皱眉看着被自己捏红的地方，表情不悦。

赵公公在一旁看着，急忙开口道："陛……陛下，是您下手太重了，七公主才五岁多，小孩子皮肤嫩。"哪里禁得起陛下这一巴掌能拍死几个人的力道呀！

虽然赵公公在一旁说了，但是那大暴君下手还是没个轻重。这丑丫头可真是娇气得很。

叶七七看着大暴君嘴角勾起的一抹浅笑，有些呆：大……大暴君笑了！

那她算不算成功地活下来了？

就在她刚放下心时，大暴君原本从她身上移开的目光忽然又落到了她身上。

大暴君淡淡地看了她一眼，嘴角上扬，语气中却透着寒意："不过你要是长残了的话，朕就把你扔到后山去喂狼！"

大暴君在皇宫的后山养了十几匹狼，美其名曰宠物，但实际上就是养来专门吃人的恶狼。

叶七七记得，四皇子就是因为误入了后山，被恶狼活活咬死。这大暴君不但没有因为自己痛失爱子而下令将那些恶狼处死，反而对这件事无动于衷，冷血到极点。

听到大暴君这话的叶七七下意识地抖了抖身子：她……她不要被喂狼。

虽说逃过了开篇被大暴君砍死的命运，但当叶七七看着自己在皇宫里的住所时，她觉得方才还不如被那大暴君给活活砍死。

只见那院内的门窗破烂不堪，周围的墙壁墙皮脱落。此刻正值寒冬，院内的杂草枯死了一片，一阵冷风吹过，还发出一阵"呜呜"的怪声。

虽说她的内心是一个十四岁的少女，而不是五岁多的孩子，但是看到眼前这番阴森的场景，身为一个女孩子，她还是忍不住会很怕。她哆嗦了一下小小的身子，迈着小短腿急促地走到里屋。

"嘎吱——"

推开门时，她更加震惊了：太穷了！真的是太穷了！家徒四壁呀！目光所及，除了一张床和一张坏了一条腿的桌子，还有桌子上一个坏了一小半的瓷碗，再无其他。

叶七七猛地瘫坐在地上，差点儿忍不住哭出来：这也太惨了吧！

她应该算是史上最惨的公主了吧，母妃被打入冷宫，自己住在这种比冷宫还破的地方。她感觉自己又离死不远了。

叶七七将整个屋子翻了一遍，将原主仅有的几样东西找了出来，一面铜镜、一个玉佩，还在床下找到一个完整的碗和一双筷子。

"呜呜呜……"她忍不住哭了出来。

这真的没法忍！那大暴君真的太不是人了，竟然让自己的亲女儿过得像乞丐一样。

"呜呜呜，为什么连根绳子都没有？好想上吊。"叶七七看着自己找到的仅有的几样东西，哭了好一会儿。

她哭得眼睛红红的，小身子一抽一抽的都没有停下来，以至什么时候睡着的都不知道。

她再一次醒来的时候，屋外的天已经完全黑了，清冷的月色透过破烂不堪的窗户照到屋里。

叶七七裹紧自己身上唯一一条被子，将小小的身子缩在角落里。她十分庆幸自己还有一条能盖的被子，要不然没被饿死，晚上也要被活活冻死了。

"啊呜！"屋外突然传来一阵怪叫声。

小丫头听得浑身一抖。

屋外的叫声又连续响了好几次。

叶七七一开始还以为那是风吹出的怪声，可听着听着感觉像是某种哺乳动物的叫声，而且那叫声还越来越近，感觉就在窗外。

叶七七缩了缩脖子，犹豫了好久，最终还是拖着小小的身子下了床。

当走到窗户前时，她一眼便看见一只蜷曲在干树叶下的猫。

"好……好可爱呀！"叶七七看着那只好看的猫，眼睛都忍不住露出了兴奋的神色。

就在她刚伸手摸它的脑袋时，原本趴在地上喘息的猫猛地朝她张开了嘴巴，差点儿咬到她的手。

看着那猫对着她露出一副凶神恶煞的样子，她才发现猫的后腿上有一个很大的血窟窿。她怜惜地问："猫猫，你是受伤了吗？"怪不得它趴在这里。

猫猫好可怜，伤害它的人也太过分了，明明它那么可爱。

寒冬的深夜真的很冷，叶七七才出来一会儿，就感觉自己要被冻僵了。她抖了抖身子，声音软软地开口："那你跟着我进屋好不好？外面很冷，再待下去你会死的。"

她也不知道这猫究竟能不能听懂她的话，试探性地摸了摸它的小脑袋。

它一开始还凶神恶煞地朝她露出尖牙，但是渐渐地像是能听懂她的话一样，在她伸出小手轻轻地将它抱起来的时候，没有张嘴咬她。

它身上的温度很低，叶七七急忙抱着它进了屋。屋子里没有蜡烛，她只能借着月光查看它腿上的伤势。它伤得真的很严重，后腿像是被什么东西给咬了一样。叶七七也不知道它有没有伤到骨头，只能简单地替它包扎一下。

整个屋子里除了一张能盖的被子，什么保暖的东西都没有了。叶七七将它抱进被窝的时候，它并没有太过抗拒。于是一人一猫就这样沉沉地睡了过去。

第二天一早，叶七七是被一阵敲门声吵醒的。

"七公主，吃饭了。"说话的是一个声音很尖的太监。

叶七七打开门后，那个送饭的太监已经不在了，门前放着一个碗，碗里只有两个馒头，连口水都没有。不过好在院子里有一口井，她不用担心自己会被渴死。

她现在算是知道这七公主为什么会瘦成这样了，每天吃这种没有营养的东西，能活到现在真的是太不容易了。她要是没猜错的话，这两个馒头就是她一天的伙食。

果不其然，那个太监从早上过来送了一顿饭后，一天都没有来。

那两个馒头叶七七只吃了一个，还有一个留着给猫吃。

"小家伙，你怎么还没有醒呀？"叶七七伸手小心翼翼地戳了戳那只熟睡的猫。要不是它的肚子一起一伏的，她都感觉它死了。

傍晚时分，睡了一天一夜的猫终于醒了。

"猫猫，你终于醒了，我还以为你再也醒不过来了。"她差点儿准备给它在院子旁挖一个坑了。

"喵。"那猫叫了一声，而后微微上前用小脑袋蹭了蹭她的手。

叶七七高兴极了，说道："你能醒来真的太好了！你是不是很饿？吃馒头吧！"说着，她便撕了一点儿馒头放到它嘴边。她大抵忘了，猫是肉食动物，怎么可能会吃她的馒头？

小丫头见那猫只是闻了闻馒头，却丝毫没有张嘴，小脸蛋儿上的表情有点儿失落。

那猫像是察觉了她脸上细微的表情变化，又轻轻叫了一声，抬起爪子蹭了一下她的掌心，居然张嘴咬了一口她递过去的馒头。

小丫头一脸惊讶地道："哎呀，原来你可以吃馒头的呀。"

"喵。"那猫叫了一声，像是在回应她一样。

"猫猫，还不知道你叫什么名字呢？那我就叫你'大白'吧。大白，又大又白又可爱！"小丫头忍不住上前低头轻轻地蹭了蹭大白的小脑袋。她好庆幸昨天晚上捡到了大白呀！

"大白，你有家吗？没有的话可以一直和我住在这里哟。"虽然她很穷，但是她会努力地养它的！

"喵。"大白轻轻叫了一声，像是答应了。

小丫头高兴坏了。

就这样，她和大白在这破烂不堪的院子里整整待了五天。这五天虽然有公公每天来送饭，但送的不是馒头就是清粥，清粥还是只有几粒米那种。

叶七七觉得自己要是再吃下去，铁定要因为营养不良而死掉。

大白的腿伤奇迹般地好得很快。院子里有不少老鼠，它一抓一个准，一开始抓了还特意放到叶七七面前让她先吃，吓得她差点儿要哭出来。它放了几次发觉她不吃后，就再也没有这样做过。

到了第六天，在一个太监过来送饭的时候，叶七七看到没有米的清粥，肚子"咕噜"一声叫了起来。

她真的太饿了，好想吃肉！

她没控制住自己，盯着那一粒米都没有的清粥哭了起来，还是号啕大哭。

估计是听她哭得太凶了，一旁抓了一堆老鼠的大白小跑到她的身边，将自己抓到的最大一只老鼠放到了她的面前。

叶七七哭得一抽一抽的，睁开眼看到自己面前吐出一小截舌头的大老鼠，哭得更凶了。

大白瞧她这样，更急了，伸出爪子扒拉了她几次未果，突然咬住她的裙摆将她往院子的某个角落里拖。

叶七七红着眼睛看着它，不知道它要干什么，直到被它拖着到了院子里一个极其隐蔽的角落里。

叶七七看见墙角有一个狗洞，停止哭泣看着它。

"喵。"它咬住她的裙摆将她往洞里拖，似乎想让她钻这个狗洞。

叶七七问道："呜呜呜……大……大白，你是要带我去哪里吗？"

"喵！喵！"大白急得叫了两声，然后从那个洞钻了出去。

叶七七擦了擦眼泪，蹲下身子，看了一下狗洞，心一横干脆也爬了出去。

天色已临近傍晚，叶七七从狗洞爬出来后一直跟随着大白的脚步。它走得很快，她迈着小短腿跟在它后面。

叶七七也不知道它究竟要去哪里，在它后面跟了好久，就在她即将跑不动的时候，就见它在一个墙角停了下来。

叶七七看着墙角的另一个狗洞，小脸皱成了一团：她今天是逃不掉钻狗洞的命了吗？

她认命地蹲下身子爬了进去，刚进去就感觉到一股暖意扑面而来。当她从狗洞爬出来，看见眼前奢侈至极的装潢时，两眼都忍不住放着光。

这是一个很大的院子，四处都透着奢侈的气息。虽然如今是寒冬，但是因为这院落中央有一个很大的温泉池，竟让人感觉不到丝毫寒意。

在一层层纱帘之后，叶七七一眼便瞧见了不远处的亭子里放了满满一桌子的美味佳肴。

小丫头看得两眼发光，趁着四处无人，立马蹭着小短腿走入了亭子里。她刚要将目光锁定在那让人垂涎欲滴的鸡腿上，这才注意到亭子里的软榻上还躺着一个人。

那人身穿一身明黄色龙袍，紧闭着双眸半卧在榻上。

叶七七看到那人的俊美面容时，心猛地一颤，下意识地后退了几步。

试问能在皇宫里穿着一身龙袍的，不是那残暴不仁的大暴君还能是谁？！她怎么也想不到自己误打误撞之下居然到了大暴君所在的地方。

叶七七一想到自己会被大暴君砍头，就心生惧意，本想着一走了之，但无奈此刻腹中实在是饿得紧。她咬了咬牙，小心翼翼地迈着小短腿走到了大暴君面前，伸出小手在他面前晃了晃，叫道："父……皇爹爹？"

软萌的娃娃音在寂静的空间里响起来，躺在软榻上的大暴君没有任何反应。

小丫头爹起胆子凑近，听着大暴君那平稳的呼吸声，大致能知晓他此刻正处于熟睡中，原本悬着的心也渐渐放了下来，小声道："父皇爹爹，人家实在是饿得紧，如有冒犯之处，还请见谅！"

小丫头对着紧闭双眸的大暴君自言自语了好一会儿，终究向那个她惦记已久的鸡腿伸出了小手。她真的是饿极了，狼吞虎咽地吃了两个大鸡腿。

叶七七也深知此地不宜久留，在吃完大鸡腿后，伸手拿了几块凤梨酥放在衣服里便准备离开。

就在她刚将点心藏好时，门口突然传来一阵嘈杂声，有人要来了。

这亭子离她偷偷进来的狗洞有点儿距离，她要是现在走的话正好会和进来的人打个照面儿。

叶七七面露惊恐地环顾四周，最终将目光锁定在用桌布罩着的桌子底下。小丫头不敢迟疑，蹲下身子便钻了进去，因为太匆忙，一不小心将一块凤梨酥掉在了桌脚。

"陛下，甄贵妃深夜求见，奴才是遣她离开，还是……？"赵公公恭敬地前来通报。

原本紧闭双眼的男人缓缓地睁开眼睛，眸子里不明的情绪流转，语气低沉地道："让她进来吧。"

叶七七躲在桌子底下，听着大暴君醒来后的说话声，大气也不敢出。

她竖起耳朵听着外头越来越近的脚步声，感觉大暴君好像从软榻上起来了，而且还坐在了她面前。

直到那明黄色的靴子闯入视野里，小丫头连呼吸都不敢了，生怕等下大暴君知道她偷吃他的东西，把她拉出去砍头。

呜呜呜，她再也不嘴馋偷吃了……

大暴君坐在椅子上，慵懒地抬眸看了一眼缓缓朝自己走来的甄贵妃，伸手捏了捏眉心，问道："你怎么来了？"

"陛下，臣妾自然是想念陛下了。"

此刻躲在桌子底下提心吊胆的小丫头，听了这娇滴滴到让人忍不住起一层鸡皮疙瘩的声音，吓得猛地抖了一下身子。

那藏在衣袖里的凤梨酥她一时没有拿稳，直接砸在了大暴君的靴面上。

小丫头脸色猛地变得铁青。

甄贵妃多次前来求见圣颜，都被男人无情地拒之门外，今日仗着胆子硬着头皮再来一试，没想到居然成了！

要知道，平日里除了陛下亲自翻牌子要她们前来侍寝，她们其他时候见圣颜一面都难。

就因为平日里见圣颜太难，后宫的女人都用尽心机、要尽手段，只为见陛下一面。可陛下哪是说见就能见的，十个有心计要接近陛下的，有九个被折了脖子。而这一次，她恐怕就是十个里面不用被折脖子，能荣获圣宠的最幸运的那一个！

今日她为引起陛下对她的兴趣，特意穿了最显身材的衣裙，衬得她肤白貌美、前凸后翘，就不信这样都不能让陛下对她心动。

甄贵妃妖娆地扭动着身子走到男人面前，娇滴滴地对着男人开口道："陛下，最近臣妾刚学会了一支舞，特意前来跳给陛下看。"

大暴君听了甄贵妃这话，凤眸中闪过一道深意，嘴角勾起一抹笑意，说道："哦？是吗？那爱妃真是有心了。"

甄贵妃看着男人那带着笑意的俊美容颜，立马被迷得七荤八素：陛下不愧是北冥第一的美男子，真的是好帅！

比起甄贵妃那一脸的花痴样，站在一旁的赵公公瞧着男人嘴角勾起的笑意，莫名其妙地觉得头皮一阵发麻——每次陛下杀人的时候露出的就是这种表情，太……太吓人了！

他的直觉告诉他，今日这甄贵妃铁定要惨了。

大暴君盯着女人那精致的脸，眼眸漆黑如墨，单指轻轻挑起她尖尖的下巴，冷冰冰地笑着说道："跳吧。不过没朕的旨意，可不准停下来。"

要是换作平常时候男人用这种语气说话，肯定能让人不由得心生惧意，但是现如今他的嘴角正挂着蛊惑人心的笑意，甄贵妃一时之间被男人的美色所迷惑，哪能管得了那么多？

望着男人那宠溺的笑意，她也只是以为男人在跟她玩所谓的情趣。

她此刻甚至开始幻想着自己夺得了圣宠之后，连那皇后之位都是她的。

"是，臣妾绝对不会让陛下失望的！"甄贵妃说着，还不忘对男人抛了个媚眼。就因为男人那番话，她跳舞跳得很卖力。

一旁的赵公公看着甄贵妃跳着让人忍不住面红耳赤的舞蹈，已经自觉地低下头。

起初甄贵妃看到自己跳舞时男人目不转睛地看着自己，内心简直雀跃得不行，但是随着跳的时间越来越长，她显然有点儿力不从心了。

就这样，她整整跳了一个时辰，而男人全程看着她，目光越来越冰冷，就是没有说一个"停"字。

这时甄贵妃终于意识到不对劲了，可是没有男人的命令，压根儿不敢停。在她正跳着舞时，天空突然下起了鹅毛大雪。

虽然说院内有一个冒着热气的温泉池，但是此刻甄贵妃是光着脚跳舞的，地面的寒气入骨，她很快便脸色苍白，一副随时都会晕过去的样子。

终于，在整整跳了两个时辰后，她实在是受不了了，两眼一翻直接晕了过去。

大暴君见此，俊脸上神情没有半点儿波澜，一如既往地用最冷漠无情的口吻道："拖下去！"

一旁的赵公公不敢迟疑，立马让人将昏迷不醒的甄贵妃给抬了下去。

躲在桌子底下的叶七七悄悄地掀起一点儿桌布，透过缝隙看着昏死过去的甄贵妃被人抬了下去。

尤其看到甄贵妃的脚冻得通红，她被吓得浑身一颤。

太……太可怕了！这大暴君真的是太没有人性了，居然让一个女子在雪地里跳了好几个时辰的舞。

小丫头面露惊恐，颤巍巍地将自己缩在桌子底下，大气都不敢喘，生怕自己被大暴君发现后，下场比甄贵妃还要惨。

大暴君慵懒地垂下眸子，视线落在了桌腿旁的那块凤梨酥上，狭长的凤眸中目光一闪。

叶七七战战兢兢地缩在桌子底下，动都不敢动，心想：这大暴君怎么还不离开？就在这时，她上方的桌面突然被男人敲了两下。

那低沉的男声隔着桌子传入了她的耳中："你还要在下面躲多久？"

叶七七吃了一惊。

"不出来莫非想让朕亲自将你拎出来？"大暴君的语气蓦地变得阴沉起来。

小丫头不由得抖了抖身子，吓得两条小短腿止不住地发软。

完了！她被大暴君发现了，等下就要被拉下去砍头了！呜呜呜……

叶七七一脸视死如归的表情，速度极慢地准备从桌子底下出去。

"喵。"

就在这时，她听见一声猫叫。

与此同时，桌子上方又响起来大暴君的声音："真是调皮得很，朕叫了你几声才肯出来见朕。"

"喵。"大白被男人抱在怀里，亲昵地用脑袋蹭了蹭男人的手。

大暴君的目光落在它那被人包扎过的后腿上。

叶七七听着上方的大白发出一阵阵代表高兴的"呼噜噜"的声音，这才明白刚才大暴君的那些话不是对她说的，而是对大白说的。

那……大白是他养的猫吗？小丫头心里疑惑极了。

夜姬尧将一块肉放在了大白面前。小家伙高兴地吃了起来。

他伸手摸着大白的脊背，目光却紧紧地锁定在被桌布遮挡住的桌子底下。

叶七七已经不记得大暴君是什么时候走的，只知道后来自己实在是太困了，一不小心就在桌子底下睡着了。

等她醒来的时候，发现自己正躺在大暴君原先睡的软榻上，她被吓得当场从上头滚了下来。

叶七七认为自己铁定是梦游了，竟不知死活地睡在大暴君的软榻上，好在四周此刻空无一人。

她迈着小短腿，急匆匆地小跑到昨日钻的那个狗洞前，蹲下身子钻了进去。她发誓自己以后就算饿死也不要再来这里了，太吓人了！

"喵。"

小丫头刚将半个身子钻出狗洞，就看见趴在洞口等她的大白。她看到它感到有些意外，问："大白，你怎么还在这里呀？是在等我吗？"

"喵。"大白又叫了一声，轻轻地蹭了蹭她的小手。

此刻叶七七也顾不得心中的困惑，很快便从狗洞里爬了出去。

一人一猫小心翼翼地走在宫道上。

原先是叶七七走在前面，可走着走着就变成她像个小尾巴似的跟在大白后面——因为偷吃了大暴君的东西，她现在格外心虚。

就在他们快走到宫道的一个转角处时，原本在前面走得好好的大白突然叫了一声。

大白那凶巴巴的、充满极强攻击性的声音让小丫头吓了一大跳。她看到大白全身炸毛，四肢伸得笔直，尾巴都竖得高高的，像是看到了什么仇人。

顺着大白的视线，叶七七看见了不远处凉亭里的几个男女，其中最醒目的应该就是被拥护在中间的那个身穿一身艳丽火红色衣服的少女，张扬而又耀眼。

"大白，那几个人不会就是之前弄伤你的腿的人吧？"叶七七刚将话说完，就感觉自己面前突然落下一道阴影。随后后衣领蓦然一紧，她整个人被提了起来。

"瞧呀，公主殿下，看看人家找到什么了。"

耳边传来一个不男不女的妖媚的声音，还伴随着一阵浓烈的香粉味，叶七七被熏得差点儿昏死过去。

她努力地睁大眼睛，看着面前那张画得跟妖精似的脸，吓得脸都白了。

她被那脸上画得跟妖精似的男人扔在了地上，一抬头便看见了坐在椅子上被众人簇拥的红衣少女。

看着红衣少女，叶七七第一个想到的就是那个小小年纪却残暴不仁的三公主夜云裳。

目光凌厉地落在叶七七身上，夜云裳冷冷地开口道："是你救走那个小畜生的？"

"公主殿下，一定是这个小蹄子救了那小畜生，方才属下无意间看见她的时候，那小畜生就是和她待在一起的！"一个伶人阴阳怪气的声音响起。

叶七七抬起头，就看见大白被人掐着脖子吊在半空中。

叶七七一下子便急了，红着眼睛伸出小手扑了过去，叫道："不准你们欺负大白！"

那伶人看着朝自己扑过来的小丫头，下意识地便将手臂抬高，鄙夷地看了一眼还没他大腿高的矮团子。

他口中的话还没说出来，就见那脏兮兮的矮丫头突然张嘴咬了一口他的手臂。

"啊——"那伶人吃痛叫了一声，猛地将咬着他的手臂的叶七七一把甩开。

第二章

爹爹是暴君

叶七七现在毕竟只是个五岁的女娃娃，哪里禁得起伶人这一甩的力道，一下被甩到了一旁的石凳上，额头狠狠地撞了上去。

那伶人一脸委屈地扶着自己被叶七七咬伤的手臂，娇嗔地道："公主殿下，你看看这个不知死活的贱蹄子，居然敢咬伤人家。"

夜云裳看着那伶人手上被咬出的齿痕，眼中猛地闪过一道戾气，起身，目光落在满头是血的叶七七身上，眼中没有半点儿怜惜，语气高傲无比地道："本公主记得你，之前你那个贱娘打坏了本公主送给父皇的礼物，本公主就抽了她几鞭子，结果她就跟本公主装死。呵，所谓母债子偿，今天你就替你那个贱娘好好还债吧！来人，把她给本公主绑起来！"

夜云裳此话刚落，身边的宫女便利索地拿来了一条极粗的麻绳。

叶七七此刻感觉头很痛，眼睛早已经被血给糊住了。

那宫女拿来的绳子很粗糙，叶七七被绑着的时候皮肤很快便被磨出了血。她被人绑住双手双脚给提了起来，那满脸是血的模样看起来楚楚可怜。

"公主殿下，您打算如何处置这个贱丫头和那个小畜生呢？"

"呵，怎么惩罚她？"夜云裳冷笑了一声，用脚尖轻轻挑起叶七七尖尖的下巴，"父皇在后山养的狼很久没有加餐了。"

此话一出，在场的众人不由得面面相觑：敢情三公主是想将七公主扔到后山去喂狼？！

叶七七迷迷糊糊间听见了三公主说的话，回想起原书中恶狼食人的片段，身子不由得抖了抖：她……她就要死了吗？

两名宫女抬着昏迷不醒的叶七七，直接将她扔在了后山入口处，随后急忙关上了铁门。

皇宫和后山唯一的通道就被那五米高的铁门截断。

在叶七七被扔到那里后，夜云裳便坐在距离铁门七八米远的椅子上，悠闲地喝着茶，打算冷眼看着全过程。

叶七七狼狈地躺在地上，费力地睁开眼睛，结果映入眼帘的便是被啃得只剩下骨头的尸首。

一阵阵浓郁的血腥味传入鼻腔里，她恶心得想吐，但是现在连吐出来的力气都没有。

大白就奄奄一息地躺在不远处，她很想将它抱进怀里。

"大……大白……"小丫头虚弱无力地看着大白。

过了没多久，不远处便响起一阵狼嚎，还伴随着一阵阵嘶吼声。

叶七七额头被撞伤，流了不少血，十几匹狼循着味道全来了。

叶七七看着不远处朝她走来的十几匹恶狼，绝望地闭上了眼睛：她这一次是真的要死了，真的……好不甘心呀……

"嗷呜——"

那狼嚎声越来越近，近得她都已经闻到一阵难闻的腐臭味和听到野兽的喘息声。

就在叶七七以为自己就要被恶狼给活活咬断脖子而死时，便听见原本已靠近自己的恶狼突然"啊呜"一声，而后声音便消失了，浓烈的腐臭味也消失了，取而代之的是一阵说不上来的、极其好闻的冷香味。

叶七七迷迷糊糊间觉得这味道有点儿熟悉，但是实在记不起来是在哪里闻到过了。她吃力地睁开眼睛，首先看见的是一双黑色的靴子和明黄色的衣角。她还没抬头，就见站在她面前的男人突然蹲下身子，伸手抬起了她的下巴。

大暴君看着她满脸是血的样子，冷眸中猛地闪过一道杀意。

铁门外的众人瞧见那从天而降的男人时，一个个被吓得跪在了地上，战战兢兢地低着脑袋，异口同声地道："参见陛下！"

"父皇……"坐在椅子上的夜云裳看到那突然出现的男人，急忙从椅子上站了起来，对上男人那双冰冷的、泛着杀意的眸子时，原先想要说出口的话，不知怎的突然堵在了喉咙里。

她看了看男人手里的弓，目光落在不远处被一箭穿心的狼王身上。她实在是不敢相信，父皇为了救那个夜七七，居然亲手杀了养了好些年的狼。

男人面色冷峻阴沉，伸手将奄奄一息、浑身是血的软团子抱在怀里。

叶七七伸手轻轻地抓着男人的手臂，张开小小的唇瓣似乎在嘟囔着什么。

大暴君凑近她，便听见她声音极弱地道："父皇……爹爹……"

男人闻言，瞳孔猛地缩了一下，心像是被什么东西猛地撞了一下，有种异样的情愫在心头蔓延。

"陛下呀。"赵公公带着御林军急匆匆地赶来，看见男人怀里抱着一个脏兮兮的小丫头，身后不远处还有十几匹恶狼，急忙吆喝着让人打开铁门："一个个愣着干吗呢？还不快开门护送陛下出来！"

赵公公此刻当真是糟心极了，明明前一秒陛下还在高楼上听小曲儿，可突然像是看到了什么，直接拿起一旁的弓箭从十几米高的楼上跳了下去。

十几米高的楼上呀！陛下这一跳差点儿就把他给跳没了！要知道那高楼下就是陛下养着十几匹恶狼的后山！

他这辈子都没受过如此大的惊吓。

"不用了。"大暴君抱着浑身脏兮兮的软团子，眼神淡淡地看了一眼赵公公身边全副武装的御林军。

然后他冰冷的视线落在不远处一匹匹恶狼身上。那十几匹狼原本一副凶神恶煞的模样，但对上男人冰冷的眸子时，不由得皆是轻轻"呜"了几声，竟全都落荒而逃。

在恶狼走后，赵公公急忙让人打开门。

当他走到男人身边，看清楚男人怀里的某个小丫头时，惊呆了：这……这不是那个七公主吗？

陛下为了救七公主不惜从十几米高的楼上跳了下去，还一箭杀死了养了好久的狼王。这让赵公公惊得一时不知该说些什么。

大暴君望着怀中小丫头那满脸的血，神色淡漠，薄唇紧绷，说道："宣太医！"

赵公公连忙回道："是。"

大暴君刚迈开步子，就听见怀里的小丫头突然开口："大……大白……"

闻言，男人扫视了一圈，看见了不远处的地上那白色的团子，又说道："把它带着！"

赵公公顺着男人的视线看见了躺在地上奄奄一息的幼虎，眼珠子都要瞪出来了：这不会是七公主养的吧？！养……养虎？这……这也太凶悍了吧！

赵公公战战兢兢地蹲下身子将那奄奄一息的幼虎抱在怀里，生怕它突然跳起来狠狠地给自己来上一口。

三公主夜云裳看到男人抱着那脏兮兮的丫头出来，立马小跑到男人的身边，说道："父皇，我……"

"是朕太惯着你了。"男人冰冷的视线落在她身上，仿佛要将她整个人冻住。

下一秒，就见男人把阴郁的目光落在她身边的一群人身上，说道："都拉出去砍了！"

众人闻言，立马吓得变了神色。

"皇上饶命呀！不关我们的事呀！"

"皇上饶命呀……"

"皇上……皇上饶命呀……"

夜云裳看着被拖下去的众人，呆住了，怎么也想不到父皇居然会为了夜七七，而用那样冰冷的眼神看自己。

父皇明明有着严重的洁癖，最不喜的就是与人触碰，可今日居然直接将那个脏兮兮的丫头给抱在了怀里。

赵公公战战兢兢地跟在男人身后。

看着男人抱着那七公主进了景阳宫里，还将人放在了寝宫的龙床上，赵公公惊讶得差点儿连眼珠子都瞪出来：陛下当真是被人给下了蛊！

要知道陛下向来有洁癖，哪怕让后宫的女人来侍寝都是在偏殿，从来不让任何女人留下来过夜，这龙床自始至终就只有陛下一个人睡过。现如今陛下竟让这半点儿都不受宠的七公主睡在了龙床上，更关键的是这七公主此刻浑身还脏得要命，以陛下的洁癖都能忍？

在赵公公心中十分困惑之时，太医急匆匆地赶来景阳宫。

当太医看到躺在龙床上的脏兮兮的小丫头时，他和赵公公的反应简直是一模一样。

大暴君瞧着太医那呆住的神情，下意识地蹙了蹙眉，一个阴冷的眼神便扫了过去。

太医吓得立马放下药箱给人医治。

叶七七醒来时感觉脑袋还是晕乎乎地疼，下意识地伸出小手准备碰一下自己的小脑袋，耳边突然传来一个低沉的男声："别乱碰！"

闻言，她猛地睁开眼睛，映入眼帘的就是明黄色的床帘。

小丫头微微一转头，看见了坐在离床不远的椅子上的一身龙袍的大暴君，小脸大惊失色。

"醒了？"大暴君瞥了她一眼，目光冰冷地看着她。

叶七七盯着大暴君那张脸，愣了足足十几秒，回想起之前在后山发生的种种，这才反应过来，是……是大暴君救了她。

当目光落在四周奢侈的布局和身上盖着的明黄色锦被上时，她心想：这里不会是大暴君的寝宫吧？！

叶七七低头看了一下自己的衣服，干干净净的，连同头发丝都是香喷喷的。

大暴君见她低着小脑袋一言不发，俊眉不由得蹙起几分。

叶七七发愣间感觉到自己周身那十足的冷意，立马抬起头。

小丫头刚醒，面色有些苍白，但那相貌真是可爱得紧。一旁的赵公公看着小丫头的模样，感觉自己的心都要化掉了。一开始这七公主浑身脏兮兮的，赵公公完全没想到她洗干净后居然长得这么可爱。

"父皇……爹爹……"小丫头头上缠着一圈白色的纱布，声音软软的，样子看起来乖巧得不行。

不过哪怕她长得可爱，一旁的赵公公被她萌得七荤八素，坐在椅子上的大暴君却什么反应都没有，只是单手撑着脑袋，一双冰冷而又阴沉的眸子意味不明地瞧着她。

叶七七被大暴君那阴沉的目光盯着，感觉后颈发凉。

没一会儿，宫女便端来一碗冒着热气的汤药。

赵公公端起药碗刚准备喂可爱的七公主，没想到原本坐在椅子上一言不发的男人却突然朝他伸出手。

"给我。"大暴君淡淡地开口。

赵公公闻言，先是愣了一下，后知后觉这是陛下想亲自喂七公主喝药呀。这可当真是他头一次见呢！

叶七七看着大暴君手里端着药碗朝她走来，有些受宠若惊。

看着男人走到床边坐了下来，哪怕只是手里拿着碗和汤匙一言不发，她还是能感觉到那周身散发出来的带着压迫感的气息。

男人一只手托着碗，另一只手拿着汤匙，修长白皙的手指骨节分明。

"张嘴！"大暴君将盛了药的汤匙递到她嘴边。

她不敢迟疑，准备凑上去喝。

一旁的赵公公看着那冒着热气的汤药，急忙提醒道："陛下，这汤药刚熬好，要……要吹凉了七公主才能喝呢！"陛下不会是想要将七公主给活活烫死吧！

大暴君闻言，看着手里冒着热气的汤药愣了一下，下意识地皱紧眉头，说了声："麻烦！"

不过大暴君虽然嘴上嫌麻烦，还是低头轻轻吹了几口气，待汤药凉了些后才递到她嘴边。

刚将药汤喝入口中，那浓烈的苦味就让她不由得皱起了眉：好苦……

小丫头下意识地想吐出来，但碍于大暴君阴沉的目光，害怕惹了大暴君生气，然后大暴君一怒之下又让人把她拖出去砍头，便就这样硬生生地让大暴君喂她喝完了整整一碗药。

一整碗药喝完，她感觉自己嘴巴里都是苦的，眼泪都要流出来了：她……好想吃糖呀！

赵公公注意到小丫头微微皱起的眉头，拿来一盘甜枣递给她，说道："七公主，这药苦得紧，吃点儿甜枣过过嘴吧。"

叶七七看着赵公公慈祥的面容，差点儿感动得泪流满面，伸手拿了一颗甜枣塞进嘴里，让甜甜的味道冲掉了嘴里的苦味，眼睛美滋滋地眯成了月牙形。

可她吃着吃着就感觉有些不对劲，慢腾腾地抬眼，便看见大暴君紧盯着自己。

小丫头纠结了一会儿，最终小心翼翼地拿起一颗枣递到了大暴君面前，说道："父皇爹爹，吃枣枣……"

男人盯着小丫头手里握着的一颗红枣，目光冰冷。

一旁的赵公公见此，想提醒她陛下可是从来不吃甜的东西。但下一秒，赵公公就被狠狠地打了脸。

男人不仅接过七公主递过去的红枣，还轻轻咬了一口。

赵公公惊讶地想着：陛下不是最不喜吃甜食的吗？

叶七七将枣递给大暴君后就后悔了，因为突然想起来大暴君是从来不吃甜食的。可她完全没想到，他不仅伸手接过去了，还吃了。

小丫头将嘴里的枣咽下去后，又递给男人一颗枣，同时还不忘对男人说道："枣枣……甜……"

大暴君接过枣，看着小丫头弯着眉眼对他笑，那眼睛就跟小月牙似的，在他心里最柔软那处猛地撞了一下。

明明他膝下子嗣众多，但他对他们都没什么感情，就连对那三女儿也是如此。

虽然整个皇宫的人都说他宠三女儿，但那也不过是他看在她是正宫所生而给她应有的殊荣而已。唯独在这丫头面临危险的时候，他的心猛地紧了一下。

那种血浓于水的牵绊，是他从未有过的体验。但很显然他并不是很喜欢这种被牵绊的感觉。

夜姬尧眼睛微眯，盯着小丫头苍白的脸。比起第一次见她时那小脸蜡黄的模样，现在她这番干净的样子顺眼了不少，他耳边响起几天前这小丫头说她要长得好的话。

大暴君看着小丫头刚刚拿给他的枣，嘴角不由得勾起一抹冷笑。

一旁的赵公公瞧着男人嘴角突然勾起笑意，又感觉有点儿头皮发麻：又……来了，陛下那杀人时才会露出的吓人表情！

叶七七实在是太饿了，不知不觉吃了好几颗甜枣。

大暴君见她一下子吃了那么多，伸手将她手里抱着的盘子给抽走了。

"吃太多甜食对牙不好。"大暴君冷冷地开口。

哪怕此刻再馋，听到大暴君说出这话，她也下意识地不敢再吃了。

"陛下，或许是七公主饿了呢。"

听赵公公说出这话，大暴君倒是想起来某个小丫头从早上到现在还没有用膳。

"布膳吧！"大暴君轻轻捏了捏眉心，站起身。

赵公公不敢迟疑，立马吩咐人上菜。

一群宫女端着一道道美味佳肴进殿。

坐在床榻上的叶七七隔了老远都闻到了食物的香味。

大暴君慵懒地看了一眼小丫头瞬间发亮的眼睛，目光一闪。

就在叶七七刚掀开锦被准备下床时，那原本已经起身的大暴君突然朝她伸出手，将她从床榻上抱了起来。

大暴君将她抱在怀里时，下意识地皱了皱眉，不为别的，而是因为她真的太轻了，让他都感觉有些不可思议。

小丫头原本被男人抱在怀里还受宠若惊，当看到桌上一道道令人垂涎欲滴的佳肴时，两眼都冒着光，只想着：好……好多肉呀！

小丫头不由得咽了口口水，肚子也忍不住响了起来。

当她意识到自己还被某人抱在怀里时，小脸蛋儿下意识地红了红。这未免太丢人了吧！尤其是想到昨天晚上还偷吃了大暴君的东西，她顿时有点儿心虚。

"饿了？"男人垂眸，视线落在她身上。

小丫头诚恳地点了点头，声音有点儿弱地回答道："饿饿。"

"呵。"大暴君轻笑了一声，伸手揉了揉她的小脑袋。

叶七七感觉到头上的触感，抬头就对上男人那双长眸，忍不住看呆了。这大暴君真如原文中所描写的那样，身为北冥的第一美男子，那颜值真的是爆表了，无人能和他媲美。虽然现在他已经三十多岁，但从外表看简直就是二十岁出头。

叶七七头一次看见像大暴君这样好看的人。撇开他那杀人不眨眼的暴虐性子不谈，能有这样一个绝世美男子做爹爹，她似乎也不亏。

不过前提是这大暴君不要砍她的头！

小丫头在椅子上正襟危坐，乖巧得不像话。

大暴君就坐在小丫头身边，目光落在小丫头放在桌子下面紧张得绞在一起的手上，拿起筷子夹了一块肉放在了小丫头的碗里。

他问她："朕很可怕吗？"

小丫头立马摇了摇头，生怕迟上半分会惹得男人不悦。

夜姬尧看着小丫头睁大了眼睛一脸无辜地看着他，虽然她没说什么，但是那隐藏在眼底的惧意还是被他尽收眼底了。呵，真是个口是心非的小东西！

赵公公瞧着男人夹了一块鱼肉，还特意将刺挑完再放进七公主的碗里，惊讶得哑口无言：陛下何时开始对七公主如此上心了？明明前几天还说要把七公主给拖下去砍头来着……

小丫头乖巧地吃着大暴君给自己夹的菜，没注意到一旁的赵公公那惊讶的表情。

她吃着吃着突然想起大白来。

大暴君感觉到小丫头看向自己，微微垂下眸子看了她一眼，问："怎么了？"

"大……大白……"小丫头战战兢兢地说出口。

"七公主，那只幼……呃，大……大白，正在太医院，太医正给它包扎呢，明天一早奴才让人把它送过来。"赵公公笑脸相迎地对小丫头开口。

此刻赵公公的内心却是格外复杂：这七公主养什么宠物不好，居然养了只幼虎！幼虎！老虎呀！长大了要吃人的那种！太……太吓人了！这和陛下在后山养一群恶狼有何不同？

不仅如此，赵公公还发现陛下似乎知晓此事。

"那……大白伤得重不重呀？"她记得当时大白奄奄一息地躺在地上，一动也不动。

"七公主，您放心，大白没事，伤得并不是很重。"

小丫头听了赵公公这番话，悬着的心放了下来。她真的很喜欢大白，不希望它出什么意外，只恨自己当时没有保护好它。

想到这一点，叶七七暗自握紧了小拳头。她决定了，为了大白不被人欺负，一定要好好地活下去，不让大暴君有砍她的头的机会！

有了目标的小丫头坚定的眼睛似乎闪闪发光。

男人握着酒杯，凤眸瞥了一眼身旁的小丫头闪闪发光的眸子，蓦然觉得这小丫头似乎越看越顺眼了。

叶七七吃完这顿晚膳，差点儿感动哭——这一顿真的是她这些天里，吃得最好的一顿！

不过吃也吃完了，这里可是大暴君的寝宫，她应该很快就要被送回那个破旧的院子里了。

一想到那破败不堪的墙壁和冰冷的屋子，她就伤心得想哭。她感觉自己就像一棵地里没人要的可怜的小白菜，爹不疼，娘不爱。

"陛下，您今日该翻牌子了。"赵公公双手托着一个盘子走了过来，恭恭敬敬地将盘子放在男人面前。

今日是十二号，每个月的这一天男人都会翻后宫妃子的牌子找人来侍寝。

大暴君将视线落在那些牌子上，眼神淡然，似乎没有多大兴致。

叶七七也把视线落在男人面前放着的众多牌子上。

虽说这大暴君夜姬尧在原文中性格暴虐无道，但令不少读者最欣慰的一点是这个男人从来都不沉迷于女色。他有权力、有智谋、有远见，又有颜值，还是至高无上的帝王，行事杀伐果断，浑身上下还散发着一股成熟男人的禁欲气息，因此收获了一大批粉丝。

叶七七咬了一口饭后甜点，就见男人突然将面前的盘子推到了她面前。她吃着糕点，腮帮子都被塞得鼓鼓的，眨巴着大眼睛困惑地看着面前的大暴君，活脱儿是一只可爱的仓鼠。

"选一个。"大暴君对她说道。

叶七七愣住了：让……让她选？

小丫头大大的眼睛里写满了困惑和不解。

男人只是单手撑着脑袋，目光冰冷地盯着她。

叶七七看了看面前那么多牌子，又看了看面容冰冷的大暴君，好不容易才将嘴里的东西给咽下去。

站在旁边的赵公公也挺震惊的——陛下居然让七公主来翻牌子。

小丫头看着那么多牌子，迟疑了好一会儿，最终还是抬头看了一眼男人，问道："父……父皇爹爹，您最喜欢谁呀？"

大暴君听了小丫头这话，显然感到挺意外的——他本以为这丫头会随意地拿一个，可没想到她居然还问他最喜欢谁？

这小丫头知道这牌子是干吗的吗？大暴君伸手捏住叶七七的小脸蛋儿，嘴角上挂着浅笑，问道："小丫头，知道这牌子是用来干吗的吗？竟还问朕最喜欢谁？"

叶七七听了这话，嘴角不由得一僵。

她怎么就忘了呢？她现在只是个五岁多的小女娃，怎么可能知道翻牌子是选人来侍寝的意思？

虽然内心慌极了，但是叶七七告诉自己不能慌，千万不能慌！

下一秒，小丫头咬着手指，歪了一下小脑袋，睁着大眼睛看着他，一脸乖巧地问道："难道不是找人睡觉觉吗？娘亲以前经常拿着这个牌子想要和父皇爹爹睡觉觉呢。"

脸上的神色明显地僵了一下，男人语气深沉地说道："那依你的意思，朕今日要翻容嫔的牌子？"

小丫头闻言立马摇了摇头："不……不行的，娘亲前段时间受伤了，不能和父皇睡觉觉。"

赵公公站在一旁，强忍着笑意——公主呀，你似乎懂得有点儿太多了。

大暴君把冰冷的目光落在一旁憋笑的赵公公身上。

赵公公立马收敛起脸上的神色，提醒道："陛下，容嫔娘娘是因为上次打碎了三公主送给您的瓷娃娃，所以三公主一怒之下便动手抽了容嫔娘娘几鞭子。"

"朕问你这些了？"男人面色深沉地看了赵公公一眼。

赵公公下意识地缩了缩脖子，说道："是奴才多嘴了。"

大暴君看了一眼面前众妃嫔的牌子，最终没翻任何一个就让人撤掉了。

赵公公看着被撤下去的牌子，不由得摇了摇头：唉，陛下这一撤，不知后宫多少佳丽要伤心了。

如今天色已黑，叶七七的眼皮子已经上下打架了。

坐在她身边的大暴君看着她小脑袋一点一点的，问："困了？"

叶七七下意识地点了点头。

直到被大暴君抱到了床榻上，看着大暴君在她身旁躺了下来，她才回神，吓得差点儿要尖叫出声。

她记得在原文中大暴君的洁癖可是厉害得紧，每个月哪怕让后宫的女人来侍寝都是在偏殿。如今他居然让她睡在了他寝宫的床榻上。

叶七七感觉到大暴君周身阴冷的气息笼罩着自己，背对着男人咬着手指，下意识地往角落里靠了靠，不敢离他太近，生怕他半夜突然发疯把她给掐死了。

大暴君掀起眼皮看了一眼离自己远得有些离谱的某团子，面露不悦：他是鬼吗？这死丫头居然离他这么远！

大暴君伸手抓住某团子的后衣领，很是粗鲁地将她拖到了自己面前，说道："朕是会吃了你还是怎么？离朕这么远！"

后宫里的那群女人谁见到他不是一个劲儿地往他身上贴？这小丫头竟然敢嫌弃他。

就在大暴君考虑要不要把这小丫头给踢出去的时候，耳边传来某团子平稳的呼吸声。

男人下意识地起身看了小丫头一眼，就见她嘴里吮吸着自己的手指，紧闭着双眸。

大暴君原本微怒的面容瞬间柔和下来：她睡着了？

夜姬尧看着小丫头那恬静的睡颜，尤其是那与他极其相似的眉眼。让他自己都感觉有些不可思议的是，他分不清到底是因为身体里流着同样的血液，还是因为对她仅存的半点儿怜惜，他似乎看这个丫头格外顺眼。但他也清楚应该不是因为流着同样的血液，不然他膝下子嗣众多，为何唯独对这个小丫头心存怜惜？

男人伸出修长白皙的手触碰小丫头那同他相似的眉眼，凤眸漆黑如墨，眼里有着连他自己都未发现的宠溺。

次日清晨，赵公公如往常一样来伺候男人穿衣上朝，结果一进入寝宫的内室，看到那坐在椅子上悄无声息地隐匿在角落里的男人，显然被吓了一大跳。

"陛……陛下，您今儿怎么起得这么早呀？"赵公公瞪着眼睛看着男人。

男人此刻坐在角落里，清晨的光线透过窗户照射进内室，使得他的大半张脸隐匿在黑暗中，但赵公公还是一眼就注意到男人眼睑下的乌青。

这……陛下是昨天晚上没睡好？赵公公心里泛着困惑。

坐在椅子上的男人突然站起身。

赵公公瞧着陛下眼睑下的乌青，发现陛下此刻浑身上下散发着一股生人勿近的阴冷之气。

几名准备服侍大暴君穿龙袍的宫女看着陛下阴沉的脸色，吓得连大气都不敢出，生怕触了男人的逆鳞。

赵公公瞅了一眼不远处床榻上睡得正香的小丫头，心想：难不成是七公主晚上闹了？可是不应该啊，七公主如今已经五岁半了，应该不会半夜哭着要陛下喂奶吧？

夜姬尧抬起手臂让宫女替他穿衣，俊脸阴沉，眼底有着浓浓的倦意。目光落在此刻在床榻上睡得正香的小丫头身上，他心中的郁结之气越发浓郁。

就在昨夜，他差点儿要忍不住掐死这丫头。这死丫头不仅睡觉打呼噜，还磨牙，硬生生折磨了他一宿。

"陛下，您没事吧？"赵公公胆怯地问道。

"无事。"

赵公公听他这语气，怎么可能是没有事情的样子？但是瞧着男人此刻一脸不爽，赵公公实在是不敢多问。

"把她给朕弄醒！"大暴君指了指此刻躺在床上睡得正香的某丫头，阴恻恻地开口道。

他见她睡得如此舒坦，心里实在不舒服。

"现……现在？"赵公公看着小丫头，实在是于心不忍，"陛下，七公主还在熟睡，您就让她……"

大暴君一记凌厉的眼神望了过去。

赵公公被吓得闭上了嘴，上前伸手摇了摇正在熟睡中的小丫头，有些不忍心地叫醒她："七公主……七公主，醒醒……"

"嗯……"被人强行摇醒的叶七七不由得哽咽了一声，一双柳眉皱了起来。

看着小丫头满脸不高兴的模样，赵公公心里其实也是很痛心的。

叶七七很不情愿地睁开了眼睛，小小的脸蛋儿上写满了不高兴。

因为是刚醒，小丫头此刻还有点儿蒙，一脸懵懂地看着将她喊醒的赵公公，愣了好一会儿。

在瞧见不远处一脸阴沉的男人时，她下意识地朝着男人伸出了手，一脸委屈地道："父皇爹爹，抱抱。"说话间，她语气里还有着一丝被人强行叫醒的委屈。

小丫头站在床榻上，朝着男人伸出手，大大的眼睛红红的，看起来委屈极了。但她并不知道罪魁祸首就是她一睁开眼睛就要抱的男人。

"陛……陛下，这……"赵公公看到脸色阴沉的男人俊脸上没半点儿反应。

赵公公正想着要不要自己伸手抱一会儿，原本对此无动于衷的男人突然上前几步，将红着眼睛的小丫头抱进了怀里。

叶七七被男人抱进怀里后，再也忍不住了，"哇"的一声哭了出来，一边哭还一边伸手指了指一旁的赵公公，说道："呜呜呜，坏……坏人！呜呜呜……"

赵公公在心里喊冤：他……他委屈呀！

"七……七公主，不是奴才，奴才是奉……"赵公公想解释的话被大暴君一记凌厉的眼神堵在了喉咙里。

大暴君淡淡地扫了一眼一脸委屈的赵公公，随后便将目光落在怀里哭得一抽一抽的小丫头身上，还伸手轻轻地拍了拍小丫头的背，缓缓地开口道："乖，不哭。"

听听，这如此善变的语气，赵公公差点儿被气哭。究竟是谁让他把七公主从睡梦中给搞醒的？简直太不是人了。

大暴君抿着薄唇，伸手拍着小丫头的背，心中第一次生起一种心虚之意。

"父皇爹爹。"

"嗯？"

因为刚哭过，小丫头声音略微有点儿哑。

大暴君低头看小丫头时，发现她那双大眼睛红通通的，让人忍不住地心生怜悯。大暴君心里的愧疚之意更深了。

叶七七环着男人的脖子，仰着小脑袋便亲上了男人的侧脸。

那突如其来的一个亲吻，让男人猛地僵住了身子，一脸难以置信地看着抱着他的脖子的某团子。

她居然敢亲他？！这……这丫头放肆！

一旁的赵公公看着眼前发生的这番景象也是完全愣住了。陛下膝下儿女众多，但没有一个像七公主这般大胆的，居然还亲陛下。

天……天哪！七公主会被陛下一巴掌给活活拍死吧……

叶七七没注意到周围众人的震惊之意，望着面前男人的那张俊脸，眼睛都眯成了月牙形，声音软软地道："七七喜欢爹爹，娘亲说喜欢一个人的表现就是亲亲他，那爹爹喜欢七七吗？"

喜欢七七吗？他喜欢这个女儿吗？大暴君看着小丫头那无比可爱的小脸蛋儿，心中第一次得不到自己想要的答案。

第三章

五个神经病

大暴君抿着唇无言，阴沉着脸一言不发地看着她。

大暴君眼眸中的阴冷之气让叶七七觉得他下一秒就能直接将她给甩出去。

小丫头伸出手紧紧地拽着男人的衣袖，那双同男人极度相似的眸子随着男人的沉默，也渐渐地黯淡下来。她……是被讨厌了吗？

叶七七想到这里，原本拽紧男人衣袖的手也缓缓地松开了。

她不应该这样问他的，他可是原文中暴虐无道、杀人不眨眼的大暴君！哪怕她现在是他名义上的亲骨肉又怎么样？他要是想杀她，那是再简单不过的事情。

原本她是很害怕这个凶残至极的大暴君的，但是他昨天抱着她入睡的举动，让她第一次感受到什么是父爱。

她以为自己会是那个例外，可……好像是她自作多情了。

"没事啦，父皇爹爹去上朝吧！七七会很乖的。"小丫头松开手，善解人意地扬起一抹笑容。

一旁的赵公公看到那笑容，却莫名其妙地感觉好心疼。

夜姬尧望着某丫头朝自己扬起的明媚笑意，放在衣袖里的手下意识地想抬起揉揉她的小脑袋，但最终还是硬生生地止住了动作——他作为一国之君，最忌讳的就是有所谓的软肋，他不需要，也绝对不能有。

男人捏紧了藏在衣袖里的拳头，目光阴冷地扫了她一眼，而后一言不发地转身离开了。

赵公公瞧着男人离开的背影，急忙跟了上去。

叶七七自男人走后真的很乖巧，任由几位宫女姐姐给她穿好看的衣服。

将她的衣服换好、头发梳好后，站在她身边的众宫女姐姐瞧着镜中穿着粉红色狐裘服的小女娃娃，都惊艳了。

"七公主，您真的好可爱呀！"

"是呀，真的太可爱了！"

叶七七看着镜中自己那张娇憨可爱的脸，不得不说大暴君的基因是真的好，夜七七完全遗传了他的相貌。

她感觉这一切发生得太快，就像是在做梦一样，明明前一天她还住在那破败不堪犹如冷宫一般的屋子里，而现在她不仅在大暴君的寝宫里睡了一晚，还能穿到这么好看又暖和的衣服。

小丫头下意识地伸手捏了捏衣角，眼神也不由得黯淡下来。如今她有东西吃，还有好看的衣服穿，但是她心里也明白，自己应该很快就要回到那个破屋子里去了，毕竟她不可能一直住在这里。

就在叶七七暗自委屈的时候，耳边猛地响起大白的叫声。

她一回头，看见了被侍卫哥哥抱在怀里的大白。

眼睛蓦然一亮，小丫头语气欣喜地说道："大白。"

被叶七七唤了一声，大白立马小跑到她身边，扑进了她的怀里。

"大白。"

"喵。"大白伸出爪子扒着她的肩膀，仰着小脑袋蹭她的脸蛋儿。

在场的众宫女看着突然被人抱进来的幼虎，个个面露惊恐，下意识地后退了几步：这七公主小小年纪，居然养……养老虎！！！

叶七七此刻被大白扒着，没注意到在场的众宫女面露惊恐的神情，问："漂亮的姐姐们，大白是不是很可爱？"

小丫头和大白玩耍了一会儿，想到可以让在场的宫女姐姐摸一摸大白，毕竟大白那么可爱。

可没想到她刚将大白抱到她们面前，她们立马惊恐得变了脸色。

"七公主饶命呀！"

"求求七公主不要吓奴婢们了……"

"求七公主饶命呀……"

小丫头看着突然跪下来的众宫女，一脸蒙地说道："我没有吓你们呀，只是想把大白给你们摸一摸。"说着，小丫头抱着大白往其中一个宫女姐姐身上凑。

结果那宫女猛地尖叫一声，直接当场昏了过去。

她……她怎么昏了呀？小丫头抱着大白左看右看，越看越觉得可爱，实在是想不通她们怎么连一只猫都害怕。

大白看着被自己吓晕过去的宫女，不由得哽咽了一声，好像有点儿委屈地往叶七七怀里拱了拱。

叶七七也不知道是不是最近大白吃得太多的缘故，将它抱在怀里的时候，明显地感觉到它好像长大了不少，比之前重了好多。

小丫头有些吃力地托着大白的屁股，看着大白有点儿伤心地靠在自己的怀里，不由得替大白感到委屈，说道："你们怎么这样？大白明明这么可爱。你们不摸它，它已经伤心了。"叶七七伸手摸了摸大白的小脑袋，似乎是在安抚它。

一个宫女说道："七公主，这……这老虎生性凶残，奴婢们实在害怕得紧呀。"

"老……老虎？"小丫头面露疑惑，"可大白是只猫呀，不是老虎。"

"它就是老虎呀。七公主，它是一只幼虎。"

"对呀，七公主，它是老虎。"

小丫头看着怀中呆头呆脑的大白的小脑袋，伸出手捏了捏。大白这么可爱，怎么可能是老虎？！分明就是猫嘛！

她伸出小手拉了拉将大白抱过来的侍卫，软绵绵地开口道："哥哥，大白明明就是一只猫，不是小老虎对不对？"

被突然点到名的侍卫愣了一下，随后缓缓地开口道："七公主，这大白是一只幼虎，它……不是猫。"

大白是老虎，不是……猫！小丫头原本欣喜的表情猛地僵住了，不敢相信地看着此刻还躺在自己怀里的大白。

大白不知道发生了什么，自顾自地轻轻舔着小丫头的脸蛋儿。

叶七七僵硬着身子，得知真相后还没回过神来，任由大白舔着她。终于，原本一言不发的小丫头实在是忍不住了，"哇"的一声哭了出来。

众宫女、侍卫都大吃一惊！

大白一脸蒙地看着小丫头。

朝堂之上，诸位大臣俯首帖耳地跪在地上。

站在男人身边的赵公公战战兢兢，连大气都不敢喘。

陛下从今日一早从景阳宫出来，就一直阴沉着脸，浑身笼罩着逼人的寒气，实在吓人得紧。在场的诸位大臣瞧着陛下，没人敢多着胆子吱一声。

直到下了早朝，诸位大臣皆如释重负地松了一口气。

坐在龙椅上的男人单手撑着脑袋，阴冷、深沉的目光落在不远处，似乎是在思索什么。

赵公公服侍陛下多年，很少看见陛下像今天这样。

"德顺。"原本沉默不语的男人突然出声。

赵公公急忙应道："奴才在。"

但是在赵公公回完话后，男人又沉默了。

"陛……陛下？"赵公公不解地问了一声。

大暴君眸色深沉，淡淡地看了赵公公一眼，阴沉着脸回了一句："无事。"

随后，偌大的朝堂又陷入了死一般的寂静中。

赵公公同男人在朝堂里待了整整半个时辰，出来的时候，看见了站在门外似乎等候多时的三公主。

"父皇！"夜云裳一见男人出来，便急忙迎了上去。

目光淡淡地看了三女儿一眼，大暴君语气平淡地问道："你怎么来了？"

夜云裳瞧着男人平静的脸，以为他还在生自己昨天胡闹的气，说道："父皇，您还在生儿臣的气吗？儿臣已经知道错了。儿臣不该像昨天那样和七妹胡闹的。"夜云裳说着，下意识地伸手扯了扯男人的衣袖，面露几分委屈，一副知错了的表情。

一旁的赵公公看着今日的三公主，确实感到挺意外的，毕竟三公主向来嚣张跋扈，没想到居然还有低头道歉的一天。

大暴君盯着她那扯着自己的衣袖的手，脑海里不知怎的却浮现出另一个小丫头扯着他的衣袖，用软软的嗓音喊他"父皇爹爹"的画面，心头莫名其妙地涌上一股烦躁之意。

大暴君紧皱着眉，看着三女儿那一脸知错的神情，最终缓缓地开口道："下次莫要再犯。"

听了父皇这句话，夜云裳狠狠地点了点头，说道："儿臣知道啦，保证不会再犯了。"

男人扫了她一眼，最终还是没再说什么。

"那父皇等下有时间吗？您之前和儿臣约好今天去教儿臣练剑的……还去吗？"

男人低头对上三公主期待的眼神，原本是想要拒绝的，但一想到自己寝宫里头的某个丫头，越发烦躁了，于是便应下了三公主的话："嗯，朕似乎也很久没看见裳儿练剑了。"

听着男人这会儿对自己亲昵的称呼，夜云裳故意有些生气地道："哼，是已经很久了，儿臣都已经把之前您教我的第十套剑法练得十分娴熟了。"

"是吗？"男人轻轻勾了勾薄唇，"那朕等下倒是要和裳儿比试了。"大暴君说着，下意识地伸手摸上了她的脑袋，但摸上的那一刻，动作不由得僵了一下。

"父皇，您怎么啦？"

大暴君看着自己的手微微愣了片刻，回过神来，声音冷冷地道："没什么。"

"嘻嘻。"夜云裳笑了两声，伸手环住男人的手臂，"父皇，那等我们练完剑顺便一起用午膳吧？父皇，您也好久没有和儿臣一起用午膳了。"

"嗯，都依你。"

闻言，夜云裳面露欣喜地说道："好，儿臣就知道父皇最宠儿臣了！"

赵公公看着两个人父女情深的模样，小心翼翼地问了男人一句："陛下，那七公主那边……？"

狭长的凤眸黯了一下，大暴君最终淡淡地吐出四个字："送她回去。"

一旁的夜云裳闻言，嘴角已经不由得勾起一抹冷笑：呵，一个不受圣宠的妃嫔之女，还妄想和她抢父皇，简直是痴心妄想！她根本就没有将那个夜七七放在眼里。

与此同时，景阳宫内，在场的宫女看着哭得极其伤心的七公主，实在是不知道该如何是好。众人皆以为七公主是得知大白是只幼虎而被吓哭的，但是既然被吓哭了，为何还要抱着这只幼虎不撒手呀？！

"七公主，您要是害怕就把这幼虎给臣，臣帮您……"

侍卫哥哥的话还没有说完，某个小丫头已经狠狠地摇了摇头，紧紧地抱着怀中的大白就是不愿撒手。

"呜呜呜……"

侍卫看她的唇瓣动了动，好像说了些什么，俯身凑近，就听见某个小丫头语句断断续续的。听了好一会儿，他终于听清她说的话：“不……不要！”

此刻被叶七七抱在怀里的大白完全不知道发生了什么。它瞧着抱着它的某个小丫头哭得小身子一抽一抽的，忍不住又舔了舔她的小脸蛋儿，似乎是在安抚她。

叶七七也不知道自己怎么就突然哭了起来。原先她听到大白居然是只老虎真的挺怕的，但是哭着哭着又突然想到尽管大白是只老虎，但是对她很好，不仅没有咬她，还抓老鼠给她，而且还是给她最大的那一只。

叶七七觉得这应该是因为如今自己的身体才五岁多，一旦哭出来就收不住眼泪了。

哭着哭着她又想到自己来到了这里，那身体是不是死掉了？

她越想越伤心，眼泪越发控制不住——她真的好想妈妈呀！

叶七七好不容易控制住自己的眼泪，但因为哭的时间太长，小身子还是一抽一抽的。

在场的宫女看她停止了哭泣，还乖巧地自己擦着眼泪，问道：“七公主，您没事吧？”

小丫头摇了摇头，小嘴噘得高高的。

赵公公一进来，看见的就是小丫头红着眼坐在椅子上擦眼泪，怀中还抱着那只幼虎。

乖乖，七公主不会是因为陛下不在才哭的吧？瞧瞧，孩子哭得多伤心！

赵公公回想起方才陛下同三公主去练剑，从而冷落了可爱的七公主，莫名其妙地觉得陛下就像个见异思迁的男人！

赵公公按照陛下所说将七公主送回了她原先住的地方，原本以为小丫头会哭闹着不肯走，可没想到小丫头从上了轿子就格外乖巧，抱着那只名叫大白的幼虎安安静静的。

轿子停下后，叶七七抱着大白下了轿子，看着那焕然一新的院子和站在门口的一群宫女，显然愣了一下。她下意识地伸手扯了扯赵公公的衣摆，一脸不解地说道：“公公，这不是我和大白之前住的地方。”

她之前住的那个院子可是破破烂烂的，连墙壁都脱皮了。

“公主，这里就是您之前住的地方呀，只不过昨儿陛下特意下令让人将您的院子翻新了一下。您看着可还喜欢？”

听了赵公公这话，叶七七下意识地环顾了一下四周，然后狠狠地点了点头。比起之前那个破败不堪连墙壁都脱皮了的院子，如今这翻新过的院子她真的太喜欢了。她再也不用受冻挨饿了。

站在门口的一群宫女见叶七七下了轿子，皆给她行了个礼，异口同声地道："奴婢见过七公主。"

赵公公笑着说："殿下，这些宫女是前来伺候殿下的。"

叶七七见此，感动得差点儿哭了。这就跟做梦一样，她终于不是那个最惨的公主了。

叶七七很喜欢这翻新后的院子，抱着大白迈着小短腿将偌大的院子走了个遍。

赵公公临走的时候，还不忘悄悄地对小丫头说了一件事情："殿下，十天后就是陛下的生辰。"

"生辰？"暴君爹爹的生辰？叶七七下意识地咬了咬手指，问，"那我是不是要送爹爹生辰礼物呀？"

赵公公点了点头。

叶七七说道："可是我很穷，没有钱……"想到这一点，小丫头脸上的神情不由得垮了下来。

赵公公安抚道："殿下，有些礼物是金钱买不到的，送礼物最重要的是心意。"

心意？小丫头回想起之前大暴君临走时阴沉至极的脸色，忍不住抖了抖身子。要是她送的礼物他不满意，然后他一怒之下又让人把她拉出去砍了怎么办？

她能感觉到大暴君不喜欢她。今天她就亲了一口他的脸，结果他很生气，那眼神就差把她活活掐死了。

从大暴君的寝宫出来后，叶七七后面几天一直没有见到他。

临近大暴君的生辰，宫里很是热闹。

但热闹是别人的，叶七七几乎将自己的存在感降到了最低，每天就和大白在院子里玩，很少出门。

大白长得真的很快，短短几天时间，她已经快抱不动它了。

原本叶七七是不怎么想去参加大暴君的万寿节的，但是他们说所有人都要去，她也就乖乖地去了。座位的顺序是按照各皇子公主的年龄排的。大暴君膝下有七子，叶七七就排在末尾。她乖巧地坐在最边缘，抬头看了看空无一人的其他几个座位，便低着脑袋抠桌子下面自己的手。

原文中三公主夜云裳小小年纪就学会了大暴君的心狠手辣，而大暴君的三个儿子也比三公主好不到哪儿去，一个比一个阴狠无情，所行之事压根儿就不是正常人能干出来的。

虽说那三个神经病皇子在原文中出现的频率不高，但是每一次出现都吓人得紧。

大皇子夜景轩，表面看起来温润如玉，待人平和，但发起病来就会立马沦为彻头彻尾的疯子。

二皇子夜傲天性情轻浮，整日里一副纨绔子弟的做派，背地里却有一个瘆人的怪癖。

当然，沉默寡言、阴沉骇人的六皇子夜霆晟也是一个不容忽视的存在。据说他在五岁的时候亲手杀死了自己的嫡亲哥哥五皇子。

一想到要在这五个人中间艰难求生，叶七七感觉自己立马就化身成贪生怕死的小尻包。她一瞬间突然觉得作者安排七公主开篇就死的剧情莫名其妙地很合理，毕竟要是七公主开篇没死的话，按照原文中剧情的发展，一定会被这五个人活活折磨死。

原本她只要防着大暴君砍她的头，现如今不仅要防着大暴君，还要在四个神经病之间艰难求生，她真的太难了！她其实一点儿都不想来，现在只希望自己能变成一个透明人，谁都看不见她。

叶七七心里暗自祈祷自己不要引起那几个神经病的注意，可就在下一秒，她身旁便突然传来一个陌生的男声。

"咦，这个如此可爱的小丫头是谁呀？本王怎么从来都没有见过你呢？"

叶七七的下巴猛地被一根微凉的手指挑了起来，映入她的眼帘的是一张极其邪气的脸，丹凤眼，眼尾高挑，鼻梁高挺，薄薄的唇瓣微微勾起一抹弧度。

在视线对上他的那一刻，叶七七眼中便闪过一道光：他……好好看呀！

她面前这人穿着一身玄色的官服，凤眸漆黑如墨，仔细地看竟和大暴君有五分像。

小丫头看着他坐到自己身侧。

那应该是六皇子坐的地方，她记得原文中六皇子现在也才十一岁，而这男人看着有二十多岁。

那么他是谁？他为何要坐在这里？

男子眯起长眸打量了她一番，见她不说话，伸手便捏上了她的小脸蛋儿，说道："本王和你说话呢，难不成你是个哑巴？"

男人捏着她的脸的手劲有点儿大，叶七七吃痛，说道："嗯……疼……"

"啧，原来会说话呀，本王还以为阿尧那家伙生的小丫头是个小哑巴呢！"

本王？阿尧？

叶七七听着男人口中的称呼，还是稀里糊涂的。但是他说话就说话，干吗一直捏着她的脸呀？

"嗯……你酥（松）开！！"小丫头一脸的不悦，大大的眼睛里写满了幽怨。

夜墨寒看着小丫头伸出两只小手扒拉他的手，眉间的笑意更深了："啧，真是个没良心的小东西，居然连你皇叔我都忘记了，亏得本王当初还给你换过尿布呢！"

叶七七听了男人这番话，羞耻得小脸蛋儿"唰"的一下便红了：什么还给她换过尿布？这个臭流氓在说些什么话！

虽然她现在只是一个五岁多的小女娃，但是小女娃也是有羞耻心的！

她刚想伸手扒拉男人的俊脸，那人却手疾眼快地抓住了她的胳膊，脸上原本挂着的轻浮的笑意也霍然变得正经，一脸认真地问她："当真不认识皇叔了？不过也对，毕竟皇叔和囡囡已经一年多没见面了。"

囡囡？叶七七听到这臭流氓居然还说出了七公主的乳名。

"乖囡囡，叫声'九皇叔'给本王听听！"

九皇叔？叶七七终于知道眼前这人是谁了。

他就是大暴君的亲弟弟，北冥的当朝九王爷。在原文中，虽然这夜七七娘不疼、爹不爱，但是有一个人对她极好，那就是这九王爷夜墨寒。

原文中九王爷和夜七七的相遇作者在番外中提到过：九王爷一生没有娶妻，所以膝下无子。他在第一眼看见襁褓中才满月的七公主时，就已经对她心生怜惜。在七公主那五年的光阴里，九王爷一直对她爱护有加。

但世事无常，九王爷因犯了事被大暴君囚禁在幽州整整一年多，等到再一次回到皇宫时，收到的便是七公主早已经去世的消息。就因为这消息，九王爷一朝崩溃，逼宫意图夺权篡位。

在原文中大暴君固然难逃一死，但其人头可是要留给男主角燕铖来取的，所以九王爷意图谋反的事情自然是失败了。

叶七七还记得原文中九王爷是因为谋反失败而被大暴君一箭射死的，其尸首被挂于城门上暴晒了三日，以儆效尤。她现在没有死，还活着，那么是不是就意味着九王爷不会起兵造反意图篡位，也就不会被大暴君给一箭穿心了？

叶七七愣愣地看了他一眼，而后缓缓地开口道："九……九皇叔。"

她的话音刚落，男人便伸手摸了摸她的小脑袋，宠溺地勾起了薄唇，说道："囡囡真乖！"

叶七七任由九皇叔伸手摸着她的脑袋——她知道，他对她很好。

夜墨寒见小丫头直勾勾地盯着自己，莫名其妙地被瞧得有些不太自在，正想开口，就见小丫头突然朝着他伸出了手，声音软软地道："九皇叔……抱抱……"

男人还挺意外的：他本以为一年多未见，这丫头会跟自己生疏了呢！

"好，皇叔抱抱囡囡。"夜墨寒扬起薄唇，伸手便将小丫头抱在怀里。

两个人一大一小，真的如同亲生父女一样。

大暴君一过来，看到的就是某个小团子被人抱在怀里的画面，一双凤眸猛地冷了下来。

赵公公跟在男人身后走得好好的，突然感觉一阵寒气迎面而来，一抬头就看见男人那阴沉极了的脸。顺着男人的视线，他一眼便瞧见了不远处可爱的某团子，同时也注意到将某团子抱在怀里的九王爷。

赵公公小心翼翼地看了一眼身旁脸色阴沉的男人。他好像知道陛下为什么会露出这副吓人的表情了。

叶七七被九王爷抱在怀里，突然感觉到一道阴沉的视线落在自己身上，下意识地抬起头，结果一眼便瞧见坐在最上头身穿明黄色衣袍的大暴君。小丫头下意识地抖了抖身子，立马低下脑袋，吓得小脸煞白。大暴君刚刚在看她，那眼神……好可怕，吓得她差点儿就要哭出来了。

大暴君眼睁睁地看着某个小丫头和自己对视了一眼，就匆匆忙忙地低下脑袋，那眼神就像是看到了什么洪水猛兽似的，他有那么可怕吗？

叶七七知道大暴君讨厌自己，所以不敢抬头，生怕大暴君看到她嫌她丑，然后一怒之下让人把她给拖出去砍了，毕竟她可一直没有忘记刚醒过来时，他说她是"丑东西"。那嫌弃至极的话，实在是伤人得很。

毕竟今日是大暴君的生辰，九王爷也不能在她这边坐得太久。九王爷伸手摸了摸她的小脑袋，一脸宠溺地靠近她耳边，悄悄地开口道："囡囡要乖乖的，等结束之后皇叔就偷偷带你出宫去玩好不好？"

出宫？！去玩？！听了这话，小丫头原本无精打采的眼睛蓦然亮了，闪闪发光。小丫头立马点了点头。她……她可以出宫吗？她可以出宫了！她好喜欢这个九王爷，九王爷如果是她的爹爹那该多好呀！

夜墨寒看小丫头一脸的期待，揉了揉她的小脑袋。

叶七七此刻激动极了，原本阴郁的心情一扫而光，满心欢喜地期待着出宫去玩。

但她还没高兴多久，就看见了之前将她扔在后山狼群里的恶毒的三公主。

今日三公主依旧穿着一身张扬的红衣，面容艳丽，嘴角勾起趾高气扬的笑意。在路过叶七七身旁时，三公主还不忘冷冷地扫了她一眼。

叶七七这一次并没有退缩，而是直面三公主那冰冷的眼神——虽然她很怕死，但是不代表她会向恶势力低头！她知道三公主夜云裳不喜欢她，但她一样也一点儿都不喜欢这草菅人命的三公主。

夜云裳瞧着那贱丫头竟然敢直面自己的眼神，眉间的冷意更重了。迟早有一天她要让这个臭丫头吃不了兜着走！

"呵！"夜云裳对叶七七嗤之以鼻，随后坐在了不远处。

叶七七看着夜云裳，放在衣袖间的小手不由得紧了紧，下意识地咬了咬唇，腮帮子都气得圆鼓鼓的：哼，坏人！

她气了还没多久，突然眼前落下一道阴影，还伴随着一股子说不出是何种味道的冷香。叶七七看着穿着一身黑色衣袍的少年坐在了她身旁。

少年许是注意到她在看他，忽然把深沉的目光落在了她身上。

叶七七在和他对视的那一刻，便感觉一股子寒意袭上心头。

那冰冷的眸子冷冷地看着她，没有夹杂丝毫感情色彩。少年肤色异常白，透着一股子病态，薄唇却红得扎眼。

当叶七七瞧见少年眼角下的一颗泪痣时，匆忙地移开了视线。如果她猜得没错的话，这少年应该就是她的六皇兄了，原文当中那个阴郁的疯子。他最忌讳的就是别人和他对视，一对视就会出事。

"你长得可真可爱！"叶七七原本不想和他说话的，这少年却主动地对她开口。

他猛地将她低着的下巴用一根冰冷无比的手指挑了起来。她便猝不及防地和他对视上了。

叶七七原本还想着不能和他对视，但明明面前的少年也才十一岁而已，力气却大得吓人，死死地掐着她的下巴，逼迫她和他对视。

他瞧着她想要挣脱的举动，冰冷的眸子瞬间黯了下来。

虽然他在夸她长得可爱，但是她能感觉到他的语气里一点儿夸奖的意思都没有。

掐着她的小脸蛋儿的少年眉眼间染上了几丝戾气，语气微怒地说道："七七真是一点儿也不乖，现在连'皇兄'都不会喊了吗？嗯？"

少年掐她的下巴的力气很大，虽然没有到捏碎骨头的程度，但是真的好痛。叶七七伸出小手摸上少年紧掐着她的下巴的手，眼睛都忍不住有些湿润了："嗯……六哥哥，七七疼……"

她那软软的声音里还夹杂着几丝哭腔，少年不由得眯起了眼睛，问："你刚刚喊我什么？"

"六……六哥哥……"叶七七一脸不解地看着他。是她喊错了吗？难不成他不是六皇子？

少年半眯起眸子打量她，眼眸深沉地盯着她那可爱的小脸蛋儿许久，最终什么话都没有说，松开了掐着她的下巴的手。

就在叶七七以为他不会再和她说话的时候，只见少年突然又看向她，语气有些恶狠狠地道："下次不许这样喊我！"

小丫头呆呆地看着他：不是他非要她喊他的吗？！

难道是她的错觉吗？她怎么感觉这个六皇兄的耳朵那么红？他……不会是害羞了吧？

夜霆晟警告完小丫头之后，见她还眨巴着大眼睛盯着自己，于是语气瞬间冷了下来，阴沉地看着她道："再看就把你的眼珠子抠下来！"

叶七七被吓得缩了缩脖子，立马别开脸不去看他：他好……好凶呀！

少年阴沉着脸看着坐在座位上缩得像鸵鸟似的小家伙，眸子里微微闪过一丝冷意。

叶七七抠着自己放在桌子下的手，眼巴巴地盯着自己面前的小点心，就是不敢动手拿，不为别的，就是她身旁的某个少年明明让她不许看他，他却一直盯着她。

她又不是点心，不好吃。叶七七委屈地咬着唇，将自己缩成小小的一团。

从坐在上方的大暴君的视角看去，就瞧见小家伙低着脑袋，看起来小小的，就差将自己的头给缩到桌子底下去了。大暴君觉得这辈子都没见过这么尿的人，忍不住轻笑出声。

下方给大暴君敬酒的大臣们瞧着陛下今日居然如此开心，于是酒壮怂人胆，有些大臣趁着酒意道出了平日里不敢说的话："陛下，历代先皇都是后宫佳丽三千，如今您这后宫空虚得紧，不妨趁着这个月吉利，来大选秀女如何？"

某位大臣此话一出，在场的其他大臣不由得觉得言之有理。众臣皆知陛下十五岁便继承了皇位，如今在位已有二十年。历代先皇可都是每年一次大选秀女，而如今陛下十年都不曾选一次。

以往也不是没有大臣提过关于选秀女一事，可当时陛下一记冷厉的眼神瞧过去，早已经将人吓得屁滚尿流了，谁还敢再多说一句？

现如今后宫妃嫔的数量屈指可数，陛下目前膝下也只有五子，太子人选还迟迟未定，这让他们如何不担心呀！

"陛下，臣也以为今年乃天瑞之年，定是个大选秀女的好时机，说不定还能为我北冥讨个好兆头！"

"对呀，陛下，您的后宫佳丽着实少，今年定是个充实后宫的好时候。"

"陛下……"

众大臣苦口婆心地劝说着。

站在男人身边的赵公公瞧着这一群借着酒劲壮胆的大臣，就觉得他们是咸吃萝卜淡操心。陛下每个月只翻一次牌子，一年也就是翻十二次，要是选秀，后宫来了几十个佳人，等着陛下宠幸还不等到黄花菜都凉了？而且每个月翻牌子还要看陛下乐不乐意，这不，这个月陛下不就谁的牌子都没翻吗？

大暴君看着台下哭丧似的让他尽快选秀女的诸位大臣，眉眼间猛地浮起一股子戾气，"啪"的一声将手里紧握的酒杯狠狠地放在了桌上，说道："再哭丧一句，全都给朕拖下去打一百大板！"

此话一出，原本聒噪的诸位大臣被吓得立马噤了声，战战兢兢地盯着上头满是怒气的男人。在场的不少大人是上了年纪的，身子骨哪受得住打一百大板？连五大板都够呛！

第四章
初遇六哥哥

　　大暴君烦躁地伸出手捏了捏眉心，越发觉得这群大臣果真是老糊涂了。他们当他是牲口吗？能生那么多崽？简直荒唐至极！

　　接下来好一会儿，现场安静得近乎诡异，除了乐师依旧在奏乐，那些大臣简直连大气都不敢喘。

　　叶七七见他们如此安静，小脸上不由得有些困惑。她的位子离大暴君很远，所以她听不清前面的人到底在讲些什么，但是看着上头的大暴君阴沉着脸，就知道铁定不是什么好事。

　　小丫头悄悄地看了大暴君一眼，刚准备收回视线，眼睛冷不防地和大暴君的眼睛对上了。她脸一白，猛地低头移开了视线，仿佛瞧见了什么洪水猛兽似的。

　　殊不知，因为她这番躲避的动作，大暴君心中的怒火更盛了。男人暗自咬了咬牙，被她气得不轻：这死丫头，他是鬼吗？和他对视了一眼她就吓成这样？

　　今天是大暴君的生辰，作为大暴君最宠爱的三女儿，夜云裳特意给大暴君舞了一套剑法。

　　虽说这三公主才十二岁，但是不得不说她那行云流水的舞剑动作确实让人拍案叫绝。

当她舞剑完毕，台下原本碍于大暴君的威严气都不敢大喘的众大臣也忍不住赞叹不绝。

"三公主小小年纪剑法就如此了得，实在是令微臣大开眼界呀！"

"三公主实乃不可多得的练武奇才呀！"

"三公主……"

夜云裳听着下方的众大臣对自己的夸赞，嘴角不由得扬了扬。

"父皇，今日乃您的生辰，儿臣除了舞剑，还要送父皇一件礼物。"

夜云裳话音刚落，就见从殿门口走进来一个举着托盘的太监。

当太监将托盘上的黑色遮布拿掉后，在场的众人瞧见一把金色龙纹缠身的宝剑，眼睛都亮了。

那剑长二尺一寸，剑身是玄铁所铸，极薄，透着淡淡的寒光，剑柄上有一个金色龙雕图案，显得无比威严，剑刃锋利无比，当真是刃如秋霜。

就连从不练剑的人都知道，这剑一看就是一把好剑。

夜云裳说道："父皇，这是儿臣特意让人在江南的剑坊给父皇打造的剑，还望父皇喜欢。"

"嗯，裳儿有心了。"大暴君把目光落在那把宝剑上，虽然脸上没什么神情，但总的来说应该是喜欢的。

夜云裳听男人说出这话，却如同被一盆冷水淋上心头：父皇在说谎，他一点儿也不喜欢，倘若他真的喜欢，一定会拿起来看一看，但是现在他连摸都没有摸一下。

夜云裳暗自咬了咬唇。她瞧见父皇一直有意无意地在看某个小丫头，对她送的东西连半句夸赞都没有，哪怕骗一骗她也行呀！

"本公主听说七皇妹也给父皇准备了礼物，不如拿出来给我们大家见识见识？"

被突然点到名的叶七七不由得抬起了小脑袋，看见三公主夜云裳正用充满恶意的目光盯着她。

夜云裳说出这话后，在场的不少人将视线落在了缩在角落里的叶七七身上。

叶七七此刻有些茫然：礼物？

她还没来得及开口，就见自己送给父皇的礼物被人拿到了大殿之上。

"不……不行！"小丫头"噌"的一下从座位上站了起来，小脸蛋儿莫名其妙地有些红，"不能看！"

这礼物给大暴君一个人看她都觉得不怎么能送得出手，怎么能让这么多人一起看呢？而且她真的很穷，送不起什么金贵的东西。

"为何不能？难不成七皇妹送的礼物见不得人？"夜云裳眉眼轻挑，语气中有着浓浓的嘲讽之意。她乃正宫娘娘所生，一出生便受众人爱戴，要什么有什么，而这个小丫头一出生她那娘就被打入冷宫，有什么资格同她争？

夜云裳知道这丫头平日里连俸禄都没有，穷得要死，能送出什么金贵的礼物？她这一次就是想在众大臣面前现出这小丫头的寒酸样。

叶七七捏紧了小拳头，也顾不得怕了，小脸上生气的表情显而易见，说道："不能看就是不能看，只……只能父皇爹爹看！"小丫头说到最后有些底气不足。

"父皇爹爹"？夜云裳听了这丫头对父皇的称呼，心中更怒了：她从小到大都没有喊过"爹爹"二字，而这小丫头居然敢喊？

在场的诸位大臣瞧着被气得红了脸的七公主，看她腮帮子都被气得鼓鼓的，莫名其妙地觉得她有些可爱。

夜云裳哪会听这小丫头的废话，伸手便准备将叶七七送的礼物的盒子打开。盒子是长方形的，从外表压根儿不能看出里面是个什么东西，不过夜云裳心想着肯定也是个廉价货。

就在夜云裳刚要摸上盒子的时候，有一只手却比她先一步将盒子抽走了。

"父……父皇？"夜云裳瞧着原本坐在位子上的男人不知什么时候出现在她身后，伸手便将她面前的盒子给抽走了。

大暴君拿着那约五十厘米长的盒子，修长白皙的手指缓缓地抚了上去。

"你妹妹都已经说不准你碰了，没听见？"男人用意味不明的眼神瞧着她，说道。

夜云裳感觉到几丝寒意，连忙道："父皇，儿臣只是——"

大暴君一个手势打断了她的话，随后便将目光落在了不远处气得腮帮子圆鼓鼓的小丫头身上，语气有些凶地说道："朕可能看？"

叶七七听着大暴君对自己说话时凶巴巴的语气，小声道："能……"

大暴君眉头微皱，说道："来朕跟前说话。"

闻言，小丫头不敢迟疑，迈着小短腿走了过去。

待她走近时，手里拿着她送的礼物的大暴君，还垂眸瞧了她一眼。

今日叶七七身上穿的是一件绿色的棉袍，连头上的发簪都是绿色的，衬得小丫头的肤色异常白，整个人很是可爱。

目光落在手里拿着的礼物盒子上，大暴君正准备打开，衣袖突然被扯了扯，低头就看见某小丫头正眼巴巴地看着他。

小家伙脸蛋儿红扑扑的，语气委屈到不行："只能您一个人看，行……行不行呀？"

目光有些乞求地看着他，小丫头看起来楚楚可怜。

目光闪了闪，大暴君没回话，伸手打开了盒子。

当瞧见盒子里放的东西时，男人显然感到有些意外，垂眸看了一眼抓紧了他的衣摆的小团子，低声问："画？"

小丫头咬着唇点了点头。她很穷的，送不起什么名贵的东西，只能画了一幅画送给他。

小丫头本想开口让他别在这里打开看，但是谁料大暴君手速太快，一眨眼的工夫就把那画轴给打开了。

当大暴君看到那画轴上的画时，那双冰冷无比的眸子里有了些震惊，他有些难以置信地看着某团子，问："你画的？"

小丫头诚恳地点了点头，缓缓地开口道："七七穷，只能送这个礼物给父皇。父皇，您能不能不要嫌弃？"

她知道她的礼物比不上三公主夜云裳的礼物，但是她真的很努力地画得很像了，就算他不喜欢能不能不要说出来？否则真的很伤人心的。

就在小丫头极度忐忑不安的时候，一双大掌忽然落在她的头顶上。

叶七七一抬头，就对上了男人冰冷的眸子。

大暴君看着她，目光里竟有着说不出的柔和。

下一秒，叶七七就听见大暴君缓缓地开口道："七七画得很好，父皇很喜欢。"

叶七七在画上画的不是别的，正是大暴君的画像，虽然是用水墨画出来的，但那神韵、气势乃至相貌竟和男人有九分像，瞅着就像是真人跃然纸上一般。

"朕的七七有如此才能，又怎能埋没了呢？"大暴君说着就让人将画像打开，邀群臣共赏。

大臣们瞧着那纸上陛下的画像，无不"啧啧"称赞。

"太像了，七公主小小年纪画工竟然如此了得，实在是让人钦佩呀。"

"这画中的人物简直和陛下如出一辙，瞧瞧这神韵、相貌、气质，七公主简直是马良转世！"

夜云裳看着众臣都称赞那小丫头的画工，被气得不行。她花重金让人打造的宝剑居然被这丫头如此廉价的画给比下去了，真是气死她了！如此廉价的画居然还好意思拿出来显摆！

叶七七听了大暴君方才所说的话，一双大眼睛像是在闪闪发光：父皇说她画得很好，他很喜欢，而且他刚才还说……他的七七……

"咦，这画上好像有字。"正在观赏画像的某位大臣忽然发现了画像左上方的一排小字，"寿星献彩对如来，寿域光华自此开。"

"真是好诗呀！不过老臣自认为饱读诗书，竟从未听过这一首贺寿诗。"秦太傅摸着胡子，对这诗连连称赞。

"这是我无意间在书上看到的，便记下了。"小丫头声音软软地开口道。至于这诗是谁写的，她也实在是忘记了。

秦太傅听了小丫头这话，不由得眯起了眼睛，问："那七公主是认识字吗？"

小丫头看到秦太傅对自己龇牙咧嘴地笑着，下意识地抱住了大暴君的一条大腿，不由得往男人身后躲。这个老爷爷笑得好恐怖，她看了晚上会做噩梦的。

叶七七微微探出半个脑袋，说道："会……会一点儿。"

秦太傅拿过一张纸和一支毛笔，写了一个字，问："那老臣敢问七公主，可认识老臣这纸上写的是何字呀？"

叶七七微微踮起脚看了看，声音软软地道："念'霆'，是六哥……"小丫头正说着，像是想到了什么，立马改口，"是六皇兄的'霆'字。"

突然听见某个小丫头喊自己，端坐在席间的少年不由得抬眸看了一眼。他刚看向她，小丫头就已经畏畏地低下了头，那模样就像是他欺负了她似的。

他也就语气狠了点儿，这丫头就怕成这样，真是个胆小的小家伙。少年轻轻舔了舔后槽牙，觉得自己好像遇到一个可爱的小东西了。

后来秦太傅又问了小丫头几个字，没想到她居然都答出来了。

到了最后一个字，叶七七看着大暴君的名字中的那个"姬"字，却犹豫了，她心想：自己现在可是一个只有五岁多的小女娃，知道这么多字是不是不太好呀？

秦太傅见小丫头不说话，问道："这个字七公主不认识了吗？"

小丫头摇了摇头，一脸真诚地道："七七不会。"

正当秦太傅准备教她怎么念的时候，原本一言不发的大暴君突然将一直扒着他的大腿的某团子抱了起来，说道："父皇教你。"

在场的众人瞧着陛下突然将七公主抱在怀里，个个惊得瞪大了眼睛：陛下不是向来有洁癖的吗？连最受宠的三公主陛下都从未抱过，今日居然当着众臣的面将最不受宠的七公主抱在了怀里。

要知道，前段时间陛下还曾怒气冲冲地让人将七公主拖下去砍了，要不是尚书大人极力劝阻陛下打消了这个念头，恐怕七公主早就没了。

"陛下，臣认为七公主天资聪颖，是个读书的好苗子，不如让七公主来国子监听学吧，臣定能教好七公主。"

秦太傅此话一出，现场又是一片哗然。国子监监生的最低招收年龄是十岁，而七公主如今才五岁多，秦太傅是老糊涂了吗？

大暴君低头看着怀里的某团子，问："要去国子监听学吗？"

"听学？"小丫头眨巴着眼睛，故作一脸的不解。

一旁的秦太傅连忙解释道："七公主，听学就是一群人坐在一起学习，能学到好多东西。就像三公主和六皇子也在国子监听学，而且大皇子有时候也会来传授知识呢。"

秦太傅原本以为小丫头听到她的皇兄、皇姐都在里头会立马答应，可没想到，在他说完后，那小丫头竟一脸抗拒地道："不要！七七不要学习，不喜欢！"

五个大恶魔在国子监里头就有三个，那她去了还有命回来吗？打死她也不去！

秦太傅实在不愿放弃这么一个好苗子，苦口婆心地劝说道："七公主，您再考虑一下嘛，学习真的很好玩的！"

"骗子！坏人！学习一点儿也不好玩。"

"七公主……"秦太傅还想说些什么，就见大暴君一记眼神落在他身上，吓得他立马闭上了嘴。

大暴君见小丫头眨巴着眼睛一脸可怜地盯着他，那模样就像是生怕他立马就要把她送去国子监一样。大暴君说道："乖，不去！"

大暴君轻轻地拍了拍小丫头的后背，语气中竟有几丝宠溺之意。

听着那宠溺的语气，看着那宠溺的表情，在场的众大臣觉得自己要瞎了。陛下这也太善变了吧！

直到宴会结束，叶七七都没有看见那传闻中的大皇兄和二皇兄。明明今天可是大暴君的生辰，她不明白他们两个人为什么不来。不过那两个人没来确实让她松了一口气，这样她就不用同时面对五个大恶魔。可是不知道为什么，那个六皇兄一直盯着她，那眼神让她毛骨悚然。

"公主，我们回去吧。"

叶七七从殿内出来，见外面已经下起了鹅毛大雪。小丫头看着在外头等着她的贴身宫女阿婉姐姐，迈着小短腿就走上了轿子，说道："阿婉姐姐，冷。"

外头比不上之前在大殿里面暖和，叶七七一出来就感觉到了寒意，才走了几步，小鼻子已经被冻得有些红了。

阿婉特意带了一个汤婆子来给叶七七取暖："公主，你先焐一焐，莫要受寒了。"

为了防止小丫头受凉，阿婉还特意带了一件披风。

叶七七坐在轿子里，怀里抱着暖乎乎的汤婆子，披着披风，整个人被裹成小小的一团。

刚起轿还没有走多远，轿子就突然停了下来。叶七七抬起头，听到外头传来了阿婉姐姐的声音："奴婢参见六皇子。"

六皇子？

随后小丫头就见原本紧闭的轿帘被一只素白干净的手给掀开了，撞入她的视野里的是少年那长得极其好看的脸。

"能送我一程吗？"少年一脸无害地对她说道，模样和之前在殿中的时候看起来判若两人。

小丫头轻轻地点了点头，有些不解他为什么要上她的轿子。

少年见她同意，随即便弯腰进了轿子里。

如今外头正飘着鹅毛大雪，少年的身上沾了不少雪花。他一进轿子里，叶七七就感受到他身上的寒气，下意识地将汤婆子抱得更紧了。

少年在她面前轻拂着身上的雪花。叶七七咬了咬唇，纠结了许久，最终将袖子里的帕子递给了他，说道："六皇兄擦擦……"

少年闻言，手上的动作一顿，抬眸看着她，视线落在她递给他的帕子上。

那帕子是前几天叶七七让阿婉姐姐帮她绣的，上面绣着一个小女孩儿和一只小白虎，代表着她和大白。

少年迟迟没有伸手去接帕子，而是目光淡然地看着她。

叶七七举得手都有点儿酸了，正打算收回手，就见少年对着她淡淡地开口："换个称呼喊我。"

小丫头一脸不解地瞧着他：除了"六哥哥"和"六皇兄"，她还能换个什么称呼喊他呀？

"皇……皇兄？"

夜霆晟很无情地说了一句："我不喜欢，换一个！"

他……他怎么这个样子呀！她的手好酸……

"不许放下来！"少年又恢复了之前那恶狠狠的样子。

叶七七被吓得差点儿忍不住哭出来，眼中都浮现出一层雾气。

这个不能叫，那个也不能叫，她总不能直接叫他的名字吧！

举着的手控制不住地抖了抖，最后实在是坚持不住了，叶七七不禁开口道："哥哥，七七手酸……"

这一声"哥哥"，让坐在那儿的少年的身子不由得僵住了。他猛地拽过她手中的帕子，有些难以置信。他本来想逗逗她，让她叫自己"六哥哥"，可不承想这丫头竟然直接叫了一声"哥哥"。

少年不由得捂着唇，神色难以揣测地盯着面前的小丫头。他觉得自己大抵是疯了，被这小丫头叫了一声"哥哥"，竟心跳抑制不住地加速。

叶七七瞧着他突然捂着唇，微微蜷缩起身子，以为他是冷了，便依依不舍地将怀里的汤婆子放进了少年的怀里，说道："哥哥，你……你焐焐……"

她也不知道自己喊他"哥哥"他会不会生气，但是目前看来他好像没有很生气。

少年看着某小丫头塞进自己怀里的汤婆子，目光不由得沉了沉。下一秒，他忽然抬起头看她，问："七七喊过别人'哥哥'吗？"

叶七七对上少年那突然有些阴沉的眼神，莫名其妙地觉得自己现在好冷，僵硬着脖子摇了摇头，语气软绵绵地道："没……没有……"她一直到现在也只是看到过他这唯一一个皇兄而已。

少年听了叶七七这话似乎很满意，伸手揉了揉她的小脑袋，嘴角挂着一丝笑意，说道："嗯，七七真乖！千万不可以这样喊别的皇兄，知道了吗？"

虽然他嘴角带着笑意，但是叶七七瞧着还是忍不住头皮发麻。他这话语中分明警告的意味十足。

叶七七点了点头。

少年笑着又将汤婆子送进了她的怀里，说道："七七要乖呀，不乖的孩子是没有人疼的。"他伸手替她将身上的披风裹紧。

叶七七瞧着少年嘴角勾起的一抹浅笑，他虽然在笑，但那笑容真的好可怕。她好想哭，可是不敢，生怕自己一哭，然后人就立马没了！呜呜呜……比起大暴君爹爹，这个六哥哥真的……好可怕！

少年看着缩在角落里眼睛瞪得像铜铃般盯着自己的小丫头，只见小丫头眼尾泛红，眼睛湿漉漉的，连同鼻头都红红的，不知道的人看了还以为他欺负她了呢。

少年一下子起了玩心，问："七七呀，你很怕六哥哥吗？"

少年此话一出，小丫头下意识地点了点头，然后又狠狠地摇了摇头。望着少年那变得有些阴沉的眸子，叶七七急忙解释道："不……不怕……"

听着小丫头微颤的声音，望着小丫头那看起来肉肉的小脸蛋儿，少年忍不住伸手捏住了她的小脸蛋儿。

"你好胖呀。"这是少年捏上她的小脸蛋儿后说的第一句话。

叶七七这几天大鱼大肉的，吃得有点儿好，毕竟之前饿了很久，所以这几天肉眼可见地长了点儿肉。女孩子最忌讳的就是别人说她胖，叶七七自然也不例外，但说她的这个人是她的神经病六皇兄，她不敢反驳。

小丫头有点儿委屈地抠着手，小声道："那七七回去就减肥……"她以后少吃点儿肉，多吃菜，多运动。

"哧。"少年看着小丫头一脸委屈的模样，轻笑了一声。

那笑声仿佛钩在人心尖上似的，低沉且撩人得很。

他伸手揉了揉叶七七的小脑袋，笑着对她说："乖，多吃点儿吧！胖点儿好。"

少年笑得温柔，但叶七七还是觉得那笑容里暗藏诡秘，吓人得紧。

叶七七觉得时间过得比之前在宴会上还要缓慢。直到少年下了轿子，小丫头才松了口气。

就在少年刚准备弯腰下轿子的时候，他突然像是想到了什么，转头看了里头的某丫头一眼，说道："七七有时间也给六哥哥画个像。"

听着少年那缱绻的语调，小丫头下意识地点了点头。

她看着少年下了轿子，消失在她的视野之中，原本悬着的心算是彻底放下来了。

寒冬腊月，鹅毛大雪，冷得刺骨，整座皇城都笼罩在一片白茫茫的雪中。

昨天下了一夜的大雪，院子里积雪深得都没过了成人的小腿。院子两侧的道路已经被宫人清理过了。

叶七七追着大白在院子里玩闹。

"哎呀，大白，你跑得慢点儿，人家快追不上你了……"叶七七迈着两条小短腿追着用四条腿跑的大白，真的是追不上。

大白很通人性，听见小丫头那埋怨的声音后，立马转头跑到了她面前，低着小脑袋往她的手里靠，要摸摸的意图十分明显。

小丫头知道要是不摸它几下，它就会黏人得紧，非得被摸一会儿才行。

叶七七揉了揉大白的脑袋，又摸了摸它的下巴和小肚子。

大白舒服得发出了"呼噜呼噜"的叫声。

"嗷呜。"大白舒服得在地上打了个滚，露出雪白的肚皮让她摸一摸。

说来也奇怪，自从她得知大白是一只幼虎后，它就再也没有像之前那样"喵喵"叫过，好像之前它发出猫叫都是它故意的一样。

叶七七原本是想抱抱大白的，但是惊奇地发现它重了好多，她已经完全抱不动了。它这段时间吃得极好，顿顿都是肉，原先小小的身子长大了好几圈。

"大白，你好重呀！我都抱不动你了。"

大白前爪扒着小丫头的肩膀，仰起头，伸出舌头轻轻舔着她的小脸蛋儿。

但哪怕它舔的动作很轻，因为舌头上有倒刺，小丫头的小脸蛋儿还是被它舔得有点儿疼。

叶七七跟大白在外头的雪地里玩了很长时间才回到屋子里。

宫女阿婉看到小丫头不仅小手被冻得红通通的，连小脸都被冻得红红的，急忙拿来汤婆子给她取暖，说道："公主，外头天冷，昨夜又下了一夜的雪，还是不要经常出去玩闹了，要是受了风寒会很难受的。"

因为玩了雪，小丫头的手湿漉漉的，阿婉便拿来干净的帕子给她擦手。

一旁的大白蹲在小丫头身旁，用圆鼓鼓的大眼睛看着阿婉给小丫头擦手，那模样就像是等着下一个被擦爪子一样。

"阿婉姐姐，七七要送给你一样东西。"

正在给小丫头擦手的宫女阿婉听了这话，不由得抬起头看着她，有点儿疑惑地问："公主要送给奴婢什么呀？"

"这个。"小丫头缓缓地伸出右手。

阿婉还没看清楚小丫头手里拿着什么，脸上突然一凉。她伸手一摸，竟是一颗小小的雪球。

"哎呀，公主！"

"嘻嘻。"叶七七手里还有好几颗小小的雪球，追着阿婉要把雪球扔在她身上。

叶七七弄的雪球很小，砸得并不疼，只是有点儿凉。

阿婉说道："公主莫要闹了。"

阿婉毕竟成年了，哪怕故意躲得很慢，也没怎么被叶七七手里的雪球砸到。阿婉被叶七七追到了门口，看着迎面朝自己砸来的小雪球，下意识地躲开了。

雪球没砸到她，却砸到了突然走进来的男人。

阿婉感觉自己身后笼罩了一层阴影，一转头看见那个身着明黄色衣袍的男人，吓得蓦然变了脸色，立马战战兢兢地跪在了地上。

不远处的叶七七手里还拿着小雪球，看到突然出现在门口的大暴君时，也是不由得变了脸色。尤其是当看到自己方才扔的小雪球刚巧就砸在了大暴君的鞋面上，黑与白的颜色形成了鲜明的对比时，小丫头脸猛地一白：惨……惨了！

叶七七见阿婉姐姐跪在地上，也"扑通"一下跪在了地上。

她身旁的大白瞧见了她跪地的动作，竟也学着她的样子跪着。

赵公公想：这……这幼虎是成精了吧？！

"拜……拜见父皇……"小丫头四肢伏地，声音发颤，小脑袋压得低低的，小小的身子都不由得抖了抖。

大暴君目光落在跪在地上的一人一虎上，凤眸黯了一下，缓缓地道："起来吧。"

小丫头从地上起来时，脸色还被吓得有些白：她好像闯祸了……

大暴君眼瞅着某小丫头从地上起来后就一副要哭出来的样子，就像是他欺负了她似的，那模样要多委屈就有多委屈。

大暴君故作严厉地对小丫头道："过来！"

叶七七闻言，身体控制不住地抖了抖，抬起小脑袋望见大暴君那阴沉的脸色时，吓得大气都不敢喘，生怕他让人把她拖出去砍了。

叶七七迈着小短腿挪到男人跟前，因为不敢直视大暴君阴沉的脸色，就一直低着头，一副犯了错的模样。

"父皇爹爹……"小丫头声音压得低低的。

男人将目光落在她那冻得有些发红的小手上，目光意味不明地问道："好玩吗？"

听了大暴君这话，叶七七有些不解地看着他，顺着他的视线看见了不远处的地上那几颗小雪球，那是她刚才被吓得一下扔在地上的。

小丫头噘着小嘴，有点儿委屈地摇了摇头："不好玩，一点儿都不好玩……"她以后再也不玩雪球了……

大暴君听了小丫头这口是心非的话，嘴角不由得扬了扬，但是没有笑出声。

"把手伸出来！"大暴君阴沉地道。

叶七七对于伸出手这件事有心理阴影，小时候她不听话的时候妈妈就经常打她的手。

她下意识地以为大暴君是想打断她的手，眼睛"唰"的一下便红了。

"父皇爹爹，七七知道错了，以后再也不玩雪球了，不要打断我的手，七七怕疼……"小丫头将手紧紧地缩在衣袖里不肯伸出来，那一脸泪水的模样就像是他要砍了她的手一样。

男人不知从哪里拿出一条锦帕给她擦着有些湿的掌心，说道："你这小脑袋都在想什么呢？"他只不过是想给她擦手而已。

叶七七瞧着男人给自己擦手，意外得很，眨巴着大眼睛含泪看着他……

"朕在你心里就是如此恶毒？"大暴君将这夺命一问抛出来，狭长的凤眸逼视着小丫头，让她道出答案。

小丫头下意识地缩了缩脖子，红着眼一脸委屈地看着他："因为父皇爹爹一开始还让人把七七拖出去砍头的……"

大暴君听到这里终于懂了，敢情这小丫头现在是在跟他翻旧账？！呵，小

53

东西竟还知道怪罪他了。

"你这是在怪朕？"

叶七七摇着可爱的小脑袋，弱弱地道："七七不敢……"

"咻。"大暴君轻笑了一声，目光落在小丫头纤细的脖子上。他要是真的想要杀她，现在就能直接把她掐死。

"有水吗？"

"有……有的。"小丫头迈着小短腿小跑到一旁的桌子旁倒了一杯水，双手捧着杯子递到了大暴君跟前，"父皇爹爹，喝茶……"

站在一旁的赵公公听着小丫头那软软的语气，感觉心都要化了：七公主真的太可爱了！

男人接过小丫头递过来的茶喝了一口，故作冷酷。

今日外头的天气已经够冷了，再加上大暴君此刻一脸阴沉，令叶七七越发觉得冷。趁着男人不注意，她下意识地挪动小脚，离男人远了些。

"朕昨天教你的，会写了吗？"大暴君放下杯子，平静地问她，完全没有注意到小丫头方才的小动作。

叶七七小脸上闪过一丝困惑，有些茫然地看着他。

大暴君咬了咬牙，沉声道："朕的名字！会写了吗？"

听着大暴君恶狠狠、凶巴巴的语气，小丫头不由得缩了缩脖子，说道："会……会了。"他问就问，干吗还凶巴巴的呀？！

看着小丫头怯懦的眼神，大暴君指了指一旁的书桌，凶巴巴地道："去写！写不出来朕就把你的爪子砍了！"

他的话音刚落，趴在一旁的大白听了这话，不由得"嗷呜"了一声，下意识地将自己的爪子缩了起来。

叶七七听着男人那凶得不行的语气，迈着小短腿走到书桌旁，生怕自己的手会被男人砍掉，不敢迟疑，拿了一个矮凳子，脚踩着凳子就站在书桌前将纸铺好，然后认真地磨墨，看起来当真是有模有样的。

叶七七本来觉得自己可以写好，但是大暴君就坐在她身旁看着她，吓得她手脚有些哆嗦，好不容易将大暴君的名字完整地写了下来，字还歪歪扭扭的。

叶七七还以为大暴君看到后会十分生气，没想到他不但没有生气，反而还伸手摸了摸她的小脑袋。

"嗯，七七真棒！"

大暴君那语气听起来似乎心情好极了，小丫头甚至觉得大暴君是眼睛出现了什么问题，明明她的字那么丑。

大暴君就坐在那儿，手里拿着小丫头写下他的名字的纸，嘴角止不住地上扬。

一旁的赵公公看了，心里越发觉得陛下真的太口是心非了。

看着大暴君将纸收了起来，小丫头低着头抠着指头，心想：大暴君为什么还不走？今天她可是和九皇叔约好一起出宫去玩的。

"接着和大白玩吧，朕先走了，改日再来看你。"

大暴君此话一出，小丫头原本黯淡的眸子猛地一亮：呀，他终于要走了呀！

大暴君看着小丫头眼睛湿漉漉地盯着自己，以为是舍不得自己，伸手揉了揉小丫头的脑袋，说道："朕明天再来看你。"

"嗯，父皇爹爹慢走。"

叶七七看着男人越走越远的身影，直到他的背影消失不见，立马扯了扯阿婉的衣袖，打了个哈欠，说道："阿婉姐姐，七七困。"

阿婉将小丫头抱了起来，说道："刚好午睡时间到了，奴婢哄公主睡觉吧！"

小丫头摇了摇头："七七不用哄。七七已经是大孩子了，不需要人哄就可以自己睡午觉的。"

"嗯……那好吧！那奴婢在外面守着，公主有什么事可以叫奴婢。"

"好。"小丫头躺在床上，任由阿婉替她盖好被子。

大白就趴在床榻边守着她。

第五章

父女大危机

小丫头闭着眼睛，听见脚步声越来越远。直到轻微的关门声响起，她小心翼翼地睁开眼睛，掀开盖在身上的被子坐了起来。

趴在地上原本准备入睡的大白见她突然从床上起来，不由得抬起小脑袋，圆溜溜的大眼睛不解地看着她。

"嗷呜。"大白突然对着她叫了一声。

叶七七吓得急忙捂住了大白的嘴，对它做了一个安静的手势，说道："嘘，大白要安静！"

"嗷呜……"大白很小声地回应。

随后，它看着小丫头蹑手蹑脚地穿好鞋子，小心翼翼地走到门后，耳朵紧贴着门，不知在听些什么。

大白乖巧地站在那儿，不解地微微歪了一下头。

就在这时，窗户边突然传来了一阵轻微的声响。大白下意识地竖起了耳朵，有些警惕地看向窗户那头。

原本紧闭的窗户被人从外面打开，小丫头循着声音看去，一眼便瞧见了翻窗进来的男人。

"皇叔！"小丫头不由得眼睛一亮，语气有些欣喜地喊道。

夜墨寒利索地翻窗进来，看着小丫头欣喜若狂的小脸，嘴角微微勾了勾，说道："囡囡，皇叔来接你了。"

叶七七本来还想着自己该如何偷偷地跑出去和九皇叔见面，可没想到九皇叔直接来接她了。

她感觉九皇叔真的好厉害，抱着她"唰唰唰"就用轻功飞了起来，她感叹道："皇叔，您好厉害，居然还会飞！"

待男人将小丫头抱上轿子后，她还在赞不绝口。

夜墨寒伸手揉了揉小丫头的小脑袋，说道："囡囡喜欢吗？喜欢的话皇叔以后常带你飞一飞。"

"好。"小丫头满心欢喜地点了点头。

男人看着小丫头的可爱样，越发觉得这老天瞎了眼，竟然让那个"大冰块"有这么一个可爱的小闺女。他真忌妒！

为了防止小丫头饿，男人让人放了不少小点心在轿子上，简直就是把她当作自己的亲闺女疼。

"吃吧，等下皇叔带囡囡去逛街，民间好玩的小玩意儿可是很多的，囡囡要什么皇叔就给你买什么。"哪怕她要天上的星星，他也要给她摘下来。

叶七七自从来到这边就一直待在皇宫里，从来没出过皇宫，看着街道两旁五花八门的小玩意儿，眼睛都忍不住放着光："哇，皇叔，糖……糖葫芦……"

叶七七看到糖葫芦，立马走不动路了，小脸上写满了想吃。

男人见她因为方才一蹦一跳地跑，头发有点儿乱，蹲下身子伸出手替她理了理头发，低声道："囡囡，现在在外面可不要叫'皇叔'，会暴露我们俩的身份的。"

"那……那应该叫什么呀？"

夜墨寒问："囡囡觉得能叫什么？"

叶七七咬着手指想了想，在皇叔期待的目光下，缓缓地道："叔叔？"

他本来还想让这小丫头喊他"爹爹"呢，唉，叔叔就叔叔吧。

"叔叔，囡囡想吃糖葫芦……"小丫头伸手指了指糖葫芦。

夜墨寒说道："买买买！给她来两串。"

"可是囡囡想要三串……"叶七七眨巴着眼睛，一脸期待地看着他。

"这个吃多了对牙齿不好。"

"不都是给囡囡吃的。"小丫头摇了摇头，解释道，"大白也喜欢吃甜的，囡囡想给大白带一串。大白从来没有吃过糖葫芦。"

男人想了想，最终妥协了："行吧！谁让叔叔宠你呢！"

叶七七心满意足地拿到了自己最爱吃的糖葫芦，手里拿着一串，怀里还抱着两串。

她走在路上，因为长得过于可爱，惹得不少行人转头看她。

叶七七美滋滋地吃着手里的糖葫芦，两个腮帮子都撑得鼓鼓的。就在小丫头刚准备将最后一颗山楂吃掉的时候，她突然感觉一道阴冷的视线正看着自己，下意识地抬起头，结果一眼便瞧见坐在不远处的酒楼二楼窗户边的少年。望着少年那张熟悉的脸，小丫头被吓得手里还没有吃完的糖葫芦直接掉在了地上。

她低下头看着掉在地上的糖葫芦，反应过来后再一次抬头看去时，原本坐在二楼的少年却已经不在了。叶七七一度觉得是自己出现了幻觉，但显然不是，她刚才真的看见了那个阴沉可怕的六皇兄。

一想到少年之前对她说的话，她就不自觉地抖了抖身子。好……好可怕！比起大暴君，这个深沉、阴郁的少年更加令她害怕。

"囡囡，我们就在这座酒楼里吃饭吧？"

叶七七被刚才无意间看见的少年吓得够呛，也不知道皇叔说了什么，下意识地就点了点头，任由皇叔抱着她进了酒楼里吃饭。

但到了吃饭的时候，皇叔因府中突然有了急事，不得不先离开。

"囡囡，皇叔府上突然有急事，要先回去处理一下，恐怕不能亲自送你回宫了。你要乖乖地听话，等一下让这两位侍卫哥哥送你回去好不好？"

"好。皇叔放心，囡囡没问题的，保证会乖乖地听侍卫哥哥的话。"小丫头拍了拍胸脯，保证道。

男人摸了摸小丫头的脑袋，越发觉得欣慰，夸奖道："嗯，囡囡最乖了！"

九皇叔走后，叶七七看着那一桌子的美味佳肴，也不知道怎的就没有了胃口。小丫头下意识地坐在窗户边发呆，可看着看着就感觉有些不对劲：她怎么突然间感觉这角度那么熟悉呢？

小丫头"噌"的一下从椅子上站了起来，低着小脑袋扒着栏杆往下看，一眼就看见了之前卖冰糖葫芦的那个摊位。

脸猛地一白，小丫头突然间想到六皇兄刚刚好像就是站在这座酒楼的二楼窗户前看着她的。

"囡囡？"

身后突然传来了熟悉的男声，小丫头僵硬地转过头，看着从门口向她走来的少年。

"囡囡……这名字还真可爱！不过……我还是觉得'七七'更可爱。"

少年今日穿着一身黑色衣袍，在黑色的映衬下，肤色显得异常苍白。

他迈着步子，一双妖冶、狭长的凤眸闪着阴暗的锋芒，薄薄的红唇上挂着阴沉的笑意。

叶七七下意识地抓紧了衣袖。她怎么也没想到，自己居然能在这里和这个神经病六皇兄相遇。

她原本是趴在栏杆上的，见少年进来后下意识地想要下去，但两条小短腿还没有完全踩到地上，后背就感觉到一阵阴冷的寒意，一转头就瞧见原本站在门口的少年已经站在她身后，吓得腿脚不由得一哆嗦。

要不是他及时抱住了她，恐怕她就要摔下去了。

"七七怎么害怕成这样，难道哥哥很凶吗？"

少年阴恻恻的声音在身后响起，小丫头看着自己距离一楼的地面大概有一个能摔死人的高度，下意识地抓紧了少年环着她的小肚子的手臂，小脸蛋儿被吓得有点儿发白，说道："不，六……六哥哥不凶……"

"是吗？"少年嘴角勾起一抹冷笑，"既然哥哥不凶，那哥哥抱着七七，七七干吗还哭呢？"少年将手从她的胳肢窝伸过去，绕到她的面前，冰凉的指腹擦过她的眼尾，沾染上一颗水珠，正是某小丫头刚刚被他吓哭，从而很没出息地流下的眼泪。

叶七七紧紧地拽着少年的衣袖，生怕他一松手直接将她从楼上推下去："七七没哭，只是恐高。六哥哥，七七想下去，好不好？"她现在整个人被少年堵在栏杆上，要是他一时之间对她起了杀心，只需要轻轻一推，她就肯定摔下去。

"这样呀……"少年轻叹一声，目光落在楼下，缓缓地解释道，"这二楼不高的，七七要是摔下去的话一定死不了，顶多摔断腿吧！"

少年说得很轻松，嘴角上还挂着一丝笑意。

望着少年那有些吓人的眼眸，小丫头被吓得脸更加白了。

"六哥哥，七七不想摔断腿，呜呜呜……"小丫头忍不住哭了出来。

少年见她流下一连串的泪水，眉头猛地皱了一下，立马阴沉着脸道："哭什么哭？再敢哭一声，我就把你推下去摔死！"

闻言，小丫头立马收住了眼泪，红着眼睛泪汪汪地看着他。

望着小丫头那含泪的眸子，少年只觉得心烦得紧，揪起自己的袖子给她擦眼泪。

他的动作实在是粗鲁，毫无温柔可言，但哪怕他擦得再疼，叶七七也不敢说一句怨言，生怕他将自己推下去。

夜霆晟问道："七七刚才在楼下看到我在二楼了？"替她擦完脸后，少年用阴沉的目光冷冷地瞧着她，像是在询问什么似的。

叶七七点了点头，不敢骗他："看……看到了……"

"除了我，七七可还看见了其他人？"

小丫头摇了摇头："没……没有了，七七就只看见六哥哥一个人。"

"真的？"少年再一次质问。

"真的，七七真的就只看见六哥哥一个人。"她不知道他为什么要这样问她。

"呵，七七呀，小孩子说谎的话晚上睡觉可是要掉舌头的，七七也不想自己晚上睡觉时突然掉舌头吧？"

"七七真的没有说谎，七七在吃糖葫芦的时候就只看见六哥哥一个人。"她没有说谎。

"这样呀！"少年轻轻地拍了拍她的小脸，终于将她放了下来，"那这次就信七七一次，毕竟七七很可爱呢！"少年嘴角上挂着浅笑。

叶七七被他从栏杆上放下来之后，双腿止不住地发软。她还没缓过来，却又被少年给抱起来了。她不知道他究竟哪来的那么大的力气，明明也就比她大六岁而已。不仅如此，他还比她高好多，她站在他面前只到他的腹部。

少年就这样堂而皇之地将她抱了出去。

两名站在门口的侍卫看着突然出现的六皇子，显然意外得很。

少年冷冷地开口道："本皇子带她回宫就好，你们可以先回去了。"

两名侍卫面面相觑，实在想不通六皇子为何会在此，但想着六皇子好歹是七公主的皇兄，自然是不会做什么伤害七公主的事情的。

叶七七看着少年抱着自己出来，压根儿不知道他打算带她去哪里，便伸手扯了扯少年的衣服。

"有事？"

小丫头把声音压得很低："六哥哥，糖……糖葫芦……"

"什么？"

叶七七指了指雅间里面，说道："我还有两串糖葫芦没有拿。"

少年垂眸阴沉地看了她一眼，像是要掐死她一样。

"那算……"

小丫头话还没说完，就见少年已经转身去拿她落下的那两串糖葫芦。

叶七七一开始以为自己会被少年杀掉抛尸，所以死之前还想吃两串糖葫芦，但没想到少年只是抱着她去了隔壁的一间包间。

叶七七坐在凳子上，看着对面那可怕的六皇兄，被吓得简直连大气都不敢出……好可怕！她实在是不敢想象，自己居然有一天会和这个六皇兄单独在一起吃饭。

夜霆晟看着对面手里拿着筷子却动也不动一下的某团子，狭长的凤眸不由得黯了一下，问道："不饿？"

某团子刚准备点头，谁知少年已经夹了一只剥了壳的大虾放进她的碗里。

少年冷冷地道："不饿也给我吃下去，不许浪费！"

叶七七看着少年给自己盛了满满一大碗米饭，被吓得差点儿晕过去，说道："六哥哥，太……多了。"这碗比她的脸还大，她怎么可能吃得完？

少年放下筷子，冷冷地看着她，说道："六哥哥？七七忘记之前我说的话了？最好喊什么呢？"

"哥……哥。"小丫头试探性地喊了一句。

少年满意地揉了揉她的小脑袋："七七可真乖呢。"

少年那微凉的手摸着叶七七的小脑袋，她只觉得吓人得紧。

后来大抵他良心发现了，他并没有强迫她吃那一大碗白米饭，却极其热衷于给她夹菜。

最后叶七七实在吃不下去了，忍不住对少年开口道："哥哥，七七吃饱了……"

少年微微掀起眼皮子看着她，目光意味不明地落在她的小脸上，多少有些诧异这小丫头竟吃得这么少。

"嗯。"少年轻轻应了一声，目光重新落在手里拿着的书上。

叶七七也不知道他究竟有什么毛病，明明点了一桌子菜，他自己却一口未动，只坐在那儿看书，菜大部分进她的嘴里了。

少年正单手撑着脑袋看书，就感觉对面的小丫头一直在看自己，便缓缓地掀起眼皮子淡淡地扫了她一眼，问："怎么了？"

他的语气平静而又冰冷。

小丫头在心里默念了许久，终于鼓起勇气道："哥哥，你怎么不吃呀？"

少年看了她好一会儿，忽然勾唇一笑，问道："怎么？七七是害怕哥哥下毒吗？"

他这话说完，某小丫头几乎是肉眼可见地变了脸色，瞪着那双大眼睛一脸不知所措地看着他。

少年被小丫头这反应给逗笑了，将手里的书缓缓地合上，戏谑地道："逗你呢，竟吓成这样。我要是想害你，方才就把你推下去了，又何必还带你过来吃饭呢？"

少年轻轻勾了勾薄唇，端起面前的清茶喝了一口。

他见小丫头不说话，手里紧紧地抱着糖葫芦，问："好吃吗？"

小丫头见少年的目光落在自己怀里的糖葫芦上，下意识地点了点头，回道："好……好吃！"

"哥哥，你……吃吗？"怀里有两串糖葫芦，小丫头拿出一串递向少年，小心翼翼地问。

夜霆晟看着小丫头递过来的那串糖葫芦，估计是被放在怀里久了，糖葫芦上面裹着的一层糖都有些化开了。他脑海里突然浮现一些片段，蓦然阴沉下脸，最终落下一句："不吃！"

"好……好吧！"说完，小丫头将糖葫芦当宝贝似的放好。

她庆幸还好他没有要，不然她带一串回去就不知道是该给大白还是该给大暴君爹爹了，毕竟她一开始买的时候就想着一串给大白，另一串给大暴君爹爹。虽然大暴君爹爹平时对她很凶，但是她还是能感觉到他对她的好，不然他不会在她快要被狼咬死的时候出现，更加不会在寿宴上夸她画画得好。大暴君虽然什么话都不说，但是她能感觉到，他只是经常口是心非而已。

坐在那儿的少年看着小丫头那将糖葫芦小心翼翼地收好的模样，凤眸不由得黯了几分。

叶七七回宫的时候，天色已经完全暗了。小丫头心里难免有些担心阿婉姐姐会不会很生气，毕竟她可是偷偷和皇叔跑出去的。

马车稳稳地停在了小丫头在宫里的住所前。

叶七七急匆匆地下了马车，正打算离开，突然像是想到了什么，转身对坐在马车上的少年道："谢谢哥哥……送七七回来。"

车上的少年看都没看她一眼，就让车夫驾车扬长而去。

叶七七也不知道六哥哥突然怎么了，自从她问他要不要吃糖葫芦后，他就一直冷着脸一言不发，就连刚刚在马车上也一直没有开口。

不过小丫头也没有多想，怀里抱着糖葫芦就一蹦一跳地进了自己的住所。

她想着是自己把糖葫芦给大暴君爹爹送过去，还是让人送过去？虽然她很喜欢吃糖葫芦，但是要是大暴君爹爹不喜欢怎么办？

短短的时间里，小丫头想了好多种可能。

但就算大暴君不喜欢吃糖葫芦，她还是想要送给他，毕竟这是她的一点点心意。妈妈说过，好东西要学会和自己喜欢的人分享。

叶七七刚进院子里，就感觉有些不太对劲。平日这里有好几位宫女姐姐打扫院子来着，现在却空无一人，安静得不得了。

"阿婉姐姐……大白……"小丫头试探性地喊出声，可惜没有人理她。

于是她一连喊了好几声，终于在寝殿里听到了一些声响。

"大白？"小丫头将寝殿紧闭的门推开一条缝，探出半个脑袋往里头看。

结果不看不知道，这一看她直接被吓了一大跳。

此刻已经临近傍晚，天色昏暗，寝殿里没有点灯，只见那昏暗的寝殿里，宫女、太监战战兢兢地跪了一地，气氛紧张得吓人。

小丫头心里突然有种不祥的预感，尤其是在与坐在椅子上一身龙袍的男人四目相对时，蓦然惊了一下。

大暴君爹爹！他……怎么在这里？

男人坐在角落里，背着光，全身上下几乎笼罩在黑暗中，那双深沉的眸子透着无限的冷意。

"去哪里了？"男人声音不大，在此刻如此寂静的环境里，却冷厉得吓人。

小丫头下意识地握紧手里的两串糖葫芦，缓缓地迈着步子走了进去，回道："出……出宫了……"

"出宫？"用阴沉沉的目光看着她，男人语气森寒无比地道，"谁允许你出宫了？！"

小丫头看着此刻浑身上下都散发着戾气的大暴君，有些怕，声音弱弱地道："没……没有人………"

"呵。"大暴君冷笑了一声，修长的手指轻轻点着桌面，冷冷地瞧着她，问，"和谁一起去的？"

小丫头本来想说和九皇叔一起去的，但是瞧着此刻男人那充满戾气的脸，害怕连累九皇叔，于是咬了咬唇，第一次对大暴君撒谎："没……没有人。"

"没有人？"大暴君猛地从椅子上起身，走到低着头的小丫头面前，伸手就掐住了小丫头的下巴，"小小年纪倒是学会撒谎了？！"整座皇宫都是他的，他的御林军遍布整座皇城，这丫头和谁出去，他又怎么可能不知道？原本他是想给她一次机会的，可万万没有想到，她居然还敢对他撒谎！

大暴君此刻怒气冲天，掐着小丫头的下巴的手劲儿难免有些大，很快小丫头的下巴就被他掐红了。

目光落在小丫头怀里紧紧抱着的两串糖葫芦上，大暴君眸间的冷意更深了，说道："呵，朕还以为他能带你买什么东西，原来就是为了买这廉价的玩意儿！"

叶七七听到大暴君对糖葫芦的形容词后，眼睛一下便红了："它不是！它是七七最喜欢的，不许你这样说它！"糖葫芦才不廉价，这是她最喜欢吃的！

他？大暴君以为她口中所说的是夜墨寒，气得眼睛都有些发红。

"好呀！才两串廉价的糖葫芦就把你收买了，竟敢反驳朕，到底我是你老子还是夜墨寒是？"大暴君气得连自称都忘了。

他不知道自己气的到底是这丫头一声不吭地就偷偷出宫，还是对他撒了谎，抑或是这丫头对他弟弟夜墨寒的维护，一怒之下直接一把扯过小丫头怀里护着的两串糖葫芦，狠狠地扔在了地上。

要不是今天离开的时候有东西意外地落在这里，他都不知道这丫头居然还敢偷偷出宫！

他回想起之前自己要离开的时候小丫头那欣喜的表情，原先还以为这丫头是舍不得他，现在想来她心里恐怕巴不得他早些走吧！

"啪"的一声，小丫头抱在怀里护了好久的糖葫芦被男人摔在了地上。

叶七七再也忍不住了，眼泪"唰"的一下流了出来，说道："坏人，我讨厌你！"

大暴君冷冷地看着她，说道："朕也没指望你喜欢朕！"

"来人，月静宫上下照顾主子不周，都给朕拖下去打二十大板！"大暴君撂下这话，再也没看哭得满脸泪水的小丫头一眼，怒气冲冲地离开了。

"呜呜呜……"叶七七看着地上被男人摔得七零八落的糖葫芦，早已泣不成声。

坏人！坏蛋！大坏蛋！她再也不要和他说话了！

大暴君被某团子气得心情不佳了三天。

这三天里，大臣们也不知陛下究竟是怎么了，看谁都不顺眼。某大人去御书房送个奏折，竖着进去，横着被人给抬出来了，病因是惊吓过度。

平日里大暴君的性格已经让众大臣不敢言，在这几天，上早朝的时候大臣们简直连大气都不敢喘一下。

连同跟在男人身边伺候多年的赵公公，这几日也是生活在水深火热之中。

众大臣战战兢兢地跪了一地，终于挨到了下朝时间。

大暴君刚到御书房准备批阅奏折，赵公公就在外面禀报九王爷求见。

闻言，大暴君拿着奏折的手不由得一顿，眼皮抬都没有抬一下，厉声道："让他滚！"

站在外头的赵公公闻言，恭恭敬敬地对身旁的男人道："九王爷，您也听见了，陛下说了，让您……呃……回去。"

"咻。"夜墨寒轻笑了一声，伸手将手中的一封信递给了赵公公，"这个是囡囡让我帮她写的，不过当天走得急，我不小心把信带走忘记给她了。对了，我记得陛下不是不喜欢吃甜食吗？那小丫头还特意买糖葫芦送他，确定陛下肯吃？"

赵公公听了九王爷这话，不由得想到前几天陛下一怒之下扯过七公主怀里护着的两串糖葫芦，直接扔在地上的画面，问："九王爷，您的意思是，七公主那糖葫芦是买给陛下的？"

夜墨寒闻言，瞧了赵公公一眼，说道："不然呢？起初本王还以为陛下对囡囡太过苛刻了，可没想到陛下对囡囡还挺上心的，不然那小丫头给他带什么糖葫芦？唉，果然，血缘远的比不上血缘近的，本王让囡囡假装喊本王一声'爹爹'这丫头都不愿意，本王真的是白疼她了。"

赵公公在外头和九王爷聊了好一会儿，这才知道原来是陛下错怪七公主了，七公主出宫，完全是为了买自己最喜欢吃的糖葫芦送给陛下呀。

赵公公手里拿着那封七公主让九王爷代写的信，一时之间不知道该不该送进去。

就在赵公公不知该如何是好的时候，紧闭的书房门猛地从里头被打开了。

赵公公看着站在门口一脸阴沉的男人，手不由得抖了抖，问道："陛……陛下，您怎么出来了？"

大暴君把目光落在赵公公手里拿着的那封信上，说道："拿来！"

闻言，赵公公不敢迟疑，急忙双手将信呈了上去。

男人接过信后没说一句话，"唰"的一下便将门又给关上了。

御书房内，男人站在那儿，手里拿着那封信，斟酌了许久，最终还是缓缓地伸手拆开了信封，刚打开信纸，入眼的就是小丫头那歪歪扭扭的字：

　　父皇爹爹，我是七七呀！嘻嘻。

　　虽然您的寿辰七七准备了一幅画，但是七七忘记把要对父皇爹爹说的话放进去了。娘亲说过，生辰一定要写祝福语，不然许的愿望会不灵。

　　虽然爹爹有时候对我很凶，但是七七知道，爹爹经常是口是心非，不然也不会在七七被人扔到后山时，突然出现救了七七。

　　还有爹爹过寿辰那天，因为七七真的很穷，买不起贵重的礼物，只能给爹爹画一幅画。

　　本来七七以为爹爹会嫌弃七七的礼物，可是您不仅没有嫌弃，还摸了摸七七的脑袋，夸七七画得好棒。

　　七七在此之前从来没有体验过什么是父爱，但是这一次七七体验到了，它就像是爹爹对待七七一样，虽然爹爹常常口是心非，但是总能在七七遭受恶意的时候为七七遮风挡雨。

　　…………

　　父皇爹爹，七七最喜欢吃糖葫芦了，宫里没有，九皇叔说可以带七七出宫去买，但是只能偷偷去。糖葫芦真的很好吃，是七七最喜欢吃的，所以七七很想让爹爹尝一尝。

那信的前面几句话是小丫头写的，估计到了后面她觉得自己的字太丑了，就让人代写了。夜姬尧看着信上的一字一句，只感觉犹如晴天霹雳。尤其是看到最后那句，他心中悔意猛增。他回想起自己先前对小丫头说糖葫芦是廉价的玩意儿，现在真的恨不得捶死当时的自己。

赵公公在御书房外观望了半天，自从下午陛下将信拿进去后，就再也没有出来。如今天色已晚，天空黑压压的，乌云密布，看着就像一只张开嘴要吞人的巨兽，瘆人得紧。

赵公公爹着胆子轻轻地敲了敲门，说道："陛下，如今天色不早了，您该去用晚膳了。"

说完，赵公公就竖着耳朵听门内的动静。可他听了许久，都没有听到里头传来一点儿声响。

"陛……"

就在赵公公再一次开口时，原本紧闭的大门"哗"的一下被打开了。

书房里没有点灯，四周黑压压一片，突然出现在门口的男人周身弥漫着一股逼人的煞气，难免让人心生胆怯。

赵公公下意识地缩了缩脖子，颤巍巍地道："陛下，您……您没事吧？"陛下这表情吓人得紧！

"去月静宫！"男人撂下这话，便抿唇不言，迈步往前走。

见此，赵公公急忙吆喝着让人去准备轿子。

轿子还没到达月静宫，天就下起了雨，寒冬里的雨夹着雪，如同冰刀子似的往人脸上扎，冷得刺骨。可不承想，这轿子早不坏晚不坏，偏偏这个时候突然坏掉了。

赵公公瞧着男人黑得不行的脸色，急忙让人去抬新轿子过来。

"还愣着干吗？还不赶快去找一顶新轿子过来？"赵公公对底下的几名小太监发了一通火，"要是陛下染上了风寒，龙体受损，这责任你们担得起吗？还不快去？！"

"是。"几名小太监不敢迟疑，立马去抬新轿子。

新轿子来了后，原本应该坐在轿子里的陛下却不见了。

月静宫。

宫女阿婉刚将某小公主哄睡着，从寝殿里出来，就看见不知从何时起站在门口的男人，吓得脸一白，立马战战兢兢地跪在地上，说道："奴……奴婢参见陛下……"

大暴君这一路走来没有打伞，外头下着雨夹雪，男人的头发上沾了不少碎冰，睫毛上也沾了些许，就连身上的衣袍都被打湿了，整个人显得更加阴冷森寒，让人不寒而栗。

"她人呢？"大暴君冷冷地问。

"回……回陛下，七公主刚刚睡着，您要是想见，奴婢这就去……"

宫女阿婉的话还没有说完，站在门口的男人已经一言不发地走了进去。

大暴君迈着长腿走到小丫头的床榻前，就见床榻上那小小的团子睡得正香。小丫头睡觉时将自己裹得紧紧的，只露半个小脑袋在外面。

夜姬尧动作极轻地坐到床榻边，目光落在正在熟睡的小丫头脸上。她估计做了什么噩梦，连那一对小小的秀眉都是皱着的。

"啊呜。"原本趴在毯子上熟睡的大白看着突然出现的大暴君，不由得打了个哈欠，随后趴在毯子上一动不动，睁着自己犯困的大眼睛紧盯着坐在床边的大暴君。

大暴君盯着小丫头的脸许久，最终缓缓地伸出手抚平了小丫头那紧蹙着的眉头。

"嗯……"

夜姬尧一时之间忘记了自己是冒雨而来的，身上染上了不少寒气，指腹都是冰凉的。当他那冰凉的指腹抚上小丫头的眉心时，睡梦中的小丫头不由得轻哼了一声。大暴君如同被人抓包了似的，蓦地缩回了手，一双眸子紧盯着床榻上熟睡的小丫头，生怕她会突然醒来一样。

一时之间心虚感油然而生，他觉得自己大抵是疯了，竟会为了这个小丫头差点儿慌了神。

男人下意识地伸手捏了捏眉梢，烦躁不已。他长这么大就从来没有跟人低过头、道过歉，更别提向一个小丫头片子道歉。

大暴君将目光落在之前他一怒之下摔碎糖葫芦的地方。那块地方已经被打扫得干干净净，但就算打扫得再干净，已经发生的事情还是发生了，他也挽回不了了。

大暴君无声地叹了一口气，替小丫头掖好被子后站起身。他看了小丫头恬静的睡颜许久，最终决定转身离开。

就在这时，外头突然响起惊雷声，正处于睡梦中的小丫头猛地被吓醒，忍不住喊了一声："嗯……阿婉姐姐……"

小丫头从被子里起身，迷迷糊糊地揉了揉眼睛，隐隐约约地看见自己眼前有一道模糊不清的身影，下意识地朝那人伸出了手，说道："嗯，阿婉姐姐抱抱。"

大暴君瞧着眼睛还没睁开就朝他伸手让他抱的某团子，身子一时之间僵住了，任由某团子抱住了自己。

小丫头抱住他的那一刻，因为男人周身冰冷的寒气，不由得抖了一下身子，迷迷糊糊的脑子顿时清醒了不少。

"啊呜。"趴在地上的大白见小丫头抱错了人，不由得叫了一声。

刚醒的叶七七这时还没有发现不对劲，看着趴在地上朝着她叫了好几声的大白，以为它也怕打雷，下意识地将某人的腰抱得更紧了。

"大白，你也害怕吗？不怕不怕，七七让阿婉姐姐点灯。"小丫头说完，心中便有些困惑：阿婉姐姐的腰什么时候变得这么粗了？而且，为什么她还闻到了一股只有大暴君那个坏爹爹身上才有的味道？

小丫头心里突然有一种不祥的预感，缓缓地抬起小脑袋，目光落在她抱着的那人身上。屋里头虽说没点灯，漆黑一片，但因为外头正打闪，所以小丫头一眼便看清了面前那人的面容，小脸猛地变得煞白。

"父……"小丫头正准备喊他，突然间像是想到了什么，原本要说出的话硬生生地卡在了喉咙里。

男人看着小丫头看清是他后小脸立马变得煞白，阴沉着脸，一言不发地盯着她。

第六章

六哥很可怕

一大一小两个人就这样对视了好久，谁都没有开口说一句话。

叶七七不知道大暴君为什么会突然出现在这里，也不知道他是从什么时候开始站在她的床边的，甚至想到他是不是想趁着她熟睡，要把她活活掐死。

前几天大暴君扔她的糖葫芦的画面还历历在目，她一言不发地松开了原先紧抱着大暴君的腰的手。她现在心里还难过着，一点儿也不想和他说话。

夜姬尧低头看着小丫头缓缓地松开手。她低着脑袋，所以他看不清此刻她脸上是什么表情。他张了张嘴，想说些什么，当话从口中出来的时候，却又变了味："现在看见朕，都不会喊了吗？"

这话刚说出口，大暴君便后悔了——连他自己都能感觉到自己的语气冷得吓人。

站在男人面前的小丫头听了这话，下意识地握紧了小拳头，很不情愿地喊了一声："父皇。"

平时小丫头都是在后面加上"爹爹"的，如今连"爹爹"二字都不加了。大暴君阴沉着脸。

小丫头喊完后，四周又陷入死一般的寂静中。

小丫头睡觉的时候只穿了一身中衣，站着站着就感觉有些冷，身子下意识地抖了抖。她对面前一脸阴沉的大暴君开口道："七七要睡觉了。"这潜台词就是他该走了。

大暴君看着某团子掀开自己的被子正要躺下去，突然间外头又响起一阵雷声，那雷声轰鸣惊天动地，刚准备躺下的小丫头被吓了一大跳，小脸煞白地从床上跳起来就往男人的怀里拱。

"哇……好可怕！"叶七七最怕的就是打雷，这时也顾不得面前这人是谁了，"哇"的一声就很没有骨气地哭了出来。

大暴君看着紧紧地环着自己的脖子泣不成声的某团子，微微抿了抿唇，最终伸手轻轻地拍了拍小丫头的后背，用从来没有人听到过的宠溺语气缓缓地开口道："乖，别怕……"

正在号啕大哭的某丫头听了大暴君这温柔得像是换了一个人似的语气，哭声一下子就止住了，眼角上还挂着泪，震惊不已地看着他。

大暴君看着红着眼睛瞧着他的某团子，浓烈的心疼之意在心头蔓延。他蓦地伸出手，也顾不得什么所谓帝王威严了，此刻他在某团子面前只是她的父亲而已。男人将某团子抱在怀里，嗓音低哑地道："七七，爹爹错了，对不起……爹爹不该摔掉七七送给爹爹的糖葫芦，对不起。爹爹真的知道错了，七七肯原谅爹爹吗？"

大暴君这些话说出口，小丫头震惊得瞪大了眼睛，觉得自己是出现了幻听。这……大暴君爹爹是在跟她道歉？

男人紧紧地抱着怀里的某团子，说完这些话后，心里立马释然了不少。他心中的郁结之气积存许久，如今他终于……说出来了！

叶七七任由大暴君抱着自己。听完大暴君对自己说的这些话后，她瞪大了眼睛，僵硬着身子，直愣愣的，不知道该说些什么。她怎么也没有想到这大暴君爹爹竟然会低头向她道歉，这是她想都不敢想的，毕竟他是一个那么高傲的人。

"父……父皇爹爹……"小丫头伸手扒拉了一下大暴君紧抱着她的手臂，小脸上神情有些难受，"您勒到七七了……"他抱着她的力道有些重，她快喘不上气了。

听了小丫头这话，男人才反应过来，急忙松开了手。

可就在他刚松开手的时候，面前的小丫头突然踮起脚抱住他的脖子，仰起小脑袋一口亲在了他的侧脸上。

下一秒，小丫头甜甜的嗓音就传进了他的耳中："嘻嘻，那七七就原谅爹爹啦。"

反正她现在已经不生气了，就原谅他好了。哼，不过要是再有下一次的话，她就真的再也不原谅他了。

大暴君望着小丫头带着笑意的脸好一会儿——这应该是她第二次没经过他的允许就亲他了。

大暴君原本是特别嫌弃这种亲昵的动作的，但如今这小丫头做起来，他竟一点儿也不嫌弃。

叶七七亲完大暴君的侧脸后才想起来他好像不喜欢别人亲他，记得上一次她没经过他的允许亲他，他还生气了。

就在小丫头想说些什么的时候，站在她面前的大暴君突然弯下腰，用薄唇轻轻碰了一下她的额头，嘴角轻轻勾了勾，眉眼间满是宠溺之意，说道："乖，睡吧，爹爹陪你。"

外头偶尔还打几下雷，小丫头是真的困了，眼皮子都上下打架了，乖巧地躺在床上盖好被子，伸手拉着大暴君的手，说道："那父皇爹爹等七七睡着了再走好不好？"她害怕打雷……

"好，爹爹不走，看着七七睡。"

直到小丫头睡着，大暴君也没有走，就这样坐在床边整整守了她一夜。

自昨天晚上和七公主和好后，大暴君可谓心情极好。

跟在男人身旁伺候了一早上的赵公公，就见陛下从早上离开月静宫起，嘴角就没有平过，可想而知究竟有多开心了，笑一个早上了都不知道收敛。不仅如此，估计大暴君是为了表达自己的愧疚之意，还让人往月静宫送了不少价值连城的东西。

小丫头看着大暴君送过来的东西，眼睛瞪得大大的："哇，大白，你看看，好多钱！"她可以买好多糖葫芦了！

"阿婉姐姐，这些都是给我的吗？"小丫头看着面前那一箱箱的金银珠宝和绫罗绸缎，两眼都发着光。

"公主，这些都是陛下赏给您的，自然就都是您的了。"

"哇！"叶七七的眼睛仿佛散发着金色的光，她……她要变成超级有钱的小富婆了！

大暴君赏赐七公主这事没多久就传进了三公主的耳朵里。

"啪——"

听说了这件事的夜云裳气得直接把手里的茶杯狠狠地砸在了地上，骂道："该死的夜七七，竟然敢跟本公主抢父皇！"

周围的宫女、太监见三公主盛怒，吓得通通跪在了地上，生怕惹祸上身。

"公主，不仅如此，奴婢还听闻昨天夜里陛下竟不顾下着寒雨，去月静宫看望了七公主，据说到那里的时候，衣袍都湿了不少！"三公主的贴身宫女薄荷说道。

听完，坐在椅子上的三公主怒火更甚了："不知死活！看本公主怎么收拾她！"

叶七七原本是想去御书房看大暴君爹爹的——她听阿婉姐姐说，大暴君爹爹昨天是淋着雨来看她的，今天早上她起床看见他的时候，就感觉他的脸色有点儿不对劲，生怕他染上了风寒。

可叶七七完全没想到，在路上竟然会看见凶残至极的三公主夜云裳。

"七皇妹，可真是好巧呀。"

叶七七刚走到御花园的拐角处，就听见有人喊自己，一抬眸就看见了坐在亭子里的三公主，她身旁还站了不少宫女、太监，瞧着气势十足。

只带了阿婉姐姐一个宫女的小丫头不由得有些警惕。

不过小丫头还是基于礼貌喊了三公主一声："皇姐好。"

看着小丫头恭恭敬敬地喊了自己一声，夜云裳不由得轻"啧"了一声：几日没见，这小丫头确实是变漂亮了不少，尤其是那双同父皇极度相似的眼睛，看着让人真想挖了！

夜云裳见叶七七站在原地未动，不由得轻笑了一声，说道："七皇妹干吗站得那么远？不知道的还以为皇姐把你怎么了呢。"

叶七七对上夜云裳那冰冷无情的眸子，回想起之前夜云裳让人把她扔到后山让恶狼咬她的事情，紧了紧拳头，蓍着胆子开口道："三皇姐，七七还有事，就先走了。"说完，小丫头就准备离开。

可不承想三公主直接让人挡住了她的去路。

"走什么走？本公主好心留你，你居然这么不给面子！"三公主站起身，走到叶七七面前，伸手就将她推倒在了地上。

"公主！"一旁的阿婉下意识地想要去扶她。

可阿婉还没碰到她，就被人给强行按住了。

"三公主，您这是做什么？"阿婉忍不住质问，结果硬生生地挨了一巴掌。

薄荷呵斥道："我们公主说话，哪里轮得到你这个贱婢多嘴？再多说一句，小心你的舌头！！！"

叶七七被推倒在地上，看着阿婉姐姐被人打了一巴掌，怒了，强忍着疼痛从地上爬起来，用尽力气将方才打了阿婉姐姐的宫女推到了一旁，说道："那你又算个什么东西？！不许你打阿婉姐姐！"

薄荷被小丫头推倒在地上，一脸不敢相信地看着她，完全没想到这小丫头的力气居然那么大。

小丫头小小的身子挡在了阿婉面前，一副霸气护仆的样子，眼神里没有半点儿惧意。

薄荷倒在地上屁股被撞得生疼，忍不住向一旁的三公主哭诉："公主殿下，您看她……"

薄荷还没有说完话，就硬生生地被三公主扇了一巴掌。

"废物！连个小丫头都搞不定！"视线落在身边几个身强力壮的太监身上，夜云裳冷冷地道："你们几个，给本公主按住她！"她倒要看看夜七七能有多大能耐！

"放开我！"叶七七被人按住了双手双脚，眼看着三公主的手就要揪上她的头发。

这个坏丫头！叶七七忍无可忍，直接一口咬上了夜云裳的手。

"啊——"夜云裳惨叫一声。

在场的人无不被吓了一跳。几名按着叶七七双手双脚的太监被吓得松开了手。

小丫头见自己解脱了，直接猛地扑到了夜云裳身上，两个人双双倒在了地上。

别看叶七七平时文文静静的，但要说起和小孩子打架，她可是很擅长的。她记得小时候每年去外婆家过暑假，总是会和山里的孩子打成一团。

夜云裳虽然平时嚣张跋扈惯了，但总的来说没有半点儿打架的实战经验，所以在被叶七七扑倒在地上后，被小丫头坐在身上，没有半点儿还手之力，脸还硬生生地被打了好几下。

在场的宫女、太监本来想要去将打得正激烈的两位公主拉开，可不承想刚走近，就硬生生挨了一巴掌，也不知道究竟是谁打的。

两个公主在地上扭打成一团。

"啊——你这个小贱人！从本公主身上滚开！"夜云裳死死地扯着叶七七的头发。

小丫头吃痛，红着眼，也急了，毫不客气地也扯住了夜云裳的头发。

"你这个坏丫头！让你欺负我！让你说脏话！让你拽我的头发！让你欺负弱小！我叶七七今天就替天行道，代替父皇爹爹好好教训你！"话音落下，叶七七直接用自己的脑袋猛地撞在了夜云裳的脑门儿上。

这一撞，夜云裳彻底被吓蒙了，再也忍不住，"哇"的一声哭了出来。

要知道这三公主夜云裳从小到大一直是养尊处优的，哪受过今日这番委屈？

夜云裳这么一哭，在场的众人都惊呆了，要知道他们伺候了三公主那么久，就从来没有见过三公主哭成今天这副样子。

夜云裳哭的声音极大，眼泪"哗哗"地流了一脸，还流了鼻涕，那模样和之前简直判若两人。

叶七七看她哭成这样，只觉得真的好嫌弃她，那鼻涕都吹泡泡了，脏死了。小丫头"噌"的一下从地上站了起来，拍了拍衣服上的脏东西，对正哭得极丑的夜云裳毫不客气地开口道："爱哭包，打不过我就知道哭！"

听了叶七七这话，正泣不成声的夜云裳差点儿被气得活活晕过去：这……这个夜七七！

"啊啊啊！"夜云裳从地上爬起来就准备朝叶七七身上扑去。

可还没碰到叶七七，夜云裳耳边就响起一个熟悉的男声："你们在干什么？"

大暴君看见两个小丫头那头发乱糟糟、浑身脏兮兮的样子，眸子不由得冷了冷。

夜云裳看着突然出现的男人，仿佛瞧见了救星似的，"哇"的一声就扑进了男人的怀里，一脸委屈地指着站在那儿的叶七七："呜呜呜，父皇，您要为儿臣做主，她刚刚打儿臣！"夜云裳捂着被打疼的脸，泪流满面地哭诉。

目光落在夜云裳那杂乱不堪的头发和沾了不少泥土的衣服上时，大暴君不由得心生嫌弃，语气微怒地道："离朕远点儿，脏死了！"大暴君捂着唇看着夜云裳，紧蹙着眉头。

夜云裳看着男人这番样子，才突然想到父皇有洁癖，下意识地离男人远了一点儿，一脸委屈地捂着自己的脸，憎恨地看着站在不远处的某团子。

大暴君将目光落在不远处低着头、抠着手的小丫头身上，问："怎么回事？"

小丫头委屈地噘了噘嘴，回道："是皇姐姐先骂我的，还伸手扯七七的头发，然后打不过我，不仅哭，还恶人先告状！"

叶七七说完，还看了一眼站在大暴君旁边诉苦的夜云裳，小嘴一张一合地道："告状精，卑鄙！"

夜云裳听了叶七七这话，脏话差点儿就要脱口而出。

但夜云裳还没把话说出口，就被大暴君那冷厉的眼神给震慑住了。

"确有此事吗？"

夜云裳心虚，低着头无言以对。

大暴君冷冷地看了夜云裳一眼，冷酷无情地道："禁足一个月，若下次再犯，就给朕滚到冀州去面壁思过一个月。"

夜云裳听了这话，脸色瞬间变了，一脸不敢相信地看着面前的男人，说道："父……父皇……"

冀州乃十分荒凉之地，历朝历代都是专门用来处罚那些犯了不可饶恕的错事的皇族子弟的，父皇竟然想罚她去冀州！

大暴君没管此刻夜云裳是什么表情，走到某团子面前，伸手揉了揉她那乱糟糟的头发，说道："跟朕过来！"说完，大暴君就头也不回地离开了。

叶七七回过神，立马屁颠屁颠地跟在大暴君身后，只留下气得脸都青了的夜云裳。

"公……公主，您没事吧？"宫女薄荷小心翼翼地问道。

正在气头上的夜云裳直接一脚将薄荷踢到了一边，怒气冲冲地道："一群废物！本公主刚刚被那贱丫头压在地上打，你们一个个都在看戏吗？"真是气死她了！

"啊啊啊！那个小蹄子，本公主一定不会放过她的！！！"

"哧。"

夜云裳刚说完，突然听见一个嗤笑声，遁着声响望去，便瞧见了一道躺在树上的人影。

夜云裳瞧清楚躺在树上的那人的面容时，脸色猝然变了一下，说道：

"二……二皇兄……"

夜云裳显然没想到此时他竟然会躺在这树上睡觉，而且还不知道他究竟在这上头躺了多久。那方才他就眼睁睁地看她被那个小贱丫头欺负，都没想着来帮她一把？

想到这一点，夜云裳心中有些气恼，虽然她平时和这个二皇兄交集不多，但按刚才那情况，他应该帮她的。

夜云裳咬了咬牙，开口道："二皇兄，你怎么也在呀？"

她的话音刚落，躺在树上的男人微微侧了侧头，冰冷的目光自上而下地扫了她一下。他慵懒地躺在树上，身着一袭白衣，几乎要和那白茫茫的天空融为一体了。

瞧着男人用那如同毒蛇似的目光紧盯着自己，夜云裳只感觉背脊有点儿发凉，不由得后退了几步。

四周寂静了好一会儿，她这才听见上头的男人用冰冷的语气道："你真聒噪！"

男人烦躁地在树上坐了起来，面色阴沉如墨，神色淡漠，薄唇紧绷，全身上下透着一股子生人勿近之感。

夜云裳听了男人这话，脸色瞬间僵住了，实在不敢相信二皇兄会对自己说出这话。

在她一脸震惊之时，男人毫不费力地从树上跳了下来。他衣着单薄，在这寒冬里让人瞧着都感觉冷，但他自己就像是感觉不到冷似的。

男人身材高大，面容冷峻，站在夜云裳面前时，压迫感十足。

"方才那个丫头是谁？"他冷声问。

夜云裳先是愣了一下，然后开口道："她就是那个夜七七——七皇妹。"

"夜七七……"夜傲天薄唇轻启吐出这三个字，嘴角微微上扬。

瞧着男人嘴角露出的笑意，夜云裳以为他和父皇一样被那贱丫头纯良的外貌给迷惑了，于是忍不住对男人说道："二皇兄，你别被那个丫头的表面所蒙骗了，实际上她心里坏透了，刚刚还打我！"夜云裳说着，捂着自己的脸，一脸委屈。

男人冷眼看着她，神色冷淡至极，反问道："难道你不该被打吗？"

"什……什么？"

"呵。"男人嘴角勾起一抹笑意。

他虽然在笑，但那笑容让人看着莫名其妙地觉得瘆得慌。

"我说，你难道不该被打吗？我要是她，保证把你揍得再也爬不起来。"

夜云裳惊得愣住了。

"不仅如此，你下次要是再吵吵打扰我休息，我就把你的眼珠子给挖出来。"他眼神淡漠地盯着她。

看到面前的丫头听自己说完这些话后脸色变得惨白，他伸手轻轻地拍了拍她的脸，笑容诡秘地说道："我想三皇妹应该不希望自己的眼睛成为皇兄众多珍藏品中的一员吧？"

闻言，夜云裳就想到宫里面的那些传闻。她一直以为这是个谣言，可如今听他这话，好像……并不是谣言。

"啊——"夜云裳被吓得一阵腿软，猛地跌坐在地上，惊恐万分地看着面前的男人。

与此同时，另一边，叶七七迈着小短腿十分费力地跟在男人后面。大暴君腿长，一步能抵她的好几步。小丫头走了好一会儿，终于走不动了，忍不住委屈地道："父皇爹爹，您能不能等等七七？"他走得好快，她快赶不上了……

闻言，大暴君停下脚步，转过头，冷厉的目光落在她身上，说道："走不动？那方才打架的时候不是挺能耐的吗？"

大暴君瞧着小丫头那凌乱不堪的"鸡窝头"，她身上还沾了不少泥土，连鼻子上都沾了些，整个人看起来就脏兮兮的，让人心生嫌弃。

小丫头听着大暴君有些凶巴巴的语气，下意识地缩了缩脖子——大暴君爹爹又骂她了！

"过来！"大暴君凶巴巴地道。

小丫头正委屈地抠着手指，听了大暴君这话，立马抬起小脑袋。

看着大暴君朝自己招手，小丫头不解地上前。结果她刚走到大暴君面前，就被男人一把抱了起来。

"父……父皇爹爹……"小丫头面色惊恐地看着他，想到自己身上脏兮兮的，忍不住开口道，"脏，七七身上脏！"她刚才差不多是在地上滚好几圈了。

大暴君低头看了她一眼，冷声道："你倒还知道自己身上脏，那以后还打架吗？"

小丫头闻言，低着小脑袋小声自言自语："是她先打我的……"夜云裳要是不扯她的头发，她也不会动手和夜云裳打了。她最讨厌别人扯她的头发了。

小丫头气得那脸颊像包子似的，圆鼓鼓的，大暴君见此，不由得伸手捏了捏她的小脸蛋儿，说道："你倒还有理了。"

"七七说的是实话，不像三皇姐，告状精……"

自从三公主被七公主打哭一事在宫中流传，叶七七走在宫道上，发现路过的宫女、太监们瞧着她的眼神都不太对劲，个个面露惊恐，就仿佛她现在是一个恶霸一样。

"阿婉姐姐，为什么他们看见我都那么害怕呀？"明明她长得那么可爱……

阿婉说道："呃，公主，您看错了吧！他们不是看见您害怕。"

"那为什么他们看见我就突然走得那么快？"

小丫头的话刚说完，就见前面突然走来两名宫女，和之前的所有宫人一样，宫女看见她后立马低下头，恭敬地向她行了一个礼后，一溜烟儿地跑没影儿了。

小丫头委屈地噘了噘嘴，指着走没影儿的那两个人道："你看她们，怎么这个样子？"她又不是大白，她们至于看见她那么害怕吗？

"或许她们有急事也说不定呀。"阿婉安慰道。

"七公主，还真的是巧呀！"

就在小丫头发愣的时候，她突然听见身后有人喊自己。小丫头转过头，就瞧见站在她身后的长胡子老伯伯。

"七公主，您还记得老臣吗？"秦太傅伸手指了指自己，一脸期待地看着她。

小丫头看着他那长长的白胡子，就知道他是之前在宴会上让她认字，并且还提议让她去国子监上学的那个怪伯伯。

虽然知道他是谁，叶七七还是摇了摇头，装作不认识："七七不认识你。"

小丫头说完，还往阿婉身后躲了躲，探出半个脑袋，一脸警惕地看着他。

看着小丫头这一脸警惕的样子，秦太傅难免有些伤心，但仔细一想，这七公主再聪明也只是个小孩子而已，记不住他也是没有关系的。

"七公主，老臣今日前来是专门想让您去国子监上学的。"秦太傅说完，不知从哪里拿出来好几串糖葫芦，对她说道，"老臣知道您最喜欢吃糖葫芦，真的太巧了，咱们国子监门口就有卖糖葫芦的，只要您愿意去国子监上学，每天都可以吃到心爱的糖葫芦！"

叶七七瞧着秦太傅那一副坏伯伯样，就知道他不安好心。从一看见他起，她就知道他是为了这事来的。

"不要！七七不要！"小丫头想都没想就拒绝了。他这简直就是赤裸裸地想让她去送死！

秦太傅瞧着小丫头一脸抗拒的样子，又说道："公主，老臣真的是为您好呀！去了国子监学习，您不仅能吃到心爱的糖葫芦，还能学到好多知识。老臣都是为了您好呀！"

"我不要！"叶七七下意识地离他远远的。这个老伯伯真是太讨厌了！

见小丫头要走，秦太傅急忙追了上去，劝道："哎哟，我的七公主呀，您就考虑一下嘛！老臣看见您的第一眼就知道您是个读书的好苗子。只要您愿意，老臣就收您做老臣的关门弟子，将毕生所学都传授给您！"

这诱惑实在是太大，要是换作一般人肯定立马就答应了，毕竟秦太傅在整个京城可是最有声望的大儒，每天到他府上求学的人数不胜数，偏偏他这一次在小丫头身上碰了壁。

"七公主呀！"秦太傅在叶七七后面穷追不舍。

小丫头嫌他烦，怒道："不许再跟着我，再跟着我……我就……就放大白咬你！"

秦太傅闻言，先是愣了一下，随后像是想到了什么似的，立马回答道："大白？是狗的名字吗？那真是太巧了，老臣府上刚好也有一条狗，叫大黄。公主，您要是喜欢，老臣把大黄送给您当入学礼物呀！"

叶七七说道："我才不要！我有大白就够了。"大白可是一只超级可爱的大老虎，超凶的！

秦太傅说道："不喜欢大黄？要不大灰？或者大黑也行呀！大黑长得老可爱了，是上个月刚出生的小狗崽，老臣保证您看到的第一眼就会喜欢它！"

小丫头也管不了什么大黄、大灰、大黑的，反正她一个都不想要，她有大白就够了！

叶七七迈着小短腿走得很快，只顾着看身后追着她气喘吁吁的秦太傅，没注意前方，猝不及防地就撞到了人。

鼻子被撞得有些疼，小丫头红了眼睛，捂着鼻子抬起头来，就看见了一双冰冷、阴沉的眸子。

当看见那张熟悉的脸时，她下意识地后退了几步，脸有点儿发白，声音微颤地道："六……六哥哥……"她没想到撞到的人居然是他，有点儿害怕。

目光淡淡地看了她一眼，少年伸手理了理方才被她弄皱的衣服。

"对……对不起。"小丫头很没骨气地向他道歉。

"七公主呀……"

秦太傅的声音从不远处传来，小丫头立马进入警备状态中，迈着小短腿就打算开溜。

岂料下一秒，她的手就被少年给扣住了。

目光落在身旁的假山上，夜霆晟说道："躲到这边来。"说完，他就拉着她躲到了假山上。

秦太傅气喘吁吁地扶着老腰，累得不行，问道："七公主呀，您去哪里了？"这小丫头看着个子不高，小腿短，怎么跑起来那么快？

秦太傅到底年纪大了，体力不行，才走了一会儿就累了。坐在石墩上等了许久都没瞧见小丫头的人影，秦太傅只能无奈地放弃了。

"他……走了吗？"小丫头扒着假山壁，仰着头问身旁的少年。

假山上刚巧有个可以往外看的洞，但是位置有点儿高，她太矮了，看不见。

少年看着外头空无一人的石墩，然后把目光落在小丫头的脸上，语气平静地道："没有，他还坐在石墩上等你。"

小丫头听了，小脸立马垮了下来，有些垂头丧气地道："嗯，他怎么阴魂不散啊？太讨厌了！"

"他为什么跟着你？"少年问。

"他想让七七去国子监听学。"小丫头说着还一脸的委屈，"可七七一点儿也不想去。"她才不要去听学呢！

见小丫头一脸委屈的表情，倒是有几分向自己哭诉的意味，夜霆晟目光沉了沉，说道："只有笨孩子才不想去上学，难不成七七是笨孩子？"

看着他阴郁的目光落在自己身上，小丫头下意识地感觉心里头有些发怵，说道："七七……才不是笨孩子……"

"是吗？"不知她的哪一句话取悦了他，少年伸手就摸上了她的小脑袋，嘴角上挂着笑，"但哥哥瞧着七七长得倒是挺笨的。"笨得可爱。

望着小丫头那有些气鼓鼓的小脸，少年薄唇轻启："上次哥哥让七七帮忙画的画，七七画好了吗？"

闻言，小丫头才想起来这事。

夜霆晟瞧着小丫头那僵硬的小脸，就知道她铁定是忘了，问："忘了？"

少年的脸色突然变得阴沉，小丫头觉得有些心虚，连忙说道："七七等下回去就给六哥哥画。"

少年眯起眼睛，说道："可哥哥现在就想要，不如七七跟哥哥回去，当场给哥哥画吧？"

"啊？回……回去？"小脸僵了一下，小丫头问，"回……回哪里呀？"

"七七想去哪里？"

被少年那阴沉的目光笼罩着，叶七七有一种他即将拖她下地狱的感觉，下意识地迈着小短腿往后退了几步，说道："七七该……该回去了，阿婉姐姐找不到我，会着急的。"小丫头还不忘保证，"七七发誓，今天晚上一定给六哥哥画出来。"

话音刚落，小丫头也不管此刻那坏伯伯在不在外头了，迈开小短腿就要往外走。

但她还没有走几步，后衣领就被某少年死死地拽住了。

夜霆晟冷着脸看着她，语气冷厉地说道："七七是不是误会了？哥哥没有在征求你的意见，而是在好心地告诉你。你这一脸不愿意的表情，哥哥看着真的挺伤心的……"

少年那阴恻恻的声音在身后响起，叶七七只感觉自己被一条毒蛇给缠住了，好似下一秒就要被活活咬死。

少年的手紧扣着她的手腕，力气大得吓人，小丫头怎么也挣不开。

从假山中出去的时候，她看到外头空无一人。小丫头此时尤为希望那个坏伯伯还在，她这会儿宁愿去国子监学习，也不要去六哥哥的住所，怕进去就再也出不来了，呜呜呜……

小丫头强忍着泪水，觉得自己不能像三公主一样做个爱哭包。

就在小丫头暗示自己要坚强的时候，就看见了不远处来找她的阿婉。她立马像是看见了救星，眼睛闪闪发光，喊道："阿婉姐姐，七七在这里！"

"公主，您去哪里了？奴婢找了您好久。"话音刚落，阿婉就看见了小丫头身旁的少年，立马恭恭敬敬地道："奴婢参见六皇子殿下。"

少年脸色平静地看着身旁的小丫头那一脸瞧见救星的神色。下一秒，他松开了原本紧扣着她的手腕的手，用冰冷的眼神盯着她，问："七七要和你的阿婉姐姐回去了吗？"

小丫头听了这话，本以为是六哥哥良心发现了要让她离开，可当她抬起头看见少年那张阴沉的脸时，心猛地一颤，原本心里头的半点儿侥幸之意被击得溃不成军。他这是在警告她，让她自己做选择，是跟他到他的住所给他画画，还是和阿婉姐姐离开。

叶七七觉得自己要是跟他回去，下场肯定会很惨，毕竟她记得他可是亲手杀了他的五皇兄。所以她不敢跟他回去。

小丫头迈着小短腿，头也不回地扑进了阿婉姐姐的怀里，抬起头时用惊恐的目光瞧着一旁的少年。

"呵。"少年见此，嘴角勾起一抹瘆人的笑意，"看来七七做了一个好选择呀！"说完，他阴沉地看了她一眼，就头也不回地离开了。

第七章

出宫一日游

望着少年离开的背影，小丫头知道自己把他给得罪了，而且得罪了个彻底。

"公主，您没事吧？怎么抖得这么厉害？"

"哇呜呜……阿婉姐姐……"小丫头听了阿婉担忧的话，忍不住"哇"的一声哭了出来。

"呜呜呜，阿婉姐姐，七七是不是很快就要死了？呜呜呜……七七不想死呀。"她一想起刚刚六哥哥离开时那阴沉的表情，就真的好害怕，生怕他一怒之下把她给活生生掐死。

"呸呸呸，公主，您莫要瞎说。您福大命大，一定会长命百岁的。"

小丫头哭得一抽一抽的，眼睛都哭红了："真……真的吗？"她真的能好好地活下去吗？

"真的！公主，您别哭了，等下回去奴婢给您做您爱吃的梅花糕好不好？"

哭得正凶的小丫头一听到吃的，立马止住了哭，点了点小脑袋："嗯嗯，七七要吃梅花糕……"

之前答应送给六皇兄的画，叶七七当晚就画出来了。她第二天一早让人送画过去时，却惨遭拒绝。

小太监说道："公主，六皇子说了……他不要。"

小丫头看着被退回来的画像，小脸垮了下来，知道他一定是在生气，自己已经彻底得罪他了。

小丫头暗自神伤了好一会儿，直到大暴君爹爹前来看她。

当小丫头看见跟在大暴君身后，手里还抱着一只小狗崽的秦太傅时，眼睛不由得瞪大了，她问："你……你怎么又来了？"

秦太傅笑得一脸烂漫，对小丫头道："七公主，您昨天怎么走得那么快？老臣都赶不上您了。老臣今日特意把小黑给您带过来了，您看看，是不是很可爱？"

秦太傅手里抱着的是一只通身黑色的小狗崽。小狗崽估计出生没多久，身体小小的，那双大大的眼睛却异常乌黑有神。它扒拉着秦太傅抱着它的手，两条小短腿蹬在半空中，尾巴从后面绕到前面，遮住自己的隐私部位，似乎在维持自己最后的尊严。

"父皇爹爹，"小丫头扯了扯大暴君的衣袖，一脸委屈地道，"七七不想去国子监上学……"

"哎呀，七公主，我们先不说去听学的事情。您看看，这只小狗崽您喜不喜欢？正好可以当大白的玩伴呢！"秦太傅说着，目光扫了一圈，问道，"公主，您养的大白呢？"

正在软垫上睡觉的大白听见有人叫自己，不由得"嗷呜"了一声，打了个哈欠。

秦太傅满心欢喜地到处找大白，直到瞧见从内室里走出来一只通身雪白的小白虎，猛地瞪大了眼睛，一脸惊愕地道："这……这是大白？"

大白懒散地扫了他一眼，随后走到小丫头的脚边，亲昵地蹭了蹭小丫头的腿。

叶七七蹲下将大白抱住，说道："对呀，这就是大白呀。"

秦太傅脸上原本欣喜的表情猛地僵住了。他低头看了看自己怀里抱着的小狗崽，再看看一旁的小丫头怀里抱着的幼虎，觉得小狗崽等下要沦为这只幼虎的盘中餐了。

"公……公主，您不是说您养的是狗吗？怎么变成……？"秦太傅瞧着那幼虎直勾勾地盯着自己，下意识地将小狗崽抱紧了，生怕自己一个不注意，那幼虎就突然朝他扑过来给他一口。

不得不说，七公主未免也太大胆了，养什么不好，居然养虎，这也太吓人了吧！

小丫头抱着大白，一脸无害地道："大白本来就是大老虎，才不是狗！"

大白被小丫头抱在怀里，困意袭来，再一次打了个哈欠。

秦太傅看着那幼虎对着自己张那么大嘴，吓得脸都白了，一脸惊恐地看着身旁的男人道："陛下，七公主年纪尚小，养幼虎实在不妥吧？"

"有何不妥？"大暴君淡然地看了一眼秦太傅，目光又落在小丫头怀里抱着的大白身上，"挺可爱的不是吗？"

可爱？他瞧着那幼虎，没被吓晕过去已经是自己胆大了，真看不出来它哪里可爱了。就算它长得再可爱，吃人的时候可就一点儿也不可爱了！

大暴君没理会脸被吓白了的秦太傅，目光落在一旁的某团子身上，缓缓地开口道："朕决定让七七去国子监听学。"

小丫头一听，小脸瞬间垮了，说道："可七七不想去。"

"乖，听话，朕觉得你可以。"

小丫头任由大暴君摸着自己的脑袋，问道："可……可要是有人欺负七七怎么办？"能去国子监听学的基本是十岁往上的孩子，她比他们小上许多，虽说她打得过夜云裳那个爱哭包，但是对上别的小朋友她就不敢保证打得过了。

大暴君瞧着小丫头嘴噘得跟茶壶似的，就伸手捏了一下她软乎乎的小脸，说道："你可是朕的女儿，谁敢欺负你？"敢欺负他女儿的，通通拉出去砍了！

虽然小丫头心里一万个不乐意，但是看着大暴君爹爹很希望她去国子监听学，她也不想让他失望，就点了点小脑袋，算是默认了。

一旁的秦太傅见此，心里头高兴得不得了，问道："公……公主，您同意了呀？那我们明天就去听学好不好？"

小丫头委屈地看了他一眼，问道："那你说的门口有卖糖葫芦的是不是真的呀？"

"这……自然是真的了，而且那糖葫芦老好吃了，明天老臣就给您买。"

"那你不许骗我，骗小孩子是要掉大牙的！"

"不……不会的，老臣怎么可能骗您呢？"秦太傅僵硬地笑了笑，随后看了一眼自己怀里的小狗崽，"那您应该不要这小狗崽了吧？老臣等下就把它带回去。"

小丫头看了那小狗崽一眼，虽然觉得它很可爱，但是她已经有大白了，就说道："不要！"

她的话刚说完，大白突然咬了咬她的衣袖，然后盯着秦太傅怀里的小狗崽，叫了一声。

叶七七问："大白，你是想要那只小狗吗？"

"嗷呜。"大白扒着小丫头的手臂，直勾勾地盯着不远处那只小狗崽。

对于大白此刻的眼神，叶七七真的太熟悉了，毕竟每次大白饿的时候，露出的就是这种眼神。

"大白，小狗狗那么可爱，是不可以吃的！"

听了小丫头这话，大白不由得轻轻"呜"了一声，圆圆的眼睛直勾勾地盯着小狗崽，那眼神似乎在说：好可爱，想吃。

小狗崽似乎被大白的眼神吓到了，脑袋往太傅的怀里钻，只露出圆滚滚的小屁股。

最后秦太傅被大白那直勾勾地表达着想吃的表情吓得灰溜溜地离开了，生怕自己的小狗崽沦为大白的盘中餐。

大暴君瞧着小丫头垮下去的小脸，凤眸黯了黯，说道："朕带你去个地方！"

小丫头不解地抬起脑袋看了他一眼，脸上有些困惑。

直到跟着男人坐上一顶低调的轿子出了皇城，小丫头靠在窗前，看着窗外人来人往的街道，有些惊讶地看着身旁的大暴君道："父皇爹爹，我们出宫了……"

"嗯。"大暴君坐在她对面，漫不经心地扫了一眼窗外，语气淡淡地道，"喜欢吗？"

"啊？"小丫头有些不太明白他的意思。

男人从来没有带娃出宫玩过，今日带小丫头出宫玩，无非是想告诉她，以后想出宫玩了就和他说，不用找什么夜墨寒。他说道："喜欢的话，父皇可以经常带你出宫玩，不用找那个家伙，知道吗？""那个家伙"自然指的是夜墨寒。

听到这里，小丫头算是明白了，父皇爹爹今日是特意带她出宫玩的。

"知……知道了。"

听了小丫头乖巧的话，大暴君伸手摸了摸她的小脑袋："七七真乖。"夜墨寒那家伙还妄想和他抢女儿，呵，简直就是在做梦！

因为是微服私访，大暴君除了小丫头也就带了赵公公一个人。

叶七七也不知道自己是怎么回事，就感觉和大暴君爹爹一起逛街真的好诡异。

走着走着，三个人路过一个卖糖葫芦的小摊。

大暴君停下脚步，低头看了一眼小丫头，问："不是说最喜欢吃糖葫芦吗？"

小丫头点了点头，正打算说要一串，一旁的大暴君突然问她："之前那家伙给你买了几串？"

小丫头仔细地想了想，缓缓地开口道："给……给七七买了三串。"

闻言，大暴君暗暗嗤笑：才三串，真抠门。下一秒，大暴君对那小摊的老板道："我全要了！"

"啊？全……全要？"小摊的老板觉得自己出现了幻听，"这位公子，我这里有两百多串呢，您是在开玩笑吗？"他卖糖葫芦这么多年，可从来没有人将他这儿的糖葫芦全买走过。

"是的，全要！"目光落在一旁早已惊呆了的赵公公身上，大暴君冷冷地道："德顺，付钱！"

赵公公惊恐地看着男人，觉得陛下这是疯了吧？这两百多串糖葫芦买了给谁吃呀？

赵公公擦了擦额头上的冷汗，张了张嘴想说话，却被男人一记冷厉的眼神吓住了。那可怕的眼神让他半点儿不敢再迟疑，利索地掏出银两递给了小摊的老板。

小摊的老板也惊呆了，没想到他们还真的买了，说道："那啥……几位客官，祝你们吃得开心。要是嫌不够，我家里还有。"

"不用了，够了够了。"赵公公笑脸相迎地道。

一旁的叶七七看着赵公公手里拿着两根长得跟巨型棒槌似的糖葫芦串串，眼睛瞪得老大。

叶七七伸手扯了扯大暴君的衣袖，问："爹爹，您这是要买了带回去分给其他人吧？"

小丫头的话音刚落，大暴君就伸手揉了揉小丫头的小脑袋，笑得一脸宠溺，说道："怎么会？爹爹是买给七七一个人的。"

"全……全给我？"小丫头小脸一白，吓得嘴唇都有点儿哆嗦。

"当然了。"

大暴君笑得一脸温柔，小丫头瞧着却觉得瘆得慌。

"七七喜欢吗？爹爹对你好不好？"我是不是比夜墨寒那个家伙对你好太多了？

小丫头僵硬着小脸点了点头，说道："好是好，但……太多了，七七吃不完……"就算她真吃得完，恐怕牙也要全没了吧！

"没事，七七慢慢吃，吃不完也没关系，谁让爹爹最宠你呢。"

这沉重的父爱啊！小丫头瞧着大暴君那带着笑的俊脸，忽然觉得大暴君爹爹的宠爱好……可怕。小丫头心里估摸着，过了今天，她就要对最爱的糖葫芦……腻了！

接下来的时间，叶七七跟着大暴君每到一家店铺前，只要她多看里头的东西一眼，大暴君就直接对身旁的赵公公一声令下：

"都买了！"

"都要了！"

"都包了！"

但是她听着，真的要哭了。

"爹爹，真的够了，七七不需要买那么多东西。"

他这一路走来，差不多把好几家店给买空了，这未免太可怕。虽说她的爹爹是九五之尊，但是这样花钱大手大脚，她真的好怕他会因此遭天谴。

大暴君瞧着小丫头眼泪汪汪地看着自己，以为她是感动哭了，伸手替小丫头擦了擦眼角的泪，说道："七七哭什么？不用给爹爹省钱，爹爹有的是钱。"

且不说国库，就算他不动用国库里的一分一毫，照样能买下一整座皇城。

"只要七七乖，以后爹爹的所有东西都是你一个人的。"

天塌下来，他顶着！

叶七七和大暴君说过之后总归是有点儿用的，他终于没有再说"全买了""全要了"之类的话。但是一圈逛下来，买的东西还真不少，她眼睁睁地看着赵公公原本带着的一大包银票最后只剩那么一点儿了。

败家爹爹……小丫头心里忍不住地想着。

大暴君买下的大部分东西是卖家负责送货上门的，但那两百多串糖葫芦不是。

毕竟赵公公年纪大了，禁不起如此折腾，大暴君体恤他，特意恩准他雇用两个大汉。

当夜墨寒坐在马车里经过京城街道的某一路段时，瞥见路边那道熟悉的身影，不由得往车窗外多看了几眼，然后就见那熟悉的一大一小两个人走在前面，后面跟着赵公公和两个肩上扛着棒槌似的糖葫芦串串的彪形大汉。

夜墨寒蓦然瞪大了眼睛，估摸着是不是自己出现了幻觉——陛下按理来说不应该出现在这里呀。

夜墨寒伸着脖子往外仔细地看：乖乖，这真的不是幻觉！

"停车！"

叶七七正吃着糖葫芦，就见一辆马车突然停在他们面前。小丫头抬起头，就看见了坐在马车里的熟悉的身影。

"囡囡。"夜墨寒坐在马车里朝小丫头招了招手。

"皇叔！"眸子猛地一亮，小丫头问，"您怎么在这里呀？"

"路过而已。"男人勾唇笑了笑，目光落在一脸阴沉地盯着自己的大暴君身上，说道："皇……呃，大哥，真巧呀，你也在呀！"

大暴君冷眼瞧着夜墨寒那一脸欠揍的表情，面色不悦——真的是最不想见到谁，偏偏还就能见到。

"嗯。"大暴君为了给某团子留下一个不乱发脾气的好父亲形象，破天荒地应了夜墨寒一声，虽然语气敷衍得很。

夜墨寒丝毫没有在意男人极度敷衍的语气，目光落在两个人身后那两名大汉扛着的两个棒槌似的糖葫芦串串上，忍不住蹙了蹙眉，问道："这后面的糖葫芦是……？"

"买给七七的。怎么？你有意见？"大暴君说着，伸手揉了揉小丫头的脑袋，俊脸上的笑容十分得意。

闻言，夜墨寒嘴角僵住了，有些难以置信地道："给……给七七一个人吃？"这怕不是要把小丫头的牙给全都吃掉吧？

"不然你以为呢？"目光落在某团子脸上，大暴君一脸宠溺地道："爹爹可不像某人，对七七那么抠门，对吧？"

小丫头望着大暴君那笑里藏刀的表情，蓦然觉得头皮一阵发麻，下意识地点了点头："嗯……"

大暴君没理会神色僵硬地坐在车上的夜墨寒，牵着某团子的小手就往一家京城有名的菜馆走去。

夜墨寒见此，急忙下了马车追了上去。

大暴君瞧了追上来的夜墨寒一眼，语气十分不善地道："你跟来干什么？"这家伙不知道他要和他的宝贝七七享受一下不受打扰的父女时光吗？

"皇兄，一起呀！正好我也饿了。"

大暴君正想开口让夜墨寒滚远点儿，就见一旁的小丫头眨巴着眼睛直勾勾地瞧着自己，原本想要说出口的话硬生生地止住了。

大暴君警告似的扫了夜墨寒一眼，虽然没有说话，但也算默认了。

小丫头见此很是高兴，但是不敢太明显地表露出来，抬起小脑袋看了皇叔一眼。

夜墨寒见小丫头用大大的眼睛盯着自己，越看越觉得这小丫头真的可爱极了，忍不住伸手想要捏捏小丫头的脸。

结果他的手刚碰上去，某人要杀人似的眼神就落在了他身上。

吃饭的地方他们选了三楼的一间包间。

菜还没有上，小丫头坐在椅子上，伸手将自己还没吃完的糖葫芦递到了夜墨寒嘴边，说道："皇叔，七七请您吃糖葫芦……"

夜墨寒高兴极了，张嘴就咬了一口，一边吃还一边说道："囡囡给皇叔吃的糖葫芦可真甜。"

"嘻嘻，这是这串糖葫芦里最大的一个，给皇叔吃。"

夜墨寒正打算夸夸她，就听见"咔嚓"一声。

原来是坐在小丫头身旁的大暴君硬生生掰断了一双筷子。

大暴君冷着脸接过店小二递过来的菜单，送到一旁的小丫头眼前，问："吃什么？"

叶七七僵了一下——见到皇叔太开心了，她倒是忘记给父皇爹爹顺毛了。

小丫头抬起脑袋，目光落在男人手里的菜单上，指了指其中几道她熟悉的菜，说道："七七想吃油爆大虾和老鸭煲，还有红烧排骨、宫保鸡丁。"小丫头说完，还不忘点了点几样大暴君爱吃的菜，"还有爹爹喜欢吃的清蒸莲藕和糖醋鱼。"

原本大暴君心里还是有些气的，但听到小丫头居然知道他喜欢吃什么，心里的气立马消散了不少："嗯，都依你。"

目光落在一旁的皇叔身上，小丫头甜甜地问道："那皇叔要吃什么呀？"

正在喝茶的夜墨寒抬起头，笑道："皇叔都可以，囡囡吃什么皇叔就吃什么。"

听了这话，大暴君不由得冷笑了一声，抬眼瞧了夜墨寒一眼，问道："你什么时候都不挑食了？"

大暴君对一旁的店伙计又说了几道菜，然后说道："再来一份鸡蛋羹、清蒸鲈鱼、辣子鸡，能不放葱和姜的尽量不要放，有人挑食！"

闻言，夜墨寒顿了顿，耳朵竟有些红。他瞧着对面的男人，咬牙切齿地小声道："谁挑食了？我早就不挑食了！"

很快菜就上齐了。

大暴君先夹了一块红烧排骨放进了小丫头的碗里，然后皇叔夹了一只剥了壳的大虾放进了她的碗里。

"吃吧！"

"吃吧！"

两个人几乎异口同声地道。

叶七七瞧着自己碗里放着的红烧排骨和大虾，抬起小脑袋看了看身边两个人的神色，好像她先吃谁夹的都不妥。

小丫头一时之间不知道该如何是好，直到目光落在不远处店家送的一盘花生米上，缓缓地伸出了筷子，说道："七七……想先吃花生米……"

叶七七是扶着肚子走出菜馆的。她也不知道是不是因为她先吃了一粒花生米，然后那两个人就杠上了，一人夹一块东西放在她的碗里。要不是她的碗小，她都要以为她的父皇爹爹和皇叔会直接端起菜盘子扣在她的碗里了。

她觉得太……可怕了，和这两个人一起吃饭真的太可怕了。

时间一晃就到了叶七七去国子监听学的日子。

国子监不在皇宫里，而是在京城的城西。小丫头是第一次去国子监，秦太傅特意让国子监的学子来接她一起去。

在叶七七问太傅那人是谁时，太傅只说那个人她认识，没告诉她是谁。

小丫头思索了半天，还是不记得自己认识哪个在国子监上学的学子，直到瞧见坐在马车里头的少年时，脸猛地白了，直愣愣地站在马车前。

少年坐在车厢角落里，手里捧着一本书，因为光线，大半张脸隐匿在阴影中。听见声响，他缓缓地抬眸看了一眼站在门口惨白着脸的小丫头，但也只是淡淡地扫了她一眼，很快就移开了目光。

叶七七怎么也没有想到，秦太傅所说的学子居然是六哥哥。她咬了咬唇，觉得害怕又尴尬，毕竟前几天他们两个闹翻了。或许是她一厢情愿地认为两个人闹翻了，但是她可不觉得现在六哥哥会没有生她的气。

小丫头站在外头好一会儿，终于慢腾腾地踩着凳子上了马车。

一进去，叶七七就感觉压迫感十足的气息朝自己袭来，没敢靠他太近，小心翼翼地坐在了靠车门的位子上。

"六哥哥。"小丫头软着嗓子喊了他一声。

但是少年充耳不闻，目光落在自己手里的书上，全然当她不存在。

见少年不搭理自己，叶七七也不敢和他说话，整个人跟鹌鹑似的缩在门口，一动也不敢动。

就这样，直到马车停在了国子监门口，两个人都没有再说过一句话。

夜霆晟拿着书先行下了马车。

叶七七跟在少年身后，看着他没有踩凳子就跳下了马车。她走到门口，看见原先她踩着的凳子不见了，不由得变了脸色，一时之间不知道该怎么下去。

那马车踏板离地面差不多和她一样高，她看着都感觉自己两腿发软。马夫也不知道去了哪里。小丫头无助地站在踏板上不敢下去。

"六哥哥。"她喊了一声还没走远的少年。

少年停下脚步，回头看了她一眼，冷冷地道："何事？"

小丫头看着原本放着凳子的位置，有些无助地道："凳……凳子不见了……"

少年闻言，冷笑了一声，看着她道："关我什么事？我又不需要凳子。"

"可是七七需要，七七下不去了……"小丫头越说越委屈，忍不住红着眼睛看着他。

不过哪怕小丫头哭得很惨，少年脸上始终没有什么多余的神情。他站在不远处，眼神冷冰冰地盯着无助地站在马车上哭红了眼的小丫头。

"六哥哥……"小丫头忍不住朝着少年张开了手臂，一副求抱的样子。

"自己滚下来！"少年对她的求助无动于衷，格外无情地开口道。

闻言，小丫头委屈地吸了吸鼻子，缓缓地收回手，觉得这个六哥哥真的好过分，竟如此小肚鸡肠。

她低头看了看地面，小小的手紧抓着一旁的踏板，心一狠就蹲下身子将小短腿探了下去——她可以的，一定可以的，这点儿距离还不至于把她给摔死！

夜霆晟冷眼看着小丫头扒着踏板，伸着格外短的小短腿往下探。下一秒，他就见那小丫头如他所料地摔倒在地上，然后立马红了眼。

呵，真是娇气！少年对此嗤之以鼻。

见她从地上爬起来，他这才转身离开。

叶七七眼里噙着泪花，一脸委屈地拍了拍方才因为摔倒而被弄脏的裙摆。虽然方才她只是摔倒了，但因为是屁股先着地，撞得还是挺疼的。

见少年已经走远了，她立马迈着小短腿跟了上去。她小心翼翼地跟在少年身后，不敢跟得太近。要是现在有其他人看见他们的话，都要以为是她尾随他了。

少年走得很快，一步能抵上小丫头好几步，虽说小丫头有意要和少年保持点儿安全距离，现实却像是他不想她跟上来。

叶七七跟在少年身后走了好一会儿，终于走到了一座门匾上写着"书香之地"的院落。

如今是寒冬，院子里开了不少梅花。那长廊上挂着的书法、案桌上摆放的文房四宝，都透露出一股浓浓的书香之气。

秦太傅早已在门口等候多时，瞧着从门外走进来的一大一小，立马上前。

"七公主，您来了呀！"秦太傅笑呵呵地将手里的糖葫芦递给了小丫头，"老臣知道公主喜欢吃，特意买的，来来来，吃糖葫芦。"

小丫头看着秦太傅递来的糖葫芦，想到大暴君父皇买的那两百多串糖葫芦，心里头已经有阴影了。

"七七不想吃……"小丫头摇了摇头。昨天她吃了太多的糖葫芦，现在感觉牙都有点儿疼了。

"不吃？"秦太傅感到有些意外地问道，"公主，您不是最喜欢吃糖葫芦的吗？难不成嫌少？那老臣再给您买几串。"

"不要！"小丫头听了这话，立马伸手接过秦太傅手里的糖葫芦，小脸都是惨白的，"够……够了……"她现在已经一点儿都不喜欢吃糖葫芦了。

叶七七手里拿着糖葫芦，听秦太傅说了几点听学的规矩。等她听完回头看时，原本站在那儿的少年早不见了。幸好秦太傅告诉她学堂就在旁边。小丫头抱着糖葫芦，迈着小短腿就走了进去。

国子监和京城里的其他几所书院不同，其他京城的书院招收的基本上是有钱的达官贵人之子，但国子监只接收皇室子弟和祖上有过功勋的忠良之后，所以学堂里的学子并不是很多，加上刚来的叶七七，也就有区区九个人。

小丫头刚走到门口，原本正在学堂里看书的几个少年纷纷将视线落在了她身上。

国子监里原先除了三公主夜云裳，就没有其他女孩子听学了。

前几天夜云裳因为和叶七七打架，被大暴君禁闭了一个月，所以今日自然是来不了的。

叶七七站在门口，看自己成为焦点人物，立马低下小脑袋，想要坐在后面的角落里。可她还没有走几步，就被人给挡住了。小丫头抬头，就瞧见一个不认识的少年站在她面前。

"小妹妹，你找谁呀？"贺璟低头瞧着身高才到自己腰腹的小丫头，不由得多打量了几眼，心想这小丫头可真可爱。

就在贺璟忍不住伸手想捏一下小丫头那软乎乎的小脸时，只听"砰"的一声，贺璟被吓得心头一跳，顺着声响望去，就瞧见了坐在角落里的夜霆晟。

少年把目光缓缓地从手里的书上移到了愣愣地站在那儿的小丫头身上，说道："过来！"话音落下，少年就用阴沉的目光看着她。

叶七七愣了好一会儿，才明白少年这话是对她说的。随后，她抱紧怀里的糖葫芦，迈着小短腿走到了少年身边，坐在了他身旁的空座位上。

一旁的贺璟看着小丫头坐在了少年身边，看了两个人许久，最终移开了目光。

从小丫头坐到凳子上开始，少年就自顾自地看手里的书，没有瞧她一眼。

她咬了咬唇，最终伸出手扯了扯少年的衣袖，说道："六哥哥……"

突然感觉自己的衣袖被扯了一下，夜霆晟低头就看见某团子用那双大眼睛直勾勾地看着自己。他冷着脸，面无表情。

然后他就听她小心翼翼地问他："六哥哥，你……还在生气吗？"

闻言，少年顿了顿，冷冷地开口道："没有！"

语气都凶成这样了，六哥哥还骗人！小丫头看少年紧抿着薄唇，便又伸手扯了扯他的衣服，软绵绵地开口道："六哥哥，你别生七七的气了好不好？七七知道错了……"

听了她这话，少年猛地将手里的书合了起来，冷冷地道："呵，错了？错在哪里了？"

少年那阴沉的脸色真的吓人得很，小丫头很没有骨气地缩了缩脖子，但还是爹着胆子伸出小手握住少年微凉的手，缓缓地道：“七七不该惹六哥哥生气的。六哥哥，你不要再生七七的气了，好不好？”

小丫头心里只想着给少年道歉，没注意到少年因为她的触碰而略微僵住的神情。

少年垂眸看着小丫头的手。不该惹他生气，这算哪门子的理由？

“没诚意！”少年冷冷地吐出这句话，就抽出了自己的手。

没诚意？小丫头闻言，有些急了，望着手里的糖葫芦，然后递到了少年面前，说道：“那……那七七请六哥哥吃七七最爱吃的糖葫芦，这样……算有诚意了吧？”小丫头越说就越显得有气无力，不知道他到底能不能接受自己给他的糖葫芦。

少年将视线落在小丫头手里的糖葫芦上，然后又移到小丫头那委屈的小脸上。那小嘴都委屈地噘起来了，跟茶壶似的，真娇气！

少年移开目光，视线落在手里的书上，语气淡淡地应了她一声：“嗯。”

叶七七闻言，一开始还没反应过来，后知后觉六哥哥是原谅她了，高兴地道：“那六哥哥现在吃吗？七七给你撕开。”

夜霆晟原本是要拒绝的，但是见小丫头眸子亮晶晶地瞧着自己，想拒绝的话不知怎的就说不出来了。

见少年没有拒绝，小丫头撕开油纸就把糖葫芦往少年的嘴里送：“哥哥，吃。”

在场的其他学子闻言，纷纷将视线落在后面的小丫头身上。只见小丫头手里拿着一串糖葫芦，举着小手递到少年嘴边，更关键的是小丫头长得可爱、娇憨，那张看起来软乎乎的小脸蛋儿让人忍不住想捏几下。

众少年皆化身成“柠檬精”：好酸！他们也好想有个如此可爱的妹妹呀！

不过这小丫头看着小小的，是不是还在喝奶？

夜霆晟看着小丫头递到自己嘴边的糖葫芦，迟疑了一会儿，终于咬了一颗山楂，入口就是甜腻得不行的糖味。

叶七七睁着大眼睛看着少年，问道：“甜吗？”

少年看着她，摇了摇头：“不甜。”

小丫头困惑了：这糖葫芦怎么可能不甜？！

她瞪大眼睛仔细地将那糖葫芦看了一遍，心想：难不成是那个坏伯伯买错了？

　　盯着糖葫芦半天也看不出有什么毛病，她心中困惑，咬了一口，入口就很甜，便道："明明就很甜呀。"他怎么说不甜呢？

　　夜霆晟见小丫头鼓着腮帮子吃糖葫芦，不由得扬了扬唇角。

　　虽然他什么话都没有说，但小丫头看着他那表情，就知道自己好像被六哥哥给骗了……

　　"甜吗？"少年伸手摸上她的小脑袋，问。

　　小丫头点了点头："甜……"

　　"嗯，是挺甜的！"少年盯着她的小脸蛋儿，笑得有些吓人。

　　小丫头总感觉他说的这句话意有所指。

第八章
化身女儿奴

今日来教书的是一个白胡子老头，姓徐的那胡子比坏伯伯的胡子还长。他讲课文绉绉的，读诗时还摇头晃脑。小丫头坐在那儿，原本是认真地听的，但是听着听着就感觉像听催眠曲似的，没一会儿就上下眼皮打架了。

少年侧头，就见那小丫头脑袋一点一点的，随时有磕上桌面的危险。就在他刚准备放一本书在她桌上时，徐老估计是念到了全诗文中最气势高昂的部分，音量猛地提高了好几倍。

小丫头正困得眼皮打架，被徐老那一声吓得身子一抖，蓦地睁开了眼睛，脸都白了，睡得正香突然被吓醒，整个人都是蒙的。

少年垂眸看她，正好和她的目光对上。

然后，在还未完全清醒的情况下，小丫头下意识地就往少年身上靠。

"嗯，抱抱。"小丫头伸手抱住了少年的腰，声音中带着被突然吓到的哭腔。

少年在她迷迷糊糊中抱住他的那一刻，身体不由得僵住了。他有些震惊地瞧着扒在自己身上的小丫头，耳朵蓦地红了：这丫头……竟如此黏人？！

徐老正念诗念得激情澎湃，突然间感觉到身上好似有一道阴冷的视线，环顾了半圈，就对上少年那阴冷得恨不得要杀人的视线。

徐老心中一惊，面色茫然而又不解。

随后，徐老就见坐在角落里带着娃的少年薄唇轻启吐出了两个字："安静！"

看到少年怀里正熟睡的小丫头，徐老一下懂了。他今日一早来时便得知了七公主前来国子监听学的事情，不过令他有些惊讶的是，六皇子和七公主两个人的感情可真好，七公主睡觉都靠在六皇子怀里。

"喀……"徐老捂着嘴轻轻咳了一声，说道，"接下来各自温习吧，有什么不懂的可以来问我！"说完，徐老就坐到了一旁，悠闲地喝茶。

众学子：今日讲课怎么结束得如此快？

小丫头整个人靠在少年怀里，仰着脑袋枕在少年的手臂上，这一觉睡得格外香甜。

夜霆晟几乎一低头就能看见小丫头熟睡的脸。看着小丫头乖巧的样子，少年想起自己曾经养的一只猫，它靠在自己怀里时，也是这样子毫无防备之心，只可惜……

少年不知想到了什么，眉眼忽然变得冷厉。但当他那阴冷的目光扫过小丫头的眉眼时，眼底的冷意又在一点点地消失。

小丫头半梦半醒的时候，感觉自己周身都是暖和的，下意识地打了个哈欠，觉得这一觉睡得好舒服。在她缓缓地睁开眼睛的时候，入目的就是少年那刚毅的下巴，想要伸懒腰的动作猛地一顿，直愣愣地看着少年。

这时她才发现自己竟然在学堂里睡着了，整个人躺在少年的怀里，更加可怕的是，一条腿居然还放在了后面的课桌上。天哪！这究竟是什么奇奇怪怪的睡姿？

少年听见了动静，低头就见小丫头已经醒了，正睁着大眼睛看着他。他脸上没有什么表情，目光平静地看着她。

小丫头咬了咬唇，说道："哥哥，我……我不是故意睡着的……"说完，小丫头赶紧收回自己那只极不得体的脚。她也不知道自己睡着睡着脚怎么就不听使唤地跷到后面的桌子上了。

少年目光平静地落在小丫头那只缓缓放下的脚上，那脚上还穿着粉红色的绣花鞋。

少年没说话。

就在他刚准备活动一下自己麻了的右手时，一旁的小丫头忽然瞧见少年的衣袖上有一片亮晶晶的水渍。

叶七七下意识地摸了摸自己的嘴角：湿……湿的！

顿时就如同遭到了晴天霹雳，她猛地伸手抓住了少年的手臂，说道："哥……哥哥……"

夜霆晟一脸不解地看着突然做出这番举动的小丫头。

随后，就见小丫头小脸突然变得红通通的，磕磕巴巴地说道："口……口水。"

顺着小丫头的视线，少年也瞧见了衣袖上那原本小丫头的脑袋枕着的地方多了一块明显的水渍。

可想而知小丫头这一觉睡得有多香了。

夜霆晟瞥了她一眼，面上看不出来有没有生气，说道："脏了！"

小丫头下意识地拿出手帕给他擦了擦，结果好像越擦水渍的面积越大了。小丫头有些急了，茫然地抬起小脑袋，说道："那……那七七给六哥哥带回去……洗洗？"

闻言，少年神色淡淡地扫了她一眼，就她这小小的个子，不知道到底是她洗衣服，还是衣服洗她呢！

"不用了。"少年拿过她的帕子擦了一会儿后，虽然袖子看起来还是有点儿湿，但终归比之前好多了。

小丫头咬了咬手指，看着少年冷厉的眉眼，觉得自己好像又做错事了。

"哥哥，对不起……"小丫头扯了扯少年的衣袖，表情委屈极了。

少年停下手里的动作，抬眸时眼眸里有意味不明的情绪，说道："七七呀，道歉可不是光嘴上说说而已。"

"那……七七动动手，给……给哥哥洗衣服？"

"好的，你洗吧！一件不够我给你找十件来，你慢慢洗！"

直到后来，叶七七也不知道他究竟要不要她给他洗衣服。

两个人这次对话之后，夜霆晟就一直一言不发地看书，再也没和她说过一句话。

他好像又生气了，她又说错什么了吗？叶七七一脸疑惑。

小丫头无所事事，面前的书实在看不下去，没过一会儿就又趴在桌子上睡着了。

夜霆晟盯着她：这小丫头恐怕是只猪吧？！

等听学结束后，小丫头被少年叫醒了，起身下意识地伸了个懒腰，感觉自己学了一天，好累，等一下回去一定让阿婉姐姐烧几样她最爱吃的菜，好好犒劳一下自己。

又是同一个地点，同一辆马车。

小丫头看着马车，凳子依旧不见踪影，她实在不知道该怎么爬上去。

就在小丫头不知道该怎么办的时候，突然被人从后面抱了起来，然后稳稳地落到了马车上。她一转头，就对上了少年那双妖冶、狭长的凤眸。

他狭长的眼尾下有一颗泪痣，肤色有种病态的冷白。

嗯……六哥哥抱她了。

少年几乎毫不费力就将小丫头抱上了马车，低头就瞧见小丫头眨巴着眼睛看着自己。

"怎么了？"他问。

小丫头红着脸摇了摇头："没……没什么，就……哥哥……你刚才抱七七了。"明明今天早上的时候，他还说让她自己滚下去呢，想到这里，小丫头不由得噘了噘嘴。

一旁的少年看她这副样子，似乎知道她心中所想，伸手揉了揉她的脑袋，笑道："这是哥哥该做的，毕竟七七上马车可不能用滚的。"

少年倒是笑得一脸无害，但小丫头还是听出来了他的言外之意。不过相比之前那个生着气、冷着脸的六哥哥，她还是更喜欢现在这个正常一点儿的。

马车刚行驶到城中，却被挡住了去路。小丫头听见外头热热闹闹地奏着乐，像是在办什么喜事似的，按捺不住好奇心推开了车窗，将小脑袋往外探去，问："这是在干什么呀？好热闹呀。"

视线落在外头，小丫头就见原本在街道上行走的人突然退到了街道两边，恭恭敬敬地跪在地上。

少年缓缓地抬起眸子，目光冷厉地说道："是恭迎皇后回朝。"

一年前，北冥近三个月未下一滴雨，土地龟裂，庄稼干死，民不聊生。国师有云：须一国之母奔赴宁州天景寺祈福斋戒一年，方可保佑北冥风调雨顺、百姓安康。

如国师所言，在皇后到达天景寺后，刚祈福斋戒半日，北冥就下了三个月以来的第一场大雨。此后的一年里，北冥就如同受到了上天的眷顾，屡屡打胜仗，就连毒疫在其他几国横行之时，北冥也未受到分毫影响。

这一切的幸事，百姓都归功于皇后每日的吃斋念佛感动了上天，使得上天赐福于北冥，赐福于百姓。得知皇后今日回宫，百姓纷纷前来迎接。

三公主乃皇后的亲女儿，母女二人一年未见，自然挂念得紧。但在嘘寒问暖过后，三公主自然没有忘记将这些天来自己受的委屈一一告知母后。

"母后，您都不知道儿臣近日受了多大的委屈，夜七七仗着父皇对她的宠爱，直接无法无天地爬到了儿臣的头上，还打了儿臣！"

皇后闻言，喝茶的动作一顿，柳眉猛地皱了一下，说道："打你？"

"是呀！她不仅扇了儿臣好几巴掌，还扯儿臣的头发。不仅如此，她还诬蔑是儿臣打了她。"三公主夜云裳越说越觉得委屈，忍不住红了眼睛，"无论儿臣怎么解释，父皇都不愿意相信儿臣，还罚儿臣禁闭一个月。之前父皇可是最宠儿臣的，可自从夜七七出现之后，父皇连看都不愿意看儿臣一眼了。"

夜云裳扑在女人的怀里，哭得伤心极了。

瞧着自己的女儿哭成这样，皇后心里难受极了，没想到自己不在宫里的这一年里，自己的女儿竟然受了如此大的委屈。

"母后，您可一定要替儿臣做主呀！"夜云裳拉着女人的衣袖，哭着道。

"我儿受委屈了。"皇后轻轻地拍了拍她的背，安抚道，"母后既然回来了，自然是不会让任何人欺负你的。"她女儿身为北冥的嫡公主，岂能被他人欺负！

"呵，母后倒要看看那个什么夜七七究竟有多大的能耐！"说着，女人眼中闪过一道浓浓的冷意。

叶七七刚下马车，鼻子突然一阵发痒，忍不住打了好几个喷嚏。小丫头伸手揉了揉自己的鼻子，软软的声音中透着几丝埋怨："嗯，好像有人在说七七的坏话……"

"咳——"听了小丫头这话，正巧路过她身边的男人不由得笑出了声。

小丫头闻声，抬起头看去，就对上了一双含笑的眸子。望着男人那张陌生的脸，小丫头被他看得莫名其妙地有些脊背发凉，下意识地抓紧了身旁少年的衣袖，往少年的身后躲，说道："哥哥……"

夜霆晟听到小丫头喊自己，低头就瞧见小丫头紧抓着他的衣袖。

叶七七缩在少年身后，大眼睛直愣愣地和一旁她不认识的男人对视着。她明明不认识他，他干吗一直看着她呀？她脸上又没有糖……

“二皇兄……”就在小丫头十分不解之时，她就听见一旁的少年喊了男人一声。

那三个字传进了耳中后，小丫头立马愣住了，眨巴着大眼睛一脸无措地看着面前的男人。二……二皇兄？是……是那个二皇兄？

“嗯。”夜傲天轻轻应了一声，眼睛却紧盯着缩在少年背后的小丫头。看着小丫头那副被吓傻了的模样，他差点儿要以为上一次和夜云裳大打出手的另有其人了。啧，今日一见她怎么突然变成一个小屎包了？

叶七七被男人用那视线看得实在是头皮发麻，最后忍不住喊了他一声：“二……二皇兄。”

夜傲天目光意味不明地瞧了她一眼，轻笑道：“小丫头这双眼睛可真好看，皇兄看着可真喜欢。”

男人的嘴角不着痕迹地上扬，那模样就像个要吃小孩儿的魔鬼。

叶七七原本在得知他的身份后就害怕得紧，听他说完这句话后，脸已经被吓得白了，生怕他下一秒就让人把她的眼珠子给抠下来。

小丫头缩了缩脖子，硬着头皮回答道：“谢谢二皇兄称赞，但……但七七的眼睛并不是最好看的。”所以不要抠她的眼珠子，她还想再看看这个美丽的世界，呜呜呜……

男人看着小丫头那被吓得白了脸的模样，脸上的笑容有些高深莫测，心里突然萌生出一种想要逗逗她的冲动。

随后，男人向某团子招了招手，笑容诡秘地道：“七七是吧？过来，让二皇兄抱抱。”

男人向她张开了怀抱。

听着这犹如恶魔低语一般的呼唤，小丫头就跟脚连在了地上似的，动也动不了，紧紧地抓着身前少年的衣摆不肯撒手。

夜霆晟见身后的小丫头一动不动，转头看了她一眼，就见小丫头眼巴巴地盯着他，紧抓着他的衣袖的手很用力，就像在求他不要把她卖掉。

站在那儿的夜傲天见小丫头一动不动，眉头不由得皱了皱。

看见男人皱眉，小丫头就知道大事不妙，爹着胆子准备迈步上前。

这时她的小手突然被少年握住了。

下一秒，就听少年声音淡漠地开口道：“请二皇兄见谅，七七怕生。”

“怕生？”闻言，男人嗤笑出声，紧盯着缩在少年身后的小丫头，说道：

"让二皇兄抱一下难不成还能将你吃了？"

男人见小丫头怕自己怕成这样，心中难免有些不舒服，大步走到小丫头面前，在小丫头还没有反应过来时，伸手就想要揉一揉小丫头的脑袋，说道："呵，真是个一点儿都不讨人喜欢的丫头。"

他的话刚说完，手即将碰到小丫头的脑袋时，一旁的少年突然伸手将小丫头一把拉开了。

"二皇兄，男女授受不亲。"少年冷冷地对他说道。

"男女授受不亲？"他听了这话，差点儿笑出声，目光落在臭小子紧握着小丫头手的手上，反问了少年一句，"难不成你不是个男人？"

夜霆晟说道："我还小，小孩子牵手没有关系。"

闻言，夜傲天只觉得心中一堵：这臭小子是说他老了。

"呵。"夜傲天冷笑了一声，强忍着心中想要弄死这两个小屁孩儿的冲动。老六人不大，倒是学会英雄救美了！

"小屁孩儿！"男人脸色愠怒，说完就离开了。

小丫头看着二皇兄离开的背影，伸手扯了扯少年的衣袖，问道："哥哥，二皇兄……会不会记仇呀？"刚刚他临走时的那个眼神，好……好吓人。

少年眼神淡漠地扫了她一眼，说道："会。"

小丫头一听，被吓得脸都白了，问："那……那怎么办？"

"还能怎么办？"目光落在她脸上，少年阴沉地道，"以后七七要离他远一点儿，知道吗？"少年一边说一边伸手摸上小丫头软乎乎的脸蛋儿，笑得阴恻恻的，"毕竟二皇兄可是最喜欢抠人眼珠子的，方才他就夸七七的眼睛好看了。"

小丫头被吓得"咕噜"一声咽了一下口水，差点儿哭出来："哥哥，七七不想被挖眼珠子！"

"那七七可要乖乖地听话呀，乖孩子才不会被挖掉眼珠子呢。"少年勾唇扬起一抹笑意，伸手揉着小丫头的脑袋。

叶七七原本就挺害怕的，被少年这么一说更怕了，但现在不是怕二皇兄会挖她的眼珠子，而是觉得六哥哥现在的笑才最吓人。

少年自从牵了她的手后，就没有松开过。小丫头想挣脱却又不敢，他的手比她的手还凉，就像毒蛇一样缠着她。

少年将她一直送到了月静宫门口。

大白和阿婉已经在门口等候多时。看见不远处走来的熟悉的身影，大白率先迈着小腿走到了小丫头身边。

"嗷呜！"大白扒拉着小丫头的衣袖叫了一声，似乎在埋怨她怎么这么晚才回来。大白蹭着小丫头的裤腿好久，终于注意到了小丫头身旁的少年，用圆溜溜的眼睛紧紧地盯着少年，眼神里有些警惕。

小丫头将大白抱在怀里，揉了几下它的小脑袋，这才想起来要和少年介绍一下："哥哥，这是大白。"

少年看着小丫头怀里对自己面露不善之色的小老虎，嘴角勾起一抹弧度，说道："大白长得可真可爱。"少年说着，伸手想要摸大白的脑袋。

但他还没有碰到大白，它就对他露出了尖牙，差点儿咬到他的手。

"嗷——"大白凶神恶煞般地看着面前的少年，让人有一种它立马就要扑到少年身上，咬断他的脖子的感觉。

第一次遇到大白露出这副凶悍的样子，叶七七也愣住了，问："大白，你怎么了？"小丫头瞧着大白龇牙咧嘴的样子，伸手安抚地摸了摸大白的小脑袋，说道，"大白，不可以对哥哥这样子。"

"哥哥，我……也不知道大白突然怎么了……"小丫头将大白抱紧，语气中有些歉意。

少年看着小丫头怀里凶神恶煞般的白虎，神情冰冷地道："看来它并不是很喜欢我呀。"

"不……不是的，它只是……"小丫头说着，抬头就对上了少年格外冰冷的眸子，蓦然心头一凉，下意识地将怀里的大白抱得更紧了。六哥哥这眼神好吓人，他不会是要把大白杀死吧？！

"哥……哥哥？"小丫头胆战心惊地看着他，生怕他会做出什么吓人的事情。

少年嘴角勾着，但那笑容诡秘莫测。

"六哥哥还有事，先走了。七七要照顾好大白，不要让它乱跑，知道吗？"

少年阴恻恻的声音在耳边响起，小丫头毛骨悚然地点了点头："知……知道了。"

她看着少年如此森寒的眼神，已经不敢让大白离开她的视野了。

"七七真乖！"少年轻轻地摸了一下小丫头的脑袋，嘴角带着笑，随后转身离开了。

直到少年的身影渐渐地在视野中消失，小丫头才松了一口气。她紧紧地抱着大白，将小脑袋靠在大白的脖颈上，语气中带着哭腔："大白，你以后不能对六哥哥这样，你这样……他会杀了你的。"

一想到少年方才那冰冷阴沉的眼神，小丫头还是控制不住地抖了抖。她真的好怕大白突然没了呀。

"嗷呜。"大白看着小丫头突然红了眼睛，不由得呜咽了一声，用大大的眼睛不解地看着她。

叶七七在国子监听学了三日，这三日大暴君爹爹因为政事繁忙，无暇来看她。这天小丫头刚巧下课早，便打算去看望一下大暴君爹爹。

小丫头走到御书房门口，正准备进去，里头突然传来了大暴君爹爹暴怒的声音："一群废物！朕要你们有何用？还不如都拉出去砍了！"

"砰"的一声，应该是什么东西被狠狠地踹倒了。

小丫头听得猛地一抖，不小心撞在了门上。

听见声音的大暴君以为是哪个不知死活的大臣站在门口不敢进来，立马暴怒地道："谁站在外面？给朕滚进来！"

小丫头想走已经来不及了，听着大暴君爹爹凶巴巴像是要吃人的语气，心里后悔极了：她今日就不应该来的！

小丫头手里拎着食盒，缓缓地推开紧闭的门。

大暴君瞧着那慢腾腾开门的动作，顿时气不打一处来，正打算发火怒骂，就见一个小脑袋突然从门缝中探了出来。当他瞧见小丫头那圆圆的大眼睛紧盯着自己时，原本的怒火不知怎的立马消失殆尽了。

大暴君感到有些意外地看着站在门口的某团子，尽量压低声音，让自己的语气听起来不那么吓人："七……七七，你怎么来了？"

跪了一地的众大臣听到陛下突然变得如此温柔的说话声，差点儿以为自己被陛下骂得幻听了。

小丫头看着跪了一地的众大臣，还有被踢倒在地上只剩下一条腿的椅子、碎了一地的花瓶，小脸不由得白了。这……这里是刚刚经历过世界大战吗？

"父皇爹爹，七七……来给您送……送吃的……"小丫头站在门口，手里拎着装着点心的食盒，看着一地的狼藉，实在不知该如何下脚。

大暴君见此，上前几步走到了小丫头面前，伸手便将她抱在了怀里，然后把目光落在了跪在地上的众大臣身上，冷声道："都愣着干什么？还不快点儿收拾干净？！"要是伤到了他的宝贝七七怎么办？

大暴君此话一出，众大臣吓得立马从地上起来，急忙将一片狼藉收拾干净。

由于众大臣收拾东西过于熟练，小丫头觉得他们肯定不是第一次干这种事情了。

大暴君将小丫头抱到已经被收拾干净的软榻上，将她带过来的食盒放在桌上，笑着问："七七带了什么东西给爹爹呀？"

小丫头声音软软地道："是凤梨酥，您喜欢的。"

那凤梨酥刚出炉没多久，小丫头一将食盒打开，香味已经弥漫了整个屋子。

正在打扫的众大臣闻到香味，皆咽了咽口水，眼巴巴地盯着食盒：这凤梨酥看着好好吃的样子，想吃……

众大臣今日被大暴君折磨了一下午，年纪大了也禁不起折腾，肚子早就饿得"咕咕"叫了，如今再闻到这美味的凤梨酥的味道，个个馋得口水都要流下来了。

小丫头拿起一块凤梨酥递到了大暴君嘴边，说道："父皇爹爹，吃。"

大暴君勾唇笑了笑，就准备咬一口。

一旁的赵公公急忙开口道："陛下，请让奴才先——"

赵公公正要掏出银针，男人就打断了他的话，说道："不用了。"说着，大暴君就一口咬了上去。

刚出炉没多久的凤梨酥外皮酥软。馅料甜蜜，口感极佳。

"好……吃吗？"小丫头眨巴着眼睛瞧着男人，满脸的期待。

大暴君看着小丫头那双闪闪发光的大眼睛，伸手捏了捏小丫头的脸蛋儿，说道："嗯，很好吃。"

小丫头又拿了一块递到了男人嘴边。

就在这时，大暴君无意间看见她手上有一些细小的伤口，伸手猛地扣住了她的手，蹙着眉头问："手怎么了？"

小丫头神情一僵，想将手往衣袖里缩，但她的力气哪里比得上大暴君的力气，只好解释道："切……切凤梨的时候不小心划到了。"

闻言，大暴君立马就怒了："月静宫的人都活腻了吗？竟然让你切东西？来人！"

大暴君正打算让人将月静宫上下都拖出去打二十大板，小丫头急忙解释道："不关阿婉姐姐她们的事，是七七自己想亲手做给爹爹吃，才不小心划到了。"

大暴君阴沉着脸，想发火却又害怕吓到她，只能冷着脸，故作严厉地道：

"下次可不许这样了！"

"嗯嗯，七七知道了。"

"上药了吗？"大暴君问。

"上啦。"

"嗯。"

一旁的众大臣一边打扫一边竖着耳朵听两个人的谈话，心里头都觉得不可思议：怎么感觉陛下现在变成女儿奴了？而且陛下不是从来都不吃甜食的吗？现如今这凤梨酥一口一个是什么情况？

小丫头带来的凤梨酥男人吃了不少。

就在小丫头将食盒放好时，一旁的大暴君突然开口问她："去国子监听学如何了？"

小丫头点了点头："很……很好呀。"

"很好？"大暴君扫了她一眼，问，"太傅都教什么了？"

"教……教什么？"小丫头面色不由得僵了一下。太……太傅都教什么了？

小丫头后知后觉大暴君爹爹好像是在突击检查她学得怎么样了。

"嗯？"大暴君见小丫头突然一言不发，眼神淡然地又扫了她一眼。

小丫头心虚地说道："学……学了……《三字经》……"

大暴君说道："《三字经》？"

"对……对呀！"小丫头爹着胆子道，"就……就是学了《三字经》，而且七七不仅全都会背了，还能写出来。父皇爹爹，您看七七是不是……很棒？"

大暴君听了小丫头这话，狭长的凤眸紧盯着她，嘴角上挂着一丝意味不明的浅笑。

小丫头只觉得好心虚，也不知道大暴君爹爹有没有相信她说的话。

就在小丫头心里十分忐忑不安的时候，大暴君突然伸手揉了揉她的小脑袋，目光柔和地道："学那么难的《三字经》，真的是辛苦七七了。"

小丫头愣了一下，有些心虚地摇了摇头："不……不辛苦的……"说到最后，她自己都听出自己说话有些底气不足了。

大暴君看着小丫头一脸心虚的模样，忍不住笑出了声，捏了捏小丫头因为心虚而有些红的脸蛋儿，说道："下次可不许这样了，知道吗？"

大暴君没有骂她，小丫头感到有些意外，乖巧地点了点头："知……知道了。"

"嗯，乖。"大暴君满脸的宠溺之意。

一旁的大臣们眼巴巴地看着，觉得真是邪门了，怎么就从来没有看到过陛下对他们露出这等慈爱的表情呢？众大臣心中十分不解。

坐在软榻上的大暴君瞧着众大臣一脸幽怨地盯着自己，吼道："盯着朕做什么？收拾完了赶紧给朕滚！"

听了男人这话，众大臣皆是浑身一抖，一个个灰溜溜地退了出去。陛……陛下好可怕！等陛下对他们露出像是对着七公主时露出的那副慈爱的表情，估计要等到下辈子了吧………今生无望了。

小丫头看着众大臣灰溜溜地离开的背影，再看看身边黑着脸的大暴君，发现大暴君爹爹好凶。她看到男人紧蹙着眉头，不由得伸出小手抚平了男人皱起的眉头，声音软软地道："爹爹，您别总是皱眉好不好？看着好凶……"

大暴君看着小丫头软萌可爱的小脸蛋儿，眉头也放松下来："好，爹爹不凶了。"

"爹爹不凶的时候好看。"小丫头伸出小手捧着男人的俊脸，"吧唧"一口亲在了男人的脸上。

一旁的赵公公眼睛瞪得老大：乖乖，七公主还真的敢亲呀？

更让赵公公感到意外的是，明明陛下是有洁癖的人，竟任由七公主亲他。而且如果他这老花眼没有看错的话，七公主亲完陛下后，陛下脸上还有些亮晶晶的东西沾着呢！那……是七公主的口水吧……

赵公公伸手擦了擦额头上的冷汗。他……他什么也看不到。

小丫头一直待到傍晚才离开御书房，好巧不巧，刚出门迎面就遇上了最不想遇见的人。

夜云裳走在前面，身旁还有一位穿得极其华贵的漂亮女人，后面跟了一大批宫女、太监。

在叶七七看见她们的时候，她们同样看见她了。

夜云裳皱着眉头看着叶七七从御书房里出来，一脸不悦地道："你怎么在这里？"这死丫头怎么阴魂不散啊？在哪里都能看见她！

夜云裳咬牙切齿地看着她，那眼神恨不得将她吞进肚子里嚼碎似的。

叶七七瞧着夜云裳那恨不得吃了她的眼神，下意识地抓紧了身旁的阿婉姐姐的衣袖，说道："给父皇爹爹送吃的。"

"送吃的？"夜云裳闻言，目光落在她手里拿着的一个小盒子上，恶狠狠地问道，"那你手里拿的是什么？"

叶七七下意识地将手往后缩了缩，说道："没什么。"

"没什么？"夜云裳紧盯着她，语气不善地说道，"肯定是你偷了父皇的东西，还鬼鬼祟祟地藏在后面，快给本公主交出来！"说着，夜云裳伸手就扯叶七七的手臂，想要将她手里的东西抢过来。

哪怕小丫头死死地护着父皇爹爹方才送给她的东西，但是她的力气还是比不过夜云裳的力气，几番拉扯之下，手里的盒子猛地被甩了出去。

大暴君是听到外头的吵闹声出来的，刚走到门口，迎面就看到一个长方形的盒子被摔到了他的脚边。

当盒子里的东西被摔出来后，夜云裳瞧着那通身雕工精致的毛笔，忍不住出声道："好呀！夜七七，你的胆子真是不小，居然敢偷父皇的笔！"

夜云裳看着突然从里头出来的男人，立马走到了男人身边，用一副邀功似的语气道："父皇，您看这个夜七七，居然敢偷您的东西，真的是太不像话了！"

赵公公瞧着男人阴沉的脸色，急忙将笔捡了起来，恭恭敬敬地递了过去："陛下。"

大暴君一言不发地接过笔，但此刻一脸阴沉的表情无一不透露出不悦。

夜云裳幸灾乐祸地看着一旁的某团子：呵，不知死活的贱丫头，你完了，竟然敢偷父皇的笔，等着被拖出去杖毙吧！

就在夜云裳幸灾乐祸的时候，一直未开口的男人突然道："朕不是让你禁闭一个月吗？谁让你出来的？"

闻言，夜云裳下意识地将目光落在一旁的女人身上。

"臣妾见过陛下。是臣妾擅自解了裳儿的禁令。"站在一旁已久的皇后道。

此话一出，大暴君阴恻恻的目光马上落在了皇后身上。

男人用指腹磨蹭着笔身，目光冰冷无情地看着她，冷笑道："什么时候朕的命令皇后都能随意地违抗了？"

女人对上男人阴冷的视线，下意识地白了脸。

夜云裳没瞧出什么不对劲，还紧抱着男人的手臂撒娇道："父皇，不关母后的事，是裳儿想来见父皇。裳儿已经知道错了，您就不要关儿臣禁闭了吧。"

大暴君低头看了一眼抱着他的手臂的三女儿，目光有些冷地说道："呵，错了？错在哪里了？这些年你别的没学到，倒是把以大欺小学了个透彻。"

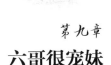

第九章

六哥很宠妹

大暴君冷着脸拽开三女儿紧抓着他的手，目光落在一旁身着华贵衣裳的女人身上。

皇后瞧着男人冰冷刺骨的眼神，下意识地紧了紧藏在衣袖间的手，脸有点儿发白。

哪怕她和陛下成婚多年，但是她始终猜不透陛下心中有什么想法。每当他露出这样冰冷的眼神时，她就莫名其妙地胆战心惊。就如同一年前，他说："如国师所言，须皇后去宁州为百姓祈福。不知皇后意下如何？"她原本是想拒绝的，但是瞧着男人冰冷的眼神，想拒绝的话怎么也不敢说出口。

"是臣妾教导无方，望陛下恕罪。"皇后低垂着眉眼，声音平缓，一副我见犹怜的姿态。

大暴君淡淡地扫了皇后一眼，而后就将手里的笔送到了小丫头怀里，说道："朕送你的笔，就好好给朕收着！"

"父……父皇……"一旁的夜云裳看着男人将笔送到了夜七七手上，整个人都愣住了，难以置信地问，"这笔是父皇送给她的？"

大暴君虽然没有回应夜云裳的话，但那神情分明已经默认了。

夜云裳差点儿要忍不住上去打死那贱丫头——这支笔她先前和父皇要了很

多次，他都舍不得给她，而这一次竟然给了夜七七这个小蹄子。

夜云裳咬了咬牙。碍于父皇在场，她先不动这个贱丫头，等哪天父皇不在这个贱丫头身边了，她定要弄死这个贱丫头！

"七皇妹，对不起，皇姐不应该诬蔑你的！"夜云裳低声下气地对一旁的小丫头道了声"对不起"，语气倒算得上诚恳。

听了夜云裳这话，在场的其他人都愣了一下，实在不敢想象，像三公主这样趾高气扬的人，居然会道歉。

一旁的叶七七看着面前的夜云裳对自己这般诚恳地道歉，抓紧身旁的大暴君的衣袖，缓缓地开口道："没关系的，反正七七也没有生皇姐姐的气。"然后小丫头对一旁的男人开口道："爹爹，您也别再生皇姐姐的气了，她已经知道错了。"

夜云裳听到这蠢丫头居然还替自己辩解，心里不由得暗骂了她一声：真是蠢得可以。

大暴君瞧着小丫头亮晶晶的眸子，目光又落在一旁一脸知错了的三女儿身上，最终淡淡地应了一声。

见此，夜云裳上前亲昵地环着小丫头的手臂，说道："那我们之前的恩怨算一笔勾销啦，七七也不要再怪皇姐了好不好？"

小丫头点了点头，算是默认了。

"七七是要回月静宫吗？那皇姐送送你好不好？"夜云裳说着，目光就落在了一旁的男人身上，问："父皇，可以允许儿臣送七七吗？"

大暴君看了一眼小丫头，见她没什么异议，就点了点头。

"好，那儿臣和七七先走啦。"话音刚落，夜云裳就牵着小丫头的手走了出去。

从背影看，两个人真的就像关系十分亲昵的亲姐妹一样。

直到上了轿子，轿子里只有她们两个人，夜云裳的本性就暴露了出来。

夜云裳抬眸看着坐在自己对面的某团子，目中冷意乍现，问道："七七呀，皇姐能向你请教一个问题吗？"

小丫头一脸纯良地点了点头："你说呀，皇姐姐。"

夜云裳看着她，蓦然伸手掐上了她的脸，恶狠狠地压着嗓子道："你究竟用了什么手段，竟然把父皇给蛊惑得团团转？本公主和父皇要了那支笔那么多次，他都不愿给我，今日居然送给了你这个贱丫头！"

叶七七被她掐得有点儿疼，伸手想要将她的手拍开，说道："皇姐姐，你想要的话七七可以送给你，但你能不能不要把七七掐得这么疼？！"下巴被夜云裳掐得有点儿红，小丫头忍不住红了眼眶。

"你以为本公主稀罕你送的东西吗？看不起谁呢？"夜云裳看着她朝自己递过来的笔盒，猛地一把扯过去直接扔到窗外。

扔完后，夜云裳还摊了摊手，一脸纯良地道："哎呀，不好意思，本公主手滑了。"

小丫头见此，急忙让人将轿子停下。

夜云裳坐在一旁冷笑，见小丫头脸色阴沉地盯着自己，恶狠狠地开口道："怎么？难不成你想和本公主再打一架？"

上次她被这个贱丫头害得在众人面前丢尽了脸，这一次这个贱丫头要是再敢动手，她定要弄死这个贱丫头！

小丫头闻言，摇了摇头，说道："没有，七七只是觉得皇姐姐该下去找一找。"

"我去？"夜云裳目光不屑地扫了面前大言不惭的某团子一眼，说道，"你算个什么东西，敢命令我？"

"七七只是给皇姐姐建议而已，毕竟这笔本来就不是父皇爹爹要送给七七的。"小丫头说完，就准备下轿。

一旁的夜云裳叫住了她："你刚刚说什么？不是送给你的？"

"是呀，这笔本来就是父皇爹爹想让七七送给皇姐姐的。虽然父皇爹爹平时口是心非惯了，但是他还是希望我们两个人能好好相处。可是谁料皇姐姐突然在御书房门口无理取闹，让父皇爹爹生气了……"

叶七七后面还说了些话，夜云裳已经听不清了。她整个人都愣住了，脑子"嗡嗡"的，震惊地看着面前的小丫头。

这丫头说父皇早就不生她的气了，还打算将那支她最喜欢的笔送给她，可她刚刚无理取闹了，还诬蔑这丫头偷了父皇的笔……

夜云裳回想起方才父皇看她的眼神，好像是很失望，所以……父皇刚刚才会对她那么生气？

"你……你一定是骗我的，对不对？"夜云裳朝着小丫头吼道，不愿意相信这话。这贱丫头一定是在骗她！

叶七七看着恶狠狠地盯着自己的夜云裳，实在不想理夜云裳了。之前父皇爹爹让她给夜云裳送笔时，她心里其实一点儿也不愿意，直到父皇爹爹对她说了那句话，她才明白大暴君爹爹并没有原文中那样冷血无情。身为一个父亲，虽然他做得并不合格，但是他已经尽他所能去呵护他的孩子了。他不是没有爱，而是没有人教他该如何去爱。

"七七，云裳的性子如此骄纵，很大一部分过失在朕。这段日子之前，朕不是个合格的父亲，但现在，朕想做个合格的父亲……"小丫头回想起先前大暴君爹爹同她说的话。

或许在之前的某一时刻，大暴君爹爹是真的已经放弃做一个合格的父亲了。但因为她，他又打算做一个合格的父亲。

虽然夜云裳是个骄纵的坏丫头，但并没有坏到无法挽救的地步。

叶七七说道："或许你怪我抢了你的父爱，但是我并没有，他的爱不是只给我一个人的，他正在学如何做一个合格的父亲，学着爱我们每一个人。所以……皇姐姐，也请你懂点儿事吧。我们在成长，他也是。父皇爹爹的前半生没人教他怎么去爱人，但是后半生他一定希望我们能一起教他。"

小丫头将方才被扔到窗外的笔盒捡起来，放在已经愣住的夜云裳面前。

她也不知道夜云裳到底有没有听见她说的话，不过希望夜云裳能听进去一些。

叶七七正准备下轿，身后的夜云裳突然叫住了她："等一下！"

小丫头转头，目光平静地看着夜云裳。

夜云裳手里拿着笔盒，想说些什么，最终却不知道该如何开口。

"算了，没什么，你走吧！"夜云裳咬了咬唇，终究烦躁地摆了摆手。

看着小丫头的背影在眼前消失后，夜云裳盯着手里的笔盒，沉默了许久。

"所以，皇姐姐，也请你懂点儿事吧！"夜云裳脑海里回想着方才小丫头对自己说的话，越想越觉得烦躁。

那个死丫头竟然还学会说教她了！什么叫她能不能懂点儿事？难道她不懂事吗？这一次她都忍住了没有像之前那样以大欺小地揍那个死丫头了！明明之前那个死丫头还坐在她身上揍她，害得她在众人面前丢尽了脸！究竟是谁……不懂事？

这一天，天气久违地晴朗了。

小丫头一路上忐忑不安了许久，最终轿子还是稳稳地停在了重华宫门口。

叶七七手里拿着笔筒，仰着小脑袋看着面前紧闭的宫门，小脸蛋儿突然皱成了包子。明明都是一样的建筑风格，只是地理位置不一样而已，为什么她感觉六哥哥住的地方有点儿阴森？

前几日在学堂里答应了六哥哥今天要给他画画，本来她已经鼓起勇气，可看着那阴森的宫门，又开始纠结，不知道该不该进去了。

叶七七咬了咬唇，正纠结着，紧闭的宫门猛地从里面被打开了。开门的是一个满头白发的老太监。

老太监说道："老奴见过七公主。"

白发老太监在前面给小丫头带路，她跟在后面。

她一进来，就感觉重华宫的气氛好压抑，明明进来的时候遇上了好几批宫女、太监，却安静得听不见任何声音，周围像是死一般寂静。

身处这样压抑的环境里，小丫头连呼吸都不敢用力了。

走过几条小道和长廊，老太监在一间厢房门口停了下来，说道："七公主，您暂且在此等一会儿吧，六殿下现在有事，等一下就来了。"

"好。"小丫头点了点头，进去找了一把椅子安静地坐了下来。

明明今天天气很好，外面还有太阳，但是小丫头坐在那儿，莫名其妙地觉得有点儿冷。

叶七七等了快一炷香的时间，都没瞧见六哥哥的身影。在一个宫女来给小丫头送点心的时候，小丫头忍不住开口问道："六皇兄怎么还没有来呀？"

宫女闻言，抬头看了她一眼，摇了摇头，随后恭敬地退了出去。

又等了半炷香的时间，六哥哥还没来，叶七七不满地噘了噘嘴：什么吗？让她来，自己又不现身，又不是小女生需要化妆，那么慢！

就在小丫头忍不住在心里嘀咕的时候，门外终于传来了动静。

叶七七抬头，就见少年睡眼惺忪地走了进来，眸子里夹杂着几丝困倦之意，一副刚睡醒的样子。

现在已经过了辰时，显而易见，这六哥哥是睡懒觉赖床了。

少年一进来就见某小丫头睁着大眼睛直勾勾地看着自己。

"六哥哥。"

小丫头的声音清脆悦耳，让一向有强烈起床气的少年硬生生止住了想要骂她的冲动。

"嗯……"少年声音很淡地应了一声，抿着薄唇，一言不发地坐到了小丫头身旁的椅子上。

少年刚坐下就忍不住打了个哈欠，一脸的困意。

"六哥哥，你昨天晚上没有睡好吗？"小丫头看着他问道。

少年打哈欠的动作顿了一下，语气变得冷了一些："没有，我睡得很好。"

叶七七说道："好……好吧……"

小丫头听着少年突然冷下来的语气，将怀里的笔筒抱得更紧了。

"对了，你来这里找我干什么？"少年淡淡地瞥了她一眼，问道。

小丫头脸色一僵，小脸一白，说道："是……六哥哥让七七来给你画画的……"六哥哥不会忘记了吧？她可是强迫自己爹着胆子才有勇气来的，他居然……忘了……

听小丫头这么一说，少年把目光落在小丫头手里的笔筒上，这才想起来这件事："抱歉，我忘了。"

叶七七愣住了。

少年起身揉了揉小丫头的脑袋，语气平静地道："七七饿吗？先陪哥哥吃顿饭吧。"

"七七不饿……"

小丫头的话还没有说完，少年已经强行拉着她的手往外走了。

"陪哥哥吃点儿吧！吃饱了才有力气画画。"

他抓着她的手的力气很大，而且手冰冰凉凉的。见他强行扣着自己，小丫头只觉得背后泛起了一阵寒意。

少年拉着她到了另一间厢房里，宫女已经将菜布好了。

小丫头刚跟着少年进去，就感觉一道阴冷的目光落在了自己身上，抬起头就对上了一双阴森可怕的眸子。

只见一位穿着一身黑色衣袍的高大男人站在那儿，表情阴森恐怖，尤其是右脸上有一条十几厘米长的疤痕，从眉骨划过眼睛一直延伸到了下巴处。

小丫头心里不由得生起一丝惧意，下意识地往少年身后躲了躲。

瞧着小丫头有些胆怯的目光，少年抬头看了那男人一眼，说道："你先下去吧！"

"是！"黑衣男人朝着少年恭敬地行了一个礼。

他退出去的时候，刚巧从小丫头身旁走过，那冷厉的气息夹杂着几丝血腥味，那黑色的衣袍上还有暗红色的血迹。

小丫头不敢和他对视下去，低着小脑袋看地面。是血，她刚刚看见他的衣袍上沾了血迹！那六哥哥是不是也……小丫头不敢再想下去。

她记得六哥哥的结局是被男主角燕铖让人下毒给毒死，而且还是在其十八岁的生辰宴上。不仅六哥哥，还有大暴君爹爹、大皇子、二皇子、三公主等皇室子弟，到了后期都被燕铖给屠尽了，且手法极其残忍。

小丫头咬了咬唇，在心里算了算时间，现在还没到男主角燕铖出场的时候。

她抬头看着面前的少年，觉得自己总该做些什么，就比如……将她的大暴君爹爹和几位反派哥哥一点儿一点儿地矫正。

虽然这件事听起来有些痴心妄想，但总归还是要心存希望的，通过这段日子她和大暴君爹爹还有六哥哥的相处，她发现他们似乎也没有原文中所形容的那样坏。

少年低头就见某小丫头紧紧地抓着他的手，半点儿没有要松开的意思。他看了一眼男人方才离开的方向，笑了一声，对小丫头道："七七还要抓着六哥哥的手多久？"

少年低沉的嗓音在耳边响起，她抬起小脑袋，目光落在自己紧抓着少年的手上。一开始明明是六哥哥强势地牵着她的手，但不知从什么时候开始就变成她紧抓着他了。

叶七七望着少年似笑非笑的眸子，急忙缩回手，说道："不……不抓多久。"

少年原本没想说什么，但见小丫头一脸软萌无害地看着自己，心里头生起一种想要逗逗她的冲动："七七不知道男女授受不亲吗？多大的孩子了，还黏着哥哥呢！"

少年摸着她的脑袋，明明自己还没多大，但说话的语气就跟大人似的。

还男女授受不亲，明明一开始是他紧抓着她的，六哥哥真的是……不要脸！小丫头忍不住在内心吐槽，随后仰起小脑袋看着他，声音软软地开口道："哥哥，我们是兄妹，男女授受不亲，但兄妹……授受可亲。"

少年被小丫头这惊人一语堵得一时竟不知该说些什么，面色震惊了一会儿，突然笑出了声，一双意味不明的眸子紧盯着她，说道："兄妹授受可亲，这样呀……"少年轻笑着拖了一下尾音，然后朝小丫头伸出手，勾起薄唇笑道，"那七七让哥哥抱一抱吧！哥哥还没怎么抱过七七呢。"

"啊？抱……抱抱？"小丫头听了少年这话，一下子变得结巴了，僵着小脸看着他。

她还没反应过来，就被少年抱进了怀里。

一阵熟悉的冷香袭入鼻腔里，小丫头被吓得心都提起来了。

少年一只手环着她的腰，另一只手托着她的屁股。

小丫头一下子就脸红了，同时也急了："哥……哥哥，七七重，你别……"

"怕什么？"少年目光冰冷地瞥了她一眼，说道，"哥哥又不是抱不动你。难不成七七不喜欢哥哥抱你？"

小丫头听了少年这话，抬起头就对上少年冰冷的眸子，好似如果她说不喜欢，下一秒他就能掐死她一样。

"喜……喜欢……"小丫头说了违心话，幸好今天天气好，外面没有打雷。

少年很满意小丫头说的话，将她抱到了一旁的椅子上，伸手捏了捏她的脸蛋儿，说道："七七多吃一点儿，小孩子胖一点儿好。"

听他那语气，就像是把她养胖了，然后就可以拖出去宰了卖钱一样。

本来叶七七是一点儿都不饿的，但是看着桌子上有那么多好吃的，忍不住咽了咽口水。

"吃吧。"少年揉着她的脑袋，语气难得地算得上温柔。

小丫头吃得很慢，一边吃，一边还能感觉到少年紧盯着自己。吃个饭还被人直勾勾地看着，她就感觉……挺瘆人的……

"哥哥，"小丫头将一块肉夹到了少年的碗里，"你……你也吃。"她感觉一直是她在吃，六哥哥都没怎么动筷子。

少年把目光落在自己的碗里，看着小丫头方才夹给自己的肉，拿起筷子却迟迟没有吃。

小丫头在一旁看着他，不由得咽了一下口水：六哥哥……怎么不吃呀？

小丫头看着面前那一桌子的好菜，心中突然有一种不祥的预感：这……该不会有毒吧？

突然想到这一点，小丫头脸色苍白地看向少年。

"七七这是什么表情？难不成害怕哥哥毒死你？"少年说道，眉眼带着几丝浅笑。

他虽然在笑，但目光有种说不上来的瘆人的感觉。

小丫头看着他拿起筷子咬了一口她方才夹给他的肉。

"没……七七没有这样想。"小丫头说完，又像是突然想到什么似的，小心翼翼地扯着少年的衣袖，"六哥哥对七七很好，才……不会下毒害七七。"

听了小丫头这番话，少年低垂眉眼看了她一眼，眸底的神色让人看不出此刻他在想些什么。

六哥哥不会下毒害七七，少年在心里反复思索着这话中的意思。六哥哥确实没理由下毒害她，但他……

"呵。"少年轻笑了一声，伸手揉了揉小丫头的脑袋，"七七长得这么可爱，六哥哥怎么可能舍得下毒害你呢？"

少年揉着她的脑袋时那宠溺的表情，是小丫头从来没有看见过的，她难免有些看呆了：六哥哥笑起来真好看。

等到小丫头吃得差不多的时候，侍女又端来一盘糕点。

糕点很甜，小丫头很喜欢吃。吃完了一块，她伸手想要再吃第二块的时候，突然被少年伸手扣住了手腕。

"七七少吃一点儿，甜的吃多了对牙齿不好。"说完，他便让人把那糕点撤下去了。

小丫头恋恋不舍地看着那盘自己才吃了一块的糕点，满脸写着"还想吃"。

一旁的侍女姐姐估计是被小丫头的眼神感动到了，停下脚步将原本要端出去的盘子递到了她面前。

小丫头看着近在咫尺的那盘糕点，抬头就见一旁的少年一脸冷意。

"哥哥，就最后一块……"小丫头撒娇似的扯了扯少年的衣袖，一双天真无邪的大眼睛让人实在无法拒绝。

少年冷着脸看了她一眼，没说话，但那表情显然是默认了。

小丫头心满意足地伸手拿起了一块糕点。

一旁的少年看着她张开小嘴咬了一口糕点，那小脸蛋儿都圆鼓鼓的。

他不动声色地将两个人面前的杯子互换了一下。

小丫头吃完后，如他所料地拿起面前的杯子喝了一口。

少年阴沉着脸看向一旁端着盘子的侍女，眼神冷得如同寒冰。

侍女脸白了，恭敬地一躬身，便退了出去。

吃饱喝足，就到干正事的时候了。

书房内，小丫头踩在矮凳上将宣纸铺好。

她唯一庆幸的就是自己还有画画这一技之长。

"这是什么？"少年从笔筒里拿出一本跟画本似的小本子，问。

小丫头看着那画本，脸色不由得变了一下。

"不……不能看！"小丫头迈着小短腿走到了少年身边，想将那画本夺过来。

无奈少年比她高，他把画本举过头顶，她就算蹦得再努力也够不到。

"哥哥，"小丫头看着少年举得高高的手臂，不由得急了，"你还给七七好不好？"这画本真的不能给他看！

"哥哥！"小丫头扒拉着少年的衣袖，一脸紧张。

本来少年并不想知道这本子里到底是什么，但瞧着小丫头这一脸紧张的样子，突然很想看了。少年笑了一声，问道："七七干吗这么紧张？难不成里面有哥哥不能看的？"

"不……不是……"小丫头一时之间不知道该怎么跟他说，"反……反正就是不能看！"小丫头说着，就踩着一旁的凳子往少年身上扑，想要将少年手里的画本抢回来。

少年完全没料到小丫头会如此彪悍，猝不及防，被小丫头扑得后退了几步。估计是害怕小丫头因扑得太猛而踩空，少年伸手就将她抱住了，原本拿在手里的画本掉在了地上，正巧翻开了有画的一页。

少年垂眸，就见那一页画着两个小人儿，十分可爱。但少年此刻注意的点并不在画得可爱上，而是在两个小人儿上方写的名字上，名叫"七七"的小女娃手里拿着鞭子一样的东西，而那名叫"六六"的小男娃就跪在"七七"脚边，无论怎么看都是一副女要欺男的架势。

少年这会儿终于知道小丫头不让自己看的原因了。

顺着少年的视线，小丫头也看见了画本被翻开的那一页，抬起小脑袋看了一眼一旁的六哥哥，小脸被吓得失了血色。

那一页上画的不是别的，就是她和六哥哥。那个霸气地拿着鞭子的小女娃就是她，而那个跪在地上被打的小男娃就是六哥哥。上次他对她那么凶，她无聊的时候就画画出气，不知不觉就……画成这个样子了。

"哥……哥哥……"小丫头弱弱地喊了少年一声——她觉得自己等一下就要和画中的那个小男娃一个下场了。

"这……这是个意……"

她的话还没说完，少年已经将她放了下去。

这时小丫头才注意到少年的衣袍上多了几个清晰的脚印，应该是方才她扒到他身上的时候无意间踩的。

完……完了，小丫头觉得自己今天要竖着进来，横着出去了。

视线落在被小丫头无意间踩脏了的衣袍上，少年笑道："看来七七真要留下来给六哥哥洗衣服了。"上次是口水，这次是脚印，不知道下一次是什么。

少年说完，就将刚刚在两个人的争夺中意外地掉落的画本捡了起来。看着上面的两个小人儿，少年勾起薄唇轻笑，夸赞道："七七这画，画得可真可爱。"

叶七七看着六哥哥嘴角勾起的冷笑，被吓得差点儿忍不住哭出来：六哥哥这样好可怕！

她好恨自己为什么控住不住自己的爪子，多事地画了小人儿。

"哥哥……对……对不起……"小丫头吸了吸鼻子，给少年道歉。

少年看着她，笑容怎么看都让人觉得好吓人。

"七七干吗道歉？"少年伸手摸了摸她的下巴，笑得阴恻恻的，"哥哥这是在夸七七呢，七七怎么被夸一下就哭鼻子了呢？"

少年见小丫头红着眼睛看着自己，伸手就拍了拍小丫头的背。

叶七七被他拍得心一颤一颤的，尤其是还瞧见了不远处的架子上放着一把剑，生怕他等一下就用到了。

少年拍了她几下后就将她抱到了一旁的书桌前，揉了揉她的脑袋，说道："七七该给六哥哥画了。"

小丫头闻言，不敢迟疑，急忙乖巧地磨墨。但小丫头磨着墨，眼睛还是忍不住往少年那边看去。

她眼睁睁地看着六哥哥拿着她的画本，坐在椅子上一页一页地看。小丫头这会儿尿得不行——那画本上她画了好几个小人儿，不止有他，还有大暴君爹爹、大白、三公主，反正能画的她都画上去了。

这是她的一个怪癖，喜欢将周围的人画在她的画本上。

大暴君爹爹和其他人她画得都挺正常的，但是在画到六哥哥的时候，她突然想起来他对自己凶巴巴的场景，然后就画成这样了。她……也不是故意的，谁让他有时候对她那么凶呢。

少年翻着小丫头的画本，越看到后面，嘴角的笑意越深——敢情他是她画本上这些人里头最惨的一个，这丫头究竟对他有多大的意见？

就在小丫头聚精会神地画画的时候，看完画本的少年突然开口问她："七七呀，哥哥平时对你不好吗？"

小丫头急忙摇了摇头，说道："哥哥，对七七很……很好。"

"是吗？"少年冷笑着用指腹敲了敲桌面，又问，"那七七刚才吃得开心吗？"

叶七七不知道少年为什么突然问到这个，有些茫然地点了点头："开……开心呀……"那糕点很好吃！

听了小丫头的回答，少年半眯着眸子瞥了她一眼，说道："开心呀？可是哥哥怎么感觉刚刚那饭白给七七吃了呢？"这小丫头吃饱了就是这样画他的！

少年的表情一下子冷了。

小丫头觉得六哥哥变脸简直比变天还迅速，急忙将画好的画捧到了少年面前："哥哥，你看……"

少年淡淡地瞥了一眼她手里刚画好的画，脸上没什么多余的神情。小丫头画画确实很好，画得很像。

"那七七就先走了。"见少年没什么反应，小丫头下意识地就准备收拾好东西离开。

可她刚收拾完东西，只听外头有惊雷声响起。雷声轰鸣，吓得小丫头蓦地抖了一下身子，表情有些惊恐。

坐在椅子上的少年眸色深沉地看了她一眼，一副事不关己的姿态，悠闲地给自己倒了一杯水，刚饮上一口，就见门口的某团子一脸委屈地看着自己。少年默不作声。

小丫头软着嗓子，有些可怜巴巴地道："哥哥，外面……打雷了……"

闻言，少年没有说话，但那眼神好像在说关他什么事。

"轰隆——"又是一阵雷声响起。

这回小丫头被吓得彻底白了脸，想也不想就迈着小短腿急匆匆地往少年怀里扑。她刚走到少年身边，正想要伸出手，就被他一记冰冷的眼神打断了动作。

"作甚？"

"哥哥抱……"小丫头朝着少年张开了手臂，一脸的委屈，他要是不抱她，她能立马哭出来。

少年冷眼看着她，表情阴沉得吓人，说道："方才七七不是要离开吗？这会儿干吗还回来要哥哥抱？"话音落下，少年伸出食指抵上小丫头的脑门儿，无情地将她推开了。

她把他画成那样还想让他抱，哪有这等好事？！

少年将她推到一边后，就没有再看她一眼，自顾自地看手里的书。

过了好一会儿，他都没听见某团子出声，结果一抬头就见某团子站在一旁，泪眼婆娑地看着他，估计是不敢哭出声，那表情就像是他做了什么不可原谅的坏事。

这书是看不下去了，一时之间他觉得心烦至极，猛然将手里的书放下。

这辈子他都没见过这样黏人的小丫头，明明怕他怕得要死，但是这会儿竟还敢要他抱。

"过来！"少年冷着脸出声，朝小丫头张开了怀抱。

小丫头见此，急忙扑进了少年的怀里，紧紧地抱着他的腰。

罢了，看在她如此胆小还多着胆子前来给她画画的分儿上，他就依她这一回吧！外面雷声轰鸣，少年任由小丫头紧紧地抱着自己，将小脑袋靠在他怀里。小丫头身上那一阵阵的奶香飘入鼻腔里，让他有一种自己在带小奶娃的感觉。

外面的雷声许久才停歇，等少年想将小丫头推开的时候，他就听见她那平稳的呼吸声。

少年捏着小丫头尖尖的下巴，就见小丫头紧闭着双眸，一副熟睡的模样。但下一秒，少年就发现了不对劲，对在外头站了许久的女人道："你给她吃了什么？"

闻言，站在门口穿着侍女服的女子走了进来，恭恭敬敬地对少年道："殿下，奴婢只是喂了她一点儿安眠的东西而已。"

"安眠？"少年紧皱着眉头看着小丫头恬静的睡颜，伸手摸上小丫头的手腕，替她把脉，确定没什么异常后，冷眼看着一旁的女人，"下次再擅自做主，你就可以滚了。"

第十章
娘亲登场了

闻言，女人脸白了一下，说道："是奴婢逾矩了。"

"解药，给我。"少年说完，又加了一句，"就是你刚刚藏在糕点里的毒。"

如果他没有猜错的话，她在小丫头的杯子里也下毒了，只吃糕点或许中毒并不深，但如若再喝一口被下了毒的水……

女人看着少年阴沉的眸子，战战兢兢地道："奴婢也是为了殿下着想，哪怕这丫头深得殿下的心，她也是——"

"什么时候你都可以干涉我的决定了？"少年打断了女人的话，眸子阴沉得吓人。

女人立马变了脸色，战战兢兢地跪在地上，拿出一个白色的小瓷瓶。

少年伸手接过瓷瓶，用指腹磨蹭着瓶身，面色阴沉地道："水牢三日，自己去领罚。"

女人脸色苍白地朝着少年一叩首，便退了出去。

少年手里拿着瓶子，低头看着怀里熟睡的小丫头：深得他心？

呵！他忍不住冷笑了一声，一个小丫头而已，怎么会深得他心？他留她一命，只不过是因为她日后有用处罢了。

少年打开瓶塞，把瓶口凑到小丫头嘴边，将解药给她灌了下去。

124

估计是那解药有点儿苦，睡梦中的小丫头下意识地拧紧了眉头，轻轻"呜"了一声。

叶七七也不知道自己这一觉究竟睡了多久，醒来的时候，屋里的光线昏暗得很。她从床榻上起身，就看到坐在不远处看书的少年，说道："嗯，哥哥，我好像不小心睡着了。"

小丫头揉了揉眼睛。

她记得自己因为害怕打雷，就扑到了六哥哥怀里，然后就突然感觉好困，一不小心就睡了过去。

"嗯。"少年见她醒了，淡淡地应了一声，随后将书合上，平静地开口道，"时间不早了，你该回去了。"

"哦，好。"小丫头闻言，迷迷糊糊地下了床。

等到穿好鞋子后，她看着面前的被子，才后知后觉这好像是六哥哥的床。小丫头僵硬着身子，同手同脚地走到少年身边，说道："那……哥哥，七七就……先走了。"

"嗯。"少年应了一声，始终没有抬头。

直到小丫头走后，少年才缓缓地抬起头，目光落在小丫头方才离开的方向，眸中神色越发深沉。

次日一早，叶七七一睁开眼睛，入目的就是大白近在咫尺的脸。

小丫头勾唇笑了笑，将大白抱进了怀里。

"嗯，大白，你身上好软。"小丫头忍不住用脸蛋儿轻轻地蹭了它几下。

每天一早醒来就能看见大白，她真的太幸福了！但是一想到今天还要去听学，小丫头就垮了脸。

"啊啊啊，不想起床，我和大白被床封印了，嘤嘤嘤……"

哪怕小丫头不想去，她还是逃脱不了要去国子监听学的命。

原本在宫里还元气满满的，一到国子监，小丫头就蔫了，提不起半点儿兴致。

"你是眼睛瞎了吗？竟然敢踩脏本公主的鞋！"

小丫头一进学堂，就听见一个熟悉的女声，还没来得及抬头，就见一个少年被猛地踹至她跟前，最后还稳稳地趴倒在她的脚边。

小丫头神情微惊，看着那少年。

随后她就见那少年揉着屁股站起身，哆哆嗦嗦地走到一旁，说道：

"三……三公主饶命呀！小人不是有意的。小人给您擦……"

少年说着，就打算跪下用自己的袖子将三公主脏了的鞋子擦干净，但被无情地推开了。

"谁要你给本公主擦？脏死了。"夜云裳面露嫌弃地看着跪在地上的少年。

真是气死她了，这鞋子可是她最喜欢的一双。

就在夜云裳想再一次将少年踹出去时，突然感觉有人正看着自己，一抬头就看见站在门口的小丫头，原本要下脚的动作硬生生地止住了。

在场的其他几个学子看着跪在地上的那个学子，心里都十分惋惜，觉得他今天铁定惨了。上一次学堂里有人无意间惹到了三公主这个恶霸，结果全身上下被扒得只剩一身亵衣，被挂在后院的树上整整一天一夜，被救下来的时候人都要变成咸鱼干了。

就在在场的学子以为少年今日也难逃这个命运时，谁料三公主那个大魔王却只对那个少年说了一句："滚远点儿！不想死就麻利点儿滚！"

在场的众学子大眼瞪着小眼：这……这就没了？

那位犯错的少年也惊呆了。他听说三公主这个大魔王凶残至极，经常会将人抽筋剥皮，还以为自己等一下就要死了呢。

"还愣着干什么？我们公主让你滚，你没听见吗？"薄荷对着那个少年恶狠狠地开口道。

那个少年回过神，立马战战兢兢地从地上滚了出去。

小丫头只是淡淡地扫了三公主那边一眼，就坐到了自己的位子上。

她看见旁边的位子上空无一人，感到有些意外：都这个点了，六哥哥怎么还没有来？

"公主，您是在等六皇子吗？"

叶七七正发呆，便听见身旁突然传来一个男声。

小丫头微微转头，就瞧见一个突然坐在她身侧的陌生少年。

贺璟见小丫头愣愣地看着自己，越看越觉得这小丫头长得可真可爱，尤其是那小脸蛋儿，让人想捏。贺璟说道："今天你的六哥哥是不会来的。"

"为什么呀？"小丫头有些疑惑。

贺璟回道："因为今天是十五日，每个月的十五日，他都不来。"

每个月的十五日都不来？小丫头听了他这话，更加困惑了，问："那……为什么六哥哥不来呀？"

"这个我就不知道了。"贺璟摇了摇头。关于这件事，各种猜测都有，他也不知道到底哪个是真的。

夜云裳说道："呵，还能为什么？无非就是他有病咯！"

夜云裳看着坐在小丫头身旁的贺璟，趾高气扬地道："坐一边去，你挡到本公主的视线了！"

座椅还没有坐热，贺璟就被无情地轰走了。他起身看了一眼坐在后排的夜云裳：当真是奇怪，平时这三公主都是坐在前面的，今儿居然坐到了后排。

贺璟心中再怎么不情愿，也不敢正面和她起冲突。他离开时深深地看了一眼身旁的某团子，挺生气的，还没有和可爱的小公主坐上一会儿，怪舍不得的。

贺璟走后，小丫头身边就空了，三公主那个大魔王就坐在她身后，压根儿没人敢坐在两个人附近。

小丫头只是转头看了一眼身后，夜云裳就恶狠狠地开口道："看什么看？再看把你的眼珠子抠下来！"

叶七七心想：夜云裳好凶！

小丫头回过头看着正前方，发现夜云裳突然好像六哥哥……

这堂课又是徐老的课。小丫头对徐老的认识还停留在他摇头晃脑地读诗，然后让他们跟着他一起摇头晃脑上。

刚上课没多久，叶七七已经上下眼皮打架了。

夜云裳坐在小丫头身后，百无聊赖地盯着前方发呆，就看见小丫头的脑袋一点一点的。

她不由得轻"啧"了一声：这贱丫头居然还打起瞌睡了。

本来她压根儿就不想理这小丫头，可这小丫头的脑袋一点一点的，总能将她的视线吸引过去。随后，夜云裳突然伸手轻轻戳了戳小丫头的后背。

小丫头猛地惊醒，转过头有些迷茫地看着她，眼神似乎在问怎么了。

夜云裳单手撑着下巴，冷眼看着小丫头。

两个人对视了好一会儿，但谁都没有开口说话。

最后小丫头觉得莫名其妙，回过头，盯着自己面前的书发呆。

夜云裳本来想警告小丫头别脑袋一点一点的，碍她的眼，但看着小丫头有些蒙的眼神，竟不知该如何开口。按理说，她应该讨厌贱丫头到恨不得把这贱丫头的脑袋拧下来。

徐老的课是真的无聊，夜云裳也觉得无趣极了，无聊地垂着眼看面前的小丫头。

小丫头今天穿的是一身绿裙，肤色白白的，夜云裳越看越觉得她就像是一棵大白菜。

叶七七正强迫自己认真地听课，后背就又被戳了几下。

夜云裳往前凑了凑，低声道："小贱丫头，你有没有觉得你今天穿得特别像一棵菜？"

小丫头只觉得莫名其妙，下意识地摇了摇头，然后又安静地看书。

夜云裳见小丫头一副对自己爱搭不理的样子，心里头有些怒意，伸手又戳了小丫头几下，问道："本公主和你说话，你没有听见吗？"她主动地和这贱丫头说话，这贱丫头居然对她爱搭不理的！

小丫头听着夜云裳的声音，只觉得她好聒噪、好烦。

"你到底想说什么呀，皇姐姐？"小丫头转过头，神情有些不耐烦。

小丫头对自己露出这样的神情，夜云裳显然是始料不及的。她愣愣地看了小丫头好久，一脸的难以置信。能想象吗？这贱丫头居然嫌她烦！她好心好意地跟这贱丫头说话，这贱丫头居然敢嫌她烦！

夜云裳一时之间气不过，猛地伸手就将面前的小丫头往一旁推了一下，恶狠狠地道："你往那边去点儿。"话音刚落，她就绕过桌子坐到了小丫头身边的空位上。

前方摇头晃脑地读着诗的徐老看到三公主在课堂上随意地走动，下意识地看了她一眼。结果大魔王三公主一记凶狠的眼神看了过来，徐老面色一僵，十分有眼力见儿地低下头，装作啥都没看见。

叶七七看着突然坐在自己身侧的三公主，心里疑惑，但是想到先前她对自己那副凶巴巴的样子，就知道她坐到自己身边铁定不是什么好事。

想到此处，小丫头下意识地往一旁挪了一点儿，想和她保持一个安全的距离。

不料夜云裳瞧着小丫头这番举动，不由得皱了皱眉，问道："本公主身上有毒吗？你居然敢离我那么远？"

夜云裳显然对小丫头的反应很不满，蓦然伸出手抓着小丫头的衣服往自己这边拖了拖。

叶七七一时之间没有坐稳，直接扑进了夜云裳的怀里。

夜云裳见此，神色一冷，正打算恶狠狠地开口，就听见面前的小丫头语气不满地问道："你干吗呀？"

说完，小丫头一脸不满地从夜云裳的怀里起来了。

夜云裳心想：这丫头居然敢嫌弃她！

"你以为本公主想碰你吗？"夜云裳故作嫌弃地拍了拍衣服，"本公主还嫌弃你身上有什么脏东西呢。"拍完，她像是想到了什么似的，对一旁的小丫头道，"别靠我这么近，离本公主远一点儿！"

小丫头听了她这话，心里更多的是无语。不过叶七七也懒得和这个坏丫头计较，一言不发地往一旁挪了挪，离她有些距离。

夜云裳看到小丫头这个样子，心里头有些窝火，忍不住开口道："穿得跟白菜一样，你还指望谁会拱你不成？"

闻言，小丫头实在是忍无可忍，转头看着一旁的夜云裳，语气有些凶地道："说我穿得像白菜，那你看看你自己，就像被霜打了的茄子一样。"

夜云裳低头看了一下自己的一身紫色衣裙，难以接受这死丫头居然说她穿得像被霜打了的茄子。这死丫头真是越来越无法无天了！

"你再敢反驳一句，小心我把你的脑袋拧下来！"夜云裳凶神恶煞似的对小丫头道。

要是换作第一次见面，叶七七听了夜云裳这话心里头铁定会有些发怵，但自从前段时间打哭过夜云裳这坏丫头，这坏丫头的鼻子还吹了泡泡，夜云裳在叶七七心中的"恶毒继姐"形象已经一去不复返了。

夜云裳现在再怎么对她凶巴巴的，叶七七也只能想到三个字：纸老虎。

小丫头淡淡地看了夜云裳一眼，然后将小脑袋往"恶毒继姐"那边靠了靠，一副看淡生死的模样，说道："那你快点儿拧吧，拧完你是不是就不烦我了？"

听了小丫头这要求，皇宫小霸王夜云裳惊呆了！想她做了那么久的皇宫小霸王，谁见了她不是害怕得要死，跪在地上向她求饶？可不承想，今日这小丫头居然将脖子凑到她跟前让她拧！难道这小丫头不应该哭着求她放过自己吗？这贱丫头的反应怎么和她想象中的不太一样？

小丫头将脖子凑到夜云裳跟前许久，见她没什么动作，便缓缓地抬头看了她一眼，语气幽怨地问道："皇姐姐，你还拧不拧啊？"不拧的话她就把脑袋收回去了，这样伸着好累的。

夜云裳一时之间不知该说些什么，心中有气，但又感觉自己就跟一拳打在了棉花上一样，最后只好道："不拧了。你以为本公主会上了你的当吗？你要是死了，你觉得父皇会放过我吗？"呵，她才没有那么笨呢！

夜云裳又说道："本公主好心留你一条命，下次再拧！"下次她一定要把这小丫头拧成麻花，才不会像今天这样心软。

因为"恶毒继姐"坐在身边，小丫头这一次听课难得地没有睡觉。这一天的时间就这样匆匆地过去了，直到听学结束，小丫头都没有瞧见六哥哥。

原本她犹豫要不要去看一看六哥哥，但想了想还是算了，毕竟六哥哥的脾气阴晴不定的，或许他们两个人的关系还不是她认为的那样好。

小丫头刚回到月静宫，一个女人突然从里面跑了出来，一把将她抱住了，还哭哭啼啼地道："我的七七呀！娘亲都要想死你了，你怎么如此狠心，都不知道去看望娘亲呀？！"

娘亲？小丫头闻言，目光落在正抱着自己哭哭啼啼的女人身上。

当她看见女人那张脸时，她立马就知道了这个女人就是夜七七的生母，也就是那位被打入冷宫的容嫔娘娘。

"娘亲……"

小丫头的话还没说完，女人已经捧着她的脸，红着眼睛仔细地瞧着她，说道："好些时候没见，七七变得这么漂亮了。"

女人的语气，真的让人有一种慈母与女儿久别重逢的感觉。但是叶七七望着女人那副慈母的模样，脑海中的一段段记忆在提醒她，这容嫔娘娘对女儿真的一点儿也不好。

也许是夜七七的记忆作祟，小丫头回想着曾经的一幕幕，身子有些发抖，下意识地将目光投向一旁的阿婉，想开口要阿婉姐姐抱她。但无奈的是，抱着她的女人泣不成声，她这会儿要是将其推开，倒显得她十分不懂事了。

站在不远处的赵公公看着眼前的这一幕，不由得拈起袖子擦了擦眼泪：真的好感人呀，七公主终于和她的娘亲团聚了……

大暴君看着身旁的赵公公那副跷着兰花指要痛哭流涕的模样，不由得黑了脸，说道："给朕正常一点儿！"

赵公公闻言，立马恢复了正常。

小丫头被女人抱在怀里，看到从门口走来的大暴君爹爹，忍不住朝男人伸出了手，叫道："父皇爹爹……"

正抱着她痛哭的女人回过神。

小丫头立马挣脱了女人的怀抱，迈着小短腿跑到了男人跟前，一把抱住了男人的大腿："父皇爹爹！"

大暴君听着小丫头软软的声音，心立马就软了，伸手便将小丫头抱在了怀里，问："七七想爹爹了吗？"

"想了。"

小丫头此话一出，男人低头亲了亲小丫头的额头。

两个人那副父女情深的模样简直羡杀旁人。

站在一旁的容嫔看着眼前的这一幕，完全没想到这丫头居然如此受陛下宠爱。

容嫔看着小丫头的目光有些狠毒。

就在这时，大暴君眼神冷厉地看了过来，容嫔被吓得脸一白，立马恭敬地开口道："臣……臣妾叩见陛下。"

"你怎么来了？"大暴君皱着眉头看着容嫔。

容嫔的贴身婢女秀儿恭敬地道："回陛下的话，娘娘大病初愈，思念七公主已久，所以今日斗胆来见七公主一面。如今七公主已经见到了，奴婢这就送娘娘回去。"话音落下，秀儿便准备搀着容嫔离开。

容嫔却突然跪了下来，泪眼婆娑地道："陛下，七七也是臣妾的女儿。七七原先一直同臣妾生活在冷宫，从来没有离开过臣妾半步，可自从上次臣妾被三公主打伤，已足足有一个多月没见到七七了，臣妾恳求陛下将七七还给臣妾吧，臣妾真的不能没有女儿呀……"

容嫔跪在地上泣不成声。要是换作其他人，见此铁定于心不忍，但大暴君是何许人也，看着女人哭成这番模样，不但没有丝毫同情，反而目光越发冰冷，语气阴恻恻地道："你的意思是孩子是你一个人所生，和朕没关系？"

容嫔闻言，抬头瞧着男人阴冷的神情，被吓得猛地抖了一下身子，说道："臣……臣妾不是这个意思……"

"呵，不是这个意思？"大暴君冷笑着瞧着她，"你在冷宫里把朕的孩子养成那副鬼样子，朕还没找你算账，你倒先来怪罪朕了？"

要不是看在这个女人是小丫头的生母的分儿上，他早就让人把她的脑袋给摘了，怎会留她活到现在？！

"来人，把她拖出去！"大暴君冷眼看着跪在地上的容嫔，直接吩咐道。

女人闻言，被吓得花容失色，忍不住哭喊道："陛下！臣妾知错了，臣妾愿意受罚，但恳求陛下不要拆散我们母女俩呀！七七呀……"

容嫔跪在地上哭喊得那叫一个撕心裂肺，不知道的人还以为是大暴君抢了她的娃。

小丫头看到容嫔在地上哭得惨兮兮的样子，不知是不是因为受到夜七七的心情的影响，感觉自己也好难受。小丫头扯了扯男人的衣袖，语气软软地开口道："父皇爹爹，七七想下去。"

闻言，大暴君瞧了小丫头好一会儿，最终还是将她放了下去。

叶七七看了跪在地上哭得惨兮兮的容嫔许久，最终鼓起勇气朝女人走了过去。

"娘亲，抱——"小丫头走到女人面前，朝女人伸出手。虽然在原文中容嫔对七七很坏，但是那都是别人口中的容嫔，她想看清一个人，只能自己去慢慢了解。她由衷地希望这个娘亲本质上还是有点儿良知的。

女人看着小丫头朝自己伸出手要抱抱，显然始料不及，僵硬地伸手缓缓地将小丫头抱在怀里，又忍不住痛哭起来："七七呀，娘亲的七七呀！"

小丫头善解人意地替女人擦了擦眼泪："娘亲不要哭啦，七七会陪着娘亲的。"

女人听了这话，将小丫头抱得更紧了。

一旁的大暴君瞧着母女二人相拥的模样，心里头醋意横生。

这时小丫头抬起头，看着一旁的男人，问道："父皇爹爹，能不能不要让娘亲住在冷宫了？"冷宫真的不适合住人。

听了小丫头这话，男人下意识地看了一眼紧抱着小丫头的女人，目光冷得几乎要冻死人，说道："七七看着办吧。"只要她没什么意见，他一切都听她的。

小丫头闻言，高兴坏了："太好了！娘亲，父皇爹爹同意了，以后娘亲就和七七一起住好不好？"

容嫔也是惊讶万分，完全没有料到这丫头在陛下心中居然已经有如此重的分量。女人颤巍巍地朝男人叩首："臣妾……谢陛下。"

大暴君扫了女人一眼，冷哼了一声，没说话。

容嫔被安置在了偏殿，因为方才大哭了一场，躺到床榻上很快便睡了。小丫头从偏殿里出来时，就看见站在门口身着一身龙袍的大暴君爹爹。

小丫头想了想，上前牵住了男人的手，说道："爹爹。"

大暴君闻声，回过神来，低头看了一眼身旁的小丫头。

望着男人那一脸不悦的神情，小丫头忍不住开口道："爹爹不高兴吗？"

男人摇了摇头，语气沉沉地道："没有。"

"骗人！"小丫头伸着小手要男人抱。

男人将小丫头抱了起来。

小丫头伸手摸上男人的脸，声音软软地开口道："父皇爹爹眉头都皱成这样了，才不是没有生气呢！"

大暴君看着小丫头，连他自己都觉得不可思议，完全没有想到自己居然有被这小丫头治得服服帖帖的一天。男人嘴角勾起一抹笑意，额头轻抵着小丫头的脑袋，语气宠溺地开口道："是，爹爹生气了，那七七打算怎么哄？"

闻言，小丫头想了想，随后伸手捧着男人的脸亲了一口。

大暴君瞅了她一眼，问道："就这样？"这小丫头当他如此好哄吗？

"那……要是一个亲亲不够，七七就再多亲几下。"话音落下，小丫头真的捧着他的脸亲了好几下。

大暴君被她亲得笑得合不拢嘴。

一旁的赵公公看着陛下已经完全沦为女儿奴，忍不住轻"啧"了一声：这陛下呀，真的是太口是心非了。

大暴君今儿心情好，就没回景阳宫，直接在月静宫睡下了。

自打七公主受了圣宠，陛下可谓是三天两头地往月静宫跑，生怕耽搁一天小丫头就不认识他了似的。

寝殿内，大暴君半躺在小丫头的床榻上，身旁的小丫头已经被他哄睡着了。

小丫头平稳的呼吸声传来，男人看着她，目光都是宠溺的。

这时，赵公公小心翼翼地从外面走进来，恭恭敬敬地喊了男人一声："陛下。"

大暴君收回自己摸着小丫头的脸蛋儿的手，嗓音低沉地开口道："查得如何了？"

"查到了。"

话音落下，赵公公就上前凑到男人的耳边说了些话。

大暴君听了赵公公所说的话后，不禁眉头紧皱，脸色变得极其阴沉。他就知道容嫔那个女人心怀不轨！

"陛下，现在怎么办？要不要奴才——"

大暴君用一个手势打断了赵公公的话，视线落在身旁熟睡的小丫头身上，语气阴沉地道："先看紧她，要是她敢做出什么出格的举动，直接给朕拉出打一顿！"

他自然没有说要将那容嫔拉出去砍了，毕竟那女人可是小丫头的生母。但如果那女人敢做什么对小丫头不好的事情，他铁定不会放过那女人。

第二天一早，叶七七是被一声尖叫给吵醒的。她一睁开眼，就看见容嫔坐在不远处的地上，惊恐地看着一旁的大白。

"啊啊啊！给我把这个畜生拉开！滚开！滚远点儿！"容嫔被吓得白了脸，万万没有想到这丫头在寝宫里居然养了这么一个玩意儿，情急之下直接拿起一旁的茶杯，狠狠地砸向了大白。

不过好在大白身姿矫健地躲了过去，最后还懒洋洋地瞥了容嫔一眼。

"大白。"小丫头喊了一声。

大白闻言，立马蹦蹦跳跳地跑到了小丫头跟前，用小脑袋轻轻地蹭了蹭小丫头的手。

容嫔被人搀扶了起来，看着眼前的画面，气得不行，忍不住怒骂道："你居然在宫里头养了这么个畜生！我要是没看见它，它咬到我了怎么办？！"

叶七七听了容嫔这话，下意识地皱了皱眉，抬眸看了她一眼，有些怀疑她和昨天那个抱着自己泣不成声的女人不是同一个人了。否则的话，这娘亲变脸变得未免也太快了吧！

叶七七说道："大白不咬人的。"

"不咬？你怎么知道它不咬人？要是它真的咬到我了怎么办？你赶紧把这个畜生给我弄走！"容嫔怒气冲冲地道。刚刚一进来她就看见这只虎趴在那里，差点儿被它给吓死。

女人说完，见小丫头还是一言不发地抱着那畜生，怒道："我让你把它弄走你没……"

容嫔正说着，眼神突然就和小丫头的眼神对上了，一时之间，她原本想要说的话硬生生地卡在了喉咙里。明明小丫头并没有摆出吓人的神情，女人看着却莫名其妙地觉得心里头有些发怵。

是她的错觉吗？她怎么感觉这丫头和之前似乎有些不一样了？

小丫头揉了揉大白的小脑袋，语气平静地对女人道："娘亲，大白不叫'畜生'，它是有名字的。"

要是换作之前，女人怎么也想不到这死丫头居然敢反驳自己。

小丫头淡淡地看了她一眼就收回视线，轻轻揉着大白的小脑袋，轻声道："好了，出去玩吧，大白。"

大白像是听懂了叶七七的话一样，蹭了叶七七几下，就迈步走了出去，路过女人身边的时候，还朝着女人龇了龇牙。

容嫔被吓得腿脚一软，幸好被身旁的婢女及时扶住了。

小丫头看着女人苍白的脸，心里头有些惋惜：真正疼爱孩子的好娘亲叶七七还是分辨得出来的，如果容嫔真的是个好娘亲，一开始不应该先关心自己的孩子会不会被咬吗？可是她最先关心的是她自己……

叶七七已经给过她机会了。

"娘亲，七七等一下还要去国子监听学，今天就不能陪娘亲了。"小丫头语气有些歉意地道。

容嫔方才被大白吓得心里头还有些阴影，闻言也只是应付似的点了点头。

直到小丫头离开，容嫔才忍不住开口道："这贱丫头，仗着陛下宠她，如今居然连本宫都不放在眼里了！"

"娘娘息怒呀。"秀儿在一旁开口道，"只有陛下宠她，您才有机会不是吗？"

闻言，容嫔下意识地将目光落在自己的肚子上，只要她怀了龙嗣，那么获得圣宠就指日可待了。

"呵，本宫倒是真的要谢谢那贱丫头入了陛下的眼。"如果不是那丫头受陛下喜欢，她身处冷宫，恐怕连见陛下一面都难。

容嫔又问道："本宫让你准备的东西准备了吗？"

"回娘娘的话，奴婢早就准备好了。"说着，秀儿就掏出一个白色的小瓷瓶，"据奴婢了解，陛下隔几天就会来月静宫和七公主一起用晚膳。奴婢算了一下时间，明天晚上就是陛下来月静宫用晚膳的日子，到时候您就可以……"

女人听了秀儿的话，嘴角越发上扬，甚至已经幻想出自己怀了龙嗣后，获得圣宠的场面。

只不过两个人还未高兴多久，就突然瞧见不知何时趴在一旁的椅子上的白虎。

大白用圆圆的眼睛盯着两个人，若无其事地舔着爪子。

"娘……娘娘……"秀儿面露惊恐之色。如今这殿内只有她们两个人，这白虎也不知道是什么时候进来的。

容嫔同秀儿一样，也心里害怕，颤声道："这……这畜生何时进来的？

赶……赶紧把它给本宫弄走！"

容嫔推着秀儿让她把白虎赶出去。

"娘娘，奴……奴婢也怕呀……"秀儿也怕得紧，颤巍巍地从桌子上拿了一块糕点，企图诱惑它："大……大白……"秀儿扬了扬手里的糕点，僵着脸道，"吃糕点吗？可……可好吃了。"

大白闻言，抬起脑袋看着秀儿手里的那块糕点，目光有些呆。

秀儿见它直勾勾地看着自己手里的糕点，直接将糕点扔到了窗外，对它道："去……去捡呀，大白。"

这愚蠢的人类，当它是狗吗？

见大白没有反应，秀儿又往窗外扔了几块糕点。

等到她扔了第四块的时候，原本趴在椅子上的大白终于动了，只不过不是去窗外，而且直接跳到了两个人跟前，猛地吼了一声。

"啊——"寝殿内猛地响起女人的尖叫声。

两个人直接被吓晕了。

大白看着被自己吓晕了的女人，下意识地凑近她用鼻子嗅了嗅，但闻到女人身上刺鼻的香粉味时，不由得打了个喷嚏，十分嫌弃地看了她们一眼，就慢悠悠地走出了寝殿。

国子监，叶七七看着身旁空荡荡的座位，心里头难免有些空空的。六哥哥今天怎么又没来？她一个人坐着真的好孤独呀！

小丫头心里正这样想，身旁突然有一道阴影落下。她下意识地以为是六哥哥来了，满心欢喜地抬起了脑袋，等看清身旁那人的脸后，原本挂在嘴角上的笑意硬生生僵住了。

夜云裳垂眸瞧了一眼某团子僵住的脸蛋儿，面露不悦地说道："你这是什么表情？"她怎么感觉这丫头看见她似乎很失望？

"没……没什么表情。"小丫头僵着脸摇了摇头。

随后，在小丫头有些木讷的神情下，大魔王三公主直接坐到了小丫头身旁。

小丫头这会儿实在是绷不住了，震惊地瞧着她，问："你……你怎么还坐在这里呀？"

夜云裳皱眉看着小丫头，问道："本公主为什么不能坐在这里？你是不能让人近身还是怎么？"

第十一章
宠妹大狂魔

夜云裳瞧着小丫头的反应，十分不悦，看小丫头的目光都变得凶巴巴的。她双手环胸，高傲地仰了仰下巴，说道："和本公主坐在一起可是你的荣幸！"这丫头应该感到光荣才是！

叶七七看着大魔王三公主抬起高傲的头颅，实在不明白她的葫芦里究竟卖的是什么药。

不过叶七七也没打算管她，自顾自地做自己的事情。

可就在小丫头刚将手里的书翻开一页时，坐在她身边的大魔王三公主突然伸手将小丫头的手腕扣住了。

夜云裳抓着小丫头的手腕，伸手就将小丫头的袖子往上翻，似乎在找什么。

"你干吗呀？"叶七七不解地看了夜云裳一眼：这人突然翻她的袖子干什么？

夜云裳抓着小丫头的手臂看了一会儿，抬头看着小丫头道："听说昨天你那个贱娘大闹月静宫，差点儿被父皇拉出去砍头？"

贱娘？小丫头听了这称呼，下意识地皱了皱眉。

夜云裳看着小丫头的神情，察觉了什么，连忙改口道："哎呀，口误，口误。娘亲，你那个娘亲。"

哪怕她及时改了口，叶七七还是不太明白她的意思：她说的这件事，和她翻自己的袖子有什么联系吗？

夜云裳见小丫头睁着大眼睛看着自己，就笑了笑，松开手，说道："没什么，本公主就是随便问问。你那贱……呃……娘亲原先对你如此不好，你倒是还好心地让她住在月静宫。"

叶七七听了夜云裳这话，心里惊讶极了：夜云裳怎么知道娘亲原先对她不好？

叶七七问道："你怎么知——？"

"七皇妹今天听学结束后有时间吗？"

小丫头的话还没有说完，就被夜云裳出声打断了。

说句实话，听到大魔王三公主居然破天荒地喊自己"七皇妹"，叶七七心里头还挺诧异的，甚至有些怀疑这三公主被人调包了。

小丫头下意识地点了点头。

夜云裳缓缓地开口道："那今日就给本公主画个像吧？听说你不只给父皇画了，还给夜霆晟那家伙画了。三皇姐也想要呢。"

也不怪小丫头心里起疑，毕竟大魔王三公主这番反应实在反常得很，和之前那个把她扔进狼群里的三公主相比，如今这个就像是被人调包了似的。

望着夜云裳那带笑的眸子，小丫头僵硬地点了点头："可……可以呀。"

她也不知道夜云裳这坏丫头怎么突然之间如此好声好气地和她说话了，总觉得哪里……怪怪的。

但这怪怪的态度也只是对她罢了。夜云裳和她说话好声好气，但是在学堂里若有人惹到夜云裳，或者夜云裳看谁不爽，她依旧是那副大魔王作威作福的样子。

就比如方才有个书童可能有碍观瞻了一点儿，结果夜云裳直接说人家长得丑，碍了眼，让人家滚出去。那副凶残至极的模样实在吓人得紧，让她仿佛又看见了之前让人把她扔进狼群里的那个三公主。

小丫头心里头有些怀疑：这三公主莫不是个"颜控"？

想到这里，叶七七下意识地摸了摸自己的脸，心想：自己在这个大魔王眼里应该长得不算丑吧……

"你在干什么？不走吗？"

就在小丫头摸着自己的脸蛋儿的时候，她身旁传来大魔王三公主的声音。

如今已是未时，听学结束，学堂里的学子几乎都走了。小丫头闻言，急忙收好东西，跟在夜云裳身旁。

直到跟着夜云裳上了马车，小丫头才发觉有些不太对劲：她怎么稀里糊涂地跟着夜云裳上了马车？

叶七七停住动作，就打算下车。

夜云裳伸手抓住了她，问："你干吗？"

叶七七说道："我……自己有马车的。"

"坐我的。"话音落下，夜云裳就将她拉了进去，"本公主还能在马车上吃了你不成？"

一听这话，叶七七心里头莫名其妙地瘆得慌，毕竟以夜云裳"皇宫大魔王"的名头，似乎也不是不可能做这种事。

上了马车后，叶七七就在椅子上正襟危坐。比起与大暴君或者六哥哥独处，她觉得和这三公主坐在同一辆马车里才是最诡异的。

自从上了马车后小丫头就低着脑袋。她下意识地抬头，结果就看见夜云裳正直勾勾地盯着她，眼神意味不明。

毕竟是北冥尊贵不凡的三公主，马车里备的吃的喝的自然不少，夜云裳随手递给她一盒点心，说道："这个是草莓馅的，你吃吧。"

叶七七看着夜云裳递来的点心，伸手接过，对于夜云裳突然对她这么好，真的挺不习惯的。

"谢……谢谢皇姐姐……"小丫头拿着那盒点心，声音软软地开口道。

夜云裳听了小丫头道谢的话，手里的动作蓦然顿了一下，看了一眼坐在对面的小丫头，突然问："你还记得我们之前见过吗？"

"啊？"小丫头抬起脑袋看着夜云裳，目光有些茫然。

夜云裳看着小丫头茫然的视线，目光冷了下来，说道："没什么，你果然忘记了。"到现在这臭丫头还没记起来。

叶七七整个人都云里雾里的：果然忘记了？她是忘记了什么吗？

就在这时，叶七七脑海里突然闪过几个片段。她看清后，整个人都愣住了。什……什么情况？她脑海里怎么闪现出夜云裳带着她采莲蓬、划船的场景了？还有夜云裳给她扎辫子，给她穿新衣服，给她上药……

叶七七惊呆了，后知后觉这不是她的记忆，而是原来的夜七七的记忆。她一直以为夜七七和夜云裳并不认识，但根据方才她脑海中的几段记忆来看，她们两个好像之前就认识了，可……这怎么可能？

叶七七抬眸有些震惊地瞧着坐在对面的大魔王三公主，还是不太敢相信自己脑子里闪现出的片段，甚至怀疑自己的记忆发生了错乱。

明明三公主夜云裳凶残得很，甚至先前还把她扔进狼群里，导致她差点儿被狼活活咬死，怎么可能会对她那么好？

但小丫头还是抵不住心中的困惑，试探性地开口："皇姐姐，我们之前见过吗？"

闻言，夜云裳蓦然抬眸，望着小丫头精致得如同瓷娃娃一般的小脸蛋儿，脸色突然变得有些阴沉。

"呵。"夜云裳冷笑了一声。见过？她们两个人何止见过？她那个贱娘对她那么坏，自己只不过一时看不惯替她收拾了她那个贱娘，结果这臭丫头不仅狠狠地咬了自己一口，还怪罪自己。

所有人都说三公主夜云裳是个冷血无情、残暴不仁的人，但有谁知道夜云裳先前可是对一个小丫头收敛住了所有的坏脾气，倾尽了所有的善良。可到头来呢？臭丫头仅一句失忆了，她付出的感情就全都没了。

夜云裳狠狠地咬了咬牙，心中想到的就是"白眼狼"三个字，说的就是这个臭丫头！

"要是之前见过，你觉得你会活到现在吗？"夜云裳冷冷地勾起唇对小丫头笑了笑，"本公主肯定立马掐死你！"省得她看见这个小白眼狼就糟心。

叶七七一愣。

夜云裳看了一下小丫头僵住的脸色，轻轻"嘁"了一声收回目光。

就因为夜云裳的这个反应，小丫头终于确信方才脑海里闪现的那些片段是真实发生过的，夜七七和这个大魔王三公主之前真的认识，但可能发生了某些事情，导致两个人……闹掰了。

叶七七想了一路，试图再想起来些什么，但遗憾的是，直到下了马车，看见那熟悉的宫门，还是没有想到其他有用的片段。

夜云裳跟着小丫头下了马车。

月静宫的宫女、太监们瞧见站在七公主身边的大魔王三公主，全都变了脸色：这……三公主怎么来了？

宫女、太监们回过神来，停下手里的工作，个个面露惊恐地跪在地上，不明白七公主去国子监听学，怎么把皇宫恶霸三公主给招惹来了。

就在在场的宫人心惊胆战时，寝殿内女人的暴喝声不合时宜地响起："一群废物，连个畜生都抓不住，本宫要你们还有什么用？！"

容嫔瞧着跪在地上的一群宫女、太监，气得不行：那么多人，居然连个畜生都抓不住！

"嗷呜！"站在窗前的大白叫了一声，眼神慵懒地扫了一眼被气得神情扭曲的女人，丝毫没有将她放在眼里。

阿婉说道："容嫔娘娘，大白可是七公主养的，奴婢们实在不敢贸然上前，要是七公主知道了会很生气的。"

"呵，生气？本宫可是她的娘亲，她敢和我生气？倒是你这个贱婢，竟然敢说教本宫了！"容嫔恶狠狠地看了一眼跪在地上的阿婉，目光阴狠至极：区区一个贱婢，居然还敢说教她了！

容嫔抬眼看了一眼站在身旁的秀儿，冷笑了一声，说道："秀儿，给本宫掌嘴！"

"是，娘娘。"秀儿撸起袖子，完全是一副狗仗人势的模样，走到跪在地上的阿婉面前，居高临下地看着阿婉，说道："竟然敢以下犯上反驳我们娘娘，该打！"

在这月静宫里，因为阿婉是七公主的贴身宫女，所以月静宫的宫人都听阿婉的指挥。秀儿自然见不得别人比自己好，这一次狠狠地收拾阿婉一番，看谁以后还不看自己的面子。

秀儿本来就带着私心，所以这巴掌可谓是用足了力气往阿婉的脸上扇。

就在秀儿那一巴掌即将落下的时候，原先慵懒地趴在窗户边的大白突然叫了一声，猛地扑到了秀儿面前，张开嘴一口咬向秀儿的手。

"啊——"秀儿看着蹿到自己跟前的白虎，加上手臂传来的剧痛，直接被吓得两眼一翻，当场昏死过去。

在场的众人看着眼前的场景皆惊呆了，要知道大白虽然是只白虎，性格却很温驯，平日特别喜欢蹭人，月静宫上下都揉过它的小脑袋，他们从未见过大白咬人，而这一次……

容嫔看着秀儿直接被大白咬得昏死过去，也吓得脸都白了，完全没想到这个畜生居然真的敢咬人，那个死丫头不是说它不咬人的吗？

"嗷——"大白猛地露出尖牙，朝着容嫔吼了一声。

那刚劲的虎啸声是在场的所有人都没有听它发出过的。

容嫔被吓得腿脚一软，直接跌坐在椅子上。容嫔看着朝自己走来的凶猛的白虎，被吓得忍不住尖叫道："啊啊啊——给本宫拦住它！！！"

秀儿昏死了过去，跪在地上的月静宫的宫女、太监们听了容嫔这番话，下意识地面面相觑，但谁都没有起身替容嫔拦着，那眼神好似在相互推诿，最终达成一致——任由容嫔自生自灭。

容嫔见跪在地上的宫女、太监们一动不动，而那只白虎死死地盯着自己，被吓得魂飞魄散，两腿颤抖地往外跑。

按理说以大白的速度轻而易举地就能将容嫔扑倒咬死，但大白压根儿没打算轻易放过这个女人，还跟这个女人玩起了猫捉老鼠的游戏。

容嫔跑得气喘吁吁，此刻整个人狼狈不堪，极其精致的妆容花了，头发还乱糟糟的，从远处看就像一个疯婆子。

"啊——救命呀！！！"

叶七七一走到门口，就看见女人一副狼狈不堪的样子朝自己跑来，还没来得及反应，手臂就被女人抓住了，天旋地转之间，直接被女人狠狠地推了进去。

门内，大白正张着血盆大口打算咬死那个坏女人，完全没料到小主人突然出现在面前，并且直直地朝自己扑了过来。

对于这突如其来的变化，小丫头也是没有反应过来的，控制不住自己的步伐，整个人直直地往大白张着的嘴里扑。

小丫头被吓得小脸蛋儿惨白：完……完了。

"公主！"

这一切发生得太快，让人始料不及，跪在殿内的宫女、太监们纷纷想要起身去救，可是来不及了。

"啊——"小丫头尖叫一声，被吓得急忙闭上了眼睛：完了，她要被大白意外地咬死了。

就在叶七七以为自己即将死了的时候，后衣领猛地一紧，她被人狠狠地往后一拽，然后就摔倒在一个熟悉的怀抱里。

夜云裳用力地将小丫头拉到自己的怀里，目光阴狠地瞧了一眼导致小丫头差点儿被咬死的罪魁祸首。

容嫔惨白着脸，看着目光阴狠地盯着自己的三公主，这才后知后觉自己做了什么：这……这是意外！谁让这丫头突然出现在她面前，她顺手就……

"七七呀，娘亲不是有……"容嫔自知方才让小丫头替她挡白虎的举动过分了些，伸手打算将受到惊吓的小丫头抱进怀里。

一旁的夜云裳猛地一脚将她踹到了一旁。

"啊——"

"贱女人！本公主看你是没尝够本公主的鞭子吧！"夜云裳恶狠狠地看了一眼被自己踹出去的女人，气得紧紧地捏住了拳头：差一点儿，就差那么一点儿，要不是她及时伸手抓住了这臭丫头，这臭丫头直接就没命了。

夜云裳好歹是习过武的，这一脚直接将容嫔踹飞了好几米。

在场的众人看着三公主那踹人的举动，个个惊得眼睛都瞪大了：天哪！这……三公主好厉害！

小丫头惊魂未定地回过神来，看着被踹出好几米的容嫔，也惊呆了：三皇姐踹人一脚这么狠的吗？

叶七七不由自主地想到前段时间两个人打架的样子：三皇姐这么厉害，怎么可能当时被自己打哭？

夜云裳松开手，看到小丫头愣愣地看着自己，冷冷地仰了仰下巴，问道："就是本公主踹的，你有意见吗？"臭丫头有意见也得憋着，她就是看容嫔这贱女人不爽！要不是碍于这臭丫头在场，她肯定要再狠狠地踹上几脚。

叶七七看到夜云裳高傲地抬起下巴，好似又恢复成凶残至极的皇宫大魔王形象。小丫头摇了摇头，缓缓地伸出手轻轻地牵住了别扭皇姐的手。在牵上大魔王的手的那一刻，小丫头明显地感觉到夜云裳的身子僵了一下。

夜云裳有些难以置信地瞧着突然牵上自己的手的某团子，问道："臭丫头，你干吗？"

"谢谢皇姐姐救了七七。"

夜云裳本来已经想到小丫头会因为自己踢了她那贱娘怪罪自己，可万万没有想到她竟然跟自己道谢了。夜云裳低头看了一眼小丫头，冷声道："本公主可没救你，你别自作多情。只是国师替本公主算过，今日不宜见血，本公主随手拉了你一下而已。你可不要多想，本公主才不是为了你！"

夜云裳自顾自地说完，便听见小丫头轻轻应了一个"嗯"字。

夜云裳皱了皱眉：就"嗯"一声？这臭丫头看不出来自己是口是心非的吗？

夜云裳心里不由得生起一股郁结之气，正想着要不要给这臭丫头一个栗暴替自己出出气，就见原本只是轻轻"嗯"了一声的小丫头突然伸手抱住了自己的腰，将小脑袋靠在了自己的怀里。

"臭……臭丫头，你干什么？"夜云裳震惊地看着亲昵地抱着自己的小丫头，因为小丫头的这番举动，她面颊不由得染上了粉红，手臂僵硬地抬着，不知道该放在哪里。

叶七七说道："七七头好痛，站不稳。"

站不稳？夜云裳看到小丫头面上透着红润的光，那乌黑的大眼睛紧紧地盯着自己，哪里有半点儿不舒服的样子？

"臭丫头，给本公主松开！"夜云裳凶巴巴地对小丫头开口道。

听着大魔王三公主这凶巴巴的话，小丫头不仅没有松开，反而摇着小脑袋，将夜云裳抱得更紧了。

在场的宫女、太监瞧着七公主冲着三公主撒娇的样子，眼睛都瞪大了：七公主怕不是被大白吓傻了吧？她知不知道自己现在抱的是谁呀？那可是三公主呀！皇宫有名的小霸王！

夜云裳看到在场的宫女、太监都直勾勾地看着她两个人，莫名其妙地觉得怪得很。就在她心里想着要不要将这臭丫头从自己身上扯下来的时候，就听见靠在怀里的小丫头闷闷地喊了她一声："姐姐。"

那软软的嗓音，令她原本打算将小丫头强行扯下来的动作一顿。

夜云裳低头，目光晦涩不明地落在怀里的小丫头身上。

叶七七脑海里闪过一段段记忆，是原本的夜七七的。就在刚刚被这大魔王三公主拉进怀里的时候，叶七七想起了那被原本的夜七七遗忘的记忆。

两个小丫头第一次见面是在一个雪夜，那时候夜七七才四岁。那一夜她又被娘亲打了，娘亲怪她为什么是女娃而不是男娃，是公主而不是皇子。

小丫头被打得走路都一瘸一拐的，身上只穿了一件单薄得不行的棉衣。饥寒交迫是小丫头那时候的感觉。因为实在太饿了，小丫头打算偷偷去御膳房吃点儿东西，但是因为不认路，走错了。她在走到某个宫道的墙角时，正好和偷偷溜去宫外回来的三公主夜云裳打了个照面儿。

按理说，依照大魔王夜云裳心思狠辣的性子，她面对穿得如此寒酸的丑丫头，压根儿不会停下脚步。但也许是那时候夜云裳因为偷偷出宫买了自己喜欢吃的糖葫芦，心情大好，看到墙角缩成一团的脏兮兮的小丫头时，突然心生怜悯。

"喂，脏丫头，我有热乎乎的包子，你吃吗？"

红豆馅的包子是夜云裳最喜欢吃的，夜云裳偷偷出宫除了买糖葫芦，就是为了买那好吃的包子。

那时的夜七七早已饿得前胸贴后背，看见一个好看的少年从天而降问自己要不要吃包子，立马点了点头。

因为是偷偷出宫的，所以夜云裳穿了一身男装。因为准备自己一个人吃，所以夜云裳也只买了两个包子而已。

夜云裳忍痛割爱将自己最爱吃的红豆馅包子分给了小丫头一个。

当时因为实在是太饿了，小丫头狼吞虎咽地就把那个包子吃完了。

夜云裳瞧着自己手中才咬了一口的包子，再看看面前的小丫头把手里的包子都吃完了，还直勾勾地盯着自己手里的包子，顿时觉得自己手里的包子不香了。

"你要是不嫌弃的话，我这个也给你。你要吗？"夜云裳问道。

小丫头两眼发光地盯着夜云裳手里的包子，点着小脑袋说道："要……要。"

因为被娘亲打得很惨，小丫头不仅脸上伤痕累累，连说话都不太利索。

夜云裳看着小丫头狼吞虎咽地啃着第二个包子，压根儿没有把这小丫头和自己的皇妹联系到一起，只当这小丫头是宫女和侍卫乱搞而生出的野孩子。毕竟这偌大的皇城里，什么骇人听闻的事情没有？

临走之际，夜云裳凶巴巴地对小丫头说了警告的话："不许和别人说你今天见过我，知道吗？"

夜七七点了点头，看着少年越走越远的身影，下意识地垂下眸子。她自然不会和别人说，因为没人和她一起玩。

时间一晃又过了半个多月，夜云裳第二次见到了那脏丫头。那日母后在后花园里举行赏梅宴，那脏丫头躲在桌子下面偷吃，以为没人发现她，但夜云裳还是一眼就认出来了。

不过比起第一次见那丫头时，第二次见她，夜云裳感觉她脸上的伤好像更重了，旧伤未愈，又添新伤。

夜云裳发誓那是自己第一次对一个小丫头心生怜悯。

然后，不知怎的，两个人就经常会碰面。

两个人每次碰面，小丫头脸上都带着伤。

渐渐地两个人熟络了。

夜云裳闲来无事想知道到底是谁总是欺负她，但每次问这小丫头的时候，她总是支支吾吾，不愿意开口。

她不想说，夜云裳也没再追问。

在两个人成为朋友的那段时间，夜云裳真的是第一次对一个小丫头那么好。

可有一天，小丫头不见了，夜云裳让人翻遍了整个皇城都没有找到她的身影。不仅如此，夜云裳还让人暗地里查了宫女和侍卫偷情产子的事，但还是一无所获。

然后又过了半年，夜云裳再一次见到了消失了很久的小丫头，才知道原来小丫头居然是在冷宫里长大的七皇妹。见她被她的母妃欺负，夜云裳才知道原来一直打她的居然是她的亲生母亲。

那一刻，夜云裳心中生起从未有过的怒火，随意地找了个借口让人抽了容嫔一顿替小丫头出气。

可夜云裳万万没想到，那丫头不仅狠狠地咬了自己一口，竟然还责怪自己打了她那恶毒的娘亲。不仅如此，根据小丫头那一系列的反应，夜云裳才明白原来这丫头早已将自己忘得一干二净。

她夜云裳堂堂北冥三公主，第一次感觉到浓浓的背叛之意。那时的夜云裳可谓怒火中烧，感觉自己就像一个彻头彻尾的傻子，被这臭丫头给耍了。

夜云裳听着小丫头的这一声"姐姐"，面色阴沉得吓人。

夜云裳正想开口说些什么，就见紧紧地抱着她的小丫头轻轻扯了一下她的衣袖，声音软软地道："姐姐，对不起……"

对不起？夜云裳对小丫头这突然的道歉之语很不解："呵，你和我说什么'对不起'？"这臭丫头以为说几句"对不起"，她就会撇开过去和这臭丫头冰释前嫌？简直是在做梦！

"七七之前因为不小心掉到河里，昏睡了好久，醒来的时候就什么也不记得了，直到刚刚才想起来。七七不是故意忘记姐姐的……"

"掉到河里？"夜云裳闻言，不由得皱了皱眉，下意识地将目光落在不远处被踹倒在地上的女人身上，第一反应就是小丫头掉到河里和这贱女人脱不了干系。

"她干的？"夜云裳问。

小丫头顺着夜云裳的目光看去，将夜云裳的手抓得更紧了。

答案显而易见。

叶七七看着地上奄奄一息的女人，想不到容嫔居然会对自己的孩子如此狠心。她脑海里的一幕幕，都是原本的夜七七的记忆，包括这个娘亲将才四岁的她扔进冰湖里差点儿淹死的记忆。她真的想象不到一个女人竟然会对自己的孩子狠心到这种地步！

容嫔倒在地上奄奄一息，眼睁睁地看着那三公主让人把她拖下去。

"七……七七，娘亲错了……七七呀……"被人拉下去的时候，容嫔还不忘跟小丫头打亲情牌，"我可是你的娘亲啊！七七……"

一旁的夜云裳看着女人鬼哭狼嚎的模样，直接阴恻恻地道："再哭喊一句，小心本公主把你的舌头割下来做油炸猪舌头！"

光是今日意图谋害公主这一条就足以让这个贱女人掉脑袋了，更何况父皇还极其宠爱这臭丫头。所以，这贱女人等着人头落地吧！

大魔王三公主这恶狠狠的话一出，容嫔被吓得不敢再说话，狼狈地被人拖了下去，关在了柴房里。

同容嫔一起被关的还有昏死过去的秀儿。

大白并没有咬伤秀儿的手，原本它要咬上去，可谁知这个女人自己把自己吓晕了过去。

容嫔和秀儿被关在柴房里，也不知道接下来等待她们的是什么。

秀儿哭泣道："呜呜呜，娘娘，是奴婢办事不力，连累了娘娘……"

"不关你的事，都怪那贱丫头，居然敢如此狠心地对待本宫。"容嫔一想到自己被人拖走时那贱丫头一副毫不在意的样子，简直要气死了，"那贱丫头，本宫当初就应该把她活活扔进湖里淹死！"

"砰——"

容嫔的话音刚落，柴房的门猛地被人给踹开了。

容嫔一抬头，瞧见的就是穿着一身龙袍的男人。

"陛……陛下……"容嫔立马被吓得脸色惨白：陛下怎么突然出现在这里了？

男人缓缓地走了进去，目光阴冷地瞧着她，嘴角勾起了一抹冷笑，问道：

"不知爱妃是想淹死谁呢？"

大暴君嘴角缓缓地勾起一抹笑意。

那笑容是女人从来没有瞧见过的，一时之间竟然被迷住了，难以置信陛下居然会用如此温柔的目光看着她。下一秒，容嫔急忙爬到男人脚边，紧紧地抓着男人的衣摆，哭喊自己的冤屈："陛下，臣妾冤枉呀！"

"冤枉？不知爱妃哪里冤枉了？"大暴君蹲下身子，伸手钩起女人尖尖的下巴。

望着男人那充满柔情的目光，她就知道陛下会看在他们曾经的情分上，不怪罪她！容嫔说道："陛下，那三公主目中无人、心狠手辣，不仅突然踹了臣妾一脚，还让人将臣妾关在这柴房中，还请陛下替臣妾做主呀！"

容嫔哭得可谓是梨花带雨。

大暴君瞧着她满脸的泪水，不由得心生嫌弃，说道："呵，你真当朕是傻子吗？"

男人阴恻恻的话语在耳边响起，女人还没反应过来发生了什么，就被男人狠狠地甩开了。

一旁的赵公公见此，立马给男人递过去一条干净的帕子，随后将一个小瓷瓶扔在了女人面前。

容嫔瞧见那小瓷瓶，脸色立马变得苍白无比。

"别跟朕说你不知道这是什么。"大暴君走到女人面前，居高临下地看了她一眼，语气森寒无比地说道，"朕念在你是小丫头生母的分儿上，原本打算饶你一命，不过……"大暴君一边说，一边把玩手中的匕首，抬眼看她时唇角勾起一抹残忍的弧度，"你知道朕最讨厌的就是说谎的女人！"

听了男人这意有所指的话，容嫔一时之间心如死灰：陛下……不会是知道了吧？

容嫔立马瞪大了眼睛，想要辩解："陛下，臣妾不是……"

"扑哧——"

话还没说完，女人就感觉心头一痛，低头就见心口被插了一把匕首。她抬头望着男人空无一物的手，瞪大眼睛倒了下去。

一旁的秀儿看着眼前的景象惊呆了：陛下居然……

秀儿还没回过神，就见男人用冰冷的目光看着她。她听到男人吐出几个字："拖下去，喂狼！"

秀儿闻言，直接两眼一翻，再一次活生生被吓晕过去。

随后，赵公公让人将昏死过去的秀儿拖到后山，又叫来几个暗卫处理得干干净净，就像方才什么事情都没有发生过一样。

大暴君去看两个小丫头的时候已经是深夜。男人踏着夜色而来，周身弥漫着一股肃杀的寒气。

叶七七迷迷糊糊地从睡梦中醒来，一睁眼就看到站在床边的男人，下意识地揉了揉眼睛，朝男人伸出手，说道："嗯，父皇爹爹，抱。"

夜姬尧瞧着眼睛还没有完全睁开就要自己抱的小丫头，面上闪过一丝意味不明的情绪。下一秒，他缓缓地伸出手，将小丫头抱在了怀里。

小丫头揉了揉鼻子，声音软软地开口道："父皇爹爹，您怎么来了？"

"自然是想七七了。"这话说完，大暴君便将目光落在此刻在小丫头的床榻上睡得正香的三女儿身上，脸上难得地浮现出惊讶之意：几日未见，这两个小丫头的关系居然已经好到这种地步了！

"是七七让皇姐姐陪七七睡的……"小丫头开口解释道。

大暴君看着熟睡的三女儿，伸手揉了揉小丫头的脑袋，说道："嗯，不早了，七七也去睡吧。"

"好。"小丫头乖巧地躺了下来，任由大暴君替她掖好被子。

就在男人准备起身离开的时候，他的衣袖突然被小丫头拉住了。他回过头，有些不解地问："七七，怎么了？"

小丫头看着男人的眸子，脸有些红，支支吾吾地道："晚……晚安。"

大暴君瞧着面前的小丫头对他挤眉弄眼，先是愣了一下，随后顺着小丫头的示意看去，轻轻勾了勾嘴角笑了一下，说道："嗯，七七晚安。"他摸了摸小丫头的脸蛋儿，又俯身在熟睡的三女儿耳边轻声道："裳裳晚安。"

闻言，正假装熟睡的夜云裳下意识地抓紧了手中的被子。

直到烛台上的蜡烛被吹灭，脚步声越来越远，又过了好久，耳边响起某小丫头平稳的呼吸声，夜云裳才缓缓地睁开了眼睛。她微微转头看了一眼紧靠在她怀里熟睡的小丫头，扬了扬唇角，声音极轻地吐出几个字："嗯，晚安。"

第十二章
顺毛大作战

容嫔因意图谋害公主，被陛下罚去岐山寺监禁，终生不得回京。

在听到这个消息的时候，小丫头也许是因为原本的夜七七的感情还残留在体内，感觉自己的心情格外沉重。她本想去看名义上的娘亲最后一眼，岂料只看见了渐渐走远的马车。

赵公公瞧着一旁的小丫头，缓缓地开口道："七公主，下雪了，该回去了。"

小丫头抬头看着漫天的雪花，点了点头。

因为今日学堂没课，小丫头并不着急，坐在马车上没有多久，就生出困意。但是行驶到半路，原本正常行驶的马车突然刹车，要不是被一旁的阿婉及时按住，正打瞌睡的小丫头的脑袋就要和地板来个亲密接触了。

阿婉刚掀开帘子，就看见车夫转头面色惊恐地看着她。

"怎么了？"阿婉问完，顺着车夫的视线，瞧见了站在马车前的、穿着一身白衣的男子。

男子手里抱着一只猫，修长白皙的手握着猫咪受伤的前爪。他缓缓抬头，露出苍白阴狠的面容。

车夫被吓得呼吸一顿，腿脚一软跪在了地上，惊慌失措地道："大……大皇子饶命呀！它突然冲出来，小人一时没注意，这才……"

"流血了……"男人皱了皱眉头，薄唇抿成了一条直线，说道，"它很疼。"

车夫惨白着脸看着男人手里受伤的猫，面露惊恐，觉得自己今天就要死了：整个皇宫都知道大皇子最宝贝他养的那只猫了，而今日自己居然差点儿把这只猫给轧死。

"你打算怎么赔它？"男人平静地瞧了车夫一眼。

虽然大皇子面色平静，但车夫还是心头发怵，跪在地上一连磕了好几个响头，说道："大皇子饶……饶命呀！小人不是有意……"

"别打岔！"男人瞧着车夫哭哭啼啼的只觉得心烦得紧，"我是在问你怎么赔它。"

"赔……赔它……"车夫看着猫咪受伤的前爪，下意识地将视线落在自己的手上：大皇子不会是要砍了他的手吧？

车夫心里这般想着，抬起头就见大皇子的视线已经落在了他的手上，觉得完了……

"大皇子，饶……饶命呀，小人上有老，下有小，实在不能没有手啊……"

"安静！"男人估计是嫌他烦了，冷冷地吐出两个字。

看着大皇子瞧着自己的那冰冷的眼神，车夫下意识地以为自己的手要保不住了，甚至看见大皇子身旁的侍卫快要拔刀了："救……救命呀！"

这时，一直待在马车里的小丫头缓缓地探出脑袋，目光落在怀里抱着猫的男人身上，声音软软地开口道："那个……其实猫猫看起来好像只是擦伤，去太医院看一下，然后上个药，应该就可以了吧。"

小丫头此话一出，男人深沉的目光落在了她身上，他微微皱了皱眉，那眼神似乎在说：你是哪位？

男人身旁的侍卫在男人耳边说了几句。

小丫头看到男人先是皱了皱眉，然后打量了她一番。小丫头被他那眼神看得头皮发麻，正打算开口，就见他突然朝自己走来。等小丫头回过神来，就见她的大皇兄已经抱着猫上了她的马车。

"皇……皇兄？"小丫头下意识地变了脸色：他怎么突然就上来了？！

"去太医院。"男人抱着猫坐下，刚好坐在小丫头的对面。

车夫看了看小丫头，不敢迟疑，立马上了马车，生怕迟上一秒自己就要人头落地。

小丫头看着男人手里抱着的猫，猫也看着小丫头，两个小家伙大眼瞪小眼地互相注视。

近看叶七七才发现这只猫看起来好可爱呀，通身雪白，那双大眼睛看起来十分有神，而且它的脸居然是瓜子脸。

小丫头不由自主地在脑海里将这只猫和大白放在一起比较。大白不是通身雪白的，也不是瓜子脸，而且越大看起来就长得越憨。脸纠结成一团，小丫头十分不愿意承认大白越长越丑了。

许是小丫头打量的眼神太过肆无忌惮，男人不由得抬起眼皮瞥了她一眼。那眼眸里平静中透着暗涌的波涛，让人看着就莫名其妙地生起一股惧意。

小丫头两只小手纠结成一团，脑海里回想原文中关于大皇兄的评价。

小丫头正想着，对面的男人突然出声："看够了吗？"

小丫头被他突然变得阴沉的眼神吓得呼吸一滞，乌黑的大眼睛紧紧地盯着他。

"看……看够了……"小丫头缩了缩脖子，磕磕巴巴地回答道。说完，她就感觉脑子里突然一片空白：完……完了，她好像忘记原文中是怎么形容大皇兄的了。

小丫头小脸发白，努力地试图想起，但一无所获。

夜景轩没理会对面的小丫头是什么表情，低垂着眉眼看着怀里的猫，伸手抚摸上猫柔顺的毛，连目光都变得温柔起来。

一大一小相对无言。

小丫头只觉得好尴尬，忍不住开口道："猫猫……真可爱。"

"你喜欢？"男人抬眸瞥了她一眼。

小丫头点了点头："喜欢。"

她这话刚说完，男人怀中的猫就像是有灵性一样，朝着她叫了一声，并且还向她伸出了雪白的小爪子。

叶七七见此，下意识地打算伸出手去揉一揉猫的小爪子。

但就在她的手即将碰到猫爪的时候，被男人无情地拒绝了。

"不许碰它！"男人皱了皱眉，目光冷厉地瞧了小丫头一眼。

那冷厉的眸子像是在说小丫头要是碰他的猫一下，他就会立马砍掉她的手一样。

小丫头被吓得脸色一僵，迅速地将自己的手缩了回去，说道："对……不起。"她不知道他的猫不让别人碰。

夜景轩看了一眼面露委屈的小丫头，正打算开口，怀里抱着的猫突然在他的怀里扑腾了几下，他手无意间一松，就见自己的猫猛地跳到了小丫头的腿上。

叶七七看着突然跳到自己腿上的猫，被吓得脸色一变，慌忙地抬起脑袋，惊慌地对面色阴沉的男人开口道："不是我，是……是它自己跳上来的。"她压根儿什么事都没有干！

小丫头说完这话，那猫还故意蹭了蹭她的手，顺势想要往她的怀里钻。

小丫头看着猫对自己撒娇的样子差点儿就哭了。她僵硬地抬起脑袋看着表情十分阴冷的大皇兄：不关她的事啊！

"喵。"小猫用脑袋蹭着小丫头的手，还用舌头舔了舔她的手背，一副很喜欢小丫头的样子。

男人瞧着小丫头那副被他的猫给欺负了的样子，神情不由得黯了一下，下一秒，轻轻拍了一下自己的腿，冷冷地开口道："娘娘，过来！"

小丫头听到男人突然喊出那一声"娘娘"，还没有反应过来，就见舔着她的手的猫抬起小脑袋看了男人一眼，随后重新跳进了男人的怀里。

小丫头后知后觉：原来这只猫叫娘娘，好……尊贵的名字呀……

小丫头正想着，对面的男人突然出声："停车吧。"

车夫闻言，立马停了马车，哆哆嗦嗦地转头瞧了一眼。

小丫头面露疑惑地问："不去太医院了吗？"

"不去了，娘娘害怕太医。"话音落下，男人就抱着娘娘下了马车。

小丫头听了男人这句话，半天没有回过神来：娘娘害怕太医，那……他刚才为什么还要去太医院？

叶七七抬头看去，就见男人已经抱着娘娘走远了，只能看见他的背影。

她摇了摇头：真的好奇怪，她的皇兄们真的一个比一个奇怪！

夜傲天刚从宫外回来，远远地看见夜景轩从马车上下来，正准备熟视无睹地路过，但突然瞧见马车上一道熟悉的身影，准备离开的步伐猛地停了下来。

他轻轻挑了一下眉：难得呀，夜景轩那家伙不是最讨厌小屁孩儿的吗？这次居然从那小丫头的马车上下来了，啧。

小丫头正准备让车夫驱车离开，耳边就突然响起一个男声："那家伙怎么和你在一辆马车上了？"

小丫头转过头，看见了马车窗外的那张熟悉的俊脸，是二皇兄。

她今天是不宜出门吗？怎么刚走了一个又来一个……？

"嗯？"夜傲天见小丫头不语，下意识地轻轻挑了下眉。

小丫头蓦地回过神，和男人说了前因后果。

听小丫头说完，男人露出一副恍然大悟的表情："哦，原来如此。"他还以为那家伙突然转了性子呢！

夜傲天看着那道白色的身影越走越远，然后转头看了小丫头一眼，就见某小丫头正用圆圆的大眼睛看着他。

小丫头仅和男人对视了一眼，立马低下头，语气闷闷地道："二皇兄，七七还有事，就先走了。"

"急什么？"男人抬头看了看天色，"天还未暗，七七这么着急作甚？难不成是害怕二皇兄？"

被男人含笑的眸子直勾勾地盯着，小丫头不由得想到二皇兄喜欢抠人眼珠子的传言。上一次她和六哥哥待在一起的时候，二皇兄想抱抱她，结果直接被六哥哥拒绝了，后来六哥哥是怎么跟她说的来着？让她以后看到二皇兄要躲得远远的。

"七七不怕。"小丫头摇了摇头，两只手在衣袖下纠结成一团，"只是七七还要回去写太傅布置的作业……"

作业？夜傲天闻言，嘴角不由得抽了一下，瞧着小丫头故作坚强的样子，严重地怀疑这小丫头在骗他。

"七七此话当真？"男人嘴角勾起意味不明的弧度，说道，"要是说谎的话，小孩子可是要掉眼珠子的。"

"眼……眼珠子……"小丫头不由得变了脸色，"七七没骗二皇兄，真的有作业，而且还有好多。"

"这样呀。"男人摸了摸下巴，有些遗憾地揉了揉小丫头的脑袋，"可惜了，本来二哥哥还想带七七去玩呢。"

玩？叶七七听了男人这话，脑海里冷不防浮现出二皇子带她去玩眼珠子的画面。

小丫头光是想到那个场景就心生恶寒了：好可怕啊！

"嗯，回去吧！作业要紧。"男人再一次摸了摸小丫头的脑袋。

小丫头回过神，正准备让车夫离开，就听见原本让她离开的二皇兄又突然

154

对她开口道："不过，七七叫'二皇兄'未免太过生疏了。来，叫声'二哥哥'听听。"

"啊？"小丫头愣了一下。

"不会叫？"男人看着她愣住的表情，皱了皱眉，神色冷了。

小丫头心虚地咽了咽口水，望了望四周，最终小心翼翼地开口道："二……二哥哥。"

"真乖。"男人听见小丫头喊的那一声"二哥哥"，显然心情大好。

直到二哥哥离开，小丫头悬着的心还没有放下，有些心虚地看了看四周，生怕刚刚的话被六哥哥听见，毕竟六哥哥有时候凶起来真的好凶。

小丫头这几天去国子监听学，一直没有见到六哥哥的身影。

今天小丫头如往常一样来到学堂，当看见原本空无一人的桌子边坐着一道熟悉的背影时，眼睛猛地亮了一下，急忙走到了少年面前，叫道："六哥哥！"

小丫头此话一出，那人下意识地回过头。

当看见那张陌生的脸时，小丫头表情不由得僵了一下。

那人疑惑地问："六哥哥？"

原本欣喜的表情瞬间消失了，小丫头说道："对不起，认错人了。"原来这不是六哥哥呀……

"你在这里干什么？"

就在小丫头闷闷不乐的时候，身后突然响起一个熟悉的声音。

小丫头一转头，就瞧见少年那张熟悉的俊脸，原本黯淡下去的眸子再一次亮了起来，叫道："六哥哥。"

夜霆晟看着不知怎的出现在这里的某团子，问道："这里是国学班，你怎么找到这里的？"

"国学班？"小丫头闻言，下意识地扭头看了一眼门口挂着的牌子，上面的确写着"国学"二字。

国学班又称精英班，招收年龄在十二岁以上的有才学、能力的学子，学习结束后可直接前往各大军营或者衙门任职。

国学班和初学班一个在东，另一个在西，很显然小丫头无意间走错了。

小丫头问："那六哥哥，你……怎么在这里？"难不成六哥哥和她一样也走错学堂了？

少年听到小丫头这带着浓浓质问的语气，不由得低头瞧了她一眼，只见小丫头眨巴着大眼睛直勾勾地看着他。少年微微抿了抿薄唇，目光里有意味不明的情绪在翻涌，随后缓缓地开口道："我在国学班听学。"

"听学？"小丫头脸上闪过了一丝困惑，问道，"哥哥，你不是一直在初学班？"说着说着，小丫头倒是想起来，好像以六哥哥的实力，他完全是可以跳级的。

"我初学班的课已经全部学完，三天前就来这里听学了。"

三天前……小丫头听了少年这话，脸上的表情垮了。六哥哥三天前就来国学班了，她一直以为他是生病了，所以才没有来学堂。

"那你怎么不和人家说？"小丫头不满地撇了撇嘴，有些伤心。

虽然她的声音很低，不过他还是听见了。

少年听着小丫头语气中对自己浓浓的指责，目光沉了一下，问道："一直在等我？"

某小丫头轻轻点了点头，有些委屈地抠着自己的手，模样要多委屈有多委屈。

说实话他对此真的感到挺意外的，他以为凭他们两个人的关系，他应该……不用特意同她说吧！

"快上课了，我送你回去。"话音落下，他准备转身送小丫头离开。

下一秒，某小丫头突然伸手抓住了他的手。

"哥哥……"小丫头软软的声音响起。

他低头看去，就见小丫头咬着唇，一脸抗拒地看着他。

"七七不想回去……"

"嗯？"少年微微皱了皱眉。

虽然小丫头没有再说，但那张小脸蛋儿上的表情分明在说"我想逃课"。

少年只是看着她。

"哥哥，"小丫头伸手扯了扯少年的衣袖，眼巴巴地看着他，"就这一次。"她发誓，以后绝对会做一个好好学习的好孩子。

少年看着她，目光沉了沉，没说话。

就在叶七七以为六哥哥会狠心地拒绝的时候，就见他指了指他左手边的座位，对她说道："你先坐着。"

小丫头闻言，乖乖地坐了下来。

她看着六哥哥走到外面对穿着书童服的少年说了些什么，然后书童恭敬地朝着六哥哥点了点头就离开了。

待六哥哥回来，小丫头抬眸看着他。

少年脸上没什么表情，平静地对小丫头道："帮你向徐老请假了，你……"

"谢谢六哥哥！"少年的话还没有说完，小丫头就软着嗓音同他道谢了。

望着小丫头软萌可爱的脸蛋儿，少年原本想要说的话卡在了喉咙里。原本他是想说，她要是不想听学的话，他可以让人送她回去。但看着小丫头现在这副欣喜的模样，他好似明白了小丫头只是不想回初学班听学。

小丫头今天不用去上徐老的课，不用摇晃着脑袋读那些扰人的诗句，自然开心得不得了。

只不过这国学班入目的皆是意气风发的少年，小丫头这小小的身影掺杂在一群少年当中，显得格外引人注目。

六哥哥的桌子上放着好几本书，小丫头闲来无事就翻开一本看了一下，结果刚看了第一页，那烦琐的文字和晦涩难懂的文言诗句就把她劝退了。

小丫头合上书本，不由得打了个哈欠：嗯……看书看得好困，想睡觉了。

一旁的少年见此，不由得有些震惊——现在可是一大早，这丫头居然能犯困！

国学班和初学班不一样，在初学班小丫头仗着自己年龄小，不听课时徐老都当作啥也没看见。

而在国学班，就在小丫头看书看得有点儿犯困，正想着要不要睡上一会儿的时候，就听见外头传来一阵骚动的声音，像是铁靴踩着地板发出的沉重又铿锵的声音。

原本有些喧闹的学堂一下子安静下来。

小丫头下意识地抬起脑袋，映入眼帘的就是几个在门口突然出现的身着铁甲的高大男子。

其中为首的男子冷着脸扫过在场的众学子。

当小丫头看到那人脸上那条有些熟悉的伤疤时，立马认出了他——这人不就是上回她在六哥哥那里看见的刀疤脸吗？

许是小丫头坐在那儿太过醒目，刀疤脸不由得将目光投向她。

那阴沉、冰冷的眼神吓得小丫头脸色一变，下意识地往少年的怀里靠了靠。

"六……哥哥……"叶七七伸手扯了扯少年的衣袖，心里头有些发怵。

少年看了一眼小丫头，嘴角勾了一下，说道："七七怕什么？只是兵法课而已。"

兵法课？小丫头抬头看去，就见刀疤脸让人抬上来一些常见的兵器。

听着刀疤脸在前面的讲解，小丫头脑子有些晕乎乎的。

她觉得自己不应该来，在初学班听诗都能听得呼呼大睡，更别提听人讲解这些打打杀杀的兵器了。尤其让小丫头心惊胆战的是，那刀疤脸大叔在讲到某一样兵器的时候，还直接握在手中比画了几下。

那冒着冷光的刀片微微闪着嗜血的寒光，小丫头生怕他一个没拿稳，前面坐着的学子就被他祸害一大片。光是想到那场面，小丫头就忍不住抖了下：好……好可怕，让她不由自主地回想起曾经被大暴君爹爹支配的恐惧。

"不想听的话就睡吧。"少年瞧着小丫头故作镇定的样子，伸手揉了揉小丫头的脑袋。

"不……不睡。"小丫头固执地摇了摇头。

她才不要睡觉，就算现在睡了，她觉得在自己看过刀疤脸后，肯定睡不踏实，要做噩梦的。与其做噩梦被吓醒，她觉得还不如自己坚强一点儿醒着。

"七七要陪着哥哥……"说着，小丫头将少年抱得更紧了。

小丫头软软的声音传入耳中，他不由得垂眸看了她一眼，只见小丫头紧紧地抱着他，两个人的动作亲昵。他从来没想过自己有一天居然会被一个小丫头这般依赖。

"七七一直都这么黏人吗？"夜霆晟伸手捏了捏小丫头的脸蛋儿，那软软的触感令他狭长的眸子里猛地闪过一道阴沉的暗芒。

黏人？小丫头缓缓地抬起脑袋，说道："七七不……黏人吧。"

小丫头说完，下意识地看向自己紧紧抱着少年的腰的手。她就是习惯性地这样做了，而且他是她的哥哥，她抱着他不是很正常吗？莫非六哥哥不喜欢她这样抱着他？

想到此处，小丫头准备松开手。

她的手却被少年猛地扣住了。少年用意味不明的目光盯着她的小脑袋，语气平静地道："抱着吧，哥哥喜欢。"

"哥哥喜欢"，小丫头听了他这话，也没多想，语气闷闷地道："七七以为哥哥不喜欢人家抱你。"

"怎么会？"少年伸手抚过小丫头的眉眼，笑得蛊惑人心，"毕竟七七这么可爱呢。"这么一个可爱的小丫头，他怎么会嫌弃呢？

为了陪六哥哥，小丫头睁着大眼睛，硬生生上完了这节枯燥无味的兵法课。

上完课后，少年垂眼就瞧见某个趴在桌子上，宛如蔫了的白菜的小丫头。他伸手摸上小丫头的后脑勺儿，缓缓地道："等一下哥哥还要去比武场练剑，七七累的话就先回去吧！"

闻言，原本趴在桌子上昏昏欲睡的小丫头猛地抬起头，幽怨地说道："啊？不是……已经结束了吗？"

少年解释道："刚刚只是理论，等一下去比武场才是真正的实践。"

"还要……实践呀。"小丫头不由得变了脸色，脸上写满了不开心。

她这才发现和六哥哥的课一比较，她上徐老的课真的好轻松呀！

"那七七和哥哥一起去比武场。"

"嗯？"少年看了她一眼，问，"七七不回去？"

小丫头摇了摇头，语气坚定地道："不回去，七七想看哥哥练剑。"

于是，小丫头跟着少年来到了比武场。

小丫头是第一次来这里。

比武场位于皇宫的西侧，地理位置绝佳，而且占地面积非常大，一进来入目的就是中央巨大的比武擂台，台下两侧的架子上放满了各式各样的兵器。

小丫头走到其中一个架子前，看着上面比她人还大的铁锤，小脸不由得白了：这……这铁锤大得过分了吧？谁拿得动呀？

小丫头正想着，头顶突然有一道巨大的阴影落下。她一转头，就瞧见自己身后站着一位彪形大汉。

只见那彪形大汉将那对铁锤毫不费力地拿了起来，就像是拿玩具一样。

小丫头不由得羡慕起来：好……厉害呀！

要是她长得像他一样壮实，压根儿就不用把那几位凶巴巴的皇兄放在眼里了。小丫头望着那彪形大汉时，大眼睛里充满了羡慕之色。

许是小丫头的眼神太过直白，那拿着铁锤的彪形大汉不由得看了她一眼。

被人抓包后，小丫头脸色一僵，有些尴尬。

就在她准备跟上六哥哥的步伐时，那彪形大汉突然面露羞涩地对她抓了抓后脑勺儿，说道："你……你好呀。"

小丫头感到有些意外，礼貌性地应道："你好。"

"要……要一起玩吗？"彪形大汉扬了扬手里的铁锤，笑得憨憨的。

小丫头盯着他手里比她人还大的铁锤，小手摆得飞快："不……不用了。"

"我叫王大柱，是奇艺班的。你长得可真可爱，是新来的吗？我怎么没有见过你呀？"

奇艺班，顾名思义，招收的就是一些有特殊才艺的能人异士。

听了大柱这话，小丫头正准备回答，就感觉一道冰冷的视线落在自己身上，抬头就看见六哥哥正在一旁看着她，随后手臂一紧，直接被六哥哥拉到了身边。

"哥哥？"小丫头因为少年的这番举动，不解地问。

夜霆晟阴沉的眼神落在大柱身上，有些不悦地皱了皱眉。

那阴沉的眼神吓得大柱后背生起一股寒意。但大柱本来就憨，也没有多想，以为少年平时就是这样。

"你是她的哥哥吗？你们俩长得可真像。"王大柱一边说，一边还下意识地对少年伸出了手，"我是奇艺班的王大柱。"

看样子他应该不知道少年皇子的身份。

夜霆晟冷冷地看了他一眼，没伸手也没有说话，一言不发地拉着小丫头离开了。

王大柱一脸疑惑：真奇怪，妹妹看起来那么可爱，哥哥怎么看起来那么凶？

王大柱不解地摇了摇头，随后重新拿起自己的铁锤离开了。

这一边，小丫头被少年强行抓着手腕往前走。

她抬眼瞧着六哥哥有些阴沉的脸色，也感觉好困惑：六哥哥之前还好好的，怎么突然又变得凶巴巴的了？

"哥哥，你……怎么了？"小丫头忍不住问出声。

闻言，少年停下脚步深沉地看了她一眼。

虽然六哥哥没有说话，那眼神却有些吓人。她刚刚只是看那铁锤太大，忍不住多看了几眼，然后就没有跟上六哥哥……

"真巧呀，今日又看见可爱的七七了。"

小丫头正低着脑袋，耳边突然响起一个熟悉的男声。她一抬头，果然就看见了二皇兄。

"二……"小丫头顺势打算喊他，但是当那"二"字从口中吐出来时，一下子就愣住了：完……完了，这会儿六哥哥在场，她该不该叫二皇兄"二哥哥"呢？

脸蓦然有点儿白了，小丫头脑袋里冷不防浮现出四个大字：完犊子了！

"嗯？"夜傲天见小丫头喊他的时候磕磕巴巴的，不由得目光深沉地瞧着她。

两道冰冷的视线齐刷刷地落在自己身上，小丫头觉得自己现在偏向哪边都得"死"了。

不过她衡量了一下，比起笑面虎二哥抠自己的眼珠子，她更加怕六哥哥那能吓死孩子的冷笑。而且比起和二皇兄待在一起的时间，她和六哥哥待在一起的时间才是最多的。权衡利弊之下，小丫头最终慢腾腾地开口道："二……二皇兄。"

她的话音刚落，果不其然，男人皱了皱眉，不满地轻轻"哧"了一声："这才多久没见，你这小丫头就翻脸不认人了，之前还叫'二哥哥'呢。"

不，她只是叫了一次，不要乱讲啊！

夜傲天说完，伸手就摸上了小丫头的脑袋，轻轻揉了几下。

叶七七想到二皇兄可能会生气，但是万万没有想到二皇兄居然会做得这么绝。她还没有抬头，就已经感觉到六哥哥阴沉的目光落在自己身上了。

"咕噜……"小丫头忍不住咽了咽口水。

但此刻的夜傲天似乎完全没有注意到某小丫头的表情有什么不对的地方，还不嫌事多地开口道："乖七七，叫'二哥哥'，叫'二皇兄'多生疏，哥哥不喜欢！"

说完，夜傲天便顺势坐在了一侧休息棚子里的凳子上，神情慵懒。

小丫头脸色变了，觉得二皇兄可能是想让她死！

"六皇子，您的箭。"

"嗯。"

侍从和六哥哥的谈话声传入小丫头耳中。

二皇兄此刻的目光太过逼人，小丫头抵挡不住，叫道："二哥哥……"

小丫头刚视死如归地叫了声"二哥哥"，就见原本站在一侧射箭的六哥哥手里扣着的箭猛地被射了出去，那箭势如破竹，撕破空气，狠狠地钉在了靶心上，入靶三分。

小丫头被惊住了。

随后的时间里，少年又射了几箭，竟都正中红心。

小丫头看着六哥哥射完箭后将弓箭递给了一旁的侍从，然后转头看了她一眼，那阴冷的目光好似刚刚那个靶子是她一样，好吓人。

夜霆晟将弓箭递给侍从后，就一言不发地坐了下来。

他正准备给自己倒一杯水，就见身旁的某小丫头已经主动地拿起了茶壶。

小丫头小心地道："哥哥，喝……喝水……"

少年的目光落在小丫头双手捧着的杯子上，只见小丫头的手小小的，那杯身是黑色的，和小丫头白皙的手形成了鲜明的对比。

目光上移，少年看着小丫头委屈的脸，不动声色地接过杯子。

夜霆晟刚喝上一口水，就见一旁的夜傲天又对着小丫头开口道："七七宝贝，二哥哥也要喝。"

夜傲天单手撑着下巴，笑容蛊惑人心。

小丫头现在心里只有一个念头：她好想把二皇兄的嘴彻底堵上！

七七……宝贝？少年听了这话，目光再一次落在小丫头的脸上。

那阴沉的表情吓得小丫头差点儿当场昏过去。

迫于二皇兄抠眼珠子的威胁，小丫头不得不低着脑袋给二皇兄倒了一杯水："二哥哥……喝水。"

听着某丫头软软的嗓音，夜傲天忍不住伸手捏了捏小丫头的脸蛋儿，夸赞道："七七宝贝可真乖。"

坐在小丫头对面的少年冷着脸看着两个人互动，沉默不言。

叶七七用余光看见六哥哥喝了一小口水就把杯子放下了，她连给他续杯的机会都没有。

就在这时，小丫头突然瞧见桌子中央放着的糕点。她拿起一块糕点递到了少年面前，声音软软地道："六哥哥，吃糕点。"

少年瞧着被小丫头递到嘴边的糕点，原本想直接回一个"不吃"，但是余光瞥见对面的男人，目光闪了一下，张嘴就咬了一口。

糕点一入口，那甜腻的味道就让他下意识地皱了皱眉。他抬头看了一眼小丫头，说道："太甜了。"

"太甜了？"小丫头闻言，小脑袋里有大大的疑惑，"不是很甜吧……"上一次她吃的时候感觉甜度刚刚好呀。

"你自己尝尝不就知道了。"少年说完，就端起杯子喝了一口水，仿佛那糕点真的甜得掉牙。

小丫头带着疑惑拿起一块咬了一口，觉得一如既往，是她喜欢的味道。

"嗯，不甜呀。"小丫头因为腮帮子被塞得鼓鼓的，说话都有些口齿不清。

她怎么感觉六哥哥嘴巴那么挑？

"七七要是喜欢的话，就多吃一点儿吧！"说着，少年将那盘糕点推到了她面前。

小丫头一向喜欢吃甜食，一时没控制住，一连吃了好几块。

一旁的夜傲天瞧着小丫头吃得那么香，忍不住向小丫头讨要道："七七宝贝，二哥哥也想吃。"

听听，这"七七宝贝"叫得多顺口，六哥哥听了想打人。

虽然小丫头听着二皇兄叫自己"七七宝贝"觉得怪怪的，但还是拿了一块糕点递到了二皇兄的嘴边。

夜傲天咬了一口糕点，嘴角勾着笑，心情大好。不过，如果没有一旁的臭小子一直盯着他就更好了。

"六皇弟不去练箭吗？七七宝贝我会照顾好的。"男人说完，就打算将小丫头拉到自己的怀里。

可他还没有碰到小丫头，小丫头就已经被某个臭小子拉过去了。

"不劳烦皇兄，七七是我带过来的，我自然有责任照顾好她。"少年牵着小丫头的手，目光平静地落在她身上，说道："时间不早了，六哥哥送七七回去。"

"六哥哥不练箭了吗？"叶七七忍不住问道。

"七七这是什么话？"少年伸手揉了揉她的小脑袋，轻笑了一声，"练箭哪有七七重要？更何况六哥哥的箭术如何，七七方才不是瞧见了吗？"

第十三章
童年完整啦

　　尽管六哥哥嘴角勾起了一抹笑意，小丫头看着却莫名其妙地觉得六哥哥这笑里藏着一把杀人的刀。尤其是在他说到他的箭术的时候，她冷不防想到了六哥哥方才射箭时的阴狠神情。

　　"七七不走吗？"

　　小丫头正发呆，耳边便响起少年低沉的声音。

　　小丫头回过神，就见少年正盯着她。她急忙主动地伸手牵住了六哥哥的手，然后对夜傲天道："二……哥哥，七七和六哥哥就先走了。"

　　夜傲天本来对于小丫头这么早就被人拖走挺生气的，但是见小丫头临走还不忘和自己说一声，心里的气也就消散得差不多了：罢了罢了，谁让他比这两个小屁孩儿大呢？能让着点儿就让着点儿呗。

　　"回去吧，这个时间对小孩子来说确实很晚了。"话音落下，他抬头看了一眼大太阳，在心里说服自己现在确实已经很晚了，小孩子是要早点儿睡觉的。

　　叶七七本来还想和二哥哥说些什么，但是六哥哥没等她说完，就强行将她拉走了。光是看着六哥哥的背影，叶七七都能感觉到他周身弥漫的冷意。

　　原本她以为六哥哥是拉着她上马车的，但是走着走着，她发觉有些不太对劲了，问道："六……六哥哥，我们……现在是去哪里呀？"

小丫头看着他带着自己七拐八拐地走上一条人迹罕至的小道，有些背脊发凉：六哥哥不会是一气之下要杀了她，然后抛尸荒野吧？

她这话问完，少年突然停下脚步，目光冰冷地看着她，问道："七七宝贝觉得呢？你觉得哥哥能带你去哪儿？"

如果是平时，六哥哥突然喊她"宝贝"她也许没这么惊讶，但是现在，人迹罕至的小道、阴森可怕的氛围和心情极度不好的六哥哥，她听到他喊自己"宝贝"，就感觉他似乎是想送她上路。

叶七七胆战心惊地咽了咽口水，心里慌得不行，说道："哥哥，我们……还是走吧，这里好冷……"

如今是寒冬，虽然没有下雪，但是一阵寒风吹过，小丫头还是冷得发抖。

夜霆晟说道："冷什么？等一下宝贝就不冷了。"

什么叫等一下宝贝就不冷了？！

"哥哥，你……你能不能好好说话？你这样七七真的好害怕……"小丫头被他阴阳怪气的话吓得差点儿哭出来。

她上辈子究竟造了什么孽，居然摊上这些动不动就要抠她的眼珠子、拧她的脖子、要她的小命的皇兄？呜呜呜！小丫头的眼眶不自觉地湿润了。

少年低头看她，就见小丫头的眼尾都有些泛红了。

啧，真是个胆小鬼，他也就是故意吓吓她，她就怕成这样。

"哭什么哭？之前一口一个'二哥哥'不是叫得挺顺口的吗？这会儿给我哭什么哭？"

少年凶巴巴的话传入小丫头耳中。

下一秒，小丫头就感觉自己的脸蛋儿一凉，一只冰凉的手已经摸上了自己的脸颊。她抬头就对上了少年冰冷的眸子。

"呜呜，六哥哥，七七知道错了……"小丫头哽咽着道，下意识地伸手想要抓住少年的衣袖，但手被少年无情地推开了。

他捏着小丫头的脸蛋儿，冷笑道："呵，七七错了？错在哪里了？哥哥又没有怪七七的意思，你这样一哭，倒显得哥哥欺负你了。"

少年用冰冷的手捏着小丫头软乎乎的脸蛋儿，眼眸深沉得吓人，还说没有怪她，但那眼神就差把她给剐了。

"七七……不该叫二皇兄'哥哥'的。"小丫头红着眼睛，忍住不让眼泪掉下来，语气委屈地说道，"但是七七要是不叫'二哥哥'的话，他……他是要抠七七的眼珠子的。"

眼珠子？听了小丫头这话，少年不由得皱了皱眉。

"六哥哥，你不是说过让七七离二皇兄远远的，但是……但是他就像牛皮糖一样怎么都甩不掉，呜呜呜……"他不仅甩不掉，还威胁要抠她的眼珠子，小丫头越想心里头就越委屈，忍不住抓着少年的衣袖号啕大哭，"呜呜呜，七七好怕自己的眼珠子没了，就再也看不见六哥哥了，呜呜。"

小丫头哭得那叫一个凄惨，靠着少年的腰腹，就仿佛他现在是那个惹哭她的元凶一样。

车夫在外头等了许久都没有见到两个人，忍不住出来张望一下，结果刚一出来，就听见旁边那条小道上传来了七公主极其凄惨的哭声。他吓了一跳，还以为七公主发生了什么事，急忙赶了过去。

他赶过去一看，就见六皇子和七公主两个人站在那儿，七公主靠在六皇子身上泣不成声。

"呃……殿下，七……七公主没事吧？"

看着突然出现的车夫，少年眼神阴冷地瞧了过去。

车夫猛地觉得后背生起了一股凉意。

"无事。"少年说完，目光就落在泣不成声的小丫头身上，冷声道："不许哭了！"

此话一出，原本泣不成声的小丫头果真停止了哭泣，身子一颤一颤的，抬头看着他，那模样要多委屈有多委屈。

一旁的车夫瞧着这两个人，显然闻到一股八卦消息的味道：七公主到底犯了多大的错呀，导致六皇子居然把她带到这么偏僻的地方管教？六皇子不会动手打七公主了吧？天哪，七公主那么可爱，六皇子怎么下得去手呀？

车夫正想着，就见少年冰冷的目光猛地扫向他。

"马车呢？"

车夫闻言，心虚地抖了抖身子，结结巴巴地道："在……在外面。"

少年朝小丫头伸出手，说道："走了。"

小丫头缓缓地伸出手牵住了他。

少年垂眸看着小丫头，眼里的情绪意味不明。

他一言不发地拉着小丫头上了马车。

直到上了马车，某小丫头一抽一抽的身子还没有平静下来。

少年瞧着小丫头低着脑袋无声地抽泣，语气淡淡地道："抬头。"

下一秒，小丫头的下巴就被少年捏着抬了起来。

少年一只手捏着小丫头的下巴，另一只手拿着不知从哪里拿出来的手帕给小丫头擦脸上的泪痕。

"嗯……"他擦的力道有些重，小丫头吃痛不由得叫了一声，下意识地拽紧了少年的衣袖，"六哥哥，疼……"

"娇气！"少年冷冷地说道。

话虽如此，他手上的力道确实轻了不少。

小丫头瞧着面前少年冷厉的眉眼，心里越发觉得六哥哥真的好凶。

夜霆晟替小丫头擦干脸上的泪痕后，刚将手帕放到一边，就见某小丫头突然轻轻扯了一下他的衣服，抬头看着他时，眼睛都红红的，看起来当真可怜极了。

"哥哥……"小丫头一脸委屈地看着他，问："你……还在生气吗？"

少年看了她一眼，没说话。

就听小丫头继续道："你和其他几个皇兄一样都是七七的亲哥哥，如果六哥哥还是生气的话，那……那七七大不了以后就喊二皇兄'二哥'，这样总行了吧？"

小丫头说完，看着此刻六哥哥脸上的神情，只见他阴沉着脸一言不发。

过了好一会儿，就在小丫头以为他不打算开口回复她的时候，就听少年淡淡地回应了一声，似乎是同意了。

"哥哥，你答应了？"小丫头眼睛里似乎闪着光，一脸欣喜。

"嗯。"少年再一次应了一声，眸色深黑。

"那哥哥不许反悔，拉钩钩。"

少年看着小丫头朝自己伸出的小指头，脑海里冷不防闪出两个字：幼稚。

虽然他不是很想伸出手，但是看在方才他把她弄哭了的分儿上，就顺着她这一次吧。

少年刚伸出手，小丫头的手指就顺势钩了上来。

小丫头软软的声音在他耳边响起："拉钩钩，上吊吊，一百年不许变。"

"为什么还要上吊？"少年听了小丫头这话，显然不是很理解。

小丫头想了想，说道："可能……谁要是失信的话，要用面条上吊。"

用面条上吊？听了小丫头这话，少年感觉自己的智商受到了侮辱。

又过了几天，临近年关。

每年年底，新年到来前的半个月，是各大书院期末测评的日子。

虽然小丫头在国子监听学没有太长时间，但是这最后的考试是逃不了的。为了让她不丢大暴君爹爹的脸，徐老还每天给她开小灶。

小丫头浑浑噩噩地被徐老折磨了半个月后，终于熬到了考试结束。

这一日，终于摆脱了考试魔爪的两个小丫头正在唠嗑。

"七七宝贝，我怎么感觉你最近好像瘦了呀？"夜云裳坐着椅子上，单手撑着下巴，直勾勾地看着面前有些消瘦的小丫头。

正和大白玩得不亦乐乎的小丫头闻言抬起小脑袋，说道："有吗？那……可能是前段时间被徐老开小灶开瘦的。"

叶七七一想到被徐老布置的功课支配的恐惧，感觉面前的大白都不可爱了。

"啊呜。"见和自己玩得好好的小丫头突然停下动作，大白不由得用小脑袋蹭了蹭她，示意她继续和自己玩。

小丫头回过神，摸了摸大白的脑袋，随后就将手里的球扔了出去，说道："大白，去捡。"

闻言，大白立马奔出去捡球了。

一旁正喝羊奶的三公主见此，眼睛都瞪大了，说道："大白是一只虎吧……"

小丫头点了点头："是呀。"

她的话音刚落，大白已经将球咬在嘴里捡了回来。它把球放在小丫头面前，示意小丫头继续扔出去让它捡。

"它是退化成狗了吧？"夜云裳看着忍不住笑出声。

可她还没有笑多久，就见大白突然看了她一眼，朝她叫了一声，似乎很不满她方才说的话。

虽然夜云裳知道大白通人性，不会轻易咬人，但是她可忘不了她和小丫头和好后，第一次来到月静宫时，大白那凶巴巴的样子。要不是小丫头及时制止，她觉得大白估计会把她啃了。

不过，现在大白估计是知道她和小丫头冰释前嫌了，虽然平日里有时候还是会对她龇牙咧嘴的，但好歹不像第一次那么凶了。

小丫头正和大白玩得不亦乐乎，门外突然传来了声响。

小丫头一抬头，就看见门外突然出现了一道熟悉的身影。小丫头立马起身，迈着小短腿急匆匆地扑进了男人的怀里。

大暴君被小丫头撞了个满怀，一低头，就听见小丫头甜甜地喊了声："父皇爹爹。"

大暴君俯身将小丫头抱了起来，说道："跑得这么急干什么？要是摔倒了怎么办？"

大暴君将小丫头抱进去的时候，看见了坐在椅子上的三女儿。

父女俩对视，夜云裳下意识地站了起来，说道："父……父皇……"

自从那支笔的事件后，父女两个人已经好久没见面了，她也不知道父皇还生不生她的气。

"坐着吧，何时跟朕都这么生疏了？"大暴君说着，像是想到了什么，又开口道，"关于你的测评成绩，今日太傅给朕送来了，考得不错，太傅都夸赞你那篇关于治国理政的文章写得妙。"

夜云裳听了男人的夸奖，受宠若惊地道："父皇过誉了，那是太傅将儿臣教得好。"

治国理政？听了两个人的谈话，小丫头不由得竖起了耳朵，心中困惑极了：她貌似和皇姐姐考的是一模一样的试卷，怎么没瞧见那一题呢？

小丫头咬了咬指头，心中突然生起一种不祥的预感。她下意识地伸手扯了扯男人的袖子，缓缓地开口道："父皇爹爹……"

"嗯？"

"那个……七七要是考得不好怎么办？……"

闻言，大暴君先是愣了一下，随后伸手揉了揉小丫头的脑袋，笑道："怎么会？朕的七七那么聪明呢。"

"可……万一……"

小丫头的话刚出口，赵公公就突然出现在门口，说道："陛下，太傅说七公主的卷子国子监正在批改，估计下午才能送过来。"

听见这话，男人皱了皱眉，脸色不悦地说道："下午？什么时候国子监批卷的效率这么低了？"

"回……回陛下，最近临近年关，考卷繁多，所以就……"赵公公说着，小心翼翼地抬头看了男人一眼，结果就瞧见陛下冰冷的眼神，被吓得心头一跳，立马战战兢兢地道，"奴……奴才这就再去催催！"说完，没等男人回话，赵公公就一溜烟儿地跑没影儿了。

一旁的小丫头瞧着父皇爹爹突然阴沉的脸，被吓得下意识地咽了咽口水。

目光落在坐在自己腿上的某团子身上，大暴君轻声道："对了，七七方才想说什么？"

闻言，小丫头身子一僵，急忙摇了摇头："没……没什么……"话音刚落，她已经伸手抓了一块糕点塞进嘴里，心里祈祷自己能考个好成绩。

大暴君爹爹来的时候正好是饭点，所以一大两小三个人便一起吃了个午膳。

小丫头正美滋滋地啃着鸡腿，就见之前离开的赵公公突然出现在门口。

赵公公说道："陛……陛下……"

小丫头下意识地竖起耳朵听。

一旁的夜云裳刚吃完，就见身旁的小丫头直勾勾地看着走进来的赵公公。她伸手在小丫头眼前晃了几下，问："七七宝贝，你干吗呢？怎么不吃了？"

小丫头回过神，可怜巴巴地瞧着她，问："皇姐姐，要是我没有考好，父皇爹爹会不会打我？"

"应……应该不会吧，父皇应该不会动手打人的吧……"夜云裳说着，心里也有些不太确定了。

父皇虽然没有动手打过她，但是她曾经可是看见过父皇一脚踢飞了一个大臣，而且还是踢飞了好几米远那种。

夜云裳又说道："父皇那么宠你，怎么可能舍得打你呢？再说了，我相信七七可以考得很好。"

听了这话，小丫头觉得心里舒坦了不少，手里的鸡腿也变香了不少。

另一边，赵公公战战兢兢地将考卷递给了男人，说道："陛……陛下，七公主的考卷。"

大暴君顺势接过考卷。当他将考卷打开，看清考卷上的评定等级后，只听"啪"的一声，他手里的杯子硬生生地被捏碎了，原本平静的脸上瞬间阴云密布。

正啃着鸡腿的小丫头突然感受到一道冰冷的目光，一抬头，就见坐在不远处的大暴君爹爹冷着脸看着她。

小丫头心中警铃大作：完……完了，她的童年要完整了！

小丫头望着大暴君可怕的眼神，吓得把手里还没有啃完的鸡腿掉到了地上。

"咕噜……"她下意识地将嘴里的鸡肉咽了下去。

父皇爹爹此刻的眼神……好可怕呀！小丫头心里慌慌的。

就在她打算蹲下身子去捡掉在地上的鸡腿时，就听不远处的大暴君忽然出声："七七。"

那一声呼唤令小丫头忍不住抖了抖身子。

大暴君拍了拍自己的大腿，对小丫头露出一个和善的微笑，说道："过来！"

叶七七被大暴君那一脸假笑吓得连动都不敢动。她从来没有瞧见过父皇爹爹笑得如此吓人……好可怕！

不光小丫头被吓得不轻，就连坐在小丫头身旁的夜云裳瞧着男人那可怕的假笑，都感觉父皇似乎要揍人了。她同情地看了一眼身旁的小丫头，十分想知道小丫头究竟考成了啥样，竟然让父皇如此生气。

小丫头摇了摇脑袋，不敢上前："父……父皇爹爹，七七还没……没吃完饭……"

"那又怎样？过来爹爹身边，爹爹慢慢喂你吃！"

小丫头看到大暴君爹爹说话时，手里拿着的考卷都被捏皱了。她冷不防想起自己纤细的脖子，好怕自己的脖子等一下和被大暴君爹爹捏在手里的考卷一个下场。

小丫头始终不敢动，求救似的看向了一旁的三公主，表情好像在说：皇姐姐救命！

夜云裳自然是很想帮小丫头的，但是一抬头瞧见男人阴沉的脸色，也好怕。她无奈地给了小丫头一个爱莫能助的表情，立马低下脑袋扒拉自己碗里的饭。

许是见小丫头一直没动，男人耐心耗尽，怒道："给朕滚过来！"

那一声暴喝吓得在场的众人皆抖了一下。众宫女、太监立马瑟瑟发抖地跪在地上。原本低着头扒拉饭的三公主更是吓得筷子都掉到了地上。

"哇呜……"小丫头被吓得哭了出来，迈着小短腿走到了大暴君面前。

大暴君冷着脸看着哭得惨兮兮的小丫头，"啪"的一下将考卷放在了她面前的桌子上，说道："不许哭！给朕好好解释你这写的是什么鬼玩意儿？"

小丫头被吓得不敢哭出声，泪眼婆娑地看着面前的考卷。原本她以为自己有些题目忘记写了，但是看到那写满了字的考卷后，小丫头抬起脑袋，一脸委屈地道："七七都写满了。"她都写得满满的了，他干吗还骂她？

大暴君说道："写满了？那你给朕读一读你写了什么！"

夜墨寒最近闲来无事，进宫找小丫头玩。他刚走进月静宫里，就发觉今日的气氛有种说不上来的怪，宫女、太监们战战兢兢地在院子里跪了一地。

夜墨寒问："你们惹囡囡生气被罚跪了？"

话音刚落，他就瞧见了站在一旁的赵公公。

赵公公行礼道："奴才参见九王爷。"

一看见赵公公，夜墨寒就知道某个讨人嫌的家伙也来了，问："皇兄也来了？"

赵公公正要回话，就听寝殿里头突然传来小丫头的哭声。

"什么情况？囡囡怎么哭得这么凶？"夜墨寒皱着眉头看向紧闭的殿门，心中生起一种不祥的预感。

"回九王爷的话，七公主笔试没考好，惹陛下生了气，所以陛下……"

"动手打她了？"话音刚落，夜墨寒就听见殿内又传来小丫头的哭声。

"呜呜呜，父皇爹爹，七七知错了……哇呜……"

那哭声可谓惨极了。

夜墨寒急了，毕竟以陛下那杀人不眨眼的性子，说他没动手打小丫头，显然是不可能的。夜墨寒不顾赵公公的劝阻，直接拍上了紧闭的殿门，语气急促地道："陛下！囡囡年纪还小，这回考不好下回努力便是了，你可千万不要动手打她，要是囡囡留下心理阴影怎么办……"

大暴君坐在那儿，听着不停地拍门的声音，脸色阴沉得吓人。夜墨寒这家伙早不来晚不来，偏偏赶在他教育孩子的时候来，他真想将这个碍他的事的烦人精发配到边境去。

夜墨寒在外头拍了好一会儿门，都没见里面的人将门打开，而且更重要的是小丫头的哭声戛然而止，他生怕小丫头出了什么意外。

就在夜墨寒准备用力地将门撞开的时候，原本紧闭的殿门猛地从里头被打开了。

夜墨寒一抬眸，就瞧见男人阴沉的俊脸。

大暴君阴沉着脸瞧着夜墨寒，脸色冷得吓人，说道："什么时候朕教育孩子，你都要来多管闲事了？"

教育孩子？听小丫头方才哭得那么惨，夜墨寒一点儿都不相信他没有动手打囡囡。

夜墨寒走进寝殿里，看到坐在椅子上哭得一抽一抽的小丫头，心疼得不得了，叫道："囡囡……"

小丫头闻言，抬起脑袋，看到是亲爱的九皇叔时，下意识地想要伸手让九皇叔抱。但小丫头刚抬起手，就感觉大暴君父皇用阴沉的目光瞧着自己，吓得急忙缩回了手。

"乖宝，他打你哪里了？"

乖宝？大暴君听着某人对小丫头这亲昵的称呼，显然十分不悦：这又是"囡囡"又是"乖宝"的，竟都被这讨人嫌的家伙给叫了，这家伙当他这个亲爹是死的吗？

小丫头红着眼摇了摇头，声音软软地对夜墨寒道："父……父皇爹爹并没有打七七。"

"嗯？没打？"闻言，夜墨寒显然不太相信：他没打，那小丫头方才怎么哭得那么伤心？

是的，大暴君爹爹确实没有打她，但是她害怕呀！和大暴君爹爹共处一室，他还一脸阴沉地看着她！本来小丫头还以为大暴君爹爹会让她闭嘴，可完全没想到，他不仅一言不发，还一直看着她哭，冷着脸看着，那场景太可怕了！

她原本就挺害怕的，再加上还被他那样看着，没忍住就号啕大哭起来，就仿佛她哭得凶，他就不能打她了一样。

"七七害怕，就忍不住哭了出来……"小丫头无辜地拿袖子擦了擦眼泪，表情委屈至极。

夜墨寒听了小丫头这话，嘴角僵了一下：敢情这丫头方才哭得那么惨，完全就是因为害怕？

"过来！"大暴君没管此刻的夜墨寒震惊的表情，伸手就将某丫头拉进了自己怀里，拿着手帕给小丫头擦眼泪。

他的动作粗鲁且不知轻重，简直比上次六哥哥给她擦眼泪还疼，不过因为现在惹父皇爹爹生气了，她压根儿不敢开口说疼。

"看看你的小侄女囡囡的卷子，你就知道朕是忍着多大的怒意了。"替小丫头擦干眼泪后，大暴君直接将小丫头的考卷扔给了某人。

夜墨寒不解地接过考卷。当夜墨寒看到考卷上小丫头写的内容后，他的嘴角抽了一下。

按理来说，初学班的考卷对小丫头来说应该不难，除了一些诗词歌赋，也就是在治国理政方面让学生抛出自己的见解的题目了。

例如这一题：

北边境常年动荡不安，现今朝廷欲派一名大将带兵前往平定战事，现有两个人选。

曹德，年三十岁，从二品大将军，战功显赫，曾镇守江南驻地，善于水路布兵。

孟景，年二十岁，从三品禁卫军校尉，曾镇守边境封地，熟悉战术。

以上二者选其一，何？

夜墨寒接着往下看，就瞧见下面小丫头写的一行字：

两个人皆不可，唯有父皇爹爹带兵可平定边境，安抚人心，名垂千古。

夜墨寒一愣：这题目明明是要在曹德和孟景二人中选其一去边境剿匪，这小丫头怎么就选了……她父皇？

要知道，在这个世界上让一国之君带兵打仗可是大逆不道的事，除非国都即将被攻破，亡国前国君做殊死一搏。这让人看去了，第一反应就是北冥即将亡国呀！

"七七呀！能告诉皇叔，你为何要……让陛下带兵去剿匪吗？"

闻言，小丫头缓缓地抬起脑袋，目光落在自己的考卷上，缓缓地道："因为七七觉得曹德和孟景都不适合。皇叔，您想呀，北冥边境是炽热的沙漠，曹德大将军虽然战功赫赫，但是他善于水路布兵，显然是不适合的。"

夜墨寒问："那孟景为何也不适合？"

"因为这上面说了，孟景曾镇守边境，熟悉战术。那么既然他熟悉战术，之前镇守的时候怎么平定不了？难不成现在就能平定了？更何况他是曾经镇守边境，而现在一直在皇宫里任职，战术怎么可能多年不变？所以……显然是他的能力不行……"

小丫头说着，越发觉得委屈：明明她说的是事实，他们还给她打那么低的分。

夜墨寒原本以为小丫头是瞎写的，但是在听完小丫头的话后，竟觉得她的想法有几分道理。夜墨寒下意识地抬眸看向一旁的男人，就见男人阴沉着脸，也不知道在想些什么。

大暴君瞧着小丫头低着头委屈地抠手的样子，对她道："过来。"

小丫头闻言抬起脑袋，迈着小短腿走到了大暴君爹爹面前。

大暴君一言不发地盯着她，不知道在想什么。

就在小丫头不知道该怎么办的时候，就听男人问道："你知道让一国之君带兵打仗有何寓意吗？"

小丫头不解地摇了摇头：难不成这里一国之君不可以带兵打仗？

大暴君说道："一国之君带兵打仗，寓意举国上下无可用之才，即将要亡国。"

"亡……亡国？"小丫头震惊地瞪大了眼睛，"七……七七不知道，只是觉得父皇爹爹那么厉害，要是父皇爹爹去，肯定能击败敌人……"她真的不知道这里头还有这一层寓意。

大暴君看着小丫头慌乱无措的样子，眼中闪过一丝笑意，伸手捏住了小丫头的脸蛋儿，问道："为何七七觉得父皇可以？"说完，大暴君便将视线落在一旁的夜墨寒身上，又问，"为什么不写你的九皇叔呢？"还不是因为小丫头觉得他比那个家伙厉害！

小丫头听了这话，也微微愣了一下——当时她看到题目第一个想到的就是大暴君爹爹，也……没想那么多呀！

"是不是觉得朕比你的九皇叔厉害？嗯？"

小丫头下意识地将目光落在了一旁的九皇叔身上。

要知道现在她可是惹大暴君爹爹生气了，要是敢说九皇叔比他厉害，怕是嫌命太长了吧！叶七七说道："父皇爹爹，您最厉害。"

"呵。"大暴君不由得轻笑了一声，似乎很满意小丫头这话。他微微抬了抬下巴，带有几分挑衅意味地看向不远处的夜墨寒。

夜墨寒没想到就这件小事他都能拉出来和自己比较，懒得说话。

不过最过分的还不是这个，在夜墨寒在心里暗骂了某男人后，坐在那儿的男人对小丫头指了指自己的脸，开口道："宝贝亲爹爹一下，爹爹就不气了。"

小丫头感觉这话有些出乎意料：大暴君爹爹什么时候这么好哄了？

她愣愣地看着男人的侧脸，然后亲了一口。

亲完，小丫头有些愧疚地低着脑袋，讪讪地开口道："父皇爹爹，七七……是不是很笨呀？"

"怎么会？"大暴君揉了揉小丫头的脑袋，目光宠溺得不像话，"朕的七七如此聪慧，见解独到，何来愚笨之说呢？"

原本他看见她写的答案确实被气得不轻，不过听完她的解释后，觉得她说得很有道理。

"是国子监那些人有眼无珠，以七七的成绩，拿个满分都不为过。"

夜墨寒听了某男人这话，心中突然有种不祥的预感。

下一秒，他就听男人对着外面开口道："来人！"

在外等候多时的赵公公闻声而来。

大暴君将小丫头的考卷给了赵公公，冷冷地开口道："让国子监的人给朕改回来！"

"改……改回来？"赵公公闻言一脸困惑地问，"改成什么呀，陛下？"

大暴君盯着考卷上头被画掉的"甲"字，不难看出国子监的人一开始应该是打算给小丫头甲等的，说道："改成'甲'字。"

"甲……甲？"赵公公怀疑自己的耳朵坏了。他没听错吧？陛下居然要让国子监的人将七公主的考卷等级改为甲等。

一旁的夜墨寒更是惊讶：这是昏君呀！

"另外，让裴将军重新考虑带兵出征边境的人选。"经过小丫头的这番点拨，大暴君现在也认为孟景并非合适的人选了。

同夜墨寒和赵公公两个人一样，小丫头也惊讶极了。她忍不住伸手扯了一下男人的袖子，说道："父皇爹爹，不用改了，七七下次考得好一点儿就行了。"这样她感觉像走后门一样。

"七七觉得自己不配得到这一'甲'字？"大暴君看着小丫头问。

小丫头闻言，下意识地摇了摇头，并解释道："七七以后会努力配得上的，只是现在七七知道自己所写的还有些不足。要是父皇现在帮七七改了，别的学子哪怕表面上没有意见，但是背地里一定觉得七七是仗着权势肆意妄为。"

"肆意妄为？"大暴君听了小丫头这话，原本想说身为他的女儿，权势是她与生俱来的，但他瞧着小丫头清明的眸子，忽然间觉得自己理应护着小丫头不被尘世的权势所干扰。

他伸手揉了揉小丫头的脑袋，轻声道："嗯，依七七所言。希望下次七七不要让朕失望。"

小丫头赶忙点了点头："七七会努力的！"

"乖！"

一旁的夜墨寒瞧着父女两个人的互动，觉得被眼前的一切深深地刺痛了双眼。忌妒使他面目全非，他也好想有一个像七七这么可爱贴心的女儿啊！

"陛……陛下，那七公主的考卷……？"

"放着吧，你让裴将军下午来朕的御书房一趟。"

"是。"赵公公说完，恭恭敬敬地退了出去。

大暴君抬头，就见某人羡慕忌妒恨地看着自己，说道："别用这种眼神看着朕，朕给你挑了几个相貌不错的姑娘，明天他们将肖像送到你府上让你选。"

夜墨寒惊呆了："姑娘？"

"如今你也二十岁有余，该娶妻了。"

夜墨寒只觉得喉咙一哽，原本是想拒绝的，但最终应了下来："那臣弟先谢过陛下了，要是明儿臣弟有看上眼的，定然请陛下赐婚。"

"但愿这一次能有你看上眼的。"他命人送过去的姑娘的肖像没有十批也有八批了，可通通被夜墨寒拒绝了。

"那这次臣弟会努力地选个中意的，不过……"夜墨寒欲言又止，目光落在被大暴君抱着的小丫头身上，缓缓地开口道，"不知陛下能不能把七七借给臣弟一天呢？"

"嗯？"大暴君闻言，下意识地皱了皱眉。

夜墨寒说道："想让七七也给臣弟把把关而已。七七应该也很期待她的九皇婶吧！"

小丫头看着九皇叔看向她时带笑的眸子，下意识地转头看向身旁的大暴君爹爹，脸上写满了：想去！

"父皇爹爹……"小丫头扯着男人的衣袖，一脸的期待。

"想去？"

"嗯嗯，想去……"她都没有去过九皇叔那里。

大暴君看了一眼自己的弟弟。说句实话，他明天打算带小丫头去骑马的，但瞧着小丫头一脸期待的表情，实在不忍心拒绝她。

"嗯，明天朕派人送你去王府。"

"好，七七保证会很乖的。"

"早些回来，别玩得太久。"大暴君跟小丫头嘱咐完，目光落在一旁的夜墨寒身上，冷冷地警告道："看好她，要是她掉了一根头发，朕拿你是问。"

第十四章
六哥的秘密

门外，夜云裳瞧见赵公公出来，忍不住上前询问："七七没事吧？父皇打她了吗？"

赵公公摇了摇头，说道："回三公主的话，七公主一切都好。"

"一切都好？"夜云裳听了这话不太相信。那她方才怎么听见小丫头哭得那么伤心？

"奴才还有要事，就先走了。"赵公公说完，忍不住抬头瞧了一眼三公主的神色。

夜云裳深知赵公公铁定不会说出什么，挥了挥手示意他可以走了。

随后，她扒着门，试图听到些什么。

只可惜，耳朵贴在门上半天，她还是什么声音都没有听到。

就在夜云裳想要放弃的时候，原本紧闭的大门猛地被拉开了。

夜墨寒瞧见站在门口的夜云裳，不由得皱了皱眉。

夜云裳看着那张熟悉的脸，也愣了一下，喊道："九皇叔……"

夜墨寒淡淡地扫了她一眼，轻轻应了一声："嗯。"随后，男人便不再看她一眼，往外走去。

虽然和这个名义上的九皇叔交集不多，但是夜云裳每一次瞧见他那明明很平静的眼神，都有些犯怵。

"对了，我记得上一次是你把七七扔进狼群里的吧……"

夜云裳正准备进去，身后突然传来男人的声音。

她下意识地转过头，解释道："那……是个意外！"

"呵，意外？"夜墨寒冷冷地看了她一眼。虽然他并不在宫中，但是对于宫中发生的事情也是略有耳闻的，自然知道她将小丫头扔进后山的狼群里这事。

"希望不要有下一次意外了。"

"不会的！"夜云裳望着男人阴沉地看着自己的眼神，感觉下一秒他能掐死自己，连忙道，"我一定会对七七很好的！"

夜墨寒听了这话，目光意味不明地瞧着她，说道："嗯，谢谢你。"

这回复她怎么感觉如此诡异？

看着男人走后，夜云裳才将脑袋小心翼翼地探了进去，叫道："父皇？"

"进来吧。"

她一进去，就瞧见坐在桌子旁继续啃鸡腿的小丫头。

夜云裳心想：小丫头前一秒不是还在哭吗？怎么现在都吃上了？

见男人坐在软榻上看书，夜云裳挪着步子坐到小丫头身边，压低嗓音问道："七七宝贝，你没事吧？"

小丫头摇了摇头："我……没事呀……"

"那你刚刚怎么哭得那么凶？父皇打你了吗？疼不疼呀？"

"父皇没打我……"

夜云裳一脸疑惑地问："没打你，那你方才怎么哭得那么惨？"

小丫头缓缓地抬起头，将啃完的鸡骨头放下，说道："我……那是害怕，才哭得那么凶……"

害怕就哭得那么凶，那要是真的被打了，这小丫头还不把房顶给哭掀了？夜云裳沉着脸，感觉自己被这小丫头冒犯到了。

"皇姐姐，你吃吗？"小丫头将最后一个鸡腿递向夜云裳。

夜云裳正想接过去，就见小丫头直勾勾地盯着那鸡腿：得，她就知道小丫头只是问她一下，意思一下。夜云裳说道："不吃，你吃吧。"

"好吧。"小丫头见她不要，面露遗憾，但下一秒就咬了一大口。

夜云裳一脸无语。

第二天，叶七七一早就醒了，收拾好自己就上了大暴君爹爹派过来的马车。

九王爷的王府在宫外，马车行驶了半个多时辰。

一到地方，小丫头就瞧见九皇叔在门口等她。

"囡囡。"

"九皇叔！"小丫头站在马车上就朝男人伸出手，"抱。"

"好好好，九皇叔抱抱。"说着，夜墨寒将小丫头从马车上抱了下来。

小丫头环着男人的脖子。

在男人往府里走的时候，小丫头无意间瞧见一辆停在门口右边的马车，总觉得好眼熟。

不过小丫头也没有细想，下意识地认为皇宫里的马车都差不多。

因为大暴君挑的画像还送没到，所以夜墨寒先将小丫头安置在了书房里。夜墨寒让人拿来了一盘小点心，说道："囡囡先吃着，要是想吃别的什么，就和外面的李伯说。"

小丫头乖巧地点了点头。

就在这时，门外突然传来一个熟悉的声音："九皇叔，那剑我没找到，你是不是记错地方了？"

听了这熟悉的声音，正吃着糕点的小丫头抬起头，一眼就瞧见了站在门口的少年。

"六……六哥哥。"小丫头手里拿着的糕点掉到了地上，巴掌大的小脸上写满了震惊：六……六哥哥怎么也在呀？

少年今日穿着一身绣金纹的黑色衣袍，衬得原本就白皙的皮肤更白了。

叶七七完全没有想到，都已经到九皇叔这里了，居然还能和六哥哥相遇。

比起小丫头震惊得糕点都掉在地上了，少年显得从容淡定多了，那双冰冷平静的眸子淡淡地扫了她一眼，随后就不动声色地移开了视线。

"没找到？我记得是放在后院的。"夜墨寒说完就站起身，揉了揉小丫头的脑袋，说道："皇叔去帮你六哥哥找个东西，等一下回来。"

小丫头乖巧地点了点头，看着九皇叔走了出去。

下一秒，就见原本一直站在门口的少年迈着长腿朝她走来，顺势坐在了她的身侧。

少年刚坐下，小丫头就闻到了一股极其好闻的冷香味。她知道那是六哥哥身上独有的味道。

但此刻她感觉自己整个人都被六哥哥的气息笼罩了一样，下意识地将屁股往一旁挪了挪。

这虽然只是一个很细微的动作，但仍然逃不过少年的火眼金睛。在看到小丫头这番疏离自己的动作后，少年蹙了蹙眉，将目光落在小丫头的脸上，眼神阴冷得有点儿吓人。

小丫头见此，忍不住转移话题道："六……哥哥，你怎么也在九皇叔这里呀？"

目光扫过小丫头故作镇定的脸，少年平静地开口道："听闻九皇叔有一把好剑，前来和他讨要罢了。"

"这样呀……"小丫头低着脑袋拿起糕点啃了一口。

不得不说这也太巧了，他早不来，晚不来，偏偏今天来。想到这里，小丫头不由得垮了脸，有预感今天自己一定不能和九皇叔愉快地玩耍了。

少年瞧着小丫头低着脑袋啃糕点，目光闪了闪，自顾自地倒了一杯水。

在他刚喝完一口水，正准备放下杯子时，小丫头朝他伸出手，语气软软地道："六哥哥，吃……糕点。"

目光落在小丫头白皙的小手上，少年淡然地移开了目光，说道："不吃。"

"好……好吧。"小丫头缩回手，准备自己再吃一块。

这时少年突然开口问她："七七和九皇叔的关系很好吗？"

小丫头抬起头，眼神无辜地盯着他，说道："九皇叔对七七很好。"

"那六哥哥对七七好吗？"

小丫头听了这话，生怕迟上一秒就会惹六哥哥生气，马上道："好……呀，六哥哥也对七七很好。"

"说谎。"少年毫不留情地戳穿了小丫头的谎言，伸手就捏住了小丫头的下巴，"那你为什么不对我笑？"

"啊？"小丫头愣住了，瞧着他的眼神里写满了无辜。

方才他站在门外的时候，看到小丫头对着那人笑得那么开心，那笑容是她和他待在一起的时候从来没有过的。

"乖七七，笑一个给哥哥看看。"

叶七七听了少年这无理的要求，脸蛋儿都不由得僵了一下：笑……笑一

181

个？难道笑容不应该是发自内心的吗？哪有人逼着人家笑的？

不过哪怕心里再不情愿，碍于六哥哥阴晴不定的脾气，叶七七还是扬起了一抹笑容。本来小丫头长得就很可爱，再这么一笑已经可爱到犯规了。

少年瞧见小丫头对着自己露出笑容后，眼眸里的深意更多了，猛地捏紧了拳头，只是看了一眼就移开了视线，很是敷衍地"嗯"了一声。

小丫头感觉挺莫名其妙的：明明是他让她笑的，她笑完后六哥哥还那么敷衍。

不过这世间唯有美食不可辜负，在看着婢女又端来了好几盘好吃的后，小丫头早已将方才的不高兴置之脑后。

少年见小丫头吃得如此津津有味，目光下移，落在小丫头单薄的身子上。他现在严重地怀疑，以小丫头这种吃法，她长大后难免成一个胖子。

小丫头吃得正欢，脑袋上突然一重。她一抬眸，就发现六哥哥正摸着她的脑袋。

他那神情意味不明，不知道此刻在想什么。

"六哥哥？"小丫头一脸不解地看着他。

少年脸色平静，倒也看不出什么不妥，就是有种说不出的古怪。

少年说道："没什么，七七多吃点儿。"

要是他没说这话，说不定她真的能多吃一点儿，但听了这话后，小丫头心里莫名其妙地有些犯怵，不怎么敢多吃了。

夜墨寒回来的时候，就见小丫头宛如一个小媳妇，低着脑袋看着面前的一盘糕点。他将目光落在小丫头身旁的少年身上，眼眸有些深沉，随意地将剑扔给了少年，说道："你要的剑。"

少年抬手，稳稳地接住了，目光落在手中的剑上，缓缓地开口道："谢皇叔割爱。"

"割爱谈不上，小六喜欢皇叔便送给你就是了。"话音落下，夜墨寒把视线落在一旁乖巧地坐着的小丫头身上，语气宠溺到不行，说道："乖宝，等一下想去哪里玩？"

乖宝？听了男人对小丫头的这个称呼，少年下意识地皱了皱眉。

小丫头正准备回话，就见一旁的少年突然将剑拔出了剑鞘。

那锋利的剑刃透着寒光，让人不寒而栗。

小丫头见此，脸色不由得变了一下。她总感觉六哥哥是故意的……

"嗯？"见小丫头没说话，夜墨寒就伸手捏了一下小丫头的脸蛋儿。

小丫头立马回过神，开口问道："不是说要让七七帮九皇叔选九皇婶吗？"

夜墨寒听了小丫头这话，不由得笑了一声，说道："傻囡囡，那只是皇叔骗你父皇的说辞罢了，皇叔还不想那么快娶妻！"

"可皇叔已经到了该娶妻的年龄呀！要是再推迟的话，万一以后娶不到媳妇怎么办？"

他怎么感觉小丫头这话如此扎他的心呢？

夜墨寒说道："不娶就不娶吧，九皇叔有囡囡就够了。"

听了男人这话，小丫头下意识地摇了摇头："不……不行的，要是九皇叔没有娶妻，那就没有孩子，孤独终老很惨的。再说了，九皇叔长得这么好看，趁现在年轻，一定有很多小姑娘喜欢您。"

夜墨寒听了小丫头这话，一开始没感觉有什么问题，但是仔细地想想总感觉有些怪怪的，什么叫趁他现在年轻，有很多小姑娘喜欢？难不成他老了就没人喜欢了？

夜墨寒低头瞧着小丫头乖巧的样子，突然闪出一个念头，伸手捏了捏小丫头的脸蛋儿，说道："这样吧，囡囡，要是皇叔娶妻后生了个大胖小子，你们俩可以定个亲，你做皇叔的儿媳妇，这样囡囡就可以做皇叔的女儿了。"

夜霆晟瞠目结舌。

"啊？"小丫头不由得愣住了，"还……能这样呀？"这朝代可以近亲成婚吗？

小丫头又说道："可是七七已经五岁了，太太多了。"

"这有什么？囡囡长得这么可爱，年龄不是问题。"

男人刚说完话，只听耳边传来"砰"的一声。

小丫头一转头，就见六哥哥脚边此刻正躺着一个破碎的花瓶。

少年平静地抬眸，缓缓地开口道："抱歉，刚才手滑了一下。"说完，少年将闪着寒光的剑插进了剑鞘里，坐下时还别有深意地看了小丫头一眼。

小丫头看到六哥哥那眼神，莫名其妙地有些后背发凉，不由得低下脑袋，双手捧着杯子喝了两口水。

"王爷，陛下给您选的姑娘画像已经送来了。"门外响起管家的声音。

夜墨寒闻言，烦躁地捏了捏眉心，看着管家给自己递上的一本厚厚的册子，问："这是什么？"

"回王爷的话，这册子上面记录了各个姑娘的家世背景、画像等。赵公公方才还留了口信，说您要是在这里头没挑出一个中意的，陛下那边还有，可以让您慢慢挑……"

夜墨寒看着面前那厚厚的册子，嘴角抽了抽：这看着有一百来号人了吧？好你个夜姬尧，平日里大臣们让你选秀女你无动于衷，说国事繁忙，敢情都为他这个弟弟留着呢！

夜墨寒被气得狠狠地咬了咬牙。

小丫头看着那厚厚的册子，忍不住伸出手翻了一页。

当看到那画像时，她为画像上的女子惊艳了，说道："哇，九皇叔，您看看这个姐姐，好好看！"

夜墨寒被小丫头拉着匆匆地瞥了一眼，但一点儿兴致都没有，很是敷衍地应了一声："嗯，还行吧。"

"九皇叔，您不喜欢吗？"小丫头看着那画像，越看越觉得好看！

夜墨寒把目光落在女人的名字上，看到"慕容"二字，更加喜欢不起来了。一看见"慕容"二字，他就想起慕容丞相那个老顽固，那个老顽固的女儿他才看不上呢！

夜墨寒说道："不喜欢，下一个。"

"好吧，但是她看着真的好好看呀。"小丫头委屈地撅了撅嘴：九皇叔不喜欢，真的好可惜。

夜墨寒说道："你要是喜欢，不如推荐给你父皇，说不定你父皇喜欢这一款。"

"真的吗？"小丫头闻言，眼睛亮闪闪的，问，"真……真的可以吗？"

夜墨寒望着小丫头闪闪发光的眸子，心中猛地一塞。他只是随口说了一句玩笑话，没想到小丫头居然当真了。

他一本正经地轻轻咳了一声，说道："当然可以。你想呀，你父皇后宫佳丽单薄，每天过得像和尚一样，为什么？"

"是……因为父皇国事繁忙？"

"当然不是，他要是国事繁忙，哪来的闲工夫给九皇叔选妃呢？"

小丫头听了这话，感觉好像不是没有道理，又说道："那是因为父皇没有……看得上的姑娘？"

小丫头这话一说出口，夜墨寒就认同地点了点头。

一旁的少年瞧着男人忽悠小丫头的样子，眼眸微微黯了一下。

小丫头盯着手里那张漂亮姐姐的画像发呆。

很快，男人就将她手里的那张画像抽掉了，说道："别看这个，这个屁股太小不好生养，看看这张。"说着，夜墨寒就递给小丫头另一张画像。

小丫头看着那张画像，下意识地摇了摇头，说道："嗯，这个姐姐虽然看起来好生养，但是长得不好看，父皇应该不会喜欢。"

"那囡囡再给你父皇挑一挑？"

小丫头看着面前的桌子上那厚厚的一沓画像，有些犹豫地说道："可……以吗？毕竟这是给九皇叔挑的……"

"当然可以，九皇叔像是那么小气的人吗？囡囡随便选，想给你父皇选多少个都可以。"

小丫头听了男人这话，心动了，回想起昨天父皇爹爹说有空就单独教她功课，但是如果她给父皇爹爹选一个中意的姑娘，说不定两个人就能一见钟情，然后新婚宴尔……嘿嘿嘿，那父皇爹爹肯定就没有时间给她补课了。

小丫头心里打起了小算盘，于是扒拉着那厚厚的一沓画像看了起来。

一旁的夜墨寒瞧着，伸手揉了揉小丫头的脑袋，十分满意地勾唇笑了笑，说道："囡囡可真是陛下的贴心小棉袄呢。"

"九皇叔，那这个您喜欢吗？"小丫头将一张从中挑出的画像递给他，问道。

男人下意识地皱了皱眉，说道："不是说要给你父皇挑吗？"

"可是九皇叔也要挑呀，囡囡也是九皇叔的贴心小棉袄呀！"

夜墨寒："……"他可以选择不要这个贴心小棉袄吗？

这时，一直没怎么开口的少年突然道："这个女人虽然看着好生养，但面窄耳尖，不旺夫，估计九皇叔应该是不喜欢的。"

夜墨寒正愁不知道该如何拒绝小丫头的一番好意，就听见少年开口为自己说话，心里有些感动。

少年瞧着男人致谢的眼神，眼眸黯了一下。他可没有半点儿为夜墨寒说话的意思，只是担心夜墨寒娶了妻，然后生了什么不该生的东西罢了。

"面窄耳尖？"小丫头听了少年的形容，又看了那画像几眼。她原本还没有感觉哪里不对劲，但这一看，还别说，感觉这个女人好像是有点儿面窄耳尖。

小丫头果断地将那张画像放到了一旁。

随后夜墨寒就瞧见小丫头均匀地分配画像，小嘴里还念念有词："这个给父皇爹爹，这个给九皇叔……"

小丫头面前堆着两摞纸，一摞是给他的，另一摞是给她父皇的。

看着小丫头给他们两个人挑女人，夜墨寒心中越发觉得诡异：完了，他好像把小丫头教坏了。

"九皇叔，这是七七给您挑的。"

夜墨寒看着小丫头递到自己面前的那厚厚的一摞画像，脸色不由得变了变：不是都已经平均分配了吗？怎么还这么多？

他下意识地将目光落在了另一摞画像上。

好吧！看着小丫头给她爹爹挑的那一大摞画像，他觉得对这一小摞他应该学会知足。

夜墨寒说道："嗯，皇叔谢谢囡囡了。"

"那皇叔现在去见见她们吧。需要七七陪您吗？"小丫头歪着脑袋一脸天真无邪地瞧着他。

男人嘴角僵了一下，伸手接过小丫头递给自己的那一摞画像，说道："不……不用了，皇叔自己去看就好了，七七留在这里给你父皇慢慢挑吧！"

他害怕小丫头跟着去了，他的婚事就真的由不得他做主了。

"那好吧……您多看看放在前面的那几张画像，都是七七帮九皇叔精挑细选的。"小丫头脸上的表情有些泄气——本来她还想帮九皇叔多多把关的。

"好……好的，谢谢囡囡，九皇叔一定会好好选的！"说完，夜墨寒就拿着那些画像出去了。

小丫头瞧着男人的背影，不由得轻轻叹了一口气。为了九皇叔的婚事，她可真操心，真怕九皇叔会打一辈子的光棍。

小丫头刚叹完气，就感觉一道灼热的视线正定在自己身上。这时她才想起来身边还有六哥哥呢，下意识地将画像往少年那边挪了挪，问道："六哥哥，你要一起帮父皇选吗？"

父皇？少年意味不明地瞧了她一眼，说道："不想，你自己挑吧！"

"那好吧……"说着，小丫头又往后翻了几页。

当她翻到后面的一张画像时，大眼睛不由得亮了一下，她说道："六哥哥……"说着，小丫头欣喜地扯了扯少年的衣袖。

夜霆晟不解地看了她一眼："嗯？"

叶七七说道："我翻到后面发现年龄十五岁的小姐姐都有。六哥哥，你要看看吗？"

夜霆晟听了她这话，面色一冷。

小丫头还没有注意到少年越发阴冷的表情，自顾自地将那张画像放到了他面前。

"她长得好可爱呀，感觉是六哥哥喜欢的类型。"小丫头异常欣喜，完全没有发现少年越发阴冷的眸子。

"我喜欢的类型？七七那么懂六哥哥的喜好吗？"少年嘴角上忽地挂上一丝笑意，冷厉的眸子看着身旁的小丫头。

小丫头抬头与他对视时，望着少年有些可怕的笑容，下意识地缩了缩脖子。

"难……难道六哥哥不……喜欢吗？"小丫头瞧着他阴沉的眸子，越说越没有底气。

明明这个小姐姐很好看，连她一个女孩子看了都很喜欢。

"呵。"夜霆晟猛地伸手捏住了小丫头的下巴，恶狠狠地道，"喜欢！六哥哥喜欢极了！毕竟是七七给六哥哥挑的呢，哥哥怎么可能不喜欢呢？"

话音刚落，他就猛地将小丫头放到他面前的那张画像拿了起来。

随后，叶七七就瞧见少年明明口中说着喜欢，却将那张画像揉成了一团，狠狠地扔到了窗外。

望着少年凶巴巴的模样，小丫头差点儿又被吓哭：她是不是又说错话了？

"哥哥，对不起……"趁着少年还没有完全发火，叶七七赶紧开口道歉。

夜霆晟目光阴冷地瞧着面前低着脑袋给他道歉的小丫头。如果可以，他真想狠狠地拍几下她的小脑袋，多管闲事的小丫头！

"七七道什么歉呀？难为七七才这么大一点儿就来操心六哥哥的婚事，六哥哥可真感动呢！"

听着少年阴阳怪气的语调，小丫头不用多想，就知道六哥哥铁定是生气了。

"七七……知错了。"小丫头垮着小脸儿，一脸知错的表情，伸手拉着少年的袖子。她不知道六哥哥不喜欢比他大的姑娘。

少年冷着脸瞧着她，当真是被这小丫头给气到了。

"喀喀……"就在这时,他突然咳了几下。

小丫头被吓得脸色一变:不会是她把六哥哥气咳的吧?

"六哥哥,你没事吧?"小丫头下意识地伸手想要拍一拍少年的背。

但是她还没有碰到,就被少年一把推开了。

"六……"小丫头正打算开口说些什么,抬头时突然瞧见少年脸上浮现出暗红色的经络,吓得瞬间止住了声音,顿了一下才道,"你的……脸……"

小丫头的话还没有说完,少年像是从她的眼神里察觉了什么,猛地伸手挡住了自己的脸,阴狠地道:"滚远点儿!"

少年那语气着实阴狠,甚至比他以往用凶巴巴的语气对她说话都要吓人,小丫头一时之间不知所措地站在那儿。

少年阴沉的声音再一次响起:"脸,转过去!"

闻言,小丫头不敢迟疑,急忙将身子转了过去。

此刻她整个人都愣愣的,完全没有想到会发现这样的事情:六哥哥的脸是怎么回事?难不成和他每月的十五日不能出来见人有关?可今天不是十五日呀……

少年用衣袖遮着脸,急忙在身上翻找药瓶,但原本放着药瓶的地方空无一物。

小丫头愣愣地背对着少年,此时惊魂未定。

过了好一会儿小丫头都没有听见身后有什么动静,就在她打算出声的时候,身后突然传来"砰"的一声。

叶七七听到那如同某种物体倒地的声音,身子不由得颤了一下。

"六……哥哥?"她按捺不住心中的困惑,轻声喊了一声,但身后无人应答。

又过了好一会儿,小丫头越想越觉得不对劲,忍不住转头看了一眼,结果就瞧见了倒在地上的少年。

小丫头脸色一变,急忙走到了少年身边,说道:"六哥哥,你没事吧?!"

当她无意间摸到少年裸露的手臂时,那冰冷的温度吓得她立马缩回了手:"好冰……"

少年脸上暗红色的经络涌动,更是给他增添了诡异的色彩。

见少年紧闭着双眼,不仅脸上浮现出暗红色的经络,连体温都低得不似寻常人,小丫头惊恐地想:六哥哥不会是……死了吧?!

"来……"

就在小丫头刚准备叫人的时候,原本紧闭双眸的少年忽然睁开了眼睛,猛地扣住了她的手臂。

"别叫！"少年压着嗓子，声音虚弱地说道。

小丫头看着他那张脸，被吓得差点儿哭出来，说道："六……六哥哥，你没事吧？"

"没事！"少年咬着牙阴恻恻地答道，完全没有料到今日这蛊毒居然提前发作了。

就在小丫头想再说些什么的时候，她眼看着少年脸上诡异的暗红色经络以肉眼可见的速度慢慢地淡化。

"没……没有了。"小丫头盯着少年的脸。

少年此刻脸上的神情阴沉得吓人，抚着额头，神色狠戾地瞧着她，心想：竟然让这丫头看见了他的窘迫之态，是杀了这丫头灭口，还是……？

那一刻，少年眼中闪过一丝杀意。

"哥哥，你是不是很疼呀？"

就在他心中杀意蔓延时，自己冰冷刺骨的手猛地被小丫头温暖的手握住了。他沉沉的目光落在小丫头那张天真无邪的脸上。

她居然问他疼不疼？

"你不怕吗？"他问。

"七七怕呀，但是更怕六哥哥出什么意外……"

本来她的皇兄就剩这么几个，活着的三个皇兄当中她最熟的就是六哥哥了，要是六哥哥再突然没了，她……呜呜呜，她好怕六哥哥在她面前一命呜呼了。

小丫头说着，伸手紧抓着少年的衣袖，似乎生怕他会突然出什么意外。

夜霆晟盯着小丫头那张脸许久，最终移开了视线，说道："守口如瓶，懂吗？"要是她敢说出去一个字，他立马要了她的命！

闻言，小丫头乖巧地点了点头："七七一定会保密的。六哥哥，你多注意身体。"

要说她心里好不好奇，自然是好奇的，好奇六哥哥到底得了什么奇奇怪怪的病。不过秉着小命要紧的原则，小丫头自然不敢多问，而且瞧着此刻六哥哥冷厉的眸子，哪怕她问了，他也不一定会告诉她。

目光落在自己手腕上缓缓浮现的暗红色上，少年冷下眉眼，不动声色地用衣袖将其盖住。

"七七有没有听过一句话？"少年用阴沉的目光看着她，"只有死人才不会说话。"

听了少年这话，小丫头不由得白了脸蛋儿：六哥哥这话的意思，是她所理解的那个意思吗？

"不过……"夜霆晟瞧着小丫头有些苍白的脸色，话锋一转，冰冷的指腹落在她脸上，"哥哥这次相信七七。七七不会让哥哥失望的，对吧？"

望着少年阴沉的脸色，小丫头从中读出了"威胁"二字。

六哥哥这是在警告她，要是敢说漏嘴，他就会杀了她。

叶七七下意识地咽了咽口水，说道："不……会的，七七不会让六哥哥失望的。"

"乖。"少年听了小丫头这话，轻笑了一声，伸手摸了一下她的脑袋。

原本叶七七是准备在九皇叔这里一直待到晚上的，但是在少年的威逼利诱之下，不得不提前离开了。

小丫头跟在少年身后，全程垮着脸。她就知道，六哥哥一出现，她就注定不能和九皇叔愉快地玩耍了。

"六哥哥，我能不能和九皇叔打声招呼再走？不然九皇叔会——"

"我已经让人告诉他了。"夜霆晟毫不留情地打断了小丫头的话。

少年将她送到了月静宫门口。

就在小丫头要下车的时候，她身后突然传来了少年的声音："以后，离他远一点儿。"

他？小丫头不解地转头看着少年。

少年冷着脸吐出几个字："你的九皇叔。"

小丫头的第一反应就是问为什么。

谁料少年听了之后，皱了皱眉，目光有些阴狠地看向她，说道："我不喜欢。"

这理由……也太霸道了吧！

少年移开目光，在小丫头刚下了马车后，就命车夫驾车扬长而去。

小丫头转头看见那马车越行越远。

第十五章
宫外遇险记

虽说小丫头是在六哥哥的威逼之下回宫的，但是她还是把为大暴君爹爹精挑细选的画像带了回来。

"公主，您怎么带了这么多画像回来呀？"

阿婉端着盘子走进来的时候，小丫头正趴在桌子上捣鼓那些画像。

大白的姿势同小丫头的如出一辙，它乖巧地睁着大眼睛看着小丫头的一举一动。

"这些女人真好看……"阿婉下意识地脱口而出。

小丫头得意地笑了笑，说道："好看吧！都是我为父皇爹爹从九皇叔那里精挑细选来的。"

"给朕精挑细选什么？"

小丫头的话音刚落，门口传来了一个熟悉的男声。

"父皇爹爹……"小丫头看着突然出现在门口的男人，感到有些意外。

"嗯，在干吗？"大暴君把目光落在小丫头面前堆满了画像的桌上。当他瞧见那些画像时，他下意识地皱了皱眉：如果他没记错的话，这些应该是他让人带去给夜墨寒那家伙的画像吧？

"是他让你把画像带回来的？"夜姬尧阴沉着脸，觉得夜墨寒那家伙最近是越来越无法无天了，竟然敢违背他的旨意。

"不是的，不是九皇叔让七七带回来的，是七七自己要带回来的……"小丫头看着大暴君忽然阴沉下来的脸，怯怯地回答道。

"嗯？自己带回来的？"大暴君皱着眉头，不是很明白小丫头这话是何意。

"七七觉得父皇爹爹派人给九皇叔送过去的漂亮的姐姐太多了，然后……然后就帮父皇爹爹也选了一些。"

大暴君一愣：什么？她帮他选？

小丫头自顾自地牵起了男人的手，将他拉到了桌子旁，嗓音甜甜地道："父皇爹爹，您看，这些全是七七给您精挑细选的，总有一款是您喜欢的。"

大暴君："……"

小丫头指着那些画像，成就感十足，感觉这就像是她为大暴君爹爹打下的江山。

小丫头还没注意到男人越来越黑的脸，小嘴喋喋不休："七七在和九皇叔挑选的时候都挑出经验了。九皇叔说了，屁股大的都是好生养的，能生好多大胖小子的那种，所以七七给父皇挑了好多这样的姐姐。"小丫头说着，就从桌子上拿出了一大摞画像放在了男人面前。

一旁的赵公公瞧着小丫头这番惊天动地的举动，惊讶得眼珠子都快瞪出来了：乖乖，那些大臣费尽心思要给陛下选妃也就算了，现如今七公主居然也给陛下挑女人了，七公主小小年纪，居然还知道屁股大的好生养。

赵公公惊得不行，更关键的是这些女人还是陛下为九王爷选的，经七公主这样一闹腾，岂不是变成了陛下给自己挑女人？！

大暴君瞧着一脸天真无邪的小丫头，整张脸都黑了：他还以为这丫头给他精挑细选了什么，没想到居然是这些！

尤其是他方才听见从小丫头嘴里吐出来"屁股"二字，如此粗俗不堪，气得他恶狠狠地咬了咬牙：该死的夜墨寒，这才一天不到，居然就把他的娃带歪成这样了！

小丫头说了半天，见身旁的男人一言不发，忍不住扯着他的衣袖喊了一声："父皇爹爹？"

大暴君沉着脸看着她。

小丫头被他一脸阴沉的表情吓得一愣：她……怎么感觉父皇爹爹好像不太高兴？是……不满意她为他选的这些吗？

"父皇爹爹，您是都不喜欢吗？"这些可是她精挑细选了好久的。

"七七。"

就在小丫头心惊胆战的时候，大暴君突然喊了她一声。

大暴君意味不明的目光落在她身上，他问："能告诉爹爹，为什么要挑好生养的吗？"

"因为……七七想要个弟弟。"

她已经有好几个皇兄了，但是真的好想要个弟弟。

"或……或者妹妹也行……"她不想当排在末尾的那个，想要个弟弟或者妹妹，然后让那些皇兄看看，弟弟、妹妹是要宠的，不能动不动就欺负，就威胁！

大暴君单手抚额，神情阴沉森寒，明明心里气得紧，但就是朝小丫头撒不出来。

他脑海里不断浮现出一句话：他种的瓜长歪了，是被夜墨寒那个该死的东西祸害的。

瓜长歪了，就该扳正！

"乖宝贝，告诉爹爹，你的九皇叔还跟你说了些什么？"

听了大暴君这话，小丫头惊了一下，抬起脑袋看着男人那张故作温柔的脸。

乖宝贝？她听着父皇爹爹对自己如此亲昵的称呼，突然间觉得好……好瘆人。

小丫头一时之间脑子里一片空白，目光扫了一圈，瞧见了趴在地上正舔爪子的大白，说道："九……九皇叔还说尖嘴的克夫、脸圆的旺夫……"

大暴君："……"尖嘴的克夫、脸圆的旺夫？这是什么歪理！

大暴君把目光落在眼前小丫头为他精心挑选的画像上，一眼望去，果不其然基本是圆脸的。

"呵。"大暴君冷笑了一声，伸手摸上了小丫头的脑袋，"七七真是贴心，爹爹可真感动。"

虽然大暴君爹爹这样说，但是瞧着男人冷厉阴沉的脸色，小丫头可没看出来半点儿感动。小丫头缩着脖子，手紧紧地抓着大暴君爹爹的衣袖，说道："这都是七七应该做的，父皇爹爹喜欢就好……"

"喜欢，爹爹很喜欢！"说着，大暴君让人将那些画像都收了起来，"爹爹回去好好看、慢慢看！说不定明年七七就有很多弟弟、妹妹了！"

原本听了这话小丫头应该很高兴，但是他说要给她生好多弟弟、妹妹的时候，语气分明是咬牙切齿的。小丫头小心翼翼地抬起头，就瞧见男人阴森可怖的面容，被吓得不由得哆嗦了一下。

这时门外传来宫人的通报声："陛下，给九王爷那边送去的人九王爷都……不满意，刚刚全都退回来了。"

宫人们拿着好几摞画像走了进来。

看着宫人们手里的画像，赵公公还特意比了一下，跟七公主给陛下精挑细选的那些画像比起来，现在九王爷让人退回来的画像大约只有一半。

这说明什么？自然是七公主真的给陛下精挑细选了，而且还选了那么多圆脸旺夫的。

宫人问道："陛下，九王爷那边，是要重新找还是……？"

"找！为什么不找？给朕重新找！"

那家伙不是一直推三阻四的吗？他送了好几批那家伙都不满意，这次他非逼着那家伙满意。

"他一日选不到满意的，朕就给送一日，要是两日不满意，朕就给送两日，他何时满意何时停！"说完这些，大暴君像是突然想到了什么，"对了，多找些脸圆腔大的，旺他！"

听了大暴君爹爹这话，小丫头下意识地将目光落在先前被宫人收走放到一旁的画像上。她记得她先前给大暴君爹爹挑的那些人，好像都是脸圆腔大的……

不过看大暴君爹爹现在的脸色，好像他不是很喜欢呀……

小丫头正思索，突然感觉一道目光落在了自己身上，抬头就见男人此刻正直勾勾地盯着她。小丫头被吓得呼吸一停，说道："父皇……爹爹？"

大暴君意味不明地瞧了她一眼，语气十分不善地道："以后离你九皇叔远一点儿。"那个该死的家伙，自己不生一个，就知道来祸害他的娃！

"七七知……知道了！"叶七七见男人此刻已临近暴怒，怯怯地应了一句。

大暴君坐在那儿，喝了一口茶，还是越想越生气，对一旁的赵公公恶狠狠地道："派人给朕盯着他，他要是再敢去一次烟花之地，就给朕打断他的腿！"

赵公公听着男人恶狠狠的语气，身子哆嗦了一下，回道："是。"

深夜，重华宫。

夜色正浓，少年刚睡下没多久，就听见耳边传来极轻的声响。他下意识地握紧了枕下的匕首。

就在他刚准备睁眼时，不远处传来一声轻笑。

"我知道你没睡，别装了。"

听着这熟悉的男声，少年缓缓地坐起身，目光落在不远处坐在角落里的人影上。只见那人一身黑衣，一头白发披散在肩头，半张脸戴着银色的鬼面面具，在黑暗中显得诡秘莫测，手里把玩着匕首，嘴角勾起一丝冷笑。

少年下意识地摸向枕下，原本放着匕首的地方空无一物。眉眼不由得冷了下来，他不动声色地收回手，紧皱着眉头看着面具男，问："你怎么来了？"

面具男缓缓地抬眸，一双丹凤眼轻佻地看着他，说道："来看看你的身体怎么样了。今天没露馅儿吧？"

少年闻言，眸子不由得冷了冷，一脸阴沉地望着面具男，问道："是你做的？"

面具男勾着嘴角笑了笑，没回应，修长的手指轻轻点了点桌面，话里透着几丝警告的意味："以后离那个小丫头远一点儿吧！毕竟要是培养出感情，就不太好了。"

少年说道："我自己有分寸。"

"呵，有分寸？"听了少年这话，面具男起身，阴恻恻的目光落在少年的身上，"你一个懵懵懂懂的毛头小子能有什么分寸？"

少年："……"

"不过也难怪你不忍心对她下手，我看着那小丫头都喜欢得紧。"

听了面具男这话，少年不动声色地捏紧了拳头，神情冷肃地看着面具男，虽然没说话，但眼眸里暗潮汹涌。

面具男看了他一眼，最终冷笑了异声，将一个小瓷瓶扔向他。

少年稳稳地接住了。

面具男提醒道："别忘了你的最终目的。"

少年盯着那小瓷瓶看了好一会儿，再一次抬头的时候，原先站在那儿的面具男已经走了。

偌大的寝殿里寂静至极，他猛地将手里的小瓷瓶捏碎，眼里闪着冷光。

临近新年，皇宫上下都十分热闹。不过热闹是别人的，小丫头好不容易摆脱了国子监的考试，却没逃过大暴君的魔爪。

御书房内，小丫头盯着书本许久，终于抵不住困意，小手撑着下巴，眼皮子不停地打架。

一旁的赵公公瞧着小丫头即将闭眼的模样，轻轻咳了一声。

小丫头猛地回过神，伸出手擦了擦自己有些湿的嘴角。

正在批阅奏折的男人抬眸看了她一眼，问道："看完了吗？"

小丫头点了点头："看完了。"说完，她正准备拿着书走到男人身边，但无意间瞥见了书本上的一摊水渍。

赵公公就站在小丫头身边，见小丫头直勾勾地盯着书本，下意识地瞄了一眼，结果不看还好，这一看简直不得了——那上面分明就是口水嘛！

小丫头望着那不知道什么时候弄上去的口水，慌了，抬头求救似的看了一眼赵公公。

赵公公下意识地往身后的书架上瞥了一眼，趁着男人正专心致志地批阅奏折，急忙从上头抽出了一本一模一样的书递到了小丫头手里。

一旁趴在地上的大白瞧着两个人鬼鬼祟祟的举动，两只圆溜溜的大眼睛紧紧地盯着他们，叫了一声："啊呜。"

大白这突然的一声，吓得小丫头差点儿把书掉到地上。她看了一眼坐在书桌前的大暴君，好在大暴君爹爹没有注意到她。

小丫头换好书，就迈着小短腿走到了男人身边。

"全看完了？"大暴君放下手里的奏折，看着站在面前的小丫头。

"看……完了。"

大暴君接过小丫头递过来的书，随手翻了几页，问了小丫头几个问题。

小丫头想了想，好在对书的内容有点儿印象，磕磕巴巴地回答了，算是合格了。

"行了，去玩吧！"大暴君合上书递给她，难得地体恤小丫头学习累了。

"那……七七下午还要来吗？"

大暴君问："七七想来吗？"

不想，她真的不想来了！她已经被大暴君爹爹压着学习好几天了，而别的小朋友都出去玩了……

看着小丫头一脸纠结的表情，夜姬尧能猜出来小丫头心里是怎么想的。他伸手摸了摸小丫头的脑袋，宠溺地道："不用来了，去玩吧！"

听了大暴君这话，小丫头自然高兴坏了，和大暴君道别后，出去的时候都是一蹦一跳的。

夜云裳刚从宫外气冲冲地回来，本来想着去见小丫头，结果迎面就和小丫头遇上了，喊道："七七！"

小丫头正带着大白遛弯儿，听见有人喊自己，回头就瞧见穿着一身便服的夜云裳，叫道："皇姐姐！"

"我正想去找你呢！"

"找我？"小丫头一脸疑惑。

夜云裳点了点头，指了指小丫头身旁的大白，说道："我要跟你借一下大白。你都不知道，我今天出宫去玩，被一群小屁孩儿欺负了！"

"被人欺负了？"小丫头不太敢相信，"皇姐姐，你那么厉害，谁敢欺负你呀？"

"哎呀，反正一两句话跟你说不清。"要知道她夜云裳乃皇宫里作威作福的小霸王，从来没有像今天这样被一群要饭的小屁孩儿欺负了，真的快气死她了！

"要不然你和大白跟我一起去？那群小屁孩儿有狗，我最害怕狗了。"夜云裳说着，就伸手扯了扯小丫头的衣袖。她天不怕地不怕，但是很害怕狗。

小丫头点了点头："好。我倒要看看谁敢欺负皇姐姐，让大白去打爆他的头！"

因为夜云裳有可以随意地进出皇宫的牌子，两个人出宫异常顺利。

夜云裳从皇宫搬来了小丫头和大白这两个救兵，就急匆匆地前往事发地点。

"我跟你说，我就是去买我最爱吃的红豆包，结果刚咬了一口红豆包就被一群小屁孩儿抢了，然后我就追了上去，结果那群小屁孩儿还放狗咬我！"夜云裳在马车上喋喋不休地讲着，越想越气。等大白收拾掉那只狗后，她一定要让那群小屁孩儿好看！

马车稳稳地停在了路边。

小丫头跟在夜云裳身后进了一条极其偏僻的小巷子。小巷子因为常年照不到阳光，显得极其阴暗。

夜云裳走到前面，不知道从哪里拿出来一根棍子递到了小丫头手里，说道："你拿着防身，要是那群小屁孩儿敢打你，你就直接冲着他们的脑袋捧！"

小丫头伸手接过棍子，点了点头。

在巷子里走了一会儿，两个人终于瞧见前方宽敞的地方。

夜云裳刚走出去，迎面就有一块小石头朝她砸了过来，好在她身姿矫健地躲过去了。

随后不远处就传来一个陌生的童声："没想到你居然真的还敢来，刚刚是没被大黑吓够吗？"

小丫头站在夜云裳身边，歪着脑袋往外看，就见不远处的石墩上坐着五六个少年，地上还趴着一只大黑狗。

那五六个少年最小的看起来也就七八岁，最大的有十五六岁的样子，普遍很黑、很瘦，而且衣服破破烂烂的，上面有好些补丁。

刚刚说话的是一名看起来只有七八岁的少年。

夜云裳一眼就发现说话的那个少年就是之前抢她包子的那个，说道："本公主现在大人有大量，只要你们跟我道歉，我就既往不咎，要不然信不信本公主一句话，就能将你们全都关进大牢里？！"

"哎呀，我们好怕呀。你要是公主，我还是皇子呢！"

"公主会吃路边小贩卖的包子吗？说谎话可是会掉大牙的！"

"对！掉大牙！掉大牙！"

那群少年一边说，一边准备朝夜云裳继续扔小石头。

"不许你们欺负我皇姐！小心我揍你们！"小丫头拿着棍子从后面出来。

在场的小屁孩儿们先是愣了一下，而后猛地笑出声："哈哈哈，我的天哪，这是从哪里冒出来的小豆芽菜？也太矮了吧！"

小丫头虽然是拿着一根棍子出场的，小脸上的神情还是凶巴巴的，但因为身高太矮，加上相貌十分可爱，根本一点儿威慑力都没有，更何况声音还软软的。

在场的少年们看见她的第一反应就是这个丫头可真可爱。

小丫头瞧着他们看见她后捧腹大笑，气得不轻，凶巴巴地指着他们道："不许笑！小心我揍你们！"

听了小丫头这番威胁，那群少年笑得更欢了。

"哎呀，我们好怕呀！"

"有本事你来咬我们呀。"

他们一边说，还一边对她做起了鬼脸，指着两个人道："大屄瓜加上矮冬瓜。"

大屄瓜？矮冬瓜？夜云裳听到那群小屁孩儿对她们的称呼，气急了。

"你们才是大屄瓜，你们全家都是屄瓜、冬瓜！一群小屁孩儿，今天本公主就要替天行道！揍死你们！”说着，夜云裳就撸起了袖子。

一旁的小丫头举着棍子应和她："对，揍死你们！让你们欺负我皇姐！"

小丫头方才捡了好几块小石头，说话间便学着方才那群少年的动作朝他们砸了过去。

好巧不巧，其中一块小石头正好打中了一个少年的脑门儿。

那群少年瞧见被小丫头砸的是谁时，无不变了脸色。

"段哥，你……没事吧？"

"这死丫头居然敢打段哥，她惨了！"

"矮冬瓜要变成拍黄瓜了！"

那群小屁孩儿压着嗓子窃窃私语。

叶七七刚进来的时候就发现了一名坐在石墩上一言不发的少年。那群少年里这名少年看起来最大，十五六岁的样子。当其他小屁孩儿开口的时候，他始终一言不发地在看戏，一看就知道是这群小屁孩儿的头儿。

俗话说得好，擒贼先擒王，估计她们两个人跟这群小屁孩儿争论得再久也不会争论出什么结果来。

"你是不是他们当中的头儿？"小丫头看着那捂着头，目光冰冷地盯着自己的少年，"你是大孩子了，那应该懂一点儿是非了，是你们先偷了我姐姐的包子，这是不对的。"

段时凌冷眼看着不远处跟自己说话的小丫头，眉眼冷得如寒冰一般。

小丫头自顾自地说了一大通，那少年依旧一言不发。

这少年不会是个哑巴吧？小丫头心想。

随后，她就听那少年缓缓地道："那你想怎么样？"

小丫头听见他说话真的感到挺意外的，说道："道歉，让他们跟我姐姐道歉。"包子可以不赔，但是他们一定要道歉。

"可以。"少年果断地答应了。

"不过……"他把捂着额头的手放下，露出脑门儿上一处很清晰的被砸伤的痕迹，"我让他们道歉可以，但是你刚刚砸伤了我的额头，这笔账怎么算？"

听了他这话，小丫头下意识地将目光落在了他的脑门儿上。她完全没想到自己的力气居然那么大，明明拿的是一块很小的石头。

小丫头下意识地低头，目光落在自己的手上，这才注意到，自己刚刚将手里最大的石头扔过去了。她……不是故意的。

小丫头望着少年那被自己砸红了的额头，主动地开口道："对不起。"

一旁的夜云裳听见小丫头这话，小脸上写满了困惑。夜云裳忍不住伸手碰了碰身旁的小丫头，说道："你干吗道歉？明明是他们先做得不对。"

小丫头扯了扯夜云裳的衣袖，小声道："皇姐姐，你想啊，他是他们的头头儿，说话肯定有用。只要他们肯道歉，我们就大度一点儿既往不咎；要是他们不愿意，我们就放大白咬他们。"说完，小丫头转头看了一眼乖巧地待在角落里的大白。

只要她一个手势，大白就会来，所以她们是不怕的。

夜云裳脸上的表情十分不情愿。原本一开始他们跟她道歉就完事了，但是她一回想起他们骂她是大尿包，就好气啊！

"不能让大白直接咬他们吗？"夜云裳一脸委屈地盯着小丫头。

"大白只咬很坏的坏人，不咬小孩子的。而且皇姐姐，你看他们穿的衣服，破破烂烂的，说不定他们是太饿了才会迫不得已抢你的包子。"

段时凌瞧着两个小丫头不知道正嘀咕些什么，扫了一眼她们身上穿的衣服，价格不菲，一看就知道是富贵人家的孩子。

他又把目光落在她们身后的巷子里。他视力极好，能看出巷子里和之前不同。他又低头看了一眼此刻直勾勾地盯着巷子，身子有些颤抖的大黑，然后再看了看那两个小丫头。按理来说，他们这里有好几个人，这两个小丫头绝对不可能就两个人来的，铁定带了什么帮手。

下一秒，他把目光落在一旁的几个小屁孩儿身上，缓缓地开口道："道歉。"

这几个小屁孩儿原先一脸的不情愿，但是瞧着少年冰冷的眸子，一个个乖乖地站起身，对着两个小丫头异口同声地道："对不起，我们错了。"

那声音异常齐，好像演练了无数遍，不难看出这群小屁孩儿不止和她们两个人道过歉。

段时凌说道："不过包子已经被吃掉了，恐怕不能还给你们。"

"就算你拿回来还给我，你以为我还会要吗？"夜云裳听了少年这话，高傲地白了他一眼。

"做乞丐就要有做乞丐的样子，要是下次再犯，我肯定不会放过你们。"说实话，夜云裳心里真的特别气，很想把这群小屁孩儿好好收拾一番。不过看着他们衣服都破破烂烂，浑身脏兮兮的，罢了，她也没有那么小气，为了一件小事就不依不饶。再加上有七七在场，她可是要维持皇姐姐良好的形象的。

一旁的少年听了她的话并没有反驳什么，反正寻常人看见他们穿成这样，肯定都以为他们是乞丐，他们也没有什么好辩解的。

一旁的几个小屁孩儿也只是低着脑袋，模样和刚才相比简直判若两群人。

夜云裳淡淡地看了他们一眼，正打算牵着小丫头的手离开，突然想到了什么，伸手在自己的衣袖里翻了翻，随后便将手里的东西向那群少年扔了过去。

那群小屁孩儿以为她扔的是石子，下意识地躲开了。但当他们看见地上那在太阳光的照射下一闪一闪的银子时，眼睛都冒光了。

"是……是银子！"

"是钱！"

其中一位少年上前将地上的银子捡了起来，递到了为首的那位少年面前，说道："段哥，你看，是银子！是不是有了这个，小妹就可以去看病了？！"

段时凌看着那少年欣喜若狂的神情，目光落在他手上，点了点头："嗯。"

"太好了，太好了，小妹有救啦！"

夜云裳看着自己随手扔了一锭银子过去，那群小屁孩儿就高兴得不得了，撇了撇嘴：不就是一锭银子吗？至于高兴成这个样子？

夜云裳说道："你们既然缺钱，为什么不去慈幼堂？"她记得京城有专门收留流浪儿的慈善机构，并且因为这慈幼堂，朝廷每年还拨了不少善款。明明有那么好的地方可以去，他们为什么不去？

原本段时凌已经准备放她们走了，但是听了夜云裳的话后，神情猛地冷了下来。他冷冷地看了夜云裳一眼，冷声道："你为什么知道慈幼堂？你们究竟是什么人？"

面对少年这突如其来的两个问题，夜云裳先是愣了一下，随后高傲地仰了仰下巴，说道："呵，我们是谁？本公主之前没有跟你们说吗？"说着，夜云裳直接掏出一块令牌。

对面的一群小屁孩儿瞧见夜云裳手里的令牌，个个眼睛放光，说道："哇，好……好大的一块金子呀！"

夜云裳："……"一群没有见识的东西，这可是写着她的名讳的令牌。

夜云裳知道了这群小屁孩儿看不懂令牌，就准备收起来。

这时，她身旁的小丫头突然扯了扯她的衣袖，说道："皇……皇姐姐，有些不太对劲了……"

夜云裳没有听清小丫头在说什么，准备问小丫头。

就听对面领头的少年突然冷笑了一声，说道："既然如此，我就不能放你们走了。"

他的话音刚落，夜云裳就见原本站在那儿一脸知错表情的小少年们不知什么时候人人手里都拿着棍子，一脸阴沉地瞧着她们。夜云裳心里警铃大作，警惕地看着一脸不善的少年们。

小丫头完全没想到他们的态度会转变得如此快，明明方才还好好的。

"皇姐姐……"叶七七瞧着向她们走来的少年们，下意识地抓紧了夜云裳的衣袖。

夜云裳也没有料到这群小屁孩儿突然间跟魔怔了一样，他们拿着棍子指着她们是什么意思？打算翻脸不认人吗？她伸手下意识地将小丫头护在了自己身后，怒道："你们这是干吗？本公主好心地饶你们一命，你们胆敢得寸进尺？！"

段时凌冷着脸看着她们，握紧了手里的棍子，咬着牙道："朝廷的人都该死！"

夜云裳和叶七七都是一惊。

小丫头看着少年脸上滔天的恨意，感觉自己嗅到了不寻常的气息。

那群少年拿着棍子，恶狠狠地朝着她们走去，其中一个手里牵着一只腿脚不太好的大黑狗。

"大……大白！"小丫头心里暗叫一声不好，猛地喊出声。是时候让大白出来救场了。

"嗷——"听到了小丫头的叫喊声，大白猛地从巷子里蹿了出来，还伴随着一阵虎啸。

那群少年完全没有料到会有一只白虎突然出现在这里，个个被吓得脸色惨白，更有些胆小的直接两腿发软坐在了地上。

"是……是老虎——"

"啊啊，老虎呀！"

"会吃人的老虎呀！"

段时凌看见突然从巷子里蹿出来的老虎也很意外，虽然他猜出她们带了帮手，但也没想到她们居然带了一只老虎来。

"段……段哥……"那群小屁孩儿被吓得全都往少年的身后躲。

段时凌冷着脸，一言不发地看着凶神恶煞般地朝他们怒吼的老虎，下意识地握紧了手里的棍子。

大白一出场，夜云裳感觉她们一方的气势都回来了。

"哼，本公主倒要看看你们如何让我们不能走！"夜云裳指了指对面的一群小屁孩儿，对大白道："大白，去给他们一点儿厉害瞧瞧！"

"嗷——"大白应了一声，然后威严十足地朝那群小屁孩儿走了过去。

大白一连吼了好几声，有些心理素质不强的小屁孩儿，在大白吼第一声时就已经被吓晕过去。

段时凌瞧着直勾勾地盯着他的老虎，一言不发，但是也没有丝毫胆怯之意。

大白看着面前的少年，眼里的凶悍之意尽显，对着少年龇牙咧嘴。

谁都不可以伤害它的七七小主人！想到这儿，大白又朝少年吼了一声，随后习惯性地用爪子抓了一下地，就直接朝少年扑了过去。

躲在少年身后的一群小屁孩儿见此，直接被吓得忍不住尖叫出声："啊——"

就在他们以为自己即将羊入虎口的时候，他们耳边突然传来一阵属于野兽的哽咽声。

叶七七看着大白冲过去吓唬他们的时候还好好的，但是一转眼的工夫，原本好端端的大白突然叫了一声，然后直接倒了下去。

"大白！"小丫头被吓得脸一白，急忙冲了过去，"大白，你……你怎么了？你不要吓我……"

大白倒在地上，紧闭着双眼，要不是肚子一起一伏的，外加呼吸声很重，小丫头都要以为它死了。

"你对大白做了什么？"小丫头看着站在大白前面的少年，急得眼睛都红了。

段时凌冷着脸看着小丫头，眼神淡漠至极。

就在这时，小丫头注意到他手里拿着一个黑色的小盒子。她站起身，下意识地想将盒子从少年手里抢夺过来，说道："你是不是给大白下毒了？！你这个坏人！"

段时凌看着朝自己扑过来的小丫头，目光一闪。

叶七七也不知道他究竟对自己做了什么，只感觉突然闻到一阵刺鼻的味道，而后眼前一黑，整个人没了知觉。在倒下去的那一刻，她还听见了皇姐姐叫她的声音。

"七七！"

看着小丫头在自己面前倒下去，夜云裳刚准备冲过去，就见对面的少年突然伸手对她撒了些东西，随后鼻子也闻到了一阵刺鼻的味道，然后眼前一黑，整个人没有了知觉。

第十六章

慈幼坊阴谋

叶七七不知道自己到底昏睡了多久，迷迷糊糊地醒来的时候，脑袋都是疼的，整个人晕乎乎的，而且还闻到一股极其难闻的味道，恶心得一阵阵想吐。

小丫头强忍着恶心，缓缓地抬起沉重的眼皮。当看清眼前的景象时，她震惊极了，猛地伸手掐了一下自己的手，因为疼痛才缓缓地回过神。她好像不是在做梦。

昏暗的光线、破旧的房屋、几名身穿破烂衣服的少年，她脑海里冷不丁地浮现出自己晕倒之前的场景，心里闪现出一个念头——她和皇姐姐好像被人绑架了……

"喀喀……"

就在小丫头心慌不已的时候，她耳边突然传来一阵轻咳声。她循声望去，一眼就看到了躺在角落里草席上的少女，少女身旁还坐着一名正给她喂药的少年。

虽然此刻少年背对着她，但是通过少年身上穿的衣服，小丫头一眼就认出他就是方才将自己弄晕的罪魁祸首。

"喀喀，段哥哥，我……不想喝了……"少女瞧着少年递到她嘴边的汤药，轻轻摇了摇头，一脸的不情愿。

"乖，把药喝下去病才会好。"

"我每一次吃药你都是这么说的……"少女盯着少年碗里黑乎乎的冒着热气的药，随后认命地喝了一口。

段时凌极其耐心地喂小妹喝完了一整碗的汤药。

就在少年起身之际，叶七七终于看清了躺在草席上的少女的脸。估计是因为常年生病，少女脸色特别枯黄，而且很瘦，整个人毫无气色。

就在这时，小丫头注意到少女身上穿的衣服竟然如此眼熟，仔细地回想了一下，那不就是她皇姐姐的衣服吗？

突然间小丫头像是想到了什么，眼睛一红：她的……她的皇姐姐不会是……已经……

小丫头心里浮起一个不好的念头，鼻子猛地生起酸意：皇姐姐死了……呜呜呜……

就在小丫头以为她的皇姐姐已经遭遇不测的时候，身旁突然传来极轻的喘息声，小丫头微微一侧头，就瞧见了趴在她身旁紧闭着双眼的夜云裳。

听着夜云裳的呼吸声，小丫头心里不由得松了口气，目光落在了夜云裳被人用麻绳绑着的双手双脚上，然后移到了自己被人绑着的双手双脚上。

是的，她和皇姐姐被人绑架了，更加过分的是，他们还把她们的外袍给脱了。

如今天气还很冷，更何况这屋子破破烂烂的，四处漏风，被绑着的小丫头冷不防打了个喷嚏："阿嚏。"

听到她发出的声响，几个正蹲在地上啃包子的少年齐刷刷地将视线落在了她身上。

小丫头看着少年们手里的包子，肚子不由得响了几声。

她也不知道自己到底昏睡了多久，只是现在感觉真的好饿。小丫头大眼睛直勾勾地看着他们，下意识地咽了咽口水。

段时凌起身，目光落在不知什么时候醒来的小丫头身上。

那冰冷无比的目光，令叶七七本能地感觉到几分危险。

小丫头看到少年冷着脸向她走来，手里还拿着一把小刀，下意识地往后退了退，目光紧紧地盯着少年。但是身后是冰冷无比的墙壁，她无路可退。

"你……"小丫头看着少年走近，刚吐出一个字，就被强行捏住了脸。

他伸手在地上抓了几块泥巴，直接抹在了小丫头的脸上。

那泥巴里还夹杂着不少细小的石子，抹在脸上，小丫头很明显地感觉到几分痛意。

"脏……脏死了……"小丫头红着眼瞧着面前的少年，想要伸手阻止他，但是因为双手双脚被捆起来了，只能任由少年不由分说地将泥巴涂在她的脸上、头发上。

段时凌冷眼看着此刻红着眼的小丫头，眼神无比冰冷地说道："想必小公主天生娇贵，没有受过这等委屈吧。"

话音落下，段时凌就把阴狠的目光落在小丫头白皙的脖颈上。有些人天生贵命，不像他们这些糙人，天生贱命，任凭践踏，没有任何尊严可言。

叶七七瞧着少年阴狠的眸子，目光下意识地落在他手里的刀子上，心想：他不会是想把我捅死吧？

"啊——"小丫头看着少年握着刀子的手向自己伸了过来，忍不住尖叫出声，吓得立马闭上了眼睛。

但过了一会儿，预想之中的疼痛并没有到来，耳边传来刀刃和麻绳摩擦产生的声音，下一秒，她就感觉自己原本被捆着的手突然一轻。

她缓缓地睁开眼睛，就瞧见原本绑在她手上的麻绳此刻被扔在一旁的地上。

还没等她反应过来，少年直接将一件衣服扔到了她的头上，说道："穿上！"

小丫头伸手将头上的衣服拿了下来，看到那衣服脏兮兮的，还有好几个洞，小脸不由得垮了下来。满脸泥巴，再穿上这件衣服，她就变成名副其实的小乞丐了。

段时凌见小丫头直勾勾地看着那衣服，却没有任何动作，冷冷地开口道："没听见？"

小丫头抬头望着少年晦暗不明的眸子，下意识地伸手攥紧了手里的衣服，问道："我的……我的大白在哪里？你把它怎么样了？"

段时凌说话时还朝窗外看了一眼："你的大白没有事，它很好。"

不看见大白，她绝不会轻易相信他的话。

"那你带我去见它，我才相信你的话。"

段时凌冷眼瞧了她一眼：这丫头是不是没有搞清楚状况？她信不信是她的事，关他什么事？

小丫头见少年面无表情地看着自己，强迫自己爹着胆子道："你不就是想要钱吗？我爹爹超级有钱的，你要多少他都能给你……"

"嘭——"少年猛地将手里的刀子扎进面前的柱子里。

小丫头看着他凶巴巴的眼神，低着脑袋，一副要哭的表情："你……不可以伤害我们，我的哥哥们很凶的，他们……他们要是知道你欺负我，会……会抠你的眼珠子！"

段时凌冷眼看着她，薄唇轻抿没有说话。他是很需要钱，但是绑架她们并不是为了钱。

小丫头原本以为他还会对她说些什么，可没想到他淡淡地看了她一眼后，就直接转身离开了。

小丫头一脸不知所措地站在那儿。

不远处还有几个正啃着包子的少年看着她。

望着他们手里的包子，小丫头伸手摸了摸自己的肚子：好饿。

小丫头委屈地坐在地上，眼巴巴地看着少年们手里的包子。

许是她的眼神太过炽热，其中一个少年走到她的身边，将手里仅剩的半个包子递向她，问："你……要吃吗？"

小丫头盯着出现在自己眼前的包子，缓缓地抬起脑袋，映入眼帘的就是一个面黄肌瘦的少年。

小丫头正打算伸出手，突然像是想到了什么，下意识地看向坐在门口正磨刀子的段时凌。段时凌正专心致志地磨刀，似乎并没有往他们这边看。

少年将手里的包子塞给她，说道："段哥哥不会说什么的，你别害怕。"

叶七七盯着手里的包子，再抬头看看那少年，缓缓地开口道："谢谢……"

"不……不用谢……"少年伸手抓了抓脑袋，脸蛋儿有些红，笑得有点儿憨。

小丫头真的是饿极了，拿着包子就啃了一口。但包子刚一入口，小丫头啃包子的动作就顿住了，无措地瞪大了双眼——这包子好像馊掉了。

小丫头将目光落在不远处几个啃着包子的少年身上，只见他们啃得津津有味，好像没有吃出来这包子已经馊掉了。

"段哥，包子。"

段时凌正磨刀，突然有一个少年上前递给了他一个包子。

段时凌看都没看一眼，直接伸手接过，几口下去包子就被吃完了。

小丫头瞪着大眼睛看着他们：难道他们都吃不出来这包子已经馊掉了吗？

一旁的少年见小丫头只咬了一口包子，问她："你怎么不吃呀？"

小丫头低头看了一眼自己手里的包子，实在是吃不下去，问道："你们这包子……是从哪里来的呀？"

"是一早去集市上讨来的，今天比往天好，讨到了好几个包子呢。"估计是因为真的高兴，少年说话时脸上还带着几分得意。

"对了，我叫小祝，你叫什么名字呀？"少年抓了抓头发，脸蛋儿有些红地看着她，问。

小丫头回道："我叫七七。"

"七七……"小祝小声喊了一下她的名字，"七七，你的名字真可爱。"

段时凌问道："你把草席编好了吗？"

小祝估计还想跟她说些什么，但原本坐在门口磨刀的少年不知何时站到了两个人身旁。

听了这话，小祝才想起来自己还有事没有做，立马道："段哥哥，我这就去……"

小丫头看着小祝离开的背影，收回视线，就见段时凌直勾勾地盯着她。

段时凌冷眼盯着小丫头手里的包子，脸上的表情难以捉摸。

小丫头被他那眼神看得有些怕，解释道："这个包子是……"

"啪——"

她的话还没有说完，段时凌直接将她手里的包子拍到了地上。

小丫头看着掉到地上的包子，眼里写满了震惊，抬头一脸不敢相信地看着他："你……你这人怎么这样？"

"小公主如此娇贵，吃得惯这包子吗？"

听着他这语气，小丫头心里更加讨厌他了："你好过分！"这是小祝给她的包子，他凭什么打掉？

小丫头蹲下身子，有些心疼地看着地上的包子。地面很脏，包子被拍到地上之后还滚了几圈，小丫头伸手将包子拿起来的时候，包子表面已经沾上一层泥巴。

这肯定是不能吃了，他真的好过分。小丫头看着那脏兮兮的包子，眼睛控制不住地红了。

段时凌看着小丫头，神情晦暗不明。

小丫头越想越委屈，鼻子有些酸。

就在她忍不住想要哭出声时，原本一言不发地站在她面前的少年，突然将她从地上拉了起来。

小丫头红着眼睛盯着他，只见他从一旁拿过一个破碗，而后便拉着她往外走。

小丫头被他强行拉着走到了门口，回头看了一眼还在昏睡的皇姐姐，屁股往地上坐，不愿跟着他出去。

"我要陪我的皇姐姐，不要跟你出去，我不要！"小丫头死活不肯跟少年出去。

"你要是敢欺负我，我父皇爹爹一定会砍了你的脑袋，二哥哥一定会挖了你的眼睛，六哥哥……六哥哥……"小丫头哭喊道，一时之间脑子里有些蒙，想不起六哥哥会怎么做了。

段时凌看着小丫头哭喊，脸上始终没什么表情，强行拖着小丫头往外走。过了一会儿，估计是嫌她哭得太烦，段时凌忍不住呵斥道："再哭一声，我揍死你！"

那语气凶得很，吓得小丫头一下子停下了哭喊，抽泣着一脸委屈地望着他。

许是刚才的呵斥起了作用，他拉着小丫头走的这一路上，她全程没有再哭一声。

原本他以为小丫头已经不哭了，毕竟没有听到她的哭声，可当他低头看向她时，只见她正泪流满面无声地哭泣，眼泪淌得脸上的泥土都被冲掉了不少，仿佛受到了天大的委屈。

段时凌望着她白皙的脸蛋儿，趁着小路上没有人，拉她蹲到一旁的草丛边，找了一些湿泥巴，又抹在了她脸上。

小丫头望着他冰冷的脸，知道自己挣脱不了，于是一动不动地任由他将泥巴抹在她脸上。

涂好泥巴后，段时凌走到一旁的小河边洗干净手，从怀里掏出一个被纸包着的馒头递到了小丫头面前。

小丫头看着面前的馒头，脸上的表情全是不知所措。

段时凌冷着脸对她说："不是馊的！"

话音刚落，不等小丫头开口，他就直接将馒头塞给了她。

小丫头拿着馒头，发现馒头竟然还是热乎乎的，抬头看着面前的少年，眼睛里写满了不可思议和震惊：他怎么……突然就拿出馒头给她了？而且这个馒头好像还是好的，并没有馊掉。

段时凌瞧见小丫头直勾勾地看着自己，轻轻抿了抿薄唇。

见小丫头没有吃一口，他说道："不吃就还我。"

小丫头听了他这话，第一反应就是把馒头还给他——她才不稀罕他的馒头呢！

"还你！"小丫头硬气地将手里的馒头塞给了他。

可她刚将馒头塞给他，小肚子突然响了起来。

她的肚子怎么一点儿面子都不给她！

目光落在小丫头羞红的脸上，段时凌没说话，伸手将馒头又塞到了她手里。

叶七七望着少年离开的背影，低头看了看手里的馒头，下一秒，狠狠地咬了一口。

不知是不是因为饿极了，她总觉得这个馒头比平常吃的馒头更加好吃。

小丫头跟在少年身后，一口一口地吃着馒头。等她吃得差不多了，两个人正好走到城西的一条热闹繁华的街道上。

她被少年拉着坐到了墙角旁的地上。

少年将带来的破碗放在了两个人面前。

小丫头望着破碗，后知后觉他这是带她讨饭来了，整个人都不好了——她没有讨饭的经验呀！

望着来来往往的人，小丫头一心只希望这个时候父皇爹爹已经知道她和皇姐姐失踪的事情，能尽快派人来救她们。她发誓，她以后一定乖乖地听话，再也不出宫乱跑了。

为了让人能尽快发现自己，小丫头趁少年不注意，伸手擦了擦脸上的泥巴。

但是很快，她的小动作就被身旁的少年发现了。

段时凌冷冷地看了她一眼，抓起地上的泥土就涂在了她的脸上："别想着逃走，否则你的大白还有你的皇姐……"

少年没说后面的话，但就算他不说，小丫头也知道他这话是什么意思，他这是在威胁她，如果她不乖乖地听话，大白和皇姐姐就惨了。

小丫头再一次被少年用泥土涂得浑身脏兮兮的，连手都被涂上了泥土。光是看着自己脏兮兮的手，小丫头就知道自己现在肯定像极了一个专业的小乞丐。

两个人就这样坐了一早上，破碗里的铜钱少得可怜。

原本小丫头以为是这里的人过于抠门，所以给他们的施舍才这么少，可当她看到不远处那个瘸腿的麻子拿着满满一碗的铜钱乐呵呵地起身离开时，整个人都不好了。

"那个瘸腿的大麻子为什么能有那么多铜钱？"小丫头扯了扯身旁少年的衣袖，语气极其不满地问道。同样是乞丐，为什么他碗里的铜钱比他们碗里的多？

瘸腿的大麻子？听着小丫头这奇奇怪怪的称呼，少年面上难得地出现几丝困惑。顺着小丫头的视线，他也看见了碗里全是铜钱的大麻子。

段时凌也没觉得这有什么大不了的，毕竟乞讨这种事真的要看运气。

"看命吧。"他说完，就靠在身后的墙上闭目养神。

看着他这副样子，小丫头有些不乐意了，说道："不行，乞讨就要有乞讨的样子，你必须喊出来，人家才会给你钱！"

段时凌大惑不解，睁开眼看着扒拉着他的手臂的小丫头，眉头微皱："喊出来？"这丫头当他们是在卖菜吗？

"是呀，你必须让人家知道你过得超级惨，人家才会同情你，然后给你铜钱。"

段时凌听了小丫头这话，眼眸一眨不眨地盯着她。随后，他就见小丫头突然伸手让他躺下来。

段时凌问："干什么？"

小丫头一本正经地看着他道："卖惨乞讨挣铜板！"

段时凌满腹狐疑。

段时凌刚被小丫头强行按着躺了下来，还没反应过来，就听见身旁的小丫头突然"哇呜"一声哭了出来，吓了他一大跳。

段时凌说道："你……"

"各位路过的爷爷奶奶、叔叔婶婶、哥哥姐姐，看看孩子吧，呜呜呜……"小丫头哭得惨兮兮的，一边抹眼泪一道，"我们已经三天没吃饭了，哥哥的腿脚被人家打断了，到现在都不能走路，求你们发发善心，可怜可怜我们两个苦命的孩子吧！"

段时凌黑着脸看着小丫头：什么叫他的腿脚被人家打断了？

"你究竟在搞什么？"他压低嗓音对小丫头道。

但此刻哭得正欢的小丫头压根儿没听见他的话。

叶七七哭道："哇呜……好人一生平安，求求你们……"

"天哪，瞧瞧那个小丫头，哭得可真惨。"

"看她哥哥那么大人了，居然腿脚断了，真的太可怜了。"

"怪不得我瞧她哥哥坐在那里快一上午了都没有动，原来是腿脚断了。"

"真的太可怜了……"

估计是小丫头撕心裂肺的哭声起了作用，来来往往的人纷纷将目光落在她身上。

"哎哟，小丫头哭得可真可怜，婶婶这里有买菜剩下的铜板，都给你！"一位拎着菜篮子的妇人说着就将手里的几个铜板放进了小丫头面前的破碗里。

"谢谢姐姐！"小丫头软着嗓子喊了一声。

原本那妇人已经打算离开了，可听见小丫头对自己的称呼受宠若惊。

"姐姐？"那妇人摸了摸自己羞红的脸，有些不好意思。

一旁的段时凌有些愣住了：这妇人看着都年近四十岁了吧？这小丫头是如何喊出"姐姐"二字的？

那妇人问道："我看起来有那么年轻吗？"

"难道姐姐今年不是二十岁出头吗？是……七七把姐姐的芳龄说大了吗？"

"没有没有……"那妇人急忙摆了摆手，被小丫头的甜言蜜语蛊惑得神志不清，心情大好地从菜篮子里掏出了两根胡萝卜递给小丫头，"小丫头小嘴可真甜，姐姐请你吃胡萝卜。"

"谢谢姐姐。"

"哎呀，这小嘴跟抹了蜜似的。"那妇人被小丫头叫得羞红了脸，一脸的不好意思，扭扭捏捏地离开了。

段时凌把目光落在碗里的几个铜板上，又落在小丫头手里的胡萝卜上，有些难以置信：这丫头怕不是个大忽悠吧？

"哥哥，你吃胡萝卜吗？"

段时凌看着小丫头递给自己的胡萝卜，面上没什么表情，说道："不吃！"

小丫头就等着他说这句话呢，随后张口就将那两根胡萝卜各咬了一口，说道："嗯，好好吃！"

段时凌："……"他怎么感觉这小丫头是故意的？

接下来，小丫头凭着卖萌装惨的技术，惹得不少行人纷纷解囊，没多久他们碗里就装满了铜钱。

小丫头满脸欣喜地将铜钱从破碗里拿出来，一个一个地数。小丫头数的时候还在里面发现了一块碎银子，可高兴坏了。

"快看，还有一块碎银子！"小丫头欣喜地拿着那块碎银子给少年看。

段时凌望着小丫头欣喜的表情，神情淡漠，觉得这丫头是不是过于乐观了？明明是他强行把她绑过来的。

小丫头将铜板仔细地数过后，就整整齐齐地放进了少年带来的一个破旧的布包里。她仔细地盘算了一下，这短短的时间里就讨到了这么多，那要是在这儿待一天，肯定能挣好多。她好像发现了一个来钱很快的方法！

比起因为讨到了钱而一脸欣喜的小丫头，坐在她身旁的少年显得淡然多了。

"你不高兴吗？明明我们已经讨到这么多钱了！"瞧着少年淡漠的脸，小丫头忍不住开口问道，"我帮你讨到钱了，你是不是就可以放了我们？"

"我带你来不是为了讨钱！"段时凌说完，便将目光投向不远处：算算时间，那群人也该来了。

"不是为了讨钱？那你干吗——"

"绑架公主是死罪。"段时凌打断了小丫头的话，目光阴沉沉地看着她，"我知道自己死定了，不过在死之前，我还要拉着一个人一起走。"

小丫头被他阴狠的表情吓到了："你……那你是想……"他不会是想拉着她一起……去死吧？！

"你知道慈幼坊是干什么的吗？它表面上是收留无家可归的孤儿的地方，但是实际上背地里……"

"它背地里怎么了？"叶七七黑眸紧盯着他，很奇怪他为什么总是喜欢说话说一半。

"没什么，等一下你就知道了。"段时凌盯着小丫头的脸，伸手又涂了些泥巴在小丫头的脸上。

小丫头望着他那张脸，正准备说话，突然被他在脖子上点了一下，随后就惊讶地发现，自己好像说不出话了。

"啊……"小丫头瞪着眼睛看着他：你对我做了什么？

"抱歉。"段时凌瞧着难以置信地看着他的小丫头，"只是让你暂时说不出话而已。"他也不想这样，只不过担心她开口乱说些什么，影响计划的顺利进行。

"你不会有事的。"段时凌对小丫头说完，看向远处，正好瞧见一群身穿青衣的男人朝着他们两个人走来。

"快，抓住他们！"

小丫头还沉浸在自己不能说话了的悲痛中，耳边突然传来一阵嘈杂声。她还没反应过来，身旁的少年突然拉着她起身狂奔起来。

少年拉着她跑得很快。小丫头奔跑中下意识地转头往后看，就见身后有一群穿着青衣的男人在追他们。

"该死的小兔崽子，给老子站住！"为首的男人一边追他们，一边骂骂咧咧。

慌乱之间，小丫头就感觉自己的手上突然袭来一股巨力，然后看到原本拉着她奔跑的少年被人一脚踹倒在地上。由于惯性，她也狠狠地摔在了地上。

不过出乎她意料的是，疼痛并没有到来，是身旁的少年将她整个人护在了怀里。

"跑呀，你再给老子跑呀！"为首的大金牙看着被一脚踹倒在地上的少年，上前几步，抬脚便狠狠地补了几脚，"小兔崽子，害得老子找了你那么久！"

叶七七听见头顶上方传来少年的几声闷哼。

大金牙停了脚上的动作，猛地伸手抓住了少年的头发。待少年吃痛地抬起头，大金牙就把目光落在少年的腿上，一脚踩了上去。

"啊——"少年的惨叫声响起。

小丫头见此，打算将可恶的大金牙推开。可她还没有碰到大金牙，整个人就被人抓着后衣领强行提了起来。

"金爷。"

听到手下这声呼唤，那被称为金爷的大金牙将目光从少年的腿上移到一旁的小丫头身上。

叶七七此刻不能说话，只能挥舞着双臂控诉自己的不满。

金爷原本的目的是将段时凌那臭小子押送回慈幼坊，可当他瞧见面前的小丫头水灵灵的眸子时，眼睛猛地亮了。

他刚伸手准备摸上小丫头的脸蛋儿，原本躺在地上的少年突然蹿起来，一口咬在了他的手臂上。

"啊——"大金牙疼得惨叫一声，甩着疼痛的手臂。

"不准碰我妹妹！"段时凌吼道，目光恶狠狠地盯着他们。

金爷捂着手臂冷笑着看着段时凌：妹妹？这臭小子何时又多了一个妹妹？

金爷把目光落在一旁的小丫头的脸上：虽然这丫头看着脏兮兮的，不过相貌瞧着可是一等一地好，要是收拾好了，铁定能卖一个好价钱！

"把他们两个给我带回慈幼坊！"

慈幼坊的口碑在京城可是一等一地好，来往的人看着身穿慈幼坊衣服的人带着两个小乞丐离开，并没有感觉哪里不妥。

与此同时，另一边的酒楼里，大皇子夜景轩听着楼下的嘈杂声，连同在他怀中熟睡的猫都有些焦躁不安。他下意识地伸手揉了揉猫的小脑袋，似乎在安抚它。

"楼下在做什么？"他问道。

坐在他对面正在品酒的好友温岩闻言抬起头，目光落在楼下，缓缓地道："许是慈幼坊又有小孩儿偷偷跑出来了吧。这是常有的事，日常温饱得到了满足，小孩儿就想着偷偷溜出来玩了。"温岩说着摇了摇头，端起面前的酒杯饮了一口。

听了好友这话，夜景轩抚摸着怀中的猫，眼神晦暗地望着楼下那一群人的身影。

一口酒入肚，温岩想到了今日一早自己看到的场景，问道："对了，我今日瞧见城内突然多了一大批御林军，似乎在找什么东西，宫里头又发生何事了？"

夜景轩揉猫的动作一顿，眼神有些晦暗地说道："无事，许是加强了城内的安保工作！"

"这样呀。"

两个人品酒正欢，门外突然有侍从前来禀报。

温岩瞧着那侍从恭恭敬敬地走到对面男人的身边，俯身低声在他耳边说了些什么。

随后，温岩就见原本坐在那儿面色冰冷的男人突然站起身，阴厉的目光落向窗外。

温岩瞧着男人的面色不太好，问："怎……怎么了？"

小丫头同少年一起被人带到了慈幼坊。

凡是被带到慈幼坊的孩子在进去之前都需要用牌子登记一下。

"金爷，这牌子……"

大金牙看着侍从递过来的牌子，转头看了一眼少年身旁的小丫头，说道："嗯，这事我来办就好。"

"好的，金爷。"那侍从恭恭敬敬地将手里的牌子递给了大金牙。

大金牙把目光落在身后的手下身上。

只一个眼神，手下便懂金爷的意思了。

一旁的小丫头瞧着那些人的眼神有些害怕，下意识地拽紧了身旁少年的衣服。

段时凌原本就是从慈幼坊逃出去的，金爷看了他一眼，就让人将他拖下去。在被人强行拖走之前，段时凌深沉地看了一眼一旁紧紧地盯着他的小丫头。

见少年被拖走，小丫头忍不住有些急促地想喊出声，一时之间忘记自己被人点了哑穴，不能出声了。

大金牙终于发现她有些不对劲，问道："嗯？哑巴？不会说话？"

金爷捏着小丫头的脸蛋儿，听见小丫头一连"啊"了好几声，脸色有些黑了：这小丫头瞧着标致，他还指望她能卖个好价钱，可不承想她居然是个哑巴。

"金爷，那现在怎么办？"

手下的话音刚落，便有一名侍从匆匆地前来禀报。

"金爷，有贵客来了！"那侍从说着，就恭敬地朝金爷递上一个牌子。

金爷望着那熟悉的牌子，就知道所谓"贵客"是何意思了。

金爷听闻贵客前来，自然马不停蹄地赶了过去。他刚走到屋子门口，就瞧见站在门口的侍从个个瑟瑟发抖。

见他前来，一名侍从忍不住哆哆嗦嗦地开口道："金……金爷，里……里面有……有……虎。"

"虎？"

"还……还是两只……"

金爷闻言，下意识地皱了皱眉。他走进去后，看到趴在男人脚边的一大一小两只白虎，脸色也不由得变了一下，说道："这……这位公子，敢问何事……"

大金牙的话还没说完，就见其中一只原本趴在地上的白虎突然起身朝他吼了一声。那巨大的虎啸声震耳欲聋，吓得他差点儿腿软。

一旁的大白见自己的父亲吼出声，也忍不住起身朝大金牙吼了一声。

大金牙一连被吓了两次，再也受不住了，腿脚一软跌坐到地上，望着那两只凶神恶煞的虎。

"过来。"坐在椅子上久久未开口的男人终于出声。

216

大金牙瞧见那男人出声后，两只原本对他凶神恶煞一般的白虎重新乖巧地趴在了地上。

大金牙惊恐地擦了擦脑门儿上的汗，受惊不小。他抬起头看向前方坐着的一身黑衣的男人，要不是男人带着那个牌子，他都要以为男人是来找事儿的了。

大金牙知道男人此番前来的目的，不准备打哑谜了，直接道："想必这位公子也是为了那件事而来的吧，那敢问公子喜欢什么样的？"

赵公公听了大金牙这话，下意识地将目光落在一旁穿着一身黑衣面色阴冷的陛下身上。要说这慈幼坊是真的胆大，天子脚下，竟然敢肆无忌惮地犯法，还胆敢绑架七公主，恐怕等一下就死得连渣都不剩了！

大暴君听了大金牙这话，目光落在大金牙身上。

大金牙瞧着那目光，觉得自己的背后生起了一股寒意。他活了大半辈子，都没有瞧见过如此可怕的眼神，尤其男人身上的气势，看着就不是一般人。

不过大金牙此刻也没想那么多，毕竟看男人身上穿着的衣服价格不菲，就知道他定然是不缺钱的，想必等一下定会好好地消费上一笔。

"你们这儿有什么样的？"

"什么样的都有，只要是您想要的，就算没有，我们都能给您弄来。"大金牙说得信誓旦旦，却没有注意到男人越发阴冷森寒的表情。

大金牙又说道："而且我们这里是朝廷那边查不到的，毕竟坊里头偶尔丢几个孩子也并不是什么大事，随意地找个借口就能糊弄过去了。"

"呵，是吗？"大暴君冷笑了一声，"没想到朝廷里的那群大臣竟如此无能。"这些人确实该死！

大金牙听了男人这话，下意识地点了点头。就在他还想说些什么的时候，门外突然出现一大批御林军。

大金牙瞧着那御林军，脸色都变了：这……这是什么情况？

他还没有反应过来，就见那为首的御林军都统恭敬地对坐在那儿的男人跪了下去。

"微臣参见陛下！"

陛……陛下？！大金牙惊恐地瞧着男人，被吓得整个人都呆住了！

第十七章
景梵寺踏青

小丫头是被六哥哥抱着走进来的。

当看到坐在那儿的大暴君爹爹时，小丫头忍不住喊出声："父皇爹爹！"

大暴君看着小丫头灰头土脸的样子，心痛不已，唤道："七七……"大暴君上前，一把将小丫头抱进了怀里。

看到大暴君爹爹来了，小丫头压抑了好久的泪水再也控制不住了，"哇"的一声哭了出来，惨兮兮的。

大金牙瞧着那脏兮兮的"小哑巴"，怎么也没有想到她居然是公主！

小丫头趴在男人怀里哭得一抽一抽的。

大暴君捂着小丫头的耳朵，目光阴狠地瞧着大金牙。

因为等一下的场面会太过血腥，大暴君就让一旁的夜霆晟将小丫头先抱了出去。

小丫头前脚一走，大暴君就冷冷地出声道："给朕废了他！"

闻言，一旁的白虎明白了大暴君的意思，猛地朝大金牙扑了过去。

伏麒是大暴君养了多年的白虎，也是大白的父亲。因为主人只让它废了这个该死的人类，所以它撕咬的每一口都避开了要害。

那撕咬虽然不会致死，疼痛却让人毕生难忘。

大金牙被那白虎咬得奄奄一息，但就是死不了，被故意吊着一口气。这简直比直接杀了他还要让他难受。

那场面真的太过血腥，饶是一些身经百战的御林军都有些受不了，移开了目光。

小丫头哭得一抽一抽的，趴在少年怀里。

夜霆晟瞧着小丫头哭成这样，伸手轻轻地拍了拍小丫头的后背，说道："乖，没事了，六哥哥在。"没事了，他找到她了。

原本小丫头已经不准备哭了，但是听着六哥哥这温柔的语气，又忍不住了："呜呜呜，六哥哥！"

她真的好委屈，被关进小黑屋里的时候，以为自己就要死了，幸好六哥哥来了，六哥哥带人来救她了。

夜霆晟抱着小丫头走出了慈幼坊。

门外，夜云裳瞧见被少年抱在怀里的小丫头，冲了上去，叫道："七七！"

"皇姐姐……"小丫头红着眼睛抬起头，伸手就抱住了她的脖子。

看着小丫头浑身脏兮兮的样子，夜云裳气得不行，随后直接一脚踹向了一旁双手被绑着的段时凌，恶狠狠地道："别以为你让人放我，让我向宫里报信，本公主就能放过你！"

段时凌之前就被大金牙踢了好几脚，身负重伤，现在又硬生生挨了夜云裳一脚，弓着腰蜷缩在地上，脸色苍白地说道："对不起。"

"呵，现在说'对不起'，你以为有用吗？"夜云裳越说越气，还想给段时凌几脚。

一旁的夜傲天急忙拉住了夜云裳，说道："行了，如果不是他，我们也不知道慈幼坊居然背地里搞这等勾当。"

"那我是不是还得谢谢他？他自己没骨气明里揭发，就背地里利用七七借刀杀人，万一七七真的……"夜云裳不敢往下想：万一她的七七宝贝真的发生了什么事情怎么办？七七还那么小！

控制不住心中的怒火，夜云裳怒骂了一声："该死的贱东西！"

夜傲天："……"他就知道这丫头的嘴就没有干净过。

段时凌听了夜云裳这声怒骂，忍着身上的疼痛抬起头，目光阴狠无比地说道："公主的命是命，难不成平民百姓的命就不是命了？你是公主，尊贵不凡、人人敬仰，触不到底层的黑暗，但你可知慈幼坊一年内干了多少肮脏交易？"

段时凌红着眼，紧握着拳头，"我的亲妹妹受他们的迫害而死，他们却说她是身患疟疾而亡，一下撇清。你说我是卑鄙小人，借刀杀人，但这天理不公，你怎知我没同他们抗争过？如果不是我这贱民今日设计，你们又怎么会知道慈幼坊这惊天惨案？！"

段时凌所言字字诛心，夜云裳竟被他堵得哑口无言。

一旁的小丫头听了他这番话，终于知道他绑架她的用意了。

"这世间本就没有绝对的对错，所有的黑白皆由人来定义。虽然说是因为你我们才知道了慈幼坊背地里阴险的勾当，但实际上明案局前些日子已经发现了慈幼坊的一些端倪，这段时日也派人去内部探查了一番。换句话说，如果没有你今日所为，朝廷也能侦破此案。而如今你绑架公主是不争的事实！你埋怨天理不公，那请问你当真试过相信天子、相信朝廷吗，段公子？"

这一声"段公子"，令段时凌猛地抬起头，循声望去。

众人也瞧见了突然出现在门口的九王爷夜墨寒。

"九皇叔。"小丫头看清来人后，喊了一声。

夜墨寒伸手揉了揉小丫头的脑袋，说道："皇叔来了，囡囡受委屈了。"

小丫头原本想要让九皇叔抱的，但是她的手刚伸过去，正抱着她的六哥哥就开口说道："我抱你就行了。"

听了六哥哥这话，小丫头自然不好意思伸手让九皇叔抱了。

夜傲天垂眸，瞧着地上的少年震惊的面容。方才第一眼看见他的时候，夜傲天就认出他了。夜傲天说道："关于你父亲段将军的死，无论你如何憎恨朝廷，段将军通敌卖国被判死罪就是不争的事实。陛下顾念段将军虽叛国，但好歹生前也为国效力过，留他的子嗣一命，已经算是天大的恩赐了。"

段时凌听了这些话，紧握着拳头。时至今日，他都不敢相信他父亲那样的人居然会通敌卖国。他心里对朝廷有过偏见，对当今的圣上有过偏见。在父亲死后，他和妹妹被送到了慈幼坊，对于妹妹的死，他甚至想过是不是朝廷故意派人来做的。

"等一下我会向陛下请求饶你一命，不过死罪可免，活罪难逃。"夜墨寒说道。

夜墨寒的话刚说完，门口便传来了动静，只见一批批孩子在御林军的护送之下被带了出来。

叶七七趴在六哥哥怀里望着他们，突然间觉得自己的脑袋一重，抬头就瞧见大皇兄不知何时站在了她身边，一只手抱着猫，另一只手正轻轻摸着她的脑袋。

"喵。"被夜景轩抱在怀里的娘娘瞧见自家主人伸手摸小丫头的脑袋，忍不住伸出爪子轻轻地点了点小丫头的脸蛋儿。

"先回宫吧。"夜墨寒瞧着小丫头脏兮兮的脸蛋儿，提议道。

这一次朝廷不仅救回了小丫头，还一举捣毁了京城慈幼坊贩卖儿童这条罪恶的产业链。

小丫头被带回皇宫后，阿婉瞧着小丫头全身脏兮兮的样子，给她洗澡时，眼泪都忍不住流了下来。

"我的小公主呀，您受苦了……"阿婉一边流眼泪，一边给小丫头擦干净身子。

"没事的，阿婉姐姐，七七不是回来了，而且好好的吗？"

"嗯嗯，回来就好。"阿婉擦干净脸上的泪水，开口道，"公主，您都不知道，您没在的这两天，陛下阴晴不定的，听说这几日连早朝都没有去。"阿婉倒也没有把陛下在御书房大发雷霆，砍了好几个大人的脑袋的事情告诉她。

小丫头洗完澡香喷喷地出来后，就看见了坐在寝殿的软榻上的一身龙袍的男人。

"父皇爹爹！"小丫头迈着小短腿扑到了男人怀里。

大暴君伸手顺势抱住了小丫头，然后把她的下巴抬了起来，说道："别动！让朕看看你哪里伤着了。"大暴君紧盯着她的小脸。

小丫头说道："七七没受伤。"她就是受了一点儿委屈。

大暴君盯了小丫头一会儿，又撸起她的袖子，确定她身上没什么伤痕后，才放下心来。不过虽然小丫头已经平安地回来了，该算的账还是要算的。

"第二次了！"大暴君目光沉沉地看着小丫头，说道。

小丫头开始没反应过来大暴君爹爹这话是什么意思，直到望见他深沉的眼神，立马就懂了。小丫头撇了撇嘴，一脸知错地低下头："七七知错了……"

"错在哪里了？"

"不该跟皇姐姐一起偷偷溜出宫去玩。"

"呵。"大暴君冷笑一声：亏得这丫头还知道自己错在哪里了。

自冷笑一声后，他就再也没有说什么。

小丫头抬头望着一言不发的男人，心里知道大暴君爹爹一定是生气了。

"父皇爹爹，"小丫头伸手扯了扯男人的袖子，撒娇道，"您生气了吗？"

大暴君回道："没有。"

"分明就有！"小丫头伸手抚上男人紧蹙的眉头，"看看您的眉头皱得都能夹筷子了。"

一旁的赵公公听了小丫头这话，忍不住笑出声。

下一秒，大暴君神色阴厉地扫了赵公公一眼，那眼神似乎在说：你是想死？

赵公公十分有眼力见儿地闭紧了嘴巴。

见男人还阴沉着脸，小丫头撒娇地攀上男人的手臂，说道："父皇爹爹，不气嘛！"

终于，在小丫头的软磨硬泡之下，大暴君松了口："嗯，下次可不能偷偷出宫了！"

她要是实在想出宫去玩，完全可以跟他说，好方便他派人保护着她，像这次这样两个小丫头独自出宫实在是太危险了。

"事不过三，朕不希望发生第三次。"

"嗯嗯。"小丫头乖巧地点了点头。

"那慈幼坊那件事父皇爹爹打算怎么处理呀？"

大暴君说道："犯事之人皆斩！主谋同党与主谋乃同罪，理应问斩，不过这背地里的买卖所牵扯的人甚广，有些位高权重的官员也牵扯其中，须得让明案局好好彻查才是。"

"那……那个段哥哥，会怎么样？"

大暴君听了小丫头这话，眼神黯了一下，缓缓地吐出几个字："理应问斩。"

"啊？"小丫头说道，"可他也是为了揭露慈幼坊的恶行，迫不得已才……"

"迫不得已就可以罔顾法令绑架朕的女儿吗？七七，一个国家要想安定，百姓就必须遵守法令。他的这番作为让慈幼坊的罪恶行径被公之于众没错，但是如果人人都像他这样，依自己所想而行，那么法令被创建出来的意义何在？这一次幸好你和裳裳没事，要是有事的话，你觉得朕能放过他吗？"

小丫头闻言，摇了摇头：要是她和皇姐姐真的出事了，依照大暴君爹爹的脾气，肯定又要斩斩斩了。小丫头又说道："但是七七没什么事呀！虽然他的做法很过分，但是也是被逼无奈。父皇爹爹，您就饶他一命吧，怎么惩罚他都可以。而且九皇叔都为他求情了，您要是不同意，那九皇叔多没有面子呀！"

大暴君怎么也没有想到，小丫头居然会把夜墨寒那个该挨千刀的家伙搬出来。

"父皇爹爹，好不好吗？"小丫头伸手扯着男人的衣袖，可怜巴巴地道。

大暴君望着小丫头无辜的眸子，最终轻轻地点了点头，算是答应了。不过，死罪可免，活罪难逃，他下令将那小子发配边疆已经是对那小子最大的恩赐了。

小丫头是在吃饭的时候才看见大白的父亲的。身形庞大的大白虎趴在地上，体积是大白的四五倍。小丫头第一眼看见大白虎时，眼睛都冒着光："好……好大的一只虎呀！"这看着简直就是大白的长大版。

"想摸吗？"大暴君轻声问道。

小丫头欣喜地点了点头，问道："可以吗？"这大白虎看着好凶的样子。

"当然可以。"大暴君说话间，做了一个手势。

原本趴在地上的大白虎已经懂了他的意思，起身缓缓地向小丫头走去。

望着大白虎巨大的身形，小丫头生怕它一张嘴把自己给吞了。

大白虎看着凶巴巴的，但小丫头还是按捺不住伸手摸了摸大白虎的脸。

许是害怕小丫头手短碰不到自己的头顶，大白虎还极其通人性地蹲下身子，任由小丫头摸它的脑袋。

估计是被小丫头摸脑袋摸舒服了，它还发出一阵"呼噜噜"的声音。

摸着那软乎乎的毛，小丫头一下就上瘾了。

"好软呀……"小丫头说着忍不住又摸了几下。

她是舒服了，但是一旁的大白瞧着自家小主人不摸它反而摸它的父亲，心里头有些不高兴了。

"嗷呜。"大白不满地叫了一声，然后低着脑袋蹭上小丫头的手心，一副求摸的样子。

一旁的伏麒瞧着儿子这副没眼力见儿的样子，忍不住朝儿子吼了一声：没眼力见儿的东西，没瞧见小主人正在摸它吗？

大白被吼，也不满地叫了几声。

估计是嫌儿子烦了，伏麒一口咬住儿子的后脖颈，把它扔到了外面的草地上。

叶七七："……"大白的父亲好……好无情的样子呀！

段时凌被发配边疆的事情小丫头是下午得知的。父皇爹爹虽然说免了他的死罪，但是把他发配边疆了，小丫头感觉这惩罚还挺重的。

"舍不得他？"

小丫头正盯着面前的书本发呆，就听见对面的少年突然开口问她。

一时之间小丫头茫然地抬起头："啊？"

夜霆晟瞧着小丫头愣愣的眼神，目光意味不明。

两个人对视了好一会儿，最终夜霆晟先移开了目光，说道："没什么。"

"噢……"小丫头轻轻应了一声，觉得六哥哥总是莫名其妙的。

"咦，外面下雪了！"小丫头看着外头突然飘下的雪花，一脸惊奇地指了指窗外。

夜霆晟转头看向漫天的雪花。

他还没有出声，一旁的小丫头就突然牵着他的手拉着他走到了外面的走廊上。

屋子里面点着暖炉并不觉得冷，一出来寒风刺骨，小丫头冷不防抖了抖身子，搓了搓小手，哈出一口热气。

夜霆晟瞧着小丫头瑟瑟发抖的样子，说："冷就进去吧。"

"不冷的。"小丫头说着，伸出手去接飘下来的雪花。

她看着手里慢慢融化的雪花，嘴角勾起了笑。

夜霆晟望着她，觉得这个冬天似乎没有往年那么冷了。

自从出了小丫头被绑架的事情后，大暴君便又往月静宫里塞了不少人，美其名曰为了保护她的安全。但每次她一出门，瞧着那一排排站在门口腰带佩刀的侍卫，总感觉自己像是被人软禁了。

新年前后，小丫头除了新年当天玩得开心一点儿，其余时间每天埋头看书。

好不容易迎来了第二年的初春，小丫头终于六岁了。

"公主，去景梵寺踏青的这半个月里您可一定要好好照顾自己呀……"阿婉给小丫头收拾着包袱，忍不住哭了出来，"呜呜呜，您还那么小，按理来说就不应该让您去呀……"

"哎呀，没事的。我现在是书院的一分子，自然是要去的。而且皇姐姐和六哥哥也去，七七不会受委屈的。"

初春去景梵寺踏青是京城各大书院的传统，起初是因为学子们常年在书院里学习，枯燥不已，而景梵寺环境优美，夫子们带学子们出来散散心而已，渐渐地演变成各大书院争奇斗艳的比艺时刻，但它踏青的名头从未改变过。

原本大暴君爹爹是不同意她去的，但是叶七七一想到皇姐姐和六哥哥都去了，就剩她一个人每天被大暴君爹爹压着学习，害怕自己对大暴君爹爹的爱会消失，所以一定要去。

一出月静宫，小丫头想着可以出京城去玩，整个人欢脱得跟一只小燕子似的，走在路上都一蹦一跳的。结果刚走到宫道的转角，她就迎面跟人撞了个满怀。

"啊——"鼻子直直地撞到了男人身上，一时之间酸痛感袭来，小丫头忍不住伸手捂住了自己的鼻子。

"公主！"阿婉见小丫头撞到人后，下意识地伸手想要将小丫头拉回来，可当瞧见小丫头撞的是谁后，脸色猛然变了，战战兢兢地对男人行了个礼，说道："奴……奴婢见过大皇子。"

大皇子性格阴晴不定的，且最讨厌小孩子了，阿婉见小丫头撞到的是大皇子，心里为她捏了把汗。

小丫头听了阿婉战战兢兢的声音后，抬起小脑袋，就看见了站在她面前的大皇兄。

男人抿唇无言地看着她，神情淡漠至极。

小丫头被他淡漠的眼神吓得愣了一下，不知自己怎么就撞到他了。

"大皇兄……"小丫头怯怯地喊了一声，话说间还向后退了几步。

她记得上一次见大皇兄，还是她被人绑架那会儿，虽然当时他摸了摸她的脑袋，但是此刻看着他还是有些害怕的。

"跑得那么急干吗？"男人淡淡地道。

小丫头正准备回答，却突然将目光落在他的手上——原本他走到哪儿怀里都会抱着猫，而今天居然破天荒地没有带猫。

夜景轩低头看了一眼衣服方才被小丫头抓住的地方，下意识地伸手拍了拍。他拍完之后抬头，见小丫头还直勾勾地看着他。

"没……没有跑得很快……"小丫头被他盯得有些不知所措。

夜景轩看了小丫头一眼，随后就伸出手摸上她的脸，抬起她的下巴。

叶七七突然被他抬起下巴，眼睛瞪得老大，下意识地伸手想要将他的手拍开。

"别动！"夜景轩双手捧着小丫头的脸颊，盯着小丫头有些红的眼尾。

小丫头被他微凉的指腹拂过眉眼，全身起了一层鸡皮疙瘩。

"红了……"

叶七七说道："啊？"

"眼尾红了。"夜景轩收回手，目光落在不远处书院的马车上，问她，"是准备去景梵寺踏青？"

小丫头点了点头。

"你年龄还不够，不能带婢女就没人照顾，父皇同意了吗？"

"同意了，皇姐姐和六哥哥也去的。"小丫头回答。

夜景轩没有再说什么。

两个人又没有话聊了，小丫头站在那儿尴尬地抠着手，左思右想终于找到了一个话题："那个……大皇兄，娘娘……你怎么今天没有带呀？"

夜景轩说道："我今天出宫办点儿事，不宜带它。"

"好……好吧……"

"等你回来的时候我可以让你抱抱它。"

小丫头听了这话，眸子不由得亮了："真……的可以吗？"她记得上一回，她都没主动地伸手摸他的猫，他就已经有点儿生气了。

"真的。"夜景轩伸手揉了揉小丫头的小脑袋，"路上注意安全，去了景梵寺别太贪玩。"

"好。"小丫头点了点头，"那大皇兄，七七就先走了。"

"嗯。"夜景轩看着小丫头远去的背影，回想起小丫头刚刚对他的称呼，叫其他人"二哥哥""六哥哥"的，叫他就是生疏的"大皇兄"，怪让人心理不平衡的。

直到走到马车旁，小丫头还没有回过神来，下意识地转头看了一眼之前两个人站的地方，此刻那里空无一人。

小丫头轻轻呼出一口气，小手拍了拍胸脯，突然有一种劫后余生的感觉。

"七七宝贝！"

这时，一个熟悉的女声突然从马车里传来，吓了她一大跳。

小丫头上了马车，和夜云裳坐在一起。

夜云裳望着小丫头有些泛红的眼尾，问道："我刚刚看见你居然和大皇兄待在一起，是他骂你了吗？"

小丫头惊魂未定地摇了摇头："没有呀，大皇兄没有骂我。"

"那你的眼尾怎么红了？是他欺负你了吗？"

小丫头看到夜云裳撸起袖子，一副即将去干架的样子，急忙摆了摆手："没有没有，就是七七刚才走路的时候不小心撞到大皇兄了，他没有骂我，还让我路上注意安全。"

夜云裳闻言，缓缓地放下袖子，说道："那就行。我跟你说，以后最好离大皇兄远一点儿，他的性格时好时坏的，凶起来的时候可吓人了。"

夜云裳小时候就见过他那副样子，到现在还记得呢。

"嗯嗯。"小丫头乖巧地点了点头。

夜云裳瞧着小丫头如此乖巧，忍不住伸手揉了揉她的脸蛋儿，说道："啊，我家七七真是越看越可爱，不知道将来便宜了哪个浑蛋臭小子！"

想想这么可爱的小白菜，以后就要被猪拱了，夜云裳就好气！

就在夜云裳还想再说些什么的时候，原本紧闭的，门帘突然被人从外面掀开了。

两个小丫头齐刷刷地抬头，看见了那张熟悉的脸。

夜云裳看着弯腰进来的少年，脑海里不知怎的突然浮现出一行字：拱她家白菜的猪，来了！

小丫头看着少年，有些惊喜地说道："六哥哥，你来了。"

"嗯。"少年进了轿子里直接坐在了小丫头身边。

看了一眼坐在对面的夜云裳，夜霆晟竟破天荒地喊了她一声："皇姐。"

这一声"皇姐"，可让大魔王三公主受宠若惊，要知道她可好几年没听见他这么喊她了。前几年虽然他两个人一起参加书院的踏青，但是谁也不搭理谁，都装作不认识对方，哪里像今日这样还同坐一辆马车？

夜云裳轻轻咳了一声，问道："那个……六皇弟是想跟我和七七坐一辆马车吗？"说完，夜云裳默念：快说不是，快说不是，臭小子快说不是！

夜霆晟说道："我那辆马车方才被人坐坏了。"

夜云裳听了他这话，第一反应就是不相信，哪有马车早不坏晚不坏，偏偏这个时候坏的？

许是怕她们不相信，少年还伸手掀开车帘让她们看。

小丫头抬起脑袋往外看，一眼就瞧见了那站在马车旁的体积庞大的身影，只见那道身影身旁的马车的两个车轮子直接扁了。

小丫头看到那人的脸后，一下就认出来那人不就是之前她在比武场里认识的特别憨厚的王大柱吗？

因为今日政事繁忙，大暴君没空去送小丫头他们。赵公公全程看着他们上了马车，出了宫门。

赵公公望着那一辆辆远去的马车，一阵悲戚感油然而生，忍不住伸手掏出帕子擦了擦眼泪。

小太监也望着渐渐走远的马车，忍不住开口道："七公主这一走，皇宫里又要冷寂半个月了。"说来每天七公主在陛下身边转悠还挺热闹的，如今七公主刚走，他就开始觉得皇宫里安静了。

看到赵公公擦眼泪，小太监开口安慰道："公公莫要伤心，七公主也就半个月时间就回来了。"

赵公公听了小太监安慰自己的话，哆哆嗦嗦地擦干净眼泪，没好意思告诉小太监，他伤心不是因为七公主离开，而是……赵公公将目光落在一旁紧紧地盯着他的大白身上。

"嗷——"原本趴在地上的大白突然对着赵公公叫了一声。

赵公公吓得差点儿将手里的拂尘扔出去。要说这七公主自己出去玩也就算了，为什么还要把大白交给他养？他……他怕呀！他都一把老骨头了，生怕大白突然扑过来将他给吞了。

赵公公哆哆嗦嗦地将大白牵进了景阳宫里，好生看养。

大暴君一直到了晚上才处理完政务。

"德顺。"他伸手捏了捏眉心，俊脸上难得地露出疲惫之色。

站在外头的赵公公立马恭恭敬敬地走了进来，说道："陛下，奴才在。"

"朕今天让你去……"大暴君话说到一半抬起头，瞧见赵公公全身沾着泥土和枯草，眉头猛地皱了一下，"你……"

怪只怪大白真的太过顽皮了，赵公公看着自己浑身脏兮兮的，苦笑道："七公主把大白托付给奴才养着，奴才方才去陪大白了，它……有些调皮……"

何止是调皮，七公主在的时候它看起来安安分分的，现如今七公主一走，它也跟放飞自我了似的，直往泥潭里钻。赵公公感觉它之前的乖巧都是它为了今日能钻泥潭而营造的假象。

大暴君："……"

"大白钻了泥潭，浑身脏兮兮的，奴才就和好几个太监一起给它洗澡，结果它就扑得我们一身泥水。"

大暴君淡淡地瞥了赵公公一眼，说道："将它和伏麒放在一起就行了。"

听了这话，赵公公才想到，伏麒作为大白的爹，肯定能管住它那调皮捣蛋的儿子。

"奴才这就让人把大白送过去。"赵公公高兴坏了。

赵公公刚准备离开，突然被大暴君叫住了。

大暴君问："今日小丫头见朕没有过去送她，生气了吗？"

"回陛下，七公主知道您政务繁忙，不能亲自去送，自然是理解的，没有生您的气。"

"嗯。"那就好，他就怕那丫头怪他没有去送她，"那想必她一定很恋恋不舍吧？毕竟要离开朕半个月。"

赵公公仔细地想了想七公主临走时的样子：小丫头坐在马车上吃着九王爷给的糖葫芦，那模样高兴得不得了，没有半点儿恋恋不舍的样子。

不过看着此刻陛下的神情，赵公公可没胆子说七公主是高高兴兴地坐马车离开的："回陛下的话，七公主临走的时候闷闷不乐的，上了马车还一直看向窗外，估计是心里十分惦念您，直到吃了九王爷给的糖葫芦，才笑了几下。"

大暴君一开始没感觉有什么不对劲的地方，可当听到那熟悉的三个字时，眉头皱起来了，问道："夜墨寒那家伙现在人呢？朕让他处理军营军饷一事，他办好了？"

赵公公瞧着陛下突然变得阴沉的脸，被吓得身体抖了抖，说道："陛下，关于军中军饷一事，九王爷昨天来不是同您商议过了吗？最后您还同意他的法子了……"

听赵公公这么一提醒，他倒是想起来昨天那家伙来找他商议了，他也是一时之间气糊涂了，竟然把这事忘记了。

大暴君捏了捏眉心，问："那他现在在哪儿？就说朕现在有事找他，让他过来！"

赵公公小心翼翼地道："陛……陛下，九王爷……同书院里的人一起去景梵寺了……"

马车还没有行驶多久，小丫头就一连打了好几个喷嚏，手里的糖葫芦都差点儿掉了。她揉了揉有些发痒的鼻子，心想：是不是有人想她了？

"七七宝贝，我也想吃你的糖葫芦。"夜云裳坐在凳子上，因为轿子里多了一个少年，只觉得浑身不自在。

小丫头将糖葫芦递到了夜云裳的嘴边："皇姐姐，啊——"小丫头学着大人给孩子喂饭的样子，对着夜云裳张开嘴巴"啊"了一声。

夜云裳觉得自己又被小丫头的可爱模样戳中了心窝，咬了一颗山楂到嘴里，糖的甜味和山楂的酸味立马在嘴里散开。

叶七七抬起头时，刚好瞧见原本在看书的六哥哥正看着她，以为他也要吃，伸手就将自己仅剩一颗山楂的糖葫芦递到了少年的嘴边："六哥哥，吃糖葫芦。"

夜霆晟望着小丫头递到嘴边的糖葫芦，又抬头看了看她的脸，随后就移开目光，说道："不吃。"

"他不吃我吃。"夜云裳说完，就一口咬了上去。

小丫头看了一眼低着头一言不发的少年，总感觉六哥哥好像又有点儿生气了。

从京城去往景梵寺大概有半天的路程，少年坐在那儿低头看书，竟一点儿困意都没有，反倒是两个小丫头，路程还没有过半，就已经昏昏欲睡了。

叶七七上下眼皮子打架，刚要睡着，突然被人踢了一脚。她转头，就瞧见原本坐在她身边的皇姐姐已经四仰八叉地睡在了她身旁，几乎霸占了那一整条凳子。

小丫头望着留给自己的那点儿可怜兮兮的空间，伸手想将夜云裳横在那儿的腿放下去，但是熟睡后的皇姐姐跟一只猪一样，那腿就像是粘在了上面。

一旁正在看书的少年许是注意到了小丫头的困境，抬头看了她一眼，然后将目光落在了自己身旁的座位上，说道："过来坐。"

听了少年这话，小丫头先是迟疑了一会儿，随后看了一眼霸占位置睡得十分香甜的夜云裳，最终起身坐到了少年身旁，叫道："六哥哥。"

"嗯。"少年轻轻应了她一句，然后继续看书。

小丫头侧头看着他手里的书，忍不住开口问道："六哥哥，你看的是什么书呀？"

"《四国兵法论》。"

一听这名字，小丫头就知道这是她不喜欢看的书，但是此刻坐在马车上实在无聊，她将目光投向窗外。

她想到自己这半个月都见不到大暴君爹爹，似乎有点儿想他了，也想大白和阿婉姐姐。小丫头想着想着，就忍不住上下眼皮打架了。

少年正在看书，突然感觉自己的手臂一重，侧头就见小丫头紧闭着双眼靠在他的身上，许是梦到了什么关于吃的美梦，那小嘴还动了几下。

少年一言不发地盯着小丫头熟睡的面容，脸上的神情意味不明，也不知道此刻到底在想些什么。

第十八章
六哥的奶糖

　　小丫头睡得正香，突然感觉有人在晃自己的手臂。她"嗯"了一声，想要将打扰她美梦的那只手拍掉，可她刚准备伸出手，脸突然被人给捏住了。

　　"七七，醒醒。"

　　耳边传来一个熟悉的声音，小丫头迷迷糊糊地睁开眼，映入眼帘的就是少年那张近在咫尺的俊脸。

　　"六哥哥……"小丫头此刻还没有完全清醒，神情呆萌地望着他。可当她渐渐地回过神来，看到自己紧抱着他的腰，整个人都靠在他的怀里时，原本有些蒙的脑袋立马清醒过来，"噌"的一下坐了起来。

　　夜霆晟看着小丫头惊愕的表情，提醒她："到了。"

　　马车外传来夜云裳的声音："七七宝贝醒了吗？"

　　夜云裳将车帘掀开，瞧见小丫头正瞪大眼睛坐在那儿，伸手就牵上小丫头的手，说道："还愣着干什么呀？我们到了。"

　　夜云裳欣喜地拉着小丫头下了马车。

　　直到下了马车，小丫头才注意到天色已经很暗了。

　　马车前，千级台阶映入众人眼帘，放眼望去，依稀能见到千层台阶之上高耸入云的宏伟的寺庙，庄严而又震撼。

不过小丫头突然想到了一件事，问道："我们要走上去吗？"

夜云裳回道："也……许吧……"

是的，他们真的要走上去，虽然包袱有专门的人负责帮他们拎上去，但是这么多级台阶他们还是要通过自己的两条腿走上去的。

其他马车上的学子下了马车，看着那千级台阶，也都抱怨一声。

秦太傅在一旁见众学子一阵抱怨，只是说了几句鼓励的话，便让他们开始爬台阶上山。

如今天色已晚，也不宜在山下久留，很快一众学子便认命地开始爬台阶。

小丫头迈着小短腿爬得十分吃力，一直跟在小丫头身后的少年见她如此，正打算伸手将她抱起来，有一只手比他快了一步。

小丫头正十分吃力地爬台阶，突然被人从身后抱了起来，惊愕之间，就听见身后传来熟悉的声音："囡囡怎么都不等等皇叔？"

"皇叔！"小丫头看清来人后，伸手就抱住了夜墨寒的脖子，"刚刚囡囡下马车时没有看见你。"

"看不见皇叔就不等了吗？"夜墨寒轻轻点了一下小丫头的鼻子，说道，"要是没有皇叔，囡囡还真想自己爬上去不成？"

将小丫头抱起来后，夜墨寒瞧见身旁的少年一动不动地看着他。他轻轻挑了一下眉，目光戏谑地落在了少年冷厉的眉眼上，缓缓地开口道："怎么？六六难道也想要皇叔抱吗？"

少年听了他这番话，第一反应就是"六六"是喊谁？本来少年是压根儿不想搭理他的，但是看着男人怀里抱着小丫头，少年咬了咬牙，抬头对上男人戏谑的目光。

夜墨寒望着少年有些不寻常的眼神，笑凝在了嘴角：这个臭小子突然用这种眼神看他，他怎么有种不祥的预感？

"可以吗？"少年开口问他。

闻言，夜墨寒一时之间脑子里一片空白。

可以吗？可以啥来着？他望了一眼那小兔崽子嘴角勾起的冷笑，突然间觉得自己好像被那小兔崽子耍了。

"没什么，皇叔，您慢点儿。"话音落下，少年淡然地扫了一眼夜墨寒怀里抱着的小丫头，就移开目光抬腿往上走。

夜墨寒看着少年那样，突然很想将这臭小子揪回来打一顿。

小丫头问："皇叔，您生气了吗？"

"嗯？什么？"夜墨寒听到怀里的小丫头突然出声问他，低头看了她一眼。

小丫头紧盯着他，声音软软地安慰道："皇叔，您不要生六哥哥的气，他有时候说话就是这样的。"

夜墨寒听了小丫头安慰的话，越发觉得小丫头就跟贴心小棉袄似的。他伸手捏了捏小丫头的脸蛋儿，笑道："傻丫头，皇叔能跟他置什么气？你当皇叔是你那个气筒子似的父皇吗？"

"气筒子？"

夜墨寒瞧着小丫头疑惑的脸，突然间像是想到了什么，悄悄地对小丫头道："囡囡不知道你那父皇爹爹小时候的外号叫'气筒子'吧！"

与此同时，另一边，正在看奏折的大暴君突然一连打了好几个喷嚏。

站在一旁正打瞌睡的赵公公被吓得忍不住抖了一下身子。赵公公下意识地轻轻擦了擦嘴角上的口水，说道："陛下，这夜深了，天也凉了，该就寝了吧……"

"朕还不困。"

您不困我困呀！赵公公在心里怒吼，造孽呀！七公主刚走，陛下就开始寝食难安了，这让他接下来的日子怎么过呀？！

"把桌上的奏折都给朕拿过来吧。"

大暴君此话一出，赵公公下意识地把目光落在了不远处桌子上的几沓奏折上。他惊了："陛……陛下，这是您明天要看的奏折呀，这么晚了您还是早点儿……"

赵公公被男人一记冷厉的眼神吓得立马闭上了嘴。

"奴才这就给您拿来。"说完，赵公公将那好几沓奏折都搬了过来。

大暴君坐在椅子上，神情淡漠地看着奏折："吩咐下去，朕过几天要出宫，微服私访。"

"微服私访？"赵公公听了陛下这话，眼睛瞪得老大，要知道他伺候陛下这么多年，从未见过陛下微服私访。

现如今他可算明白陛下为什么那么着急将奏折批改完了，原来是心急出宫去找小公主呢！

"是，奴才这就吩咐下去。"赵公公宛如已经看透了一切。

等到一众学子终于爬完了所有的台阶，天色已经完全黑了。

小丫头站在一旁用小手给气喘吁吁的皇姐姐扇风。

夜云裳累得一句话都不想说了：她为什么不是五六岁？这样她也可以不用自己爬台阶了。

好不容易在小丫头的搀扶下走到了寺庙的食堂，看着那白菜豆腐，她生无可恋。

一旁的小丫头倒显得乐观多了。

"嗯，皇姐姐，这白菜豆腐好好吃呀！"小丫头扒拉了一口米饭，又吃了一口碗里的白菜豆腐，眼睛都瞪直了。

夜云裳看着小丫头夸赞的样子，不由得看了一眼原本被她放弃了的白菜豆腐，看着就感觉不好吃啊，但是瞧着小丫头一连扒拉了好几口饭，她也忍不住拿起筷子尝了一口。

菜刚一入口，她眸子瞬间瞪大了。

小丫头问："是不是很好吃呀？"

夜云裳点了点头："嗯嗯，好吃！"说完，她也忍不住扒拉了一口饭：那白菜豆腐瞧着不好吃，没想到居然这么好吃！

夜云裳觉得自己可能真的是饿坏了，在那看着普普通通的白菜豆腐的诱惑下，硬生生地扒拉了两大碗白米饭。

"嗝儿——"她跟着小丫头出来时，还忍不住打了个饱嗝儿。

景梵寺每到初春便会迎来京城各大书院的学子，虽然今日只有国子监的学子前来，但是因为几个书院加起来的学子颇多，所以准备的屋子基本是十几个人一起睡的，床铺是那种两排的大床铺。

小丫头刚睡着没多久，突然被叫醒了。她睁开眼，就瞧见趴在她的床头上正看着她的皇姐姐。小丫头下意识地揉了揉眼睛，问道："皇姐姐，你不睡觉呀？"

"嘘——"夜云裳对小丫头做了一个安静的手势，随后小声道，"快点儿穿衣服、穿鞋子，我带你去吃烤串。"

小丫头一脸疑问：这大晚上的哪来的烤串呀？

"快点儿！"夜云裳催促道。

小丫头半眯着眼穿好衣服和鞋子，随后任由夜云裳拉着她走出了院子。

234

两个人走了好一会儿，小丫头看见了不远处的树林里的点点火光。

待走过去一看，她发现那火堆旁坐了好几个少年。尤其她瞧见一道庞大的身影，居然是大柱，而且大柱身旁坐着的少年不是六哥哥还能是谁？

小丫头不由得瞪大了眼睛：原来六哥哥也在呀！

"你们总算来了，快来尝尝，刚烤好的肉串。"贺璟将烤好的烤串递给了两个小丫头。

小丫头下意识地伸手接过。她看着贺璟眼熟，但就是叫不出名字。

"谢谢。"小丫头礼貌地道了声谢。

她刚准备咬一口，手里的肉串就突然被人拿走了。

夜霆晟将手里的另一串肉串递给了小丫头："那个是有点儿辣的，吃这个不辣的。"

六哥哥许是怕她被辣到，但是她是可以吃辣的！小丫头盯着被六哥哥拿过去的那串烤串，下意识地咽了咽口水。

她心里是十分想吃那串辣的烤串的，但是瞧着六哥哥意味不明的眼神，还是乖巧地咬了一口不辣的。

"好吃吗？"少年看着她，问道。

小丫头点了点头："好吃。"

见小丫头喜欢，少年便又拿了几串肉串给她。

一旁的另一个学子瞧着他这番动作，开口道："我说刚刚晟哥怎么不吃呢，原来是省着给他妹妹吃啊。"

那学子的话刚说完，在场的其他人下意识地将视线落在两个人身上。

小丫头正吃着烤串，腮帮子圆鼓鼓的。见他们都将视线落在她身上，小丫头睁着一双大眼睛无辜地望着他们。

在场的其他学子瞧着小丫头呆萌的模样，算是知道缘由了：这小丫头长得这么可爱，吃点儿烤串算什么？他们的妹妹要是长得这么可爱，就算是要天上的星星，他们也要摘下来好吗？！

夜霆晟听了这话，目光下意识地落在小丫头的身上：在他们眼中，他是不是对这小丫头好得过分了？

"哥哥对妹妹好不是应该的吗？我这姐姐对妹妹也很好呀。"一旁的夜云裳说着就将手里的烤串递给了小丫头："七七宝贝，皇姐姐也请你吃烤串。"

一旁的众少年听了大魔王三公主这番宠溺的话，不约而同地想起前阵子宫里头传出的三公主将七公主扔到狼群里，使得七公主差点儿被狼群活活咬死的传闻，而此刻再瞧这宛如"宠妹狂魔"的三公主，哪有半点儿当初嚣张跋扈、恶贯满盈的样子？

以前，他们瞧见三公主这恶霸都唯恐避之不及，哪能想到自己有朝一日还能跟这皇宫恶霸深夜围在火堆旁吃烤串。不过想着想着，在场的众学子突然想到差点儿被他们忽略的一点：他们深夜到小树林里吃烧烤可是悄悄进行的，那么这两个小女生是怎么知道的？

"给你，这个是不辣的。"贺璟将烤好的烤串递给了一旁的大魔王三公主。

结果贺璟一转头，就瞧见几个原本吃得好好的少年突然看着他。

贺璟有些疑惑。

夜云裳美滋滋地吃完手里的最后一串烤串，下意识地准备让身旁的少年继续给她烤，却发现他突然不见了，问道："嗯？刚刚坐在我身边的那个人呢？"

方才那人给夜云裳烤了那么多串烤串，她硬是忘记问他叫啥了。

王大柱说道："你问的是方才坐在你身边的贺璟吗？他刚刚被他们拉着去那边小解了。"

夜云裳："……"她只是想知道他去哪里了，并不想知道他去干吗了，谢谢！

大柱回答完，就见夜云裳淡淡地瞥了他一眼。

对于她这反应，大柱并没有放在心里。他侧头，见小丫头手里的烤串快吃完了，就将自己手里的烤串递给了她："那个……你还吃吗？我这里还有两串……"大柱有些憨厚地抓了抓自己的后脑勺儿，古铜色的脸上难得地浮现出几丝红晕。

刚吃完烤串的小丫头听了他这话，抬起头望着他，摇了摇头："不用了，我已经吃饱了。谢谢你啊，大柱。"

原本大柱听到小丫头拒绝自己的话还有些失落，但是当他听见小丫头竟然还记得他的名字时，脸上失落的神情立马被欣喜代替了。他瞪圆了眼睛，有些难以置信地看着她，说道："你……你还记得我叫什么呀？"

"当然记得呀！"叶七七看着他，"你不是叫王大柱吗？之前在比武场的时候你跟我说过的。"

"我还以为你忘记了……"大柱一边说，一边紧张地抠着手指。

小丫头看着他说："怎么会呢？你不是要和我做朋友吗？朋友是不会忘记

对方的名字的。"

朋友！大柱听了小丫头这话，震惊地盯着她：她说要和他做朋友！她说要和他这样的人做朋友……

"大柱，你不愿意吗？"小丫头见他一言不发地盯着地面，以为他不愿意。

大柱立马摇了摇头，直视着小丫头的眼睛，说道："不，我愿意！"

"肥柱，你愿意啥呀？"不远处的几个少年听了大柱这回答，忍不住戏谑道，"你回答得这么急切，不知道的还以为你要干吗呢！"

大柱原本是高兴的，但是听到他最讨厌的"肥柱"二字后，目光立马黯淡下来。他不喜欢别人叫他"肥柱"，这感觉就像是在叫肥猪一样。

"哎呀，肥柱，你怎么都没吃多少烤串呀？平时你可是可以吃很多的。"

"说不定肥柱是想减肥了呗。不过减了也没有用吧，他都已经长这样了。"

"说实话，我真的挺想知道他小时候父母都喂他吃了些啥，把他养得这么……嗯，丰满……"

"噗——"听了这话，其他几个少年忍不住笑出声。

就在他们还想说些什么的时候，一旁的小丫头突然开口道："你们好过分，不准这样说大柱，没看见大柱不喜欢你们这样说他吗？"

小丫头此话一出，那几个少年不由得将目光落在了大柱身上，只见大柱红着眼睛。

"不是吧？我们就是开个玩笑而已，又没有说什么，你哭什么？"

"搞得像我们欺负你了似的，之前又不是没说过。"

"都是朋友，开个玩笑怎么了？"

小丫头质问道："是朋友就可以随意地给别人取外号吗？你娘亲没告诉你随意地给别人起外号是很不礼貌的吗？照你这样说，那我是不是可以给你们取外号叫'瘦猴子''瞪眼大侠''大麻子怪'？！"

小丫头伸手分别指了一下其中三个人。

那三个少年闻言，表情立马变了。

小丫头望着他们黑着脸的表情，又说道："看吧，你们都生气了，就应该换位思考一下。再说了，大柱这才不是胖，是强壮！"小丫头说着，还伸出手拍了一下大柱的手臂。

结果刚拍了一下，小丫头就猛地变了脸色：嗯，他的肉好硬，拍得她的手好疼。

那三个学子瞧了一眼在小丫头左手边坐着的六皇子，和在小丫头身后不远处站着的皇宫小霸王三公主，脑子里冷不防闪现出"惹不起"三个字。

最终，他们认错地低下了脑袋。

"对不起，大柱，我们不知道你不喜欢那个外号。"

"我们以后不会再那样叫你了，对不起。"

"对不起，我们错了。"

大柱瞧着他们跟他道歉，感到意外极了。他看了一眼身旁的小丫头，随后摆了摆手："没……没事了，我就是不太喜欢你们给我起的那个外号而已。"

"那我们以后也叫你'大柱'好了。"

"对呀，还是'大柱'好听……"

大柱听着他们改变了对他的称呼，下意识地看了一眼身旁的小丫头，小声道了声谢。

大柱想了想，最终喊出了那两个字："七七，我可以叫你'七七'的吧？"

"当然可以呀。"小丫头朝着大柱笑了笑。

看着那笑脸，大柱脸蛋儿更红了。

一旁的夜霆晟冷着脸看着两个人，目光似乎能冻死人。

不过小丫头似乎完全没有注意到夜霆晟，自顾自地和大柱有说有笑。

"你真的不吃吗？"大柱将那两串肉串递到小丫头面前，这是他特意留给她的。

小丫头想了一小会儿，最终接过了一串，说道："我们一人一串吧。"她已经很饱了，真的吃不下两串了。

"好。"大柱对小丫头笑了笑，点了点头。

夜霆晟看到小丫头小口吃着肉串，又看了一眼坐在小丫头身旁的大柱直接一口将自己那串烤串吃完了。

小丫头和大柱正说得高兴，便感觉背后突然被轻轻戳了一下，一侧头，就瞧见六哥哥不知怎的竟然在玩她散落在肩膀处的头发。

少年修长白皙的手指缠着一缕乌黑的发丝。在小丫头转头看他时，他也缓缓地抬起眸子，两个人对视。

两人先是谁也没有开口说话，最后还是叶七七实在被他那眼神看得心里有些发毛，忍不住开口喊了他一声："六哥哥，你……怎么了？"他用那样的眼神看着她，真的好吓人呀！

闻言，少年薄唇轻启，淡淡地道："没什么。"

小丫头经过和他这么长时间的相处已经知道，一般他说没什么，那肯定就是有事了。

夜云裳站了好一会儿都没有看见给她烤串的那个什么璟回来，百无聊赖地看着星空。突然，她像是想到了什么，神秘兮兮地开口道："对了，你们知不知道关于景梵寺的后山一直流传着一个故事呀？"

在场的众学子都是刚吃饱正无聊，听了夜云裳这话，来了兴致。

夜云裳见自己的话吸引了众人的视线，下意识地清了清嗓子，说道："这个故事我也是听之前书院里头的扫地先生讲的。"

小丫头看到夜云裳一边说，一边还不知道从哪里拿来了一根蜡烛。那蜡烛的火光照亮了夜云裳的半张脸，一阵冷风吹过，烛火晃动，她脸上的光线忽明忽暗。叶七七看着她，心里突然有一种皇姐姐在讲鬼故事的感觉。

"话说那日也是初春，正好是书院的人前来踏青的日子。那天晚上的月亮就跟今天晚上的月亮一样圆、一样亮……"夜云裳说道。

在场的众学子下意识地抬起头，望向头顶的月亮。一阵冷风吹过，令他们不由得起了一层鸡皮疙瘩。

"关于景梵寺的后山，一直流传着这样一个故事，说是景梵寺的后山住着一位神通广大的笔仙，只要谁能找到这位笔仙，就能考取功名，尔后平步青云，步步高升。于是一些想要考取功名的学子，就趁着月圆之夜，偷偷来后山寻找笔仙的踪迹。

"那一晚，后山来了十几位寻找笔仙的学子。他们找呀找，一直到了天亮都没有找到。到了第二天晚上，他们还是不死心，又找呀找，还是没有找到。到了第三天，原本来找笔仙的十几个人只剩九个人了，他们又找呀找，结果还是没有找到。

"就这样一直到了第十天，晚上只剩两个人来找笔仙。其中一个叫李烛，他想着已经找了整整九个晚上，今天晚上要是还没有找到的话就放弃。

"然后他找呀找，突然发现跟他一起来找笔仙的那个人一直跟在他后面，就是不单独去找。

"李烛一开始以为那人是害怕，不敢一个人走，才跟着他。但是这人跟着也就算了，两个人一起走好歹可以说说话，就不那么害怕了，奇怪的是，这人全程跟在李烛身后，就是一句话也不说。

"李烛觉得奇怪极了，忍不住对那人说道：'兄弟，你跟在我身后这么久了，怎么一句话也不说呀？你好歹说句话，不然这样怪吓人的。'

"李烛说完，那人才缓缓地抬起头。李烛这才发现这人有些陌生，好像没见过呀。李烛和之前来找笔仙的另外十几个人都认识，唯独不认识现在这个人。

"刚好这会儿一阵冷风从李烛的后背吹过，李烛莫名其妙地感觉从脚底板生起一层寒意。然后李烛就又问那个人：'兄弟，我看着你面生，好像没见过你，你是今天新来的吗？'

"听了李烛这话，那人摇了摇头，然后说——"

在场的众学子听得正起劲，夜云裳突然停了下来。

"说什么？"

"对呀，说什么了？"

夜云裳拿起杯子喝了一口水，这才说道："那个人说……已经在这里等了他两百年……"

一众学子听得正入神，一阵冷风吹过，就听一旁突然响起一个低沉沙哑的男声："巧了，这个故事我两百年前就听过了。"

他们下意识地回过头，看到在烛光的映照下苍白至极的半张脸时，被吓得猛地尖叫出声："啊——"

一时之间尖叫声四起。

众学子被吓得脸色惨白，皆想要站起身逃窜，却发现自己此刻腿脚软得彻底。

站在那儿讲鬼故事的夜云裳，也被吓得差点儿把手里的蜡烛甩出去。

直到蜡烛被拿远，露出了完整的脸，夜墨寒瞧着被吓傻的一群小屁孩儿，又看了看自己手里的蜡烛，说道："胆子如此小，这大晚上的还说什么鬼故事？我才说了一句话而已，就都被吓成这样了？"

众学子："……"对不起，他们真的是被吓到了！

"大晚上的不睡觉，都在这后山干吗呢？"夜墨寒说完便将目光落在一旁快燃尽了的火堆上。

啧，不得不说，这群小屁孩儿真会享受，大晚上的居然还吃烧烤。

瞧着还剩下几串肉串，夜墨寒自顾自地拿了一串，刚坐下咬了一口，就见原本坐在那儿的几位学子突然站起身，一脸惊魂未定地看着他。

"我……我突然想起来床铺还没有铺，要先走了……"

"我也突然想起来还有事……"

"时间不早了，我们该回去睡觉了……"

说完，众学子便一溜烟儿地跑没影儿了，就像是生怕他会追究他们大半夜不睡觉在后山烤串的责任一样。

转眼间，人就走了一大半。

夜墨寒瞧着一旁瞪大眼睛看着他的小丫头，以为她也是被吓到了，不由得安慰道："囡囡是被吓到了吗？来皇叔这儿，皇叔抱抱。"

小丫头摇了摇头："囡囡没被吓到，只是我的朋友被吓到了。"

夜墨寒顺着小丫头的目光，瞧见了缩在一旁瑟瑟发抖的一大团阴影。

王大柱蹲在一旁的角落里，捂着耳朵，全身上下瑟瑟发抖。

小丫头迈着小短腿走到了大柱身边，伸出手握住了他的一根指头。

"大柱，你别怕，这世上是没有鬼的。"小丫头一边说，一边还打算伸手拍一拍大柱的后背安抚他，但是他太高太壮了，她的小短手压根儿碰不到他的后背。

大柱听了小丫头这话，缓缓地抬起自己大大的脑袋，吸了吸鼻子，说道："真……真的没有鬼吗？可是我娘亲说这世上是有鬼的，它专门吃不听话的孩子……"大柱说着，又有几分想哭的感觉。

"可是大柱不是不听话的孩子呀！就算真的有鬼，七七会保护大柱的！"小丫头说着，还拍了拍胸脯。

一旁的夜墨寒看着小丫头这番举动，突然有种热泪盈眶的感觉：他的宝贝七七终于长大了，都开始知道安慰她的朋友了。

夜墨寒说道："大柱是吧，这世上是没有鬼的，我方才就是开个玩笑而已，别往心里去。时间不早了，早些回去休息。"

小丫头乖巧地蹲在一旁安慰了大柱许久，大柱才慢慢地从惊吓中缓过来。他擦着眼泪看着小丫头，开口问道："七七，你会不会觉得我很没有用？那么大的块头，胆子居然那么小……"他好害怕她会嫌弃他。

"没有呀。"小丫头摇了摇头，"每个人都有害怕的东西。而且大柱，你已经很棒了，能拿起两把那么重的铁锤……"

夜霆晟靠在不远处的树上，目光冰冷地瞧着蹲在那里的一大一小，听着两个人忽然变得笑嘻嘻的谈话声。

"七……"夜云裳正准备喊小丫头回去睡觉，就见一旁的少年突然将视线放在她身上。

少年说道："等一下我送她回去。"

夜云裳闻言，下意识地看了看周围，确定自己身边没有其他人了，这才对他道："你……是在和我说话？"

"是的，皇姐。"少年用淡漠的眸子看着她，说道。

夜云裳一时之间说不上来自己此刻是一种什么样的心情。原本她是想拒绝的，但是看着少年望着她的眼神，拒绝的话又说不出口了。

"不可以吗？"少年问道。

夜云裳回过神，脸色有些僵硬地说道："可……可以，可以的。那我先回去了。"

"嗯。"

叶七七终于安慰完大柱后，回过头却发现不知什么时候其他人已经基本走光了。

她看着站在一旁树下的少年，问道："皇姐姐呢？"

"提前走了。"少年说完，看了一眼她身后，见空无一人，问，"你的那个朋友大柱走了吗？"

小丫头点了点头："大柱说他困了，然后就回去睡觉了。"不光大柱困了，她也好困，好想睡觉。

小丫头打了个哈欠，心里想：皇姐姐为什么不等她一起走？

哈欠刚打完，见少年已经转身往外走了，她赶紧迈着小短腿跟了上去，问道："六哥哥，你也要回去了吗？"

"嗯，太晚了，我困了。"少年自顾自地走着，像是完全没有将跟在他身后的小丫头放在心上。

走了好一会儿，他才转头看着一直跟着他的小丫头，开口道："你一直跟着我干吗？"

小丫头愣愣地看着他，说："回……去睡觉呀，天很晚了……"

"你回去睡觉跟着我干什么？"少年低声道，眼睛一眨不眨地盯着她。

他的声音太小，叶七七并没有听清楚他在说什么。

"啊？"小丫头面露不解，"六哥哥，你刚才说什么了？"她好像隐约听到了"睡觉"两个字。

少年伸出手指了指小丫头身后的方向，说道："你睡觉的院子在那边，这边是我睡觉的院子。"

小丫头转头看了一眼身后乌漆墨黑的小道。一阵冷风吹过，令她的脊背不由得生起一股寒意。她说道："可是七七不知道路……"

一开始来的时候她才睡醒，整个人迷迷糊糊的，任由皇姐姐牵着她走过来。

夜霆晟说道："直走一小会儿就到了，和知不知道路没什么关系。"

少年说得倒是轻松，但是小丫头看着那寂静、乌黑没有一丝光线的小道，心里头忍不住生起一阵恐惧之感。

夜霆晟给小丫头指完路后就准备走。可他还没迈出一步，小丫头就伸手拉住了他的衣袖，抬起脑袋，委屈巴巴地看着他。

"嗯？"他看了她一眼，问，"怎么了？"

小丫头望着那黑漆漆的小道，说道："黑……"

少年顺着她的视线看过去，说道："有月光的，不算太黑。"

少年说完，见小丫头还紧紧地抓着他的衣袖不肯放手，目光闪了闪，笑了一声，说道："难不成七七是害怕了吗？七七不是说了这个世上没鬼的吗？"

原本小丫头瞧着那黑漆漆的小道顶多是有点儿心慌，但是这会儿听到少年说出那个"鬼"字，就突然觉得那小道旁随时能蹦出一个黑长发的白衣女鬼，然后伸出长着长长指甲的手将她拖进未知的黑暗。

叶七七打了个寒战，语气中带着几分哭腔，说道："六哥哥……"

"我困了，要去睡觉了。你也早点儿睡吧。"少年面露几分疲惫，说完就要走。

小丫头一听，急了，紧拽着他的衣袖不愿撒手："六哥哥，七七害怕，你能不能送送……？"

"这大晚上的又没有鬼，七七怕什么？"说着，少年将视线落在小道两边漆黑一片的树林里，伸手拍了拍小丫头的肩膀，"就算真的有鬼，也只抓不听话的孩子。七七那么乖，它不会抓你的。"

小丫头被吓得脸色猛地变得煞白，直接"哇"的一声抓紧了少年的衣服，埋头将自己的脸蛋儿靠了上去："七七是个乖孩子，不要把七七拖进去，呜呜呜……"

小丫头哭得惨极了，那双素白的小手紧紧地抓着他的衣袖，生怕他会扔下她不管似的。

少年从衣袖里拿出一条手帕，一只手轻轻捏着小丫头的下巴，另一只手替她擦干脸上的泪水，说道："哭什么哭？我又没说不送你。这会儿都变成小哭包了！"

听了少年这话，小丫头又哭了好一会儿才停止了哭泣。她红着眼睛看着少年，看到他不知从哪里掏出一颗糖。

夜霆晟打开糖纸，将那颗糖塞进了小丫头的嘴里："吃糖！别哭了！"

糖刚一入口，一股浓郁的奶香味就充斥了嘴巴，小丫头下意识地用舌头舔了几下。

"好吃吗？"少年问。

小丫头点了点头："好吃。这是宫里的糖吗？"她怎么感觉自己从来没有吃过？

少年将视线落在糖纸上特有的那个标识上，眼神黯了一下，将糖纸收入掌心里捏紧，回道："不是。"

那糖化得很快，没一会儿就被小丫头吃完了。小丫头舔了舔嘴唇，对牵着她的手的少年开口道："六哥哥，七七还想……"

"没有了。"

第十九章
快乐小米虫

叶七七的话还没有说完，少年就像是知道她要说什么似的，想都没想就拒绝了。

"好吧……"小丫头委屈地撇了撇嘴。她还想吃那种糖，感觉好好吃。

她又说道："那哥哥是在哪里买的？七七也想买……"

"很贵。"少年冷淡地吐出两个字。

"七七有钱。"

"你有多少？"少年停下脚步看着她。

小丫头真的在脑海里好好地算了一下，最后总结成四个字："很多很多。"

夜霆晟："……"

这不是小丫头吹牛，而是她真的有钱，光是父皇爹爹赏赐的东西，已经价值连城了。

少年看了她好一会儿，最终缓缓地开口道："下次带给你。"

小丫头开心地说道："嗯嗯，谢谢哥哥。"

现在想吃糖就叫"哥哥"了，平日里不都多一个"六"字吗？善变的小丫头！

走了好一会儿，少年终于将小丫头送到了她睡的那座院子门口。

小丫头望着熟悉的院落，下意识地松开了少年的手。就在她刚准备进去时，她突然间像想到了什么似的，转头看了一眼少年，说道："谢谢六哥哥送七七回来。"

少年看了她一眼，伸手揉了揉她的脑袋，轻声道："嗯，进去睡吧，晚安。"

"那六哥哥注意安全，晚……晚安。"小丫头说完，就转身往里头走去。

少年望着小丫头的背影，神情幽暗，不知道在想些什么。

看着小丫头推开门悄悄地进去后，他也准备离开了。可就在这时，一滴雨突然落在他脸上，然后是两滴、三滴……

小丫头刚小心翼翼地关好门，就听见外头突然传来了雨声。起初她还以为是自己出现了幻听，但是仔细一听，好像真的是下雨了。

"七七？"夜云裳听见门口传来轻微的动静，从被子里抬起头，就看见门口那道小小的身影。

但在夜云裳刚开口时，那道小小的身影突然开门出去了。

小丫头走到门口张望，看到外面下着大雨，庭院里原本少年站着的地方空无一人：六哥哥走了吗？

可明明下雨了，还好大。

"你不进去睡觉又出来干什么？"就在小丫头要进去的时候，身旁突然响起一个熟悉的男声。

小丫头转头，就看见不知何时站在她身旁的少年。

"六哥哥，原来你没有走呀。"小丫头语气十分欣喜地说道。

"下雨了。"他刚要回去，突然下起了雨，于是就想在这里躲一会儿，可没想到这丫头突然出来了。

少年说："现在挺冷的，你先进去睡吧，等雨停了我再走。"

"六哥哥，你可以在这里睡的，刚好我旁边有一个空位。"说着，小丫头就牵着少年的手，拉着他进去了。

现在已经是半夜，屋里头的学子几乎都睡熟了。

躺在小被子里的夜云裳看着小丫头进来，发现她身后还跟着一个人。

"七七？"

小丫头循声望去，就见夜云裳的脑袋从被子里伸出来，一双眼睛瞪得老大。

"皇姐姐，你还没有睡吗？"

"我一直在等你呀。"夜云裳其实已经很困了。

夜云裳说完，便将视线落在站在小丫头身后的少年身上。

小丫头见夜云裳的目光落在自己身后，就知道夜云裳要问什么："六哥哥送七七回来，刚准备走的时候外面下雨了。"

听了小丫头解释的话，夜云裳刚想让两个人快点儿躺下来睡觉，门外突然传来一阵轻微的脚步声。

只见门外的走廊里突然亮起了烛光，透过窗户隐隐约约地能看见外面有一个僧人，估计是来查房的。

小丫头立马脱掉鞋子爬上了矮榻，紧紧地盖好自己的被子，只露出半个脑袋。

"六哥哥？"她见少年站在那儿一动不动，满眼困惑地瞧着他，小声提醒道，"有……有人来了。"

少年瞧着小丫头身旁的那个空床位，不知道在想些什么。

直到走廊里的身影快要走到门口时，许久不曾动的少年终于动了，利索地掀开了被子躺了下去。

与此同时，紧闭的门被缓缓地推开了，微弱的光线照了进来。

小丫头紧紧地抓着被子，闭上眼睛，装作自己正处于熟睡中。

过了一小会儿，那门又被轻轻地合上了，门外的脚步声越来越远，直到彻底消失。

小丫头这才从被子里探出脑袋。过了好一会儿，她侧头看向躺在身侧的少年，声音极小地道："六哥哥，你睡了吗？"

"没有。"少年回答得很干脆。

"哦……"小丫头又侧头看向睡在她旁边的夜云裳，小心翼翼地问道："皇姐姐，你睡了吗？"

没人回答她。

"皇姐姐？"小丫头见夜云裳没有回答，又叫了一声，然后轻轻抬起脑袋看了夜云裳一眼，就见夜云裳已经紧闭着眼睛，呼吸平稳：皇姐姐睡得未免也太快了吧！

小丫头打了个哈欠，上下眼皮子忍不住打起架，觉得有些困了。

"那六哥哥晚安。"小丫头说完这话，不等一旁的少年回答，就闭上了眼睛。

没过多久，少年就听见旁边传来小丫头平稳的呼吸声，她似乎已经陷入熟睡中。

他微微侧头看着小丫头恬静的睡颜。估计她是做了什么美梦，小嘴还吧唧了几下。

看着小丫头对自己毫无防备的熟睡模样，少年陷入了沉思中：她认为他是她的哥哥，所以才会对他毫无防备吗？

少年目光沉沉地盯着她的小脸看了许久，无论是她的眉眼还是鼻子，都和那个人如出一辙。他本没有理由让她活到现在的，该硬下心肠对她痛下杀手才是。

屋外的雨势不知何时变大了，还狂风大作，那在狂风中摇曳的树枝同雨滴一起拍打着窗户，投在窗上的影子就像是鬼魅的触手一样。轰鸣的雷声在耳边经久不歇，借着巨大的雷声，少年缓缓地从衣袖中掏出一颗糖。

他打开糖纸，将糖塞进了嘴里，浓郁的奶香顿时充斥了整个口腔，一如既往是他熟悉的味道。那糖纸被他在手中捏了许久，最终他缓缓地将糖纸抽出，借着微弱的光线，能清楚地看见糖纸上印着一个"燕"字。

第二天一早，小丫头从睡梦中醒来后，下意识地看向身旁的床铺，发现那整齐的床铺上早已空无一人，就像是昨天晚上没有人睡过似的。

小丫头伸懒腰的动作一顿，她心想：六哥哥是什么时候走的？

来景梵寺的第一天早上，众学子要听寺里的住持念诵经文。

小丫头收拾好之后，便去吃早膳。寺里头不许食荤腥，所以一日三餐都是素食。小丫头看着面前的盘子里熟悉的白菜豆腐，明明昨天第一次吃的时候感觉还挺好吃的，但是一大早看见它，她一点儿胃口都没有了。

小丫头早膳就喝了一碗粥，然后就去前殿静心地听住持念诵经文了。今日京城其他书院的学子也都来了，所以现在前殿里正坐着不少学子。

听经文这种事对小丫头来说无疑是难熬的，原本她一大早精神抖擞，但听着听着就泛起了困意，脑袋都不由得点了好几下。

坐在小丫头身旁的夜云裳瞧着小丫头一大早就犯困，伸手轻轻戳了小丫头一下："七七宝贝？"

她的说话声压得很低，但是坐在她身旁的小丫头还是可以听见的。小丫头缓缓地抬起脑袋，有些茫然地看着她。

夜云裳微微抬起下巴对小丫头指了指不远处，问道："你有没有看见那边有一个穿着青色衣服的少年？"

闻言，小丫头顺着她指的方向望去。可是一眼望去，小丫头看见了好几个穿着青衣长袍的少年，也不知皇姐姐口中所说的是哪一个。

小丫头说道："有好几个穿着青色衣袍的少年呢。"

"就是那个呀，左手边第四个，长得最帅的那个！"夜云裳跟小丫头说这话时，眼睛都微微发着光。

经过皇姐姐这样详细一讲，小丫头终于看见了皇姐姐口中所说的那位少年。不过因为坐在后面，小丫头只能看见那少年的侧脸。那少年看上去倒是白白净净的，只是小丫头不明白皇姐姐干吗叫自己看他。

"七七宝贝，等一下你帮皇姐姐送一封信好不好？"

叶七七说道："送信？"

"嗯嗯。"夜云裳点了点头，一脸期待地望着小丫头。

但是小丫头看着夜云裳，总感觉哪里怪怪的。

好不容易听完一上午的经文，等到诵经结束时，小丫头还没来得及和她的朋友大柱打声招呼，就直接被夜云裳急匆匆地拉走了。

在被皇姐姐强行拉走时，小丫头正好瞧见独自一人往另一条小道上走的六哥哥。

夜云裳牵着小丫头的手，鬼鬼祟祟地跟在那个少年身后，结果刚走到门口，就见一群女学子蜂拥而上，将那少年团团围住了。

"世子，这是我亲手做的香囊……"

"世子，这是人家亲手给你绣的手帕……"

"世子，这是人家给你画的画像，你收下好不好？"

…………

和亲王的嫡长子宋郁承，因天生比寻常男子貌美，年仅十五岁就受到了书院众多女学子的追捧，人送外号"宋美人"，但其性格孤僻、冷漠。

不远处的夜云裳瞧着那一群花蝴蝶争先恐后地往少年身上扑，气得狠狠地咬了咬牙：好气啊，真的好气啊！

小丫头瞧着夜云裳气呼呼的表情，顺着她的视线看去，也瞧见了不远处被一群女学子围住的少年。小丫头问道："皇姐姐，你是喜欢他吗？"

小丫头此话一出，一旁的夜云裳猛地红了脸蛋儿，直接来了个"否认三连"："才……才不是！我才没有喜欢他呢！我才不会喜欢他呢！"

"不喜欢，那皇姐姐干吗还脸红啊？干吗还要送情书给他呀？"

对于小丫头这一连串的问题，夜云裳又羞又怒地看着小丫头：这丫头居然还知道情书，是不是知道得太多了？

夜云裳辩解道："这个才不是情书！"这里面都是她对他的爱！

"哦。"小丫头应了一声，随后道，"七七要告诉父皇爹爹皇姐姐早恋！"

夜云裳看着小丫头，突然很想把这个小屁孩儿揍一顿。

"你到底送不送？你要是不送，信不信我……我揍你！"夜云裳说着，还故意扬了扬自己的拳头。

小丫头看着夜云裳的这番举动，脑海里冷不防地浮现出一句话：所以爱不会消失，爱会转移是吗？

夜云裳见小丫头一言不发，撒娇道："七七，宝贝七七，求你了，送一送吧！就这一次！"

小丫头禁不住她的软磨硬泡，答应道："好吧，七七帮皇姐姐送就是了。但是有一点七七一定要说一下。"

"嗯嗯，七七宝贝，你说。"

叶七七说道："皇姐姐，你还小，现在每天要做的事情就是好好学习，不可以早恋！"

是她的错觉吗？她怎么感觉小丫头这会儿说话跟个老妈子一样？

"嗯嗯，知道啦。等七七送完这一封，我一定好好学习。"

小丫头对夜云裳的话半信半疑，但最终还是迈着小短腿走了过去。

那少年身边围了不少人，小丫头好不容易才挤进去。

宋郁承正嫌围着他的女学子烦，就感觉自己的衣袖突然被扯了一下。他下意识地低头，结果就瞧见不知什么时候站在他身旁的某团子。

在看到少年的真容前，小丫头脑子里想的是皇姐姐说的"长得最帅"，可看清少年的脸后，发现他也不是很帅呀，还没有六哥哥长得帅！皇姐姐是什么眼光？

"那个……这个是我——"

"宋哥现在老少通吃了吗？连这么小的小丫头都喜欢你了。"

叶七七手里拿着信，正要给他，突然被他身旁的另一个少年打断了。

宋郁承低头瞧着某团子，眼神冰冷，很是无情地拒绝了她："拿走，不要！"

小丫头听他的语气，下意识地看向不远处的夜云裳，本来想直接走的，但是想到如果信没有送到，难保皇姐姐不伤心，于是又道："哥哥，你要是不想看的话，收下也可以，我姐……"

"不要，你不是我喜欢的类型！"宋郁承说着，视线还不由得落在小丫头的小短腿上，"你太矮了！"

她就是送个信而已，怎么还上升到对她的个子的歧视了？

"你可以不收信，但是不能说我矮！"

一旁的人看着小丫头生气的样子，觉得她长得真可爱，忍不住多看了几眼。

宋郁承瞧见小丫头生气的样子，脸上的神情淡漠至极，用冰冷的目光扫了她一眼。

他冷冷地"呵"了一声，打算直接转身离开。

就在他刚准备转身离开之时，正前方的路突然被人挡住了，眼前有一大片阴影落下。他下意识地抬起头，就瞧见自己面前正站着一个体形庞大的壮汉。

大柱挡在了宋郁承面前，说道："给七七道歉！"

宋郁承反问道："凭什么？"

"不许你说她矮，七七才不是矮，是可爱！"大柱说着，还下意识地看了一旁的小丫头一眼，朝小丫头憨憨地笑了一下。

宋郁承瞧着堵在他面前的一大一小，突然觉得这两个人像是碰瓷的。

夜墨寒刚从前殿出来，就瞧见不远处围着一群学子。

"方才一个小丫头给宋世子送情书，结果世子没收，还说那小丫头腿短，不是他喜欢的类型……"

"我觉得那小丫头长得还挺可爱的。估计是宋世子觉得她年纪太小了。"

"但是就算她年纪小，也不能如此干脆地拒绝吧！那小丫头看着像是都要哭了。"

夜墨寒无意间听到路过的学子的话，有些疑惑，越想越觉得不对劲：小丫头、矮、可爱？怎么感觉像是在说七七？

夜墨寒摇了摇头：这怎么可能？小丫头还那么小。

直到他走到那里，看到站在人群中的小丫头时，脸上原本欣喜的表情立马僵住了：这小丫头不会真的给人写情书了吧？！

夜墨寒一时之间没反应过来。就在夜墨寒刚想走过去一探究竟的时候，他突然看见一道熟悉的身影。男人穿着一身黑色常服站在不远处，阴沉着脸看着不远处的一切。

赵公公就站在男人身旁，感受到男人浑身上下散发出来的冷厉之气，情不自禁地抖了抖身子，豆大的冷汗从额头上滑落。

赵公公伸手拿了一块帕子擦了擦汗：完……完了！陛下深夜出发，临近正午的时候才好不容易赶到了景梵寺，可万万没想到，这一来就瞅见了如此要人命的事情。七公主才多大呀，居然学会给别人送情书了！要命！真的太要命了！

"那个人是谁？"男人阴森森地问。

"啊？"赵公公惶恐万分地抬头，被大暴君阴沉的眼神吓得差点儿晕过去。

赵公公定了定心神，顺着男人的视线，看见了那被围在中间的俊美少年，哆哆嗦嗦地说："回……陛下的话，是……是和亲王的嫡长子。"

和亲王的嫡长子？大暴君一听，皱了一下俊眉，怒道："跟姓宋的说，让他看好他的儿子，别净出来招蜂引蝶！"

赵公公看着男人怒得要吃人的神情，紧紧地抓着自己手里的帕子，被吓得不敢开口说话。

"去，给朕把那丫头拎过来！"大暴君咬牙切齿地道。

听了这话，赵公公不敢迟疑，急忙走了过去。

与此同时，这一边，双方还在僵持着。

宋郁承看着如同来碰瓷他的一大一小，脸色很不好看。

"算了吧，郁承，人家小丫头还小呢！"一旁的好友及时拉住了他。

郁承？听了另一个少年的话，小丫头愣了一下，问："你是宋郁承？"

宋郁承瞅了面前的某团子一眼，对于她这番话显然很困惑：什么叫"你是宋郁承"？这丫头不知道他是谁给他送什么情书？

"嗯。"他冷淡地轻轻应了一声。

听了他的回答，小丫头脸色猛地变了：宋郁承！是她所知道的那个宋郁承吗？

一旁的大柱瞧着小丫头愣住的神情，俯下身子，在她耳边提醒道："是和亲王的嫡长子宋郁承。"

真的是皇姐姐心头的'白月光'宋郁承！他是她在原文中最讨厌的人！

要不是这封信是皇姐姐亲手写的，她真想直接将它狠狠地砸在这大"渣男"的脸上！在原文中，这个宋郁承可是把皇姐姐害惨了！

小丫头开口道："我认错人了。"

认错人了？在场的"吃瓜群众"一脸的疑惑：这宋世子都能认错？

夜云裳看到小丫头气呼呼地走过来，刚想开口问，就见小丫头猛地将信塞给了她。

"信给你！"小丫头凶巴巴地对她道，"不许你再喜欢那个姓宋的！"

夜云裳对小丫头的反应一脸蒙，小心翼翼地问道："难道……七七也喜欢上他了？"

"不喜欢！他那么丑！"

丑？听了小丫头这话，夜云裳下意识地将目光落在站在小丫头身后的大柱身上：这丫头的眼光是不是和别人的不太一样？……

夜云裳说道："他哪里丑了？明明长得很好看！"

"他哪里都丑！"尤其是心更丑！

赵公公战战兢兢地跟在男人身后：说好的让他把七公主拎过去呢？陛下还不是自己也跟过来了！

"不许你再喜欢那个姓宋的！"赵公公和大暴君刚走近，就听见七公主对三公主说了这句话。

赵公公觉得自己似乎闻到了一股八卦的味道：七公主给那宋郁承送信，结果回来还让三公主不准喜欢宋郁承，不会是七公主和三公主都喜欢那宋郁承吧？！

天哪！赵公公下意识地看了一眼身旁的男人。

这不看还好，一看把赵公公吓了一大跳：陛下的脸色黑得能把鬼都吓哭了。

试问两个女儿喜欢上同一个男人，哪个做爹的能高兴得起来？

但事情还没有结束，赵公公听见三公主又问道："难道……七七也喜欢上他了？"

虽然没有说名字，但他们都心知肚明那个"他"指的是谁。

赵公公几乎要把耳朵竖起来听了，内心不断地祈祷。

许是内心的祈祷感动了上苍，下一秒赵公公就听见七公主来了一句："不喜欢！他那么丑！"

听了这话，赵公公眼神瞬间亮了：看吧，事情还有转折！

两个小丫头自顾自地说着话，完全没有注意到站在她们身后的大暴君。

另一处，夜墨寒也一直在偷听。尤其是当他看到男人阴沉的脸色时，为了防止这家伙动手打小丫头，他也一定要在一旁看着。

原本他真的以为小丫头喜欢那宋郁承，所以才给宋郁承送情书，可在听完两个丫头的谈话后，才知道原来小丫头是给人送信的那一个。他原本悬着的心终于放了下来：还好这丫头没早恋，他家的那棵白菜保住了。

不过，夜墨寒看了看不远处的男人，又看了看正在和小丫头说话的夜云裳：小丫头没事，那大丫头倒是惨了。

"啊啊啊，我不管！我就是喜欢他，等我长大了，我就要让他做我的驸马！"夜云裳捂着耳朵道。

要是现在有张床，小丫头感觉夜云裳能捂着耳朵在床上打滚。

"可是……"他真的会害死你的！

小丫头想到原文中的情节，那宋郁承在成为驸马后，就开始暴露自己的野心。

与皇姐姐的新婚之夜，他去陪他体弱多病的"白月光"简若安；皇姐姐临盆之时，他与"白月光"共游江南；在皇姐姐被"白月光"诬蔑时，他毫不犹豫地相信他的"白月光"。

尤其是到了最后，这个男人为了他的"白月光"的心疾，竟让人活生生地剖开了皇姐姐的胸膛，取了其心头血……

那时整个北冥战火纷飞，烽烟四起，没人在意公主府里何时多了一具女尸。

其实在原文一开始，她并不喜欢这个凶残至极、嚣张跋扈的三公主，但是在宋郁承出场后，她无时无刻不在心疼三公主。

小丫头想着，小拳头就不由得握紧了：她一定不能让皇姐姐的命运像原文中那样悲惨，要让皇姐姐远离那个姓宋的和那个简若安！

有她在，她一定会保护好皇姐姐的！

"皇姐姐，你长得这么好看，驸马可以找更帅的！更何况做人就是要开心，没必要为了一棵树就放弃一整片森林呀！"

夜云裳有些疑惑地看着小丫头，摇了摇头："我不是很懂你的意思……"

"意思就是，没有必要为了一个男人，而放弃一群男人！"

正听墙脚的夜墨寒听了小丫头这话，总有种不祥的预感。下一秒，他就听见小丫头的惊人狂言："我长大了才不要只选一个驸马，要让父皇给我选好多个，丑的不要、矮的不要、胖的不要、瘦的不要、秃头的不要，只要长得很帅的！每年的生辰要是父皇问我喜欢什么，我就说七七要美男，要好多美男当驸马……"

大暴君："……"

夜墨寒："……"

赵公公："……"

摸着自己的肚子的大柱："……"

"可是这样会不会被人说……不守妇道呀？"

"怎么会？"小丫头叉着腰，义正词严地道，"你看看父皇有那么多媳妇，有人说他不守夫德吗？"

夜云裳说道："因为父皇是皇帝，没人敢说他。"

大柱说道："我在京城有一个姨母，也是有好多个俊俏的相公。"

"皇姐姐，你听，大柱都说他姨母有好多个俊俏的相公了，我们是公主，自然也可以要很多个俊俏的驸马。"

两三句话，夜云裳就被小丫头洗脑了，露出了一副恍然大悟的样子，虽然感觉有些怪怪的，但是好像也没什么毛病呀！

"父皇就我们两个女儿，以后我们俩可以做两条快乐的小米虫，要是父皇找不到美男，我们还可以让九皇叔给我们找，要是九皇叔也找不到，还有大皇兄、二皇兄、六哥哥。"

这样一数，她就能有好多个美男子！

夜云裳听了小丫头的话，突然感觉她们两个好幸福，可以做两条快乐的小米虫，不愁吃、不愁穿，还有父皇和皇兄们找来的美男侍奉在侧，啊啊啊，她好想快点儿长大！

就在小丫头还想说些什么时，她突然看见九皇叔不知何时站在了不远处，对着她一阵挤眉弄眼。

小丫头一脸不解，刚要转头，就听见身后突然响起一个熟悉的男声："做两条快乐的小米虫？"

两个小丫头正沉浸在自己的幻想中，突然听见那个熟悉的声音，身子不由得抖了一下。

"选很多个俊俏的驸马？"大暴君走到两个小丫头面前，脸色阴沉得吓人，咬着牙瞧着两个已经呆住的小丫头：还快乐的小米虫，他一巴掌下去能让她们立马变成最悲哀的小死虫！

"父……父皇……"夜云裳瞧着男人阴沉的脸色，完全没有想到父皇会突然出现在这里。

看着父皇极黑的脸色，夜云裳感觉大事不妙，她们两个人要"死"了。她下意识地伸手扯了扯一旁的小丫头，结果小丫头居然比她还尿，一个劲儿地往她身后躲。

叶七七看着大暴君爹爹阴沉的脸色都要被吓哭了：她什么也不知道，什么也没有说，什么……

"啊——"后衣领一紧，小丫头直接被男人单手拎了起来。

小丫头很没骨气地"哇"的一声哭了出来："父皇爹爹，七七错了……再也不敢了……呜呜呜……"小丫头哭得那叫一个惨兮兮。

夜姬尧冷着脸瞧着小丫头哭成如此惨样。要是以往，她一哭，他必定心软，但是现在，他不仅没有半点儿心软，还十分想把这小丫头打一顿，让她真的有一个完整的童年。

"哭什么哭？给老子闭嘴！"

听了陛下这话，赵公公被惊得把那双眯眯眼瞪得老大：是他出现幻听了吗？陛……陛下……居然说脏话了！这是从未有过的事情呀！

不仅赵公公惊呆了，一旁的夜墨寒也惊呆了：天哪，这小丫头都把他爹逼成啥样了！

"呜呜呜……"

哪怕男人凶巴巴地吼了一声，但小丫头的哭声并没有完全止住。

小丫头哭得身子一抽一抽的，看着就让人忍不住心生怜惜。

赵公公看到来往的众学子看了过来，急忙派人处理好现场。

过了一小会儿，这条小道上只剩下他们几个人了。

夜墨寒看到小丫头哭得如此伤心，想要上前去安慰，但是被男人一记冰冷的眼神给阻止了。

大暴君被气得不轻，尤其是听见小丫头说什么长大了要找很多个俊俏的驸马，简直气炸了：小小年纪，居然还知道找很多个俊俏的驸马！究竟是谁给她灌输了这种观念？！

男人猛地看向不远处的夜墨寒。

夜墨寒瞧着男人恨不得吃人的眼神，用脚趾想都知道男人想问什么。夜墨寒猛地摆手、摇头，薄唇动了动：不是我！不是我把小丫头带坏的！

大暴君看着他摆手、摇头的样子，也不知道有没有相信他。

冰冷的目光落在泣不成声的小丫头身上，大暴君问道："错在哪里了？"

小丫头闻言，吸了吸小鼻子，一脸委屈地道："不……不该和皇姐姐乱说……呜呜呜……"

"还有呢？！"

"不该只想着做一条快乐的小米虫，不该贪恋美色……"

大暴君："……"还贪恋美色，亏这死丫头真的敢说！

一旁的夜云裳瞧着小丫头哭得那么惨，大气都不敢出，好不容易听见父皇训完了小丫头，就见他又忽然将目光落在了自己身上。

"你也给朕滚过来！"

屋内，男人冷着脸坐在椅子上。

赵公公战战兢兢地抖着双手将茶奉上去："陛……陛下，喝茶。"

大暴君冷着脸接过茶杯，面无表情地喝了一口，然后瞥了一眼不远处趴在小板凳上，正可怜巴巴地写检讨书的两个小丫头。

赵公公看了一眼一旁没人坐的桌子，又瞧了瞧趴在小板凳上写检讨书的两个小丫头：太惨了！真的太惨了！

小丫头眼里还含着泪，一边写着，一边时不时用袖子擦干眼泪。因为害怕，小丫头不敢出声，连鼻涕流下来都不敢吸，在它快流到嘴里时，才控制不住地吸了一下。

"擦干净！"大暴君神情冷淡地瞥了小丫头一眼。

小丫头闻言，又抽泣了一下，然后在衣袖里掏了掏，但没掏到手帕。

一旁的夜云裳见此，也在身上找了找，但也没有找到手帕，今天出门忘记带了。

最终还是赵公公给小丫头递过去一条帕子。

小丫头擦干净鼻涕后，重新拿起笔写检讨书。

一直坐在一旁的夜墨寒瞧着小丫头委屈的样子，忍不住开口道："不如……让她们俩去桌子上写吧？"这可怜巴巴地趴在门口，也……太惨了吧！

大暴君对一旁的赵公公说："德顺，拿凳子和纸、笔、墨给九王爷。"

夜墨寒一听，脸色立马变了，摆手拒绝道："不……不用了，我什么话也没说。"

小丫头抬头委屈地看了夜墨寒一眼，表情仿佛在控诉夜墨寒为什么不和她一起趴在小板凳上写。

夜墨寒看着小丫头埋怨的表情，最终无情地别开了脸。

小丫头内心哭诉：呜，九皇叔对她的爱……消失了！呜呜呜……

小丫头内心痛苦，鼻子也忍不住有些泛酸。她抬头望了一眼，就见坐在不远处的大暴君爹爹还冷着脸望着她，吓得她脸白了，立马低下了脑袋。

夜云裳拿着笔，看着面前才写了一小半的检讨书，下意识地抓了抓头发：她从来没有写过检讨书，这检讨书究竟要怎么写啊？可真的要愁秃她了。

就在这时，耳边传来小丫头换纸的声音，夜云裳忍不住侧着脑袋望了小丫头一眼，结果就瞧见小丫头的纸上密密麻麻地写满了字。

夜云裳眼睛瞪得老大：这小丫头怎么写得如此快？究竟写了啥？

夜云裳忍不住仰起脖子，想要看一眼那纸上究竟写了啥。但是小丫头的字实在难看得紧，跟鬼画符似的，她歪着脖子看了老半天，也没有瞧出那纸上究竟写了啥。

时间一晃，一个时辰到了。

赵公公命人将午膳端过来时，发现两个小丫头还趴在小板凳上可怜巴巴地写着。

第二十章
麦芽糖飞了

赵公公上前恭敬地道:"陛下,该……该用午膳了。"

大暴君放下手里的杯子,站起身瞅了一眼还在写检讨的两个小丫头,没说话,自顾自地坐到了一旁的椅子上。

两个小丫头在菜被端上来时就忍不住抬起头看了一眼,那饭菜的香味让她们的肚子忍不住叫了几声。

小丫头早上只喝了一碗粥,现在已经饿得前胸贴后背了,眼巴巴地看着被端上来的菜,都是素食。她又看见了那道白菜豆腐,发誓,如果她有幸还能吃它,一定不会再嫌弃它难吃了。

将菜端过来的是几个僧人。当他们瞧见趴在门口的小板凳上写东西的两个小丫头时,不由得面面相觑。

大暴君接过赵公公递过来的筷子,瞥了一眼不请自坐的某人,淡淡地道:"你倒是一点儿都不客气。"

"顺便嘛!"夜墨寒瞅了一眼可怜兮兮地趴在门口写检讨书的两个小丫头,"让她们过来吃饭吧,到饭点了。"

目光落在两个小丫头身上,大暴君问道:"写好了?"

两个小丫头疯狂地点头,异口同声地道:"写好了……"

"拿过来给我看看。"

两个小丫头闻言，不敢迟疑，急忙站起身，拿着写好的检讨书递给他。

夜墨寒忍不住凑过去看了一下，就见小丫头的那张纸上密密麻麻地写满了字：嘀，她这是以为自己犯了多大的错呀？这写得也太多了吧！

大暴君冷着脸看完两个小丫头的检讨书，然后冷冷地对两个小丫头说："去洗手吃饭！"

两个小丫头乖巧地去一旁的盆子里洗干净手，然后坐到凳子上。

夜墨寒问："这两个小丫头都写啥了？"

大暴君将两个小丫头的检讨书递给夜墨寒。

夜墨寒低头看了一下，大丫头写的检讨书态度还算诚恳，看着没什么毛病，但当他瞧见小丫头那张写满了的检讨书时，眼眸不由得瞪大了。

"父皇爹爹对不起，七七错了，不该胡言乱语、口出狂言。

"父皇爹爹对不起，七七错了，不该小小年纪就贪恋美色。

"父皇爹爹对不起，七七错了，不该小小年纪就贪图享乐。"

放眼望去，这一整张纸上都是什么"父皇爹爹我错了"。

夜墨寒现在终于知道为什么小丫头能写满一整张纸了。

"吃！"大暴君瞧着两个小丫头坐在那儿不敢动筷，说道。

他说了一声后，两个小丫头乖巧地拿起筷子，扶着碗，开始低头扒拉饭。

夜墨寒瞧着小丫头光扒拉饭，没吃菜，拿起筷子就夹了一块土豆准备放进小丫头的碗里。可不承想，他还没放进去，小丫头就伸手遮住了自己的碗，不让他放。他不解地瞧了小丫头一眼，就见小丫头眼神幽怨地看着他：这是生他的气了？

筷子一直夹着那块土豆他也觉得尴尬，见小丫头不吃，就准备给大丫头，就见大丫头也同小丫头一样，伸手遮住了自己的碗。

夜墨寒突然感觉好扎心。

"呵。"大暴君瞧着夜墨寒被两个丫头拒绝的样子，不由得幸灾乐祸地冷笑了一声。

大暴君看了一眼身旁的小丫头，问道："想吃什么？"

闻言，小丫头缓缓地抬起脑袋。

哪怕眼神中还夹着对大暴君爹爹的几丝幽怨，但她还是缓缓地开口道："七七想吃白菜豆腐……"

大暴君给小丫头夹了一块豆腐，又问一旁的大丫头。

夜云裳说道："想吃青菜……"

一旁的夜墨寒瞧着两个小丫头的差别对待，感觉真的太扎心了，他的七七不爱他了……

好不容易吃完饭，夜墨寒还想和小丫头说些话，结果还没有开口，小丫头就自顾自地爬上了软榻，盖好被子，准备睡午觉了。

一旁的大暴君瞧着夜墨寒，无情地驱赶道："你该走了。"

夜墨寒忍不住开口道："那群大臣知道您私自出宫吗？"

"朕是微服私访！"

夜墨寒差点儿被这家伙气笑了：这微服私访都到景梵寺来了，陛下可真牛啊。

本来夜墨寒还想着这家伙不在，可以和小丫头好好培养感情，可万万没想到，这感情还没培养多少，这家伙突然一来，他和小丫头的感情就破裂了。

夜墨寒被气走了。

小丫头躲在被子里一直听着外面人的一举一动。当听见九皇叔要离开时，小丫头不由得从被子里将脑袋探了出来。

大暴君回过头，就瞧见小丫头眼睛瞪得大大的，望着门口。

见他看向自己，小丫头急忙又将脑袋塞回了被子里。

男人瞧着她这举动，忍不住勾唇笑了笑。他走到软榻边，看着小丫头用被子将自己裹得跟个粽子一样，伸出手隔着被子摸了摸小丫头的脑袋，说道："七七。"

他喊了她一声，但是无人应答。

"七七睡着了吗？"

过了好一会儿，小丫头隔着被子闷闷地回了一声："睡着了！"

男人瞧着小丫头故作生气的样子，眉眼染上了一层笑意，说道："小骗子，气了朕你哭了几下倒还有理了？"

大暴君扯了小丫头的被子半天，见小丫头死活不肯松开被子，语气不由得严厉了一些："把被子松开！"

这严厉的话一出，果然起了作用，原本裹紧被子的小丫头，终于缓缓地松开了手，将脑袋从被子里探了出来，一脸委屈地看着他。

大暴君说道："还在生气？朕都没有动手打你！"这丫头倒是先跟他闹起脾气来了。

大暴君伸手捏了捏小丫头的脸蛋儿。

然后他就听小丫头开口说道："您没有动手打七七，但是您骂七七了，还那么凶，凶死了！"他把她都骂哭了，还不哄她！

小丫头越说越委屈，眼看着就有掉眼泪的趋势。大暴君看着小丫头这样，只觉得自己的头突然痛得厉害。

"那七七以后还想要很多个驸马吗？"

小丫头闻言，立马摇了摇头："不……不要了，七七再也不要了。"这些都是浮云，人到老了都会变得很丑，她不应该如此肤浅。

听着小丫头这话，大暴君像是突然想到了什么，又试探性地问了一句："那七七长大了想要几个驸马？"

小丫头原本是想回答要一个驸马的，但是看着大暴君爹爹带笑的面容，突然觉得他好像是在很认真地问她。

小丫头咽了咽口水，有些心动了，问道："七七……可以要两个吗？"

估计她是做不到成为一条快乐的小米虫的，也做不到像大柱的姨母一样有很多个俊俏的相公，但是她也想左拥右抱。

大暴君："……"

就在大暴君想着要不要把小丫头直接打一顿时，门外突然传来一个男声："儿臣见过父皇。"

听着那熟悉的声音，小丫头不由得身躯一震，缓缓地抬起头，就瞧见了不知什么时候站在门外的六哥哥。

"原来是霆晟呀，进来吧。"大暴君伸手捏了捏眉心，让少年进来。

少年进来时，下意识地瞥了一眼此刻坐在软榻上裹着被子的小丫头。

不知道是不是错觉，小丫头总感觉六哥哥此刻看着她的眼神有些吓人。

少年问："父皇此番前来景梵寺是微服私访吗？"

"嗯。"

"儿臣刚才无意间听闻七七今日给人送情书了，不知道是不是真的？"少年冰冷的目光落在小丫头身上，语气中多了几分探究的意味。

大暴君瞥了一眼一旁的小丫头，眼神仿佛在说：你自己跟你皇兄解释。

小丫头缩着脖子抬起头，看向一旁的少年，缓缓地开口解释道："七七没有送情书，七七是……是帮皇姐姐送的……"

"这样呀。"少年朝着小丫头笑了笑，露出有些尖的虎牙。

小丫头看着少年那笑容，莫名其妙地觉得有些发怵：这样的六哥哥她好怕，她还是喜欢昨天晚上送她回院子的那个六哥哥。

这时，赵公公从门外进来，在男人耳边不知道说了些什么。

大暴君看了两个小屁孩儿一眼，冷声道："朕有事要去处理一下。"

见大暴君爹爹要走，小丫头急了——她现在不怎么想和六哥哥单独待在一起。

小丫头可怜巴巴地目送男人离开。

少年坐在一旁的椅子上，自顾自地倒了一杯水。

小丫头看着他，忍不住找话题道："六哥哥，你今天早上什么时候走的呀？"

少年回道："你还在睡觉的时候。"

"哦。"小丫头轻轻应了一声，但是后知后觉有些不太对劲儿：六哥哥这算是回答吗？

少年给小丫头也倒了一杯水，递给她。

小丫头盯着少年递过来的那杯水，感觉有些受宠若惊。她抬头看了看少年平静得不寻常的神情，忍不住心想：六哥哥不会在这水里下毒了吧？

想到这一点，小丫头不由得咽了咽口水，说道："六哥哥……七七不渴。"

"喝。"少年面无表情地看了她一眼，将那杯水递到了她面前。

小丫头实在抵不住少年突然变得阴沉的神情，就像是她要是不喝他递的水，他就亲自喂她喝下去一样。

小丫头战战兢兢地接过那杯水，在少年灼热的目光下，抿了一口。

夜霆晟冷着脸看着小丫头跟喝毒药似的神情，眸子越发幽暗，视线缓缓地移开，落在自己手里的杯子上，修长白皙的手指摩挲着光滑的杯口。

小丫头喝了一口水之后，刚将杯子放下，就听面前的六哥哥缓缓地道："七七今年多大了？"

小丫头有些茫然地抬起头，有些不解他为什么突然问她多大了。

小丫头说道："七七六岁了呀……"六哥哥不会到现在还不知道她多大吧？

"哦，原来七七才六岁呀！"少年看着她的眉眼笑了笑，"六哥哥不知道七七才六岁，以为七七都已经成大姑娘了呢！"

她那么小的个头，哪里像是大姑娘了？而且是她的错觉吗？她怎么感觉六哥哥现在说话阴阳怪气的？

"七七现在还是小孩子呢，不是大姑娘。"小丫头有些不满少年的话，忍不住为自己辩解道。

少年笑了笑，那笑意却未达眼底："七七认为自己不是大姑娘吗？那为何现在都开始考虑选驸马了？嗯？"

少年微凉的手原本是要落在她的头顶上的，但是说着说着突然下落到了她的后脖颈上，尤其是说完最后一个字时，那捏着她的后脖颈的手猛然有些用力。要是他的手落在脖子前面，她就感觉他像是要掐死她一样。

小丫头只感觉自己生命的后脖颈被人遏制住了，六哥哥的手就像是毒蛇一般紧紧地缠绕着她。小丫头被他掐得有些难受，原本娇弱的声音带了几丝哭腔："六哥哥……疼……"

被少年掐得有些痛，小丫头伸出两只手抓住少年的手腕，想让他松开手。

少年对此不为所动，目光冰冷地看着她，唇角勾着的笑吓人极了："那七七告诉哥哥，你以后想选几个驸马？"

"一个，就一个。"小丫头说完这些话后，见少年的表情还是阴恻恻的，干脆豁出去似的哭喊道，"不要了，七七一个都不要了，七七只要六哥哥……呜呜呜……"

什么叫"七七只要六哥哥"？这小丫头又在胡言乱语些什么？少年被小丫头这番话搞得耳朵有些泛红，猛地松开了手，恶狠狠地道："下次再胡言乱语，我掐死你！"

小丫头刚伸手捏了捏被少年掐痛的脖子，就听见他忽然对自己来了这么一句，那语气凶巴巴的。小丫头感到十分委屈：要两个驸马她说了，要一个驸马她也说了，他都不满意，那他就不就是想要她一个驸马都不要吗？而且她又不是傻子，感觉六哥哥一定是有很严重的宠妹情结，不然干吗对她的控制欲和占有欲都那么强？有六哥哥，小丫头觉得自己以后的爱情之路肯定会很艰难。

于是小丫头突然开口道："七七很喜欢六哥哥。"

闻言，少年十分诧异地看着她，问道："什么？"

"就算以后七七有了驸马，最喜欢的还是六哥哥，毕竟六哥哥是我的亲哥哥呀！"

原本少年还沉浸在小丫头刚才说的话中，但听完后面的话，显然明白她刚才那句话是什么意思了。

亲哥哥……是吗？少年不动声色地笑了笑，说："七七，这话是真的吗？"

见少年的脸色有所好转，小丫头狠狠地点了点头："当然了，七七最爱的哥哥还是六哥哥。"亲情中的喜欢和选驸马的喜欢自然是不一样的。

"呵，那是六哥哥的荣幸呢。"少年伸手揉了揉小丫头的脑袋。

虽然小丫头感觉他的语气还是有些阴阳怪气的，但是六哥哥脸上的笑容，总算没有之前那么吓人了。

小丫头将自己最爱吃的糕点放到了少年面前："六哥哥，你吃点心。"

少年望着被小丫头放到自己面前的点心，最终还是给她面子拿起一块咬了一口。

小丫头在一旁看着他，问道："好吃吗？"

少年只是点了点头，没有说话。

但小丫头似乎早已习惯他有些冷淡的反应，自顾自地拿起一块咬了一口。

小丫头吃了糕点感觉高兴极了，完全没有想到景梵寺中居然还有她爱吃的凤梨酥，一边吃，一边高兴得小短腿都蹬直了。

一盘糕点，少年只是意思一下吃了一块，其余的都被小丫头吃掉了。

少年从衣袖里掏出一样东西递给她，问："吃糖吗？"

小丫头已经饱了，原本准备拒绝，但是看着那有些熟悉的糖纸，立马点了点头："想吃。"

少年将糖纸撕开，然后将糖塞进了她的嘴里。

小丫头一边吃糖一边将目光定在少年手中的糖纸上。她伸手扯了扯少年的袖子，说道："六哥哥……"

"嗯？"

"七七还想要一颗。"

少年眼见她可怜巴巴地看着自己，又从袖子里掏出一颗糖。他刚准备将糖纸撕开喂小丫头吃糖，就听她对他说："七七能不能带一颗回去给皇姐姐尝尝？"

少年盯着小丫头眼巴巴的表情，不用细想都知道她心里打的是什么主意。他没说话，伸手将糖纸撕开，然后直接将糖塞到了小丫头嘴里，淡淡地道："不行。"

小丫头委屈地噘了噘嘴，完全没想到六哥哥拒绝得如此之快。

"那六哥哥能不能把糖纸给我？"有了糖纸她就可以买到一模一样的糖了。

夜霆晟说道："不可以。"

叶七七心想：六哥哥怎么忽然变得这么小气了？

"想要吃糖了，可以跟我说。"少年说道。

虽然他说了这话，但是小丫头还是觉得跟六哥哥要糖特别不自在，想自己一次性买好多，然后就可以一次吃个够了。

少年望着小丫头的神情，似乎知道她心里在想什么，说道："一天一两颗糖就够了，吃多了对牙齿不好。"

小丫头眼看着少年将糖纸又塞回了袖子里，总感觉六哥哥对待那糖纸似乎比对待糖还要重视。

"那六哥哥能不能告诉七七，这糖到底是在哪里买的呀？"

她之前问过他一次，但他没有告诉她，这一次他要是再不告诉她，她就……

"不能，它很贵。"

小丫头说道："七七买得起！"她现在可是一个小富婆！

少年没有回话，自顾自地喝了一口水。

小丫头见自己问了两次，六哥哥还是一副无动于衷的样子，有些生气了，忍不住伸手轻轻戳了戳少年的腰腹，语气中竟然带着几丝撒娇的意味："六哥哥……"

少年一听，不由得浑身一震，诧异地看着她：小丫头这语气是在跟他撒娇吗？

"你……"就在他想说些什么的时候，就见面前的小丫头突然"呜"了一声，伸手捂着自己的脸颊。

少年问道："怎么了？"

"嗯……"小丫头捂着脸颊没有说话。她刚刚想将糖咬碎，但是好像一不小心硌到牙齿了，好疼。

少年看了她一会儿，最终伸手捧住了她的脸颊，说："张嘴，让我看看。"

"嗯……"小丫头红着眼尾微微仰起头，张开了嘴。

少年用微凉的手捧着她的脸，目光所及之处就是小丫头那两排排列整齐的洁白的小乳牙。

估计是小丫头现在处于换牙期，刚刚又吃了糖，导致牙齿松动了。

"嗯，疼——"被少年隔着脸颊捏住了痛的那一颗牙，小丫头不由得喊出了声。

"方才不该让你吃糖的。你换牙了，里面那一颗乳牙估计要掉了，需要我帮你拔掉吗？"

大大的眼睛里写满了困惑，她怀疑自己出现了幻听。但是她看着六哥哥那认真的神情，他好像不是在跟她开玩笑。

"不要，七七才不要拔牙！"小丫头死死地捂着自己的嘴巴，"它自己会掉的。"

"等它自己掉很慢的。"

"不……不要！"就算它掉得很慢，她也不要拔牙！

少年瞧着小丫头紧紧地捂着嘴，不让他给她拔牙，眉眼不由得染上了一层笑意。他只不过是跟她开个玩笑罢了，没想到小丫头居然怕成这样。

小丫头见少年的手突然朝自己伸了过来，下意识地以为六哥哥是来拔她的牙的，神情一变，赶忙将身子往后躲，但还是被少年毫不留情地拉了回去。

"别乱动！"

"嗯……七七不要——"

"不拔你的牙！"少年打断了她的话，双手再一次捧着小丫头的脸颊，盯着小丫头的口腔。

少年靠近小丫头的脸时，除了闻到他给的奶糖的味道，还闻到了麦芽糖的香味，不难发现今儿小丫头一定吃了麦芽糖。

小丫头被少年捧着双颊望了许久。

等他松开手后，小丫头揉了揉脸蛋儿，随后听一旁的少年突然开口问道："有麦芽糖吗？"

小丫头抬起头，目光闪了闪，问道："六哥哥，你也喜欢吃麦芽糖吗？"

"嗯。"少年点了点头，目光闪动。

下一秒，他就见小丫头踩着矮凳下了软榻，迈着小短腿走到了里头。

过了一小会儿，他就见小丫头捧着一个小罐子走了出来。她欣喜地将小罐子放在少年面前，声音甜丝丝地开口道："六哥哥，七七请你吃糖。"

这些麦芽糖可是她珍藏了许久的，只给皇姐姐和大柱两个人吃过。

少年看着小丫头递到他面前的小罐子，伸手打开后，只见里头放着满满一大罐的麦芽糖。

"六哥哥，这麦芽糖可好吃了。父皇说了，是边疆的一个小国进贡的，只有这一罐。"小丫头一边说，一边准备拿起一颗麦芽糖。

但她的手突然被少年扣住了。

夜霆晟说道："七七，都给六哥哥吧。"

一个"好"字就要脱口而出，但是小丫头仔细一想，感觉有些不太对劲，问道："六哥哥要一颗吗？"

"一整罐。"

小丫头满脸疑惑：她是不是出现幻听了？

她抬头瞧着少年一脸认真的神情，发现六哥哥好像没有半点儿和她开玩笑的意思。

"可……可是七七所有的麦芽糖都在这个罐子里了……"

"你的乳牙已经有些松动了，不能再吃糖了。"

六哥哥的脸色和语气都带着浓浓的不容置疑，这时小丫头终于明白，他说他爱吃麦芽糖是假，想拿走她这一罐子糖才是真的吧。

少年不顾小丫头一脸的委屈拿走了麦芽糖，说道："我先帮你收着，等牙好了你再吃。"

听了少年这话，小丫头就想起原来的世界里她每年的压岁钱都会上交给妈妈保管，但是保管到最后，好像都会被妈妈用完，然后美其名曰：她的压岁钱给她交了学费而已。

她不敢反驳妈妈的话，就如同现在她也不敢反驳六哥哥的话一样。

六哥哥对她来说，比妈妈还恐怖。

"那七七能不能再吃最后一颗？"

"不能。"少年关上罐子的盖子，很无情地拒绝了她。

就因为自己最爱吃的麦芽糖被六哥哥无情地收走了，小丫头闷闷不乐了一个下午。原本听那枯燥的经文已经让她昏昏欲睡，再加上这件事，小丫头一个下午都跟一棵蔫了的白菜似的。

大柱走到小丫头身边，瞧着小丫头一脸闷闷不乐的神情，说："七七，你怎么了？怎么感觉你一脸的不高兴呀？"

小丫头还沉浸在失去了自己最爱吃的麦芽糖的悲痛之中，下意识地摇了摇头。

大柱也不知道小丫头究竟是因为什么事情不开心，在口袋里掏了掏，掏出一颗糖递给了小丫头，说道："我娘亲说不开心的时候可以吃糖，因为糖是甜的，吃了之后不开心的情绪就会一扫而空。"

小丫头听了大柱这话，下意识地抬起头，看见大柱给她的糖后，原本黯淡的目光立马亮了，欣喜地道："是麦芽糖！！！"

大柱瞧着小丫头突然变得欣喜的表情，下意识地伸手抓了抓后脑勺儿，问道："七七，你喜欢吃麦芽糖吗？"

小丫头狠狠地点了点头："喜欢！"

"那我把身上的麦芽糖都给你。"大柱说着，便伸手在口袋里掏了掏，没一会儿居然掏出了两大把麦芽糖。

小丫头看着那麦芽糖的糖纸，和她被六哥哥收走的那一罐麦芽糖的糖纸一模一样。

"这是我舅舅出去做生意的时候我让他给我带回来的，因为之前你给我吃过一颗，我觉得挺好吃的，就让我舅舅给我买了好多。"

小丫头看着那麦芽糖，都想抱着大柱大哭一场了。

"呜呜呜，大柱，有你这个朋友真的好好！"说着，小丫头一把抱住了大柱的手臂。

大柱古铜色的脸上浮现出几丝红晕，下意识地抓了抓后脑勺儿，问道："七七，你之前那一罐麦芽糖都吃完了吗？你要是想吃的话，我那儿还有好几罐呢，可以送你一罐。"

小丫头震惊地看着他，问："可……可以吗？"

"可以呀。"大柱撕开糖纸，小心翼翼地把一颗糖塞进了小丫头嘴里，"因为七七是我的朋友呀。"

小丫头要被他感动哭了：呜呜呜，大柱真的太好了！

"那我明天把糖带给你。"

"嗯嗯。"小丫头乖巧地点了点头。

大柱又说道："但是糖吃多了对牙齿不好，七七，你每天吃一颗就可以了，不要一次性吃得太多。"

"嗯嗯，七七知道的。"小丫头想到明天自己就又有一罐糖了，已经将所有的烦恼抛之脑后。

就在小丫头吃完一颗麦芽糖，把另一颗糖的糖纸已经撕开一半，正要往嘴里塞时，突然瞧见一道熟悉的身影，吃糖的动作猛地顿住了。

夜霆晟刚从殿里出来，就瞧见不远处的花坛边坐着一道熟悉的身影，原本是打算上去和小丫头打声招呼的，但是刚准备走近，就瞧见小丫头身旁那个名叫大柱的少年往她嘴里塞了一颗糖。这还不是最主要的，最主要的是他看着小丫头吃完一颗后，又撕开了一颗糖的糖纸顺势要往自己的嘴里塞。

小丫头从瞧见六哥哥开始，塞糖的动作就硬生生顿住了。她就瞧着少年一步步地朝她走来，身旁还跟着那个名叫贺璟的少年。

贺璟瞧着小丫头手里的糖，笑道："七七小可爱在吃啥呢？"

小丫头没敢说话。

一旁的大柱将手里的麦芽糖递给了他们："是麦芽糖，你们吃吗？"

贺璟看了看大柱递来的麦芽糖，随后伸手接过，问道："这糖好吃吗？"

"好吃！"大柱说，"我和七七都喜欢吃，七七都要吃第二颗了。"

小丫头顿时愣住了。

"是吗？"贺璟说着，就撕开了糖纸，将糖塞进了嘴里。

麦芽糖刚一入口，贺璟就忍不住夸赞道："嗯，这糖确实还挺好吃的！"

听了贺璟这话，大柱又将手里的麦芽糖递给一旁一直没有说话的夜霆晟，问道："七七她哥，你吃吗？"

少年没有说话，把目光落在一旁坐在花坛边的小丫头身上。

六哥哥虽然一脸平静，但小丫头最怕的就是他的面无表情。小丫头被他看得实在是头皮发麻，将自己只撕了一半糖纸的麦芽糖递了过去："六哥哥，吃糖……"

少年盯着小丫头殷勤地递给自己的糖，脸上还是什么表情都没有。

一旁的大柱有些疑惑了：他刚刚好像看见七七在将糖纸撕开一半的时候，舔了一下糖……

下一秒，大柱就见少年俯下身张嘴将小丫头手里的糖咬进了嘴里。

小丫头在喂六哥哥吃完糖后，见他还用阴沉的眼神直勾勾地盯着自己，莫名其妙地有些心虚，下意识地缩了缩脖子，说道："就……就吃了一颗……"她就吃了一颗而已！

"一颗也不行！"少年淡淡地瞥了她一眼，移开了目光。

在他起身之际，小丫头靠得近，清晰地听到了"咔嚓"一声，是少年将嘴里的麦芽糖咬碎的声音。

"她最近牙疼，别再给她吃糖了！"少年对一旁手里还捧着很多糖的大柱说。

在少年有些威胁意味的目光下，大柱愣愣地点了点头，问道："七七，你牙疼吗？"

小丫头没说话，只是委屈地噘了噘嘴，脑海里闪过一句话：她到手的麦芽糖飞了！

小丫头看着大柱时，一脸的欲哭无泪：呜呜呜，她真的好想哭呀！

"吃饭了吗？"一旁的少年问她。

小丫头噘着小嘴摇了摇头："还……还没有……"

她一开始是因为自己的那罐糖没了不想吃饭，现在则是因为快要到手的糖没了，更加不想吃饭了。

少年瞧着小丫头一脸委屈的表情，说道："走吧，跟我去食堂吃饭。"

听了少年这话，小丫头脑子里冷不防闪出"不要"两个字，但是并没有说出来。小丫头看了一眼一旁的大柱，说道："我……我和大柱在这里是等皇姐姐的，她一会儿就来了。"

大柱一脸疑惑：七七是要等她的皇姐姐吗？可是她的皇姐姐听经一结束就已经走了呀……

"那我跟你一起等。"说着，少年顺势坐在了小丫头的身旁。

小丫头顿时神经紧绷，有些心虚地抠着手。其实她是骗六哥哥的，并没有在这里等皇姐姐，皇姐姐因为给别人写了情书，所以被父皇爹爹罚抄写宫规一遍，那么厚的一本宫规，她看着都差点儿被吓哭，皇姐姐现在还在佛堂里可怜巴巴地抄宫规呢！

小丫头起身想将六哥哥拉起来，说道："六哥哥不需要跟七七一起等的，六哥哥先去吃饭吧，七七和大柱一起等就行了。"

"没事，我也不饿。"少年回答道。

"可说不定你的小伙伴饿了呢？"小丫头说着，伸手指了指一旁的贺璟。

"啊？小伙伴是指我吗？"贺璟笑了笑，对小丫头说，"不用太在意我的，我也不饿，可以等。"

小丫头拗不过两个人，干脆坐了下来，装模作样地等着。

原本小丫头想的是，他们等一会儿不见皇姐姐来，肯定就不耐烦了，可她万万没想到，六哥哥和贺璟居然真的就跟她和大柱一起坐在花坛边，足足等了半个时辰。

他们两个人倒是毫无怨言，但是小丫头的肚子不争气地叫了一声。

夜霆晟就坐在小丫头身边，所以在小丫头的肚子不合时宜地响起来时，他很清楚地听到了。他微微侧过头，有些冰冷的目光落在了小丫头的肚子上，然后视线上移，落在了小丫头的脸上，说道："你饿了。"

下一秒，少年就站起身，说道："去吃饭！"

不等小丫头拒绝，他直接伸手将她拉了起来。

"我不……"

"不饿吗？"少年目光冰冷地看着她，说道，"不饿也给我去吃。"

小丫头听着少年凶巴巴的语气，不敢再拒绝了，任由少年牵着她的手。

直到走到食堂门口，小丫头才突然想起来一件事，说道："七七突然想起来，父皇爹爹说晚膳要和七七一起吃……"

少年说道："他正在处理政务，没时间。"

小丫头："……"

被少年拉着坐到椅子上后，小丫头瞧见面前盘子里的晚膳还是熟悉的白菜豆腐，感觉愧对自己先前起的誓——这白菜豆腐注定无法成为她的最爱！

"炮灰"闺女的生存方式

乌里乌里 著

一下册一

青岛出版集团 | 青岛出版社

第二十一章
兄妹矛盾起

一日三餐都是这白菜豆腐，叶七七感觉自己快要变成白菜豆腐了。她默默地低头扒拉饭，吃着吃着就感觉自己的面前有一道黑影落下，抬头就瞧见六哥哥夹了一块咸萝卜给她。

"我不想吃咸萝卜。"她好想吃肉，好怀念那一顿烤串，早知道当初就应该多吃一点儿的。

"吃！"少年的语气变得严厉了些。

原本小丫头就对他拿走自己那罐麦芽糖而心存不满，现在又听到他这种语气，难免有些小脾气。

"不吃了，牙疼！"说着，为了表现出自己很疼的样子，叶七七还伸手捂住了脸颊。

少年看着她，眼中神色不明，随后缓缓地开口道："再多吃些糖就不疼了。"

他……他怎么这样啊？！

少年没看她此刻是什么表情，将她的盘子端了过去，随后将自己盘子里的豆腐都夹给了她，说道："牙疼就吃豆腐吧，豆腐咬着不疼。"

叶七七看着被少年夹到自己盘子里的豆腐，赌气似的全都吃完了，还将碗

273

里的饭扒拉得干干净净。

少年抬起头，就瞧见小丫头一脸幽怨地盯着他，腮帮子都被气得圆鼓鼓的。

"七七吃饱了，先走了！"小丫头说完，不等少年回答，就直接转头迈着小短腿离开了。

坐在一旁才吃了一半的大柱，瞧着小丫头离开的背影，思索了许久，还是快速地扒拉了几口饭，然后就追着小丫头出去了。

一旁的贺璟瞧着一大一小离开的背影，忍不住朝少年开口道："七七这是生气了吧？"

夜霆晟也看着小丫头离开的背影，随后将目光移开，落在自己全是白菜的盘子上，拿着筷子安静地吃着。

贺璟说道："小孩子嘛，爱吃糖是天性，她喜欢吃就让她吃呗，反正就算不吃那小乳牙还是要掉，还不如让她吃糖能开心点儿。"

闻言，少年拿着筷子的手微微顿了一下，他回道："不能惯着她，不能吃就是不能吃！"

贺璟心想，明明夜霆晟比他还小一岁呢，他怎么觉得夜霆晟说话都有一股老父亲的感觉了？

贺璟说道："行吧。"你是她哥，凡事你说了算。

就因为六哥哥不准她吃糖这事，叶七七第一次生了很长时间的气。这几天里，每当她看见六哥哥，都有意无意地躲着他，完全是一副生闷气的样子。

原本她以为他多多少少能感觉到她在生气，但是他压根儿没什么反应，她不和他说话，他也真没和她说过话，她看见他当作没看见，他看见她也完全当作没看见，都不知道到底是谁在生谁的气。

时间一晃就过了五六天，这期间两个人没有说过话。

这一日，阳光明媚，众学子分工打扫景梵寺上下。

叶七七和大柱被分到了藏书阁。大柱提着两只小桶，跟在手里拿着抹布的小丫头后面。

藏书阁有好几层，他们两个人被分到了第三层。就在小丫头手里拿着抹布，优哉游哉地走到藏书阁门口时，她正好瞧见六哥哥站在那儿。

少年站在门口，手里拿着扫帚，身旁还站着一个穿着青衿的女孩儿。那女孩儿手里拿着鸡毛掸子，和六哥哥说话时笑得特别开心。

叶七七刚一进去，少年正好抬起头，两个人的视线相撞，不过谁也没有先开口说话。

叶七七心里头还在赌气，刚准备移开目光，就见少年比她先一步别开了脸，全然当作没有看见她。

大柱看见七七她哥手里拿着扫帚，身旁还跟着一个女生。大柱从他们面前走过，正准备跟少年打招呼，就见少年看都没看他们一眼就走了过去。

大柱瞧着两个人离开的背影，不解地摇了摇头，问道："七七，那不是你哥哥吗？"他怎么都不跟七七打招呼了呀？

"七……"大柱收回目光，就看见小丫头已经走了很远，赶紧跟了上去，说道，"七七，你等等我呀。"

少年听着大柱渐渐远去的脚步声，突然停了下来。

一旁的女生见他停了下来，下意识地转头看了他一眼，问："怎么了吗？"

"离我远一点儿。"

女生愣住了，震惊地道："可……可是我们是一组的呀。"

夜霆晟闻言，目光阴冷地瞧了她一眼，语气冰冷地道："你太聒噪了。"她一直在他耳边"叽叽喳喳"，烦人！

也不知道他又说了些什么，女生是捂着脸哭着跑开的。

"等一下！"

女生已经跑出好几米远，听到身后传来少年的声音，下意识地停下脚步，红着眼睛看着他。她以为少年是认识到自己的错误，准备给她道歉的，可少年接下来的话让她哭得更凶了。

夜霆晟说道："把你手里的东西留下，谢谢！"

顺着少年的目光，女生低头看了一眼自己右手拿着的鸡毛掸子，再抬头看了一眼少年那一脸认真的神情，猛地将鸡毛掸子扔到了地上，双手捂着脸哭着跑开了。

夜霆晟将女生扔在地上的鸡毛掸子捡起来，拿着扫帚继续打扫卫生。

与此同时，另一边，大柱拎着水桶，看着小丫头埋头擦书架，问："那个……七七，你和你的六哥哥是闹别扭了吗？"他怎么感觉刚才的气氛怪怪的呢？

"没有呀。"叶七七转头瞧了他一眼，脸上没有半点儿不高兴，说道，"才不是我和他闹别扭，是他先做得不对。"谁让他把她的糖都拿走的！

大柱说道："你没事就好，我还以为你生气了呢。"

"我才不会生气呢，人生在世，多活一天就少一天，我干吗要和自己过不去？我要每天都开开心心的，做一个快乐的小仙女！"

哼，不就是一个六哥哥嘛，对她不好她就丢掉，反正她又不是只有一个哥哥！

叶七七说道："更何况我又不止他一个哥哥。"

哼哼哼，谁还不是个小公主了！

"嗯嗯。"听了小丫头这番话，大柱在一旁应和道，"七七是仙女，最可爱的仙女，仙女是不可以生气的。"

"那小仙女七七想要吃糖可以吗？"小丫头可怜巴巴地看着他。

大柱面色有些纠结，有些不知所措地抓了抓后脑勺儿，说道："可是……你不是牙疼吗？"

"我这牙疼和吃糖是没有关系的，只是换牙期到了，吃不吃糖都会掉牙的。"

大柱原本真的不想给小丫头吃糖，但是望着小丫头可怜巴巴的表情，就心软了。他伸出手在袖子里掏了掏，掏出一颗糖递给了小丫头，说道："只能吃一颗，吃多了牙会很疼的。"

"好！"小丫头甜甜地喊道，"大柱哥哥说什么七七就听什么。"

小丫头见大柱将糖纸撕开，把糖递到自己的嘴边，小嘴张开将糖咬住了。

大柱听着小丫头那一声"大柱哥哥"，脸都不由得红了，喃喃地道："大柱哥哥？"

"对呀，以后大柱你也是七七的哥哥了。"

夜霆晟刚拿着扫帚上了三楼，就听见小丫头说的话："更何况我又不止他一个哥哥""以后大柱你也是七七的哥哥了"。

少年下意识地停下了脚步，抬头瞧着站在不远处正擦书架的小丫头：估计是因为心情好，小丫头一边擦书架还一边哼着小曲。

大柱哥哥？呵，他咬了咬牙。

小丫头嘴里吃着糖，乖巧地擦着桌子。大柱手里拿着一块抹布。

因为书架太高，小丫头太矮，所以大柱直接让小丫头坐在他的手臂上。

大柱体形庞大，力气也大，体重极轻的小丫头坐在他的手臂上，他托着她轻而易举。

大柱说道："水浑了，我去换水。"

"好。"

趁着大柱去换水的工夫，叶七七也停下来休息了一会儿。

这藏书阁每一层都很大，一排排的书架排列，她看着面前比她高上好多的书架，坐在地板上望了好一会儿。

见大柱还没有回来，小丫头百无聊赖地盯着书架发呆，突然看见一本熟悉的书——《四国兵法论》。

叶七七看了看一旁的凳子，然后将凳子搬了过来，踩着凳子打算将那本书拿过来看一看。但那本书在第三层，她哪怕踩着凳子也只能够到第二层。她踮起脚，费力地伸着自己的手，好不容易碰到了书，但只是碰到了一点儿书皮。

就在她有些急的时候，突然有一只手将那本书拿了出来。

"谢……"叶七七正准备说"谢谢"，抬头就看见了少年那张脸。

夜霆晟面色平静地瞧着面前仰着脑袋看着他的小丫头，眼眸如墨。

"六……"叶七七下意识地开口想要喊他，但突然间想到方才少年对她爱搭不理的高傲样子，就赌气似的别开了脑袋。

她正准备从凳子上下去，小小的手臂就被少年扣住了。

夜霆晟冷眼瞧着怀里的某团子，语气有些冷地道："现在看见六哥哥都不知道喊了吗？"

叶七七抿着嘴，没有说话。

"是这本吗？"少年问她。

小丫头抬起头，瞧见少年手里拿着那本《四国兵法论》，点了点头。

少年环住她的腰，将她从凳子上抱了下来，然后把书塞给了她。

她接过少年塞过来的书，又见他俯身将地上的鸡毛掸子捡了起来。

她看着少年手里拿着的鸡毛掸子，莫名其妙地感觉自己身上一疼：六哥哥不会是想用鸡毛掸子打她吧？

"啊——"看到少年手里的鸡毛掸子突然向自己袭来，叶七七被吓得猛地叫出了声，手下意识地护住了自己的脑袋。

少年："……"

等了好一会儿，预料之中的疼痛没有到来，她才缓缓地睁开眼睛，就见少年神情漠然地看着她。

他冷笑了一声，问道："怎么？你以为我会打你吗？"

叶七七愣愣地摇了摇头，脸有些发白，说道："没……没有。"

夜霆晟又冷笑了一声，将鸡毛掸子扔在了地上，说道："在你眼里，你的大柱哥哥比我对你好吧？"

小丫头："……"

"反正你都有那么多哥哥了，少我一个也没有什么大不了的吧？！"

叶七七一脸震惊地看着他：六哥哥……全都听到了？！

"不……不是这样的。"叶七七看着少年阴冷的表情，说到后面，语气显得虚弱无力。

"呵。"少年冷眼看了她一眼，没再说什么。

不过他临走之前阴冷的表情，让叶七七感觉到这一次他是真的生气了。

夜云裳花费了六天时间才将那宫规完完整整地抄了一遍。

当她将抄好的东西递给大暴君看时，男人终于说了一句："下次莫要再犯了。"

"是，儿臣谨遵父皇的教诲。"

这几天被罚抄写宫规，差点儿把她的手给抄没了，她再也不写情书了！！！

夜云裳刚走，门外就传来赵公公的声音："陛……陛下……"

赵公公战战兢兢地从外头走进来。

大暴君抬头看到赵公公身后的大箱子，就知道箱子里面是什么了，问道："不是说了朕是微服私访吗？怎么还送来这么多奏折？"

"陛……陛下，丞相大人说这些都是急件，如果不是很重要的折子，也不会快马加鞭地运过来。"

"啪——"大暴君怒气冲冲地拍了一下桌子。

赵公公被吓得忍不住抖了抖，立马跪到了地上，说道："陛下，息……息怒呀！"

大暴君烦躁地捏了捏眉心，眉间染上了一层戾气，说道："夜墨寒呢？让他过来！"

赵公公说道："九王爷他……他今日一早有事下山了，说是去体察民情。"

大暴君说道："呵，他现在倒是每天过得悠闲得很。"那家伙在这寺院里，有空了就逗逗小丫头，没事了还能下山去遛一圈。

"那需要奴才让人把九王爷找回……？"

"不用！"大暴君猛地将奏折放了下来，冷声道，"传令下去，今天他回来后谁也不准给他开门，就让他在外面待着，他要是敢翻墙硬闯，就给朕打断他的腿！"

赵公公身子抖了抖，问道："真……真打呀？"

大暴君冷眼瞧着赵公公。

赵公公被吓得闭紧了嘴巴。

"父皇爹爹！"门外传来小丫头甜丝丝的嗓音。

大暴君循声望去，就见小丫头趴在门口，探出半个脑袋望着他。

"您在忙吗？"

"没有。"

听到男人回答得如此干脆，一旁的赵公公下意识地将目光放在一旁堆得老高的奏折上：现如今这么多奏折放在面前，还不算忙吗？陛下这不是睁着眼睛说瞎话吗？

大暴君朝小丫头招了招手，等小丫头小跑到面前，顺势抱住她，放到自己的腿上，问道："七七怎么来了？"

"当然是想父皇啦！"叶七七说着就伸手摸上男人的脸，在他的脸颊上亲了一口，然后才说起正事来，"七七想去参加明天的踏青活动寻诗集宝，可以吗？"

大暴君说道："寻诗集宝？"

"就是一个书院里所有的学子都要参加的活动。但是因为七七年龄太小了，秦太傅让七七过来问问父皇您。"

寻诗集宝是书院每年踏青必备的一个活动，书院的学子都要参加，时间为两天一夜，地点在景梵寺的后山，每组两个人，深入后山去寻找散落在各处的诗句，在时间结束之前，能收集十首诗并且成功地出来，才算完成任务。

往年能凑齐十首诗并且成功地出来的学子少之又少。这不仅是对学子生存技能的考验，更是对其精神的一种磨炼。

"七七想去吗？"

"想。"小丫头回答得很干脆。从听到这种类似于求生游戏的活动起，她就真的好想去呀！

"传令下去，明天后山再加派一些暗卫，保护他们的安全。"

赵公公回道："是，陛下。"

因为景梵寺的后山很大，哪怕书院在比赛开始之前已经派人将后山清扫了一遍，把外部因素隔绝了，但还是要担心学子内部会发生一些矛盾，所以皇帝在后山的方圆几里范围内都会加派几个暗卫镇守，防止意外发生。

"要参加可以，但是重在参与，别硬撑，想出来了就放信号，知道吗？"

"嗯嗯，七七知道的，重在参与，输赢都是浮云。"

大暴君笑了笑，说道："乖。"

"啊？七七宝贝，你要参加明天那个什么寻诗啥的活动呀？"夜云裳听见小丫头要去参加明日的活动，一下从床上爬了起来。

"对呀，皇姐姐，你不参加吗？"

夜云裳疯狂地摇头，说道："我来景梵寺踏青两次了，都没有去参加那个活动。"

"为什么呀？"

"因为闹鬼呀！"夜云裳说道，"之前我讲的关于后山的那个鬼故事，你忘了吗？那可是真实发生的。"

小丫头一脸疑惑，问："那个……是鬼故事吗？"

听了小丫头这话，夜云裳惊呆了：什么叫'是鬼故事吗'？她讲的本来就是鬼故事呀！难道她讲的故事还不够恐怖吗？

叶七七摇了摇头，说道："七七一直觉得皇姐姐是在讲冷笑话。"

夜云裳垮了脸，感觉自己有被冒犯到。

夜云裳还是不死心地问："你没有发觉真的很恐怖吗？那个鬼等了李烛两百年啊！"

小丫头再一次摇了摇头，说道："不觉得恐怖呀。皇姐姐，你难道不觉得很浪漫吗？"

"浪漫？"夜云裳听了小丫头这话疑惑了：这个鬼故事哪里浪漫啦？

"那个鬼等了李烛两百年，说不定李烛是那个鬼生前的爱人呢，这样一想，你不觉得很浪漫吗？"

夜云裳："……"女鬼寻爱百年，只为见爱人一面，她真的没有感觉到半点儿浪漫，反而感觉后背一下子凉飕飕的，这也太吓人了吧！

"皇姐姐，你去参加嘛，一定很好玩的！"小丫头扯着她的手臂撒娇道。

夜云裳想都没想就拒绝道："不要，我不要去！"她害怕那个鬼大晚上的来找她！她害怕！

"皇姐姐，去嘛，去了之后晚上我们还能在一起吃烤肉。大柱说了，他会打猎，后山有野鸡，到时候我们就可以吃到香喷喷的烤鸡啦。"小丫头见夜云裳咬着唇思索，就知道她心里肯定是有些动摇了，于是又说道，"虽然我名义上是去寻诗集宝，但是父皇爹爹说了，比赛的输赢不重要，重在参与。我们不和他们去抢着找诗句，我们去打野鸡、抓野兔、吃烤鱼，都没有人管我们，总比在这里每天吃白菜豆腐要好吧？"

夜云裳回想起自己每天吃的白菜豆腐，下意识地摸了摸有些饿的肚子：烤野鸡、烤兔腿、烤鱼，啊啊啊，她真的有些心动了！

想到这些，她的肚子忍不住叫了几声，因为今天的晚膳还是白菜豆腐，她只扒拉了几口饭而已。

夜云裳做最后的挣扎，说道："可……可是我们也不会捉呀……"

"有大柱呀！"小丫头"噌"的一下站了起来，对夜云裳再一次滔滔不绝地道，"有大柱在就可以了，大柱的厨艺可好了！皇姐姐，你还记得我们第一次来的那天晚上吃的烤串吗？"

夜云裳点了点头，说道："记得呀。"她记得当时的烤串超级好吃，她一口气吃了好几串呢！

"那不就行了？那就是大柱捉的野鸡烤的。有了大柱，我们就啥也不用担心了，可以安安心心地当快乐的小米虫了。"

听到熟悉的"小米虫"三个字，夜云裳是真的心动了，问道："可是你这么小，父皇允许你去吗？"毕竟去后山是要待两天一夜的，七七年纪这么小，还是有些危险的。

叶七七闻言，拍了拍胸脯，说道："放心，父皇爹爹已经同意了，而且父皇爹爹还下令在后山多安排了一些暗卫，所以我们不用担心安全。"

"嗯！"夜云裳思索了一小会儿，在小丫头期盼的目光下，最终说道，"行，那就去吧！我也想提前体验一下做一条快乐的小米虫的感觉。"

次日一大早，各大书院的学子全都集中在后山的入口。

叶七七踮起脚看着他们抽签，但是因为个子实在是太矮，哪怕踮起脚也看不清楚。

281

站在她身后的大柱说："那个……七七，你是看不到吗？需要我抱你吗？"

"抱。"叶七七说完，就对大柱伸出了手。第一次坐在大柱的手臂上的时候，她还担心自己会把大柱的手压坏了，但是大柱对她说他的力气很大，根本不用担心，于是她现在坐在他的手臂上都已经成习惯了。

大柱伸出手，单手就将小丫头抱着坐在了自己的手臂上，压根儿没有费什么力气。

周围的学子看着这一大一小，眼睛都不由得瞪大了。

一旁的夜云裳看着坐在大柱的手臂上的小丫头，忍不住面露羡慕之色：她要是像小丫头一样大多好，就也能被举高高了。

就在夜云裳羡慕不已的时候，大柱突然对她伸出了手，问道："你要上来吗？"

夜云裳看着大柱对自己伸出的手，有些没反应过来，问道："什……什么？"他的话是她想的那个意思吗？

夜云裳伸手指了指自己，又问："你的意思是……我也可以坐吗？"

大柱点了点头。

夜云裳忽然有些不好意思了，说道："这……不太好……啊——"

她话还没有说完，就感觉脚下突然一空，一股失重感袭来，眼前天旋地转。等到回过神来时，她发现自己已经坐到了大柱的手臂上，面前的视野都开阔了不少。

夜云裳问道："我……我很重的，你会不会很累呀？"

大柱摇了摇头。

一旁的小丫头说："大柱力气很大的，可以毫不费力地拿动两把大铁锤。"

小丫头看了看四周，指了一下一旁的大石墩，说道："一个大铁锤就有两个石墩加起来那么大。"

夜云裳顺着小丫头指的方向看去，瞧见那放在门口的两个大石墩时，眼睛都直了：这……这也太大了吧！

夜云裳说道："你……你力气真大，应该去奇艺班的。"

叶七七说道："大柱就是奇艺班的。"

夜云裳恍然大悟，但是后知后觉地想到另一点：大柱是奇艺班的，那么小丫头是怎么和他认识的？

抽签顺序都是打乱了的，谁和谁会组在一起当真是全凭运气。

不过叶七七为了和皇姐姐吃烤串的伟大事业，特意让秦太傅开了个后门。

起初秦太傅死活不同意，但是经过小丫头的一系列威逼利诱后，终于肯了。

抽签的盒子来到了叶七七面前，叶七七看了拿着盒子的侍从一眼，随后将手伸进去掏了掏，掏出一张纸，打开后写的是"二十六"。

一旁的夜云裳也伸出手掏了一张纸。

小丫头和秦太傅说过，所以自然知道皇姐姐手里的纸上的数字也是"二十六"。就在她满心欢喜时，她看到了皇姐姐打开后的字条，脸蛋儿猛地僵住了：十三？

小丫头不解地看了一眼拿着抽签盒的侍从：不会是秦太傅忘记跟他们说要给她开后门了吧？

下一个就是大柱抽签了，小丫头聚精会神地盯着抽签盒，默念：二十六或者十三，这两个随便哪个数字都可以！

最终大柱抽的是"五十"。

叶七七无声呐喊：秦太傅这个骗子！骗了她！

所有人抽签完毕后，就是寻找和自己相同号码的人。

叶七七整个人蔫了，走到二十六号牌子下面，等待搭档的到来。

"七七小可爱。"一个熟悉的男声传来。

小丫头看着他，脑子里冷不防闪出一句话：此人烤串很厉害。

贺璟问："你是二十六号吗？"

"嗯嗯。"叶七七点了点头，说道，"你也是二……"话还没有说完，她就见贺璟将手里的数字给她看了一下，上面写的不是"二十六"，而是"十三"。

"你们兄妹俩可真有缘，你哥哥也是二十六号。"贺璟说完，转身就走了。

叶七七仔细地回想他方才说的话：哥哥？是六哥哥吗？

叶七七正想着，就见自己面前突然有一道阴影落下，缓缓地抬起头，就瞧见那张熟悉的脸。

少年站在那儿，手里拿着二十六号牌子，神情平静地看着她。

叶七七忍不住想到昨天六哥哥生气离开的样子：这才过去一天，他应该还没有消气吧？

"六哥哥……"她轻声喊了他一声。

可谁料少年只是淡淡地瞥了她一眼，而后目光就落在牌子下面放着的包袱上。

他们要进后山待两天一夜，所以准备了一些充饥的干粮，以备不时之需。

少年拎着装有物资的包袱，什么话也没有对她说，自顾自地用绳子绑好裤腿和袖口。

叶七七学着他的样子，也用带子将小腿处的裤腿系紧，这样方便活动。

少年两三下就系好了，叶七七系好带子后回头看，发现少年已经拎着包袱走了很远，急忙追了上去。

少年走得很快，等到好不容易追上他，叶七七已经气喘吁吁。叶七七说道："六哥哥，你……能不能走得慢一点儿？"她腿短，不太能跟上他的步伐。

少年停下脚步，扭头看了她一眼，说："谁是你哥？别乱叫！"话音落下，他又自顾自地往前走了。

六哥哥果然还在生气。

知道少年还在生气，叶七七秉着少说话、多做事的原则，全程安安静静地跟在少年后面。

虽说他还是走得很快，但是习惯之后，她也能够跟上他的步伐了。

两个人全程都安安静静地走着，谁也没有开口说话。

直到进了后山，两个人按照二十六号的路线走，越往里走人就越少，一直到彻底见不到人了。少年全程一言不发，似乎是在找写有诗句的布条。

叶七七其实早就已经走累了，很想停下来歇一会儿，但是看着六哥哥没停，也不好意思开口。直到真的走不动了，她忍不住开口道："六哥哥，我脚疼，我们能不能歇一会儿？"

少年正弯着腰在草丛里找布条，听见小丫头委屈的话后，头都没有抬一下，说道："你坐在这里等我。"说完，他将包袱放在她的旁边，就转头往树林的深处走去。

叶七七原本是想跟上去的，但是脚真的太酸了，只能靠坐在一旁的树上休息一会儿。

歇了好一会儿，她感觉脚没有之前那么酸了，但是眼看着天色越来越黑，而六哥哥还没有回来。

她又等了快半炷香的时间，还是没有看见六哥哥的身影，眼睛无意间瞥到一旁的包袱，心中突然有一种不祥的预感：六哥哥将包袱留下来给她，而且到现在都还没有回来，会不会是打算丢下她，让她自生自灭？

叶七七越想越觉得不安，站起身对着少年之前离开的方向喊了一声："六哥哥……"

可惜无人应她。

叶七七看着空无一人的森林深处，心里越来越慌，又喊了一声："六哥哥……"

这会儿她连说话都带着哭腔。恐惧、焦虑、委屈等各种情绪夹杂在一起，她不由得回想起皇姐姐之前讲的那个鬼故事。

本来她以为那是个冷笑话，但是现在看着越来越暗的天色，她也越来越觉得那真的是一个鬼故事。

"呼呼——"这时又有一阵冷风吹过，吓得她忍不住起了一层鸡皮疙瘩。

叶七七再也忍不住了，"哇"的一声哭了出来。

夜霆晟刚走过，就听见小丫头撕心裂肺的哭声，猛地加快了步伐，问："怎么了？"

他走到小丫头面前，还没来得及将手里的东西放下，就被哭得惨兮兮的小丫头一把抱住了。

"哇呜……六哥哥，你去哪里了？七七以为你不要七七了……呜呜呜……"小丫头紧紧地环着他的腰，泣不成声，就仿佛他是将她抛弃的大恶人。

夜霆晟说道："我看见那边有河，就顺便捉了两条鱼回来。"

小丫头哭得一抽一抽的，抬头看着少年手里拎着的两条刚杀好的鱼，说道："七七以为六哥哥不要七七了……"

夜霆晟低头看了一眼紧紧地抓着他的小丫头，说道："没有。"

少年将鱼放到一旁，虽说现在心中还有气，但是见小丫头哭成这样，心中的气也消散了不少，说道："我去捡点儿树枝回来生火，你在这里——"

"七七要和六哥哥一起去。"叶七七打断了他的话，紧紧地抓着他的衣袖不肯撒手，一脸的委屈，说道，"一起去……"

少年："……"

最终，少年没有回答，但是也算默认了一起去。

他捡树枝，小丫头就紧紧地抓着他的衣角跟在他身后。等到他捡够了树枝准备生火时，小丫头还紧紧地抓着他的衣袖不肯松手。

"六哥哥，你还在生气吗？"

少年听着小丫头软软的声音，身子不由得顿了一下，随后将树枝点燃，回答道："没有。"

分明就有，他每次生气都凶巴巴的。

如今天色已经彻底黑了，夜霆晟将捉到的两条鱼放在火上烤，火堆旁很快就弥漫起让人垂涎欲滴的香味。

叶七七的肚子也忍不住响了起来。

少年抬眸平静地看了她一眼，说道："过一会儿就可以吃了。"说完，他从衣袖里拿出一条手帕，对着小丫头招了招手，"过来。"

叶七七茫然地抬起头，表情十分不解，但是看着少年平静的目光，还是往他那边靠了靠。

她刚一靠近，他就伸手捏住了她的下巴，给她擦脸上的泪痕。

"少我一个哥哥，无所谓吗？"少年一边替她擦眼泪，一边开口问她。

叶七七急忙摇了摇头，说道："不……不是，六哥哥最重要了。"

"呵，是吗？"夜霆晟听了小丫头这话，不由得冷笑了一声：这丫头什么脾气他已经完全摸清了，有其他人的时候他就可有可无，没其他人的时候他就成了她不可缺少的依靠。

叶七七瞧着少年还有些阴郁的脸色，缓缓地伸出手拉住了他的手，问道："那六哥哥还生气吗？"

"嗯。"他看了她一眼，很肯定地道。

"那是不是七七亲你一下，你就不生气了？"

亲他一下？夜霆晟听了小丫头这话，没太明白她是什么意思。

直到他见她忽然朝他靠过来，亲了一下他的脸。

第二十二章
寻宝大作战

那一刻，夜霆晟觉得自己整个人都是僵硬的。

他有些难以置信地瞧着近在咫尺的小丫头。这会儿他都能感觉到自己的脸上还有点儿湿湿的，这丫头……居然亲他！

"六哥哥，你还生气吗？"叶七七没有注意到少年那一脸的震惊，在她的意识里，少年是她的亲哥哥，亲脸也只是一件很普通的事情罢了。

夜霆晟没回答，将烤好的鱼递给她。

"嗯，好好吃！"叶七七只顾着吃，完全没有注意到少年红了的耳根。

第二天一早，叶七七醒的时候发现自己身上还盖着六哥哥的外袍。她揉了揉眼睛，拿着衣服站起身来，就见少年站在不远处，不知道在干吗。

"六哥哥……"她下意识地轻喊了一声，就见少年身旁突然有一道黑影一闪而过。

叶七七愣了一下，揉了揉眼睛，再一次看的时候，发现那儿只有六哥哥一个人。

夜霆晟说道："嗯，醒了？"

小丫头点了点头，将衣服递给他的时候，忍不住往他身后看了看，问道："六哥哥，就你一个人吗？"

"嗯？"少年不解地看了她一眼，问道，"七七看到这里还有别人吗？"

叶七七摇了摇头，说道："没有，是七七刚醒，眼花了。"

夜霆晟接过小丫头递给自己的衣服穿好。

叶七七打着哈欠转了个身，并没有注意到少年眼中一闪而过的深意。

将昨天烧了一夜的火堆扑灭之后，叶七七便跟着少年又踏上了寻找布条的道路。

她不知道皇姐姐现在在干吗。她记得皇姐姐是十三号，那个贺璟也是十三号，还不知道大柱是跟谁一组！

叶七七在路边找到一根小树枝，蹲下身子画了个圈圈，脑子里想到那个欺骗她的秦太傅：骗子！大骗子！她要画个圈圈诅咒秦太傅，祝他名下的学子考试都得"鸭蛋"。

叶七七正诅咒秦太傅，突然听见前面的草丛里传来声响。她将树枝放在地上，紧盯着传来声响的草丛，忍不住往后退了几步。

就在她以为那里面会蹿出什么猛兽时，一对可爱的耳朵突然从草丛里探了出来。然后她就瞧见一只可爱的灰色兔头。

小兔子半个毛茸茸的身子从草丛里探出来，一双红红的眼睛紧盯着她。

看着可爱的小兔子，叶七七眼睛都亮了，急忙指着兔子对少年说道："六……六哥哥，兔子！"

少年闻言转过头，看见了站在小丫头面前的小兔子。

这只小兔子似乎还不怕人，在小丫头小心翼翼地准备捏住它的后颈时，居然直接用脑袋蹭了蹭她。

"喜欢兔子？"少年问。

叶七七点了点头，说道："嗯嗯，兔兔很好吃的。"

"好……吃？"夜霆晟看了她一眼，怀疑自己出现了幻听。

"对呀。"叶七七揉着兔子毛茸茸的小脑袋，说道，"麻辣兔头可好吃了！"

叶七七的话音刚落，那小兔子突然一下子跳走了，似乎是被小丫头刚才那一句吓跑了。

"啊……我的麻辣兔头跑了……"

叶七七眼看着快要到手的兔子就这样跑了，脸蛋儿立马垮了——她的麻辣兔头，她真的好想吃呀！

一旁的夜霆晟显然被小丫头特殊的口味惊到了：兔子那么可爱，小女孩儿不应该都喜欢养兔子吗？这丫头怎么就如此特殊想着吃了，还是做成麻辣兔头那种？

因为到嘴的麻辣兔头跑了，叶七七整个人都蔫了，就连少年中午捉了野鸡烤给她吃，都感觉吃得不香了。

"六哥哥，我们过一会儿去找兔兔吧。"叶七七说。

"咯——"夜霆晟轻咳了一声，问道，"什么？"

叶七七说道："抓兔兔，然后吃烤兔兔……"

夜霆晟倒是觉得小丫头小小年纪还是不要那么凶残为好。

一路走来，她的六哥哥找到了不少写着诗句的布条，她偶尔发呆的时候也能找到几条，但是她真的感觉这个游戏好无聊，跟她想象中的野外求生压根儿完全不一样。

她无聊地扯着少年的袖子，正准备开口，一阵剧痛突然从后脖颈袭来，眼前一片漆黑，而后整个人没有了知觉。

叶七七再一次醒来时，眼前已经是一个完全陌生的地方了。

"来来来，喝酒，这可是俺今天一大早去镇上拿的蹄髈肉，老香啦！"

"所以一定要配上我这珍藏多年的红高粱酒，这样才吃着香啊！"

耳边传来几个男声，叶七七眨了眨眼，想要看清楚，迷迷糊糊地瞧见不远处的桌子旁坐着三个中年大汉。她又抬头看了看四周，这里貌似是一间废旧的屋子，空气中弥漫着一股难闻的臭味。

叶七七瞧见自己的双手双脚被绑得紧紧的。虽然不愿意相信，但是她真的又被绑架了。不仅是她和六哥哥被绑架了，她还在一旁瞧见了大柱，还有四五个她瞧着有点儿眼熟的学子。

为首的大汉开口道："这些小娃娃都是京城里的高官之子，我们绑架他们一定能好好地敲诈一笔。"

"那样的话，我们就有银子买媳妇了！"

"可……可是大哥，要是官府查到我们身上怎么办？"

那大哥闻言，直接伸手给他们两个每人一栗暴，说道："瞧你们俩这怂样，天塌下来有大哥给你们顶着！做事不要留下任何把柄，要仔细、仔细、再仔细，不留下任何痕迹，官府的人怎么可能会查到我们三个无辜的良民头上呢？"

听了大哥这话，两个小弟对视了一眼，觉得大哥说得甚是有道理。

于是三个人继续一边喝酒，一边大口吃肉。

叶七七看着不远处的三个大汉，又看向一旁同她一样被绑着双手双脚的少年，正打算小声喊他时，就见原本紧闭着双眼的少年突然睁开了眼睛。

两个人对视了一下。

叶七七委屈的表情似乎在说：我们被绑架了。

少年先把目光落在不远处的三个大汉身上，然后低头看了看自己被绑住的双手双脚，最后看向小丫头，似乎在示意什么。

叶七七见六哥哥望着她，那眼神晦涩难懂。她猜不到他想表达什么，直到顺着他的目光瞧见了放在她旁边的那个包袱，突然灵光一闪，记起包袱里好像有小刀，立马懂了。

她看着不远处正喝得尽兴的三个大汉，悄悄地伸出脚打算将不远处的包袱用脚钩过来。那包袱距离她只有差不多一米远，但是无奈她用小短腿够了好久还是够不到。

叶七七都要哭了，好恨自己是个小短腿。

"六哥哥……"叶七七一副要哭出来的表情，忍不住看了他一眼。

也不知道是她的声音没压住，还是那三个大汉的耳朵太过灵敏，她刚喊出声，那三个大汉中被喊作大哥的男人就猛地将手里的酒壶放下，目光凶巴巴地看向不知何时醒来的她，说道："醒了？"

那大汉站起身，迈步走到她面前。

叶七七还没抬头，就感觉自己面前落下一大片阴影，有些心虚地收回了脚。

站在她面前的大汉突然蹲下身子，伸手就将她旁边的包袱拿了起来。

叶七七费力地抬起头，看到那大汉凶神恶煞般地望着她。她看着大汉那张脸，不知道怎的，突然觉得好像在哪里见过他。

"砰——"那大汉伸手就将包袱扔到了一旁的角落里，凶神恶煞般地道："安分点儿，小丫头，不然我把你的头拍扁！"

闻言，叶七七下意识地缩了缩脖子：好……好凶！

那大汉重新坐回到凳子上，还不忘给她一记警告的眼神。

也许是之前被绑过一次，这次叶七七心里头已经基本没多大恐惧之意，在看到那大汉用警告的眼神看着自己时，反而莫名其妙地觉得那大汉像极了她在原本世界中那既碎嘴子又凶巴巴的数学老师，仿佛在警告她上课不要开小差。

叶七七委屈地噘了噘嘴，看了看一直看着她的六哥哥，又看了看不远处还在昏迷的大柱。她好难过，又被绑架了，上一回是跟皇姐姐，这一次是跟六哥哥。她严重怀疑自己被霉神附体了。

就这样一直到了晚上，昏睡了一天的大柱和其他几名学子终于醒了。

大柱茫然地睁开眼睛，望着四周的环境，再低头瞧了瞧自己被绑着的双手双脚，有些没反应过来。他记得自己一开始是在抓野鸡来着，可突然感觉眼前一黑，再醒来时就发现自己的双手双脚都被绑住了。

他看向不远处同他一样被绑着的小丫头和其他学子，自然知道他们这是让人给绑架了。

"吃饭了！"

大柱刚准备叫小丫头一声，就见一个大汉突然走了过来，手里还拿着一个盘子，盘子里放着好几个包子。

那大汉给每个学子发了一个包子。

叶七七望着手里软乎乎的包子有些诧异：这绑匪居然还给他们吃热乎乎的包子，不应该是那种硬邦邦的、无法下口的包子吗？

叶七七潜意识里觉得有些不太对劲，正打算死也不吃的时候，余光看到一旁的六哥哥直接伸手拿起包子从容地咬了一口。

叶七七说道："六哥哥，这包子……"

"嗯？"夜霆晟瞧着小丫头直勾勾地盯着他手里的包子，似乎知道小丫头在担忧什么，缓缓地开口道，"吃吧，冷了就不好吃了。"

六哥哥不怕这包子被下毒了吗？叶七七心里正想着，就见那给他们发包子的大汉看到盘子里还剩下几个包子，就伸手将包子拿起来直接咬了一口。

她又低头看了看自己手里的包子，肚子响了几下，最终还是张嘴咬了一口，惊讶地发现这包子居然还是白菜猪肉馅的：嗯……这年头人质的待遇都这么好吗？

虽然叶七七很不愿意承认，但是这包子真的好好吃呀！她三四口就把包子吃完了，吃完之后还舔了舔唇，意犹未尽地盯着那大汉手里仅剩的一个包子。

许是她的目光太过炽热，那大汉拿起最后的包子正准备一口咬上去，见小丫头看着他手里的包子，愣了一下，然后走到小丫头面前，将最后一个包子递给了她。

叶七七愣愣地看着他，不知道该不该伸手接。

那大汉问道："不吃？"

叶七七摇了摇头，声音软软地道："想……想吃……"

那大汉看了她一眼，目光落在她被绑着的双手上，想了想，最终蹲下身子，伸手将她手腕上的绳子解开了，说道："行了，吃吧！"

叶七七看着那大汉竟解开了绑着她的绳索，还挺意外的。她张嘴就咬了一口包子，看着面前大汉粗犷的面容，目光落在大汉浓密的大胡子上。将嘴里的包子咽下去之后，望着大汉嘴边的大胡子，她总感觉越看越眼熟，似乎在哪里见过他。而且她看到这大汉嘴上的胡子好像没有贴牢，都快掉下来了。她该不该提醒一下这大汉呢？

叶七七正犹豫时，那大汉见她将包子吃完了，就将地上的绳子捡了起来，重新将她的手绑紧了。

好吧，随他的胡子掉吧，她才不会提醒他。

那大汉站起身，也没有注意到自己嘴上贴着的胡子有要掉落的迹象。瞧见不远处被绑着的几个学子有些不安分，他忍不住呵斥了几声，呵斥完刚走了几步，就感觉脸上似乎有什么东西掉下来了。

他下意识地低头看了一眼，就见原本应该贴在嘴边的假胡子此刻正躺在地上，连忙伸手摸上自己原本贴着假胡子的地方，发现如今空无一物，吓得猛地瞪大了眼睛。他来不及多想，急忙捂住自己的嘴，转头看了一眼不远处的学子，发现好在几位学子都低着头，没在看他，心里松了一口气，若无其事地蹲下身子，又将假胡子贴到了嘴上。

叶七七是看着那大汉出去的。

原本她就觉得那大汉有些眼熟，但不是很确定，直到瞧见那大汉嘴上的假胡子掉了之后，终于知道自己为什么总觉得他眼熟了。

之前她被父皇爹爹叫去在御书房里看书，所以记得不少来来往往的大臣的样子。而刚刚那大汉，她记得好像是御林军的副都统。

现在只有两个可能：第一个就是这个副都统叛变了，但是这种可能性应该很小；第二个就是这次绑架说不定是对他们的一种测试。

她记得这个比赛除了找诗句外，还有一个测试，只有通过那个测试，才算得上真正通过比赛，并且那个测试每一年都不同，说不定这次绑架就是对他们的一种考验。

叶七七正想着，一旁的六哥哥突然凑近她。她正疑惑，就见原本绑在六哥哥双手双脚上的绳子不知什么时候被他解开了。

"六哥哥……"

少年在小丫头面前蹲下身子，解开了绑着她的双手双脚的绳子。

"我刚刚看那个大汉觉得好眼熟，好像是那个御林……嗯……"她话还没有说完，就被少年伸手捂住了嘴巴。

"嘘。"少年对她做了一个安静的手势。

小丫头愣愣地看着他。

夜霆晟见小丫头不再说话，就将捂着小丫头的嘴的手收了回去。

夜霆晟说道："这是比赛的一个测试环节。"

听了六哥哥这话，小丫头证实了自己心中的想法，问："那我们现在就逃走吗？"

"嗯。"少年点了点头，说道，"他们应该是在考验我们的应变能力和拖延我们的时间。"

夜霆晟站起身，准备给一旁的其他学子解开绳索时，门外突然传来一阵轻微的脚步声。眼神微微一黯，他顺势伸手拉过一旁的小丫头伪装好。

一个男人推开门走了进来，手里拎着一个小笼子，笼子里有两只可爱的小兔子。他优哉游哉地扫了一眼一群被绑着的小屁孩儿，见绑着他们的绳索还是如先前一样，便也没有觉得有哪里不对，反正他的任务就是把这群小屁孩儿绑在这里拖延时间，让他们吃好喝好。

男人坐到一旁的凳子上，拿起一根胡萝卜喂笼子里的小兔子，正在考虑晚上吃些什么时，就听见身后突然传来一阵轻微的声响。

身为御林军的一员，任何细小的声音都逃脱不了他的耳朵，他猛地一转身，结果就见一把闪着寒光的匕首抵上了他的脖颈。他看着少年平静的脸，心中冷不防闪过三个字：大意了！

男人缓缓地举起手，对少年说道："刀剑无眼，这位小兄弟别冲动。"

"把地图给我！"夜霆晟说道。

闻言，男人面露疑惑地瞧着少年，说道："地图？啥地图？我们只是普通的绑……"最后一个"匪"字还没有说出口，他就见少年已经一掌朝他袭来。

他脑子还没有反应过来，身体倒是比脑子先行一步有了反应，硬生生接了少年好几招。

毕竟是演习而已，上头有令，不能动真格的，所以他有所顾忌。

几个回合下来，他就见少年突然停下了动作，对着他冷笑了一声，说道："普通的绑匪会御林军的标志性招式？"

少年此话一出，他才明白刚才那几招是少年对他的试探，现在自己彻底暴露了。

"地图！"夜霆晟又说了一声。

夜霆晟进后山之前就觉得这次的比赛不可能只是找写着诗句的布条那么简单，进来之后发现整座后山已经被改得像座迷宫一样，没有地图压根儿不可能走出去。

夜霆晟估计书院设置被绑匪绑架这一环节，就应该和获取地图信息有关。

男人摆了摆手，语气有些无奈地说道："地图不在我这里，我只是看着你们的一个小卒子而已。"

"那地图在谁那里？"少年问道。

男人直接往椅子上一靠，如同咸鱼一般，说道："抱歉，我现在已经是个死人了，不会说话！"

随后，他就见少年拿着绳子将他从头到脚地绑了起来。

男人说道："你们绑着我也没用，反正我是什么也不会说的。"

小丫头将绑着大柱他们的绳索解开之后，看到男人一副死猪不怕开水烫的样子，什么都不肯告诉他们。

目光落在男人面前的桌子上放着的笼子上，小丫头看到笼子里有两只可爱的小兔子正啃着胡萝卜。

她问："你也很喜欢小兔子吗？"

男人听了这话，目光下意识地落在小兔子身上。

这两只小兔子是他今天在外面的草地上看见的，因为实在是太可爱了，所以他捉回来放在笼子里养着。

他一开始听见小丫头这样问，潜意识里觉得小丫头是对他的兔子图谋不轨，但是见小丫头长得如此可爱，想着她应该也不是那种会对他的无辜弱小的小兔子下手的人吧……

男人轻轻点了点头。

叶七七问："那我可以摸摸它们吗？"

望着小丫头期待的眼神，男人僵硬地点了点头：小女孩儿嘛，看见可爱的小动物自然忍不住想要摸几下，能理解。

这会儿他也只是当小丫头喜欢小兔子而已。

小丫头望着小兔子啃着胡萝卜的可爱样子，伸手抱起其中一只，伸手摸了摸小兔子的小脑袋，下意识地舔了舔唇。

就在一旁的男人以为小丫头只是喜欢小兔子时，小丫头突然对他道："那你喜欢吃麻辣兔头吗？"

麻辣兔头？

听了小丫头这话，男人心中突然生起一种不祥的预感。

然后他就见小丫头一改原先可爱的样子，对他凶巴巴地道："快点儿交出地图，不然我让大柱把你的两只可爱的小兔子做成麻辣兔头！"

小丫头的话音落下，一旁的大柱不知什么时候已经拿着两把菜刀，对着两只小兔子一副跃跃欲试的样子。

男人被吓得脸色苍白，震惊地瞪大眼睛看着他们，说道："你……你们居然……居然如此残忍！"他们竟然要对两只可爱的小兔子下手！

"麻辣兔头超级好吃的！我只给你三息的时间说出地图的下落，不然……"小丫头一边说，一边掐住了小兔子的脖子。

也不知道是她下手太重还是怎么回事，男人就见那只小兔子十分给面子地吐出了自己小小的舌头。

一旁的少年瞧着小丫头掐着小兔子的模样，突然觉得这丫头有些凶！

"三、二——"

就在小丫头最后一个"一"即将说出口时，男人终于开口打断了她的话："等一下！"

男人望着被小丫头掐着脖子吐出小舌头的小兔子，最终还是妥协了，指了指不远处角落里的一个看起来十分破的花瓶。

大柱走过去将手伸进去掏了掏，从里头掏出了一封信，将信封打开，里头就放着一张地图。

见他们拿到了想要的东西，男人正打算开口，就感觉自己的后脖颈突然受到袭击，然后眼前一黑，晕了过去。

夜霆晟瞧着被自己打晕过去的男人，伸手接过大柱递过来的地图，看了一眼，记了个大概，就准备离开了。

他见一旁的小丫头紧盯着笼子里的兔子，想到小丫头爱吃麻辣兔头，开口道："喜欢吃就带着吧。"

小丫头望着笼子里可爱的小兔子，下意识地舔了舔唇。

虽然很想吃麻辣兔头，但是小丫头摇了摇头，说道："不要了。"

"嗯？"听了小丫头拒绝的话，少年难得感到有些意外地看着她。

随后，他就见小丫头眼巴巴地盯着笼子里的两只小兔子，缓缓地开口道："小兔兔有主人了，就不能吃它们了……"

吃了它们，它们的主人一定会很伤心的。她刚才那么说，也只是想吓吓那个人而已，谁让他不告诉六哥哥地图的下落的！

瞧着小丫头无辜的神情，少年眼神黯了一下，不知道此刻心里在想些什么。

他伸手揉了揉小丫头的脸蛋儿，吐出一个字："乖。"

小丫头、六哥哥和大柱，还有三个学子一起逃了出来。有了地图，他们不会走差路了，但是后山很大，不是一两个时辰能完全走出去的。

从逃出来之后，他们才走了不到一个时辰，天色就慢慢地暗了下来。他们找了一个河边的地方，捡了一些树枝，点起火堆，打算在此过一夜。

小丫头百无聊赖地看着大柱和另一个学子在河里抓鱼。六哥哥说去抓野鸡，已经去好一会儿了。

要不是六哥哥临走之前不准她下水，她早就跟着大柱一起下去抓鱼了。

"那个……七七你要吃果子吗？"小丫头正发呆，耳边就传来一个声音。

她抬头看去，就见一个学子站在她身旁，手里拿着几个果子。

小丫头伸手拿了一个果子，问他："甜吗？"

"甜！"那少年狠狠地点了点头，将自己手里的果子都放到了小丫头面前。

小丫头在那少年期待的目光下咬了一口果子，入口就是酸酸甜甜的味道。

那少年期待地看着她，问："是不是……很甜呀？"

小丫头点了点头，说道："嗯嗯，很甜。谢谢你！"

"不……不客气……"那少年红了脸，挠了挠后脑勺儿，说道，"我叫王川之。今天谢谢你了，要不是你，估计我们还被绑在那里不知道该怎么办呢。"

"不是我，是六哥哥的功劳，是六哥哥先看出来不对劲的。"

王川之想到某个少年阴沉的眸子，下意识地抖了抖身子：他总觉得她的六哥哥不太平易近人，看着很凶。

王川之说道："反正不管怎么样都谢谢你，这些果子都给你。"

小丫头看着他将摘来的果子全都推到了她面前，还没来得及拒绝，他就一溜烟儿地跑了。

"你……"小丫头看着自己面前的果子：这果子好吃是好吃，但是她吃不了这么多啊！

小丫头想了想，觉得可以等晚一点儿和大家一起吃。将果子收好后，小丫头就看到大柱他们已经抓了好几条鱼。

小丫头看着清澈的小河，浅水区的水位大概只到她的膝盖处。她只在浅水区抓些小螃蟹，六哥哥应该不会生气吧？

小丫头望着河里头可爱的小螃蟹，想要下水的心蠢蠢欲动。

"大柱哥哥！"小丫头站起身，喊了一声正在不远处抓鱼的大柱，伸出手指了指自己面前的浅滩，说道，"有小螃蟹。"

可能是两个人间隔的距离有些远，再加上小丫头的声音有些小，所以正在河里专心致志地抓鱼的大柱并没有听清小丫头说了什么，只隐隐约约地听见小丫头在喊他。

大柱站起身，手里还抓着一条鱼，说道："七七，再抓几条我就上岸了，你先自己玩一会儿。"说完，大柱就又抓鱼去了。

小丫头嘟了嘟嘴，紧紧地盯着面前清澈的小河里爬得自由自在的小螃蟹。

她站起身，环顾了一下四周：大柱和一名学子在河里抓鱼；另外两名学子去一旁的小树林里捡树枝了；六哥哥去捉野鸡了，现在还没有回来。

几个人当中，她感觉就自己一个人没事干。

盯着面前爬得自由自在的小螃蟹，小丫头最终成功地说服了自己，蹲下身子将鞋子脱掉……

夜霆晟回来的时候，手里不仅拎着一只野鸡，还拎着一只野兔。

如今天色已黑，大柱他们抓到的鱼已经变成了香喷喷的烤鱼。

少年将手里的野鸡和野兔交给大柱处理的时候，看见小丫头正坐在火堆旁啃鱼，那小脸蛋儿被映衬得红扑扑的。

看见他在不远处坐下，小丫头轻喊了他一声："六哥哥。"

听见小丫头喊自己，夜霆晟扫了小丫头一眼，随后就见小丫头心虚地躲开了他的视线。

他立马察觉有些不对劲，目光微闪，走到她身边，问："鱼好吃吗？"

小丫头正心虚地啃着鱼，突然听见六哥哥极近的声音，一侧头就见六哥哥不知什么时候坐到她身旁了。她忍不住将脚往后缩了一下，声音微颤地道："好……好吃。"

看着小丫头这副心虚极了的样子，少年心里已经知道小丫头铁定是做了什么错事，目光自上而下地扫了她一眼，就瞧见了小丫头有些湿的裙摆。

哪怕那裙摆已经被火烤得干得差不多了，但多多少少还是能瞧见湿的痕迹。

小丫头被六哥哥看得有些发虚，拿起一条烤好的鱼递给他，说道："六哥哥，吃鱼。"

少年不动声色地接过烤鱼，看着小丫头低着脑袋，一副犯了大错的模样，又看看面前的烤鱼，终于张嘴咬了一口。

过了好一会儿，小丫头见六哥哥只是吃鱼，一言不发，以为自己今天成功地逃过了一劫。

这时小丫头听到少年突然问道："这螃蟹是哪里来的？"

小丫头顺着少年的目光看向大柱。

大柱说道："这个是七——"

大柱的话还没有说完，就被小丫头直接打断了："是大柱哥哥特意抓的！六哥哥，你喜欢吃螃蟹吗？"

听到小丫头突然插话，大柱有些疑惑地看着她：这个不是七七自己抓的小螃蟹吗？

大柱还想再说些什么，就见一旁的小丫头对着他一阵挤眉弄眼，导致他更蒙了。

"七七，你的眼睛怎么了？是抽筋了吗？"大柱满怀关心地问。

小丫头闻言，差点儿当场卒！大柱这笨脑袋，要害死她了！！！

随后，她就见六哥哥阴沉的视线扫向自己，立马心虚地低下了头：她什么都不知道！

良久，少年突然冷哼了一声。

叶七七被吓得不受控制地缩了缩脖子。

"我不是让你不要下水了吗？"

"我没有！"小丫头一副死也不肯承认的样子。

夜霆晟望着小丫头把有些湿的鞋子往裙底缩了缩，没说话，也不知道此刻心里在想些什么。

小丫头心虚地拿了两只小螃蟹递给他，说道："六哥哥，吃螃蟹……"

"不吃。"夜霆晟想都没想就直接拒绝了。

小丫头见六哥哥不吃，就打算把那几只小螃蟹分给其他三个学子，可没想到她刚送过去，那三个学子就立马摆了摆手，委婉地拒绝。

"我不吃螃蟹。七七，你自己吃就好了。"

"是呀，我也不喜欢吃。"

"我……我也不喜欢吃！"

她知道大柱对螃蟹过敏，可为什么他们也不喜欢吃呀？她还捉了好几只螃蟹呢。

于是，为了不浪费，小丫头含泪啃着自己捉回来的小螃蟹。

小丫头好不容易啃完小螃蟹，肚子已经圆鼓鼓的了。正好大柱把刚烤好的兔子带过来了，小丫头看看烤兔，再看看自己圆鼓鼓的肚子，真的要哭了。

大柱问："七七，你最爱吃的烤兔子不吃了吗？"

"不吃了……"小丫头委屈地看着那香喷喷的烤兔——她吃了烤鱼和螃蟹，肚子里已经容不下烤兔了。

"我去睡觉了！"小丫头站起身，委屈地走到一旁休息的地方躺了下来。

大柱瞧着赌气似的小丫头，忍不住问："七七……怎么了？"

三个学子同时摇了摇头，表示他们也不知道。

大柱将目光落在一旁的七七她哥身上，只见少年从容地喝着水，闭口不言。

小丫头躺了没多久，就不知不觉地睡着了，再一次睁眼已经是半夜了，是硬生生疼醒的。

"嗯……"她捂着自己的肚子，也不知道是因为螃蟹吃多了还是因为什么，突然觉得肚子好疼，疼得她忍不住翻了个身。

夜霆晟就睡在小丫头的身侧，本来睡眠就浅，听见一旁的小丫头的呜咽声就睁开了眼睛。

第二十三章
七宝爱兔头

夜霆晟支起身，就见小丫头蜷着身子，眉头紧蹙，脸色有点儿白。见小丫头不太对劲，他伸手摸上她的额头，问："怎么了？"

"嗯……肚子疼……"叶七七紧紧地捂着自己的肚子，翻来覆去好几下。

夜霆晟伸手按住她，说道："别乱动，我看看！"说着，他的手已经落在小丫头捂着的肚子上，他问道，"哪儿疼？"

叶七七眼眶里含着泪，红着眼睛瞧着他，伸出手指了指肚子上疼的位置，说道："这里疼……"

看着小丫头指的位置，少年就大致知道小丫头肚子疼的原因是什么了。他收回手，目光落在小丫头的脚上，然后给小丫头脱掉了鞋子。

叶七七正疼得死去活来，就感觉一双微凉的手突然摸上她的脚。她微仰起头，就见六哥哥把她的鞋子给脱了，反射性地想要将自己的脚缩回去，却被少年制止了。

"别动！"他伸手扣着她的两只脚，指腹按住她脚底的某个穴位，说道，"现在水凉，下水容易受凉。你现在肚子疼怪谁？之前我有没有让你别下水？嗯？"

听着少年突然严厉的语气，小丫头冷不防拉过一旁的衣服要盖到脸上，却被他无情地扯了下来。

"现在躲什么？之前抓螃蟹不是抓得挺欢的吗？"

听了六哥哥这秋后算账的话，叶七七赌气似的伸手轻捶了他几下。她这番动作一出来，少年给她捏脚的动作也重了几分，令她痛得叫了出来："疼疼……六哥哥，你轻点儿……"

"不疼能让你长记性？"夜霆晟看到小丫头红着眼尾，没有再说她，而是冷冷地问道，"肚子还疼吗？"

叶七七点了点头。

他就又给她捏了一会儿。

过了好一会儿，他就见她突然支支吾吾地道："那个……六哥哥……"

"嗯？"

叶七七红着脸，讷讷难言。

他看着她微红的脸，心里头突然知道小丫头要说些什么了，问道："想如厕？"

"嗯。"叶七七点了点头。

他松开扣着小丫头的脚的手，将鞋子又给她穿上，说道："走吧，我带你过去。"

叶七七看到少年起身，急忙站起身跟了上去。

叶七七如厕完出来，见少年还站在不远处等她，急忙迈着小短腿走了过去，叫道："六哥哥。"

"嗯，走吧。"

叶七七乖巧地跟在少年身后。

两个人正走着，就见少年突然停了下来，转头看了小丫头一眼，问："你饿吗？"

叶七七愣了一下，下意识地摸了摸自己有些瘪的肚子，想到昨晚没有吃到六哥哥打回来的野兔子，说道："有点儿饿……"

"想吃野兔吗？"少年看着她问道。

叶七七欣喜地望着他，问："现在……可以吃吗？"

叶七七原本以为六哥哥是在跟她开玩笑，现在已经那么晚，他上哪里给她找野兔吃？之前六哥哥带回来的野兔已经都被他们吃完了。

她跟着六哥哥走了一小会儿，只见他在一个草丛旁蹲了下来。

他回过头，朝着她招了招手，说道："过来。"

她立马小跑过去，学着少年的样子也蹲了下来。

夜霆晟将遮住视线的杂草拨开，露出了一个小洞。叶七七顺着洞口看去，隐隐约约地瞧见洞里有好几只小兔子。

洞里的小兔子似乎察觉了危险，缩成了一团，紧紧地和同伴依偎在一起。

"兔子洞？"叶七七抬头看着他，问道。

少年点了点头。

"好可爱的小兔子呀！"看着里头那些小兔子圆滚滚的脑袋，这一次叶七七难得地没有想到"麻辣兔头"四个字。

见六哥哥打算伸手捉一只，她急忙伸手拦住了他。

"嗯？"他平静的目光里增添了几分疑惑。

叶七七看着那窝可爱的小兔子，不太忍心，说道："七七不想吃了。"

"为什么？你不是喜欢吃吗？"

"现在不喜欢吃了。"小丫头抬头和他对视，说道，"这些小兔子那么可爱……"虽然她很喜欢吃麻辣兔头，但是看着这些可爱的小兔子，她实在不忍心杀害。要是有人直接做好了给她吃，她肯定不会拒绝，但是现在她要看着这群可爱的小兔子等一下变成一只只烤兔子，她觉得自己好残忍呀。

"七七不想吃烤兔子了。"叶七七说着，就拉着少年起身，说道，"七七现在也不是很饿，我们回去吧……"

夜霆晟低头瞧着那窝可爱的小兔子，再次问小丫头："确定不吃了？"

"不吃了，小兔子要是被吃了，兔子爹爹和兔子娘亲会很伤心的。"

少年拗不过小丫头突然泛滥的同情心，打消了给她烤兔子的想法。幸好大柱昨天捉的鱼还剩几条，被圈在浅滩里养着，夜霆晟从中拿了一条给小丫头做烤鱼。

少年将火堆重新点燃，火光照亮了他的大半张脸。

叶七七下意识地看向不远处几个学子的位置，估计他们都在熟睡，大柱的呼噜声正响得嚣张。

叶七七回过头，看到六哥哥只烤了一条鱼，问："六哥哥，你不吃吗？"

"我不饿。"

"好吧。"

她大半夜突然肚子疼把六哥哥吵醒了，他还要给她做烤鱼，仔细一想，六哥哥除了有点儿凶巴巴的，对她是真的挺好的。

过了一段时间，香喷喷的烤鱼终于烤好了。

少年将烤鱼放在嘴边吹了好一会儿，才递给小丫头，说道："现在不是很烫了，可以吃了。"

叶七七满心欢喜地接过鱼，张嘴就咬了一口，说道："嗯，好好吃！"她感觉六哥哥做的烤鱼，好像比大柱做的烤鱼还要好吃。

"六哥哥，你也吃。"叶七七咬了几口后，就将烤鱼递到了少年嘴边。

夜霆晟显然没想到小丫头会有这番举动，愣了一下。看到小丫头睁着大大的眼睛一脸期待地看着他，他心里迟疑了一小会儿，最终张开嘴咬了一口。

叶七七问："是不是很好吃呀？"

"嗯。"少年点了头，说道，"好吃。"

"嘻嘻。"叶七七又咬了几口，就又把烤鱼凑到了少年嘴边。

就这样，这条烤鱼被两个人一人一半啃完了。

吃饱后，小丫头美滋滋地又躺下了。

少年依旧躺在她的身侧，没过多久耳边就传来了小丫头轻微的呼吸声。

他微微侧头，瞧着小丫头恬静的睡颜，过了许久，最终伸手摸上了小丫头的眉眼，眼眸深沉，不知道此刻心里在想些什么。

过了好一会儿，他收回手，看着万里星河，一夜无眠。

第二天一大早，叶七七是被大柱的一声大叫吵醒的。

原本还在熟睡的少年们纷纷起身朝站在河边的大柱望了过去。

只见大柱伸手指着自己昨天晚上抓的鱼，说道："鱼……我的鱼。"

一位学子上前，看了一眼大柱指的地方，打了个哈欠，说道："不是都在这里吗？"

大柱说道："可是……我昨天晚上留了六条鱼……"现在怎么就剩五条了？

"估计是逃走了吧，等一下再捉一条就是了。"

大柱看了许久昨晚特意放在小水塘里的鱼：这里就一个小水塘，鱼是绝对不可能自己逃走的，难不成是钻进泥土里了？

想着，大柱就伸手在泥土里扒了扒，但什么都没有扒到。

叶七七蹲在一旁的小溪边拿着帕子洗脸，看到大柱还蹲在他的小水塘前找鱼，迈着小短腿走到了他面前，说道："那个……大柱……你那条鱼是我吃的……"

闻言，大柱下意识地抬起头看着她。

见大柱没有说话，小丫头还以为他生气了，就打算和他道歉。

大柱低着脑袋，委屈地道："你想吃鱼为什么不叫我？我可以给你烤鱼……"

道歉的话刚要从嘴里蹦出来，就听见大柱那委屈的话，叶七七感到有些意外地看着他，说道："你不应该生气我偷吃了你的鱼吗？怎么……？"大柱的反应怎么跟她想象的不太一样呀？

"鱼本来就是抓给你们吃的。"他只是生气为什么七七昨天晚上想吃鱼了没有叫他。

叶七七愣愣地看着他，说道："我看你睡得太香了，就没有叫你。"

大柱问："那条鱼你自己是怎么弄的？"

"是六哥哥烤的。"

又是六哥哥。大柱委屈地噘了噘嘴，说道："好吧，七七你叫'六哥哥'真顺口。"之前她说好叫他"大柱哥哥"的，他就听七七叫了几次然后七七就不叫了。

叶七七看着大柱委屈的样子，听出他的语气中似乎有几丝醋味。之前她不是没喊过"大柱哥哥"，但是每次她一喊，大柱就会脸红，而不加"哥哥"两个字他就不脸红，她怀疑大柱是对"哥哥"两个字过敏。

"大柱哥哥？"叶七七又试探性地喊了一声。

随后她就见大柱的脸以一种肉眼可见的速度变红了。

看吧，大柱真的对"哥哥"两个字过敏呢！

最后，大柱又下河抓了一条鱼。

吃完烤鱼后，跟着拿着地图的六哥哥，六人小队成功地走出了后山。并且他们这一队是唯一自己走出来的，其他几个队在被绑架那一环节全军覆没了，没人想到那绑架其实是演习。

第一的奖励就是一张可以下山去逛一天的通行卡。

景梵寺的山下就是热闹的京州城。来景梵寺之前，小丫头就特意做过攻略，京州城里有一道名菜是麻辣兔头。她终于可以吃到最爱的麻辣兔头了。

叶七七一回到住所，就看见皇姐姐躺在床上，左腿上绑着两根棍子。

夜云裳看到她，高兴地道："七七宝贝，你终于出来了！"

"皇姐姐，你的腿怎么了？"

夜云裳望着自己的腿，一脸委屈地道："被别人打的，可疼了。"

"谁敢打皇姐姐？七七去揍他！"叶七七说着就撸起了袖子，小脸蛋儿上的表情凶巴巴的。

"小七七，你要是再去揍一下，估计那人就一命呜呼了。"贺璟端着一碗粥走了进来，将粥放在夜云裳面前，说道："你要的粥。"

夜云裳毫不客气地伸手接过。

见某个小丫头直勾勾地看着，贺璟问："小七七，你也要喝粥吗？"

叶七七摇了摇头，说道："不，不用了，我不饿。"

"行吧。"贺璟在一旁坐了下来，说道，"听说这一次的比赛你们拿了第一，恭喜啊。"

"都是六哥哥的功劳，要不是六哥哥，我们估计也卡在被绑架那一关了。"

听了小丫头这话，贺璟也不知突然想到了什么，脸色不由得变了一下。

"对了，皇姐姐的腿究竟是怎么弄的呀？"

"呃……"贺璟也不知道该怎么和叶七七形容她的皇姐姐的英勇事迹。

他一直觉得女孩子都应该像叶七七这样可爱、文静、娇弱，但是……他抬头看了一眼一旁喝着粥的夜云裳，想到他们被绑匪绑架那会儿这小姑娘凶悍地揍绑匪的样子，到现在都有些心有余悸。

夜云裳说道："七七宝贝，你都不知道我有多厉害，一个人对抗三个绑匪，三招就把他们全打趴下了。"

"那你的腿……？"

"嗯……"关于自己的腿伤，夜云裳有些不好意思说出来——她才不会说这伤是她揍人之后高兴过头，一不小心脚踩空了造成的。

"这腿伤自然是我英勇地揍绑匪的证明。"说着，夜云裳还高傲地仰了仰下巴。

一旁的小丫头立马一脸崇拜地看着她，感叹道："皇姐姐真厉害！"

听着小丫头软软的声音，夜云裳自然十分嘚瑟，说道："哼，我一直都很厉害。"

一旁的贺璟看着某女嘚瑟的样子，实在不知道该不该拆穿她，算了，随她去吧，爱吹牛的三公主。

"嗯？你手里拿的是什么？"夜云裳瞧见小丫头手里拿着一个红牌子似的东西，开口问道。

叶七七说道："这是比赛拿第一的奖励，可以下山去玩一天。"

"下山？那是不是可以去京州城里玩呀？"

叶七七点了点头，说道："是的。"

"啊啊啊——"夜云裳忍不住尖叫出声，"我也想去……"可是她再低头看看自己扭伤的腿，不太高兴了。

叶七七安慰道："皇姐姐想要吃什么、玩什么，七七都可以给你带。"

反正六哥哥也去，到时候她可以用六哥哥的钱，她的小金库原封不动，哈哈哈。叶七七心里打着如意算盘，美滋滋的。

夜云裳想了想，说道："可是我也没有去过京州城呀，不知道有什么特产。"

"有的！"小丫头立马开始推荐道，"京州的麻辣兔头特别好吃！"

"麻辣兔头？"夜云裳怀疑自己出现了幻听——她只听过麻辣兔子肉，从来没有听过麻辣兔头啊……

"这个麻辣……兔头，是新出来的菜吗？"饶是贺璟见多识广，也没有像小丫头如此重口味，喜欢吃麻辣兔头。

"你们都没有吃过麻辣兔头吗？"叶七七问。

两个人同时摇了摇头。

叶七七说道："麻辣兔头很好吃的，保证你们吃过一次就会爱上它！"小丫头说到麻辣兔头时，大眼睛似乎都在闪闪发光。

夜云裳首先想到的就是那一只只可爱的小兔子。她想象不出来可爱的小兔子的脑袋被做成红色的麻辣兔头是什么样惊悚的场面，说道："我还是算……"

"那七七给皇姐姐带麻辣兔头好不好？真的很好吃！"

夜云裳看着小丫头期待的眼神，不太忍心拒绝了，咬着手指犹豫了好久，最终支支吾吾地道："那……行……行吧。"但要是那小兔子死相太惨，她死也不会吃的。

见皇姐姐同意了，小丫头立马转向另一个人，说道："贺璟哥哥要不要吃？七七给你带。"

"我就不用……"话还没有说完，见小丫头可怜巴巴地看着自己，贺璟最终也点了点头，说道，"那麻烦七七了，给我……带一个头……呃，对，一个就够了。"

"一个兔子头吃得不尽兴,七七给贺璟哥哥带三个,真的很好吃。"

"好吧,那谢谢七七了。"贺璟擦了擦额头上的汗,也实在想象不出那一只只可爱的兔子被做成麻辣兔头是怎样一番惊悚的景象。

他下意识地看了一眼坐在一旁啃着糕点的小丫头,觉得自己似乎被小丫头可爱的外表给迷惑了。

陪皇姐姐聊了一会儿之后,叶七七准备去见一下父皇爹爹,可是走到暴君爹爹的住所,被告知父皇爹爹有事出去了。她望着手里获奖的红牌子,有些委屈地瘪了瘪嘴:她本来还想着拿到了第一名就告诉父皇爹爹,让他为她高兴呢!

"嗯……父皇爹爹不在,那我去找皇叔,皇叔那么闲,一定在。"这么想着,叶七七就一蹦一跳地去找皇叔了。

在路过寺里的某条转弯的小道时,叶七七习惯性地扫了一眼,突然看见不远处的假山旁有一道熟悉的身影,下意识地停下了脚步:六哥哥?他怎么在这里?他不是说他困了要回去睡觉吗?

叶七七走近了几步,发现六哥哥身旁还站着一个高个子的男子。那男子穿着一身黑衣,银白色的头发,小丫头对他有点儿印象,他就是之前那天早上她看见的站在六哥哥身旁的那个男人。

叶七七也不知道自己何时多了一个爱偷听人说话的癖好,踮起脚轻轻地靠近了那两个人,竖起耳朵,想要听到些什么。但因为离得太远了,他们的声音又小,她只隐隐约约地听到什么"六皇子""影子"。她把耳朵紧贴着墙壁,可还是没听出个所以然来。

就在这时,那说话声消失了,紧接着一道黑影压下,叶七七一抬头,就瞧见六哥哥目光有些阴冷地看着她。

"六……"

"你怎么在这里?"

"我……"

话还没有说完,叶七七就被少年直接强行拉着手离开了。

被少年拉走之际,小丫头下意识地往之前六哥哥和那白发黑衣人站的方向看了一眼,就见那黑衣人还站在那儿,一双黑眸紧紧地盯着她。只是一眼,小

307

丫头背后就生起了一层寒意，那个人的眼神……好可怕！

夜霆晟的步子很疾，叶七七腿短，被少年拉着走得十分吃力，有点儿跟不上了。叶七七问道："六哥哥，你能不能慢一点儿？"

闻言，少年猛地停了下来。

她一时之间没刹住脚，直接撞到了少年的后背上。

叶七七抓着他的袖子，说道："六哥哥？"

因为少年背对着她，所以她压根儿看不清此刻他是什么表情。

就在叶七七十分不解时，少年缓缓地转过身，目光平静地看了她一眼，问道："你不是说去找你的皇姐姐了吗？怎么突然又来这里了？"

"找过皇姐姐了，现在来找九皇叔……"

夜霆晟说道："九皇叔出去了，还没有回来。"

"啊？九皇叔也出去了？"

父皇爹爹出去了，怎么九皇叔也出去了？叶七七抬头看着他，问："那六哥哥怎么在这里？不是说去睡觉了吗？"

夜霆晟闻言，看了小丫头一眼，眼神晦暗不明，没说话。过了一会儿，他伸手摸了摸小丫头的脸蛋儿，缓缓地道："时间不早了，我送你回去睡觉吧，明天带你出去玩。"

"好……吧。"叶七七点了点头，然后重新牵住了少年的手。

夜霆晟刚将小丫头送到院子里，就听到屋里传来某男的声音。

叶七七眼睛猛地一亮，抬头看着他道："好像是九皇叔的声音！"

叶七七拉着少年走了过去，一进屋果真就瞧见了一身藏青色衣袍的九皇叔。

"皇叔！"叶七七迈着小短腿扑进了男人的怀里。

夜墨寒伸手抱住了小丫头，说道："皇叔听说囡囡这次的比赛拿了第一名，囡囡真棒。"

"嘻嘻，这也是六哥哥的功劳。"

夜墨寒看了小丫头身旁的少年一眼，轻笑了一下，问道："囡囡是要去京州城玩吗？"

"对呀，明天和六哥哥一起去。皇叔要一起去吗？"

夜墨寒摇了摇头，说道："我就算了吧。我要是再擅自出去，恐怕你那个父皇真的要打断我的腿。"

“好吧……那七七给皇叔带麻辣兔头。”

夜墨寒说道：“麻辣……兔头？”

“嗯嗯。”

夜墨寒看着小丫头一脸期待的样子，心里忍不住想着：有麻辣兔头这道菜吗？

一想到明天下山去京州城就能吃到香喷喷的麻辣兔头，小丫头激动了一夜，第二天早早就醒了。

因为踏青活动基本上结束了，所以不少学子先离开了，就连大柱都因为家里有事先行回京城了，现在院子里只有六哥哥一个人住。小丫头早早就跑到六哥哥睡觉的院子敲门。

“六哥哥，你醒了吗？”

小丫头拍了好几下门，终于听见里头传来声响。

门从里头被拉开了，露出少年阴沉的脸，还有着几丝倦意。

叶七七深知六哥哥有很重的起床气，所以嗓音软软地喊了一声：“六哥哥，早呀。”

少年听了小丫头甜甜的声音，哪怕心中起床气再盛，也实在是狠不下心来骂她。

“嗯。”少年轻轻应了一声，随后转身进了内室。

叶七七乖巧地坐在外头的凳子上等他，百无聊赖地喝着茶水看着盘子发呆。

过了好一会儿，见六哥哥还没有出来，小丫头忍不住开口道：“六哥哥，你又去睡觉了吗？”

但是无人回应她。

“六哥哥？”

不会是真的又睡着了吧？叶七七起身，犹豫了好一会儿，终于迈步悄悄地走了进去。

内室里没半点儿声音，她走进去后，果真看见六哥哥躺在床上，紧闭着双眼，呼吸声平稳，一副睡着了的样子。

她还注意到他的鞋子上还沾了一些泥土，他不会是昨天晚上去做贼了吧？

本来叶七七还想叫醒他的，但是看着六哥哥眼睑下的黑眼圈，想了想觉得还是让六哥哥再睡一会儿吧！

这一睡就到一个时辰后了，夜霆晟一睁眼，就看见小丫头近在咫尺的脸蛋儿。他不由得愣了一下，脑子里空白了一小会儿，才记起小丫头是什么时候来的。

她趴在床边上，显然已经睡着了。

他抚着额头起身，深知昨夜不该练武太久，导致今天小丫头在身边睡着了他都不知道。

"嗯，麻辣兔兔……"闭着眼睛的小丫头突然呢喃出声，估计是梦到了她最爱吃的麻辣兔头，连同小嘴都"吧唧"了几下。

少年看着小丫头这副样子，不由得勾唇笑了笑，伸手捏了捏她软乎乎的脸蛋儿：这小丫头真是做梦都不忘她最爱吃的麻辣兔头。

待夜霆晟穿戴完毕后，小丫头正好也醒了。她迷迷糊糊地擦了擦嘴，说道："七七还想吃兔兔……"她刚刚在梦里吃了好几个麻辣兔头，真的好好吃呀。

"嗯，等下就带你去吃！"

耳边传来六哥哥的声音，叶七七这才缓缓地回过神，看着四周陌生的布局，想起来现在是在六哥哥的住所里。

"嗯……六哥哥，七七刚刚做梦梦到兔子了，好好吃。"她意犹未尽地舔了舔唇，决定等下了山一定要吃一盘麻辣兔头！

从景梵寺到京州城大概半个时辰的路程。当马车驶过安静的山路来到热闹的京州城时，小丫头坐在马车上，从窗户看着热闹非凡的集市，激动不已。

"六哥哥，你看，糖葫芦！"小丫头看着路边小摊上五彩缤纷的糖葫芦，感觉自己的视线都被吸引住了，那糖葫芦里居然还有冰糖裹着橘子的！

"六哥哥……"

"太甜了，你不能吃！"少年看了一眼那糖葫芦，想都没想就直接拒绝了。

叶七七直勾勾地盯着那只能看不能吃的糖葫芦，心里委屈极了，想着早知道她自己也带上银子了。

本来叶七七还因为吃不到糖葫芦难过的，但是瞧见不远处有很多人在玩套圈时，又激动了，说道："六哥哥，七七想玩那个套娃娃！"

少年抬头扫了一眼不远处有很多玩的套圈，又低头看了一眼一旁的小丫头，点了点头。

叶七七见此，兴高采烈地拉着六哥哥的手下了马车。

套圈摊子的小贩喊道："都别插队，五文钱一个圈，本店概不还价！"

叶七七拉着少年站在人群里，看着其他人套圈套了半天都没有套到，目光扫了那些奖品一圈，最终锁定了里头最可爱的一只兔子娃娃。

"六哥哥，"小丫头伸手指了指那个娃娃，说道，"七七想要那个娃娃。"

夜霆晟拿出钱袋，财大气粗地直接一口气给小丫头买了五十个圈。

一旁的小朋友见此，眼睛都直了。

小朋友甲看着自己手里的四个圈，伸手扯了扯身旁爹爹的衣服，说道："爹爹，我想要很多圈。"

他爹爹说道："闭上你的嘴，给你买十个圈了，到现在什么都没套到，再套不到老子揍死你这个小兔崽子！"

"呜哇……"小朋友甲被凶巴巴的爹爹吓哭了。

等了一小会儿，终于轮到叶七七了，叶七七满心欢喜地拿着圈套她看上的那个娃娃。

第一个圈，她扔偏了。

第二个圈，她扔过了。

第三个圈，她套到了一条小金鱼。

第四个圈，她没用上力，圈直接掉到了自己的脚边。

…………

一连十个圈下来，小丫头竟然只套中了一条小金鱼。

一旁的围观群众见此，皆摇了摇头。

小朋友甲的爹爹说："看见没？就算买了那么多圈，还是啥都套不到，这就是坑人的玩意儿，快跟老子回家！"男人骂骂咧咧地拉着儿子离开了。

叶七七委屈地看着自己只套中的那条小金鱼：她以前套圈可厉害了，这压根儿不是她的正常水平！

察觉小丫头不开心，少年伸手揉了揉小丫头的脑袋，说道："没事，多套几次就会了。"

有了六哥哥的鼓励，小丫头重拾套圈的信心，心里又燃起熊熊烈火。但是现实像一盆冷水浇灭了她心中的烈火。

整整五十个圈，小丫头没有套到想要的娃娃，反而套到了十几条小金鱼。

她有脾气了！

"不玩了，气人！"叶七七气得腮帮子都圆鼓鼓的，拉着少年就要走。

但少年站在原地不动，又拿出钱袋买了五十个圈。

一旁的小贩看着少年财大气粗的样子，以为少年又是给他的妹妹买的，心想着今日一定能好好赚上一笔。

叶七七说道："六哥哥？"

少年整整袖子，手里拿着圈，问："想要哪个？"

"啊？"叶七七望着六哥哥一脸认真的样子，后知后觉六哥哥是要帮她套圈，下意识地看了一眼自己一直想要的那个娃娃，但是又想想自己套了好久都没有套到，铁定很难套，于是指了一个好套一点儿的拨浪鼓，说道，"这个。"

小丫头刚指过去，就见六哥哥将圈一扔就稳稳地套住了。

一旁的小贩见此，只当两个人运气好，也没太在意。直到五个圈少年都稳稳地套住了小丫头指定的奖品，小贩感觉大事不妙了。

叶七七瞧着少年每次都套中，眼睛瞬间亮了：六哥哥也太厉害了！

她咽了咽口水，感觉她看中的那个娃娃似乎可以让六哥哥套一下了。她刚准备说，就见六哥哥拿着圈的手一挥，圈直接稳稳地套住了那个娃娃。

"啊啊啊！六哥哥，娃娃！"叶七七紧紧地抱着那个娃娃，爱不释手，赞叹道，"六哥哥，你好厉害！"

一旁的小贩见少年手里还有好多圈，忍不住开口道："你们要是不玩的话，这圈是可以还给我的，我退钱给你们。"

小贩此话一出，在场的一部分围观群众不乐意了。

"这圈还能退？你不是说了一经售出，禁止退款吗？我方才要跟你退款，你都没有同意！"

"就是，什么人嘛！"

"看到人家小公子套着你的宝贝了，就想人家把圈给退回来，哪有这等好事！"

一个买菜的大妈上前道："小公子，你可别退给他，这种人就是势利眼，看人家套的技术不好就怂恿人家再买，看你套得好就想把你买的圈收回去，可千万别便宜了他！"

夜霆晟听着周围人七嘴八舌的谈论声，没有说话，低头看了一眼一旁的小丫头，问："还要什么？"

叶七七看着手里的娃娃，其实她除了这个娃娃就没有别的想要的了，可是也不能浪费六哥哥剩下的圈，想了想，终于想到一个两全其美的方法，说道："不然六哥哥你把剩下的圈送给在场的小朋友？"

少年点了点头，觉得可以，于是给在场的每个小朋友都发了些圈。

小贩原本悬着的心终于放了下来：他的摊子算是保住了。

不过，他看向两个人离开的背影：听少年和小丫头的口音他就知道他们不是本地人，两个小屁孩儿逛街身上带那么多钱，还没个大人跟着……

小贩摸了摸下巴，给了不远处人群中的两个大汉一个眼神。

那两个大汉立马会意，起身跟了上去。

叶七七怀里抱着娃娃，开心得不得了，仰头看了一眼身旁的少年，问："六哥哥，我们现在去哪里呀？"

"你想去哪里玩？"

小丫头想了想，说道："想去吃麻辣兔头。"她想吃好久了。

少年回道："好。"

两个人就一路寻找小丫头想要吃的麻辣兔头。

少年牵着小丫头的手才走了一会儿，就突然停下了脚步。

叶七七见六哥哥突然停了下来，疑惑地抬起头，问："六哥哥，怎么了？"

少年看着正前方。

小丫头也看了过去，刚好瞧见一个朝着他们不怀好意地走来的大汉。

叶七七看着大汉凶神恶煞的眼神就知道来者不善，转头往后看，果然又瞧见另一个大汉从后面朝着他们走来。

叶七七紧抓着少年的手。

前面一身黑衣的大汉瞧着两个人，猛地往地上吐了一口唾沫，凶神恶煞般地道："不知道两位小朋友是要去哪里呀？需不需要叔叔们送一下呀？"

夜霆晟冷着脸瞧着两个不知死活地挡着他们的路的蠢东西，将旁边的小丫头护到身后，语气阴冷地道："不想死的话就滚开！"

第二十四章

大暴君出征

两个大汉显然没料到少年会对他们说出这话，不由得皆愣了一下，甚至怀疑自己出现了幻听，这个臭小子居然敢让他们滚！

"呵，臭小子，看着年纪小，脾气倒还挺大的。"

"知道我们俩是谁吗？居然敢让我们兄弟滚，我看你是缺少大人的毒打了！嗯？"

说着，两个大汉捏紧了拳头，手指关节发出一阵清脆的响声。

夜霆晟冷着脸道："不想死就让开。"

听了少年这话，两个人对视了一眼，然后嗤笑道："哈哈哈，这臭小子居然在威胁我们，笑死人了！"

那两个大汉捧腹大笑，笑得肥硕的身子都一颤一颤的。

从叶七七的角度看，就感觉那两个大汉像是两头猪一样，站在那儿"哼哧哼哧"地笑。

夜霆晟压根儿没将那两个大汉放在眼里，伸手牵着小丫头直接从他们身边走了过去。

等到两个大汉回过神来，他们才发现两个人早已经走远了。

"两个小兔崽子，给老子站住！"两个大汉见他们要走，刚准备追上去，

314

眼前突然有几道黑影掠过。

等回过神来，他们发现自己的身后各站着一道高大的身影。

两兄弟好歹之前也是闯过江湖的，见多识广，瞧见那两道高大身影身上的衣服时，被吓得脸色苍白：御……御林军！！！

"啊——"

叶七七被少年牵着，走了没有多久，就听见不远处传来那两个大汉的惨叫声。

"是御林军吗？"小丫头问道。

少年点了点头。

"那他们是不是会一直跟着我们呀？"

"是的。"

叶七七感觉好神奇呀，虽然她知道父皇爹爹派了御林军保护他们的安全，但是不得不说御林军未免也太神秘了，除了之前扮绑匪的那三个人，她就没有见过其他的御林军了。

两个人兜兜转转，终于找到了京州城最火的一家烤兔店。叶七七一进去，就点了十个麻辣兔头，为此店老板还特意给他们挑了个靠窗的好位子。

没过多久，菜就上来了。叶七七看着自己心心念念的麻辣兔头，张嘴就咬了一口。

"嗯！"麻辣兔头就是这个味，太好吃了，她高兴得都要起飞了。

而夜霆晟点了烤兔肉和几道小菜。

叶七七说道："六哥哥，你要不要尝尝这个麻辣兔头？"

夜霆晟摇了摇头，说道："我不吃辣的。"

"这个不辣，真的！"叶七七伸手就将麻辣兔头递到了他的嘴边。

夜霆晟看着近在咫尺的麻辣兔头，有些迟疑，不知道该如何下口。

"六哥哥？"叶七七见他好久都没有张嘴，不解地喊了他一声，说道，"真的很好吃，不骗你！"

夜霆晟抗不住小丫头期待的表情，只好给她面子咬了一小口。可他刚咬了一口，那辣味就迅速地弥漫至喉咙，令他忍不住轻咳出声："喀喀……"

一旁的叶七七见六哥哥咳得脸都红了，急忙倒了一杯水递给他，完全没有想到微辣的麻辣兔头对六哥哥的杀伤力居然那么大。

少年接过水，喝了好几口。

喝完后，夜霆晟伸手就将小丫头已经啃了半盘子的麻辣兔头拿走了，严厉地道："不许吃了！"这麻辣兔头那么辣！

看着某人将自己啃了一半的麻辣兔头给拿走了，叶七七当场就急了，说道："嗯，七七还想……"

少年阴沉着脸将麻辣兔头放到了一边，对一旁的店小二说道："这麻辣兔头有不辣的吗？"

店小二愣了一下，说道："呃，这位客官，有是有，不过不辣的口感可能没有麻辣的好。"

店小二说完，见少年脸色阴沉，而少年身旁的小丫头一脸的委屈，就问了一声："那……还换吗？"

"换。"

"好……好的！"

下一秒，叶七七就见自己心心念念的麻辣兔头才啃了一半就被撤了下去。她委屈地看着麻辣兔头出了自己的视线，说道："六哥哥，兔头不辣是没有灵魂的！"

"那都别吃了。"少年阴沉地看着她道。

叶七七闻言，小脸立马垮了，低着头，委屈地抠着手，说道："那七七还是吃不辣的吧……"有兔头吃总比没兔头吃好。

直到店小二将不辣的兔头端上来，叶七七还如同受气的小媳妇，一脸委屈。

"吃吧。"夜霆晟将兔头递到了她面前。

小丫头啃了一口，小脸垮得更厉害了：这不辣的兔头，明显没有那麻辣的兔头好吃！

叶七七啃了半个兔头，就索然无味地放下了，委屈地对一旁的少年道："七七吃饱了……"

夜霆晟抬头，就见小丫头直勾勾地看着他，那表情简直要多委屈就有多委屈。

过了好一会儿，夜霆晟开口道："就只准再吃一个。"

闻言，叶七七猛地抬起头，目光中多了几分欣喜，问道："可……可以吗？"

最终，叶七七完整地吃到了自己心心念念的麻辣兔头。

夜霆晟看到小丫头吃得嘴巴都有些红，给她倒了一杯水递了过去。看着她双手捧起杯子喝了一口，他目光沉沉，也不知道此刻心里在想些什么。

吃完午饭后，少年牵着小丫头的手出了烤兔店。叶七七惊奇地看着热闹的街道，要不是一直被六哥哥强行牵着，恐怕早就像一匹脱缰的野马一样到处看了。

叶七七跟着少年走着走着，又看到了令她心动的糖葫芦。走到那摊位前，她忍不住停下了脚步，抬头看了一眼身旁的六哥哥。

少年望了她一眼，又看了看摊位上的糖葫芦。

"六哥哥……"她轻轻晃了晃他的手臂，语气里多了几分撒娇的意味，"就一串……"

夜霆晟望着朝自己撒娇的小丫头。

这时，街边传来另一个声音："卖奶糖，父老乡亲走过路过千万不要错过，奶味十足的燕州奶糖……"

他循声望去，就看见了一旁的另一个摊子，目光锁定在那"燕州"二字上。

"这位小公子要买糖吗？"小贩瞧见少年紧盯着他的小摊，以为少年是想买糖。

"给你妹妹买些糖吧，这奶糖产自燕州，奶味可足了。"小贩说着还打开糖罐拿出一颗糖递给了小丫头，说道："来，小姑娘，尝尝这糖。"

叶七七看着小贩递来的奶糖，伸手接过，说道："谢谢伯伯。"

叶七七将糖纸撕开，把糖塞进嘴里，发现和之前六哥哥给她吃的那糖口味一模一样，说道："嗯，六哥哥，你之前给七七的糖是不是也是在这里买的呀？"

"不是。"夜霆晟说着就移开了目光，拉着她往前走。

"不……买吗？"叶七七见六哥哥直接拉着她往前走，下意识地回头看了一眼那卖糖的摊位，说道，"可是七七想买……"

"等你什么时候换牙结束再给你买！"少年说道。

叶七七听到这话，就知道六哥哥是不会给她买糖了，毕竟她目前是换牙期。

夜霆晟牵着小丫头的手走着走着，就见小丫头突然停了下来。他侧过头，看到小丫头正看着他。

叶七七可怜巴巴地说："先买一罐好不好？等七七牙好了再吃。"就一罐，就一罐呀！

少年说道："它的存放时间只有一个月，吃不完会坏的。"

"吃不完七七可以分给大柱吃。"

夜霆晟看着小丫头，好一会儿都没有说话，最终还是残忍地拒绝道："不行！你牙疼不能吃糖。"

叶七七说道："不听不听，七七不管！就要吃那个糖！"

要不是他一直牵着她，恐怕她说完这话后就直接躺到地上撒泼打滚儿了。

少年看着小丫头这副无理取闹的样子，眼神黯了一下，说道："七七是在跟六哥哥无理取闹吗？嗯？"

见少年脸色阴沉了下来，叶七七心里头有些犯怵。

夜霆晟伸手摸上小丫头的脑袋，说道："说好的要做个乖孩子呢？嗯？"

这两个"嗯"说出口，他显然有几分要变脸的迹象。

"不吃就不吃！"看到六哥哥即将变脸，叶七七猛地挣脱了他一直牵着她的手：连奶糖和糖葫芦都不愿意给她买，她才不让他一直牵着她的手！

直到坐上了马车，叶七七还是气鼓鼓的。

车夫瞧着小丫头一脸不高兴的样子，下意识地看了看一旁的少年。

夜霆晟说道："没事了，回去吧！"

车夫回道："好……好的！"

叶七七上了马车就抱着那个娃娃坐到了最里面，在少年上来的时候没有看他一眼，显而易见是生气了。

夜霆晟扫了一眼小丫头气鼓鼓的表情，没有说话。

两个人各自坐在两边，谁也不愿先理谁。

马车行驶了好一会儿，在叶七七有了几丝困意后，她突然听到细微的声响，而且闻到了一股奶糖味。她转过头，就见六哥哥手里正拿着一颗奶糖，缓缓地撕开糖纸。然后她眼睁睁地看着他直接把糖塞进了自己的嘴里。

六哥哥他……他怎么这个样子呀？

夜霆晟吃着奶糖，似乎察觉了小丫头望着他的视线，抬起头看了她一眼，目光冰冷。

下一秒，小丫头放下了一直抱着的娃娃，朝着他伸出手，轻捶了他几下，说道："你怎么这个样子？！太过分了！"

"我怎么了？"少年问。

叶七七听了这话，觉得六哥哥怎么这么讨厌，分明是故意的！

"我不想理你了！"叶七七说完，气鼓鼓地打算重新回到座位上。

少年却一把拉住了她的手。

夜霆晟不知从哪里拿出一颗糖递给了小丫头，问："你吃吗？"

叶七七愣了一下，随后转开头，高傲地拒绝道："不吃！"她牙疼，不配吃！

她说完，听到耳边响起撕糖纸的声音，当场就急了：六哥哥不会打算自己全吃了吧？他就不能哄哄她吗？

想着，叶七七赶紧回过头，就见六哥哥已经将奶糖递到了她的嘴边。

她看了他一眼，随后张开了嘴。

"还生气吗？"少年问她。

叶七七咬了一口嘴里的奶糖，说道："还有点儿……"

"呵。"听着小丫头幽怨意味十足的语气，少年不由得轻笑了一声，拍了拍身旁的座位，示意小丫头坐过来。

叶七七虽然现在心里头还是很生气，但还是屁颠屁颠地靠了过去。

少年伸手摸了摸她的脸，似安抚，问："现在呢？还气吗？"

叶七七："……"六哥哥当她是猫吗？被摸几下就没脾气了？

"要抱抱才行。"她委屈地说。

少年闻言，似乎愣了一下，最终还是缓缓地伸手将她给抱住了。

叶七七被少年抱在怀里，顺势又环住了他的腰。闻着六哥哥身上特有的冷香味，她忍不住靠近他的脖子吸了一口气，说道："六哥哥，你身上好香呀。"

少年感觉到小丫头热乎乎的气息喷洒在身上，身体猛地一僵，耳根突然红了。

他伸手就将小丫头推开了，指了指不远处，说道："你的兔子娃娃掉了。"

叶七七茫然地顺着六哥哥指的方向看了过去，就见原本被放在位子上的娃娃不知何时掉到了地上。

"哎呀！"叶七七喊了一声，急忙将娃娃捡了起来。

她将娃娃全身都看了看，有些庆幸地道："还好没有脏。"

在景梵寺整整待了半个多月，终于到了回京的日子，叶七七刚踏进月静宫的大门，就见半个月未见她的大白迎面朝她扑了过来。

十几天未见，大白又长大了不少，比她离开时整整大了一圈。

小丫头差点儿就被它扑倒在地上了。

"嗷呜！"十几天没有跟小主人见面，大白想念得紧，两只小肉爪紧紧地攀在小丫头的肩膀上，舌头不停地舔她的脸蛋儿。

叶七七感觉大白现在越来越像狗了。

大白的舌头上有倒刺，就算它刻意收敛，依旧舔得她的脸蛋儿有些疼，她不得不伸手抵住它圆嘟嘟的脸，不准它再舔了，说道："大白，不许舔我！好疼！"

大白听了这话，热情地舔小主人的动作顿住了：半个月未见，小主人都不爱它了，明明它已经舔得很轻了！

大白露出几分伤心的神情，不满地朝小丫头叫了一声。直到小丫头伸出手揉了揉它的脑袋，大白瞬间温驯了不少：果然，它的小主人还是爱它的！

去了景梵寺还逛了一圈京州城，叶七七带了不少稀奇玩意儿回来。当阿婉看到太监提着大包小包往殿里送时，实在惊讶了一下：七公主去了一趟景梵寺，不会是把寺里的东西都给搬回来了吧？

其实这些东西大部分是大暴君爹爹给她买的。用大暴君爹爹的原话讲，就是他去了景梵寺没能和她一起逛京州城，觉得惋惜，便让人买了不少京州的特产和小玩意儿。

不过要说起她最爱的，还是六哥哥给她套的那个娃娃，最近她每晚都会抱着那个娃娃入睡。

从景梵寺回来后，叶七七感觉父皇爹爹越来越繁忙了，忙得几乎连同她一起吃饭的时间都没有了。

听说边境上的敌人近日越发猖獗，还有西部的女尊国似乎也蠢蠢欲动。夜姬尧派了好几位将军去平定，但效果显然不尽如人意。

朝堂上，大臣们战战兢兢地跪了一地，瑟瑟发抖地承受帝王的怒火。

夜姬尧坐在龙椅上，目光森寒地盯着面前的奏折，冷哼一声。

跪在下面的大臣们抖得更厉害了。

"我堂堂北冥上下良臣能将无数，竟挑不出一位能去平定边疆的，简直可笑！"男人将奏折狠狠地扔在了地上。

底下的群臣齐声道："陛下息怒呀——"

"那边疆属于沙漠地带，敌人常年居于此处，自是对此格外熟悉，而我朝将领无人识得沙漠的特性，实在有心无力……"

"孟将军多少识得些沙漠的特性，但那贼人的战术诡秘多变，连孟将军都无计可施……"

大暴君听着下方大臣的言语，眼神阴郁，眉头紧锁，不知在想些什么，直到底下的大臣说完，还是阴沉着脸一言不发。

"陛下……"站在男人身侧的赵公公忍不住小声提醒。

大暴君瞥了一眼跪了一地的大臣，冷冷地道："传令下去，七日后朕亲自带兵出征边疆，出兵事宜皆交由兵部打理。"

此话一出，在场的众臣皆是大骇：

"陛下！此事万万不可呀……"

"您乃龙体，举国上下良将皆在，怎能让陛下您亲自带兵啊？"

"陛下，请三思呀！"

"请陛下三思！"群臣异口同声地道。

瞧着底下劝阻的群臣，大暴君面色阴冷——举国良将？呵，说的比唱的好听，还不是一群不成器的废物？

"陛下呀……"

听着下方众臣哭丧似的声音，大暴君忍不住怒道："谁再敢哭丧似的，直接给朕拉出去砍了！"

此话一出，果真把他们吓到了。

"朕做太子时去平定过边疆，了解一些。"

听了陛下这话，在场的一些老臣才想起陛下在做太子时，曾去平定边疆。当时陛下短短三个月就将敌人击退数百里，连先帝都夸赞陛下有勇有谋。

但那也是十几年前的事情了，近些年来那些人大肆侵占其他小国，变得越发嚣张、猖獗。

"更何况朕偶尔带兵出征也能鼓舞士气。朕就不信我北冥泱泱大国，还斗不过那群人！"

大暴君这话一出，倒也让众大臣重燃了信心。

"臣愿与陛下一同出征讨伐！"

"臣也愿与陛下一同前往边疆。"

陛下御驾亲征这事算是定了，一同前往的还有镇国大将军、怀北大将军和

321

大司马三大统帅。

估计是因为众大臣嘴太严，起初知道此事的人并不多。叶七七是后来无意间知道的，那已经是出征前的最后两天了。

御书房内，大暴君坐在书桌前看奏折。

赵公公恭敬地候在门口，望着已经完全黑下来的天色：这几天陛下一天比一天睡得晚了。

赵公公只觉得一阵困意袭来，忍不住打了个哈欠。

就在这时，一道娇小的身影突然出现在他眼前。

"七……七公主，这么晚了，您不睡觉，怎么来这里了？"

叶七七看了看灯火通明的御书房，问道："父皇爹爹还没有睡觉吗？"

赵公公顺着小丫头的视线看了看，小声道："陛下因后天要御驾亲征，所以这几日要把所有的政事都处理掉。不如七公主您进去哄哄陛下，让陛下早点儿睡觉，陛下这几日平均每天的睡眠时间还不够三个时辰。"

"嗯嗯，"小丫头乖巧地点了点头，说道，"那七七去哄父皇爹爹早些睡觉。"

叶七七说完，就抱着一个盒子悄悄地走了进去。

夜姬尧看着奏折，觉得有些口渴，把一旁的杯子端起，直到杯子到了嘴边才发现不知什么时候里面的水已经被他喝完了。他将一旁的茶壶拿起来看了看，发现里面也没有水了。

"来人，上茶！"大暴君皱着眉头开口。

他说完之后，就听见门口传来轻微的开门声，以为是赵公公，便没有抬头，继续专心致志地看奏折。

叶七七一进来就听见大暴君爹爹说要喝茶，就将赵公公放在一旁桌子上的茶壶提了起来，走到大暴君爹爹旁边，给他面前的茶杯添了一些水。

大暴君还是没抬头，下意识地将杯子递到嘴边，刚准备喝，突然闻到一阵奶香味，抬头就见某个小姑娘不知什么时候站在了他身旁，大大的眼睛正紧紧地盯着他。

"父皇爹爹。"小姑娘甜甜地叫了他一声。

他这才放下手里的奏折，目光多了几分柔和，将杯子放，伸手将小丫头抱到了腿上，问道："都这么晚了，七七怎么来了？"

"自然是来监督父皇爹爹睡觉。"说着，她伸手摸上了男人的脸，"赵公公说父皇爹爹这几日都没有怎么睡觉，黑眼圈都重了好多。"

叶七七满脸的心疼："您要御驾亲征，为什么都没有告诉七七呀？"这消息还是九皇叔告诉她的呢！

望着小丫头有些气鼓鼓的脸，夜姬尧伸手轻轻摸了摸她的下巴，说道："本来打算明天告诉七七的。"

"哼。"叶七七显然不相信他的话。

叶七七将手里的一个小盒子递给他。

大暴君看着小丫头递给自己的盒子，面色有些惊愕，问道："嗯？给我的？"

"嗯。"叶七七点了点头。

见大暴君爹爹紧盯着自己，她忍不住伸手推他让他快点儿打开盒子，说道："父皇爹爹打开看看嘛。"

夜姬尧打开小丫头送给他的盒子，只见里面躺着一个明黄色的香囊。

在小丫头期待的目光下，大暴君将它拿了起来："香囊？"

"是平安香囊，七七自己做的，父皇爹爹喜欢吗？"

男人把目光落在手里的香囊上，只见上面绣着歪歪扭扭的"平安"二字。

夜姬尧说道："喜欢，父皇爹爹很喜欢。"只要是这丫头送的，他都喜欢。

"这里面七七不仅放了些很好闻的干花瓣，还放了从景梵寺住持那里求来的平安符，保佑父皇爹爹这番出征平安凯旋。"叶七七说着，目光落在他的腰带上，"七七现在给父皇爹爹系上好不好？"

"好。"夜姬尧看着小丫头低着脑袋将那平安香囊系到了他的腰带上。

他的腰带上还挂着其他名贵的玉佩，小丫头的香囊虽然颜色选得很配，但是绣得歪歪扭扭的字显然让它有些格格不入。

叶七七说道："看着好丑的样子。"她一开始绣坏了好多个香囊，这一个算是她绣得最好的了。

叶七七又看了看，犹豫地道："要不还是拿下来吧？感觉好丑……"

叶七七刚准备将那挂好的香囊拿下来，就被男人伸手阻止了。

大暴君说道："没事，父皇喜欢就行了，七七已经做得很好了。"

小丫头越看越觉得自己做的香囊真的好丑，说道："那等父皇爹爹平安归来，七七再做个更好的给父皇爹爹。"

"好。"大暴君捏了捏她软乎乎的脸蛋儿，说道，"时间不早了，七七回去睡觉吧。"

"那父皇爹爹呢？"小丫头仰起脑袋看着他。

大暴君刚准备说看完全部的奏折就去睡，就见小丫头突然扯了扯他的袖子。

叶七七说道："七七想和父皇爹爹一起睡。"

"好。"

有了小丫头在，男人自然不准备推迟睡觉时间了。

赵公公站在门口已经打了无数个哈欠，终于瞧见陛下抱着七公主出来了，连忙说道："陛下……"

"回寝宫，朕乏了。"

赵公公回道："是，那奴才这就让人去备热水。"

小丫头是被男人一路抱到寝宫的。

等大暴君将她放下，她就主动地钻进了被子里，说道："七七来的时候已经洗过澡了。"

闻言，大暴君不由得勾唇笑了一下，伸手捏了捏小丫头的脸蛋儿，说道："七七先睡吧。"

"好。"

原本小丫头是想等父皇爹爹沐浴完之后和他一起睡觉的，但是靠在床头上等着等着就抵不住那强烈的困意，不知不觉地闭上了眼睛。

等大暴君回来后，他看见的就是小丫头坐在床上，脑袋靠在床头上，双眸紧闭，一副已经熟睡的模样。他伸手将小丫头平放在床上，替她盖好被子。

望着小丫头恬静的睡颜，他俯身在小丫头的额上落下一个吻，说道："晚安，我的小公主。"

第二天一早，大暴君醒的时候，小丫头还没有醒。

赵公公替男人更衣的时候，无意间瞧见陛下腰带上挂着的香囊，问道："陛下，这香囊……？"

"七七送给朕的。"男人说这话的时候，嘴角都是上扬的。

赵公公说道："七七公主真是有心了。"

虽说那香囊绣得不尽如人意，但是仔细一想，七公主现在只有六岁而已，女红能做到这种程度已经很厉害了。

"对了，朕不在的这些日子，将伏麒放在小丫头那边养着。"

伏麒极其通人性，和他出生入死那么多年，由它在小丫头身边时刻保护小丫头的安全，他自然是放心的。

"是。那大白也要一起养吗？"赵公公不知道大白是叛逆期到了还是怎么回事，在大白和它爹伏麒待在一起的那半个月里，他经常看见大白在草地上到处滚，然后伏麒看见了就会狠狠地把它揍一顿。

"养着吧，那大白生性顽皮，伏麒总归能治治它。"

"是，奴才这就让人去把伏麒牵到七公主的住所。"

叶七七醒来时，大暴君爹爹已经离开了，好像又去御书房批阅奏折了。父皇爹爹真的好忙呀，连睡懒觉的时间都没有。

时间一晃一天又过去了，大暴君御驾亲征的日子也到了。在离京之前，朝廷会举行一场祭祀活动，求神灵保佑帝王凯旋。因为那祭祀只有前朝的大臣可以参加，所以小丫头只能听着吹响的号角声来判断祭祀的结束和军队的离京。

大暴君这番出征，带了整整十万精兵，口号一喊出，那振奋人心的声音围绕着整个皇城经久不息。

激昂的声音消失后，振奋人心的号角声响起，那是军队离开的号角。

叶七七快速地跑到了城楼上，看着底下士气正盛的十万精兵，目光扫了一下，一眼就瞧见了中军大纛之下，坐在马上一身玄色战袍的大暴君爹爹。以往她只见过大暴君爹爹穿明黄色的衣袍，还从未见过他穿一身黑色战袍的模样。

在振奋人心的号角声中，大部队出发了。

直到军队彻底看不见了，小丫头才缓缓地收回目光。

祝愿父皇爹爹早日凯旋，叶七七暗暗祈祷。

耳边响起轻微的脚步声，她下意识地抬头望去，就见一身黑衣的少年不知什么时候站在了她身旁。叶七七问："六哥哥，你也是来给父皇爹爹送行的吗？"

少年听了小丫头这话，看着城楼下铁骑踏过的地方，眼前仿佛浮现出血腥的场景，那是国破家亡，万里浮尸，血流成河。隐匿在衣袖下的拳头忍不住握紧，他眼中闪过一丝浓浓的恨意。

一旁的叶七七看着六哥哥突然阴沉下来的脸色，心里头有些害怕，问："六哥哥，你怎么了？"他怎么突然间脸色变得那么难看了？

她喊了好几声都没见他答应，下意识地伸出手在他面前晃了晃。可不承想，少年突然扣住了她的手腕。那力气有些重，她有些疼："六……哥哥……"

最后一个"疼"字还没有说出口，她就见六哥哥眼神晦暗不明地看着她。

他突然上前几步逼近她，将她小小的身子堵在他和栏杆之间，伸手摸了一下她的脸，有些凉。他问："七七喜欢六哥哥吗？"

她还以为六哥哥突然怎么了，听见他问的这个问题后，想都没想就点了点头："喜欢呀！"她自然是喜欢六哥哥的。

看着小丫头的脸蛋儿，少年又将视线落在了小丫头身后：她身处十几米高的城楼，只要他轻轻一推，她就必死无疑。

"那六哥哥喜欢七七吗？"小丫头天真无邪地看着他。

少年看着她，没有说话，然后似乎想了一下，但还是什么话都没有说，反而往后退了几步，才勾了勾唇道："时间不早了，七七早点儿回去吧，别太晚了。"

"好……的。"叶七七应了一声。

对于六哥哥这岔开话题的回答，她难免有些伤心：六哥哥为什么不直接说喜欢她？难道他不喜欢她吗？

"那……六哥哥不回去吗？"

"过会儿。"少年沉沉地道。

叶七七抬头看着面前的少年有些阴沉的面容，总觉得六哥哥今天好像有点儿不高兴："那……七七先走了。"

父皇爹爹走的时候特意让人将伏麒牵到她的住所了，她还没来得及去看呢！

少年站在栏杆处，看着小丫头在自己的眼前消失，过了好一会儿，转过头望着高楼之下，抓着栏杆的手蓦然收紧了。

这段时间因为父皇爹爹御驾亲征了，而且国子监还处于假期，叶七七在宫里头实在无聊得紧，隔几天就去皇姐姐那里遛一遛，或者去皇叔那里串个门。

同时，每隔一段时间边疆就会传来捷报，比如父皇爹爹带兵攻下了几座城，斩杀了敌方的好几位首领，估摸着用不了多久就能平定边疆了。

这一日，阳光明媚，叶七七在寝宫里待得实在无聊，悠闲地趴在亭子里的软榻上晒着太阳。

阿婉坐在一旁给小丫头泡花茶，说道："公主，您今天不是和三公主约好了去静心湖那边钓鱼的吗？"

听了这话，正在假寐的小丫头猛地睁开了眼，似乎才想起来和皇姐姐约好一起去钓鱼这事。

不过小丫头想了想，重新躺回了软榻上，将怀里的娃娃抱得更紧了，说道："不想去了，七七懒得动。"

现如今她躺在软榻上，被温暖的阳光晒得骨头都软了，一点儿钓鱼的兴趣都没有了。算了吧，反正她和皇姐姐已经那么熟了，放皇姐姐一次"鸽子"也没什么。

想到这儿，她心里已经下定决心不去了，这么好的太阳，就适合懒洋洋地躺在院子里。

就在叶七七打算继续睡觉的时候，有一名宫女走进来恭敬地递过来一封从宫外送进来的信。

本来叶七七还在想谁会从宫外给她写信，就看见信封上写着"王大柱"三个字。

最近叶七七宫里、宫外两头跑，倒是差点儿把大柱这个小伙伴给忘记了。

她打开信封，看了一眼信上的内容，是大柱约她出宫去玩。

阿婉刚将花茶泡好，就见原本跟条咸鱼似的躺在软榻上的小公主突然坐起身。阿婉以为小丫头是要去赴三公主的约，急忙将手里的东西放下，说道："奴婢这就让人准备轿子。"

"不用啦，七七要出宫。"

"出宫？"阿婉的第一反应就是难不成公主又要去九王爷那里？

大暴君爹爹害怕她在宫里无聊，下令允许她偶尔出宫一两次。大柱是她最好的朋友，朋友好不容易约她一次，她肯定是不能不赴约的。而且从景梵寺回来后，她就再也没有见过大柱了，算算两个人也有十多天没见面了。

327

第二十五章
给大柱庆生

马车刚行驶出没多远，就遇见了阻碍。车夫被迫停下了马车。

叶七七疑惑地掀开车帘看了一眼，就瞧见他们前方的路被一辆马车堵住了，那辆马车的轮子似乎坏了。本来她也没有在意，可无意中瞄了一眼，就看见了不远处的那道身影。

在她看向他时，那人刚好也朝她看了过来，然后两个人的视线就相撞了。

当看清那人的脸时，叶七七不由得变了一下脸色——那不就是爱挖人眼珠子的二皇兄吗？

夜傲天看着坐在马车里睁着大眼睛紧紧地看着他的小丫头，脸上似乎闪过一抹意外之色：这可真巧呀！

叶七七看到他突然对着自己勾唇笑了笑，心里头就生起一种不祥的预感，然后就见男人突然朝她走来。

叶七七说道：“二……皇兄。”

“真巧呀。小七七是出宫吗？”

叶七七在他那有点儿吓人的笑容下颤抖地点了点头，说道：“是……是的。”

说完，叶七七看着他身后那轮子坏了的马车，估计二皇兄也打算出宫，但还没出宫门马车的轮子就意外地坏掉了。

叶七七自然不准备问他是不是想要出宫，万一二皇兄借机要坐她的马车同她一起出宫怎么办？她一点儿也不想同他坐一辆马车！

"二皇兄，你——"能不能让个道？

"七七可以带二皇兄一程吧？"

叶七七的话还没有说完，便被他打断了。

叶七七心里"咯噔"了一下，目光微惊地看了他一眼，衣袖下的手纠结成一团。

不可以！她在心中呐喊。

"嗯？"见小丫头没有回应，夜傲天不由得轻哼了一声。

正在发呆的叶七七立马回过神来，看着二皇兄变得有些不悦的目光，觉得要是自己这一次不带他，二皇兄铁定会记仇很久，说不定生气过头了就要抠她的眼珠子，那怎么办？

想想那恐怖的画面，叶七七就生起一股寒意，口不对心地道："可……可以呀……"说着，她还贴心地掀开了马车的车帘。

男人刚上来，叶七七就下意识地往里头缩了缩。

虽然她努力地克制自己的恐惧之意，但是夜傲天瞧着她那不能再明显的举动，目光不由得闪了闪：怕他？

叶七七刚挪到角落里，松了一口气，悬着的心放下了些，就感觉一道灼热的视线落在她身上。她不用想都知道那道视线来自谁，缓缓地抬起头，就见二皇兄微皱着眉头看着她，那目光中似乎带了几分不满。

他问："二皇兄平时是不是对七七很凶？"

叶七七愣了一下，说道："没……没有呀……"

"是吗？那你为什么离我这么远？我还能吃了你不成？"原本他进来的时候小丫头还坐在中间来着，可他一坐下，她就直接缩到了角落里，仿佛他是不能近身的脏东西一样。

听了二皇兄这十分不悦的语气，叶七七急忙摇了摇头，说道："不……不是这样的。"

"那是哪样的？"夜傲天对上小丫头的视线，有几分穷追不舍的意味。

叶七七有些心虚地移开视线，看向两个人中间还可以坐好几个人的空当儿，心想着二皇兄爱抠人眼珠子，而且脾气不太好，万一他一怒之下要抠她的……叶七七不敢再想下去了。

她刚准备起身坐回去，就被男人无情地制止了。

"行了，别挪了，就坐在那儿！"他的语气中夹杂着怒意和几分不悦。

听了他颇带怒意的话，叶七七被吓得不敢动：他好凶！

夜傲天扫一眼缩在角落里的小丫头，她那无辜的表情就仿佛他是个十恶不赦的人一样，真的挺气人的。她对其他皇兄笑脸相迎，但是见了他就吓成这样，不知道的人还以为他动手打她了呢！

夜傲天问："你出宫干什么？"

"去……去玩……"叶七七如同鹌鹑似的回答道。

玩？

"一个人玩？"

"还有大柱。"

"大柱？"夜傲天听着这个名字感觉像是男孩子的名字，便问她，"男孩子？"

叶七七点了点头。

在她点完头之后，男人的表情立马就变了。他说道："出宫和男孩子见面？"那语气就仿佛逮到了她早恋出去约会。

叶七七说道："大柱是七七的朋友。"

男人看着她，似乎在分辨小丫头这话的真假。

两个小朋友见面铁定是没问题的，他想了想，随口问了一句："他多大了？"

听了二皇兄这话，叶七七愣了一下，看样子是被难住了。要不是二皇兄今天问了，她好像一直没想过大柱多大了。叶七七说道："大柱看着挺大的，但是……他人真的很好。"

一个看着很大的男孩子，无缘无故地邀请小丫头出宫去玩，嗯，他要是看不出来有鬼，就不配做她的二哥了。毕竟小七七长得那么可爱，难免有些臭小子借着做朋友的名头对她起别的心思。他倒要去看看是哪个不怕死的浑蛋小子。

很快马车就驶出了宫门。

到了城内，小丫头见一旁的二皇兄还是没有要下马车的意思，但是他不说，她也不敢问。

大柱家就在京城的中心。

夜傲天看着小丫头手里拿着京城中心的某一处宅院的地址时，简直气得不行：这是什么朋友？不知道男女有别吗？竟然把小丫头邀请到他家里！

夜傲天气得想揍死那个名叫大柱的浑蛋臭小子。

马车在一座府邸前停了下来，府邸的门匾上写着"王府"二字，门外还站着不少人，热闹非凡，好似今日是谁在过生辰。

一辆来自皇宫的马车停在门口，吸引了门口所有人的目光。

有人见此，忍不住问一旁的王员外："王员外，今日你的小公子过生辰，皇宫里头都来人庆贺了？"

且不说皇宫的马车为何停在王宅的大门口，在场的众人瞧着马车上那皇家特有的标识时，一个个无不瞪大了眼睛：瞧这马车上尊贵无比的标识，就知道今日来的人身份非同一般。

王员外上前几步，在仆人的搀扶下瞪大眼睛看着不远处停着的马车。

因年事已高，他有时候记性不是很好，但马车上那尊贵的标识他还是认识的。他们王家虽然算得上是京城首富，但是在官场上顶多认识些大人而已，可从来没有和皇族子弟亲近过。

王员外甚至想到是不是他那个逆子犯了什么大逆不道的事，朝廷派人来抓了。不过仔细一想，他还是否决了这个想法，毕竟朝廷前来抓人铁定要带着一批青衣带刀侍卫。

叶七七正准备下车，手腕就被某人给扣住了。她回头，有些不解地瞧着突然抓住她的手腕的二皇兄："二皇兄？"

夜傲天透过车窗看向外头热闹非凡的大门口，问道："这里就是你那个朋友大柱的家吗？"

叶七七看了看手里的地址，点了点头，说道："是呀。"

"那今天他过生辰你就空手去？"

闻言，叶七七又看了看外头，热闹非凡，似乎真的有人过生辰。大柱在信上只说她人来了就好，没提半句他今日过生辰的事情。

夜傲天瞧着小丫头逐渐变得有些惊慌的表情，就知道她铁定是什么礼物也没有准备，说道："你这一去可是代表着皇家的颜面。"

换句话说，虽然因为她的身份，她不带礼物也没人敢说半句不好，但总归是有点儿损皇家的颜面的。

"那……那要不然现在去买……礼物？"正好她现在还没有下马车，马上去买礼物应该还来得及吧？

夜傲天淡淡地扫了小丫头一眼，只想告诉她，马车外刻的皇族标识已经将她暴露了，更何况为了个礼物临阵脱逃，哪里说得过去？

"行了，你尽管玩你的，其他的交给我就好。"对小丫头说完这话，夜傲天便下了马车。

叶七七待在那儿愣了一会儿，最终也跟在二皇兄身后下了马车。

今日王员外也邀请了不少在朝廷当官的大人。他们看见二皇子从马车上下来的时候，都意外得很。王员外更是惊呆了，急忙上前拜见："草民叩见二皇子殿下。"

"王员外不必多礼。本皇子无请帖就擅自拜访，还请王员外见谅。"

王员外说道："二皇子殿下您多虑了，您能前来草民府上为小儿庆生，就已经使府上蓬荜生辉了。"

夜傲天笑了笑没说话。虽然他名义上是来给小丫头救场的，但是最终目的是要看看那个敢约他妹妹的浑蛋小子究竟长什么样子。

"不知这位是……？"王员外看着跟在男人身后那可爱的小丫头，不由得瞪大了眼睛，心想这二皇子如此年轻，什么时候都有女儿了？

"七七！"大柱的声音从门口传来。

小丫头抬头，就见从门内往外走的大柱，下意识地喊道："大柱哥哥！"

夜傲天怀疑自己出现了幻听，这小丫头叫别人"哥哥"，却生疏地叫他"二皇兄"，这差别说他不生气是假的！

夜傲天变了脸色，觉得这小丫头有些不知好歹，缺少来自亲哥哥的毒打。

就因为小丫头甜甜地喊了这一声"大柱哥哥"，他心里的醋意更浓了，他倒要看看那个名叫大柱的臭小子究竟是何等英俊潇洒的样子，竟然把这个臭丫头蛊惑得神志不清，都叫"哥哥"了！

夜傲天心存怒意地抬起头，但当他看到从不远处的门口走来的那道十分高大的身影时，愣住了：这就是大柱？

"七七，你终于来了。"因为小丫头方才喊的那一声"大柱哥哥"，大柱现在脸都是通红的。

一旁的王员外正想着自家小儿子何时认识了如此可爱的小姑娘，就听见小儿子开口道："爹，这是我在书院认识的好朋友，她叫七七，夜七七。"

前面的话还挺正常的，但众人听见后面三个字时，都震惊了：夜七七，不就是当朝的七公主吗？

今日王员外可真的太有面子了，二皇子和七公主都来为他的小儿子过生辰。

王员外急忙招呼两位贵客进门，生怕将两个人怠慢了。他万万没有想到让小儿子去书院上学，小儿子居然还认识了两个了不起的人物。

"易恒，快带七公主里头坐。"王员外对自家小儿子说完，转头对一旁的男人道："二皇子，您这边请。"

大柱说道："七七，我们到里面坐。"

夜傲天看着那大柱说完，就拉着小丫头的手往里面走，心里头想到的就是"男女有别"四个字。就在他以为小丫头多多少少会避嫌时，他眼睁睁地看着小丫头任凭那大柱牵着她的手走了进去。

夜傲天："……"他有些难以置信：难不成小丫头喜欢大柱这样体形的？

"二皇子？二皇子？"王员外见身旁的二皇子似乎在发呆，叫了他好几声。

夜傲天回过神，看向一旁的王员外，问："不知令公子今年贵庚了？"

"小儿已经十五岁了。"

这大柱才十五岁就那么高大了，夜傲天有些吃惊。

王员外说道："小儿从小得了怪病，所以体形才会如此。七公主能不嫌弃小儿和小儿交好，草民真的是感动万分。"

王员外知道小儿子因为体形异于常人，受到了不少歧视，早些年在学院里被人排挤，所以他才以力气异于常人把小儿子送进了国子监的奇艺班，希望小儿子能不被人当作怪人一样看待。

夜傲天说道："令公子虽然外形与常人有异，但能和七七交上朋友，想必内心十分温厚。王员外也无须因令公子的身形担心，令公子身形高大，且力气足，日后投身于军营必有一番作为。"

"草民确实有将小儿送往军营的想法，不过具体还要看小儿愿不愿意。"

大儿子在商场上有了一番作为，所以王员外心里头十分想要将小儿子送往军营，盼望小儿子日后能成为一个大将军。

另一边，大柱将小丫头带到了里头的一间厢房里。

饭菜已经摆上桌了。

"大柱哥哥，刚刚你爹爹为什么叫你'易恒'啊？"

大柱解释道："因为我之前的名字就叫王易恒。"

叶七七说道:"那'大柱'是……?"

"后起的。"大柱将碗和筷子递到小丫头面前。这一桌饭菜是他作为寿星备来和朋友一起吃饭的,因为他的朋友只有七七一个人,所以这一桌上也就只有他们两个人。

叶七七说道:"七七还是觉得'王易恒'这个名字好听。"

大柱闻言,拿东西的手顿了一下,随后低下脑袋,声音很低地道:"我也觉得'易恒'好听……"

叶七七问道:"那你干吗还改名字呀?"

大柱想了想,没说话。

叶七七看他的脸色像是想到了什么伤心事,便也没再问下去,不过有一件事还是要问问的。她喊道:"大柱。"

"啊?"听到小丫头突然喊自己,大柱抬起脑袋看着她,有些不知所措。

"今天是你的生辰吗?"叶七七问他。

大柱点了点头。

见大柱想都没想就点了点头,叶七七心里有些生气了,说道:"那你怎么都没有在信上说呀?我都没有给你准备礼物!"

"我……我不需要礼物的……"她能来他已经很开心了。

"这怎么能不需要呢?!我们不是朋友吗?朋友间送礼物不是很正常吗?"

大柱看着小丫头突然变得有些凶巴巴的样子,愣住了,呆呆地看着她,说道:"七七,对……不起,我不知道你会生气……"

"哼!"叶七七生气地道,"要是我故意不告诉你我的生辰,然后让你空手来,你会不会生气?!"

"不会,"大柱很干脆地回答道,"大柱永远不会生七七的气。"

叶七七:"……"

端着菜进来的两名婢女听见小少爷对可爱的七公主说出这话,不由得对视了一眼,想到了小少爷今天一大早起来就待在书房里写信,整整一个上午才写好。等到小少爷写好出去的时候,她们进了书房里发现废纸被扔了一地,原来那信是写给七公主的呀。

两个婢女上菜时,忍不住多看了坐在那儿的小丫头几眼,当真是越看越觉得可爱,怪不得小少爷特意请七公主来府上吃饭呢。

"七七,你不要气了,是我做得不对……"

"哼，你知道错了就好！"叶七七故作生气地不去看他。

过了好一会儿，连上菜的婢女都退出去了，一旁的大柱还是没说话。

叶七七扭头看了大柱一眼，就见他低着脑袋，看着要多委屈就有多委屈。她将手里的东西递给他，说道："给你！"

大柱抬起头，看到小丫头将一个用小手帕裹着的东西递到了他面前。

"这个是……？"大柱显得有些木讷地道。

"生辰礼物。"叶七七说道。

"你何时准备的？"他不是没有告诉她他今日过生辰吗？

"自然是刚才准备的。你打开看看嘛。"

在小丫头的催促下，大柱缓缓地将手帕打开，露出一个绿色的香囊，上面绣着"平安"二字。

叶七七看到他盯着手里的香囊，有些不太确定地问了一句："喜欢吗？"这个其实就是她准备今天送给大柱的朋友之间的小礼物，可没想到就变成生辰礼物了。

比起送给父皇的那个香囊，这个香囊上面绣着的字明显好看多了。她还特意给九皇叔、皇姐姐和六哥哥也各绣了一个，不过给九皇叔、皇姐姐的送出去了，给六哥哥的还没有送。最近她也准备给大皇兄和二皇兄各绣一个。

"大柱，你不喜欢吗？"见大柱一直望着那个香囊发呆，她以为大柱不喜欢，"你要是不喜欢，我下次重新送个……"

"喜欢！"大柱抬头看着她，说道，"我喜欢，最喜欢了。"大柱一边说，还一边拿袖子擦了擦眼泪。

叶七七看着他这副样子，忍不住开口道："你……你到底是被我感动到哭的，还是被我做的香囊丑到哭的呀？"

哭得正起劲的大柱听了小丫头这话，一下子被她惹笑了，然后就变成又哭又笑地看着她了。

"自然是感动到哭的。"大柱接过小丫头递过来的手帕擦眼泪，庞大的身形与粉红色小帕子，有一种强烈的反差感。

叶七七撑着脑袋看着他，缓缓地开口道："生辰快乐呀，易恒哥哥。"

大柱闻言，身体一僵，耳根和脖子都红了，不知道的还以为他喝了好几两酒呢！

此刻正厅里来客交谈甚欢，突然外头又传来一阵嘈杂声。

一名小厮慌慌张张地跑了进来，说道："老……老爷，不……不好了……"

王员外问道："何事慌张？"

"那个……那个三公主突然来了。"

三公主？那个凶残至极、杀人不眨眼的大魔王三公主？！

三公主的事迹整个京城无人不知。王员外多多少少也听说过三公主的事迹，二皇子和七公主来也就算了，这三公主怎么也来了？难不成她也是来给易恒庆生的？

王员外正想着，就听见门外突然传来一阵骚动。

众人抬起头，就瞧见了那站在两名宫女中间、一身粉衣的小姑娘，那张扬无比的模样看着不像是来庆生的，倒像是……来砸场子的！

在场的众人瞧着站在门口的大魔王三公主，想起她的那些恶迹，无一不是惊恐万分。

就在众人都以为她是来砸场子的时候，她身旁的一名宫女突然上前，手里捧着一个精致的盒子，说道："听闻令公子今日生辰，我们三公主特意来给他庆生，这礼物是我们公主的一点儿心意，请笑纳。"

听了宫女这话，众人显然感到有些意外，难以想象大魔王三公主居然真是前来庆生的。

王员外受宠若惊，急忙接过礼物，说道："谢三公主能来给小儿庆生，草民——"

"他们在哪儿？"

王员外的话还没有说完，就被夜云裳直接打断了。七七那个死丫头来给大柱庆生居然不叫她，真是气死她了，两个欠揍的小屁孩儿！

知道她口中的"他们"指的是谁，王员外急忙让人将她请过去。

夜云裳无意间往人群中看了一眼，谁知一眼就看见了坐在人群中喝着茶的二皇兄。

二皇兄居然也来了！跟着小丫头一起来的？夜云裳心里头更生气了。等她见到那小丫头一定要揍一顿，真的是气死她了！那小丫头放了她"鸽子"也就算了，居然还和二皇兄一起来的！难道在那小丫头心里，她这个皇姐姐还比不上爱抠人眼珠子、凶巴巴的二皇兄？

夜云裳气呼呼地跟在下人身后。

七七喝完水刚将茶杯放下，就看见了一张熟悉的脸：皇姐姐怎么来了？

夜云裳看到小丫头悠闲地坐在那儿品茶，立马怒道："你放我'鸽子'！"

这声音不仅吓了小丫头一大跳，还把一旁背对着门口的大柱吓了一跳。他转头看着突然出现在门口的夜云裳，眼睛里写满了震惊。

夜云裳恶狠狠地看了他一眼，说道："看什么看？你以为你今天过生辰我就不能揍你了吗？居然胆敢不叫本公主，你是不是欠揍？！"

好……好凶！大柱看着凶巴巴的夜云裳，一句话都不敢说。

夜云裳瞧着尿得像乌龟似的两个人，气呼呼地坐了下来。

一旁的叶七七见她气成这副模样，小心翼翼地给她倒了杯水，递了过去，说道："皇姐姐，喝……水。"

"不喝！"夜云裳凶巴巴地拒绝了。

叶七七被吓得刚要将手缩回去，就见原本说不喝水的皇姐姐直接拿走了她手里的杯子。

看见皇姐姐此番口是心非的举动，叶七七就知道皇姐姐还是可以哄的。

见皇姐姐把一杯水"咕噜咕噜"地喝完了，叶七七立马夹了一块糖醋排骨放到了皇姐姐的碗里，说道："姐姐，吃排骨。"

夜云裳瞧着小丫头这副讨好她的样子，不由得轻哼了一声，高傲地道："要喂的才行！"

闻言，叶七七急忙把排骨喂到了她的嘴边。

夜云裳张嘴就咬了一口排骨。

一旁的大柱见此，学着小丫头的样子也夹了一块排骨递到了夜云裳的嘴边，朝着她憨憨一笑："裳裳，不生气，吃排骨。"

夜云裳："……"

下一秒，夜云裳凶巴巴地道："不要你喂，给本公主放到碗里！"

大柱听到她冲自己吼，只觉得莫名其妙，明明七七喂她，她就不生气了。大柱委屈地将排骨放进了她的碗里。

"说吧，你为什么爽约？"夜云裳对一旁故意讨好她的小丫头道。

"因……因为……"叶七七一时之间不知该如何开口，下意识地看了一眼一旁一脸委屈的大柱，然后像是突然想到了什么，立马伸手指了指一旁的大柱，说道，"都……都怪大柱，都是大柱的错。"

见小丫头的视线落在自己身上，大柱委屈地低下了头，语气弱弱地道："对不起。"

叶七七说道："哼哼，你知道错了就好，以后可不许再这样子了。"

"嗯嗯。"大柱点了点头。

夜云裳看着两个人在一旁一唱一和，尤其是小丫头把她的话都给说了，一时之间都不知道该说些什么了，停了一下才道："行了，你们俩打的是什么鬼主意，别以为我看不出来。下次七七你再爽约，我就真的生气了。"

夜云裳说完，又看了一旁的大柱一眼，说道："还有你，过生辰为什么只喊七七不喊我？！"

大柱说道："本来想要给你送信的……"

"本来？那就是没有咯？"

大柱委屈地噘了噘嘴，说道："要是时间够的话我就给你写了……"

本来他也想给三公主写信来着，但是给七七写信纠结了半天才写好，时间不够写第二封了。

"哼！"夜云裳看了他一眼，说道，"明年记得给我写，不写的话本公主打爆你的狗头！"

大柱立马回答道："一定给你写，第一个就给你写。"说完，察觉小丫头看向自己的眼神，大柱立马改口道，"两个一起写……"

夜云裳："……"

小丫头："……"

"肥柱，你过生辰怎么都不叫我们呀？"这时门口突然传来一个陌生的声音。

三个人回头，就瞧见了突然出现在门口的三个少年。

一旁的下人恭敬地道："小少爷，他们说是你的朋友，所以老爷就让他们过来了。"

大柱看到站在门口的那三个少年时，不由得变了脸色，立马站了起来，问道："你们……怎么来了？"

"来给你庆生呀。"其中一个少年道。

大柱脸有些白，看了一旁的小丫头和夜云裳一眼，下意识地走过去伸手就想先把他们推出去。

但那三个少年怎么会如他的意，侧身就躲开了他的手。

为首的少年一脸不悦地看着他，质问道："你干吗？我们来给你庆生，你还不欢迎我们？"

"没有，只是今天不方便……"

另一个少年反问道："怎么不方便了？去年我们不是也跟你一起庆生的吗？怎么，今年就不乐意了？"

说着，那三个少年直接走了进来。

当瞧见坐在里头的两个小姑娘时，他们愣了一下，算是知道大柱为什么不让他们三个进来了。

"肥柱，你这就没意思了，不就是有两个小姑娘在吗？怎么就不许我们进来了？"

叶七七看着那三个少年毫不客气地坐了下来，原本还以为他们是大柱的朋友，但是听见他们喊大柱"肥柱"，不由得皱了皱眉头。

大柱瞧着他们直接坐了下来，有些无奈地看了两个小姑娘一眼，说道："他们……是我之前在学院里的……朋友。"

"是兄弟，以前肥柱经常和我们在一起玩。"为首的少年说完，下意识地看向一旁的夜云裳，因为小丫头看起来太小，而夜云裳看起来和他们差不多大。

第一次见到长得这么好看的小姑娘，为首的少年忍不住对夜云裳道："你好，我叫李牧，你是肥柱在国子监的同学吗？"

夜云裳瞧着李牧朝自己伸出的手，淡淡地扫了他们一眼，没伸手，说道："肥柱是谁？我只认识大柱。"

"大柱？"三个少年闻言不由得愣了一下，将目光投向一旁的大柱，问道，"王易恒，你真的改名叫王大柱了？不是吧，真的假的？"

"你还真的改了，哈哈哈，笑死了，这'大柱'跟你肥柱还真的挺配的呢！"

那三个少年的笑声又大又狂妄。

叶七七看到大柱低着脑袋，显然十分不开心。她回想起之前问大柱为什么改名，大柱没有回答，如果她没猜错的话，大柱改名一定和这三个人有关。

一旁的夜云裳不解地看了小丫头一眼，还不太明白，"王易恒"是大柱之前的名字？

大柱语气沉沉地道："我们先吃饭吧……"

大柱的话音刚落，那三个少年直接毫不客气地动起筷子。

他们虽然知道大柱的家在哪里，但是从来没有来过大柱家，直到今天进来之后才知道大柱家原来那么富，怪不得之前他在学院的时候每次都带那么多钱。

夜云裳瞧着他们的吃相，顿时没有胃口了，不满地看了一眼一旁的大柱，目光似乎在问他怎么会认识这种人。

三个少年吃得正欢，为了找话题，便对两个小姑娘道：

"你们知道肥柱以前就因为这体形，都没人跟他一起玩，还是我们收留他一起玩的呢！"

"说实话，肥柱，你改成'王大柱'这个名字挺好的，'王易恒'这个名字不适合你，你一点儿也配不上。"

…………

那三个少年又说了些话，夜云裳和叶七七越听眉头皱得越紧，大柱脸色也不太好看。

就在这时，李牧突然说道："大柱，你现在有钱了，给兄弟们一点儿用用，就像之前一样。"他说话时，一副理所当然的口吻。

两个小丫头听了李牧的语气都惊呆了：这听着不像是借钱的语气吧？！

大柱回道："我没钱。"

"没钱？怎么可能？"另一个少年忍不住开口道，"你爹可是京城首富，你怎么可能没钱？你骗谁呢？"

"就是，有你这样当兄弟的吗？"

"没和我们在一所学堂，感情都淡了吗？"

见大柱一言不发，那三个少年显然有些急了。

"你别忘了当初没人跟你玩的时候，可是我们三个收留你的，人要知足懂吗？"

"现在我们就跟你借点儿钱怎么了？"

"之前你可不是这个样子的，怎么？现在翅膀硬了？别忘了当初你像一条狗一样跟在我们后面，巴结我们……"

"砰——"

几个人的话还没有说完，就听见身后突然传来一声巨响，回头就瞧见一旁被踢翻的椅子。

夜云裳收回脚，瞧着被惊到的三个人，不由得轻"哧"了一声，说道："啧，今儿真是长见识了，头一次见乞丐这么理直气壮地讨钱。"

一开始那三个少年没反应过来，后知后觉她这是骂他们三个是要饭的。

"你骂我们是乞丐？"

"没有呀，谁应谁是！"夜云裳歪了一下脑袋，目光轻蔑至极。

“你——”三个少年显然被气到了，开口道，“你懂什么？我们是他的朋友，找他借点儿钱怎么了？”

夜云裳说道：“嗯嗯，是的呢，你们穷你们有理。”

听了她这阴阳怪气的话，他们心里不舒服极了。

就在他们再次催促大柱快点儿把钱拿出来的时候，夜云裳直接将大柱一把扯到了身边，对他们道：“要钱可以，你们借了会还吗？”

闻言，三个少年变了脸色，随后故作镇定地道：“自……自然会还的！”

夜云裳说道：“那就写个欠条好了，欠债还钱，天经地义。”

三个少年：“……”

随后，他们就见她将一旁的纸、笔、墨拿过来，利索地在纸上写了一张欠条。

到填借多少钱时，夜云裳抬头看了他们一眼，说道：“说吧，借多少？”

三个少年互相望了一眼，回道：“借……三十两。”

这只不过是他们随口说的一个数字，之前他们跟大柱要钱就没有还过，这一次也一样不准备还。

三个少年瞧着夜云裳“唰唰”写好欠条，然后让他们按手印，想都没想，果断每人按了一个手印。

然后夜云裳将他们按好手印的欠条递给大柱，让大柱按手印。

大柱显然有些不理解她的用意。

夜云裳见大柱磨磨蹭蹭的，抓过他的手就按了一个手印。

按完手印后，大柱下意识地看向一旁的小丫头：他的小金库又少了三十两……

三个少年看着大柱按了手印后，以为等一下就要白白得到三十两了，就见面前的姑娘往见证人那一栏写自己的名字。

当三个少年瞧着她写下第一个“夜”字时，就猛地瞪大了眼睛：姓……夜？皇族？

夜云裳写完名字，就将欠条递给一旁的小丫头。

叶七七也落笔写下了自己的名字。

写好一共两份一样的欠条后，夜云裳递了一张给面前的三个少年。

当他们看见“夜云裳”三个字时，脸色立马变了。

341

第二十六章

二皇兄传闻

夜云裳……不就是那个凶残至极的三公主吗？

瞧着他们惊恐万分的样子，夜云裳不由得冷笑了一声，说道："不还的话，知道是什么下场吧？"

她的目光落在他们的脖子上，表情看起来阴狠毒辣，将那三个少年吓得不轻。

李牧哆哆嗦嗦地将欠条放下，说道："我……我们仔细地想了想，这钱还是算了吧。"

说完，他们正准备离开，谁知被一个宫女拦住了去路。

夜云裳瞧着被吓破胆的三个少年，冷冷地道："给大柱道歉！下次再喊他'肥柱'，本公主就把你们三个打成肥猪！"

"对……对不起，易恒，我们错了。"

"对不起，呜呜呜……"

后来那三个少年是号啕着奔出去的，那副惊恐的模样就像是瞧见了什么极度吓人的东西。

大柱看到两个小丫头盯着自己，下意识地低下脑袋，然后抬头看了一眼夜云裳，说道："谢谢你，裳裳。"

夜云裳说道："不用和本公主道谢，本公主只是单纯地看那三个人不爽而已。"

大柱闻言，下意识地看了一眼一旁的小丫头：七七会不会很讨厌他之前那么怯弱？

"七七突然想到'柱'这个字的寓意了。"叶七七对大柱说道，"'易恒'虽然好听，但是太过文雅，确实不太适合你，而'柱'这个字仔细一想真的好适合你呀，'柱'有顶天立地之意，寓意着你以后一定能像一个男子汉顶天立地，为你所爱的人遮风挡雨。"

大柱之所以改名，是因为之前学院里的人总是嘲笑他配不上"易恒"这个文雅的名字，他一怒之下把自己的名字改成了和他粗壮的外表相匹配的"大柱"，希望自己能够像柱子一样顶天立地，面对流言蜚语屹立不倒。

但那些人对他怀有恶意，很难改变，哪怕他改了名字，他们还是给他起那些他很不喜欢的外号。他以为不会有人懂他，但现在好像有人懂了。

叶七七拍了拍大柱结实的手臂，说道："大柱，你就是太不自信了。你都不知道我有多羡慕你这个体形，你那么强壮，而且力气那么大！刚才那些人你用一根小指头就可以撂倒，完全没必要受他们的气。以后要是有人还敢乱喊你不喜欢的外号，你就打爆他的脑袋！"

夜云裳在一旁应和道："对，打爆他的脑袋，看谁还敢欺负我们可爱的大柱，直接拖出去乱棍打死。"

可……爱？大柱听了这个形容他的词，脸蛋儿又不由得变红了。

"难道你们不觉得我长得很奇怪吗？"别人都是小小的，就他长得像个巨人一样。

"怎么会？"叶七七看着他，认真地道，"七七超级喜欢你这样的，有安全感！"

夜云裳也一脸认真地道："我也是。大柱，以后要是没有女孩子喜欢你，本公主可以勉为其难地收你做男妾。"

"不要！"大柱想都没想就直接拒绝了。

夜云裳："……"他拒绝得如此干脆，真的让她很没有面子呀！

大柱说完，下意识地看了一眼一旁的小丫头，似乎在等小丫头的话。

"男妾？为什么不是驸马呀？"叶七七疑惑地看了看一旁的夜云裳。

夜云裳回答道："因为以后我要选好多个驸马和好多个男妾呀！不是你说

的，不能为了一棵树而放弃一整片森林吗？我觉得好有道理。"

小丫头："……"

嗯，这些话只不过是她为了哄住皇姐姐，不让皇姐姐喜欢那个宋郁承而说的，她完全没想到皇姐姐居然真的记到心里去了。完了，她好像把皇姐姐蛊惑成一个渣女了。

大柱问道："那七七你以后也要好多个驸马和好多个男妾吗？"

叶七七："……"

大柱这一问，夜云裳也将目光落在小丫头身上，似乎在等待她和自己统一战线。

最终，叶七七还是在皇姐姐的目光之下点了点自己的脑袋，说道："是……是呀，七七以后要跟皇姐姐一样，娶好多好多驸马和男妾，努力地做一条快乐的小米虫。"

"这样呀……"大柱眼神有些黯淡，但是想到小丫头说要做一条快乐的小米虫，心里头重新燃起斗志：为了能让七七以后做一条快乐的小米虫，他要努力地挣钱，努力地养七七。

叶七七感觉这几日二皇兄很不对劲。

自从那日从大柱家回宫后，她时常和二皇兄碰到。

一开始她以为只是单纯的巧合，可在她一天遇到了他整整八次后，就不觉得这是巧合了。

就比如现在，她刚遛完大白准备回宫，路过一座凉亭时，正好瞧见坐在凉亭里品茶的二皇兄。

"二皇兄"三个字她真的喊累了。就在她准备无视他，偷偷摸摸地离开时，不远处的夜傲天仿佛正好看见了她，问道："七七想去哪里？现在看见二皇兄都不知道喊了吗？"

闻言，她转过头看了他一眼，说道："二皇兄，好巧。"

能不巧吗？她今儿都看见他好多次了。

叶七七喊完，正打算离开，就听见男人又开口道："过来，让二皇兄看看大白。"

叶七七："……"她现在可以把大白扔掉吗？

她认命地牵着大白走了过去。

大白估计是知道她要在亭子里停留，进了亭子里之后直接躺在了地上歇息，估摸着是方才跑累了。

夜傲天伸手摸了摸大白的脑袋："大白一转眼都长这么大了，可真可爱。"说完，他又将目光落在大白的眼睛上，感到有些意外地道："之前没仔细地看，没想到大白的眼睛居然是蓝色的，真漂亮。"

叶七七听了二皇兄这话，第一反应就是二皇兄爱抠人眼珠子，万一他看上了大白的……想到这儿，叶七七内心已经生起一阵恶寒。

夜傲天刚摸上大白的脑袋，还没来得及揉，就见某小丫头直接站起身来。

"二……二皇兄，七七突然想起来还有事，就先走了。"说着，她就准备将大白从地上拉起来。

不过大白已经不是之前那样体形小小的了，如今它因为每天吃得多，长得很快，再加上力气也十分大，此刻趴在地上，要是它自己不想动，就凭小丫头这小体格，压根儿拉不动它。

"大白，走了。"叶七七扯着绳子道。

但趴在地上的大白纹丝不动。

看到它一动不动，她顿时有些急了，语气急促了些："大白！"

她有些急，那绳子就扯得大白有些疼。

大白不满地朝小丫头叫了一声："嗷呜……"它似乎不满小丫头这样粗鲁地扯疼了它。

夜傲天说道："它喜欢躺在这里就让它躺着，皇兄帮你看着点儿。"

叶七七心想：你看着看着大白的眼珠子就没了，它就瞎了……

叶七七说道："大白，乖，我们回去，喂你吃肉好不好？"

"嗷呜……"大白又朝着小丫头叫了一声，还是趴在地上一动不动，一点儿想跟小丫头走的意思都没有。

叶七七彻底急了，要不是碍于二皇兄在场，真的很想把大白狠狠地揍一顿：这个蠢大白，再不走它的眼珠子就真的没了，不知道二皇兄很喜欢抠眼珠子吗？

叶七七抓着绳子的手下意识地用力。

哪怕大白很不愿意起身，但感受到小主人有些急躁的情绪，终于还是抬起脑袋，看了小主人一眼，就见小丫头一副要被它气哭的表情。

嗯……别哭了，它起来还不行吗？大白拗不过小丫头，最终缓缓地从地上起身。

夜傲天瞧着小丫头的脸色，越看越感觉不太对劲：他只不过是摸了她的大白一下，结果小丫头就惊恐成这样，仿佛他摸一下，她的大白就会死在他的手里似的。

呵，借口！他现在有理由怀疑这丫头说有事要离开只是借口而已。

好不容易将大白从地上扯起来，叶七七刚要走出亭子，那颗悬着的心还没有放下，身后突然响起二皇兄的声音。

"慢着！"

小丫头的身子瞬间僵住了。

夜傲天越想越觉得不对劲，问道："七七是不是不愿意和二皇兄待在一起？"

叶七七闻言，下意识地看了一眼一旁的大白，正巧大白那圆鼓鼓的眼睛也在看她，拿着绳子的手瞬间捏紧了，她回道："没……没有呀！"

"过来！"夜傲天阴沉地道。

叶七七听到他突然变得阴沉的语气，全身上下每一根神经都瞬间紧张起来，突然有一种不祥的预感。

夜傲天瞧着小丫头慢腾腾地转过身，一小步一小步地朝他走过来。

"二皇兄，有事……吗？"

夜傲天看着小丫头故作镇定的样子，这一刻相信小丫头是真的怕他了。

"有事，坐。"他指了指身旁的椅子，让小丫头坐在他身旁。

叶七七也不知道二皇兄这是突然怎么了，但是真的害怕他会看她不顺眼，一怒之下抠掉她的眼珠子。现在大暴君爹爹还不在，那她岂不是砧板上的鱼肉？

"咕噜……"她忍不住咽了一下口水，急忙坐到了他身边。

叶七七看着二皇兄的手突然朝着她的脸伸过来，下意识地脸色一变。就在她提心吊胆地以为二皇兄的手要落在她的脸上时，就见他的手落在了面前的茶壶上。叶七七松了一口气，原来他是想要倒水，吓……吓死她了，她的小心脏……要被吓坏了。

夜傲天拿起茶壶，给小丫头倒了一杯水，同时开口问她："七七似乎很怕二皇兄？"

叶七七接过他递到自己面前的杯子，小脸僵了一下，心口不一地道：

346

"没有……"

"没有？"夜傲天把目光落在小丫头已经纠结成一团的手指上，又抬头看了看她有些发白的脸：骗子！都怕成这样了，还说自己没有害怕。

"知道吗？"夜傲天对她说道，"说谎的小朋友是要被抠眼珠子的！"

叶七七闻言，浑身一颤。在男人的手落在她的肩膀上时，她再也忍不住了，"哇"的一声哭了出来，说道："二皇兄不要抠七七的眼珠子！"她的眼睛不好看的，她不想变成盲人……

小丫头那哭声当真是惨兮兮的，站在亭子外的宫女、太监听到后都不由得心惊了一下，那惨叫声就像夜傲天真的要活生生地抠掉她的眼珠子一样。

夜傲天："……"

"行了！别哭了！"他说抠她的眼珠子只不过是故意吓唬她而已。

见小丫头哭得这么惨，夜傲天下意识地从袖子里拿出手帕打算给她擦眼泪，可他万万没想到，他的手还没有碰到她，那小丫头看见他的手就像是看见了什么恐怖的东西一样。

"七七的眼珠子不好看，不要抠七七的眼珠子去收藏……呜呜呜……"她还没来得及好好地看这个美好的世界！

夜傲天："……"

抠眼珠子收藏……夜傲天怀疑自己出现了幻听，谁脑子有病收集眼珠子？这小丫头是不是对他有什么误解？

"你一见到我就那么害怕，是害怕我抠你的眼珠子？"

小丫头眼含着泪点了点头。

夜傲天："……"他有些被气到了。

"我不喜欢抠人眼珠子收藏！"他还没变态到这种地步！说完，他直接伸手一把将小丫头扯到了自己的怀里，粗鲁地给小丫头擦眼泪。

夜傲天说道："我说抠眼珠子只是吓唬你而已。"他完全没想到小丫头居然还当真了。

叶七七红着眼睛有些狐疑地看着眼前给她擦眼泪的二皇兄，显然有些不相信二皇兄说不喜欢抠人眼珠子，也不喜欢收藏眼珠子的话。

"那……那你刚刚还说大白的眼珠子好看……"她还以为他要把大白的眼珠子抠掉。

夜傲天十分无语地看了小丫头一眼，目光落在一旁的大白的脸上，说道：

"我说的是实话。"

大白的眼睛本来就挺好看的,他只是看活物习惯性地先看对方的眼睛而已。

叶七七说道:"那……那宫里传言你喜欢抠人眼珠子收藏……"

"假的!"那都是谣传而已。

叶七七说道:"假……假的?"

夜傲天问:"你一直就是这样看待你的二皇兄的?"

"是呀。"说完小丫头才反应过来,刚好对上男人十分不悦的目光,被吓得下意识地低下了脑袋:她什么也没有说……

夜傲天瞧着小丫头委屈又惊慌的表情,不由得暗自冷笑了一声,说道:"以后改个口吧,叫'二皇兄'太生疏了。"

叶七七刚从惊恐中回过神来,就听见男人对自己来了这么一句,愣了一下:改口?难不成要叫"二哥哥"?

夜傲天目光散漫地看了小丫头一眼,似乎在等待她的回答。

好一会儿后,他听见小丫头缓缓地开口道:"二哥哥……"

终于不再是生疏的"二皇兄"了,男人自然满意极了,伸手揉了揉小丫头的脑袋:"乖。"

夜傲天说这话时,连嘴角都是勾起来的。

叶七七看到男人笑了,感到有些意外:二皇兄……呸……二哥哥居然笑了,笑起来好好看。

"要是急的话就回去吧。"夜傲天说完觉得不太对劲,又说了一句,"需要二哥哥送吗?"

"不……不用了。"叶七七紧拽着手里的绳子,说道,"七七不麻烦二皇……二哥哥了。"

"不麻烦的,二哥哥送你。"他起身,直接拿过小丫头手里的绳子,顺势牵起了小丫头的手。

大白也十分给面子地让男人牵着它走。

当两个人从亭子里出来时,在场的宫女、太监瞧见二皇子殿下牵着七公主的手,个个瞪大了眼睛:要是他们没听错的话,七公主刚才哭得可厉害了,才不到一盏茶的时间,两个人就和好了?七公主和二皇子的关系啥时候这么好了?

348

夜傲天一直将小丫头送到了月静宫门口。

当月静宫上下瞧见向来脾气不好的二皇子牵着七公主的手将七公主送回来时，都惊呆了：七公主什么时候和二皇子关系这么好了？

"二哥哥，七七到了……"

"嗯，进去吧。"夜傲天一直目送小丫头进了门才转身离开。

叶七七进了门还没回过神来：她……她被二哥哥送回来了？她不是在做梦吧？被抠眼珠子的危机就这样莫名其妙地解除了？

"嗷呜。"大白见小丫头发呆，朝她叫了一声。

随后小丫头是一蹦一跳地进寝殿的。只不过她刚走到寝殿门口，就看见阿婉站在那儿。

见小丫头回来，阿婉急忙上前道："公主，您可算回来了，六皇子……都等了您好一会儿了。"

"六哥哥？"叶七七有些惊讶，六哥哥怎么突然来了？

叶七七带着几分疑惑走了进去。

如今已经临近傍晚，寝宫内光线有些暗。她一走进去，就看见了不远处坐在软榻上的一身黑袍的少年。

"六哥哥。"叶七七轻轻地喊了他一声。

闻言，少年抬起头，目光晦暗不明地看着她，问道："去哪儿了？"

"去遛大白了。"叶七七说完下意识地看了一下自己的右边，本以为大白此刻会在自己身边，但右边空荡荡的，她才想起来大白一进门就跑到它吃饭的地方去吃肉了，没跟着她进来。

叶七七问："六哥哥是有事吗？"

"没事！"少年站起身，说道，"早点儿休息。"

叶七七看着六哥哥起身往外走，只感到一阵莫名其妙。

下一秒，她突然想起来一件事，叫住了他："六哥哥，你等一下！"她急忙往里屋走，说道，"七七要给你一样东西。"

夜霆晟停下脚步，没过一会儿就见小丫头手里拿着一样东西走了出来。

叶七七说道："这个送给你。"

少年伸手接过，看着手里黑色的香囊，上面有金丝线绣的"平安"二字。

"这个是七七自己做的，字也是七七自己绣的。"

送给六哥哥的这个算是她绣得最好看的香囊了，黑色和金色搭配，她感觉这两种颜色和六哥哥很相配。

夸我，快点儿夸我！叶七七心里想着。

"谢谢，很好看。"

"那七七给六哥哥系上。"

少年口中的"不"字还没有说出口，小丫头就已经伸手拿过他手里的香囊，柔若无骨的手落在他的腰带上。

她低着脑袋，系得极其认真。

"好啦。"

这香囊简直和六哥哥今日穿的衣服太配了。叶七七瞧着自己的杰作，十分得意。

夜霆晟把目光落在自己腰间的香囊上，目光阴郁。

又临近开学了，叶七七最近几日又成了一副蔫掉的小白菜的样子。

"啊——不想去书院，想继续做一条没有烦恼的咸鱼。"叶七七连续嚷嚷了好几天，还是逃脱不了去书院的命运。

开学的第一天就是射艺课。因为她个子实在是太矮了，劲也小，拉不动弓，只能在一旁坐着，看着他们拉弓。

今天的太阳有些大，叶七七刚喝完水，脖子就被人一下子环住了。

"嗯，七七宝贝，我也想喝水。"

叶七七侧头，就见皇姐姐的脸在自己面前放大，顺势将手里的水壶递给了皇姐姐。

"皇姐姐，你射完箭了吗？"

夜云裳点头，"咕噜咕噜"喝了好几口水，将水壶放下，说道："搞完了，太简单了，我闭着眼睛每一箭都能正中红心。"

夜云裳从小就学习射箭，这种程度的射箭压根儿就不放在眼里。

听了这话，叶七七不由得露出了羡慕的神色：她也好想射箭，可是个子太小了，嘤嘤嘤……

两个小丫头正闲聊，不远处突然传来一阵嘈杂的声音：

"啊啊啊，宋世子今天也太帅了吧！"

"我要晕倒了，啊啊啊——"

"一身黑衣的宋世子真的太帅了！"

周围女学子花痴的声音四起。

"我记得宋学子今天不是没有课吗？他怎么来比武场了？"

"你说他为什么来，自然是为了他的那个青梅竹马咯。"

此话一出，在场的众人将目光落在不远处一个穿着一身粉衣的女孩儿身上。

那女孩儿估计是刚射完箭，额头上冒出了些许薄汗，估计是因为常年生病，肤色异常苍白，在阳光的映衬下，白得过分，但因为姣好的相貌，在场的不少学子的目光在她身上。

她就是宋郁承的青梅竹马外加"白月光"简若安。

在书院里，她是唯一一个能和宋郁承走得很近的女孩子，所以大家一直觉得两个人郎才女貌，十分登对。

顺着众人的目光看过去，叶七七也看见了简若安的相貌，如果说皇姐姐的相貌属于张扬妩媚的美，那么简若安就长着一副典型的娇弱的"白莲花"相。

哪怕简若安现在的相貌还没有长开，也不妨碍书院里有很多男孩子把她当作梦中情人。

简若安刚练完射箭，就看到从不远处朝她走来的少年，见少年手里还拿着水壶，不用想都知道是特意来给她送水的。

于是，在众学子灼热的目光下，简若安羞涩地将些许碎发理到耳后，对走到自己面前的少年娇弱地喊道："宋哥哥，你怎么……"后面的话还没有说出口，她原本欣喜的嘴角一下子僵住了。

简若安眼睁睁地看着原本应该在她面前停下的少年，看都不看她一眼直接从她面前走过。

简若安有些难以置信。

不仅她惊讶极了，一旁的学子也都惊呆了：宋世子居然直接从简若安的面前走过了，难不成不是来给简若安送水的？那宋世子是给谁送水的？

在场的众学子怀揣着这个疑惑，看着宋世子走到某处停了下来。

叶七七在看到宋郁承路过简若安身边，朝着自己和皇姐姐这个方向走过来时，就感觉有些不对劲，直到看着他在她们俩面前停了下来。

宋郁承看着面前的两个小姑娘，伸手就将手里的水壶递向坐在右边的夜云裳。

"给你的。"他说。

这话一出，在场的众学子更加吃惊了：这……宋世子居然是把水壶送给三公主的！宋世子喜欢三公主？

夜云裳瞧着男人递过来的水壶，扫了他一眼，微微皱了皱眉，问道："给我干吗？"她跟他又不熟。

宋郁承语气平静地说道："不干吗，就是给你的。"说完，他就把那个水壶放在了夜云裳面前的桌子上。

将水壶放下后，宋郁承转身就打算走。夜云裳立马叫住了他："等一下。"

宋郁承回过头，目光冷冷地看了夜云裳一眼，似乎在问：何事？

夜云裳伸手拿起面前的水壶，语气有些漫不经心地道："这是白开水还是什么？"

"白开水。"

等宋郁承说完，夜云裳直接将水壶扔给了他，说道："那你拿走吧，我不喜欢喝白开水！"

宋郁承下意识地皱了皱眉头：他来给她送水，她居然还挑剔？

宋郁承转身就打算走，但是又想到之前母亲对他说的话，他必须忍着，因为只要他成了三公主的驸马，他们宋家就有权势了。一时的忍让换得日后的滔天权势，值了。更何况他派人调查过，这三公主一直背地里喜欢他来着。

就在他准备说帮她重新换的时候，不远处一个声音响起，他直接被人推开了。

贺璟手里拿着两根冰棍，直接塞到了夜云裳手里一根，说道："快……快点儿吃！我感觉再不吃它都要化掉了。"贺璟一边说，一边张嘴将手里的冰棍咬了一大口。

因为冰棍实在是太凉，贺璟咬了一口后忍不住站在原地直跺脚。

"七七，这根大的给你！"跟贺璟一起来的还有大柱。

两个人往前一站，直接把宋郁承挤到了一边。

叶七七看着两个人手里的冰棍，有些难以置信：现在是阳春三月吧，都有冰棍卖了？

叶七七伸手接过冰棍，问道："大柱，你们在哪里买的呀？"

"不是我们买的，是你的六哥哥买给你和裳裳的，我和大柱吃的是跑腿费。"贺璟说完，瞧见小丫头手里拿着一根最大的，伸手就拍了大柱一下，说道，"你忘记霆晟刚刚说什么了？让小丫头吃小的！你拿那么大一根给她，是希望她坏肚子吗？"

　　贺璟此话一出，大柱才想起来冰棍可不是别的东西，七七还那么小，吃多了会闹肚子的。大柱伸手把小丫头手里的那根冰棍换了回来，说道："七七，你吃小的。"

　　叶七七看着自己手里正常大小的冰棍，也不由得松了口气：刚刚那根实在太大了。

　　叶七七咬了一口冰棍，还是草莓味的，六哥哥太懂她了。

　　宋郁承看着他们四个人，目光又落在自己手里的水壶上，面色难看至极，一怒之下转身离开了。

　　简若安看了一眼不远处的三公主夜云裳，然后急忙追了过去，喊道："宋哥哥……"

　　宋世子给三公主送水这件事，不知被谁乱传，最后居然演变成了宋世子移情别恋三公主，简若安惨遭抛弃。

　　国子监后花园，和简若安玩得比较好的一些女学子正安慰她。

　　"若安，你别伤心了，说不定宋世子心里还是喜欢你的。"

　　"你一开始不是说你和宋世子定了娃娃亲吗？宋世子这一次也一定是被三公主逼的。"

　　"三公主权势滔天，宋世子哪怕不喜欢她，也不得不被权势压迫屈服。"

　　"是呀是呀，你也别伤心了。"

　　听了几个女学子的话，简若安哭哭啼啼地伸手擦了擦眼泪，一副我见犹怜的样子。

　　就在几个女学子打算继续说的时候，就瞧见从不远处走来两道身影，都十分有眼力见儿地闭上了嘴巴。

　　今日国子监大扫除，小丫头和皇姐姐两个人悲催地被派到了花园里扫地。结果两个人刚一进花园里，就瞧见坐在不远处河边的石墩上哭哭啼啼的简若安，简若安身边还坐着几个女学子。

　　见大魔王三公主来了，几个女学子无不变了脸色，跟简若安说了几句话后就走了。

　　简若安脚边放着一个扫帚，估计也是花园扫地大军里的一员。

　　"皇姐姐，我们去那边吧……"叶七七指了指不远处的一条无人小道。

夜云裳看了一眼，觉得可以，轻轻点了点头。

"三公主。"就在两个人路过简若安身边的时候，简若安突然出声叫道。

"嗯？"夜云裳看了简若安一眼。

简若安紧紧地抓着手里的手帕，咬着唇看着她道："我们能单独聊一下吗？"

"你是谁啊？本公主跟你认识吗？莫名其妙！"说完，夜云裳直接拉着小丫头就要离开。

简若安脸有些发白，见她要走，上前拦住她，说道："我是简若安，想跟你聊一下关于宋哥哥的事情。"简若安担心她再问"宋哥哥"是谁，于是又补充道，"就是宋郁承宋世子。"

要不是简若安说，夜云裳还真的不知道简若安口中的"宋哥哥"是谁，听到简若安说了才想起来，宋郁承不就是她之前喜欢的那个少年吗？

嗯，也只是之前喜欢他而已，现在她都没感觉了，毕竟日后她可是要娶很多个驸马和男妾的，没必要把这种小喽啰放在眼里。

夜云裳说道："很忙，没时间，下次。"

简若安完全没想到这三公主的脾气是这样的，忍不住开口道："三公主，我知道你也喜欢宋哥哥，但宋哥哥只喜欢我一个人，哪怕你要用权势威胁他，他也不可能真的喜欢你。"

叶七七说道："那个叫宋什么的算哪根葱？长得那么丑，我的皇姐姐才不会喜欢他呢。"

夜云裳附和道："就是，长得还没有大柱帅呢，连给本公主当男妾都不配。"

简若安直接被两个人这番话惊呆了，宋哥哥那么高傲的一个人，这三公主居然说他连给她当男妾都不配，这对宋哥哥来说是何等的侮辱？不行，自己一定要让宋哥哥看到这个恶毒的女人的真面目。

夜云裳懒得和简若安啰唆，扫完地还准备跟她的七七小宝贝出去吃饭呢，哪有时间听简若安在这里东扯西扯？

简若安见她要走，猛地抱住了她的手臂，不让她走。

夜云裳见这个不知死活的简若安居然敢抱她的手臂，当场就炸毛了，呵斥道："贱婢，给本公主松开！本公主的手是你想抱就能抱的吗？"

"不松！"简若安紧紧地环着她的手臂不肯松开。

两个人旁边就是池塘，简若安看了一眼从不远处走来的少年，脑中猛地闪过一计。

夜云裳不喜欢别人碰她，所以十分厌恶简若安一直拉着自己，伸手就想要把简若安抓着自己的手给扯开。

宋郁承刚走近，就听见简若安的惨叫声。

简若安的身后就是池塘，从他的角度看，就是三公主夜云裳要将简若安推下池塘。他的脸色立马就变了。

简若安看到宋郁承急忙朝着自己走了过来，算好了身后虽然是池塘，但是她们离边缘还是有些距离的，不过从宋哥哥的角度看，就像是三公主要推自己下去一样，自己又不会真的被推下去，等宋哥哥前来救下自己，自己再装一下被吓到的柔弱样子，宋哥哥肯定就会讨厌三公主了。

小算盘打得好好的，但是简若安万万没有想到，三公主夜云裳竟然会伸出脚直接一脚踹过来。

夜云裳看着抓着她的简若安一个劲儿地往后倒，一副要跳池塘的样子，而且抓得她的手臂好疼！

"想要下去是吧？本公主帮你！"说着，夜云裳直接一脚将简若安踹进了身后的池塘里。

"啊——"

"嘭——"平静的池塘猛地溅起水花。

不远处的一群学子朝着池塘望去。

池塘一个多月没清理了，池水脏得紧，水面上还有不少枯树叶。

"救……救命……"简若安被一脚踢下去后，一连吞了好几口水。

宋郁承一时也没有反应过来，等到他反应过来后，急忙准备去把简若安救上来。

但他刚走到岸边，还没来得及下水，某个小丫头直接用手里的树枝拦住了他。

第二十七章

大暴君失忆

叶七七提醒道："池塘里的水很脏，你确定要下去吗？"

宋郁承有很重的洁癖，原本听到小丫头这番话还觉得挺可笑的，人命关天的大事，这丫头竟然跟他提什么救不救，他自然是要去救的。可当他看到那脏兮兮的池塘时，原本想要救人的他瞬间迟疑了，洁癖一下子就犯了。

叶七七看着他紧皱眉头一脸嫌弃的样子，对还在水里扑腾的简若安道："别扑腾了，这水不深。"

听到这话，惊慌失措的简若安终于踩了踩脚下，从水里站了起来，但此刻全身上下都湿透了，整个人狼狈不堪。

当简若安自己从池塘里爬出来，看到一旁的宋郁承时，一下子就忍不住哭了出来，说道："呜呜呜，宋哥哥……"

简若安哭得惨兮兮的，顺势打算靠近宋郁承。

宋郁承望着简若安这副浑身脏兮兮的样子，心里头嫌弃极了，身体一侧就躲开了，伸手用衣袖捂着自己的鼻子，一脸嫌弃地道："脏死了，别靠近我！"

简若安哭道："呜呜呜……"

叶七七和夜云裳也同时捂住了鼻子：简若安真的是太臭了！

"呜呜呜，都怪你！都是你踢我下去的！"简若安指着夜云裳大哭道。

夜云裳瞥了简若安一眼：到底是谁一直拉着她往池塘那边靠？她要是不踹简若安，不就对不起简若安那蹩脚的演技了？

"你不是想让本公主踹你下去吗？本公主只不过是顺了你的意罢了，好让你的宋哥哥英雄救美呀。"

"你——你——"简若安直接被气哭了，"哇"的一声捂着脸跑开了。

宋郁承神色阴郁地看了夜云裳一眼，最终还是追了上去。

"真晦气！"夜云裳揉了揉自己被抓疼的手臂，掀开衣服一看手臂上居然都有青紫的痕迹了，生气地道，"都青了，刚刚我应该再来一脚的！"

叶七七说道："皇姐姐可以留着下次再踹她！"

夜云裳一听，觉得小丫头的这个建议挺好。

等到打扫完花园之后，叶七七给皇姐姐擦了药，已经到了晚上。

第二日，边疆传来了好消息，陛下带兵成功地击败了敌人，还取了对方首领的首级。

朝廷得知此事，特下令举国欢庆，恭迎陛下凯旋。

从边疆到京城有十几天的路程，叶七七得知父皇爹爹凯旋之后，就一直等着父皇爹爹归来。十三天后的一个深夜，大暴君爹爹终于回来了。

叶七七原本已经躺下了，但是预感父皇爹爹今日一定能回来，所以一直没有睡。听见外头响起铁蹄声，她猛地从床上起来了，一路小跑到了景阳宫，连脚上的一只鞋子掉了都没有察觉。

阿婉说道："公主，您慢点儿，您的鞋子掉了……"

大暴君的寝殿。

赵公公说道："这件事要不要告诉七公主？万一……"

"父皇爹爹！"

赵公公的话还没有说完，门外就传来了小丫头的声音。

赵公公闻言，脸色变了一下，眼睁睁地看着一道小小的身影从自己的面前蹿了过去。

叶七七走进内室里，就瞥见了此刻坐在床榻上、头上裹着一层纱布的男人。她想都没想直接扑进了男人的怀里，叫道："父……"

她话还没有说完，直接被大暴君推开了。

男人狭长的眸子里带着几丝阴冷，眉头微皱地看着她，问道："你……是谁？"

这话让原本满心欢喜的小丫头瞬间僵住了，愣愣地看着他，没反应过来大暴君爹爹这话是什么意思。

叶七七睁着大眼睛看着他，声音颤抖地道："父皇爹爹，我……我是七七呀……"父皇爹爹这是怎么了？

叶七七下意识地看向一旁的赵公公和九皇叔。

只见九皇叔面色凝重，似乎想对她说些什么。

赵公公也面露几分难色，然后恭恭敬敬地道："启禀陛下，这……是七公主呀！"

大暴君将阴沉的目光落在面前紧紧地抓着他的衣袖的小丫头身上，目光冰冷而又平静：七公主？他膝下确实有个七女儿，不过他对她没有多少印象。

大暴君向来不怎么喜欢别人碰他，所以在小丫头紧紧地抓着他的衣袖的时候，他伸出手就将她的手拉开了。

"陛下领兵打仗时中了埋伏，伤了头部，昏迷了三天才醒。本来以为醒了就没有什么事了，可在回京的途中，大将军无意间对陛下提了一下七公主您，结果陛下竟然对您一点儿印象都没有了。太医连忙诊治了一番，发现陛下什么事都没有忘记，却唯独忘记了关于七公主您的事情……"

听了赵公公这番话，叶七七坐在椅子上，低着脑袋，眼睛红红的。

夜墨寒看着小丫头委屈的样子，伸手揉了揉她的脑袋，蹲下身子，替小丫头穿好方才因为跑得太急而掉了的鞋子。

"父皇爹爹会一直忘了七七吗？"

"不会的，七七这么可爱，他会记起来的。"夜墨寒安慰小丫头道。

其实话虽然这么说，但是夜墨寒也不是很确定，太医说了，这失忆是无法靠药物医治的，只能依靠本身慢慢恢复记忆，最短的一个月就能恢复，但是有些时间长的，要几十年才能记起来……夜墨寒没跟小丫头说这事，主要是害怕她听了难过。

叶七七透过屏风看着内室床榻上的身影，说心里不难过是假的，才不到两个月的工夫，父皇爹爹就把她给忘了，还唯独就忘了她一个人……

"父皇！"门外传来三公主夜云裳的声音。

夜云裳得知父皇回宫后就从寝宫赶了过来，一进门就瞧见小丫头坐在外殿的椅子上，眼睛红红的。

"九皇叔。"夜云裳见九皇叔也在，礼貌地喊了一声。

"七七，你怎么了？"父皇回来不应该是挺高兴的事情吗？七七宝贝怎么哭了呀？

"失忆？"夜云裳听到父皇失忆的事后，显然有些不相信，直到进去和父皇聊了几句后，发现父皇是真的失忆了，而且单单忘了小丫头一个人。

"朕不在的这些日子，裳儿可有好好练剑？"

"儿臣自是不敢松懈的，每日刻苦练习。"看向坐在床上喝着药的男人，夜云裳说道，"最近七七学习也十分刻苦，太傅还常常在课堂上夸赞她。"

听了这话，男人下意识地皱了皱眉：七七？是方才那个一直紧紧地抓着他的衣袖不肯撒手的小丫头吗？

大暴君说道："她应该还没有到入国子监学习的年龄吧？"

夜云裳回道："七七当初入学，是……父皇您同意了的……"

男人听了这话，喝药的动作一顿：他同意的？

"父皇，您真的把七七忘记了吗？您之前可宠她了。"目光落在男人的腰间，夜云裳急忙道，"这个香囊就是在您御驾亲征的前一天晚上，七七亲手给您绣的。"

大暴君低头，目光落在腰间挂着的香囊上，上面绣着两个歪歪扭扭的字，看着就和他的身份格格不入。起初他看见时，还怀疑这个香囊的来历，毕竟宫里的绣娘技艺高超，是不可能把香囊绣得这么……难看的。

修长的手指拂过腰间的香囊，夜姬尧面色有些阴沉，不知道在想些什么。

叶七七做了一个梦，梦到了她和大暴君爹爹初见的情景。

她单薄的身子瑟瑟发抖地跪在地上，然后听见大暴君爹爹坐在上方的龙椅上对她说了些话。

周围的声音太过嘈杂，所以她并不能听清大暴君爹爹说了些什么，直到殿外来了几名侍卫直接将她架起来拖了出去。被拖出去之前，她终于听清了大暴君爹爹说的最后一句话："拖出去，砍了！"

"啊——"叶七七硬生生地从梦中被吓醒了，一睁眼发现自己正躺在自己的寝宫的床上，身上被吓出了不少汗。

听到小丫头的叫声，阿婉从门外走到床边，看着小丫头脸色苍白的样子，问道："公主，您没事吧？是做噩梦了？"

叶七七红着眼睛点了点头，伸手将阿婉紧紧地抱住。

这时阿婉才发现小丫头周身出了不少汗，额头还湿漉漉的，急忙让人准备热水。

大暴君战胜而归，今日特邀群臣在前殿庆贺。

叶七七去的时候，整个人都闷闷不乐的。

夜霆晟坐在小丫头的身侧，也瞧见了小丫头脸上不开心的表情。他端起面前的杯子喝了一口水，眼神微微黯了一下，也不知道此刻心里在想些什么。

大臣："陛下御驾亲征，取敌人首领的首级，退敌万里，乃我北冥子民的福分，臣在此恭祝吾皇万岁万岁万万岁。"

下方的大臣异口同声地道："吾皇万岁万岁万万岁。"

龙椅上的男人今日穿着一身明黄色朝服，衣袍上是用金丝绣的苍龙。

坐在下方一侧席位上的叶七七偷瞄了男人一眼，正好和他阴沉的目光对上。

那目光阴沉中夹杂着几丝冰冷，没有任何温度可言。看着那眼神，她就仿佛回到了两个人第一次见面的时候，当时的大暴君爹爹就是用这种眼神看她的。

叶七七猛地低下头，手紧紧地抓着自己的衣袖：父皇爹爹失忆了，已经完完全全把她忘记了，再也不会用温柔的眼神看着她了。

夜姬尧感觉到不远处的小丫头已经偷瞄他好几眼了，忍无可忍之下，回望了她一眼，结果刚看过去，小丫头对上他的眼神后就匆忙地低下了头。她这番躲避的举动，令他的神色不由得黯了一下。

大暴君端起酒杯喝了一口酒，眼神晦暗不明。

叶七七这一顿饭吃得可谓煎熬极了。

一旁的少年把这些都看在眼里。关于大暴君失忆唯独忘记了七公主一个人这事，并没有太多人知道，但夜霆晟有意之下还是听到了些风声。

他看了一眼一旁的小丫头，缓缓地开口道："既然忘记了，要么让他重新记起你，要么让他重新认识你，就像你之前让他一步步认识你那样。"

叶七七正发呆，就听到六哥哥在自己的耳边说出这番话，觉得六哥哥好像说得还挺有道理的，既然父皇爹爹记不起她，那她完全可以让父皇爹爹重新认识她呀，之前她不就是这么过来的吗？

叶七七一下子变得欣喜起来，说道："六哥哥！"

"嗯？"少年轻轻应了一声，漫不经心地瞧着面前盘子里的菜。

叶七七说道："七七知道该怎么做了！"

宴会一直到很晚才结束，外头不知何时下起了小雨。

赵公公跟在男人身后，恭恭敬敬地问道："陛下，是去御书房还是去景阳宫？"

"景阳宫。"

赵公公就让人拿来了伞，恭敬地在一旁给男人举着伞。

就在大暴君刚准备走的时候，身后突然响起一个不合时宜的声音。

"啊嚏。"

原来是叶七七站在门口的角落里忍不住打了个喷嚏。

下一秒，几道视线齐刷刷地投向她。

她抬头，就见距离自己几米远的大暴君爹爹紧紧地盯着她。

赵公公看着不知为何站在那儿没有回宫的小丫头，忍不住开口问道："七公主，天色已经这么晚了，您怎么一个人在这里？"

叶七七心虚地缩了缩脖子，回答道："七七等父皇爹爹一起走……"

听了小丫头这话，男人不由得皱了一下眉头。

随后，他就见小丫头走上前靠近他，伸手拉住了他的手。那有些冰的小手，让他的目光黯了一下。

赵公公见此，下意识地瞧了瞧男人的脸色，就见陛下此刻沉着脸，也不知道正想些什么。

"陛下？"赵公公见男人一动不动，开口提醒了一声。

大暴君回过神，看到小丫头睁着大眼睛一脸无辜地看着他，目光落在小丫头紧紧地抓着他的手上，冷冷地道："你的婢女呢？"

叶七七一听，感觉父皇爹爹似乎想赶她走，于是急忙回道："不……不知道。"

"嗯？"大暴君眉头皱得更深了，瞧着面前的小丫头一副心虚极了的模样，便知道她在说谎。

本来他想直接将小丫头紧抓着他的手给甩开的，但是想到了赵公公对他说的他之前很宠这个小丫头。

他很宠这丫头？心中想着，他又看了面前的小丫头几眼，不得不说，确实长得挺可爱的，但是他还是不相信自己会宠一个小丫头。

"去准备轿子。"大暴君对赵公公道。

"啊？"赵公公闻言，不由得愣了一下：前殿离景阳宫那么近，应该不需要坐轿子吧？

不过哪怕心里疑惑，赵公公还是让人将轿子抬了过来。

大暴君转头，对小丫头道："上去，朕送你回去。"

叶七七愣了一下，目光落在面前的轿子上：父皇爹爹说要送她……

直到上了轿子，叶七七还没完全回过神来。

她上了轿子刚坐下，男人就弯腰进来了，原本偌大的空间立马变得有些拥挤了。

"摆驾月静宫！"外头响起赵公公的喊声。

叶七七一抬头，就见父皇爹爹紧盯着自己。

"听说朕以前很宠你？"

叶七七微愣了一下，怯怯地点了点头。

见她点头，大暴君半撑着脑袋，想象不出自己宠人时是个什么样子。

大暴君问："那朕是如何宠你的？"

叶七七想了一下，第一个想到的就是父皇爹爹罚她和皇姐姐趴在小板凳上写检讨书的场景。

"咕噜……"她不由得咽了一下口水：这个应该不算宠吧？！

"嗯？"见小丫头没说话，大暴君轻轻"嗯？"了一声。

"父皇爹爹，您以前经常抱七七，还陪七七一起吃饭，叫七七宝贝，和七七一起睡觉……"

等等……睡觉？大暴君怀疑自己出现了幻听，这小丫头说他和她一起睡觉？

"在哪儿睡觉？"

叶七七说道："就在……父皇爹爹寝宫的床上呀……"

夜姬尧："……"

哪怕是后宫的那些女人，他也从未让她们在景阳宫里留宿过，而他居然曾经让这个小丫头和他一起睡觉！

大暴君感觉脑子里隐隐约约地闪过一些片段，但还未来得及看清，头就已经痛得厉害。也不知道是不是受伤留下的后遗症，只要他一想起关于这个小丫头的事，头就痛得厉害。

"父皇爹爹？"见男人抚着额头，叶七七猜测父皇爹爹的头痛病又犯了。

之前九皇叔告诉她了，父皇爹爹因为头部受伤，回来后经常会头痛，需要人给他捏一捏太阳穴。为此她还特意让阿婉姐姐给她练手。

叶七七撸起袖子，伸手向男人靠近，说道："父皇爹爹，七七给您捏捏。"

男人打算拒绝，但还没来得及开口，某个小丫头就已经自顾自地伸出手捏上了他的太阳穴。

小姑娘的手看着没什么力气，但是捏的时候意外地手法很好。他一睁眼就能看见小丫头近在咫尺的脸蛋儿。他的鼻子里萦绕着一股奶香味，这让他忍不住想：面前这个小丫头是不是还在喝奶？身上的味道跟个奶罐子似的。

"父皇爹爹，这个力道可以吗？"小丫头语气软软地问道。

大暴君闻言，缓缓地睁开眼睛，看着面前的小丫头。她那眉眼长得和他简直是一个模子里刻出来的，这一刻他似乎有些明白自己以前为什么宠她了。

"嗯。"他淡淡地应了一声，任由小丫头给他捏太阳穴。

叶七七捏了一小会儿后，男人就不准她再捏了，担心她手酸。

外头的雨已经小了不少，叶七七看着轿子快要到月静宫了，忍不住开口道："七七明天可以和父皇爹爹一起用午膳吗？"

大暴君闻言，第一反应就是想问她为什么，但瞧着小丫头一脸期待的表情，最终还是应了下来。

夜姬尧看着小丫头高兴得一蹦一跳地离开了。

次日一大早，御书房。

大暴君坐在书桌前批阅奏折，看着不远处坐在椅子上困得脑袋一点一点的小丫头。

他昨日答应了小丫头要和她一起用午膳，谁知道这丫头一大早就来了，生怕他中午不同她吃饭一样。

叶七七单手撑着越发困倦的脑袋，终于再也忍不住，头一歪直接坐在椅子上睡着了。

大暴君抬头看她时，就见小丫头歪着脑袋半趴着，脸对着他。他隐隐约约地瞧见了小丫头的嘴角似乎流出了什么亮晶晶的东西，不由得皱了皱眉，然后移开目光不再看她，自顾自地看手里的奏折。

就这样，大暴君一口气批阅了两本奏折，直到第三本时，终于还是忍不住了，站起身，看了看不远处的小丫头，手里拿着帕子走到她面前。

小丫头正处于熟睡中，完全没注意到自己已经口水直流了。

大暴君深深地拧着眉头，洁癖令他将唇都抿成了一条直线，好不容易才放下心中的不适将小丫头流口水的嘴角擦干净。

果然，小孩子什么的最麻烦了！

许是他擦得太重，没太注意力道，使得睡梦中的小丫头不由得轻轻"呜"了一声。

叶七七迷迷糊糊地睁开眼睛，看见面前的大暴君爹爹时，下意识地朝着男人伸出了手，说道："嗯……父皇爹爹抱抱。"

大暴君还未反应过来，脖子就被小丫头紧紧地环住了。对此刻的他来说，他这算是第一次被小丫头抱，身体不由得僵住了。

他伸手想要将小丫头的手臂从自己的脖子上扯下来，可谁知刚扯下一点点，小丫头就将他抱得更紧了。

赵公公端着盘子进来，瞧见的就是尊贵的陛下此刻弯着腰，脖子被小丫头强行抱紧了。

"陛下？"赵公公轻唤了一声。

大暴君猛然抬起头，目光森寒地落在跟树袋熊似的紧紧地抱着他的小丫头身上。

下一秒，赵公公就瞧见陛下直接伸出手将七公主环着他的脖子的手硬生生地扯开了。

手被扯疼了，叶七七睁开眼睛，就瞧见大暴君爹爹目光冰冷地看着她，那目光就像是恨不得掐死她一样。她心头一颤，立马清醒过来。

大暴君松开了小丫头方才有些不安分的手，冷着眉眼拍了拍被小丫头抓皱的衣袍，冷着脸重新坐回了书桌前。

叶七七瞧着他一脸不悦的样子，也不知道自己干了什么错事，让他不高兴了。

赵公公察觉父女二人之间不同寻常的气氛，但也不敢多说什么，恭敬地将端来的药放到了男人面前，说道："陛下，这是今天的药。"

"什么药？朕没病！"大暴君眼皮都没抬一下，说道，"端下去！"

赵公公说道："这是太医院送来的补药，前些日子陛下撞到了头……"

大暴君猛地将手里的奏折"啪"的一声放在了桌上，大怒道："你的意思是朕需要补脑子？"

此话一出，赵公公立马面露惊恐，说道："陛下明鉴呀，奴才不是这个意思。"

"呵。"大暴君冷笑了一声，难得地抬起眼皮子看了一眼面前冒着热气的药，说道，"放着，等凉了朕再喝！"

赵公公闻言，颔首，在退出去的时候还不忘给一旁正坐在椅子上发愣的小丫头一个眼神。

叶七七起初还不太明白赵公公那个眼神是什么意思，但当她看见一旁放着的冒着热气的碗，以及正专心地看奏折的父皇爹爹时，好像有些懂了。

大暴君正专心致志地看奏折，突然闻到一股奶香味，微微抬起眸子，就瞧见站在书桌旁的小丫头。

见他看向她，小丫头面露一种被人抓包的尴尬之色。

男人看着她没说话，但那冰冷的眼神似乎在问她想干吗。

叶七七尴尬地握紧了手，然后怯怯地指了指一旁挂着的笔，说道："想要笔。"

大暴君抬手将笔架上最小的一支毛笔递给了她。

小丫头接过笔后又指了指男人左边的宣纸。

下一秒，大暴君除了将宣纸递给了小丫头，还将砚台推到了小丫头跟前。

见自己需要的东西都齐了，小丫头就乖巧地坐到了一侧的书桌上，开始研墨。

看着小丫头这副样子，他不由得多看了她一眼。

大暴君刚准备收回视线，原本准备提笔写字的小丫头就看向他，小心翼翼地问道："父皇爹爹，你……什么时候喝药呀？"

"过会儿"三个字还没有说出口，他就听见小丫头又道："需要七七给您吹吹吗？"

大暴君先是没反应过来，但瞧见小丫头的视线落在一旁的药碗上，便淡淡地道："不用。"说完，他伸手将一旁的碗端了起来，放在唇边吹了几下，确定药不是很烫后，便一饮而尽。

叶七七："……"

叶七七脸上禁不住闪过一抹失落之色，缓缓地低下脑袋，目光落在面前的白纸上。

大暴君喝完药后放下碗，正好瞧见小丫头有些失落的表情，动作不由得僵了一下，不动声色地抿了一下唇，神色幽暗地看着她，不知心里在想些什么。

批阅完奏折后，已经临近正午了，他抬头看了一眼小丫头，只见她握着笔，不知道在写些什么。

就在他刚准备起身时，他的目光突然扫到了书桌暗格子的开关。他也不知道自己此刻是怎么想的，伸手就按了一下开关，随后书桌里头就弹出一个抽屉，他伸手将那抽屉拉开。

抽屉里没多少东西，就是一幅画卷和几张莫名其妙的纸。大暴君不禁有些疑惑自己为何放这些东西。

他先将画卷拿了出来，打开后映入眼帘的就是一幅他的画像。

上面还写着一首诗：

寿星献彩对如来，

寿域光华自此开。

诗下还写着一行歪歪扭扭的小字："祝父皇爹爹生辰快乐——七七"。

大暴君看着面前的这幅画像，又抬头看了一眼一旁低着头写字的小丫头，目光有些意味不明：这画像……是这个小丫头画的？

随后他伸手将一旁的几张纸拿了出来。令他感到意外的是，最上头的一张居然是国子监的考卷。他大致扫了一眼上头歪歪扭扭的字迹，最终将目光落在最后一道辩题上："北边境常年动荡不安，现今朝廷欲派一名大将带兵前往平定战事，现有两个人选……"

见此，他将考卷翻到了填写答案的那一页，看后眉间的阴郁之气更浓了。

大暴君又将纸往后翻了翻，翻到了几张写有他的名字的纸，上面一边是歪歪扭扭的字，另一边笔锋凌厉的字他一眼就认出是他的字迹，似乎是他在教人写他的名字。

最后一张是检讨书，上面一如既往是歪歪扭扭的字：

"父皇爹爹对不起，七七错了，不该胡言乱语、口出狂言。

"父皇爹爹对不起，七七错了，不该小小年纪就贪恋美色。

"父皇爹爹对不起，七七错了，不该小小年纪就贪图享乐。

"…………"

他一眼望去，这三句话竟然写满了整整两页。

大暴君感觉不可思议：他的暗格里没别的东西，反倒每一样都是与这个小丫头有关的东西。

他生性多疑，不轻易相信别人的话，现如今却相信自己曾经宠着这丫头。

叶七七端坐在椅子上，神情认真专注地画着画。她画的不是别的，是大白和大白的爸爸，因为她真的太无聊了。

本来她还打算写字的，但是她的字太丑了，她害怕父皇爹爹会嫌弃，所以还是果断地放弃了在父皇爹爹面前写字的念头。毕竟现在父皇爹爹失忆把她完全忘记了，她总该把自己好的一面展现给父皇爹爹看。

叶七七画得正起劲，突然感觉一道黑影落下，抬起头就见原本坐在书桌前专心致志地批阅奏折的父皇爹爹不知什么时候走到了她身旁，用冰冷的眸子瞧着她面前的画。

"这画的是老虎？"

叶七七回道："是大白和伏麒。"

叶七七口中的大白他不知道，但是当听见小丫头说出"伏麒"二字时，大暴君显然愣了一下，问："你见过伏麒？"

叶七七点了点头，说道："见……见过呀……伏麒就在七七那边……"

在得知这个小丫头知道他养的白虎伏麒后，大暴君已经够惊讶了，听到伏麒在小丫头那里后，他更加诧异了。

叶七七瞧着大暴君爹爹惊愕的眼神，似乎知道他心里在疑惑什么，急忙道："伏麒是父皇爹爹您御驾亲征之前放在七七那边让七七照顾的……"叶七七以为他是不想把伏麒放在她那里了，又说道，"那七七等一下回去就把伏麒送过来。"

"不用了。"大暴君抬头看了小丫头一眼，说道，"带朕去看看它。"

"现……现在吗？"

"嗯。"大暴君点了点头。

得知陛下突然要跟七公主一起去月静宫，赵公公立马让人将轿子抬来。

一路上，因为大暴君爹爹面色冷得吓人，叶七七一句话都没敢同他说，就这样看着大暴君爹爹冷着脸下了轿子，又冷着脸走进了月静宫里。

月静宫上下对陛下的突然驾临，显然是始料未及的。

当瞧见男人时，他们急忙恭敬地跪了下来，异口同声地道："奴婢/奴才参见陛下。"

大暴君走到院子里，一眼就瞧见了此刻正躺在不远处的草地上晒太阳的一大一小两只白虎。

正在熟睡中的伏麒似乎闻到了他的气味，缓缓地掀开眼皮，瞧见不远处一身龙袍的男人时，不由得朝男人吼了一声。

夜姬尧看着多日不见的爱宠伏麒走到他身边，微微歪了下头蹭了几下他的腿。他伸手揉了几下它的脑袋，刚揉一会儿，就见另一只同伏麒毛色一样的小白虎也朝他靠了过来。

如果他没有猜错的话，这只小白虎应该就是小丫头口中的大白。他正打算伸手揉那只小白虎几下，就见两只白虎突然像看见了什么似的，一下子从他身边跑开了。

"嗷呜！"

他听见小白虎朝着不远处叫了一声，转头就瞧见被一大一小两只白虎围住的小丫头。

见此，大暴君目光猛然冷了下来，阴沉的目光落在小丫头和围绕在小丫头身边的两只白虎身上。

说不惊讶是假的，他怎么也想不到他养的白虎居然还会把这个小丫头当作主人。同时，他的脑海里又浮现出放在书桌的暗格里的画卷和纸张。

以前他宠这个小丫头的证据都放在了他面前，他似乎没有理由不相信了。

叶七七看着围绕在自己身边的大白和伏麒，伸手揉了揉它们的脑袋。一人两虎玩得正开心，余光正好瞧见往门外走的父皇爹爹，她一下顿住了。

"父皇爹爹……"叶七七小声喊了他一声。

男人却头也不回地离开了。

跪在门口的宫女、太监也不知道到底发生了什么，看着陛下冷着脸离开了。

见男人突然离开，一旁的大白和伏麒同小丫头一样，也是愣愣的，完全不知道到底发生了什么。

"嗷呜。"大白转头看了小丫头一眼，忍不住用嘴扯了一下小丫头的衣袖，似乎在问她大暴君为什么突然走了。

赵公公站在轿子边上等，没过一会儿就瞧见男人独自走了出来。赵公公下意识地看了一眼男人身后，发现并没有七公主的身影，正想开口，就看到男人阴沉得有些过分的脸。赵公公哆哆嗦嗦地道："陛……陛下……"

"回去！"

赵公公心中一惊，急忙替男人将轿子的帘子掀开。

临走之时，赵公公特意回头看了一眼，就见小公主扒在门边，大大的眼睛正看着他们。

回到景阳宫，赵公公让人布好午膳。

因为先前七公主要在这里和陛下一起吃，所以赵公公让御膳房准备了不少菜肴，放眼望去几乎全是七公主爱吃的。

大暴君刚一落座，瞧着那一桌子菜肴，眉头下意识地皱了一下。

赵公公望着那一桌子菜，也不敢多言，生怕惹得陛下不悦。

"德顺。"

男人冰冷的声音一出，赵公公拿着筷子的手猛地一哆嗦，"啪"的一声，筷子掉到了地上。赵公公脸一白，立马跪了下来，声音颤抖地道："奴……奴才该死！"

"起来吧，同朕说说那个丫头的事情。"

原本赵公公还以为这一桌子菜肴令陛下不满意，陛下想要砍了他的脑袋，当听了陛下这话，他愣了一下，问道："那……丫头是指七……七公主吗？"

"嗯。"男人淡淡地应了一声，端起面前的茶杯准备小饮一口。

赵公公急忙给陛下倒水……

深夜，景阳宫。

穿着一身明黄色裰衣的高大男子坐在床榻上，单手撑着额头，神情阴郁。

站在门外守夜的赵公公刚刚正在打盹儿，就听见里头突然传来一声巨响，猛然惊醒，赶紧问道："陛下，您怎么了？"

第二十八章

六哥的秘密

那一声响着实大得很，赵公公生怕陛下在里头出现什么意外，有些担忧。

大暴君听到外头传来赵公公担忧的声音后，下意识地将目光落在不远处地上被打碎的花瓶上。

"无事。"他淡淡地应了一声，收回目光。

陛下说无事，赵公公也不敢再多问，笔直地站在门口，不敢再贪睡了。

大暴君睡觉时会习惯性地点着几盏灯，所以屋里头并不是很暗。他抬起头，目光落向一侧的屏风，屏风旁是衣架，挂着明日他上朝要穿的衣服，有一处却挂着一个与他的龙袍完全不相称的东西。他望了那边好一会儿，最终起身下床走到了衣架前，将那香囊拿了起来。

次日一早，赵公公帮男人穿好衣服，将男人的腰带扣好后，目光无意间扫到了男人腰间挂着的那个香囊，明显地愣了一下，但还是装作什么都没有看到的样子。

大暴君出了景阳宫，下意识地扫了一眼门口，门边空荡荡的，没瞧见那道小小的身影。

赵公公以为男人是在等七公主，于是提醒道："陛下，七公主今日国子监有课，估计是来不了了。"

这几日大暴君一大早出来上朝走到门口时，每每能瞧见某个小丫头在门口偷偷看他，这一次意外地没瞧见小丫头的身影，内心竟然觉得空了几分。

"德顺，你有点儿话多了！"大暴君不悦地道。

赵公公立马闭紧了嘴巴。谁让陛下一出来就一直盯着门口不走的？他也是好心地提醒陛下而已。

大暴君阴沉着脸离开了。

赵公公急忙跟了上去。

果真如德顺所说，某个小姑娘去国子监学习了，大暴君一个早上都没瞧见她。

这几日只要他一坐在御书房里批阅奏折，某个小丫头铁定同他一起坐着。两个人也不说话，他批阅奏折，她就坐在那儿画画。

大暴君扫了一眼一旁用砚台压着的宣纸，一旁还放着一支小巧精致的毛笔，但那椅子上现在空无一人。他拿着奏折的手猛地一紧，心里头突然有一种异样的情绪在蔓延。

叶七七今日在国子监上了一天的课，回到宫里的时候整个人如同蔫了的白菜一样。

马夫问道："公主，是直接回月静宫还是去陛下那里？"

一听到那两个熟悉的字，小丫头立马跟打了鸡血似的，说道："去景阳宫！"

小丫头暗自紧了紧拳头，在心里发誓：今天一定要和大暴君爹爹一起吃个晚膳！

叶七七原本是去了景阳宫的，但是父皇爹爹还没有回来。她等了一会儿，见父皇爹爹还是没有回来，于是干脆小跑到御书房里等他。

一转眼一个时辰过去了，她都画了好几幅画，还没瞧见父皇爹爹回来。就在她无聊得不行的时候，门外突然传来声响。她画画的动作一顿，急忙站了起来，躲到一旁的柜子里，打算给父皇爹爹一个惊喜。

透过柜子的门缝，叶七七一眼就瞧见从门口走进来的，穿着一身龙袍的大暴君爹爹。就在她刚想推开柜子门跳出去，给大暴君爹爹一个惊喜的时候，就见大暴君爹爹身后还跟着几个人。

"陛……陛下，饶命呀……饶命呀……"一个中年男人被两个穿着青色侍卫服的侍卫拖了进来，满脸惊惶地道，"微臣真的什么都不知道呀！陛下饶

命呀……"

那中年男人跪在地上不停地磕头，没过一会儿就磕得满脸是血了。

但坐在上方椅子上的男人面色平静至极，瞧着他这副死到临头还嘴硬的样子，不由得冷笑了一声，说道："冤枉？你倒是说说朕冤枉你什么了？"大暴君一边说，还一边伸手接过赵公公呈上来的剑。

原本下方的张尚书还想为自己辩解些什么，但当瞧见陛下手里拿着剑时，脸"唰"的一下白了，眼眸惊恐地盯着男人手里的剑。

大暴君慢条斯理地将剑抽出来，那锋利的剑刃闪着寒光，让人看着就毛骨悚然。

"张尚书，你知道朕向来最讨厌吃里爬外的东西。"

看着陛下拿着帕子擦拭剑刃，张尚书被吓得不轻，一时之间受不了，和盘托出自己私吞军饷的丑事："陛下饶命呀！微臣也是……也是一时糊涂，犯了错，只要陛下愿意留微臣一条命，微臣愿辞官归乡……"

"辞官归乡？"听了他这番话，大暴君直接被他逗笑了，说道，"贪污了数万两军饷和灾银，你单单辞官归乡就想摆脱罪名？张尚书，究竟是谁给你的胆子？！"

"嘭"的一声，剑鞘被大暴君扔在了地上。

张尚书心猛地颤了一下，惊慌地抬头，就见那冒着寒光的剑刃已经抵在他的脖颈上。他这会儿是真的怕了，乞求道："陛……下，念在我女儿舒妃的分儿上，求陛下饶……"

张尚书的话还没有说完，那剑刃已经猛地抹上了他的脖颈。一瞬间鲜血飞溅，洒了一地。

顷刻间，浓重的血腥味立马在屋子里散开了。

藏在柜子里的叶七七目光惊恐地瞧着柜子外的一切，不知道自己是用一种什么样的心态眼睁睁地看着大暴君爹爹杀人的。她紧紧地抓着衣袖，还是止不住地发抖，感觉自己的腿有点儿软，快撑不住了！

夜姬尧看着鲜血流了一地，将手里的剑扔在了地上，伸手接过赵公公递来的手帕，将手擦干净，说道："拖下去，喂狼！"

"是！"

随后，那被抹了脖子的张尚书直接被人拖了出去。

赵公公立马命人将现场收拾干净。

大暴君刚坐下，接过赵公公递过来的茶杯，正准备喝一口，无意间瞥见一旁才画了一半的画。那纸上的墨还没有完全干透，显然是刚画不久，大暴君原本打算喝水的动作猛地顿住了。

　　一旁的赵公公瞧见陛下喝茶的动作一顿，顺着陛下的目光看去，也看见了一旁那还未画完的画。这画怎么好像是七公主画的？瞧那画刚画了一半，而且看着似乎还没有干透，便知才画了不久。

　　赵公公看向一旁，见宫女正收拾脏了的地板，目光又落在那画了一半的画上，心里头突然有一种不祥的预感。

　　"砰——"这时，不远处的柜子里突然传来一声轻微的声响。

　　大暴君和赵公公几乎同时看向了一旁的柜子。

　　赵公公听着里头传来的声响，脸色瞬间变得惨白：完了！七公主不会是现在正在柜子里吧？

　　赵公公察觉一旁的陛下突然变得森寒的眼神，猛地咽了咽口水，手都抑制不住地发抖。赵公公哆嗦着看了男人一眼，还未来得及开口，就见原本坐在椅子上的陛下突然站起身往那柜子走去。

　　赵公公看着，心几乎跳到了嗓子眼儿里。

　　藏在柜子里的小丫头瞧着大暴君爹爹朝自己走来，被吓得脸更白了，眼睁睁地看着柜子门猛地被人从外面拉开了。

　　当大暴君瞧见缩在角落里，脸色苍白地看着他的小丫头时，身子猛地一僵。小丫头估计是被吓得不轻，在他看向她时，她那小小的身子止不住地发抖。

　　他站在那儿没动，看着小丫头用水汪汪的眸子看着自己，薄唇几乎抿成一条直线：他从来不曾掩藏自己最冷血凶残的一面，但是这一刻瞧着小丫头那惊恐地看着他的眼神，却真心地希望她这一刻什么都没看到。

　　但不该看见的，她还是看见了。

　　男人缓缓地蹲下身子，伸手摸上小丫头的脸。在他的手摸上她的那一刻，他明显地感觉到小丫头的身子狠狠地抖了一下。

　　"很怕吗？"他声音低沉地问，冰凉的指腹如同毒蛇一般滑过小丫头毫无血色的脸。

　　本来叶七七就已经很怕了，又瞧见大暴君爹爹用森寒的眼神看着她，用冰冷的指腹摸着她的脸，她都快要被吓死了。

大暴君看着小丫头都没有哭一下，本来心中还觉得小丫头是不是胆子太大了点儿，但他万万没想到，下一秒小丫头直接伸手紧紧地抱着他的脖子，然后再也忍不住了，"哇"的一声哭了出来。

"哇呜……七七好害怕……哇呜……呜呜呜……"叶七七哭得惨兮兮的，把鼻涕眼泪都蹭在了男人的衣服上。

大暴君抿着薄唇一言不发，僵硬着身子任由小丫头紧紧地抱着他痛哭。

最终，抵不过小丫头的号啕大哭，他伸手轻轻地拍了拍小丫头的后背，似乎是在安抚她。

小丫头这一哭就哭了好久，大暴君感觉自己肩膀处的衣服都已经被小丫头哭湿了。他从来不知道一个小丫头的眼泪居然能有那么多。

好不容易等小丫头停止了哭泣，他刚想将小丫头放下来，耳边就传来小丫头平稳的呼吸声。

赵公公瞧着哭着哭着直接睡着了的小丫头，忍不住开口提醒道："陛……陛下，七公主她……睡着了。"

大暴君："……"

男人伸手摸上小丫头的后颈，托着小丫头的脑袋，抬眸一看，果真看见小丫头紧闭着双眼、满脸泪痕的可怜样子。

赵公公瞧着陛下抱着七公主起身，说道："陛下……"

大暴君瞧了一眼已经被打扫干净的地板，又看了一眼一旁的赵公公。

瞧着陛下看自己的眼神，赵公公像是瞬间明白了，说道："奴才等一下就去领罚。"

大暴君说道："不用了，回景阳宫！"

赵公公觉得自己出现了幻听：陛下今儿居然没有怪罪他无意中将七公主放进来，导致七公主看见了不该看见的东西。

就这样，赵公公战战兢兢地跟在男人后头，看着陛下抱着七公主回了景阳宫。

大暴君将熟睡的小丫头放到床上。

赵公公十分有眼力见儿地让宫女端了一盆温水过来。

"陛下……"赵公公将浸湿的帕子递过去。

大暴君接过帕子仔细地替小丫头擦干净脸上的泪痕。

连大暴君自己都没有发现，自己的脸上难得地露出了几分温柔的神色。

赵公公刚让人将水盆拿下去，就瞧见小太监匆匆地走了进来，贴在他的耳边说了几句话。他神色凝重地对一旁的男人道："陛下，舒……舒妃娘娘求见……"

陛下刚抹了张尚书的脖子，这舒妃就前来面圣，虽说张尚书贪污这事怪不到舒妃娘娘头上，但今儿陛下显然心情不好，舒妃娘娘现在前来不是找死吗？

"让她滚！"

如赵公公所料，陛下显然不想见舒妃。

赵公公原本以为舒妃娘娘能有眼力见儿地离开，可万万没有想到，这舒妃娘娘不但没半点儿眼力见儿，还差点儿就在门口闹起来。

"陛下！家父是被人冤枉，被人陷害的呀！求陛下为家父洗刷冤情！陛下呀……"

这大半夜的，舒妃娘娘本来就属于嗓音比较尖的类型，这番哭喊，那声音当真吓人得很。

一阵冷风吹来，站在门口守夜的侍卫都不由得觉得自己的脚底板生起了一股子寒意。

"陛下……陛下……"

赵公公站在门口，看着跪在地上的舒妃，劝道："舒妃娘娘，陛下说了不想见您，您还是先回宫吧，张大人这事祸不及您，所以您还是……"

"不，我今日一定要见到陛下！家父是绝对不会贪污的！陛下，求求您见臣妾一面吧！陛下……"

张尚书贪污军饷和灾银可是陛下亲自查出来的，舒妃在这里说再多也没有用，赵公公看着舒妃这样，不由得摇了摇头。

赵公公刚准备进去，就见眼前突然有一道身影闪过。

"陛下！"舒妃趁着在场的侍卫不注意，直接硬生生地闯了进去。

舒妃看见里头的那道身影，猛地扑过去紧紧地抱住了男人的大腿，哭喊道："陛下，家父是无辜的……"

赵公公带着侍卫进去的时候，就瞧见舒妃扑在陛下的脚边，紧紧地抓着陛下的大腿。

就在侍卫准备上前将舒妃拉开的时候，大暴君一个手势制止了。

大暴君眼神冰冷地看着抱着他的大腿的女人，面色阴沉可怖。

"陛下，家父是冤枉的！家父没有贪污……没有贪污……呜呜呜……"

他听着舒妃说来说去也只是那几句没用的话，既然她想证明张尚书无辜，那就给他拿出证据来，而不是在这里哭丧似的空口说白话！

舒妃紧紧地抱着男人的大腿哭了好一会儿，都没有听见陛下对她说一句话。她抬起头看见男人用冰冷的眼神看着她，一下子被吓得止住了哭意。

"哭够了？"阴沉的目光落在她紧抱着他的大腿的手上，大暴君冷冷地道，"松开！"

大暴君这冰冷的语气吓得舒妃立马松开了手。

"陛……陛下……"

舒妃话还没说完，就见男人直接将一沓子纸扔到了她面前。

"你自己好好看看你的父亲到底有多清白！"

那些纸不是别的，正是她父亲名下所有的地契和一些犯罪证据。那惊天的财富看得舒妃脸色苍白。不仅如此，当看见其中一封信时，她竟发现她的父亲居然还和之前慈幼坊买卖孩童一事有关，脸上瞬间变得毫无血色。

大暴君懒得再看她，直接让人将她拖出去打入冷宫。

直到被人架着拖到了门口，舒妃才如梦初醒，哭喊道："不……不，陛下！臣妾错了！臣妾知错了，不要将臣妾打入冷宫……陛下……"

要怪就怪这舒妃的哭喊声着实吓人，直接把小丫头吓醒了。大暴君听见床上传来的声响，转过头就瞧见原本熟睡的小丫头此刻正睁着大大的眼睛看着他。

见他的目光落在自己身上，小丫头下意识地躲开了视线，紧捏着被子的手猛地收紧了。小丫头低下头才注意到自己身上盖的是明黄色的锦被：她这是在父皇爹爹的寝殿里？

她记得自己是被吓哭了，然后哭着哭着直接不小心睡着了……

感觉到男人一直盯着自己，小丫头难免有些不知所措，继续躺下也不是，下床也不是。

就在她不知道该如何是好的时候，男人直接伸手抬起了她的下巴。

两个人的眼神就这般对上了。

大暴君把目光落在小丫头哭得有些肿的眼睛上，正打算开口，就听到一阵不合时宜的声音："咕噜噜……"

小丫头的肚子控制不住地响了起来。

虽然这声音并不是很大，但是此刻周围很安静，所以声音显得格外清晰。

叶七七的脸蛋儿"唰"的一下便红了。

小丫头无辜地看了他一眼，语气委屈地道："七七……饿了……"

这会儿大暴君真的觉得小丫头身上有种说不出的魔力，明明之前看见他还哭得一副惨兮兮的样子，现如今居然一脸委屈地跟他说她饿了。

叶七七今日在国子监学习了一天，早已经饿得前胸贴后背，本想着回来后晚上能跟父皇爹爹一同吃一顿好的，可没想到会看见那血腥的场面。

因为已经很晚了，吃油腻的东西不好，所以大暴君命御膳房的人端了一碗桂花粥来。

叶七七原本以为等一下就能吃到很多肉，当看到赵公公端来一碗桂花粥时，脸一下子就垮了。

"七七想吃肉……"叶七七几乎是下意识地脱口而出，但说完之后就后悔了：此时的大暴君爹爹已经非彼时的大暴君爹爹了，他好心地让人端了一碗粥来，她还嫌弃不是肉，他会不会觉得她很挑嘴，然后就不喜欢她了？

想到这一点，叶七七急忙拿起勺子准备吃粥，可手还没有碰到碗，一只手已经先她一步将碗端了起来。

夜姬尧对自己突然端碗的举动感到有些意外，也不知道自己是怎么了，脑子里突然闪过一些他喂小丫头吃饭的场景，然后就控制不住地将碗端了起来。

叶七七见男人突然端起了碗，又瞧见男人平静的脸，心里忍不住想：不会是她方才那番话导致父皇爹爹不让她吃这碗粥了吧？

"张嘴。"

叶七七心里正七上八下，就见男人突然拿起勺子舀了一勺粥递到了她嘴边。她后知后觉父皇爹爹是想喂她，稀里糊涂地张开嘴，刚准备喝上一口，还没碰到勺子，勺子就突然被收了回去。叶七七心里一阵疑惑，抬头一看，就见大暴君爹爹正将勺子放到自己嘴边轻轻吹，待吹得差不多了，就重新将勺子递到了她嘴边。叶七七一口喝掉，桂花粥入喉，确实不那么烫了。

一碗桂花粥都是男人一勺一勺地喂到小丫头嘴里的。

她嘴小，吃得很慢。夜姬尧自己都觉得难以置信：自己居然能耐着性子一勺一勺地喂小丫头将粥喝完。

一碗粥下肚，他刚将碗放下，小丫头就十分给面子地打了个饱嗝儿。

下一秒，他还没开口，就见某个吃得肚子圆鼓鼓的小丫头直接又钻到了他的被子里。

"父皇爹爹和七七一起睡觉",脑海里回想起小丫头之前跟他说的话,他终是当作自己已经默认了:算了,这小丫头想和他一起睡就睡吧,反正他确实不反感她。

次日,大暴君起床上早朝的时候,小丫头还在安静地熟睡。

"今日她有课吗?"

赵公公说道:"回陛下的话,这几天是民间的百花节,国子监放假休息。"

"那别叫醒她了,让她睡吧。"

"是。"

这一觉,叶七七直接睡到了太阳晒屁股,醒来后睁开眼睛,望着有些陌生的装潢,一时没有反应过来。

"父皇爹爹去哪里了?"

宫女恭敬地道:"回公主的话,陛下去上朝了,还未回来。"

"哦……"叶七七轻轻应了一声,任由宫女姐姐给她穿好衣服。

出来后,她瞧着外头的大太阳,下意识地眯了眯眼睛,问:"现在什么时候了?"

"已经正午了,公主。"

正午!听了这话,叶七七原本不太清醒的脑袋瞬间清醒了:完了!她今天要去国子监上课来着!!!

"公……公主,您跑得慢点儿呀!"

后面,几位宫女气喘吁吁地跟着,不得不说,七公主看着人小,没想到跑起来居然跑得如此之快!

叶七七跑得太快了,以至在转角处一下子没有刹住,直接撞到了一个人身上。

当跟在小丫头身后的宫女们看清小丫头撞的是谁时,脸色猛地变了,哆哆嗦嗦地跪了下来,异口同声地道:"奴婢见过国师大人!"

国师大人?叶七七抬起头,由于面前的男子身材过于高大,她又逆着光,所以看不清他的脸,只隐隐约约地瞧见他缓缓勾起的嘴角。

"公主走路莫要太过急躁才是。"

温润如玉的声音传进耳中,小丫头只觉得异常悦耳动听:他的声音……也太好听了吧！

"微臣失礼了。"话音落下，他就伸手轻轻地扶住了小丫头的肩膀，稳住了她的身体。

直到这会儿，叶七七才清楚地瞧见男人的长相：与其说他的长相十分阴柔，倒不如说他是男身女相，尤其是眉心的那颗痣，为那张脸增添了几分美感。

叶七七不由得有些看呆了：她从来没有瞧见过长得这般好看的男人，简直比仙女还好看！

目光扫了一下小丫头身后的几名宫女，男人眸色微黯。

几名宫女被那冰冷的眼神吓得脸色猛地一白，急忙低下了脑袋：国师大人可是出了名地心狠手辣，在礼仪方面尤为看重。

男人收回目光，恭敬地对小丫头行了个礼，说道："微臣还有事，先告退了。"

叶七七礼貌地点了点头，目送男人离开。

在男人走后，她忍不住开口问道："国师是一直在宫里吗？"她怎么从来没有见过他呀？

一名宫女说道："回七公主的话，国师大人从去年七月开始就一直在闭关，直到今天才出来。"

闭关？"是……不吃不喝那种吗？"叶七七问道。

看到几名宫女同时点了点头，她不由得惊了一下：这……怕不是要成仙了吧？

叶七七回过神，才想起来自己还要去国子监上课这事。

她匆匆地回到月静宫。

阿婉瞧着小丫头急匆匆的样子，开口道："公主，今日是百花节，国子监是不上课的吧？"

听了这话，叶七七才想起来因为这几天是百花节，所以国子监放假。而且昨天她好像和皇姐姐约好百花节出宫去玩来着。

"我忘记了……"她还以为今天有课。

都怪皇姐姐，为什么不来找她，害得她都忘记了。

阿婉说道："时间不早了，不如公主吃完午膳后再去三公主那边吧？"

"算了，现在去吧，七七去和皇姐姐一起吃午膳。"最好她能够把皇姐姐最爱吃的菜全部吃光。

叶七七是算好饭点去的，到了皇姐姐的寝宫后，却被告知皇姐姐不在寝宫里。

"回七公主的话，三公主因功课没有完成，被国师大人罚去藏书阁抄书了。"

"被国师大人罚去藏书阁抄书？"叶七七的第一反应就是凭什么，那国师居然敢罚皇姐姐去藏书阁抄书！

阿婉在一旁小声道："公主，国师大人先前是三公主的老师，教三公主兵法和弓箭。"

小丫头："……"兵法和弓箭，这是女孩子该学的东西吗？

这一次叶七七终于体会到被放"鸽子"是什么样的心情。她无聊至极，打算回宫吃完午膳后就睡觉，但是好巧不巧，半路上正好碰见了从宫外刚回来的六哥哥。

"六哥哥！"看着朝自己走来的少年，叶七七急忙对他摆了摆手。

夜霆晟也注意到小丫头了，命人停下了马车，问："你怎么在这里？"他记得她的寝宫应该在另一边才是。

"七七本来想找皇姐姐一起吃饭的，但是皇姐姐不在……"说完，小丫头像是突然想到了什么，问道，"六哥哥吃饭了吗？要不要七七和你一起吃？"

"不……"少年瞧见小丫头天真无邪的样子，想要拒绝的话硬生生堵在了喉咙里，动了动唇，最终变成了一声"嗯"。

见六哥哥同意了，叶七七想都没想直接上了他的马车。

少年面露几丝意外：这丫头现在真是越来越不把他当外人了。

叶七七满心欢喜地登上了马车，刚坐下就突然闻到一股异味，有点儿像是淡淡的血腥味。

少年瞧见小丫头突然凑近自己，鼻子微动。

"六哥哥……"

他淡然地瞧着她。

小丫头问："你是受伤了吗？"她一靠近他，就闻到一股浓烈的血腥味。

少年闻言，身子猛地一僵，眼神阴郁。他伸手捏着小丫头的下巴将她轻轻推到一旁，冷淡地道："没有。"

真的没有吗？叶七七觉得自己没有闻错，明明就有一股很浓烈的血腥味。

这算是小丫头第二次来六哥哥的寝宫，同第一次来时的感受完全不一样——现在按理来说她也算得上六哥哥的朋友了，所以就没那么害怕了。

午膳很快被摆上桌。

叶七七早已经很饿了，紧盯着那一桌子她几乎都爱吃的菜。

少年起身，对她道："我先去换件衣服，你先吃。"不等小丫头回答，他就起身离开了。

叶七七看了一眼面前的美食，又看了看六哥哥离开的方向，最终放下了筷子：算了，她还是等六哥哥回来一起吃吧。

她等了一炷香的时间，眼看着面前的菜都要冷掉了，六哥哥还是没有回来。

叶七七忍不住站起身：六哥哥怎么还没有回来呀？

她想了想，最终还是准备去看看六哥哥。

六哥哥的寝殿就在左边，她走过长长的走廊，意外地发现在这里居然没瞧见一个宫女、太监。六哥哥是不是不喜欢太多人伺候？上一回她来，也很少看见宫女、太监。

夜霆晟坐在软榻上，唇色苍白，额间出了不少冷汗。他强忍着疼痛将手里的药撒到了鲜血淋漓的后背上。

寝殿的门没关，叶七七就这样直接走了进去。刚一进去，她就闻到了浓烈的血腥味，同时还听到了压抑的闷哼声。

叶七七夯着胆子缓缓地走进了内室，映入眼帘的就是少年的后背。当她看清少年的背部时，眸子猛地瞪大了，只见他的后背上有一条很长的鞭痕，那鞭痕极深，哪怕离得这么远，她都能看见外翻的皮肉和淋漓的鲜血。

她现在终于知道为什么她一上马车就闻到浓重的血腥味了，原来那是因为六哥哥身上的伤。

是谁把六哥哥打成这样的？叶七七看着那鲜血淋漓的后背，手都是抖的。

听见门口传来声响，少年以为是福伯进来了，便开口道："把桌上的酒拿给我！"

叶七七强忍着鼻尖的酸意，走到一旁将桌子上放着的一壶酒拿了起来。

由于是背对着门的，所以少年并不能看见来的是何人。

听到脚步声逼近，少年刚准备伸出手，突然闻到了一股奶香味：来的人显然不是福伯！

少年神色一凝，猛地伸手掐住了小丫头的脖子。

"啊——"一股巨力突然袭上脖颈，叶七七还没反应过来，直接被少年压在了榻上，手里拿着的酒壶应声落地，酒壶的碎片四溅，脚腕传来一阵刺痛。

第二十九章
要保守秘密

夜霆晟几乎是条件反射性地掐住了她的脖子。当他看清被他掐着脖子的人是谁时，面色猛地一僵。

叶七七被少年按在软榻上，被掐得有点儿难受，红着眼睛看着他，说道："六……哥哥……"

少年这才如梦初醒，立马松开了手。

"咯咯……"叶七七憋红了脸，忍不住轻轻咳了几声。

少年显然没有想到会是她，微微抿了一下唇，犹豫了一下，正打算说些什么时，就听见外头传来脚步声。

他立马上前捂住了小丫头的嘴巴。

"六殿下，老奴把金疮药给您拿来了。"门外的福伯说完，就准备走进来。

夜霆晟看了一眼面前瞪大眼睛的小丫头，冷声道："不用进来，放在外面便可。"

闻言，福伯停下了脚步，回道："是，六殿下。"

屋里的两个人听到了一阵"窸窸窣窣"的声音，然后就是越来越远的脚步声，直到彻底听不见。

叶七七这会儿心都是慌的，可是一点儿也不知道自己究竟在慌些什么。

夜霆晟用阴沉的眼眸冷冷地看着她，眼神中带有一丝质问。他本想质问她为什么要进来，为什么要看到不该看见的东西，但是现如今说这些话好像都太迟了。

下一秒，叶七七就瞧见少年一个翻身下了软榻，那血淋淋的背部就这样赤裸裸地展现在她眼前。

夜霆晟走到外面将福伯带来的药拿了进来，打开盒子，抬头看了一眼一旁已经被吓得完全愣住的小丫头，伸手就将其中一个药瓶递给她，问："上药会吗？"

叶七七先是愣了一下，随后赶紧点了点头。

在她点完头之后，少年直接将手里的药瓶递给了她，在她面前半蹲下身子，把后背完全展现在她面前。

原本远看已经够吓人的，近看之后她只觉得六哥哥这伤真的太重了。她怕弄疼他，不敢给他上药。

"六……哥哥，去……太医院吧，这伤得太严重了，七七不……"

小丫头的话还没有说完，少年就转头看了她一眼，目光阴沉至极。

"那你走吧，我自己来！"说着，他就准备伸手将小丫头手里的药瓶夺回来。

小丫头却把药瓶藏到了身后，问："这……这伤不能让其他人看见吗？"

少年冷着脸没有说话，但表情显然算是默认了。

叶七七纠结地咬了咬牙，最终缓缓地开口道："那……六哥哥，你坐着吧，七七……轻点儿。"她实在看不下去六哥哥自己上药，太粗暴了，这要忍着多大的疼呀？她光是看着那血淋淋的伤口，都感觉自己的后背一阵阵发痛了。

她刚将药撒了一点儿在那伤口上，就听见少年闷哼了一声。

夜霆晟咬着牙，紧紧地抓着软榻的边缘，手指都被捏得泛白，那力气仿佛是要把软榻边缘的木板给硬生生掰断一样。

上药的时间是煎熬的，再加上叶七七是第一次给人上药，哪怕动作已经很轻了，但还是难免会碰到伤口。给少年上药时，她看到少年的身体都是微微颤抖的。

好不容易将药上完，她看到六哥哥的额头上冒出了不少冷汗。

"六哥哥……好……好了。"叶七七说着便将手里的药瓶放到了一旁的盒子里。

然后她就见六哥哥转过头，目光落在一旁盒子里的纱布上。

她心领神会地将纱布拿起来，说道："七七给你包扎……"

少年闻言，抬眸看了她一眼，最终点了点头，说道："谢谢。"

叶七七刚准备替他包扎，听见六哥哥这一声道谢，微微愣了一下：这好像是六哥哥第一次和她说"谢谢"。

在某个小姑娘刚给夜霆晟裹了一圈纱布时，他就后悔让她给他包扎了。

"咳……"

听见六哥哥突然咳了一声，叶七七立马停下了手上的动作，问："是七七弄疼你了吗？"

要说小丫头那天真无邪的样子实在太能蛊惑人心了，夜霆晟原本对她包扎的力道挺不满的，但是瞧着她那无辜的样子，心中的不满已经在不知不觉中消失一大半了。

"没有，继续。"少年抿了抿唇，说道。

见六哥哥脸上的神情确实没什么异样，她继续手上的动作。

等包扎完之后，夜霆晟忍得双手都紧紧地握成了拳头，觉得这丫头可能是想要谋害他。

见六哥哥额头上冒出了不少汗，叶七七急忙拿出手帕给他擦汗。

夜霆晟刚将衣服拉好，疼痛的后劲儿还没有完全消散，大脑有些迟缓，某个小姑娘就突然朝他靠了过来，等他反应过来时，某个小丫头已经拿着手帕替他擦额的冷汗了。

望着小丫头近在咫尺的脸，他不由得呼吸有些急促，身体有些绷紧，僵硬地任由小丫头给他擦汗。

"那六哥哥，你要……喝水吗？"叶七七看到六哥哥苍白的唇有些干裂，似乎是需要喝水的样子。

"嗯。"

听到六哥哥淡淡地应了一声，小丫头赶紧将手里的帕子放到一旁去倒水。

夜霆晟抬眸瞧着小丫头走到不远处的桌子前给他倒水，然后目光落在小丫头方才给他擦汗的那条手帕上，眸中的神色越发意味深长。

"六哥哥喝水。"叶七七双手捧着水杯递到少年面前。

他接过后就将那杯水全喝了。

"还要吗？七七再去给六哥哥倒。"

"不用了，放着吧。"

"好吧。"叶七七将杯子放到一旁，转头见六哥哥正系腰间的带子，一时间也不知道该说些什么了。问多了，她害怕六哥哥会嫌她烦，但要是不问的话，她心里好难受：到底是谁那么大的胆子，把六哥哥伤成这样？！

夜霆晟系好腰带，就见小丫头紧盯着他，一副欲言又止的模样。

他说道："你想问什么就问吧。"至于能不能告诉她答案，就要看他的意愿了。

听了这话，叶七七下意识地动了动唇，但是又仔细地想了想，看着六哥哥此刻的神情，感觉他跟她说实话的概率应该不大。

"没……没什么了。"她摇了摇头，最终觉得还是算了吧，毕竟知道得越多，说不定就死得越快。

冷峻的目光扫过她微红的脖颈，夜霆晟看到她白皙的脖颈上出现了格格不入的红痕，那是他方才无意间掐的。他把目光落在一旁的盒子上，打算给她涂点儿药。

叶七七伸手指了指地上被摔碎的酒壶，说道："六哥哥，这酒壶……"

视线落在一旁被打碎的酒壶上，夜霆晟正打算让她别管，就看见她穿的白色袜子上染上了一抹红，皱了皱眉，问道："你的脚腕怎么了？"

"啊？"叶七七起初没反应过来，直到顺着少年指的方向低头一看，将裙摆往上拉了拉，才看见脚腕上的血痕。

没看到的时候她还没感觉，但看到之后，就突然感觉到疼了。应该是方才那酒壶被摔碎时，碎片割伤了她的脚腕。

她刚准备蹲下身子看一看，手臂就被少年扣住了。

夜霆晟拉着她坐到一旁，打开一旁的药箱，对她说："把袜子脱掉一点儿给我看看。"

叶七七将袜子往下拉了一点儿，果真看见自己的脚腕上被划了一道口子，但看着并不是很深。

"六哥哥，不用上药了……"见少年拿着药在自己面前蹲下，小丫头将脚往里缩了缩，说道。

但她的脚还是被少年握住了。

夜霆晟将小丫头的鞋子脱掉，把袜子往下拉了一点儿，看见了那白皙的脚腕上刺眼的红。

叶七七看着少年手里拿着一个也不知道装着什么的白色的小瓷瓶，就往她受伤的脚腕上撒，感觉有些疼。

"别乱动！"

"疼……"说完这话之后，叶七七就有些后悔了：刚刚六哥哥后背上的鞭痕那么重，她给他上药的时候他都没有喊一声疼，现在她只被划了一道小伤口就喊疼，六哥哥会不会觉得她矫情呀？

一阵阵刺痛从脚腕处传来，叶七七觉得自己需要通过说话来分散注意力："六哥哥，你那伤……"

她的话还没有说完，少年给她上药的动作一顿。

她心中一惊，下意识地感觉到这个问题不能问，就打算换个话题。

这时她听见六哥哥平静地道："秘密，这是一个秘密。"

"那……不能告诉七七吗？"

夜霆晟微微抬起头，目光平静地说道："不能。"

好吧！她也没指望他真的能告诉她。

看着小姑娘有些失望的表情，夜霆晟没有说什么。

给她涂完药后，他还给她简单地包扎了一下。

看着六哥哥给自己包扎，叶七七才想起一件事：六哥哥后背上的伤如此之重，肯定是需要换药的，貌似又不能让人发现，那他下一次换药，谁给他换呀？而且六哥哥伤得那么重，应该还需要喝药，不然万一伤口发炎了怎么办？

少年给小丫头包扎完后，就给她穿好鞋子，然后走到另一侧放着的水盆前，将手洗干净，又拿出另一个小黑瓶向她去来。

"还要上药吗？"叶七七问。伤口不是已经包扎完了？她的鞋子都穿好了。

"你的脖子需要上药。"夜霆晟坐到她身旁，伸手抬起了她的下巴。

然后叶七七就感觉有冰冰凉凉的东西涂在了她的脖颈上。

她的肤色很白，所以只是淡淡的红痕在皮肤上都十分明显。

他靠得极近，小丫头估计是有些紧张，放在两侧的手都捏成了拳头，似扇子一般的睫毛微动。

"好了。"

少年刚将药箱合上，小丫头的肚子突然叫了几声。

红晕立马在脸上浮现出来，叶七七说道："饿了……"一开始来的时候她就已经很饿了。

"去吃饭吧！"少年说着将药箱放到了一边，伸手牵起了小丫头的手。

在被六哥哥牵着走的时候，小丫头尽量和他并排走，生怕自己无意间撞到六哥哥受伤的后背。

两个人走到正殿时，桌子上的菜差不多凉了，夜霆晟又让人将菜热了一下。

叶七七正准备夹起一块糖醋排骨，少年突然将自己盛了些热汤的碗递到了她面前，说道："先喝汤。"

"哦。"

热汤已经被六哥哥吹凉了，所以并不烫，叶七七双手捧起碗，"咕噜咕噜"几下就喝完了。

"七七喝完了。"说完，小丫头还将喝干净的碗举到了他面前，似乎在等他的夸奖。

过了一小会儿，叶七七才回过神，注意到她面前的人是六哥哥，不是父皇爹爹。她觉得有些尴尬，正要缩回手，就见六哥哥伸手将她的碗接过去了。

"嗯，七七真棒。"少年说。

叶七七觉得今天自己估计是出现幻觉了，竟突然觉得六哥哥好温柔。她坐在一旁吃排骨，六哥哥还夹了一块剔除了鱼刺的鱼肉给她。

这一顿，她吃得肚子圆鼓鼓的。

本来她觉得吃完饭六哥哥待在宫里头也是无聊，想跟六哥哥一起出宫去玩，但是想到六哥哥后背上的伤，觉得还是算了吧，六哥哥现在需要的是静养。

少年吃完饭后，一整个下午都坐在椅子上看书。

本来叶七七也是坐在那儿同他一起看的，但是看着看着抵不住困意，不知不觉就睡着了。

听着小丫头平稳的呼吸声，正在看书的少年缓缓地将手里的书放下，目光落在一旁熟睡的小丫头身上。他望着小丫头的脸看了许久，不知从何处掏出一封信，目光紧盯着信许久。

最终，他将信放在烛火上，看着它慢慢在手中被烧成灰烬。

叶七七一觉醒来天已经黑了，睁开眼发现周围光线昏暗，往窗外看了看，已经是傍晚了。

"嗯……"她伸手揉了揉眼睛，下意识地开口喊了一声"六哥哥"，但无人回应她。这时她才发现偌大的寝殿里此刻只有她一个人。

她低头看了一下自己身上盖着的毯子，估计是六哥哥给她盖的。

"七公主，您醒啦。"

叶七七刚走到门口，就见那里站着一个老太监。她下意识地问："六哥哥去哪里了？"

老太监刚准备回话，叶七七就看见了从不远处走来的少年。叶七七急忙小跑到少年身边，问道："六哥哥，你去哪里了？"

少年回道："刚刚有事。你现在要回去吗？"

叶七七点了点头，毕竟现在已经很晚了。

"嗯，我让人送你回去。"

"好。"说完，叶七七想了想，又问道，"那明天七七还能来找六哥哥玩吗？"

夜霆晟说道："我明天有空。"

叶七七听出他话里的意思，就是明天她可以来找他。

次日一大早，叶七七先去了一趟御药房。

太医瞧见来的人是谁时，惊慌失措地行礼道："臣不知七公主驾临，有失远迎，望公主恕罪。"

叶七七说道："不必多礼。请问这里有治鞭伤的药吗？可以喝的那种。"

"鞭伤？"听了小丫头这话，太医不由得瞪大了眼睛，以为是她受了鞭伤，说道，"臣斗胆请问一下，公主伤到何处了？能否让臣瞧一瞧？"

"不是我……是……反正说不清，你到底有没有呀？"

"有……有的。"太医急忙给她拿出几包药，说道，"这些都是治疗鞭伤的，不过只有鞭痕十分严重的人才可服用，不严重的话涂一下这个药膏就可以了。"

"那我两种都要了。"

"啊？"太医先是愣了一下，随后将东西收拾好递到了小丫头面前。

阿婉站在小丫头身旁，也不知道公主为何突然一大早前来御药房。见太医将东西递来，阿婉恭敬地讲药接过捧在了手中。出了御药房之后，阿婉忍不住问道："公主，奴婢斗胆问一句，不知公主这药是给谁的呀？"

阿婉方才听到这药都是治疗鞭伤的，难不成公主殿下受伤了？可是不应该呀，昨天她给公主沐浴的时候公主身上也没有伤呀！

叶七七神神秘秘地看了阿婉一眼。

就在阿婉以为公主会告诉自己答案的时候，她就听见公主很无情地说了一句："这是个秘密。"

阿婉："……"

御药房离月静宫并不远，所以叶七七是步行往返的。

这个时间段刚好是父皇爹爹下早朝的时候，她走到半路，刚好就瞧见了迎面走来的男人。在她抬头时，两个人的视线正好相撞了。看见大暴君爹爹直视着自己，她微惊了一下，心里突然有一种不祥的预感。

"七七见过父皇爹爹……"在大暴君路过身边时，小丫头用软软的声音道。她紧紧地抓着衣袖，瞧着十分紧张。

叶七七低着脑袋，眼睁睁地看着父皇爹爹从自己面前走过，心里不由得暗松了一口气。

"你去御药房拿了什么东西？"

下一秒，突然听到头顶传来声音，叶七七抬头，就见原本已经离开的父皇爹爹不知怎的又折了回来。顺着父皇爹爹瞧的方向，叶七七望了望阿婉姐姐手里拿着的药，有些心虚地吞了吞口水：父皇爹爹是怎么知道她去了御药房的？

叶七七回道："没什么东西……"

夜姬尧看了一眼小丫头心虚的样子，伸手就将其中一包药拿了过来。

叶七七瞪大眼睛看着他的动作，心里紧张得不得了。

大暴君刚想将那药拿起来闻一闻，就见某个小丫头瞪大眼睛看着他。眸子微黯，他最终还是将那药放了下来，问她："现在去哪儿？"

叶七七此刻正心虚，生怕被人发现什么，听到父皇爹爹这话，急忙道："去……不对……回……回宫……"

"那不去景阳宫吃午膳了吗？"大暴君盯着小丫头，问道。

叶七七闻言，微微愣了一下，没太反应过来：她为什么要去景阳宫吃午膳呀？

"没什么。"大暴君见小丫头愣住了，对小丫头身旁的阿婉道："好好照顾公主！"

阿婉受宠若惊地行了礼，哆哆嗦嗦地道："是……"

大暴君说完，又低头看了小丫头一眼，然后便离开了。

直到男人在眼前消失，叶七七急忙让阿婉将怀里抱着的药盖好。

深夜，重华宫，少年紧闭着双眼躺在床上，似乎已经熟睡。窗外突然传来几声轻响，他猛地睁开眼睛，目光落在被缓缓打开的窗户上，把手伸到枕下，摸到了一个冰凉尖锐的物体。

"六哥哥，你睡了吗？"叶七七趴在窗户上轻声问。由于殿内没有点灯，漆黑一片，她并不能看清里面。

少年坐在床榻上，看着突然出现在窗外的小丫头，说不震惊是假的：如今都已经深夜了，她一个小丫头，深夜来他的重华宫做什么？

叶七七见没有人答应，估摸着六哥哥在睡觉。将窗户打开后，她就把自己带来的罐子放在窗台上，然后借脚底下踩着的砖头有些费力地打算从窗户爬进去。

同小丫头一同前来的还有大白。大白瞧着小丫头用她那双小短腿费力地爬窗户，只觉得很危险，张嘴就咬住了小丫头的裙摆，想让她下来。

"大白？"叶七七感觉到裙摆传来拉力，低头看了一眼，就瞧见大白咬着她的裙摆，将她往下拽。

"松开呀，大白！"叶七七压低嗓音对大白道，"我要爬进去才行。"不然她怎么把煎好的药给六哥哥呀？

"乖大白。"叶七七伸出一只手揉了揉大白的脑袋。

但大白丝毫不为所动，依旧不肯松嘴。

好不容易快要爬进去，叶七七有些急了，正想着要不要下去把大白打一顿，就感觉一个冰凉的物体突然贴上了她的手背。那一瞬间她心里升腾起一股寒意，抬起头，刚好瞧见一张惨白的脸。

"啊——"叶七七被吓得猛地尖叫出声，原本抓着窗台的手就这样松开了，小小的身子直接向后仰去。

眼看着她就要直接摔下去，一只冰冷的手直接抓住了她的手腕。

夜霆晟皱着眉头瞧着面前小丫头被吓白了的脸蛋儿，说道："别乱叫！"

叶七七被他重新拉回到窗台上，直到耳边响起熟悉的声音，抬头看去才发现刚刚摸她的手背的那个"鬼"是六哥哥——方才因为月光，她把六哥哥看成鬼了。

少年瞧着某丫头惊吓过度的样子，目光微黯，伸出另一只手，直接将她抱进了屋。

叶七七顺势伸手环住了少年的脖子。

刚将她放下，少年就问她："这么晚了你来干吗？"

叶七七从惊吓中回过神，委屈地指了指一旁被放在窗台上的罐子，回答道："给六哥哥送药……"

夜霆晟看了一眼小丫头指的方向，目光落在那小小的罐子上，问："什么药？"

"是……治鞭伤的药。"说着，叶七七走到一旁的窗台处，将罐子抱在怀里，递到了他面前。

夜霆晟没伸手接，目光晦暗不明地瞧着她，问道："你抱着这个罐子从月静宫走到了重华宫？"

叶七七点了点头。

"走正门？"少年又问。

叶七七想了想，将怀里的罐子抱紧了，目光忍不住往一旁的大白身上扫。

大白察觉某个小丫头在看自己，似乎还在生方才的气，故意别开脸不去看她。

"嗯？"见小丫头不语，少年又问道。

叶七七心虚地看了他一眼，这才支支吾吾地道："不……不是走的正门……"

"那你走的哪个门？"

"钻……钻狗洞……"

在听到小丫头吐出的第一个字是"钻"字时，他就预感此事不简单，果然，这丫头当真半点儿没让他失望。

叶七七说完之后，见少年一直没有说话，抬起头看了他一眼，就见他一直冷着脸，好像是生气了。其实她一开始是想走正门的，但是正门被关得紧紧的，她进不来。好在她把大白带在身边，大白像是十分清楚皇宫里各个狗洞的位置，轻而易举地就带她进来了。

"六哥哥……"叶七七喊了他一声，将罐子捧到了他面前，说道，"它快凉了。"

这药她煎了好几个时辰，生怕凉了，所以一煎好就急忙来给六哥哥送药。

夜霆晟看着面前的小丫头，也不知道心里在想些什么。他伸手将罐子接过，放在一旁的桌子上，又将灯点上，这下虽然光线还是有些昏暗，但是比刚才好多了。

叶七七还贴心地将罐子里的药倒进了一旁的空碗里，最后不忘将勺子放进去。

夜霆晟舀了一勺药，药刚一入口苦涩的味道便充斥了整个口腔，令他猛地皱了皱眉。

叶七七之前煎药的时候就闻到苦涩的药味了，不用尝都知道那药有多苦。

"是不是很苦呀？"

少年将勺子放下，说了一句"还行"，然后直接端起碗一口将药喝完了。

一旁的小丫头惊呆了，急忙从口袋里掏出一颗糖递到了他面前，说道："六哥哥吃糖！"她还贴心地将糖纸撕开了才递给他。

这药是真的苦，哪怕他往嘴里塞了糖，那苦味还是在嘴里散不去。

"常言道，良药苦口利于病，多喝几次六哥哥后背上的伤很快就好了。"

听着小丫头的话，少年起初还没有感觉到有什么不对劲的地方，直到听见她说"多喝几次"。

"多喝几次？"

"是呀，太医说了，这药要喝三次才能有效。而且六哥哥你的后背伤得那么严重，肯定是要喝很多次的。"

夜霆晟："……"

顿了一下，他说："不用了，我已经好得差不多了。"

"骗人，哪有刚喝完就有效的！"叶七七显然不相信他的话：六哥哥是当她傻吗？昨天还伤得那么重呢，怎么可能过了一天就好了？

叶七七将自己带来的那个罐子重新抱在怀里，对少年说道："那六哥哥早点儿睡觉吧，七七明天晚上再来给你送药。"

"不用了，我不需要。"

"要的！你伤得那么重！"叶七七贴心地对他说，"不用担心七七，七七不怕麻烦的。"

看着小丫头坚定的眼神，少年顿了一下，最终当着她的面解开了腰带。

叶七七起初没反应过来，直到六哥哥将自己的后背暴露在了她面前，他背上昨天还血淋淋的伤口现在居然全都不见了，取而代之的是光洁的皮肤。叶七七愣住了。

确定小丫头看见了，夜霆晟就将衣服重新拉上了。

"那个伤……"叶七七怀疑自己出现了幻觉，说道，"伤口……没了。"

这好得也太快了吧？就像是没受过伤一样！

"看清楚了？"夜霆晟将衣服拉好后，转头看了一眼一脸震惊的小丫头，说道，"所以不用给我送药了，懂吗？"

叶七七还是有些不相信。

夜霆晟刚将腰带扣好，小丫头的手就朝他伸了过来。他侧头，只见某个小丫头正直勾勾地看着他。

"七七……可不可以再看一眼？"她还是怀疑刚才是她出现了幻觉。

夜霆晟将扣好的腰带重新解开，把衣服往下褪了下来，把后背再一次暴露在小丫头面前。

叶七七睁大眼睛盯着他的后背，生怕自己错过什么似的。她忍不住伸手摸上了少年光洁的后背：昨天的伤真的已经消失了！

"这回看清楚了吗？"少年问她。

叶七七抬眸，不解地问："为什么会这样呀？"

除了昨天那伤是假的，她找不到任何理由了，不然怎么解释六哥哥后背上的伤好得如此之快？但她昨天给六哥哥上药时，六哥哥一脸忍着疼痛的样子，看着也不可能是假的呀。难不成他是喝了药才好的？这也不可能啊，什么药效果能这么好呀？

"六哥哥，你之前吃了什么药吗？或者涂了什么药吗？"

夜霆晟将衣服拉好，平静地对小丫头说了一句："这是个秘密。"

叶七七："……"

又是秘密，她感觉自己知道六哥哥好多秘密了。

"那七七知道六哥哥这么多秘密，会不会不太好？"她现在莫名其妙地觉得有些害怕了。

闻言，少年系腰带的动作一顿，他转头看了一旁的小丫头一眼，眼神晦暗不明。

叶七七看着少年看自己的眼神，莫名其妙地觉得后背生起一股凉意。

夜霆晟朝小丫头伸出手，摸上她的脑袋，说道："所以，七七会守口如瓶的，对吗？"

现在六哥哥的眼神是真的吓人，威胁意味十足，叶七七生怕自己等一下的回答让六哥哥不满意，就被他直接伸手掐死。她吞了吞口水，故作镇定地点了点头，说道："会……会的，七七会守口如瓶的。"

"嗯。"他轻轻应了一声，低头将腰带重新扣好。

看着六哥哥扣腰带的动作，小丫头顺势看了一眼他的穿着，发现了些不对劲的地方：明明已经是深夜了，按理说六哥哥应该才从床上醒来才对，不应该是穿着亵衣吗？怎么还把外袍穿得整整齐齐的？

少年见小丫头紧盯着自己，回望了她一眼。

她立马心虚地收回了视线，说道："时间不早了，七七也该走了。"

叶七七伸手将带来的罐子抱在怀里，准备从窗户翻出去。

少年及时拦住了她，看了一眼不远处的床榻，说道："很晚了，你一个人回去不太安全。"

"可我有大白呀……"大白会保护她的。

"今晚就睡在这里，明早我送你回去。"夜霆晟伸手将小丫头手里的罐子夺了过来，放到一边，指了指不远处的床榻，说道，"你睡床，我睡软榻。"

闻言，叶七七下意识地就想拒绝：她自己霸占了六哥哥的床，让六哥哥睡软榻，实在有些不好。

叶七七说道："不用了，七七还是回去吧。"要是明天一早阿婉姐姐发现她不在寝宫里，又该着急了。

"大白，我们走了。"叶七七说完就准备走。

结果大白不知道怎么回事，直接趴在地上不愿意走了。

大白又要开始不听话了吗？！上一次在二皇兄那边，大白也是突然这样赖着不肯走，这死大白怎么一点儿眼力见儿都没有呀？！

"大白，乖，走了！"叶七七伸手就想要将它抱起来。

谁知大白很不情愿地朝她叫了一声，然后直接就走到床榻边的地板上，躺了下来。

"嗷呜！"最后大白还朝着小丫头叫了一声，把雪白的爪子搭在了床的边缘上。

它那个动作，似乎是在让她赶紧躺下睡觉，她感觉大白真的是成精了。

"大白不愿意走。"少年看着躺在地上的大白，提醒她。

叶七七看着大白就来气：死大白每次都这样！她也有小脾气了！

"它不愿意走，我自己走！七七又不是不认识路！"叶七七说着，气鼓鼓地将桌上的罐子重新抱进了怀里，费力地迈着小短腿踩到了凳子上。

大白显然没有想到小丫头会不管它，看着小丫头有些费力地扒着窗户，不满地朝小丫头叫了一声，叫声有些幽怨：小主人怎么这么倔强了？它不再是小主人最爱的大白了吗？

　　一旁的夜霆晟看着小丫头有些费力地往窗户上爬，又看了一眼关着的正门，没有提醒她其实可以从正门出去，也没有开口阻止她爬窗户，反而看了一眼外头灰蒙蒙的天，提醒道："要下雨了。"

　　叶七七闻言，抬头看了一眼，只见不知什么时候月亮被乌云盖住了，整个天空像是被一层灰蒙蒙的布笼罩了似的，风还吹拂着枝头，发出一阵"沙沙"的声响，听着有些吓人。

　　"咕噜……"叶七七咽了一下口水，心里有些害怕了，不敢自己回去了。

　　"需要我抱你下来吗？"夜霆晟瞧着小丫头似乎有些怕了，开口问了一句。

　　下一秒，就见已经爬到窗台上的某个小丫头朝他伸出手，声音颤抖地道："要……要抱抱。"

　　他下意识地微微叹了一口气，伸手将小丫头从窗台上抱了下来，准备将小丫头抱到床榻上。可没想到小丫头接下来的话，差点儿让他一个趔趄摔个跟头。

　　"六哥哥，七七想和你一起睡觉。"

　　比起小丫头一脸认真的表情，少年猛地红了耳朵，震惊地瞧着怀里的小丫头：这丫头到底知不知道男女有别？！

第三十章
外出一日游

"不可以！"夜霆晟想都没想就直接开口拒绝了。

叶七七听了他这话，瞬间委屈起来，扯了扯他的袖子，语气中多了几丝撒娇的意味："六哥哥，就一晚。"

夜霆晟："……"

少年冷着脸没有说话，将她抱到了床榻上，弯下腰替她脱掉了鞋子，对她说："我睡软榻，又不是你一个人在这里睡。"然后他将小丫头的鞋子放到一边，指了指趴在床边的大白，说道，"大白也在这里，你用不着害怕。"

"七七不是害怕……"叶七七躺在床上，看着少年伸手给她盖被子，说道，"七七就是想和六哥哥一起睡。"

夜霆晟给小丫头盖被子的手一顿，他微微抬眸看了小丫头一眼，说道："七七不知道男女授受不亲吗？"

"我们是兄妹……"叶七七紧抓着手中的被子，一边说，一边将被子拉过半张脸，瞪着大眼睛看着他。

夜霆晟似乎被小丫头这句话堵得哑口无言，漠然地盯着她好一会儿，最终轻微地叹了一口气，然后轻轻推了推她的肩膀，说道："往里去一点儿。"

叶七七顿时明白他的意思了，急忙往床里面翻了一个身。

看着小丫头满心欢喜的样子，夜霆晟莫名其妙地感觉自己似乎被小丫头冒犯到了。他脱掉鞋子，躺在了小丫头的身侧，紧盯着眼前的床帘。

他的鼻子里突然有一股淡淡的奶香味袭来，是某个小丫头直接伸手抱住了他的腰，整个人趴在他的怀里。

少年一下子僵住了，一动不动地躺在床上。

叶七七入睡很快，明明前一秒还在小声问他睡了没，他没回她，结果下一秒，他就听见小丫头平稳的呼吸声。

良久，他轻轻喊了一声："七七？夜七七？"

没人回应，他侧头看了小丫头一眼，就见小丫头紧闭着眸子，已然一副熟睡的样子。他不动声色地伸手将小丫头钩着他的脖子的手拿了下来。可他刚拿下来她的手，某个睡梦中的小丫头又伸手钩住了他的脖子。

"嗯，好好吃。嗯……"某个小丫头似乎在做吃什么好吃的东西的美梦，小嘴还吧唧了几下。

夜霆晟盯着小丫头可爱的脸，目光不由得落在小丫头微动了几下的小嘴上。

"嗷呜！"就在这时，在床边的地板上趴着的大白打了个哈欠。

夜霆晟回头看了它一眼。

一人一虎的眼神就这样硬生生地对上了。

大白用圆鼓鼓的眼睛盯着少年，望见他和小丫头靠得如此近，不由得歪了一下脑袋。

目光微黯，夜霆晟和大白对视了好一会儿。

最后大白觉得自己的眼睛有些酸了，便继续趴在地上睡觉。

夜霆晟也收回视线，目光落在怀中熟睡的小丫头身上。

清晨，国子监里书声琅琅。

叶七七撑着脑袋打瞌睡。

一旁的夜云裳瞧着小丫头的脑袋一点一点的，忍不住伸手轻戳了她几下，问道："七七宝贝，你昨天晚上是做贼去了吗？怎么这么困呀？"

闻言，叶七七看了夜云裳一眼，没有说话。她没有去做贼，只是没睡够。昨天她给六哥哥送药的时候已经很晚了，再加上今日一早天还没亮就被六哥哥直接叫醒了。在六哥哥将她和大白送回去后，她刚躺在自己的床榻上还没有完全睡着，阿婉姐姐就喊她起床上学了。呜呜呜，她真的太难了。

夜云裳说道："那你睡一会儿呗。"反正先生也不会说什么。

听了这话，小丫头瞬间像打了鸡血一样坐直了身体，说道："不行！七七要努力地读书，让父皇爹爹对我刮目相看！"说着，叶七七伸出手撑大自己的眼睛，紧紧地盯着面前的书。

一旁的夜云裳看着小丫头这一系列动作，惊呆了。

直到太傅上完课离开，夜云裳觉得小丫头当真意志力不错，明明很困，但真的坚持听完了整整一上午的课。夜云裳伸手抱了一下小丫头，蹭了蹭她的脸蛋儿，说道："我的七七宝贝辛苦啦！要不要和皇姐姐出去吃臭豆腐？"

"臭豆腐？"叶七七写字的动作一顿，她抬头不解地看了夜云裳一眼，问，"京城里有卖臭豆腐的吗？"好像没有吧？她之前逛的时候没有看到啊。

夜云裳点了点头，说道："有的，桥头的那家臭豆腐特别好吃，而且他们家只有每个月的一号才出来卖臭豆腐。"

"可是正午的时候不是不可以出国子监吗？"

夜云裳说道："谁说不可以出去？不从正门出去不就行了吗？"

叶七七听了皇姐姐这番话，就感觉这事不简单。她被皇姐姐拉着进了国子监后面的某个小树林里，瞧见面前大约三米高的围墙，再低头看看自己的身高，就觉得皇姐姐是在逗她玩，说道："这我们怎么可能翻过去呀？"

夜云裳说道："你快点儿来呀，没让你翻墙呀！"

叶七七听着皇姐姐的声音，侧头看了过去，结果目光所及之处空无一人。叶七七问道："皇姐姐，你在哪里呀？"明明皇姐姐刚刚还站在她面前和她说话的。

夜云裳听到小丫头在叫自己，朝她招了招手。

叶七七看到灌木丛中探出了一只手，蹲下身子将灌木丛拨开，竟看见皇姐姐在钻狗洞。

夜云裳好不容易从狗洞里钻了出去，头发上还插着几片草叶。夜云裳趴在狗洞前朝着墙另一头的小丫头看去，对她招了招手，说道："七七，快过来。"

夜云裳伸手拍了拍身上沾着的泥土。毕竟经常钻狗洞，夜云裳早已经习惯了，但是生怕小丫头不习惯，正准备说些好话哄她出来，就见某个小丫头已经毫不费力地从狗洞里爬了出来。

叶七七将身上的泥土拍干净后，抬头看着夜云裳，语气随意地道："好啦，我们走吧。"

夜云裳没有说话，被小丫头牵着手往外走。夜云裳看了看小丫头牵着自己的手，又看了看小丫头刚刚拍掉泥土的衣裙，说不惊讶是假的：她怎么感觉小丫头钻狗洞比她都要娴熟呀？

钻狗洞从国子监轻而易举地出来后，小丫头跟着皇姐姐的脚步，终于看见了那家每个月只开一天的桥头臭豆腐。

"嗯，好臭呀。"叶七七刚走到距离桥头十几米处，就闻到了臭豆腐的味道。

"皇姐姐，"叶七七捏着鼻子，扯了扯皇姐姐的衣袖，说道，"这臭豆腐好臭呀。"这臭味也太大了吧！

"臭豆腐越臭才越好吃。"夜云裳指了指前面排得长长的队伍，跟小丫头说道，"你看看前面排了那么长的队，就知道他们家的臭豆腐有多好吃了！"

叶七七看着那长长的队伍，紧紧地捏着自己的鼻子：她还是不太习惯闻臭豆腐的味道，真的好臭，感觉自己身上都要有臭豆腐的味道了。

她好想离开，但是看着皇姐姐一脸欢喜的样子在排队，只能跟皇姐姐一起等了。

京城某座酒楼二楼的房间里，大暴君坐在椅子上，手里握着酒杯，待面前的人说完之后，才缓缓地放下酒杯，神色慵懒地看了对方一眼，问道："就这些？没了？"

对面的夜墨寒点了点头，说道："没了，就这些。"

闻言，大暴君微微抿了抿唇，没有说话。

夜墨寒忍不住问道："关于小丫头的一些事情，想必你自己都派人调查清楚了，为何还要再来问我一次？"

"没什么。"大暴君无情地道，"没什么事情你可以走了。"

夜墨寒："……"他特意出府跟夜姬尧在这里见面，为的就是听夜姬尧问几句有的没的？

夜墨寒起身打算离开，但是想了想，还是忍不住开口道："皇兄，你现在记忆还没有恢复，不如去那家老医馆瞧瞧。我听说那家医馆的名医最擅长的就是看脑子，你去看一下说不定立马就能恢复记忆，想起那个小丫头。"

他只是觉得夜姬尧记忆一直没有恢复，想让夜姬尧好得快一点儿，但是这人干吗用那种阴沉的眼神看着自己？

"九王爷，您的臭豆腐来了。"门外突然传来侍从的声音。

夜墨寒被大暴君看得有些心虚地移开了视线，急忙让人把臭豆腐送进来。

门刚被打开，扑面而来的臭味让大暴君猛地捂住了鼻子，皱着眉头看着侍从端进来的黑色方块状的不明物体，问："这是什么东西？"

"臭豆腐呀。"夜墨寒接过那臭豆腐就咬了一块，说道，"桥头的那家臭豆腐特别好吃，每个月只开一天，我让人排了一早上的队才买到。"

大暴君眉头紧皱，瞧着他吃得如此之香，那浓烈的臭味让人十分嫌弃，连原本毫无异味的空气都被污染了。

夜姬尧捂着鼻子对身边的几名侍卫道："把他给朕扔出去！"

侍卫们异口同声地道："是！"

夜墨寒刚吃了两块臭豆腐，就听见某人这很是无情的话，看到那几名侍卫朝他走来。

走到他面前时，几名侍卫还不忘恭敬地对他说了声："得罪了，九王爷。"

想他夜墨寒好歹是当朝九王爷，要是因为吃臭豆腐被无情地扔出去，传出去让他的面子往哪儿搁？眼看着那几名侍卫就要动手将他扔出去，他急忙开口道："皇兄，我有件事情忘记跟你说了！"

大暴君捂着鼻子冷冷地回了他一个字："讲！"

"其实你也吃过臭豆腐，和七七一起吃的！"

大暴君将目光落在那黑乎乎还有难闻异味的臭豆腐上，第一反应是绝对不可能，自己怎么可能会吃那么臭的东西？

夜墨寒生怕男人不相信他，急忙道："不信你问你的这些侍从！之前你微服私访带小丫头来这里玩的时候，可是买了好几份臭豆腐给小丫头吃的。"

"可有此事？"

在场的侍卫听了陛下这话，不由得面面相觑，说道："回陛下的话，上一次您跟七公主出来，是微服私访，下令禁止我们跟着。"

夜墨寒说道："你听听，确有此事吧！我可没有骗你。"

大暴君看都没看他一眼，直接又问一旁的侍卫："朕是何时跟七七出去的？"

"回陛下，是去年腊月中旬的时候。"

大暴君一听，嘴角挂上了一丝冷笑，看了一眼一旁的夜墨寒，说道："中旬呀。今日是一号吧，你不是说这家店每个月只开一天吗？既然它是一号开，朕如何中旬的时候带那丫头去吃？"

"你——你——"夜墨寒完全没想到这家伙的脑子一下子转得这么快，心虚地道，"他们家开门的时间不固定不可以吗？"

"可以！"眉间生出几分冷意，大暴君说道，"等朕派人封了那家店，他家开门的时间就固定了。"

夜墨寒心想：这……这家伙丧心病狂呀！

"你家七丫头可喜欢吃了，你要是敢封，小心她哭给你看！"

"哭吧，朕倒要看她敢不敢跟朕闹！"

夜墨寒："……"呵，死鸭子嘴硬，看看到了小丫头面前你还能不能说出这番话！

一名侍卫说道："启禀陛下，方才卑职在城内巡查时，意外地发现三公主和七公主两位公主在城内逛街。"

"逛街？"大暴君闻言，皱了皱眉，说道，"她们两个人此刻不是应该在国子监上课吗？"

"回陛下，三公主和七公主好像……逃……逃课了。"

话音刚落，一道凌厉的目光突然射过来，吓得那名侍卫立马低下了头。

"她们两个人现在在哪儿？"

那名侍卫战战兢兢地回道："就……就在邻街的一家书坊里。"

大暴君阴沉地盯着面前的酒杯，冷冷地吐出三个字："拎过来！"

另一边，两个小丫头美滋滋地吃上了心心念念的臭豆腐。

本来叶七七是不想吃的，但是抵不过皇姐姐太热情，将臭豆腐往她的嘴里塞。她意思一下咬了一口，然后……就发现了天堂。

夜云裳问道："好吃吧？是不是特别好吃？"

"嗯嗯。"叶七七点了点头，小嘴被塞得圆鼓鼓的，说道，"真的好好吃！嗯，七七还想吃一块。"

"皇姐姐这里有，皇姐姐喂你吃。"夜云裳拿着筷子，夹了一块臭豆腐喂到小丫头嘴里。

叶七七爱上吃臭豆腐了。

臭豆腐有点儿辣，两个小丫头吃得满头大汗，嘴巴都红红的。

"皇姐姐，剩下的臭豆腐带回去给大柱吧，大柱一定也喜欢吃。"

“好，好朋友就应该相互分享才对。”夜云裳将装着臭豆腐的纸袋折好，准备回书院后给大柱。

两个小丫头吃饱了打算逛一会儿，无意间走到了一家书坊前。夜云裳拉着小丫头走了进去。

店小二好似认识夜云裳，一见夜云裳来，立马迎了上去，说道：“这位客官，您终于来了，里面请。”

夜云裳问道：“那本《春色》的下册出来了吗？”

“出来啦，前几天就出来了，可热销了。但我们知道您想要，特意给您留了。”店小二带着她们进了里面。

小丫头跟在皇姐姐后面，看着架子上的书，看得眼花缭乱。

“不仅有《春色》的下册，还出了几本新书，您可以看看。”

“不用看了，我都要了。”某女豪气地直接将一锭银子放在了店小二面前。

店小二看得眼睛都直了，说道：“好嘞，马上给您打包好。”

叶七七在一旁看着店小二将几本书包好，踮起脚看了一眼，就见桌上还放着几本书。

这些书名她怎么感觉怪怪的？

夜云裳怀里抱着几本书从书坊里出来，心里美滋滋的：终于可以追书了！

叶七七看着皇姐姐这副样子，扯了扯皇姐姐的袖子，说道：“皇姐姐，这些是什么书呀？七七也想看。”

闻言，夜云裳嘴角僵了一下，下意识地看了看手里的书，一副欲言又止的模样，思考着应该怎么跟小丫头说这些书小孩子是不可以看的，然后说道：“嗯……下次吧，等七七像姐姐这么大的时候，就可以看了，小孩子是不可以看的。”

叶七七噘了噘嘴，没说话，听皇姐姐这话，这些不会真的是她想的那种书吧？

就在叶七七还想说些什么的时候，一个穿着青色侍卫服的高大男子突然站在了两个人面前，说道：“卑职见过两位公主。陛下命卑职将两位公主带过去。”

两个小丫头是钻狗洞从国子监里偷偷出来的，当看到青衣侍卫站在她们面前，对她们说了这话时，第一反应自然是心虚得不得了。她们怎么也没有想到，钻狗洞偷偷出来居然还被父皇爹爹知道了。

叶七七问那名青衣侍卫："父……父皇爹爹怎么突然出宫了呀？"

那名侍卫回道："禀公主殿下，恕卑职不能告知。"

叶七七："……"

"两位公主这边请！"那名侍卫对两个人做了个请的手势。

夜云裳看了一眼自己怀里抱着的几本书，自然是不太想去。

那名侍卫将夜云裳的举动看在眼里，以为夜云裳是嫌怀里抱着的东西太重了，便道："三公主，卑职可以替您拿着。"

那名侍卫的手刚伸过来，夜云裳就无情地拒绝道："不要，本公主自己抱着！"

那名侍卫："……"

两个小丫头磨磨蹭蹭地走进了一家酒楼。到了二楼的一间包间前，两个小丫头还在相互"谦让"。

夜云裳说道："七七，你先进！"

"不要，皇姐姐，你大，你先进。"

"我也不要，我大所以该让着你，你先进。"

一旁的侍卫看着两个小丫头不肯进门，恭敬地为她们将关着的门推开了。在他推开门的那一刹那，两个小丫头齐齐地看向他。

那名侍卫低下头，恭敬地道："两位公主里面请！"

叶七七："……"

夜云裳："……"

怀里抱着书的夜云裳心虚地看了一眼门里头，又低头看了看自己怀里的书，觉得带进去实在不妥，看了一眼身旁的侍卫，就将书放进了那人手里。

那名侍卫看着自己手里的书，感到有些意外：明明刚才他想帮三公主拿的时候三公主不乐意，怎么突然又交给他了？

"你给本公主好好拿着，就站在这里等着，哪里也不许去，听见没？"

那名侍卫被夜云裳凶巴巴的语气威胁得一愣，下意识地点了点头，回道："是。"

望着那名侍卫站立如松，手里恭敬地托着书，夜云裳才放下心来。

最终还是叶七七先行进了包间里面。包间门口立着一个屏风，先前她们站在门口的时候并不能看见里面的全貌。直到往里走了几步，绕过屏风，叶七七一眼就瞧见了此刻正坐在椅子上，穿着一身玄色衣袍的大暴君，而大暴君的对面居然还坐着九皇叔。九皇叔怎么也在呀？

"父皇爹爹。"

"父皇。"

两个小丫头同时喊了不远处的男人一声，喊完后又对着一旁的夜墨寒异口同声地道："九皇叔。"

夜墨寒朝小丫头笑了笑，说道："哎，过来九皇叔这里坐。"说完，夜墨寒朝两个小丫头招了招手。

本来两个小丫头是想过去的，但是看着一旁的父皇爹爹阴沉的脸色，吓得硬是没敢动。

大暴君冷着脸喝茶，一言不发。

将茶喝完后，大暴君把茶杯放在了桌上，抬起头，阴冷的目光落在两个小丫头身上。

两个小丫头被他那眼神看得连大气都不敢喘一下。

大暴君问："今天国子监放假了吗？"

闻言，两个小丫头对视了一眼，谁都不敢吱声。

"说话！"这会儿他的语气比平时多了几分戾气。

叶七七被吓得红了眼睛，说话时带着浓浓的哭腔："没……没放……"

叶七七这哭腔一出来，在场的人都将目光落在她身上。

一旁的夜云裳看到她眼睛都红了，震惊不已：七七这丫头被吓哭了？这也太快了吧？！

大暴君自然也听见了某个小丫头可怜兮兮的哭腔，紧盯着她蓄满泪水的眼眶。估计她是不敢哭出声，但眼泪还是止不住地流了下来，他看到小丫头哭得跟小花猫似的，满脸泪水。

许是眼泪太多了，小丫头忍不住伸手用袖子擦了擦，那模样不仅很不可爱，还，脏兮兮的。

一旁的夜墨寒看到小丫头哭成这样，从衣袖里拿出一条手帕，正打算将小丫头脸上的眼泪擦干净，就听见夜姬尧忽然开口道："行了，不许哭了！"

大暴君皱着眉头，一脸嫌弃地瞧着某个哭花了脸的小丫头，伸手将手里的手帕朝小丫头递过去。

两个人隔着些距离，大暴君自然没有把手帕送到她面前的意思。叶七七红着眼睛盯着他，目光落在他手里的手帕上。

下一秒，她就走到了大暴君面前，伸手将手帕接过，委屈地擦着眼泪。

"你哭什么？"他只觉得小丫头哭得莫名其妙：他又没有动手打她。

叶七七眼睛红得跟兔子的眼睛似的，看着他，委屈地道："你……你对七七吼了！凶死了……"

"朕哪里凶了？"

叶七七擦眼泪的动作顿了一下，然后她抬起脑袋看着他，学着他的语气道："说话！不许哭了！"

小丫头突然对着他凶巴巴地吐出一句话，令他明显地顿了一下。

"就……就是这些……"叶七七缩了缩脖子，声音小小的。

大暴君后知后觉方才小丫头是在学他说话，一时语塞。听她这么一学，他确实是有些凶了，不过他凶还不是因为她逃课？！

叶七七此刻眼眶都是红的，表情也是委屈巴巴的。

大暴君哪怕脾气不好，还是忍住了没骂她，说道："坐着吧。"他暗自轻叹了一口气，小丫头站在他面前哭成这副模样，不知道的还以为他体罚她了呢！

小丫头在父皇面前一哭，父皇就没有再抓住她逃课的事情不放，还让她坐下了。夜云裳看到这一幕都惊呆了，从来不知道眼泪还有这作用。正想着，夜云裳就感觉到原本落在小丫头身上的阴沉目光落在自己身上了，被吓得呼吸一滞，想着要不要跟小丫头一样装作被吓得哭出来。

这时她就听男人开口道："裳裳已经是大孩子了，别给朕装哭。"

他这么一说，夜云裳和叶七七齐齐地抬头看向他。前者震惊为何父皇知道自己想干吗，后者震惊父皇爹爹居然知道她是装哭的。反正两个小丫头都震惊了。

夜云裳说道："儿臣不是有意要带七七逃课的，只是想带七七尝一尝桥头的臭豆腐……"

听到"臭豆腐"三个字，一旁的王爷夜墨寒不由得竖起了耳朵。

夜云裳又说道："桥头的那家臭豆腐只有每个月的今天才会开，儿臣想带七七去尝尝。"

等夜云裳说完，某小丫头立马从凳子上起身，将装着臭豆腐的纸袋递到了男人面前，说道："父皇爹爹，您尝尝，真的很好吃！"

那纸袋一被打开，大暴君就闻到了浓烈的臭味，下意识地皱紧了眉头，说道："拿走，朕不吃！"

听到夜姬尧拒绝的话，夜墨寒想到方才自己那臭豆腐的下场，不由得嗤笑了一声，等着这家伙嫌弃得让人将小丫头带来的臭豆腐给扔出去，然后小丫头就会讨厌他，到时候自己再乘虚而入，小丫头就是他夜墨寒的闺女啦！啊哈哈哈！他做梦都要笑醒！

"父皇爹爹，啊——"叶七七夹了一块臭豆腐递到了大暴君嘴边。

光是闻着那个味道，有洁癖的大暴君就受不了了。

"真的好吃！父皇爹爹，您尝一尝嘛。"小姑娘可怜巴巴地看着他。

大暴君最讨厌的就是这些稀奇古怪的味道，自然是不会吃一口的。他正准备让人将臭豆腐拿出去扔掉，无意间扫到了某人幸灾乐祸的表情。

夜墨寒正想着以后小丫头抱着自己的大腿喊"爹爹"，突然感觉到一道冰冷的目光刺向自己，下意识地抬头，就瞧见了某男冰冷的神情，原本勾起的嘴角都被吓得僵住了。

"哼。"大暴君不由得冷哼了一声，说道："朕就尝一口。"

叶七七说道："好。"

一旁的夜墨寒觉得自己出现了幻听，震惊地瞧着说出这话的男人：刚刚自己吃个臭豆腐这家伙嫌弃成那副模样，那份臭豆腐自己还没吃几块就被他让人扔出去了，而现在换成小丫头，他居然好意思说尝一口！

大暴君没管此刻某男恨不得把他弄死的目光，目光沉沉地盯着面前臭到不行的臭豆腐。那臭味着实难闻，他暗自伸手点了自己的穴位，封住了自己的嗅觉，才张嘴咬了一口。

叶七七看到男人咬了一口臭豆腐，欣喜地看着他，问："好……好吃吗？"

大暴君抬头，见小丫头的眼眸似在发光一般，目光黯了一下，不动声色地把臭豆腐咽了下去，说道："嗯，还行吧。"他不太喜欢吃太辣的东西。

叶七七打算再夹一块给他。

男人摇了摇头拒绝了："不用了，七七自己吃吧！朕不喜吃辣。"

叶七七也知道父皇爹爹不喜欢吃辣的，所以不再强求他吃。

不远处的夜墨寒瞧着那父女情深的场景，气得不行！

"九皇叔，你吃吗？"叶七七无意间看了不远处的九皇叔一眼，见九皇叔一副被气到的样子，开口问道。

夜墨寒想都没想直接来了一句："吃。"为什么不吃？！

夜墨寒刚走过去准备尝一块，手还没有碰到筷子，就见那装着臭豆腐的纸袋被某男强行拿走了。

大暴君面上没什么表情，语气淡然地道："该用午膳了，就别吃这些了。"

然后夜墨寒眼睁睁地看着就要到嘴的臭豆腐又没了。

这四个人一起吃的午膳终归让有些人吃得不太舒坦。

吃完午膳后，大暴君亲自送两个小丫头回国子监。

叶七七刚出包间，就见一旁的皇姐姐对着她一阵挤眉弄眼。叶七七不解地看了皇姐姐一眼，不太明白皇姐姐是什么意思。

"三公主，您的书。"站在门口的侍卫见人从包间里走了出来，恭敬地将那几本书递给夜云裳。

那名侍卫的话音刚落，夜云裳就极其心虚地将那几本书抱在了怀里。

夜云裳抬头往前走时，正好瞧见父皇正往这边看过来，虽然此刻十分心虚，但是为了不让男人看出什么破绽，还是故作一脸镇定的模样。

直到上了车，见父皇坐在一旁撑着脑袋假寐，夜云裳才缓缓地放下了悬着的心。

"呼……"夜云裳轻轻舒了口气，看了一眼自己手里的书：好险！

叶七七看着皇姐姐把那几本书跟宝贝似的抱在怀里，越发觉得皇姐姐背着她看了不该看的书。

叶七七正想着，就见皇姐姐突然悄悄地拿出了一本书。她瞄了一眼封面，就见那封面上竟然一个字都没有。她疑惑极了，看了好一会儿才看出来原来原本的封面上还包了一层书皮：这……这也太隐秘了吧！

叶七七忍不住偷瞄了一眼内容，结果就看见了几段不该看见的话。

叶七七震惊地瞪大了眼睛，觉得自己出现了幻觉：这……这写的都是些什么呀！

许是小丫头的视线太过灼热，夜云裳一抬头，就瞧见小丫头那大大的眼睛震惊地看着自己。夜云裳先是愣了一下，随后对小丫头做了个安静的手势。

叶七七下意识地闭紧了嘴巴：嗯，她……她什么都看不见，什么也没有看见……

夜云裳见小丫头乖巧地闭上了嘴巴，终于安心地收回了视线，刚准备继续看，就见一只修长的手突然出现在眼前，猛地惊了一下，抬头就对上一双淡漠冰冷的眸子。夜云裳被吓得脸色一变，连呼吸都顿住了：父……父皇怎么突然醒了？

夜云裳紧盯着突然落在书上的那只手，不由得咽了一下口水，战战兢兢地道："父……父皇，怎么了？"

大暴君平静地盯着夜云裳：从上马车开始，他就觉得这丫头有些不对劲。

"你身体不舒服吗？"

夜云裳闻言，不由得愣了一下，没太明白父皇怎么突然问这个，回答道："没有呀，没有不舒服。"

大暴君问道："那你的脸怎么这么红？"

夜云裳愣了一下，急忙伸手摸了一下自己有些烫的脸蛋儿：刚刚看了那种书，看到了某些剧情，一不小心就脸红了。

夜云裳伸出手对着自己的脸扇了几下风，才说道："可能是马车里比较闷的原因。"说完，夜云裳还看了一眼一旁的小丫头。

叶七七见此，立马就懂了，急忙道："是……是呀，七七也有些热了。"说着，她也伸手对着自己的脸扇了扇风，小脸因为撒谎而变得有些红。

大暴君将视线落在某丫头手里拿着的书上，又抬起眼皮子看了两个小丫头一眼，没说话，不知道此刻心里在想些什么。

夜云裳看着男人缓缓地收回放在书上的手，吓得大气都不敢喘，生怕自己会暴露出什么。

直到到了国子监，下了马车，瞧着父皇的马车越行越远，夜云裳才放下心来。

"父皇应该没有发现吧？"夜云裳转头问一旁的小丫头。

叶七七手里还拿着之前买的臭豆腐，摇了摇头，说道："应该没有吧。"其实她也不太确定。

"嗯，太危险了！"夜云裳下意识地将手里的书抱紧了：真的好险！

与此同时，另一边，大暴君撑着脑袋坐在马车上，突然出声对外面的侍卫道："今日两位公主去了哪家书坊？"

一名侍卫在外头恭敬地道："回陛下的话，是去了御景书坊。"

"去查她买了什么书。"

第三十一章
燕铖将登场

　　叶七七这几日晚上都睡得极其不舒坦，总是重复地做同一个噩梦。她梦到战火纷飞的国土，到处是撕心裂肺的哀号声，百姓流离失所，大火燃烧了整座城，尸横遍野，血染护城河。她在朦胧中瞥见了城上飘着的破败旗帜，上面清晰地写着"北冥"二字。那被鲜血染红的北冥旗帜在残垣断壁中飞扬，黄沙飞舞，原本热闹的北冥都城一夜之间破败不堪，连远方的天空都被染得血一般艳红。不远处传来铁蹄声，一群身着战袍的战士踏着遍地尸骨从黄沙中而来，一遍一遍地用手里冒着寒光的长剑剥夺着都城百姓的性命。盛世北冥一朝不再，取而代之的是那新朝"北燕"。

　　叶七七从睡梦中惊醒，冷汗浸透了亵衣，小脸被吓得苍白。她梦到了男主人公燕铖携百万铁骑踏遍北冥都城，过行之处尸横遍野，血流成河。他亲手斩了北冥皇帝夜姬尧的脑袋，一举称帝，改国号为北燕，此后开启了长达百年的北燕王朝。

　　叶七七低头瞧着自己手心里黏腻的冷汗，不知道自己为何会突然做这个梦，这是不是在提示她男主角燕铖快出现了？

　　她伸手摸了摸有些发晕的脑袋。估计是在这个身体里待久了，她感觉自己对另一个世界的记忆已经慢慢地模糊。

昏昏沉沉间，她不知不觉地又睡着了。

等到再一次醒来，她觉得自己全身上下都是疼的，眼皮子有些沉。

"公主，您终于醒了！"

叶七七一睁开眼，看见的就是阿婉，下意识地想开口说话，却发现此刻自己的嗓子火辣辣地疼。

"公主，您昨天半夜突然发烧了，快把奴婢吓死了。"阿婉说着端来一杯水，将小丫头从床榻上扶起来，将水喂到她嘴边。

叶七七口干舌燥的，"咕噜咕噜"喝了好几口水，因为喝得太急，一不小心就呛到了："喀喀喀……"

她这会儿烧还没降下去，脸蛋儿都是红通通的。

阿婉伸手轻拍她的背，给她顺气。

"嗯，七七头痛。"叶七七难受地靠在阿婉怀里，脑袋晕乎乎的。

太医开了几服药。

药很快被端了过来，阿婉正准备吹凉了喂小丫头喝下去，一旁的男人示意阿婉将药给他。

叶七七迷迷糊糊间感觉自己好像突然进了另一个怀抱里，缓缓地掀开眼皮，映入眼帘的就是那明黄色的衣袍。

"张嘴！"

闻言，叶七七下意识地张开了嘴。随后极其苦涩的液体被灌到了喉咙里，小丫头难受得想吐出来。

一旁的大暴君手疾眼快地抬高了她的下颌，说道："乖，喝下去。"

"嗯——"叶七七紧蹙着眉头，虽然很不情愿，还是乖乖地将药咽了下去。估计是因为听到男人熟悉的声音，小丫头表现得特别乖。

大暴君给小丫头喂完药后，望着小丫头红得有些不正常的脸蛋儿，替小丫头擦了擦唇，又唤来宫女打来一盆冷水。他亲自将手帕浸湿，给小丫头仔仔细细地擦那发烫的小脸。

赵公公有事禀报，从门外走进来时，瞧见的就是男人正仔细地给小丫头擦脸。赵公公恭恭敬敬地站在不远处，说道："启禀陛下，徐将军在御书房求见。"

大暴君想都没想一下，直接冷冷地道："让他候着。"

"徐将军说是关于……关于追踪西冥太子的事情。"

男人闻言，给小丫头擦脸的动作猛地顿了一下。

赵公公瞧着男人阴沉的视线，被吓得立马低下了头。

男人思索了一会儿，最终道："朕等一下过去。"

"是。"赵公公恭敬地退了下去，在门口候着。

大暴君替小丫头擦干净脸后，伸手摸了摸小丫头的额头，感觉温度总算是降了下来，没有之前那么烫了。

"好好照顾公主。"大暴君将小丫头平放在床榻上，盖好被子，对一旁的阿婉道。

阿婉受宠若惊地跪了下来，回道："是，奴婢一定照顾好公主。"这一次公主殿下半夜发烧，也怪她没有照顾好公主。她本以为自己难逃怠慢了公主的责罚，要被拉下去砍头，可万万没想到陛下竟然什么都没有说。

大暴君临走时看了小丫头一眼，才转身离开。

小丫头喝了药，又睡了一个早上，醒来的时候已经是正午了。她一睁开眼睛，就看见了皇姐姐和大柱。

叶七七看着出现在宫里的大柱，感到意外极了，问道："大柱，你……你怎么来了呀？"

大柱说道："我是跟着我舅舅来的，我舅舅刚好来皇宫办事。本来我也是不好来看你的，多亏了裳裳，我才能过来看你。"

被提到名字的夜云裳道："那是必须的，也不看看本公主是谁，要带一个人过来还不是很容易？"

"七七，这个给你，是我奶娘亲手做的桃花酥，可好吃了。"本来大柱也是想借着他舅舅进宫给小丫头送吃的，可没想到进宫虽然容易，见小丫头就不太容易了，要不是路上遇见了夜云裳，恐怕也没机会来看七七，更别提知道七七生病的事情了。

叶七七看着大柱送给她的那盒桃花酥，声音虚弱地说了声"谢谢"。

大柱正要和小丫头说些什么，突然感觉自己的手心碰到了一个毛茸茸的东西，低头一看，就看见了一只此刻正趴在桌子底下的白虎，被吓得脸色猛地一变。

"啊——"大柱忍不住叫出声，面色惊恐地瞧着对着他张着大嘴的白虎，喊道，"老……老虎！"好白的老虎！

顺着大柱指的方向，夜云裳看了一眼，脸上没什么表情，从容地对大柱摆

411

了摆手，说道："没事，是大白，七七养的。"

七七养的！！！大柱觉得自己出现了幻听，抬起头震惊地看了一眼坐在床上的小丫头，实在难以想象娇小的七七居然养了一只虎。

大白没见过大柱，闻着他身上陌生的味道，微微动了动鼻子，从桌子底下慵懒地走到了大柱脚边，微微抬起脑袋，对着他轻嗅。

瞧着那只白虎走到自己脚边停了下来，大柱吓得脸色都有些白，和那只白虎对视了一下，感觉它下一秒就会扑到自己面前，将自己的脖子给咬断。大柱控制不住地吞了吞口水。

"它……它这是在干吗呀？"它不会是在闻他好不好吃吧？

夜云裳说道："它在闻你的味道，下次再见到你，就熟悉了。"

大柱："……"他一点儿也不想和这只白虎再见。

大白只是轻嗅了几下就走开了。它迈着慵懒的步伐走到床边，打了个哈欠，又趴了下来。

见大柱似乎有些害怕，叶七七便安慰道："大白很温驯。大柱，你不用害怕它。"

虽然听了小丫头这话，但是大柱心里多多少少还是有点儿恐惧的。

因为时间有限，大柱没待多久就跟着他舅舅回去了。

叶七七这一次病了整整三天。

这期间连二皇兄都来看她了，听说她喜欢吃糖葫芦，还特意买了糖葫芦带回来给她吃。

叶七七看着二皇兄递过来的糖葫芦，受宠若惊地接过，说道："谢谢二哥哥。"虽然烧已经退了，但是脑袋还有些痛，她连说话都软软的。

夜傲天听着小丫头软软的声音，忍不住看了她一眼：二哥哥？

他之前威逼利诱才能让小丫头喊一声"二哥哥"，没想到今日一串糖葫芦就轻而易举地换来了小丫头主动地叫他"二哥哥"。

"七七现在可比之前乖多了。"夜傲天伸手摸了几下小丫头的下巴，嘴角忍不住地上扬。

"啊？"叶七七一时之间没听清他的话，忍不住抬起脑袋茫然地看着他，嘴里还咬着一颗糖葫芦。

"没什么。"夜傲天对着小丫头笑了笑，问道，"二哥哥可以抱抱七七吗？"

叶七七吃糖葫芦的动作一顿，她看了看手里的糖葫芦，又看了看身旁对着她勾唇而笑的二哥哥，下一秒，朝男人伸出了手："二哥哥，抱抱。"

这一声"二哥哥"，令夜傲天心都软了。说实话，他之前最讨厌的就是小孩子，觉得小孩子最麻烦了，而现在听着小丫头喊他这一声"二哥哥"，终于知道为什么父皇喜欢这丫头了。这丫头这么可爱，谁不喜欢？！

"来，二哥哥抱抱！"夜傲天伸手就将小丫头抱在了怀里。小丫头身上有一股极其好闻的奶香味，就跟个奶团子似的。

他问她："糖葫芦好吃吗？"

叶七七点了点头。

瞧着小丫头可可爱爱地点头的样子，他自然开心得不得了，说道："明天二哥哥出宫还给七七带。七七还要别的吗？"

叶七七摇了摇头："别的不要了，七七没什么想吃的。"

"那行吧。"夜傲天揉了揉小丫头的脑袋，越看越觉得可爱。

叶七七将糖葫芦吃完后，才突然想到之前给二哥哥做了一个香囊，还没有给他呢。

夜傲天看着小丫头突然挣脱了他的怀抱，迈着小短腿走到了一旁的柜子前，打开抽屉不知道在找些什么。

小丫头翻找了一会儿，然后抱着一个盒子走了过来，说道："二哥哥，这个送给你。"

夜傲天看着小丫头拿的一个跟香囊似的东西，问道："香囊？"

叶七七点了点头："嗯，是七七亲手做的。"

夜傲天看着那香囊上绣的"平安"二字，说道："那这两个字也是……"

"是七七自己绣的。"

夜傲天心想：行了，他决定了，也要生一个跟小丫头一样的奶团子，太贴心了。

"七七可真棒！"夜傲天摸了摸小丫头的下巴，突然想到了什么，问她，"就只给二哥哥一个人做了吗？"

夜傲天问她时，满眼的期待：小丫头亲自送他香囊，是不是代表着现在在小丫头心里他是独一无二的存在了？

"呃……"叶七七没想到二哥哥会突然问这个，一时之间不知道该如何回答，过了好一会儿才道，"不……不是，但是二哥哥你这个是独一无二的！"

原本听了前面一段话他还挺不高兴的，但听到后面小丫头说他这个香囊"独一无二"时，原本心里的不悦立马消散了不少。

直到离开，夜傲天都把小丫头送给他的那个香囊当宝贝似的。

叶七七在宫里静养了好几天，才彻底养好病。

这一日，天气正好，小丫头出门晒太阳，顺便去御书房看看父皇爹爹。

走到某条宫道上的时候，叶七七突然看见不远处出现了一大批手握长矛、身穿黑色战袍的士兵，为首的男人人高马大，相貌也凶巴巴的。

叶七七从来没有见过这番阵势，下意识地往阿婉怀里缩了缩，问道："他们是什么人呀？怎么从来没有在宫里看见过他们呀？"

阿婉也从来没有见过这般阵势，不由得摇了一下头："回公主的话，奴婢也不知道。"

叶七七看着那长长的队伍在自己面前走过，起初还不知道这些人是干什么的，直到看见那些成年的士兵后面还跟着一群少年兵，脸瞬间白了，捏着手帕的手猛地收紧。

来……来了！原文中男主角燕铖登场的片段来了！正心想着，小丫头忽然间感觉到一道冰冷的视线落在自己身上，下意识地望去，目光所及却是一张张极其陌生的脸。那盯着她的视线一瞬间就消失不见了，她并不知晓方才到底是谁在看她。

叶七七微微咬了一下唇，脑海里仔细地回想着原文中对男主角燕铖的描写："少年目光锋利如刀，脸上的轮廓棱角分明，鼻梁高挺，狭长的眼尾下有一颗泪痣，肤色有种病态的冷白，一双妖冶狭长的凤眸染着阴暗的锋芒，薄唇紧绷。"

叶七七看着那群人从宫道上走过，努力地睁大眼睛，想要看清哪个是燕铖。

在原文中男主角燕铖为了报仇雪恨，好不容易隐藏身份混进了一队被派遣回京城的少年兵当中。

要说前期作者将男主角刻画得是真的惨，没有半点儿"主角光环"。原本读者以为男主角开场被灭国已经够憋屈了，可没想到还有更憋屈的。

起初男主角混入军营里的目的只有一个，那就是亲手砍了大暴君夜姬尧的脑袋，为西冥百姓报仇雪恨，哪怕代价是与夜姬尧同归于尽。但是要知道他只不过是区区一个小兵，要见一国之主谈何容易？他在军营中整整半载，别说见大暴君一面了，还整日被军营中的其他人欺负。

在军营中的那几年，男主角燕铖可谓是过得惨兮兮的。如果说一开始被大暴君灭国是男主角性格转变的导火索，那么在军营里整日被人欺负的那几年，是导致男主角最终冷血无情的关键因素。

虽然前期作者把男主角虐得一塌糊涂，但是到了后期，作者终是给男主角加上了丢失已久的"主角光环"，让男主角一路开挂，让读者看得简直过瘾。

当作者给燕铖加上"主角光环"后，他只用了两年时间就成了军中举足轻重的军师，后期直接一跃成了权倾朝野的大司马，深受大暴君重用。但是他一直没有忘记被灭国的仇恨，暗中收拢自己的势力，等最终机会来临，带兵一举破城成功，终是砍了大暴君夜姬尧的脑袋，坐上了皇位。

其实《燕皇令》在众多文里脱颖而出，并不是取决于它的剧情爽点和伏笔，而是由于它那个性鲜明的男主角本身。全文男主角没有丝毫感情线，他够狠、够绝、够冷血无情，当真是杀人不眨眼。他每个时期的目标都很明确，并且冲突点多，能够引起读者强烈的兴趣。

叶七七又回想起自己先前做的那个梦，梦中北冥都城被攻破，战火纷飞，百姓流离失所。

虽说原文中燕铖是男主角，凭她的一己之力怕是挽救不了北冥最后被男主角燕铖灭国的结局，但哪怕希望再渺茫，她也要试一试阻止这场悲剧发生。

而且现在男主角哪怕心中有恨，但也只是个十三岁的少年罢了，还没有彻底转变成一个冰冷的、没有丝毫人类感情的杀戮机器。叶七七捏了捏拳头，心里的想法又坚定了些。

她收回视线，继续往前走，刚抬起头，正好瞧见朝她走来的少年。

"六哥哥。"叶七七轻唤了他一声，颇有几分意外，说道，"六哥哥，好巧呀，你怎么也在这里？"

夜霆晟看了小丫头一眼，说道："刚去了一趟藏书阁。"

叶七七朝他的手看去，果真看到他手里拿着一本书。

"哦……"叶七七轻轻应了一声，又问，"六哥哥，你这几天很忙吗？"

"嗯？"闻言，少年望着小丫头，面露几丝不解，问道，"为什么要这么问？"

"没什么，七七就是问一下。"叶七七有些委屈。她前几天生病了，难道六哥哥都不知道吗？明明他受伤的时候，她还给他送药来着。他一点儿都不知道关心她，就连二哥哥昨天都去看她了。

叶七七故意说道："七七前几天生病了，一直没有出门。"

"那你现在病好了吗？"

叶七七点了点头，说道："现在好了。"

少年听着小丫头有些幽怨的语气，后知后觉她话中的意思，她似乎是在埋怨他没有在她生病的时候去看她。他伸手摸了一下小丫头的脑袋，没说话。其实他去看过她了，只是没有人知道而已。

夜霆晟问道："那七七现在准备去哪儿？"

"去御书房。"她是打算跟父皇爹爹一起吃饭的。

眼神黯了一下，少年最终道："那就一起吧，正好我也许久没去拜见父皇了。"

两个人走到御书房门口，就见此刻门外正站着一群身穿青衣的侍卫，刚准备进去，只见从里头出来了两名抬着担架的青衣侍卫，那担架上盖着白布，似乎躺着一个人。

叶七七朝担架看去，突然一阵风吹来，将白布掀开了一半，一张惨白的少年的脸正好映入小丫头的眼帘。

"啊——"虽然心里早有准备，但她还是被吓了一跳，忍不住喊了一声，下意识地抱住了身旁的少年。

抬着尸体的侍卫见白布被风吹得掀开了，布下面的尸体还把七公主吓到了，急忙将白布盖好。

少年任由小丫头紧紧地抱着自己，始终紧盯着那被抬下去的少年的尸体，眼眸如墨一般深沉。直到彻底看不见担架，他才缓缓地收回视线，目光落在紧紧地抱着他的腰的小丫头身上，伸手摸了摸她的脑袋，眼中弥漫着几丝冷意：这丫头如此娇气，恐怕从来没有见过死人吧！

"听说那就是西冥太子的尸体。"

上方传来六哥哥有些低沉的声音，叶七七抬头看了他一眼，回想起方才那张惨白的脸，将少年的腰抱得更紧了。

她作为看过原文的人，自然知道方才那具尸体其实并不是真正的西冥太子燕铖，而是燕铖身边的一个贴身侍从，因其穿着一身太子衣袍，被人认作了西冥太子，骗过了所有人。

不过这也是她第一次见死人，她的脸被吓得有些发白。

她故作不解地抬头看了一眼少年，声音微颤地道："那他为什么会……死呀？"

闻言，少年低头看了她一眼，过了好一会儿，才缓缓地道："可能是因为……他该死吧！"

少年说完，眼神越发幽暗。

由于小丫头此刻低着脑袋，所以没有注意到少年眼眸中一闪而过的嗜血冷意。

下一秒，小丫头还没回话，就突然被推开了。

"六哥哥？"小丫头不解地看了他一眼。

少年脸上神情平静，目光幽暗地看着她，说道："突然想起来我还有事，先走了。"还没等小丫头回答，少年就转身离开了。

叶七七站在原地愣了一会儿，最终还是追了上去，问道："六哥哥，那……你不和父皇爹爹一起吃饭了吗？"

"下次吧。"少年声音沉沉地道。

叶七七看了看门口站着的一群人，觉得此刻父皇爹爹应该在忙，那她也下一次再来吧。

这样想着，她立马追了上去。

听到身旁传来声响，少年垂眸看了一眼跟着他的小丫头。

注意到六哥哥探究的眼神，小丫头急忙开口道："那七七……也下次吧……"

少年深深地看了她一眼，收回了目光，没有说话。

"六哥哥，你现在去哪里呀？"见六哥哥要走，叶七七下意识地伸手牵住了他的手。

"回重华宫。"少年感觉到掌心传来的温热触感，低头看了一眼，就见小丫头没有经过他的允许就直接牵住了他的手。

他眼神晦涩地盯着小丫头那紧抓着他的手。

"怎么啦？"走得好好的，见六哥哥突然停了下来，叶七七不解地看了他一眼。

顺着六哥哥的目光，小丫头也把目光落在两个人牵着的手上。

少年抬头看了她一眼，目光有些阴沉。

叶七七被他的眼神看得心里发怵，吞了一下口水，问道："六哥哥，怎……怎么了？"难不成六哥哥不喜欢她牵着他的手？

这样想着，她刚准备松开手，反倒是少年将她的手握紧了。

只听少年说道："没什么，走吧，我送你回去。"

"那七七可以在重华宫和六哥哥一起吃过午膳再回去吗？"她不想一个人吃午膳。

少年听着小丫头委屈巴巴的语气，觉得这丫头当真是越来越黏他了，目光沉了一下，突然出声问道："七七也会对其他几位皇兄这般撒娇吗？"

"七七没有撒娇……"叶七七听着六哥哥这意味不明的语气，下意识地开口道，不过马上想到六哥哥阴晴不定的性子，急忙道，"七七只对六哥哥撒过娇！"

少年看着小丫头那副心虚的表情，伸手摸了摸她的脑袋，也不知道信了没有。

虽然六哥哥没有再说话，但是小丫头看着他牵着她的手往前走，似乎他已经默认要和她一起吃午膳了。

"喵。"

两个人走到一条小道上时，草丛里突然跳出一只猫。

叶七七先是被吓了一跳，待看清后，立马认出了那只猫是大皇兄养的。

"娘娘？"叶七七轻喊了一声。

那只猫听见她的声音后，抬起脑袋看向她。

不知怎的，此刻娘娘身上的毛发有些湿漉漉的。它一边看着小丫头，一边用舌头舔着自己微湿的毛发。

夜霆晟说道："娘娘？"这猫叫娘娘？

叶七七点了点头："好像是大皇兄养的猫。"

不过她只见过娘娘一次，也不太确定这只猫是不是娘娘。她刚刚喊了它一声"娘娘"，它抬头看了她一眼，似乎是答应了。

叶七七小心翼翼地蹲下身子，轻喊了一声："娘娘？"

"喵。"正在舔毛的娘娘似乎听懂了，停下了自己舔毛的动作，用脑袋轻蹭了一下小丫头朝它伸出的手。

"真的是娘娘！"叶七七一脸欣喜地对少年说，"那我是不是可以抱抱它呀？"

少年一听，正打算让小丫头别抱猫，只不过他还没有开口，某个小丫头已经小心翼翼地将猫抱了起来。

在小丫头将它抱起来的时候，娘娘温驯极了，一点儿也不挣扎。

被叶七七抱在怀里时，娘娘顺势用爪子抱住了小丫头的脖子。

"六哥哥！"叶七七僵硬着脖子转过头看向少年，惊喜得连眸子都亮晶晶的，说道，"娘娘它抱我了！"

夜霆晟看着小丫头惊喜的样子，又把视线落在紧抱着小丫头的脖子的那只猫上，下意识地皱了皱眉。

"六哥哥，你要抱一下吗？它真的好可爱呀！"

此刻娘娘不仅紧紧地环住小丫头的脖子，还用小舌头舔着小丫头的下巴。

娘娘的舌头和大白的舌头一样有倒刺。大白现在大了点儿，每次用舌头舔小丫头的时候都有所收敛，但娘娘似乎不经常舔人，不知道自己舌头上的倒刺刮在人的皮肤上有多疼。

叶七七被它舔得有些疼，忍不住伸手捂住了自己的下巴。

娘娘对小丫头这番阻止它舔她的动作似乎有些不满，朝着小丫头叫了一声："喵。"

夜霆晟向来不太喜欢猫，现在看到那只猫用舌头将小丫头的下巴都舔红了，眉头皱得更深了，说道："把它放下去，它身上太脏了。"这猫身上的毛发有些湿，是从草丛里钻出来的，爪子上沾了一层泥，它用爪子抱紧小丫头的脖子时，使得小丫头原本白皙的脖子上都沾染了污垢。

"给它擦一擦就好了……"叶七七自然舍不得将娘娘放下来，掏出手帕打算将娘娘身上有些湿的毛发擦干净。

不过按理来说，大皇兄那么喜欢娘娘，没有道理让娘娘变得像现在这么狼狈呀？

不远处突然传来声音，叶七七抬起头道："好像是有人在叫娘娘。"

与此同时，另一边。

"大皇子，奴才们看见娘娘往这边走了，娘娘一定就在这附近。"一名太监哆哆嗦嗦地说完，一抬头就瞧见男人阴狠的表情，被吓得大气都不敢喘一下。

夜景轩阴沉着脸，薄唇阴狠地吐出一个字："找！"

"是是是……"太监们闻言，急忙蹲在草丛里找。

叶七七大老远就听见太监们的叫喊声，将娘娘抱过去的时候，就瞧见了站在那儿周身气息阴冷得吓人的大皇兄。

一旁的一名小太监刚准备继续在草丛里搜索，就瞧见了小丫头手里抱着的娘娘，急忙喊道："娘娘找到了！大皇子殿下，娘娘找到了！"

闻言，面色阴沉的男人转过头，就瞧见了小丫头手里抱着的娘娘。

冷不防和大皇兄阴沉得吓人的眼神对上，叶七七下意识地咽了咽口水。过了好一会儿，她才鼓起勇气，将娘娘抱到了男人面前。

"大……皇兄，娘娘给你。"叶七七生怕他误会是她抱走了他的猫，又说道，"七七是在那边的草丛边发现它的。"她一边说，一边伸手指了指不远处她发现娘娘的地方。

夜景轩紧盯着娘娘环着小丫头的脖子的姿势，眼神中似乎多了几分愠怒。下一秒，他轻轻应了一声，伸手打算将娘娘从小丫头的怀里抱过来。但是他还没有碰到它，娘娘就已经不满地朝他叫了一声，然后扭开头不看他，将小丫头的脖子抱得更紧了。

看到大皇兄脸上的神情似乎又多了几分怒意，叶七七心颤了一下，伸手想要将娘娘从身上抱下来。但是她不知道娘娘是怎么想的，明明它的主人就在它面前，它不抱它的主人，为什么要抱住她不肯放手？而且娘娘不仅没有放手，反而将她抱得更紧了。

早知道她就不抱它了，现在娘娘就像牛皮糖似的，怎么甩都甩不掉。

叶七七伸手弄了好几次，还是没有将娘娘从身上抱下来。叶七七有些急了，差点儿就哭了，说道："不……不关七七的事……"

她觉得娘娘天生就是克她的，上回第一次见面，它也是突然从大皇兄的怀里跳到了她的腿上，导致大皇兄用一种要掐死人的眼神看着她，可把她吓坏了！

她不想喜欢它了！

望着小丫头一副欲哭无泪的表情，夜景轩难得地温声道："嗯，不关你的事。"

叶七七本以为大皇兄会骂她，但是令她感到意外的是，他居然没有说什么。

随后小丫头感觉脑袋一沉，抬头看去，这才注意到大皇兄居然在摸她的脑袋。

她听见他说："那七七现在有时间吗？帮大皇兄把它抱回去吧。"

本来叶七七是打算说没有时间的，因为刚刚和六哥哥说好了要一起吃午膳，六哥哥还在不远处等她呢。但是望着大皇兄温润的眸子，她一时之间不好拒绝，毕竟娘娘还在她怀里呢。

她点了点头，问："那……要抱回哪里呀？"

男人薄唇轻启，说道："崇德宫。"

崇德宫是大皇兄住的地方，叶七七是第一次来。当她抱着娘娘踏进殿内的时候，她格外拘谨。

殿门口还有一摊水，似乎还没来得及清理。

叶七七原本还在想为何娘娘身上湿漉漉的，直到看到殿内放着一个水盆，再结合方才大皇兄的衣服也有些湿，才似乎明白了：大皇兄不会是在给娘娘洗澡吧？

"殿下，这些东西还要……"一名太监拘谨地瞧了一眼被放在一旁的水盆。

夜景轩皱着眉头摆了摆手，说道："撤下去。"本来他今天心情大好，想着用不着宫女就能帮娘娘洗个澡，可谁知它一百个不情愿，不仅将水扑腾了他一身，还直接跑了出去。

叶七七坐下来还没多久，娘娘就主动地跳了下来，任由宫女将它抱下去洗干净。

娘娘一走，叶七七也立马站了起来，对一旁的男人道："大皇兄，没什么事的话七七先走了。"

"等一下。"夜景轩开口叫住了小丫头，抬眼看了一下外头的天色，见刚好是正午了，便道，"留下来和大皇兄吃个午膳吧。"

"啊？"叶七七显然没有想到大皇兄会让她留下来和他一起吃午膳。

见小丫头一脸愣住的表情，男人脸上多了几丝不悦，说道："不愿意？"

看着男人变得有些阴沉的脸色，小丫头吓得急忙摇了摇头："没……没有。"

"娘娘很喜欢你，你是它主动抱的第二个人呢。"

"那第一个人是谁呀？"叶七七下意识地开口问道。

直到瞧见大皇兄用晦暗不明的目光看向她，小丫头才反应过来，语气弱弱地道："哦，第一个人是大皇兄……"

421

第三十二章

真假六皇子

"昨天某个家伙在我面前嘚瑟，说七七叫他'二哥哥'了。"夜景轩说完，目光突然落在一旁格外拘谨的小丫头身上，眼眸里的神色意味不明。

叶七七听了这话，抬起头，就瞧见大皇兄表情意味深长地看着她。她吞了吞口水：是她的错觉吗？她怎么感觉大皇兄的语气里有几分醋意呢？

被他那眼神看得心里发怵，叶七七思索了一会儿，小心翼翼地问道："那……七七要给大皇兄换个称呼吗？"

夜景轩看着她，没有说话，但那眼神似乎在说：你觉得呢？

叶七七仔细地想了想，最终轻轻喊了一声："大……大哥？"

这称呼一出现，男人皱了一下眉，放下手里的杯子，平静地盯着小丫头，说道："叫皇兄。"叫"大皇兄"太生硬，叫"大哥"又不太符合规矩，既然这丫头都叫了其他人"二哥哥""六哥哥"，倒不如把这唯一的"皇兄"二字归于他。

"皇……兄。"

叶七七的声音本来就软绵绵的，在她喊完后，夜景轩发现她叫他"皇兄"二字竟然比叫"大皇兄"更显亲密。

夜景轩心情大好，朝着小丫头招了招手："过来。"

叶七七没想那么多，见他让她过去，就屁颠屁颠地下了凳子走过去了。说句实话，比起那个话多的二皇兄，她更怕这个话少又不太爱笑的大皇兄。

她刚走到大皇兄面前，他就抬起了她的下巴，冰凉的指腹落在了她的脖子上。

叶七七不知道他要干吗，不敢乱动又不敢低头看。过了一小会儿，她感觉像是有什么布料正擦她的脖子，忍不住低头看了一眼，只见大皇兄手里拿着微湿的手帕，正给她擦脖子。

注意到她望过来的目光，他说道："你的脖子方才被娘娘蹭脏了。"

"哦。"叶七七紧张得不行，紧紧地抓着自己的衣服。

夜景轩给小丫头擦完脖子，无意间瞥到小丫头的手握成了拳头，紧抓着手掌下的衣料，眸子微黯了一下，抬起头就见小丫头眼睛瞪得大大的，一脸无措地看着他。

见和他对视上了，小丫头匆忙地低下头避开了他的视线，像是生怕和他对视上一样。

他听到小丫头声音软软地对他说："谢……谢谢皇兄。"

谢谢？男人眸子微黯：说"谢谢"就未免太生疏了。

他没有说话，将手帕放到了一旁，给小丫头倒了一杯水，才缓缓地开口道："七七怕皇兄吗？"

叶七七闻言，下意识地看了他一眼，只见男人微垂着眸子自顾自地喝茶，没有看她。她小心翼翼地端起他给她倒的水，将脑袋垂得更低了，说："没有呀，七七不……不怕的。"

夜景轩听了小丫头这话，抬眸看了她一眼，就见小丫头一脸故作坚强的表情。他勾了勾嘴角：这丫头当真怪可爱的。

"别怕皇兄！嗯？"夜景轩摸着小丫头的脑袋说道。

看着大皇兄紧盯着自己的眼神，叶七七下意识地点了点头。

叶七七和大皇兄一起吃完了午膳，又陪娘娘玩了一会儿才离开。当她走到原先捡到娘娘的那条小道上时，却意外地发现六哥哥居然还在那儿。

见她过来，少年阴沉着脸朝她看了过去。

叶七七立马感觉大事不妙：六哥哥不会是一直在这里等她吧？

她把目光落在六哥哥身边的侍从身上，就见侍从哆哆嗦嗦地站在一旁不敢吱声。

叶七七心头颤了一下，说道："六哥哥，你一直……"

"猫送过去了？"他看着她，冷声问道。

叶七七被他冰冷的眼神吓了一跳，急忙点了点头，说道："送过去了……"说完，她又说道，"本来是想送过去就离开的，但是大皇兄突然让……"

她话还没有说完，就见少年直接转身离开了。

望着六哥哥的背影，她就知道六哥哥生气了，而且生了很大的气。她真的以为他会离开的，可没想到他居然一直等在这里，等了她一个多时辰。

她急忙追了上去，说道："七七以为六哥哥先走了的。"

少年自顾自地走着，没回头看她一眼。

"六哥哥，对不起……"她想要伸手牵住少年的手。

但是她的手刚碰到六哥哥的手，就被六哥哥强行甩开了。

"别跟着我！"少年转头对她撂下一句话，然后头也不回地走远了。

他走得很快，小丫头腿短，跟着有些吃力，没一会儿两个人就已经拉开一大截距离了。

不过好在叶七七认识路，七拐八拐就来到了六哥哥的寝殿。她进去的时候，发现宫女刚布好菜。

少年坐在那儿一言不发。

见到小丫头走进来，一名宫女给她盛了一碗饭，刚准备放到她面前，就被少年制止了。

"撤了！她不饿！"

闻言，那名宫女先是愣了一下，随后就准备将碗端下去。

叶七七赶紧将碗接过去，说道："我饿。"她心虚地看了一眼一旁凶巴巴的六哥哥，说道，"不……不用撤。"

宫女们见此，面面相觑。

那名宫女见六皇子殿下也没有拒绝，就将筷子递给了小丫头。

夜霆晟吃饭时不喜欢别人伺候着，宫女们布好菜就恭敬地退了出去。

屋子里只剩他们两个人了。

叶七七看着少年一言不发地冷着脸吃饭，咬了咬唇，说道："六哥哥，七七想喝汤……"

汤正好就在六哥哥面前，换作平时她说了这话，六哥哥铁定二话不说就帮她盛汤了，而这一次，他不仅没有给她盛汤，还在她说完这话之后放下筷子，对外面的宫女道："来人，把汤撤下去，难喝！"

叶七七心想：她明明看到六哥哥连菜都没有夹一下，更别提喝一口汤了，怎么就说这汤难喝了？

叶七七眼睁睁地看着宫女进来将汤撤下去了。看着少年阴沉的表情，她委屈地噘了噘嘴：六哥哥一定是故意的。

夜霆晟无视小丫头幽怨的目光，面无表情地吃饭，眼皮子都没有抬一下。

叶七七委屈地扒拉着饭，没一会儿碗里的饭就见底了。虽说她在大皇兄那边吃过了，但是因为她太拘谨，吃得很少，压根儿没有吃饱，本来还打算回来吃点儿小点心的。

少年抬眼看了她一眼，正好瞧见她那见底的碗，眼中的神色黯了一下，也不知道心里在想些什么。

叶七七将碗里的饭扒拉完后，又吃了好几只大虾。她把最后一只大虾剥完，刚准备塞进嘴里，看了一眼对面面无表情的六哥哥，想了想，然后小心翼翼地将剥好的虾递了过去，说道："六哥哥，吃虾。"

少年冷声拒绝："不要。"

叶七七拿着虾的手生生停在半空中，心里更加委屈了。

夜霆晟抬头看了她一眼，依稀可见小丫头那有些红的眼尾。

这一顿饭叶七七可谓是吃得极其憋屈，某人对她爱搭不理的。

"七七吃饱了！"她放下筷子后来了这么一句。

少年闻言，依旧没有说话，神色漠然。

不知是小脾气上来了，还是只是单纯地赌气，叶七七"噌"的一下就站起来了：都是一个爹生的，谁还没有脾气了！

叶七七没再说话，转身就打算离开。他不理她，她还不想理他呢，反正她又不止他一个皇兄，还有大皇兄和二皇兄呢。

"站住！"

叶七七刚走了两步，身后就传来少年的声音。

她故作高冷地没有转头，赌气似的来了一句："干吗？！"

说完之后，身后好久没有传来少年的声音，她不解地扭头看了一眼，正好和少年对视上。

叶七七被他那眼神吓了一跳：他……他干吗不出声呀？就这样不说话直勾勾地盯着她，怪……怪吓人的。

少年就像知道她听不见他的声音一定会转头看一样，见她朝自己看过来，就收回了视线，对她来了一句："过来。"

他低着头，似乎在袖子里找什么东西。

叶七七觉得自己也是个很有骨气的人，本来一点儿也不想搭理六哥哥，但是看着他仿佛是要跟她道歉的样子，那就姑且原谅他吧，反正她也不是什么小肚鸡肠的人。

她哼哼唧唧地朝少年走了过去：反正她没有那么容易哄，他必须软着嗓子哄哄她才行。

"你要干吗？"叶七七走到他面前，故作矜持地问道。

"把手伸出来。"

伸手？六哥哥要跟她道歉，为什么还要她伸出手呀？叶七七不解地将自己的手伸了出来，然后就见六哥哥掏出一条黑色的手帕，给她擦手。因为刚才剥了虾，她的手有些油。

夜霆晟给小丫头擦干净手后，望了她一眼，这才说道："好了，你现在可以走了。"

她大大的眼睛里写满了疑惑，看了看自己被擦得干干净净的手，后知后觉六哥哥单纯是有洁癖忍受不了她的手脏才让她过来的，压根儿就没有打算跟她道歉。亏她还以为他是想要跟她道歉来着，屁颠屁颠地走到了他面前。

相比小姑娘气鼓鼓的，一旁的少年可谓是心平气和，用一副淡然的表情看着她，就仿佛是让她快点儿走一样。

叶七七小脾气一下子上来了，直接一把拿过他方才给她擦手的那条手帕，扔在了他脸上，说道："谁要你给我擦手？我才不稀罕呢！"她自己又不是不会擦。

两个人离得近，叶七七扔的手帕一下盖住了他的大半张脸。

一时之间四周静得可怕。

当看到面前的少年伸手将手帕扯下，用一副阴郁的神情死死地盯着她时，叶七七才觉得大事不妙，被他阴狠的表情吓得吞了吞口水。她怎么感觉六哥哥好……好像要动手打人了？她心里头有些犯了。

"啊——"看到少年突然站起身，她被吓得后退了几步，一时紧张没站稳，一屁股坐在了地上。地板硬邦邦的，她一屁股坐上去，疼得眼泪都出来了，"哇"的一声就哭了出来。

夜霆晟瞧着小丫头哭的那副样子，心里又气又想笑。看着坐在地上哭得惨兮兮的小丫头，他不由得冷哼了一声，说道："刚刚不是挺凶的吗？现在哭什么？"

"呜呜呜……"叶七七泪眼婆娑地仰着脑袋看着站在她面前的六哥哥，说道，"疼……哥哥抱抱……"

夜霆晟："……"一有事就知道喊他"哥哥"了，真是个虚伪的小丫头。

他本来一点儿也不想搭理这个丫头，但是看着她可怜巴巴的样子，最终还是伸手将她从地上抱了起来。

"摔到哪里了？"

"屁股……屁股疼……"

少年："……"

叶七七环着少年的脖子，脑袋靠在少年的胸口上，因为低着头，没有注意到少年有些僵住的嘴角。

这丫头可当真是摔了个好位置，夜霆晟的手僵在了半空中，压根儿不知道该如何动作。

叶七七在少年的怀里一边抽泣，一边抬起脑袋看着他。

夜霆晟刚准备问小丫头需不需要看太医，结果小丫头直接来了一句："疼，要揉揉。"

少年："……"他这一刻尤为希望自己的耳朵失聪了。

他当真是从来没有见过如此黏人的丫头，正想跟她说一句男女有别，结果一低头，就瞧见小丫头水汪汪的无辜的眸子。

她心里头把他当作亲皇兄，可谁知他压根儿连他的皇兄都算不上！罢了，只不过是一个六岁的小丫头而已，他比她大整整八岁，有何可慌的？

他无奈地给小丫头揉了几下屁股，直到将小丫头放下，红得发烫的耳根还没有完全恢复正常。

许是怕她会突然抬头看他，少年故意伸手捂住嘴轻咳了一声，说道："估计是有瘀青了，回去让宫女给你上点儿药就好了。"说完，他正打算找个借口让小丫头离开，手突然被小丫头握住了。

许是方才哭了的原因，她连嗓子都有些哑，说道："那……六哥哥还生七七的气吗？"小丫头握着他的手，委屈地看着他。

少年背对着她，说道："不生气了。你早些回去吧。"

"真的不生气了吗？"叶七七有些不太敢相信。明明方才他还凶巴巴的，她就哭了一下，六哥哥就不生气了？

"嗯，不生气了。"

"好吧。那七七改天再来找六哥哥。"叶七七下意识地抬头看了少年一眼，哪怕只是短暂的一秒，还是瞧见了少年有些红的耳根。叶七七心里觉得奇怪：六哥哥怎么耳朵红了？

"那……七七走了？"

"嗯。"他轻轻应了一声。

过了一会儿，听着渐渐远去的脚步声，他转头看了一眼，就瞧见小丫头越走越远的背影。

过了许久，少年才微微抬起手，目光落在自己的左手上，陷入了沉思中。

当天晚上他做了一个梦，一个处于他这个时期的每一个少年都会做的梦，睡梦中，那奶团子长成了大姑娘，亭亭玉立且相貌倾城，尤其那嗓音软得不可思议，每时每刻都在撩拨他的心弦。

"六哥哥……六哥哥……"小姑娘环着他的脖子一声一声地叫着。

最后他忍无可忍地将小姑娘抵在了墙角，大掌擎着小姑娘的细腰，靠在她耳边，声音狠厉地说道："叫什么'六哥哥'？叫'燕哥哥'！"

后来，他惊出一身汗地从梦中醒来，猛地掀开了被子，低头一看，眉头皱得更深了。

夜色寒凉，夜霆晟在冷泉中泡了一个多时辰才上岸。

见他上岸，福伯将衣裳递了过去，随后便恭敬地退了出去。

少年穿着一身黑色的单衣，黑发微湿披散至肩头。清冷的月光洒在他身上，使得他阴冷的气息越发浓重。

福伯临走时还特意放了一碗粥在桌子上。

他看了一眼那碗粥，端了起来，走到寝宫里头的一个柜子前，不知按了什么机关，原本毫无异样的柜子突然发出"咚"的一声，从中间缓缓地开启了。

他端着碗走了进去，穿过黑暗的走道，便是灯火通明的内室。内室不大，只有一张床和一张放着杂物的桌子。

他一进去，不远处的墙壁上就传来一阵阵铁链碰撞声。

他把目光投在被铁链绑在墙边的少年身上，将碗放到了少年面前。

随后，那少年立马扑到了碗前，捧起碗就"咕噜咕噜"地喝着，没几口那碗就见底了。

"啊……啊啊啊……"那少年手举着空碗，对着他叫了几声。

他抬眸看了少年一眼，问道："还要吗？"

"啊啊啊……"那少年点了点头，双手不停地晃着被舔得一干二净的空碗。

"下次给你带，今天太晚了。"

那少年听到他这句话，眸子立马黯淡了下来，委屈地看着他，眼睛有些红。

他看着少年红了的眼睛，冷不防地想到了白天小丫头对着他哭得惨兮兮的可怜模样，猛地合上了手里的书，神情阴冷地瞧了那少年一眼，语气森寒地道："别用那种眼神看我，除非你不想要你的眼睛了！"

那少年似乎被他这番话吓到了，立马面露惊恐的神情，紧紧地抱着脑袋蜷曲在角落里。

看着少年那副惊恐的样子，他忍不住冷哼了一声。

有谁能想到，眼前这神经兮兮且浑身脏兮兮的少年，才是真正的北冥六皇子夜霆晟，而他自始至终都是假冒的。

视线从少年身上移开，他伸手就将脸上和少年的脸一模一样的面具撕开了。

面具之下的皮肤由于常年照不到阳光，苍白得近乎病态，脸上的轮廓棱角分明，鼻梁高挺，狭长的眼尾下有一颗红色的泪痣，一双妖冶狭长的凤眸染着阴暗的锋芒，薄唇紧绷。

不远处的少年看到他撕开脸上的面具，露出真容时，眼底的惊恐之意更深了，死死地盯着他，声音颤抖地道："啊啊啊……燕……燕铖！"

燕铖看着少年惊恐的表情，嘴角勾起了一抹冷笑：不得不说，眼前这人不愧和那个丫头是一个爹所生，连眉眼都极度相似。

"嘘，别乱喊我的真名，我现在还挺喜欢'夜霆晟'这个名字的。"他尤其喜欢某个丫头软着嗓子唤他一声"六哥哥"。

本来他是打算灭了整个夜家的，不过现在一想，自己隐藏了那么久，似乎可以收点儿利息了。

"本来不打算留你一命的，但是想想你似乎还有活着的价值。"他一边说，一边拿起笔瞧着那少年的相貌，一点儿一点儿地在纸上勾勒。之前的那个面具用了一段时间，该换新的了，虽说用那具尸体骗过了那昏君，但他还是不能掉以轻心。

他从内室出来的时候，窗外的天依旧漆黑一片。他刚按下关闭内室大门的机关，窗外突然传来一丝轻响。他转头看去，只见一道黑影从窗外闪了进来。

那黑影一进来，就半跪在地上，低着头恭敬地对他道："殿下！"

清晨，宫中北边校场。

夜傲天坐在椅子上，不一会儿就一连打了好几个哈欠。他单手撑着脑袋，百般无奈地盯着场下一群练剑的少年，越看越觉得没意思。早知道这校场如此无聊，他一开始就不应该答应某人。

他越想心中的烦躁之气越甚，伸手捏了捏眉心，直接往后面的椅子上来了个"咸鱼躺"。他刚躺下去，就瞧见了一张倒着的脸，被吓得一激灵。

"二哥哥。"

叶七七不知何时站在了他的椅子后面，吓得他差点儿从椅子上狼狈地摔下来。

"咳咳……"夜傲天直起腰，伸手捂着嘴轻咳了几声，试图掩盖自己方才被吓出的惊慌神色。

叶七七看着突然咳出声的二皇兄，伸手替他拍了拍后背，说道："二哥哥，你没事吧？"是她刚才吓到他了吗？

"没……没事。"夜傲天对着小丫头摆了摆手，好一会儿才缓过来。

"七七，你……怎么来了？"夜傲天说完，视线落在小丫头身上，竟发现她怀里还抱着一只猫，问道，"娘娘？"

叶七七点了点头："嗯嗯。"

夜傲天惊讶地看着她，有些难以置信地道："这是你在路上捡的，还是夜景轩那家伙交给你的？"不过以那家伙视猫如命的性子，他应该不可能把娘娘交给一个小丫头吧？

"大皇兄今天要出宫一趟，所以就把娘娘交给七七帮着带一天。"叶七七说完，低头看了一眼怀里乖巧的娘娘，又说道，"正好大皇兄说二哥哥你在校场，所以七七就带娘娘来看看二哥哥。"

夜傲天听了这话之后，说不惊讶是假的。夜景轩那个视猫如命的人，居然有一天会将他的爱猫交给这个小丫头带着，真的太匪夷所思了。

不过话又说回来，震惊还是其次，他感动才是主要的：他家七七真的是出息了，居然会害怕他无聊特意来校场看他这个二哥哥，果然，他现在在小丫头心里的分量铁定不一般。

"七七当真是有心了，竟想到来看二哥哥。"他伸手揉了揉小丫头的脑袋，眼里满是宠溺。

叶七七被他那眼神看得有些心虚，其实……她也不全是为了看二皇兄才来的，主要是为了男主角燕铖来的。她记得原文中有一段剧情，是男主角燕铖在校场的后山被几个少年欺负，所以就来校场碰碰运气，看能不能遇到原文中的男主角，毕竟她也是男主角的粉丝来着。

想到自己快要见到偶像了，她有点儿激动地问道："二哥哥，这些少年兵都是前几天刚被派遣回京的吗？"

"是呀，这些都是朝廷从各地挑选出来的少年精兵。七七怎么突然关心起这个了？"

"没……没有呀。"叶七七被他那眼神看得有些心虚，下意识地拿起杯子喝了一小口水，语气闷闷地道，"七七就是随便问问而已。"

"哦，随便问问呀——"夜傲天意味深长地拖了个长音。他还以为小丫头是看上哪个俊俏的少年了呢。

见小丫头的目光一直落在面前的糕点上，他伸手将糕点推到了她面前，说道："想吃就吃，跟二哥哥还客气什么？"

叶七七看着被二皇兄推到面前的糕点，愣了一下：她没想吃糕点呀，刚刚只是在想事情而已。

她摸了一下自己圆鼓鼓的肚子，虽然已经很饱了，但是再吃一块糕点还是可以的。叶七七一边吃，一边想着应该找什么样的借口去校场的后山转一圈，突然有了主意，说道："二哥哥……"

"嗯？怎么了？"夜傲天见小丫头红着脸，还一副欲言又止的神情。

叶七七紧张地抠着手，犹豫了半晌才道："七七想去小解。"

"去呗，旁边就有。"话音落下，他看了一眼站在小丫头身边的宫女，说道："带公主过去。"

"是。公主，您这边请。"

叶七七看着宫女示意的方向，脸色微变：怎么这旁边也有茅厕？她想去的是后山那边的茅厕呀！

夜傲天见小丫头迟迟未动，挑了一下眉，问道："七七难不成要二哥哥陪你一起去？"

叶七七脸一红，连忙摆手："不……不用了，七七可以的。"说着，她急忙站起身来，将娘娘塞到了男人怀里。

临进去前，叶七七看了一眼陪她来的宫女姐姐，说道："你站在门口等我就可以。"

那名宫女说道："是，公主。"

叶七七进去之后，站在茅厕旁边，看到她和后山只有一墙之隔，但那墙比三个她加起来还高。她有点儿犯难了，看了一眼四周，什么垫脚的东西都没有，想了想，将目光投向了墙角。

估计是跟大白待得久了，小丫头连找狗洞的本事都见长了，当真让她在墙脚处发现了一个狗洞。

她刚准备蹲下身子钻出去，突然想到了什么，对着外面道："宫女姐姐，七七肚子疼，你千万不要催我！"

站在外头的宫女听了小公主这话，哪里敢有异议，连忙说了几个"是"。

听到外头传来宫女姐姐的回应后，小丫头才缓缓地蹲下身子，准备从狗洞钻出去。

这个狗洞比她之前钻的狗洞都小，但是她对自己还是十分有信心的，毕竟她现在也是小小的。可刚钻了一半，她发现有些不对劲了：她的小肚子好像……卡住了。

叶七七十分吃力地往外挪了挪，努力地收紧自己的小肚子，然而现实当真十分残酷，哪怕她再使劲地往外钻，还是没有任何用，她的脑袋和手算是钻出来了，但是肚子因为肉太多，硬生生被卡住了。

她就不应该嘴馋吃那块糕点的，现在好了，把自己卡在狗洞里了，可谓是进退两难。她又挣扎了许久，还是没能挣脱出来，彻底绝望了。

"救命呀！来人呀！"她再也不钻狗洞了！

叶七七喊了好一会儿都没见过来个人，即将放弃的时候，突然感觉眼前有一道黑影落下。她费力地仰着脑袋想要看清面前的人是谁，但由于那人背对着光，她看不清他的脸。

直到她听见他突然道："你……"

少年看着像是卡在狗洞里的小丫头，眉头忍不住皱了一下。

哪怕他刚吐出了一个字，叶七七也立马将他认出来了，说道："呜呜呜，六哥哥救命……"她扑腾着双臂哭喊着，看起来楚楚可怜。

他方才在不远处突然听到小丫头的声音，一开始还以为是幻听，但是越往前走那声音就越清晰。

燕铖半蹲下身子瞧着面前泪流满面的小丫头，很想问她为何不走正门偏要钻狗洞，但看着小丫头可怜巴巴地扯着他的衣摆的模样，最终问出口的是："卡住了？"

叶七七急忙点了点头："肚子，是肚子卡住了，难……难受……"卡在狗洞里久了，她现在全身都难受得紧。

"自己收腹试一下。"

叶七七红着眼摇了摇头，说道："不……不能……"她刚刚都收腹好几次了，还是出不来。

"七七会不会一直卡在这里出不来了？"一想到这一点，她哭得更凶了。她发誓，以后再也不钻狗洞了，狗洞太害人了！

"不会。"燕铖看了一眼小丫头哭得梨花带雨的脸，伸手替她擦了擦眼泪，抬头看了一眼那高高的墙，对小丫头道，"等我一下！"

叶七七还没反应过来，原本站在她面前的身影突然消失了。她抬头看到原本六哥哥站着的位置空无一人，心里不由得有些急了，叫道："六哥哥，你……你去哪里了呀？"他……他不会把她丢下了吧？

"呜呜呜，六哥哥……"

"别哭了。"

就在这时，哭得正凶的小丫头听见身后传来熟悉的声音，似乎是在墙的另一边。

叶七七感觉自己一只脚的脚腕被人扣住了。

少年半蹲在地上，瞧着小丫头不停乱晃的小腿，伸手按住了其中一只脚，手落在小丫头被卡着的腰际，果不其然瞧见了那半卡在腰和墙的缝隙之间的香囊。

"只是香囊被卡住了而已，你先往后退一点儿。"他把手垫在小丫头的腰下，轻轻地将她往后拉了一下，很快就把致使小丫头被卡在这里的罪魁祸首扯出来了。

没了香囊，叶七七立马感觉自己的腰似乎有了一点儿活动空间，身子一点儿一点儿地被少年拉扯了出去。

"出……出来了。"叶七七有些震惊地看着面前的狗洞：她就这样出来了，还以为要卡在这里很久。

她转头看着身旁的六哥哥，缓缓地道："谢谢，六哥哥。"

"为什么钻狗洞？"

叶七七正低头看着自己的裙摆上沾染的不少泥土，打算伸手拍干净，就听见一旁的六哥哥突然问她这话。她抬头看了他一眼，犹豫了好一会儿，说道："因……因为……"

"公主，您好了吗？"外头突然响起宫女的声音。她进去的时间太长了，宫女生怕小公主会遭遇不测。

叶七七急忙对外头的宫女道："好……好了，我等一下就出来。"说完，她看着面前神情阴郁的六哥哥，说道："七七该出去了……"

少年看了她半晌，最终只是轻轻应了一个字："嗯。"

叶七七刚走一步，又忍不住回头用极小的声音对他道："那六哥哥你能不能等七七离开后再离开呀？"毕竟要是他们两个一起从茅厕里出去，也太奇怪了吧。

想了想，叶七七又道："或者，六哥哥你像刚才那样，再……再翻出去？"

燕铖："……"

夜傲天半卧在椅子上，看着不远处慢腾腾地朝自己走来的小丫头，眉毛轻挑了一下，问道："怎么这么慢？"他都要以为这小丫头掉到坑里去了。

叶七七红着脸，伸出手摸了一下自己的小肚子，怯怯地开口道："刚刚突然肚……肚子疼……"

夜傲天看着小丫头没说话，看样子应该是相信了小丫头的话。他握着酒杯，刚准备饮上一口，目光忽然落在小丫头的腰间，问道："嗯？七七，你腰间的香囊呢？"

"啊？"叶七七刚坐下，顺着二皇兄指的地方低头看了一眼，只见自己腰间原本挂着香囊的地方空荡荡的。她想了想，刚刚六哥哥将她的香囊拿下来后，好像没有还给她。

"可……可能掉下去了吧……"叶七七小声地说。

不知是错觉还是什么，他总感觉小丫头有什么事情瞒着他。不过既然小丫头不愿意讲，他也没有问。

叶七七瞧着二皇兄收回了目光，心虚地一连喝了好几口水。本来她是想找到男主角燕钺的，可男主角没有找到，竟然和六哥哥遇见了。

不过六哥哥怎么突然来校场了？虽然叶七七心里有些困惑，但是没过一会儿就将其抛之脑后了。

她在校场同二皇兄待了一个下午，还是没有发现半点儿男主角的踪迹，甚至到了最后，她以想溜达一圈的借口，央求二皇兄带她去后山走了一圈。

可一圈下来，她还是没有看见原文中男主角燕钺在校场后的山口被人欺负的一幕。她记得原文中写的就是男主角燕钺在第一天校场练兵时被人欺负，而今天明明就是第一次校场练兵呀！难不成剧情……变了？

"二殿下，这是校场少年兵的名单，请您过目。"

夜傲天刚坐上马车准备回去，侍从便恭敬地递来一个名单折子。

今日劳累了一天，他实在没心情看，接过折子后便随意地放在了一旁，说道："行了，知道了，退下吧。"

叶七七就坐在他的对面，看着被他放到一边的名单，眸子有些发亮：名单？那是不是意味着她可以在这个名单上找一下男主角了？

叶七七咽了一下口水，看向一旁假寐的男人，说道："二哥哥……"

"嗯？"听见小丫头喊自己，夜傲天掀起眼皮看了她一眼。

"七七可不可以看一看这个？"

夜傲天顺着小丫头指的方向看了过去，目光落在侍从刚拿来的折子上，打了个哈欠，语气慵懒地道："看呗。"夜傲天心里也没往别的方面想，只当小丫头无聊，想翻点儿东西看一看而已。

叶七七怀揣着无比激动的心情翻看折子：有了这个折子，她就能知道男主角在哪个营了，然后找到他，阻止别人欺负他，防止他黑化。

她至今还深刻地记得，原文中男主角混进少年兵中用的假名字叫权九司，日后他成为权倾朝野的大司马后，权九司这个名字让不知多少官宦闻风丧胆！

第三十三章
燕铖的死讯

　　叶七七一脸认真地翻着手里的名单折子，心里不停默念"权九司"三个字。那名单折子虽说也就区区几页，但是上面写满了密密麻麻的名字，她认真地看了好一会儿，自上而下地将一排排名字从头扫到尾。

　　第一遍的时候没看见"权九司"这个名字，叶七七以为是自己看漏了，然后又看了一遍，还是没有。直到三遍看下来，发现真的没有"权九司"这个名字，她愣住了，表情凝固了片刻，有些难以置信：这……怎么可能？

　　明明应该有的呀，他可是男主角。叶七七不死心地又找了一遍，然后心彻底凉了，这名单上真的没有"权九司"。

　　难不成是燕铖改名字了？又或许是剧情改了？不过比起男主角改名字，她还是更倾向于是剧情改了，毕竟依照她现在的经历来看，剧情改了并非没有可能。

　　叶七七咬了一下唇，陷入了沉思中。

　　这时，她的脑海里不由得浮现出前几天那具西冥太子的尸体的样子。

　　在原文中那具尸体自然是假的，但是现在用逆向思维思考一下：在原文中夜七七活不到六岁就被大暴君爹爹砍了头，但是现在她活了下来，还有就是九皇叔，在原文中九皇叔因为意图谋反被砍了脑袋，尸首被挂在城门上示众三日，但是现在九皇叔没有谋反，所以也不会死。

这些事情指向了一点，那就是原文中本来会死的人现在没有死，而原文中本没有死的人也可能会死。

所以……那具尸体不会真的是男主角燕铖吧？因为她的存在，男主角死了？

除了上述这些，她貌似找不到其他理由了。

那次也是她第一次看见尸体，只是匆匆地看了一眼就扑进了六哥哥的怀里，所以看得并不是很真切，但现在细细地回想起来，那具尸体的左眼尾好像真的有一颗泪痣来着。所以，那也许是真的男主角，她和她的男神还没见到面，就……就阴阳两隔了。

有了这番推测后，叶七七整个人都不好了，郁郁寡欢了好几天。不过几天的伤心日子过去之后，她又淡然了不少，毕竟人死不能复生，男主角燕铖虽然是她的男神，但是对她来说终究只是个虚构出来的角色，而且往好一点儿的方向想一想，男主角死了，她就不用担心男主角来报仇了，她的父皇爹爹、大皇兄、二皇兄、皇姐姐、六哥哥，还有不计其数的北冥百姓都不用死了。

清晨，御书房内，大暴君正坐在椅子上专心地批阅奏折。但哪怕他再专心，时不时地还是能感受到来自站在门口的小丫头那灼热的目光。

过了好一会儿，他终是忍无可忍地放下了手中的奏折，抬起眸子扫了一眼站在门口迟迟不敢进来的小丫头，冷声道："你究竟还要在门口站多久？"从他看第三本奏折开始，这丫头就一直站在门口，不离开也不进来，眼看着他都翻到第十本奏折了。

叶七七纠结了好一会儿该不该进去，被他突然出声吓了一跳。她有些震惊地瞧着他：她还以为父皇爹爹一直没有看见她，毕竟她来的时候就见他一直低着头在认真地看奏折，尤其是他面前还堆了好几摞奏折，挡住了视线。

"那……七七进来了？"叶七七扒在门边，探出脑袋，圆滚滚的眼睛紧盯着他。

大暴君没说话，但望着她的眼神似乎在向她传达三个字：滚进来。

见她进来了，他就收回了视线，重新拿起奏折，问道："找朕何事？"

叶七七犹豫了一会儿才道："没……没有事……"

闻言，男人微微皱了一下眉，抬起好看的眸子意味不明地瞧了她一眼：没有事来御书房找他干吗？

在他不解地看向小丫头时，小丫头刚好也朝他看了过去，然后两个人就对视上了。可他没想到，刚和他对视一眼，小丫头就立马移开了目光，那副样子就仿佛他是什么凶残至极的洪水猛兽一样。

他的眸子黯了一下。自从上一次小丫头无意间看见他杀人后，他就发现这丫头有些不对劲了，虽然她没有表现得太过明显，但他还是能感觉到这丫头似乎对他多了几分惧意。他把视线下移，落在小丫头有些不知所措、紧张地纠结成一团的手指上，又回想起夜墨寒那家伙说他曾经十分宠爱这丫头。

过了片刻，他突然放下了手里的奏折，对不远处的小丫头招了招手，薄唇轻启吐出了两个字："过来。"

叶七七正纠结今天该找什么样的借口留下来蹭饭，就听见父皇爹爹突然出声，先是没反应过来，直到瞧见父皇爹爹紧紧地盯着她，才回过神来，犹豫了一会儿后走到了男人身边。

"父……"她刚准备喊他，就见他突然伸出手将她抱了起来。

虽说叶七七看起来白白胖胖的，脸上还有些婴儿肥，但是夜姬尧抱起她的时候很轻松，几乎没用多少力气就将小丫头抱到了自己的腿上。

叶七七瞪大了眼睛，震惊地望着他：父皇爹爹怎么突然抱她了？

她紧张得全身上下都是僵硬的，坐得极其不自在。

"怕朕？"感觉到怀里小丫头的不自在，大暴君伸出微凉的手指摸上了小丫头的手。

叶七七被他摸得毛骨悚然：她怎么有一种父皇爹爹要拧断她的手的感觉？

"嗯？"见小丫头没说话，大暴君抬头盯着面前被吓得愣住的小丫头。

叶七七本来想说不怕的，但是望着父皇爹爹阴沉地盯着她的目光，感觉她要是说谎，他立马会拧断她的脖子。本来她也并不是很怕，但现在脑海里突然浮现出之前父皇爹爹在御书房里杀人的场景。虽然她知道他当时杀的是罪臣，但是一想到那血腥的场景，还是心有余悸。

她猛地吞了吞口水，轻轻扯了扯男人的衣袖，说道："父皇爹爹，您对七七笑一笑，七七……就不怕了。"

毕竟父皇爹爹不笑的时候，表情真的吓人得紧。看着他那冰冷的眸子，叶七七就会想到两个人第一次见面的场景，当时父皇爹爹命人将她拖下去砍头时的眼神就和现在的眼神一模一样。

目光落在小丫头扯着他的衣袖的那只手上，夜姬尧觉得小丫头对他说出这话，外加上这小心翼翼地扯他的衣袖的动作，竟让他觉得多了几丝撒娇的意味。他膝下除了这丫头，还有其他子女，但没有一个像这丫头这般会撒娇、会黏人的。他轻轻笑了一声，说道："七七的意思是，朕笑一笑，你就不怕了？"

叶七七想都没想便点了点头："父皇爹爹笑起来好看。"

好看？在小丫头说完这句后，他的脑海里突然响起了小丫头不知何时对他说的另一句相似的话："父皇爹爹，好看。"

接着他的脑海里又闪出几个零碎的片段，只见娇小可怜的小丫头跪在大殿上，身上穿的衣服极其单薄，且浑身上下脏兮兮的。想到这里，他莫名其妙地头有些痛了，忍不住伸手捏了捏眉心。

一旁的叶七七看到他突然捏眉心，立马露出担忧的神色，问："父皇爹爹，您怎么了？"

闻言，他抬眸看了一眼面前的小丫头，看着她那天真无邪的眸子，突然和他记忆中的一双眸子缓缓地重合了。他捏眉心的手稍微停顿了一下，用冰冷的眸子看着小丫头。

夜墨寒那家伙跟他说他和小丫头的第一次见面是在朝堂之上，还说他当时冷血无情，想命人砍了小丫头的脑袋，但为何在那之前，他的记忆中似乎从没出现过小丫头的身影？心里头存着几丝困惑，他又仔细地想了想，竟意外地想起来了。

原来他在之前就和小丫头见过几次面，只不过他生来性情淡薄，并不太关心膝下子嗣，再加上那时小丫头穿的衣服实在不符合一个公主的身份，所以他并没有认出这丫头是他的女儿。毕竟见过的那几次面，都是因这丫头前来偷吃他寝殿里的点心，而他当时只当她是哪个不知死活的宫人的遗孤罢了。也许是她那双眼睛深得他的喜欢，所以他才没追究她偷吃的罪，若换作旁人，恐怕早已经人头落地。

原本对于小丫头偷吃一事，他只是打算睁一只眼闭一只眼，但不承想，因为她那娘惹了他那狂傲的三女儿，他才得知小丫头的真实身份。他还记得在得知她是他的七女儿时的震惊心情，震惊过后便是满腔怒火，最后都分不清究竟是气他自己，还是气她那娘待她不好。

不过他更加气的还是这丫头的怯懦，明明偷食他桌上的点心的时候可不是那番尿样，一进朝堂后，却是一副如鹌鹑的模样，让他心中的怒火更甚了，怒火攻心之下便说了要将她拉出去斩了的气话。

"父皇爹爹？"叶七七见大暴君许久未曾应她一声，忍不住又一次开口问道。

大暴君立马从回忆中清醒，看着面前的小丫头时，眸子里多了几分暖意：虽然记忆还没有完全恢复，但是如今他知道为何他膝下有五子二女，却最宠这丫头了。

"没什么。"他伸手揉了揉小丫头的脑袋。

叶七七抬头，瞧见他突然带着几丝笑意看着她，那眼眸里是她许久未曾见到的宠溺之意，令她产生了一种父皇爹爹已经恢复了记忆的感觉。不过那温柔的眼神也只持续了一小会儿而已，等到她再次想要看清时，就见他又恢复成之前那番冰冷的样子了。

叶七七被男人抱在怀里，任由他揉着她的脑袋。

赵公公进来时，看见的就是父女相处得十分融洽的画面，只见一身龙袍的男人坐在书桌前，神情认真地看着手里的奏折，他左手拿着奏折，右手却稳稳地抱着小丫头，可谓是带娃、理政两不误。

赵公公说道："陛下，国师大人求见。"

"让他进来。"

一旁的小丫头听了这话，抬起头，只见一身黑衣的国师大人正从门口缓缓地走进来。

当看见她时，他还朝着她笑了笑。

在原文中，描写国师殷九卿的笔墨并不是很多，唯一一次作者把他的戏份儿写得很多还是把他给写死的时候。

叶七七咬了咬唇，突然想到他的死貌似还和皇姐姐有着间接的联系。她在看第一遍《燕皇令》的时候，没太读懂当三公主夜云裳在京中被害去世时，为何身处战场杀敌无数的国师大人会突然返程回京，还不幸死在了回京的途中，直到看了第二遍《燕皇令》，才明白其中的缘由：她一直以为三公主夜云裳除了跟那个人渣宋郁承，跟其他人就没有感情线了，但万万没想到，夜云裳居然和出场率极低的国师大人殷九卿有感情线。

不过两个人的感情戏少得可怜，不反复细看压根儿看不出来，当时她还是在书的评论区里看书评的时候，无意间瞧见了作者的评论，才知晓两个人竟有感情线。

起初她不知道两个人有感情戏，看文的时候也没感觉有什么，知道后才发现他们两个人的感情线算得上是文中最坎坷的。

叶七七想到原文中皇姐姐被宋郁承害死的场景，又仔细地想了想，觉得或许可以撮合一下皇姐姐和国师大人。

之前就听宫女姐姐说国师大人脾气古怪，且心狠手辣，但是也不知道是因为他长相十分好看还是什么，她不仅丝毫没有觉得他凶，反而还觉得他平易近人，是个好人。皇姐姐要是最后和他在一起，一定会很幸福，毕竟在原文中国师殷九卿可是喜欢三公主夜云裳好多年的。

殷九卿说道："微臣见过陛下。"

"国师不必多礼。朕让你办的事情怎么样了？"

"回陛下的话，已经办理妥当。"殷九卿上前几步，恭敬地将手里的奏折递了上去。

叶七七忍不住仰起脖子偷瞄了一眼。虽说她现在还坐在父皇爹爹的腿上，但是父皇爹爹倒是丝毫不避讳地在她面前翻开了奏折。

夜姬尧瞧着小丫头伸着脖子想要看的神情，伸手揉了一下她的脑袋。

叶七七见父皇爹爹突然揉了一下她的脑袋，以为这是在警告她不要乱看，刚准备收回视线，头顶上方就传来男人的声音："想看就看，你躲什么？"

下一秒，叶七七的脑袋又被大暴君揉了几下。

父皇爹爹都这样说了，她也觉得没什么可避讳的，于是半撑着脑袋坐在男人的怀里好奇地看着。

"认识字吗？"大暴君瞧着怀里的小丫头看得认真，便开口问道。

"七七是识字的！"叶七七似乎因为他说她不识字而有些不高兴，连语气都多了几分埋怨。

等她说完，他才突然想起小丫头是识一些字的，不然怎么会被秦老儿推荐去国子监上学？同时，他又想到了小丫头之前的那几张打着"甲"的高分考卷，伸手宠溺地摸了摸小丫头的脑袋，说道："嗯，挺棒的。"

叶七七听了父皇爹爹对自己的夸赞，脸都不由得红了：父……父皇爹爹居然夸她了！

更惊讶的还是站在一旁的殷九卿。殷九卿当真还是头一次瞧见陛下这般温柔地对谁讲话，忍不住又看了一眼坐在男人怀中的小丫头。

叶七七看清奏折上的内容后，发现是关于月底去宫外春猎的事情。

"父皇爹爹。"她伸手扯了几下他的袖子。

"嗯？"大暴君低头看了小丫头一眼。

小丫头语气软软地问道："七七可以去吗？"她也想去春猎。

大暴君说道："你还太小，等过几年就可以了。"

这算是把她拒绝了。叶七七听了，有些不高兴地问："那皇姐姐也不去吗？"

"回公主的话，只要是年满十岁的皇子、公主和官宦子弟，都可以参加。"殷九卿在一旁开口提醒道。

叶七七的小脸垮了下来：皇姐姐十四岁了，六哥哥十二岁了，只有她是最小的。

她又伸手扯了扯一旁的男人，说道："父皇爹爹，七七想去。"

她也想跟六哥哥和皇姐姐一起去春猎。她刚刚看那个奏折上说，春猎是要举行三天三夜的，那到时候岂不是父皇爹爹他们都不在皇宫里？她一个人多无聊呀。

大暴君瞧着小丫头眼巴巴地看着他，按理说小丫头还太小，实在不该带她去。他看着小丫头，说道："春猎都是去狩猎的，七七去的话……"他说到这里，突然顿了一下，意味不明地看了她一眼，笑道，"难不成七七去采蘑菇？"

叶七七："……"皇兄、皇姐都去狩猎，而她只能采蘑菇，这是何等的落差呀。

"采……采蘑菇也不是不可以，七七会采蘑菇。"反正肉吃多了，总要吃点儿蔬菜解解腻。

大暴君："……"

后来，在小丫头的软磨硬泡下，大暴君终于同意她去了。

不过毕竟小丫头年纪太小，他实在放心不下让小丫头在春猎的时候独自去采蘑菇。

叶七七突然提议道："那七七可不可以让六哥哥和我一起去采蘑菇呀？"

与此同时，另一边，正半卧在软榻上看书的少年冷不防一连打了好几个喷嚏。

走进来的福伯正巧听见了，说道："殿下，最近早晚天气寒凉，应注意保暖才是。"

少年轻抹了一下鼻子，语气沉沉地应了一声："嗯。"

"哈哈哈，采蘑菇？"夜墨寒听对面的小丫头说完这话，忍不住笑出了声，问道，"那囡囡你那父皇同意了吗？"

正吃着点心的叶七七点了点头：“父皇爹爹同意了，然后害怕我一个人采蘑菇不安全，就让六哥哥跟囡囡一起去采蘑菇。”

听了这话，夜墨寒笑得更放肆了。

叶七七瞧他笑得那么欢，委屈地噘了噘嘴，说道：“皇叔，你别笑了……”

见小丫头有几分生气的趋势，夜墨寒立马止住了脸上放肆的笑意，说道：“好好好，皇叔不笑了，不笑了。”

叶七七委屈地看了他几眼，问：“那六哥哥会不会生气呀？”

“嗯？”夜墨寒眸子含笑地看着小丫头，问道，“七七为什么会这么想？”

“万一六哥哥不想跟七七一起采蘑菇呢？”当时父皇爹爹问她想让谁陪她一起采蘑菇，她首先想到的就是六哥哥，就嘴快地把六哥哥说出去了，但是后来想了一下，毕竟六哥哥不是女孩子，比起采蘑菇肯定更喜欢打猎。

夜墨寒瞧着小丫头担心的模样，伸手揉了揉小丫头的脑袋，神色宠溺地道：“怎么会？七七这么可爱，六六会很愿意跟你一起采蘑菇的。”说完，夜墨寒又道了一句，“要是那臭小子不同意，皇叔替你揍他。”

叶七七想到六哥哥上一次直接用轻功翻过了墙，估计六哥哥会武功，而且看着好厉害的样子，不过皇叔也会轻功，应该还是皇叔更厉害一点儿吧。

“嗯嗯。”叶七七点了点头。她也觉得六哥哥缺少一个完整的童年。

夜墨寒又揉了揉小丫头的脑袋。

结果下一秒，不知他看见了什么，叶七七就见他的嘴角突然僵了一下。

叶七七转头顺着九皇叔的目光看去，就瞧见一道高大的黑色身影走了进来，手里端着一个盘子。由于那人是逆着光走进来的，她看不清那人的脸。待那人走近，抬起头露出一张异常年轻俊美的脸，她震惊了一下，只见那人穿着一身黑色的衣袍，高高束起的黑色长发透出淡淡的邪气，眉宇之间充斥着的英气和眼底冷似寒冰的光芒让人看着就不寒而栗。

叶七七仅仅和那人对视了一眼，就感觉周身突然森寒无比。

“启禀王爷，江大人来了。”那人的声音出奇地低沉好听。

叶七七看着那人恭敬地将盘子里的点心放在了桌子上。

那是一盘刚出炉的桃花酥，她最喜欢吃的就是这个，但是现如今瞧着那人目光沉沉地看着她，她硬是没敢伸手拿一块。

这人是皇叔府上的侍卫吗？她怎么感觉好可怕！

夜墨寒说道：“囡囡，皇叔有事要去见一下江大人，你先在这里玩一会儿，皇叔过会儿回来。"

闻言，叶七七下意识地点了点头，见站在不远处的那个黑衣侍卫还在看她，吓得没敢抬头。

不过好在皇叔走的时候那个侍卫也跟着皇叔一道离开了。

直到他们走后，叶七七隐隐约约地觉得不太对劲：她记得九皇叔府上的侍卫都是穿统一的侍卫服的，可那人穿的好像不是侍卫服。

叶七七一直等到傍晚，都没见九皇叔回来。

就在她准备回宫时，门口突然传来脚步声。她以为是九皇叔回来了，刚准备开口，便瞧见是先前那个穿着一身黑衣的男人。她看见他，心中莫名其妙地多了几分警惕。

黑衣男人司冥炎说道："七公主，王爷有事出去了，特命属下派人送您回宫。"

叶七七问道："那皇叔他……去哪里了呀？"不是说好的一会儿就回来吗？

"恕属下不能告知。"司冥炎朝小丫头笑了笑。见小姑娘没动，他上前几步，直接将她抱了起来。

叶七七不喜欢陌生人抱她，下意识地想要挣扎，却被他一个眼神制止了。

"属下只是想把公主抱上马车而已。"

他对着她笑，但是她觉得他笑得好吓人。

叶七七说道："我自己会走……"

但哪怕她说了这句话，他依旧没有放她下去。

叶七七被他抱在怀里，身子有些僵硬，抬起头望着男人刚毅的下巴，不知哪里来的勇气，突然开口问他："你……你是皇叔府上的侍卫吗？"

叶七七无意间伸手捏了一下他身上的衣服，越发觉得以这个人的穿着，不太可能是侍卫。

她这话刚问完，抱着她的男人突然停下了脚步。

司冥炎低头，神情晦涩地瞧着怀里的小丫头，眼神森寒。

叶七七光是和他对视，心里头就生起一股惧意，尤其是还注意到面前这人突然将目光投向了不远处。她顺着他的目光看去，就见一旁有一个很大的池塘。她觉得他下一秒能直接将她扔出去，被吓得有些控制不住地咽了一下口水。

"呵。"过了好一会儿，他突然轻笑了一声，紧紧地盯着她，在小丫头期待又恐惧的眼神下，薄唇轻启，说道，"不是。"

本来叶七七还想问他是谁的，但是瞧着男人阴沉得有些吓人的面色，硬是没敢问出来。

男人直接将她抱进了马车里。

当小丫头看到那辆马车不是自己那辆时，下意识地想要挣扎。

司冥言瞧着小丫头挣扎的动作，眼眸中隐隐闪过几丝不悦，问道："公主这是作甚？"

叶七七说道："我自己有马车。"她才不想和这个看起来阴晴不定的陌生男人坐一辆马车呢！

叶七七警惕地瞧着他，那模样就像是怕他将她卖了似的。

"不……不需要你送。"说完这话后，她像是突然想到了什么，又说道，"而且父皇爹爹说了，不可以坐陌生人的马车。"

司冥言瞧着面前的小丫头：这丫头人不大，戒心倒挺重的，竟然还知道把陛下的名头搬出来警告他。

眸子微闪，他冷声道："不是送，正好顺路而已。"

"顺路？"叶七七不解地看了男人一眼。她可是要回皇宫的，哪里顺路了？

"禀督主，可以出发了。"马车外头传来小厮的声音。

司冥炎闻言，轻轻应了一声："嗯。"

督主？叶七七愣了一下，虽然想到他不是侍卫，但没想到他居然是在皇宫里当差的，而且被人称为督主的，她只想到了一个人——东厂督主九千岁，原文中勾结逆臣，无恶不作，深受百姓痛恨的大宦官司冥炎。

叶七七下意识地咬了咬牙：他……不会就是那个九千岁司冥炎吧？

司冥炎瞧着小丫头睁大眼睛看着他，似乎有什么话想对他说，说道："公主似乎有什么话要对微臣说。"

叶七七回想起刚刚他在九王府里自称"属下"，而现在又自称"微臣"，觉得他是大宦官司冥炎八九不离十了。

"没……什么。"叶七七连忙移开视线。虽然心里头害怕极了，但是她想着自己可是七公主——父皇爹爹的亲闺女，哪怕这个大宦官无恶不作，也定然不太敢伤她。可她不理解的是，九皇叔为什么会和这个大宦官接触？

她前一秒移开目光，后一秒又忍不住看了他一眼，只见男人单手撑着脑袋，俊美得毫无瑕疵的脸上眉目如画。叶七七心想：长得这么帅气的男人居然是个太监，可惜了。

司冥炎望见小丫头瞧着自己时带着几分怜惜，目光不由得黯了几分。他突然伸手用冰冷的指腹抬起她的下巴，目光犹如毒蛇一般紧盯着她，冷笑道："公主这是什么表情？莫不是瞧不起我这阉人？"

叶七七对上他泛着冷光的眸子，心跳猛地停了一拍：完了，她都忘了，这个大宦官司冥炎心思缜密，变成太监一事一直是他内心深处的一根刺。少年时他被人强行送进宫里当了太监，此后受了不少白眼和凌辱，于是立誓要一步登天，成为人上人，待成了位高权重的东厂督主后，杀尽了先前欺他、辱他者，还有最讨厌的就是别人对他露出同情的神色。

叶七七意识到不妥之处，连忙抬起头，故作镇定，一脸无辜地看着他，说道："啊？没……有呀。"

司冥炎神色冰冷地盯着小丫头困惑的脸，眸中多了几分探究之意，似乎是在想她话中的真假。起初他还一脸平静，但下一秒听了小丫头突然说出的话后，脸色变得阴沉冰冷。

叶七七说道："不过……阉人是什么意思呀？七七只知道鲛人……"

闻言，司冥炎语塞，一时之间竟然不知该如何开口。他记得这丫头现在才不过六岁，到底是真不知还是假不知？眼眸黯了下来，过后好一会儿，他终是收回了阴沉的目光。

"没什么意思。"

"哦。"叶七七轻轻应了一声，望见他收回了视线，心里不由得松了口气：好……好险呀！

换作平时，叶七七坐马车会忍不住打瞌睡，但是这会儿硬是被吓得不太敢睡，正襟危坐，就跟个小大人似的。

司冥炎淡淡地瞥了小丫头一眼。

此时马车刚好行驶到城中心，街道两边大大小小的商铺热闹非凡。他往外看了一眼，正巧瞧见了卖糖葫芦的小贩。

"糖葫芦，糖葫芦，酸酸甜甜的糖葫芦……"

叶七七听着外头糖葫芦商贩的声音，遵循本能地往外看了一眼，不由自主地舔了一下唇，有点儿想吃糖葫芦了。

就在这时，坐在她对面的大宦官司冥炎突然开口道："停车。"

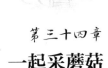

第三十四章

一起采蘑菇

目光落在窗外，司冥炎声音低沉地问道："想吃吗？"

"啊？"听了他的话，叶七七起初没有反应过来，直到顺着他的目光看了过去，见他的目光落在窗外卖糖葫芦的小贩身上，才后知后觉他这是在问她想不想吃糖葫芦。

虽然她很想吃，但是才第一次见面，他就突然对她这么好，感觉似乎有诈……

"不……不想吃。"叶七七摇了摇头，觉得自己不能随便吃陌生人给的东西。

司冥炎似乎没想到这丫头会拒绝，用狭长幽暗的眸子瞧着小丫头，看到小丫头一脸警惕的表情，大致也能猜出来小丫头对他的戒心挺重的。

"呵，这样呀……"他轻笑了一声，随后起身掀开车帘出去对外头的侍从说了几句话。

叶七七看着他出去，下意识地竖起了耳朵，可惜什么也没有听见。

这大宦官不会是想将她卖了吧？她心里突然生起一种不祥的预感。

其实也不怪她多想，毕竟这大宦官也不是不会做出这事的人。她忍不住把身子往车门口靠了靠，试图听见些什么。但是她的身子刚挪到车门口，车帘就猛地被掀开了。

司冥炎一掀开车帘，瞧见的就是小丫头的脸。

见他突然进来，小丫头愣了一下，完全没想到他这么快就回来了。

叶七七低着脑袋，被人抓包有些尴尬，掩耳盗铃似的立马往里挪了挪。直到一直挪到了最里面，她才注意到他手里居然拿着一串糖葫芦：她不是说了她不吃的吗？

叶七七天真地以为他的糖葫芦是买给她的，直到看到大宦官慵懒地跷起了二郎腿，当着她的面咬了一口手里的糖葫芦，才发觉貌似是她自作多情了。

叶七七："……"

司冥炎吃了一口糖葫芦，抬起眼眸就瞧见小丫头紧紧地盯着他手里的糖葫芦，然后又咬了一口，看起来吃得香极了。

叶七七忍不住吞了吞口水，赌气似的移开目光不去看他。她发觉这人是故意的，故意当着她的面吃得那么香！她好气呀！

过了一会儿，叶七七听着对面似乎没声了，忍不住瞄了他一眼，结果一抬眼，就见大宦官正看着她。她惊了一下，有些心虚地低下了头。

可她刚低下头，就感觉自己的手被什么尖尖的东西轻轻戳了一下，看过去就见一只修长白皙的手拿着糖葫芦正戳她的手，抬头就见坐在她对面的大宦官嘴角含笑地看着她，右手还拿着一串吃了一半的糖葫芦——他居然买了两串糖葫芦！

"还不要？"他微微挑了一下眉，问道。

作为看过原文的人，叶七七深知这大宦官古怪的脾气，他能给她买糖葫芦已经是太阳打西边出来了，她要是还不知好歹地说"不要"，恐怕今儿就要交待在这里了。她缓缓地伸出手，接过大宦官递给她的那串糖葫芦，之后还不忘对他说了句"谢谢"。

司冥炎眼眸幽暗地瞧着吃着糖葫芦的小丫头，没人知道他此刻在想些什么。按理来说，他并不喜欢小孩子，甚至觉得小孩子什么的是最麻烦的，但无奈的是那个人很喜欢这个牙还没有长齐的小丫头，他理应帮那个人照顾她的，不是吗？

叶七七吃着心心念念的糖葫芦，高兴得连腿都忍不住蹬直了：糖葫芦真的好好吃呀！

不过这大宦官干吗突然对她这么好，给她买糖葫芦吃？难不成是因为她长得可爱？叶七七一边吃，一边抬起脑袋看了一眼面前的大宦官，只见他手里的糖葫芦就吃了两颗，他的目光一直落在手里的糖葫芦上，整个人似乎是在发呆。

叶七七乖乖地吃糖葫芦，其余的啥都不敢问，啥都不敢说，生怕说多了祸从口出。

时间一晃就到了春猎前的第三天。

叶七七今天一早才想起来要跟六哥哥说要跟她一起采蘑菇这事。她记得六哥哥今年才十二岁，父皇爹爹的孩子中除了她就数六哥哥最小了，去打猎还是挺危险的，还不如跟她去采蘑菇。

叶七七今天来重华宫还是挺早的。往常这个时辰她来找六哥哥玩的时候，六哥哥一般还没有起来，但是今天她刚走到门口，就听见院子里传来六哥哥的声音。今天六哥哥怎么起得这么早了？

"六哥哥。"

少年穿着一身藏蓝色衣袍站在院子里，手里拿着弓箭，正蓄力要将箭射向不远处的靶子。突然听见外头传来小丫头的声音，他停下蓄力的动作，转头看了一眼从门口走进来的小丫头，放下了手里的弓箭，问道："你怎么来了？"

"因为想六哥哥了呀。"小丫头看着他，毫不避讳地说出口。

"咳。"少年闻言，忍不住轻咳了一声，脸上闪过几丝不自然：这丫头当真是越来越不把他当作外人了。

"六哥哥，你在干吗呀？怎么起得这么早？"叶七七说着便将目光落在了少年手上，见六哥哥手里拿着弓箭，不远处还有一个靶子，脸色不由得变了一下。敢情六哥哥今天起得这么早是为了练射箭，不会是为了过几天的春猎吧？

她觉得事情似乎有些棘手了。她该怎么说服六哥哥放弃狩猎，和她一起去采蘑菇呢？

少年将弓箭放到一边，走到一旁的桌子前倒了杯水。

小丫头看着少年"咕噜咕噜"喝水的样子，忍不住开口问道："六哥哥，你是为了过几天的春猎才练箭的吗？"

燕铖喝水的动作一顿，他看了一眼一旁的小丫头，点头应了一声："嗯。"

叶七七听他应了，脸垮得更厉害了：完了，她觉得六哥哥愿意跟她一起快乐地采蘑菇的可能性不大了。

六哥哥不会怪她擅自做主，然后又骂她吧？叶七七心里正纠结着，门口突然走来几名端了早膳的宫女。

虽说她吃过早膳了，但是此刻看着桌子上的糕点和粥，突然觉得自己的肚子好像又有些饿了。

在宫女布好菜之后，燕铖便坐了下来，抬起眸子看了一眼站在一旁的小丫头，问道："一起吃？"

叶七七想都没想就点了点头，毫不客气地坐了下来。

少年拿起碗给小丫头盛了一碗粥。

叶七七极其欢喜地伸手接过，拿起勺子吃了一勺粥，忍不住开口道："嗯，好好吃。"

闻言，燕铖抬眸看了一眼美滋滋地喝粥的小丫头，伸手将放在自己面前的点心推到了小丫头面前。

"没吃早膳吗？"他问道。

叶七七喝粥的动作一顿，有些心虚地缩了一下脖子，结结巴巴地道："吃……吃过了吧。"

她早上醒来的时候，突然很想吃面条，然后阿婉姐姐就给她做了一大碗面条，可好吃了。

"嗯？"燕铖听了小丫头这话，目光冷不防地落在小丫头白白净净又胖乎乎的脸上，似乎在问她：吃过了为何还要吃？

不过不得不说，比起第一次见这丫头，他觉得现在她当真胖了不少，那小脸蛋儿都是胖乎乎的。

六哥哥是不是嫌弃她吃得多了？她看了一眼面前已经喝了一小半的粥，正打算将手里的勺子放下时，脑袋上突然一重，抬起头就见六哥哥正揉着她的脑袋。

"多吃点儿，胖点儿可爱。"

六哥哥也觉得女孩子胖一点儿可爱吗？她也觉得胖乎乎的可爱呢。

"那七七可以再吃一块点心吗？"

顺着小丫头的目光看去，燕铖瞧见了面前的那盘桃酥，伸手拿起一块。

小丫头下意识地打算伸手去接，但还没碰到桃酥，就听六哥哥突然对她来了一句："张嘴。"

叶七七看着六哥哥将桃酥送到了她嘴边，后知后觉六哥哥这是想要喂她，抬眸看了一眼六哥哥极其好看的眉眼，然后张嘴咬了一口。

燕铖看着小丫头塞得圆鼓鼓的腮帮子，问道："好吃吗？"

"嗯嗯，好吃。"叶七七点着脑袋，又张嘴咬了一口他手中的桃酥。

他对小丫头道："都吃完吧？"

这桃酥好吃，叶七七自然是不会浪费的，在少年的投喂下，几口就把桃酥吃完了，然后还不忘舔了一下自己的唇。

"六哥哥，你喜欢吃蘑菇吗？"

"不喜欢。"他最讨厌吃的就是蘑菇了。

"啊？"叶七七似乎没想到六哥哥不喜欢吃蘑菇，那她采蘑菇的事情不就泡汤了吗？

他注意到小丫头有些纠结的样子，开口问她："为什么突然问这个？"

"啊？因……因为……"叶七七磕磕巴巴了好久才说了一句完整的话，"因为听说春猎那边的……蘑菇很好吃，七七想去采蘑菇吃。"

燕铖怀疑自己出现了幻听，春猎采蘑菇？

"你年龄不够，不可以参加春猎，太危险了。"

"没事呀，七七和父皇爹爹说过了，父皇爹爹同意让七七去采蘑菇了。"

燕铖闻言，抬头就见小丫头一脸期待地看着他，眸子都是闪闪发亮的。他都不用深想，就知道小丫头今日来的目的了。他问："想让我陪你一起采蘑菇？"

叶七七一脸震惊地看着他，十分惊讶他为什么会知道，明明她还没有说。

她吞了吞口水，期待地望着他，问道："可……可以吗？"

少年放下手里的勺子，没有说话，像是在考虑。过了好一会儿，在小丫头无比期待的目光下，他缓缓地开口道："让我想想吧。"

闻言，叶七七忍不住垮了脸。她以为他想了那么久，会给她一个答案呢，可谁知他还要想一想。

她伸手扯了扯少年的衣袖，撒娇似的晃了几下他的手臂，说道："六哥哥，你陪七七去采蘑菇好不好吗？七七想采蘑菇……"

燕铖朝小丫头看去，就见她可怜巴巴地看着他，手晃着他的手臂，对着他撒娇。他觉得不可思议：以那暴君的性子，生出的女儿居然是这个黏人的性子，她除了这张脸，当真和那暴君没有半点儿相似之处。

"六哥哥……"见六哥哥一直没有说话，叶七七又喊了他一声。

451

燕铖回过神来，目光落在小丫头可爱的脸上，问道："要是陪七七去采蘑菇了，我能得到什么好处？"

叶七七想了想，觉得他大概能得到一箩筐的蘑菇，说道："那……七七把采到的蘑菇都给六哥哥。"

燕铖说道："我不喜欢吃蘑菇。"所以她把蘑菇全给他都没有用。

叶七七说道："不喜欢吃蘑菇六哥哥可以拿去卖钱呀，一箩筐的蘑菇可以换好几串糖葫芦呢。"

燕铖瞧着小丫头闪闪发光的眸子，立马知道这丫头心里打的是什么鬼主意了，说道："然后把换回来的糖葫芦给七七这个小馋猫吃。嗯？"

叶七七闻言，惊了一下，眼睛瞪得大大的，瞧着少年，完全没想到六哥哥居然一眼就看清她打的是什么鬼主意了。她抓着少年的手臂，语气中多了几丝撒娇的意味："那是因为六哥哥一个人吃不完那么多糖葫芦，七七可以帮你一起吃！"

燕铖听了小丫头这话，不由得笑出声，嘴角也含着几丝浅笑，伸手捏了捏她胖乎乎的小脸。

叶七七看着六哥哥难得地带着笑意的嘴角，愣了一下：六哥哥笑了，笑起来好好看！

和六哥哥相处这么久了，她见六哥哥笑的时候简直少之又少。她有点儿想摸一摸六哥哥的脸，放在衣袖里的手蠢蠢欲动。

燕铖正打算开口，脸突然被两只软乎乎的手捧住了。他瞧着面前突然伸手捧住他的脸的小丫头，眼眸里闪过几丝震惊之色："你——"

叶七七说道："哥哥，你笑起来好好看呀。"

燕铖瞧着小丫头一脸花痴样地看着他，一时之间整个人都愣住了。但小丫头接下来的话，令他的脸一下就红了。

"七七想亲亲哥哥，可以吗？"

闻言，他瞬间瞪大了眸子，一脸难以置信地盯着面前说出这番话的小丫头。"不可能"三个字还没有说出口，他便见小丫头突然踮起脚亲上了他的脸颊。直到那软乎乎的物体从他脸上移开的时候，他紧绷的身体还没有松懈半分。

"嗯，哥哥，你身上好香呀。"叶七七凑近少年，忍不住吸了吸鼻子，越闻越觉得这味道好闻。

为什么六哥哥身上总是香香的,而她身上总一股奶味?这不公平。

就在她想问他每次沐浴用的是什么香皂时,六哥哥突然伸手捏住她的脸将她推开了。

"叫'六哥哥'就行了,别叫'哥哥'!"少年冷着脸,似乎有些不悦。

叶七七瞧着六哥哥突然冷下脸,也不知道自己做错了什么,六哥哥好像又生气了。

"哦……"叶七七委屈地应了一声,一脸无辜地看着他,问道,"六哥哥,是七七又做错什么了吗?"她伸手轻轻扯了扯少年的衣袖。

燕铖回道:"没有。"他没有生她的气,只是生自己的气罢了。

叶七七不相信他的话,忍不住在他身旁小声道:"骗人,分明就有,还撒谎……"

"我听见了。"燕铖说。

叶七七身体一僵,然后一脸无辜地看着他。

望着小丫头楚楚可怜的眼神,他移开了视线,神色黯了一下,声音有些沙哑地道:"吃饭吧!粥要凉了。"

听了六哥哥这话,小丫头才想起来自己碗里的粥还有一小半没有喝完。

燕铖看着小丫头乖巧地坐到了凳子上,才稍微松了一口气。

叶七七低着脑袋喝粥,喝着喝着又想起来六哥哥好像还没有答应和她一起去采蘑菇。她抬起脑袋看向一旁的少年,打算开口。

少年像是知道她心中所想一般,说道:"别说话,我陪你去就是了。"

叶七七的眼睛似星星般闪闪发亮,不过很快那欢喜的眸子黯淡了下来:别说话?为什么六哥哥不许她说话?什么时候她说话都成了错?六哥哥是不是不喜欢她了?

燕铖见小丫头闭口不言,淡淡地扫了她一眼,正好瞧见小丫头鼓着腮帮子,一脸委屈地看着他。想到方才自己对她说的话,他伸手抚了一下额头,轻叹了一声,对她说:"说话吧。"

叶七七松了一口气,赶忙道:"嗯,那六哥哥说好了和七七一起去采蘑菇,不许反悔!"

"嗯,不反悔。"他刚说完,就见小丫头突然伸手用小指钩住了他右手的小指。

"那拉钩钩,不许骗人。"

瞧着她这番幼稚的举动，他抬起头，入目的是小丫头稚嫩的脸，再低头是两个人钩在一起的小指。他说道："嗯，不骗你。"

春猎开始当天，阳光明媚，叶七七早早便起了床，满心欢喜地收拾东西。

春猎对其他人来说是去射猎，但是对她来说就像是春游一样。她可以和六哥哥一起采蘑菇，采完再烤蘑菇，然后还能吃到父皇爹爹他们打到的猎物，想想就好开心呀。

春猎的地点是宫外的一座皇家园林，时间为三天。早在半个月前，礼部和三司就已经将该搬到园林里的东西搬妥当了，现如今前殿外停着十几辆马车，近百名禁卫军整装待发。

叶七七刚坐上马车，外面突然传来熟悉的声音："七七！七七！"

叶七七一掀开车帘，就见皇姐姐正站在马车外。

夜云裳见小丫头掀开了车帘，直接一股脑儿地将手里的东西扔进了小丫头的马车里。

"皇姐姐，你这是干什么呀？"叶七七瞧着皇姐姐的这番举动，面露几分不解。她记得皇姐姐是要去射猎的，应该不跟她坐同一辆马车吧？难不成皇姐姐也要跟她一起去采蘑菇？

"七七宝贝，这些东西先藏在你这里，等到了猎场再给我。"

"藏……藏在这里？"叶七七低头看着皇姐姐刚放上来的那几个包袱，刚想说些什么，就听见门外又传来一个男声，听着有几分熟悉。

"为何还不上马？"

叶七七循声望去，就看见了正坐在马上，一身藏青色衣袍的男人，不是国师殷九卿还能是谁？

马车旁的夜云裳见此，立马松开了原本扒着马车的手，站直了身体，说道："找我的宝贝七七聊聊天不可以吗？"

殷九卿听了夜云裳这话，瞧着夜云裳没说话。

许是他那目光太过灼热，夜云裳只是看了一眼立马转开了脸，对坐在马车里的小丫头道："那我去骑马啦。七七，你记得想我，给我留点儿蘑菇。"

叶七七连忙点了点头，看着皇姐姐越走越远。

她抬起脑袋，视线就撞进了国师冰冷的眸子里。

看到小丫头微微愣住了，殷九卿对她点头一笑。

国师那举动在叶七七看来，像极了自家媳妇闯了祸，然后丈夫跟别人道歉说"我媳妇就这性子，让你们见笑了"。叶七七也不知道为什么脑海里会突然产生这种想法，连她自己都被吓了一大跳。什么时候皇姐姐和国师殷九卿在她眼中的默契感如此强烈了？

她将目光定在方才皇姐姐扔进来的包袱上，不知道皇姐姐带了什么东西，居然还要藏在她的马车里。虽然她很想看一看包袱里面是什么，但那毕竟是皇姐姐的东西，不能随便乱翻。她就将包袱放在了角落里藏好。

她刚藏好包袱，车帘就再一次被掀开了。

叶七七抬头，就瞧见今日穿着一身白色银边绣袍的六哥哥，眼前一亮，立马欢喜地开口道："六哥哥，你来啦！"

"嗯。"少年弯腰上了马车，问道，"等很久了吗？"

叶七七摇了摇头："没有呀，七七也是才来的。"

"这些包袱都是你一个人的？"目光落在角落里的包袱上，少年问道。

叶七七看了过去，愣了一下，随后结结巴巴地道："是……是的呀。"

燕铖看了小丫头一眼，没有说什么便坐了下来，但是心里还是忍不住想：小女孩儿的东西都这么多吗？

叶七七瞧着少年坐了下来，急忙将一旁的另一个软靠垫递给他。

由于两个人靠得近，小丫头轻嗅了一下，除了闻到六哥哥身上的冷香味，还闻到了奶香味，眸子不由得亮了一下：是她的错觉吗？她好像闻到之前六哥哥给她吃的奶糖的味儿了……

叶七七又将目光放在一旁矮桌上的水壶上，倒了杯水，说道："六哥哥，喝水。"

少年看了一眼双手捧着水杯递到他跟前的小丫头，说道："先放着吧，我还不渴。"

"哦。"见他不要，叶七七就又乖巧地将水杯放到了矮桌上，说道，"那六哥哥你饿吗？七七带了桃酥。"说着，她从一旁拿出来一个小盒子。

燕铖瞧着小丫头不知从哪里掏出一个小盒子，打开后只见里头摆放了满满一盒桃酥。他正要拒绝，就见小丫头已经拿起了一块桃酥递给他。

"六哥哥，吃。"

他看着小丫头递到他嘴边的桃酥，又看了看小丫头，想了想，最终还是伸手接了过来。在小丫头期待的目光下，他张嘴咬了一口桃酥。

叶七七问："六哥哥，好吃吗？"

"嗯，还不错。"他点了点头。

但下一秒小丫头的举动，显然惊到他了。

"那七七都给六哥哥吃。"说着，小丫头就将整盒桃酥塞进了他怀里。

燕铖面上多了几分困惑：这丫头今日怎么这么大方了？

他怀揣着几丝困惑再次看向小丫头，只见她一脸欢喜地看着他，脸上竟没有半分不舍之意。他伸手摸了摸小丫头的脑袋，说道："不用了，七七留着吧。"

叶七七听了这话，还想再说些什么。

他便又道："乖。"

毕竟六哥哥难得地对她这么温柔，见六哥哥不要，她也没有强求。

明明他拒绝她的好意的话已经说了，为何小丫头还一直直勾勾地看着他？感觉小丫头看着他的眼神越发肆无忌惮了，他不由得将视线放在了小丫头身上。瞧着小丫头一副欲言又止的神情，他问："七七是有什么话要说吗？"

"啊？"叶七七愣了一下，随后心虚地低下脑袋，说道，"没……没有呀。"

燕铖闻言，眸子微微黯了一下。他看得出来这丫头似乎有什么话要对他说。

到宫外的皇家园林大约要半个时辰，就在他准备闭上眼假寐一会儿的时候，他突然感觉自己的衣袖被轻轻扯了几下。他侧头垂眸，目光落在小丫头扯着他的袖子的手上，问："怎么了？"

"想吃糖。"

"什么？"小丫头的声音有点儿小，他没听清。

"想吃糖。"

直到小丫头说第二遍，他才听见"吃糖"两个字，问："什么糖？"

叶七七看着他，一脸无辜，然后伸出手轻轻戳了戳他的腰腹。

他知道这丫头是又惦记上他身上的糖了。不过他又想了想，方才小丫头如此大方地把桃酥给他，不就是因为惦记上他的糖了？在小丫头期待的目光下，他伸手将一个放糖的袋子拿了出来。

叶七七看着那袋子，说道："七七想吃两颗。"

"一颗。"他无情地道，"吃太多糖对牙齿不好。"

叶七七说道："那好吧，就吃一颗。"有总比没有好，她要学会知足。

"张嘴。"燕铖将糖纸撕开后，把糖递到了小丫头嘴边。

叶七七乖巧地张开嘴咬住了糖。吃到了心心念念的糖，她高兴得小短腿都伸得直直的。

马车一路平稳地驶出了皇城。

由于他们的马车在队伍后面，所以从上了马车开始，小丫头就没有瞧见过父皇爹爹的身影。一路上无聊得很，小丫头忍不住掀开车帘，将脑袋探出车窗，只见一群身穿禁卫军服装的男子骑着马，腰带佩剑，背挂弓箭。

本来她想着哪怕见不到父皇爹爹，说不定还能瞧见九皇叔，可没想到没见到九皇叔，反而见到了另一个人。

叶七七瞧见一旁骑在马上的、身穿黑色衣袍的男人时，微惊了一下。

司冥炎许是注意到有一道灼热的视线落在他身上，微微侧过头一看，就瞧见此刻正将脑袋靠在车窗上，睁着大眼睛打量他的小丫头。

两个人的视线就这样硬生生地对上了。

小丫头和他对视后，立马低下了脑袋，慢腾腾地将脑袋缩了回去，还不忘关上了车窗。

司冥炎："……"他严重怀疑这丫头是故意的，否则为何一看见他就把脑袋缩回去了？

"启禀督主。"一旁的属下恭敬地道。

司冥炎侧头看了一眼，神色有些不耐烦地道："何事？"

那名属下被他不悦的神情吓了一跳，哆哆嗦嗦地道："是……是九王爷那边。"

听见熟悉的三个字，某人脸上不悦的神情立马消散了不少，问道："嗯？王爷那边怎么了？"

"那……那边说王爷身体抱恙，不来参加春猎了。"

"呵，身体抱恙？"听了这话，司冥炎不由得笑出声。九王爷究竟是真的身体抱恙，还是不敢来呢？

坐在马车里的燕铖一只手撑着脑袋，低头看着手里的书。听见耳边传来的声音后，他把目光从书上移开，落在不远处的小丫头身上，只见小丫头关上了车窗后，脸上还带着几丝惊慌之意。他问："七七怎么了？"

"没……没事呀！"叶七七愣了一下，然后对他笑了笑，说道，"就是有点儿冷了而已。"

冷？燕铖看着小丫头娇小的身子，然后把目光放在一旁叠放整齐的毯子上，伸手将毯子拿到了小丫头的怀里。

"谢谢六哥哥……"叶七七轻声道。

"嗯。"少年将毯子递给她之后就移开了目光，专心地看书。

叶七七将毯子盖好后，再抬头就瞧见六哥哥专心地看书的样子，六哥哥那边的窗户刚好是打开的，此刻外面的天气很好，阳光从窗户洒了进来，落在他身上，给他周身镀上了一层金色的光。

她虽然一直知道六哥哥长得很好看，但是好像从来没有认真地看过六哥哥，这还是头一次发现六哥哥的睫毛好长。人家都说睫毛长的人很凶，怪不得六哥哥那么凶。

见少年似乎在专心致志地看书，小丫头打量他的目光越发肆无忌惮起来。不过看着看着，小丫头竟意外地发现六哥哥的脸和脖子的肤色似乎不太一样，脖子似乎比脸更白一些，是因为脖子不经常晒到太阳吗？

她忍不住伸手摸了摸自己的脖子。她该不会和六哥哥一样肤色不均匀吧？那她以后晒太阳的时候，是不是也要把脖子露出来晒一晒？

燕铖低着头看书，总感觉有一道灼热的视线一直落在他身上，忍不住微微抬了一下眸子，正好和小丫头对视上了。

被当场抓包的小丫头显然愣了一下，然后立马低下脑袋。

叶七七有些心虚地伸手扒拉着一旁的包袱，正打算从里头拿出一本书来看，马车突然颠簸了一下，她一个没坐稳，直接猛地往前一倾。

少年手疾眼快地伸手将小丫头稳稳地抱在了怀里。

"啊——"脑袋一下子撞进少年的怀里，她吃痛，忍不住叫出声。

燕铖一只手抓紧车窗，另一只手护着小丫头的脑袋。

外头传来车夫的声音："六殿下、七公主，你们没事吧？方才不小心轧到了一块大石头，让你们受惊了。"

燕铖低头看了一眼怀中红着鼻子一脸幽怨地瞧着他的小丫头，对外头的车夫冷冷地道："没事。"

叶七七揉着被撞疼的鼻子，有些委屈地小声道："哪里没事啦？七七的鼻子都被撞到了。"

燕铖伸手抬起小丫头的下巴，问："疼？"

"疼！"叶七七点了点头，"可疼了，要……"吹吹才行。

话还没有说完，她就见六哥哥突然低下头，对着她的鼻子轻轻吹了一口气。

吹完后，他还不忘摸了摸她的脸，问道："还疼吗？"

叶七七看到六哥哥一脸宠溺地瞧着自己，整个人就像是被蛊惑了一般，僵硬着脖子摇了摇头："不……不疼了。"

他又伸手揉了揉小丫头的脑袋，才弯腰将方才掉落到地上的书捡了起来。当他顺带要将小丫头掉落的那一本书一同捡起来时，看着封面上十分显眼的四个大字，动作猛地一僵。

《春画图集》？少年不由得眉头轻皱：这书名……怎么感觉怪怪的？

"六哥哥，你怎么了？"正捂着鼻子的叶七七见少年突然抬头看向她，眼眸里的情绪意味不明，便问道。

少年愣了片刻，最终还是伸手将那本书捡了起来，问她："这书……是七七的吗？"

叶七七看着他手里拿着的书，点了点头："是呀，是一本画册，七七从藏书阁拿过来的。它里面有一幅山水画画得可好看了。"说着，她便伸出手将他手里的画册拿了过来，准备打开。

少年猛地伸出手，将书的封面压住了。

叶七七一脸不解地看着他。

燕铖瞧着小丫头天真无邪的眸子，突然问她："你那书的书名叫什么？"

"书名？"叶七七下意识地低头看了一眼，就见六哥哥挡住了封面上的字，想了一下，说道，"好像叫《山水画集》来着。"

"那七七看清楚书名，这书是你的吗？"

叶七七下意识地道："就是七……"话还没有说完，当看清前面的"春画"两字时，她不由得"咦"了一声，说道，"七七记得前面两个字是'山水'来着，怎么变了？"叶七七心里困惑。

就在她想移开六哥哥挡住了后面两个字的手时，他就将那本画册从她手中抽走了。

燕铖在小丫头不解的眼神下将书打开，瞧见书里的内容后，眼睛猛地瞪大了，脸颊迅速地升腾起一股子热气。随后只听"啪"的一声，他猛地将那书合上了，眉眼间还多了几分冷意，说道："这不是你该看的书。"

叶七七更加困惑了：什么叫不是她该看的书？

视线无意间扫到角落里的两个包袱，她才突然发现刚刚自己好像拿错包袱了，貌似拿的是皇姐姐包袱里的书。小丫头伸手翻了一下自己的包袱，发现自己带的那本书还在包袱里，说道："七七拿错书了，这才是七七带的。"

　　少年抬眸看去，就见小丫头手里正拿着她之前说的那本《山水画集》。

　　"那本好像是皇姐姐的书。"叶七七说。

　　"嗯。"少年淡淡地应了一声。

　　叶七七看着六哥哥此刻的神色，心想：那不会是皇姐姐之前看的书吧？

　　直到马车停了下来，小丫头硬是没敢问他那本书到底怎么了，毕竟六哥哥此刻一脸阴沉的表情真的吓人极了。

第三十五章
六哥哥醉酒

　　按照春猎的习俗，春猎之前朝廷会在皇家园林的校场上举行祭祀活动，换句话说，就是先举行一场宴会填饱肚子，才有力气在春猎中射到猎物。

　　除了皇族子弟，不少大臣的子弟也参加了狩猎，其中最爱关注的便是宋郁承。

　　夜云裳坐在椅子上，因今天起得太早，现如今有点儿困，打了个哈欠。听见一旁传来吵闹声，她掀起眼皮子慵懒地看了一眼，就瞧见不远处被不少人拥护着的宋郁承，不过只是匆匆地扫了一眼就移开了视线。

　　宋郁承淡然地看向不远处，就见某女正坐在椅子上，身子侧对着他，他只能瞧见她的侧脸。目光沉了一下，他正打算走过去，一名小厮突然出现在他面前，挡住了他的去路。

　　那名小厮估计是一路急急忙忙跑过来的，额头上流了不少汗，气喘吁吁地道："少爷，若……若安小姐刚刚下马时，不小心扭到脚了。"

　　听了这话，宋郁承停下了脚步，眉头微微皱了一下，然后抬头看了一眼不远处的夜云裳，只见不知何时她的面前站了一个人，两个人似乎还有说有笑的。

　　"少……少爷，您在听吗？"一旁的小厮见自家少爷没有半点儿反应，忍不住开口问道。

　　"嗯。"宋郁承淡淡地应了一声。

瞧着自家少爷的这个反应，那名小厮困惑极了，顺着他的目光看了过去，就瞧见了不远处坐在椅子上的一身紫衣的少女。小厮睁大了眼睛一看：那不是三公主吗？

宋郁承移开目光，语气淡淡地道："走吧。"

那名小厮立马回过神来，跟上了他的步伐。

此刻夜云裳正同贺璟聊得欢，瞧见了从不远处走来的小丫头，对小丫头招了招手，示意小丫头来这边。

见皇姐姐朝自己招手，叶七七自然是准备过去的。不过她刚走几步，被六哥哥一直牵着的手突然被拉得更紧。她不解地转过头，就见少年神情阴郁地瞧着她。她也不知道六哥哥又怎么了，从下了马车开始就一直冷着脸，也不知道谁又惹他了。

叶七七又看了看不远处朝她这边看过来的皇姐姐和贺璟，对牵着她的手的少年道："皇姐姐叫我们过去。"

燕铖终于肯掀起眼皮漠然地看向不远处的两个人。

就在叶七七以为他要走过去的时候，她就听见凶巴巴的六哥哥突然道："她叫的是你。"

叶七七脑海里浮现出大大的问号：难不成六哥哥是因为这个生气的？

她刚准备问他，就听见六哥哥又道："算了，没什么，去吧。"

说完，他便拉着她的手走了过去。

夜云裳瞧着一大一小两个人走来，觉得应该是凑巧吧，不然为什么每次她都能在小丫头身边发现某少年的身影？而且她感觉两个人形影不离，他待在小丫头身边的时间简直比她待在小丫头身边的时间还要长。

"皇姐姐。"叶七七还没走到她身边，就甜甜地喊了她一声。

燕铖想了想，声音冰冷地吐出两个字："皇姐。"

不同于小丫头那一声撒娇般的"皇姐姐"，少年的这一声"皇姐"可显得严谨了许多。

贺璟站在一旁，注意到他今日居然没有穿骑装，问道："你怎么穿这身？等一下换？"

燕铖说道："不换，这次不参加射猎。"

贺璟瞪大了眼睛，一脸不解地看着他，问道："什么？不参加射猎是什么意思？"

目光落在不远处的小丫头身上，燕铖语气淡漠地道："陪七七去采蘑菇。"

"采……"幸好贺璟听他说这话的时候已经把手中水杯里的水喝完了，不然铁定呛着。堂堂的六皇子在春猎中不去射猎，反而去采蘑菇，这……也太匪夷所思了。

贺璟说道："你不会是在开玩笑吧？"

燕铖看了贺璟一眼，没说话，给了贺璟一个"你爱信不信"的眼神。

贺璟起初自然是不相信的，直到射猎开始，瞧着众人都背着弓箭上了马，只有某少年还跟小丫头站在不远处的帐篷前，在搞放蘑菇的竹筐，他才信了。

"六哥哥，好了。"叶七七将竹筐的盖子组装好，邀功似的将竹筐双手举到了少年面前。

"嗯，七七真棒。"燕铖淡淡地道。

说得好听是采蘑菇，但其实也就是打发时间的活儿，射猎的范围在山的内圈，而采蘑菇的地点只是山的外围罢了，当真是挺无聊的，燕铖这般想着，也不知道自己为何会答应要和小丫头一起如此无趣地采蘑菇。

"六哥哥！"一旁传来小丫头的惊呼声。

他感觉自己的手被小丫头扯了扯，低头一看，就见小丫头一脸惊喜地指着地面。

"六哥哥，真的有蘑菇呀！"小丫头眸子闪闪发光地盯着角落里的蘑菇。

少年顺着她的目光看去，就看见了小丫头所说的蘑菇，很小，埋在土里，虽说前几天这里下过一场雨，但是看着似乎有点儿蔫。

他动了动唇，正打算让小丫头别采，就见小丫头已经伸出手，直接将那一家子瘦弱的小蘑菇都从土里拽了出来。他一时无言，但看着小丫头站起身，一脸欢喜地举着蘑菇，似乎明白自己为什么答应这丫头来采蘑菇了，还不是因为他宠她？

"六哥哥，给你。"叶七七站起身，邀功似的将蘑菇递到了他眼前。

他抿了一下唇，伸手接过后将蘑菇放进背着的竹筐里。

我应该是疯了，燕铖这般想着。

对于少年来说，采蘑菇比起射猎确实是一件很枯燥乏味的事情，但是对小丫头来说，采蘑菇无疑是新奇有趣的。他看着她一蹦一跳地采花、采蘑菇，好像乐此不疲。

玩了将近两个时辰，小丫头终于累了，把脑袋靠在他的手臂上，抓着他的手臂不肯撒手。

燕铖低头瞥了一眼小丫头，问道："还采吗？"

叶七七摇了摇头："不了，好累。"

燕铖看了看两个人身旁装满各种颜色鲜花的竹筐，不动声色地抿了一下唇。

察觉六哥哥的视线，叶七七慢腾腾地瞧了过去。她本来是想采蘑菇的，但是谁知路上瞧见了好多长得好看的鲜花，不知不觉就把采蘑菇这事抛之脑后了。

燕铖一只手拎着竹筐，另一只手牵着小丫头，刚走没几步，突然听见小丫头轻轻"嗯"了一声，便侧头看了小丫头一眼。

叶七七咬着唇，有些纠结地说道："蘑菇好像有点儿少。"这何止是少，简直是少得可怜。

燕铖说道："这个季节蘑菇本来就少。"

"六哥哥知道为什么还愿意跟七七来采蘑菇？"叶七七越说到后面声音就越小。其实她来采蘑菇是假，来玩才是真的。

"不是七七想来玩的吗？"

听了六哥哥这话，叶七七面上多了几分震惊地瞧着他：难不成一开始六哥哥就知道她是想来这儿玩？那他居然还同意和她一起！

这一瞬间，她忽然觉得自己好像被六哥哥宠了。

燕铖移开视线，无视小丫头盯着自己的大眼睛，薄唇动了动，朝小丫头伸出手，说道："走吧，很晚了。"

直到做完这个动作，他才反应过来，什么时候他对小丫头伸出手的动作如此娴熟了？

叶七七顺势就牵住了他的手。

一大一小两个人回到了驻扎的营地。

此刻去射猎的大部队还没有回来，燕铖将竹筐放下后，就拉着小丫头到了营地前的一条小溪边，说道："过来，洗手。"

同六哥哥相处这么长时间，她发现六哥哥似乎有点儿洁癖，但又好像不是很严重。她看了看自己的手，明明也不是很脏来着，不过还是拗不过少年，蹲在小溪边的石块上伸出手，任由六哥哥给她洗干净。

燕铖给小丫头洗干净手后，又示意她抬起脚，将她鞋子上沾的湿泥也擦干净了。

"咦？"叶七七站起身时，无意间看见不远处有一辆熟悉的马车，伸手指了指，说道，"那好像是九皇叔的马车，九皇叔来了吗？"九皇叔不是说他这次有事来不了吗？

叶七七打听了一番，得知九皇叔当真来了，不过因有事并没有一同去射猎。

得知了九皇叔的帐篷所在的位置，她自然是满心欢喜地过去了，却发现九皇叔的帐篷里还有一个人，就是那个她有些害怕的大宦官司冥炎。

司冥炎走出帐篷，一眼就瞧见小丫头蹲在帐篷的不远处。他想了想，走到了小丫头跟前。

叶七七正扒拉一朵小花，突然觉得自己面前有一道阴影落下，抬起脑袋就见那大宦官站在她面前，冷着脸看着她。

叶七七被他的眼神吓了一跳。

一大一小两个人对视，谁都没有开口说话。

最终还是叶七七被他看得浑身发毛，忍无可忍之下，将手里的小花递给了他，说道："你……你要花吗？"花给你，拜托不要用那能吓死人的眼神看她，她还是个孩子，害怕。

目光落在小丫头举着小花的手上，司冥炎目光微沉地说道："不要。"随后他将目光放在不远处的帐篷上，说道，"你可以进去了。"说完，他便头也不回地离开了。

射猎的队伍直到傍晚才回来。

听到外面传来马蹄声，叶七七便知道是父皇爹爹他们回来了。

今日的射猎收获颇丰，尤其是父皇爹爹，她听说他还猎得一匹毛皮为银色的狼王。

叶七七因为害怕，没敢正面看，但还是瞥了一眼，正好瞧见那狼王吐出的舌头，被吓得立马捂住了眼睛。

"七七，这个给你。"夜云裳今日也猎到了不少猎物，特意给小丫头带了两只活的小兔子。

"哇，好可爱的小兔子呀。"叶七七看着那两只小兔子，眼睛都在发光：这么可爱的兔子，做成麻辣兔头一定很好吃。

"可爱吗？"夜云裳问道。

叶七七点了点头，心里欢喜得很。

夜云裳说道："等春猎结束后，七七可以带去宫里养着。"

其实她更想把兔子吃掉，便问道："七七不可以把它们吃掉吗？"

夜云裳被小丫头这句话噎住了，这会儿才突然想到七七这丫头是极其喜欢吃麻辣兔头的，迟疑了一会儿，才说道："要是它们被吃的话，它们的家人应该会很伤心的吧。"

"那就都抓过来，一起炖，大锅煮，一家人就可以整整齐齐的了。"叶七七一语惊人。

夜云裳被她惊得许久未曾说出话来。一家人整整齐齐的，这话听着貌似没什么毛病，但她怎么感觉那么毛骨悚然呢？！七七一直都这么残暴吗？

夜云裳望着给小丫头的那两只小兔子，突然有些后悔了，觉得把兔子带给这丫头似乎是个错误的决定。

夜云裳正想着要不要把小兔子要回来，突然瞧见一道高大熟悉的身影，赶紧道："儿臣见过父皇。"

正在逗小兔子的叶七七闻言，抬头瞧见了不知何时站在那儿的大暴君爹爹，神色一凝，立马叫道："父皇爹爹。"

夜姬尧把目光落在小丫头手里拎着的兔笼子上。他也没来多久，但还是听见了小丫头方才那惊世骇俗的话。

大暴君已然换上了一身便服，不过还是阻挡不了周身散发出来的冷意。

夜云裳突然想起来父皇让她去清点今天的猎物，她还未完成，便道："父皇，儿臣清点猎物一事还未办妥，就先行告退了。"

大暴君说道："嗯，去吧。"

夜云裳看了小丫头一眼，给她使了个眼色，笑着离开了。

叶七七眼睁睁地看着皇姐姐就这样走了，又看了一眼父皇爹爹身边的赵公公，松了一口气：还好不是她和父皇爹爹独处。

她高兴得太早了，就见赵公公突然对男人恭敬地行了个礼，然后也走开了。

叶七七心想：别……别走呀，怎么都走了呀？

叶七七瞪大眼睛目送赵公公离开，一时之间不知该如何是好，抬起头就见大暴君爹爹正意味不明地瞧着她。她被他看得莫名其妙地呼吸一滞，身子也不由得站得笔直。

见他目光下移落在她手中拎着的笼子上，叶七七想了想，举起手里的笼子，问道："父皇爹爹，您……也喜欢兔兔吗？"

夜姬尧盯着笼子里的两只小兔子，只见小兔子耳朵微垂啃着胡萝卜，模样看着竟和面前的小丫头一样可爱。他回想起小丫头所说的"一起炖，大锅煮"，不由得笑出声。

看着父皇爹爹不知怎的突然笑出声，叶七七脑子都是蒙的，感觉怪吓人的。

注意到小丫头看着自己那不解的眼神，大暴君也深知这笑与自己的形象不符，很快便收起了笑意，说道："这两只兔子是云裳给你捉的吧。"

叶七七点了点头："是皇姐姐捉给七七的。"

"嗯，怪可爱的。"大暴君伸手揉了揉小丫头的脑袋。

不过他说就说，干吗不看兔子反而看她，感觉就像是说她可爱一样？

不远处突然传来号角声，到了晚宴时间。

叶七七将笼子放到一边，准备和男人一同去晚宴的地点，还没走几步，就突然被人从身后抱了起来。她一转头，就看见了大暴君爹爹的脸。

父皇爹爹抱她了！起初叶七七被男人抱在怀里还十分僵硬，但后来鼓起勇气伸手抓紧了男人的衣袖。

夜姬尧瞧着小丫头这一细微的动作，不由得勾唇笑了笑。

天色已经完全黑了下来，但因为四处点起了篝火，周围就像白天一样亮。

今日的射猎收获颇丰，众人皆坐于席间欢饮，乐师奏乐，舞姬伴舞，场面热闹非凡。

叶七七坐在席上吃着今日众人猎来的鹿肉，吃得很欢。

燕铖坐在小丫头身侧，从他的角度看，正好能看见小丫头吃得圆鼓鼓的腮帮子。他思索了片刻，忍不住伸手轻轻戳了一下小丫头圆鼓鼓的脸颊。

小丫头侧头看了他一眼，活脱儿是一只小仓鼠。

"嗯，七七想喝水。"叶七七感觉有点儿噎到了，看着面前空着的茶杯道。

闻言，燕铖瞧着自己手里喝了一半的水，正要重新给她倒一杯时，就见小丫头已经端起了另一边桌子上放着的茶杯。

一旁的夜傲天瞧着小丫头毫不客气地端起自己面前的杯子"咕噜咕噜"地喝着，不由得轻笑了一声，说道："你这丫头倒是毫不客气，看都不看一眼就直接喝下去了，幸好我现在手里拿的是酒杯，要不然你喝的就是酒了。"

叶七七喝完水之后，感觉自己又活过来了，刚刚被噎得好难受。

"刚刚七七被噎到了。"情急之下她才拿起二皇兄面前的茶杯喝水的。

"喝就喝呗。还要吗？皇兄再给你倒点儿？"

叶七七点了点头，乖乖地将杯子递了过去。

一旁的燕铖见此，不动声色地放下了手里的杯子，微垂下眸子，脸色有

467

些冷。

叶七七又喝了几口水，放下杯子时无意间看了一眼身旁的六哥哥，就见六哥哥正看着她，那目光不知怎的有些冷。

叶七七吃东西的动作一顿：她怎么感觉六哥哥怪怪的？

"六哥哥。"

"嗯？"

"你面前盘子里的肉还吃吗？"叶七七把目光放在六哥哥面前的盘子上，感觉他没吃多少，好浪费呀。

"你要吃吗？"

"要，谢谢六哥哥……"叶七七满心欢喜地回答道，然后将他面前的盘子端了过去，美滋滋地继续吃。

听着小丫头甜腻的嗓音，燕铖一时无言，有些无措地端起茶杯喝了一口，直到喝下去之后，才感觉浓烈的酒味在口中散开，立马低头一看，就见自己拿错了杯子，误喝了酒。

酒杯是先前就放好的，每个席位都有，之前小丫头面前的，他让人撤下去了，但忘记让人撤了他自己的酒杯。他原本以为自己不会误喝，可没想到居然误喝了。

"喀喀……"浓烈辛辣的酒味令他忍不住轻咳了几声。这是他第一次喝酒，喝完只觉得头有点儿痛，发沉。

叶七七吃了两盘肉，终于满足地打了个饱嗝儿。

此时宴会才过半，但是吃饱了的她一会儿就坐不住了，转头看了一眼一旁的少年，将手伸到了桌子底下，轻轻扯了扯他的衣袖，小声问道："六哥哥，你吃好了吗？"

闻言，少年抬起头看了她一眼，眸底有些泛红，轻轻点了点头。

直到两个人从宴会场地出来，小丫头也没发觉少年有哪里不对劲。

叶七七拉着他的手走到了之前放笼子的地方，准备让六哥哥瞧一瞧那两只可爱的小兔子。

"六哥哥，你的手好烫。"不知是刚从宴会场地出来还是什么原因，她总觉得六哥哥的手比平时牵着她的时候要烫一点儿。

不过叶七七也没有太在意，看着那两只可爱的兔子道："六哥哥，你看兔兔是不是很可爱？"简直可爱死了，虽然她很想吃麻辣兔头，但是看着这么可爱的兔子，也舍不得吃了。她觉得自己不是一个合格的"吃货"。

"没你可爱。"

下一秒，叶七七还没有反应过来，身子就突然被人从后面抱住了，灼热的气息喷洒在她的耳边，随之而来的便是少年身上特有的冷香味。

她动了动鼻子，闻到冷香味似乎还伴随着淡淡的酒气。

酒气？哪来的酒气呀？

"六哥哥？"叶七七不解地喊了一声身后突然抱着她的少年，总觉得有些不对劲。虽说闻见了酒气，但是她也没看见六哥哥喝酒呀，更何况六哥哥还未及冠，怎么会喝酒呢？

虽说他不是没抱过她，但是被他突然从身后抱住，她还是觉得挺毛骨悚然的。

叶七七忍不住转头看了一眼，就见抱着她的六哥哥此刻正直勾勾地盯着她。

他脸上没什么多余的神情，就是直勾勾地盯着她，却比以往露出那阴沉的神情更加让人心里头犯怵。

叶七七咽了咽口水，动了动唇，准备说些什么，就见原本面无表情的六哥哥忽然对她笑了一下。

他那突然扬起的笑容让她愣了好一会儿，还没回过神来，下巴突然被捏住了。

"你长得真可爱。"六哥哥含笑的嗓音穿过空气闯入了她的耳中。

然后他亲了一口她的脸。

叶七七被吓得手里抱着的小兔子的笼子直接滑到了地上。

少年还在对着她笑，那笑容是她和六哥哥相处以来，从未见他对她露出的，有些纯良，还有些傻。

叶七七后退了几步，大大的眼睛里写满了困惑。她方才闻到的酒气已经证实了她心中的想法：六哥哥喝酒了，而且似乎醉了。六哥哥不会是喝酒喝傻了吧？

少年脸上浮现出淡淡的红晕，看着距离自己已几步远的小丫头，朝她伸出了手，说道："七七乖，过来让哥哥抱抱。"

叶七七瞧着他那一脸无害的笑，总觉得他是笑里藏刀，思索了一番，对着他竖起了两根手指，问："六哥哥，这……这是几呀？"

少年闻言，微微歪了一下头，嘴角勾起几丝浅笑看着她。

叶七七正以为他要开口说话时，就见他突然上前几步，直接将她一把抱住了。

"抓到……你了……"

六哥哥比她大六岁，她站在他面前只到他的腰际，他没费多大的力气就将她抱了起来。

醉酒后的六哥哥和平日里凶巴巴的样子简直判若两人。他似乎把她当作抱枕了，一个劲儿地用脑袋蹭她的脸。

忍无可忍之下，叶七七伸手抵住了他的脑袋，说道："不许乱蹭！"

"好。"少年破天荒地应了，然后当真不乱蹭了。

叶七七见了，眼眸里有些震惊：她没想到醉酒后的六哥哥居然这么听话。

目光落在脚边从笼子里跑出来的小兔子身上，她对六哥哥试探性地开口道："那你把小兔子抓进笼子里。"

"好。"少年说着便将她放了下来，然后弯腰抓住两只小兔子重新放进了笼子里。

他关上笼子后，还邀功似的对她笑了笑："好了，关进去了。"

那纯良的笑容看得小丫头脸色一僵，觉得六哥哥可能不是喝酒了，而是变傻了——这也太乖了吧！

"哦，好……好的。"叶七七伸手打算将笼子接过来，可还没碰到笼子，只见原本打算将笼子递给她的六哥哥突然又收回了手。

他笑着对她说："奖励呢？"

"奖励？"叶七七一时之间觉得自己出现了幻听：六哥哥居然跟个小孩子似的跟她要奖励，不……不应该是她跟他要吗？

"嗯？"见小丫头不答，他下意识地俯身靠近她，眼眸平视着她。

叶七七看着他，愣了好一会儿，然后突然想到之前他给自己吃的奶糖，目光落在他身上，犹豫了一会儿，伸出手摸上了少年腰间挂着的一个小袋子。她一摸便知道那袋子是六哥哥专门放糖的。

她伸手摸了摸，里头有两颗糖，拿出一颗递到了少年面前："这个奖励给你。"

少年看了看她手里拿着的糖，又抬头看了看她的脸，说："这糖是我的。"

叶七七："……"看来醉酒后的六哥哥还不算太笨。

"那我给你剥好。"说着，她就撕开了糖纸，把糖递到了他嘴边，说道，

"喏，奖励。"

少年目光一沉，好一会儿没说话。

直到她闻着手里的糖味，打算替六哥哥吃掉的时候，他终于动了。他低下头，俯身咬住了那颗糖。

看着他吃了那颗糖，叶七七再也等不及，掏出了另一颗，撕开糖纸就塞进了自己的嘴里。好甜呀！就是这熟悉的奶糖味。

叶七七吃得正欢，突然想到了什么，低头将目光落在手里捏着的糖纸上。先前吃糖的时候，六哥哥也不知道有什么怪癖，从来不让她看糖纸。

她抬起脑袋，看了看站在她面前一边吃糖一边看着她的六哥哥，也不知道自己哪来的勇气，当着他的面就把糖纸打开了。她本以为会在糖纸上看见什么，可没想到上面就写了一个"糖"字。

她一时无言，就一个"糖"字而已，六哥哥干吗每次给她吃糖的时候都鬼鬼祟祟的？

叶七七抬头看着少年，眸子里多了几分幽怨。

六哥哥估计是因为醉酒，不仅脸上浮现出几丝红晕，嘴角还是带着笑的。虽然六哥哥笑的时候很好看，但是她看着总觉得心里头有些发怵。

叶七七想了想，觉得以六哥哥现在这副醉酒的姿态，不太适合在外头久留，便问道："六哥哥，你……困吗？"

"嗯？"燕铖嘴角含笑，盯着面前只到他胸口的小丫头，朝她笑了笑，一本正经地道，"不困。"

虽然他说了不困，但是小丫头思索了一下，还是觉得应该将他拉回去乖乖地睡觉。

她哄他："但时候不早了，六哥哥，你该回帐篷里睡觉了。"

说完，她正准备伸手去拉六哥哥的手，但还没有碰到他，就见他突然对她做了个安静的手势。

"嘘——"目光落在不远处，他对她说，"七七有听见什么声音吗？"

"声音？"叶七七踮起脚，顺着他看的方向竖起耳朵听，可什么也没有听见，"没……有呀。"六哥哥是听见什么奇怪的声音了吗？

她正疑惑，就听六哥哥突然吐出了两个字："来了。"

然后她还没反应过来，直接被他一把推进了一旁的草丛里。

叶七七下意识地要叫出声。可站在她身旁的少年像是有预知能力似的，在她即将发出尖叫声时，就伸手捂住了她的嘴。

"嘘。"他靠在她的耳边道。

下一秒，叶七七就看见从不远处来了两个腰带佩剑、身穿青色侍卫服的人，似乎在巡逻。

只是巡逻的人而已，六哥哥干吗突然拉着她躲进草丛里呀？

现如今他们两个人就跟做贼似的蹲在草丛里，她整个人被六哥哥死死地抱在怀里，她的脑袋靠在六哥哥的胸膛上，近得都能听见六哥哥的心跳声了。

叶七七睁着大眼睛看着那两个穿着侍卫服的人从面前走过。见他们并没有发现她和六哥哥，她不由得松了口气，虽然她也不知道自己为什么要松一口气。

不过她刚松了口气，就见原本离开的两个人突然又折了回来，吓得她的呼吸猛地顿了一下。

"咦，好像有两只兔子呀！"其中一个人走到装兔子的笼子前说道。

另一个人看了看，说道："还真是，看着挺肥的，我今天光顾着吃鹿肉了，还没尝兔子肉呢！"

听了两个人这话，叶七七猛地瞪大了眼睛：她的小兔子！！！

说要吃兔子肉的那人说完就准备将笼子拎起来，但还未碰到笼子，就被另一个人制止了。

"你是想掉脑袋吗？也不看看这是普通的笼子吗？"

闻言，那人低头仔细一看，就见那笼子精致极了，一看就不是平常的笼子，不用想就知道这两只兔子的主人非富即贵，要是今日他把这两只兔子吃了，估计他的脑袋也要没了。那人说道："幸好你小子及时制止了我，不然要是我今天真把这两只兔子吃了，人也要交待在这里了。"

"行了，该去那边巡逻了。"

两个侍卫说完便离开了。

叶七七看着他们越走越远，原本悬着的心终于放下了：她的小兔子活下来了。

看着宛如失而复得的小兔子，叶七七正打算起身，却又被某人拉住了。

"七七很喜欢兔子吗？"

"喜欢呀。"她想都没想就回答道。

说完，她扭头看向身侧的少年，便见六哥哥紧紧地盯着她，眼眸里是她看不懂的神色。

燕铖听了小丫头这话，目光沉了一下，没回话，就紧紧地盯着她。

叶七七被他看得心里有些发毛。

"七七可以出去了吗？"她想去看看她的小兔子，而且觉得跟六哥哥鬼鬼祟祟地躲在草丛里有些怪怪的。

"不可以。"少年冷冷地说，然后拉着她站起身。

起初叶七七以为六哥哥是想牵着她走出草丛，但是下一秒，她见他不但没有往外走，反而拉着她往一旁的树林深处走。

"六哥哥，我们去哪里呀？"

他抓她的手抓得很紧，而且力气很大，她压根儿挣脱不了，只能任由他拉着往深处走。

"我饿了。"少年转过头对她说了这么一句，然后继续拉着她往里走。

饿了？他饿了干吗还一直拉着她往树林深处走呀？

直到走到一条小溪边，看到六哥哥停了下来，脱掉鞋子，卷起裤腿和长袖，她才意识到六哥哥想干什么。见他一个劲儿地往小溪里冲，叶七七被吓得急忙伸手拦住了他，说道："六哥哥，你……你确定你现在可以捉……"最后一个"鱼"字还没有说出口，她就见他突然弯腰低头，一口亲在了她的左脸颊上。

叶七七被他突如其来的举动吓得人都蒙了，迷迷糊糊间听到他对自己说："嗯，给我家七七捉鱼吃。"

等她反应过来的时候，六哥哥已经下水了。要是换作平时，她自然是放心让六哥哥下水捉鱼的，但现在他可是喝醉酒的状态，换句话说就是一个醉鬼，万一一个不小心一头扎进了水里……一想到这个，叶七七吓得浑身打了个哆嗦，赶忙脱掉自己的鞋子想将六哥哥从水里拉出来。

可她刚脱掉鞋子脚还没落地，原本蹲下身子在水里摸鱼的少年突然回过头看了她一眼，语气凶巴巴地道："不许下水！"

她被吓了一大跳，这语气凶巴巴的六哥哥简直和刚刚那个温柔地亲她的六哥哥判若两人。但过了一会儿，她又听见六哥哥软着嗓子对她说："水凉，七七下水万一染了伤寒怎么办？"

叶七七被他这短时间内表现出来的两面吓了一跳，急忙将刚脱下的鞋子重新穿了起来。

473

见她乖乖地将鞋子穿好，少年满意地勾了勾嘴角。

虽说因为某人不让她下水，她只能乖巧地坐在岸上，但是她一直瞧着不远处的六哥哥，生怕他一时没站稳一头扎进水里，虽然那水位只到他的膝盖处。

好在叶七七的担心是多余的，六哥哥虽然醉酒了，但是眼神是极好的，没过一会儿就抓到了一条鱼。

她看着他拿出一把精致的匕首将鱼的内脏掏了出来。由于画面有些血腥，她别过头没敢看。

不过她此刻有一个疑问：六哥哥为何还随身携带着一把匕首？

燕铖将鱼洗好后，利索地捡了干树枝生火，一系列动作如行云流水。

叶七七都没反应过来六哥哥是什么时候将火生好的，等再次看过去的时候，他已经坐在火堆前烤鱼了。她急忙走过去烤火，毕竟夜晚还是有些凉的。她伸出手往火堆边靠了靠，抬头看了一眼对面的六哥哥，只见他眉眼冷厉，专心致志地烤着手中的鱼。

叶七七时常觉得，六哥哥虽然长得很好看，但是不笑的时候让人觉得凶巴巴的。她正看得入神，原本专心致志地烤鱼的六哥哥突然抬起头，那冷厉的目光就这样和她的目光对上了。

一股被抓包的尴尬感油然而生，吓得她立马低下了头，小手纠结成一团。

不过叶七七后知后觉：她为什么要躲开眼神？看自家哥哥她怕什么？

心里这般想着，她就抬起头，直直地盯着坐在对面烤鱼的六哥哥。

只要她不尴尬，尴尬的就是别人，对，没有错！

少年许是察觉小丫头一直紧盯着自己，耳根染了一层绯红，但因为光线昏暗，对面的小丫头并没有发现。

等待美食的时间总是漫长的。

鱼烤好后，燕铖先撕了一小块鱼肉自己尝了一下，确定没问题后，才撕了一大块递到了小丫头的嘴边。

叶七七自然毫不客气地张开嘴咬了一口。

"好吃吗？"他问。

叶七七一边吃，一边点头。

烤鱼确实好吃，但是六哥哥干吗一直对着她笑？那笑容看着怪吓人的。

见六哥哥一个劲儿地喂她吃鱼，他自己却没有吃多少，她伸手把烤鱼往他那边推了推，说道："六哥哥，你也吃呀。"

"好。"少年应了一声，却始终没往自己嘴里塞鱼肉。

最终一整条鱼基本进了她的肚子里，明明一开始说饿的是他来着。

次日一早，叶七七睁开眼就看见了在帐篷里忙碌的阿婉。

见她醒了，阿婉立马停下了手里的活儿，说道："公主，您醒啦，现在起身穿衣吗？"

叶七七揉了揉眼睛，还没有从困意中清醒过来。她裹着被子翻了个身，软软的嗓音里有几分撒娇的意味，说道："还想再睡一会儿。我昨天是怎么回来的？"

她记得吃完烤鱼后正好到了她睡觉的生物钟时间，明明她困得紧，六哥哥却非得拉着她看星星。对，看星星，然后她看着看着实在抵挡不住困意脑袋一歪靠在六哥哥的肩膀上睡着了。

"公主，昨天是六皇子殿下背您回来的。"

昨天晚上宴会结束都没见公主回来，阿婉还担心了好久，跟侍卫找了好一会儿，差点儿闹到皇上那里去。不过好在最后六皇子背着公主殿下回来了，阿婉才松了一口气。

不过让阿婉心有余悸的还是六皇子这个人。传闻中六皇子殿下喜怒无常，昨儿阿婉是真的见识到了。阿婉只不过问了一句他和公主去了哪里，怎么这么晚归来，结果六皇子一记冷厉的眼神就扔了过来，着实吓了阿婉一大跳。

叶七七自起床后一整个上午都没瞧见六哥哥的身影，还特地去他的帐篷里找他，却还是没看见他。直到用完午膳，她才在西边的校场上看见了站在不远处练射箭的六哥哥。

"六哥哥！"她朝他招了招手，提着裙摆一路小跑到了他面前。

燕铖正专心地射箭，听见不远处传来小丫头的声音，手指猛地一抖，原本要射中靶心的箭就这样硬生生地射偏了。

"六哥哥，早呀。"小丫头似乎完全没有注意到他脸上一闪而过的不自然，亲切地走到他跟前打招呼。

"嗯。"燕铖漫不经心地应了一声，伸手打算从一侧的箭篓里拿一支箭，却在手伸进去后才发现里头的箭已经被他射完了。

叶七七看着他的动作，四处看了看，见不远处的箭篓里有箭，走过去将箭篓抱到了少年跟前，说道："六哥哥，给你。"

少年动作有几分僵硬，但很快便恢复了正常。他伸手接过小丫头递过来的箭，对准了靶心，可一口气射了五支箭，竟没一支是正中靶心的。

一旁的叶七七原本是准备给六哥哥鼓掌的，毕竟之前她可是看过六哥哥射箭，每一支箭都正中红心，怎么这次……？

"嗖嗖嗖——"就在这时，一旁的另一个靶上飞来了三支箭，竟都正中红心。

厉害！叶七七忍不住心生佩服，抬头看了旁边射箭的人一眼，结果就瞧见了她最讨厌的人。

她看见旁边的人是宋郁承后，脸色立马变了，脑海中原本夸赞他的"厉害"二字变成了"狗屎运"三个字。

宋郁承望着不远处的靶心，似乎很满意，得意地勾了勾嘴角。似乎察觉不远处有一个人正看着他，手里拿着的弓还未放下；他就侧头看了一眼，只见不远处的小丫头匆匆地瞥了他一眼之后立马扭头移开了视线。

哼，宋渣男只是运气好而已，六哥哥可比宋渣男厉害多了，叶七七心里头这般想着，下意识地伸手拽紧了身侧六哥哥的衣服。她准备再将手里的箭给六哥哥试一试，谁知少年比她更快一步开口道："给我。"

叶七七看着六哥哥突然朝自己伸出的手，一时之间没反应过来，直到看见他眉眼间似乎附上了一层冷意，盯着不远处的靶子，才后知后觉原来六哥哥是想要她手中的箭。

叶七七不敢迟疑，急忙将箭递到了他手里，说道："给……给你。"

少年抿着唇，无声地接过箭。

她看着他拉弓，指腹按着弦，薄唇轻抿，眉眼有些冷。

就在他刚准备将手里的箭射出去时，小丫头又轻轻扯了扯他的衣服。他还未来得及低头，就听小丫头轻轻地对他说："六哥哥加油呀！"

不能让宋郁承抢了风头！

此话一出，少年就像是受到了鼓舞，手里的箭射出去后果真正中红心。

随后叶七七又拿了几支箭递给他。

正值少年的人，多多少少带有几分不服输的冲劲，一旁的宋郁承看到六皇子射出的几支箭竟都正中红心，自然不甘示弱，眼神示意，让不远处的小厮将靶子往后移。

小厮又看了一眼六殿下，见六殿下也没意见，便将两个人的靶子往后移到了相同的距离。

这是一场无声的争斗，两个人虽一句话都没说，但是射箭时就像是杠上了。几个回合下来，两个人竟斗成了平局。

最后还是宋郁承率先开口道："六殿下射箭技艺如此高超，郁承着实佩服，不过你我这番争斗似乎难分胜负，不如换个方式比？"

宋郁承的话音刚落，少年冰冷的视线便投了过去。两个人的视线对上的那一刻，宋郁承看着他阴沉的目光心颤了一下，那目光像是在取笑宋郁承不自量力一般。

宋郁承动了动唇，刚想开口，就听一直没说话的少年突然开口道："可以，比什么？"

"呃……"宋郁承原以为他不会和自己比，早已经做好被拒绝的准备，可没想到他居然同意了，一时之间也不知该比什么。

"射箭虽重在眼力，但听力有时也很重要。"

"六殿下的意思是……"宋郁承从他的话里似乎知晓他要如何比了。

直到小厮将黑布呈了上来，宋郁承更加确定了心中的想法。

"遮眼射箭？"宋郁承问。

燕铖点了点头："正是。"

宋郁承接过小厮递来的黑色遮眼布条，面容有些阴沉：虽然射箭技术高超，但宋郁承还从未遮眼射过箭，这确实有些难度。

宋郁承抿了一下唇，面容上多了几分迟疑，抬头看向不远处的少年时，就见少年已经用黑色布条遮住了眼睛。

宋郁承："……"

此刻校场来了不少人，原本就是宋郁承先提出来比试的，要是这时候退缩，倒是会贻人口实，所以最终宋郁承还是用黑布遮住了眼睛。

一遮住眼睛，视觉尽失，眼前漆黑一片，人只能凭直觉射箭。

宋郁承屏住呼吸，凭自己的直觉射了三支箭。宋郁承刚将箭射出去，便听见周围众人的惊呼声，动作顿了顿，心想：莫非自己当真射中了靶心？

下一秒，宋郁承急忙扯下黑布，目光落在自己的靶上，只见只有一支箭勉勉强强地射中了外环，把目光移到一旁的另一个靶上，只见三支箭皆正中靶心。

宋郁承看过去时，一侧的少年正好将黑布扯下。

宋郁承自知技不如人，便也认了输，说道："六殿下果真射箭技艺高超，在下输得心服口服。"

燕铖放下手里的弓箭，说道："承让了。"

宋郁承着实没想到他的射箭技艺这般高超。不过既然六皇子射箭技艺如此高超，为何不参加昨日的射猎？宋郁承心存这般疑惑，原本想问，但还未问出口，就见一旁的两个人已经走开了。

叶七七乖巧地跟在少年身后，回想起方才宋渣男一脸吃瘪认输的表情，便觉得十分解气。六哥哥果然是很厉害的。

"哎？"她正想着，原本在前面走着的少年突然停了下来，要不是她及时刹住了脚步，恐怕就一头撞上去了。

"六哥哥，你怎么突然停了？"叶七七不解地问出声。

"你干吗一直跟着我？"少年没回头看她，语气沉沉地道。

叶七七被他这番话搞得云里雾里的，随后稀里糊涂地道："七七不能跟着你吗？"

那"不能"二字明明就在嘴边，但他也不知道自己是怎么回事，就是无法脱口而出。他动了动唇，正思索着接下来该说些什么，就见原本站在他身后的小丫头突然蹿至他眼前，眨巴着大眼睛一脸无辜地看着他。

小丫头对他道："六哥哥，你到底怎么啦？难不成是因为昨天喝醉酒的事情吗？"

她要是不提还好，这一提令他的耳朵一下子便红了。这是他第一次露出难言的羞涩的表情。

虽说他对于自己醉酒后做的事情记得并不是很清楚，但多多少少还是有些印象的。

"我……"他本来想问这丫头他可是做了什么丢人的事情，但瞧着此刻小丫头一脸幸灾乐祸的表情，想了想还是作罢了。

他说："我还有事，先走了。"

"七七跟你一起走。"叶七七丝毫不见外地牵住他的手，动作无比自然。

燕铖心中不停地告诉自己：是这丫头太黏人了而已，他本想甩开她的，但是甩不开，只能作罢。

第三十六章
恢复记忆了

春猎的这几日，叶七七的小日子可谓是过得极其舒适，父皇爹爹他们去射猎，而她就悠闲地游山玩水。一直到了最后一日，她慎重地想了想，觉得自己到此一游，要是不去猎个小兔子什么的，实在不太完美。

于是叶七七捏紧了拳头，决定去抱一下父皇爹爹的大腿，让他可以允许她一同去春猎，见见世面。

春猎的这几天，小丫头同大暴君见面的次数屈指可数。当大暴君瞧见小丫头前来找他的时候，他就知道小丫头定然是有所求。

叶七七到大暴君的营帐里时，大暴君正被人伺候着穿骑装。见她来，他淡淡地瞥了她一眼，问："怎么了？"

叶七七被他那眼神看得心惊了一下，急忙道："没……没事呀，就是来看看父皇爹爹而已。"

闻言，夜姬尧把目光又放在小丫头身上，就见小丫头就差脸上写着"有所求"三个字了。他思索了一会儿，试探性地问道："想去射猎？"

下一秒，叶七七猛地抬起脑袋，有些震惊地看着他，那惊讶的表情似乎在说：父皇爹爹怎么知道我想说什么？

叶七七吞了吞口水，怯怯地问道："可……可以吗？"

"自然可以。"

听了这话，小丫头激动得就差上去抱住他的大腿了。

"谢谢父皇爹爹！"叶七七一时之间高兴得有些忘形了，又和男人扯了几句才出来。

原本她以为父皇爹爹会让大皇兄或者二皇兄在射猎的时候带着她，抑或是六哥哥和三皇姐其中一个，但是直到她换好了一身骑装，满心欢喜地要上马的时候，竟然发现自己坐上的是父皇爹爹的马。

男人大手一挥，直接一把将她拎上了马背。

直到上了马背，叶七七才反应过来：她怎么到父皇爹爹的马背上来了？

就因为坐上了父皇爹爹的马，她被吓得把腰板挺得笔直，生怕丢了父皇爹爹的脸。

"驾！"

这算是叶七七第一次正儿八经地骑马，说不害怕是假的，但是因为父皇爹爹失忆了，不怎么喜欢她，她要是再胆小一点儿，父皇爹爹就更加不喜欢她了，所以她要努力地爹起胆子。

虽说叶七七心里默念着自己一点儿也不怕，但是她紧紧地抓着男人的手臂的动作出卖了她。

夜姬尧驾驭着马，察觉小丫头的这番小动作，低头看了她一眼，这才突然想起这丫头似乎从未骑过马，便控制马将速度降了下来。

见陛下的速度慢了下来，一旁的众人自然不敢越过他，也慢了下来。

大暴君侧头看了他们一眼，命令道："不用在意朕的速度，都去尽情射猎吧，射猎最多者，朕重赏！"

"是，陛下！"

大暴君此话一出，众人便皆加快了速度，驾驭着马向四周扩散。

当然，大暴君身为皇帝，身后还是跟着几个侍卫保护他的安全的。

就这样骑了一会儿，估计是因为父皇爹爹骑马的速度并不快，所以叶七七也没有那么害怕了。

不过不是射猎吗？为什么父皇爹爹一直没有射猎呀？这样与其说是带着她骑马射猎，倒不如说是带着她骑马游玩。

"朕记得那边有个瀑布。"

叶七七心中正疑惑，就听见上方的男人突然说了这话。她一开始还寻思父皇爹爹干吗自言自语，直到抬起脑袋看了一眼，才发现他是对她说的，那眼神似乎在问她：你想去瀑布看一看吗？

叶七七不解地开口问道："可以……去看看吗？"

答案自然是可以。

不过谁也没有预料到的是，他们居然会在途中遇到刺客，一下子突然出现了十几名黑衣人。

叶七七坐在马上，眼睁睁地看着那冒着寒光的剑朝她袭来。她瞪大了眼睛，但是下一秒，一只温热的手掌就捂住了她的眼睛，同时耳边响起男人的声音："闭眼，抱紧朕！"

听了父皇爹爹这话，她急忙闭上眼睛，伸出手紧紧地抱着男人。耳边有刀剑相撞的声音，她似乎还听见了刀剑刺入肉里的声音。这血腥的场面她是第一次见，自然被吓得不轻。

随后，叶七七就感觉自己脚下一轻，跟腾空了似的。

"狗皇帝！纳命来！"为首的黑衣人手握大刀，直直地朝男人砍了过来。

夜姬尧一只手抱着小丫头，另一只手握着剑，嘴角勾起一抹冷笑，嘲笑那人的不自量力。

在那大刀即将劈中他时，他灵活地侧身躲过。

据他们多方打探，这狗皇帝夜姬尧不善武功，可为何他看起来没半点儿不善武功的样子？

为首的黑衣人被大暴君一脚踹到了地上，捂着胸口吐出一口鲜血。见大暴君的剑刺来，那人急忙求饶道："留我一条——"

"扑哧——"那人的话还没有说完，夜姬尧直接一剑刺进了其胸口里，使其丢了性命。

"朕从不喜贪生怕死之徒。"大暴君眼睛都没有眨一下便猛地抽出了剑。

鲜血从为首的黑衣人的皮肉中喷涌而出。

夜姬尧这次带的侍卫都是从暗卫中挑出的佼佼者，对付十几个刺客自然绰绰有余。有这些向来令他得意的暗卫，在场的这些刺客他就没放在眼里。

没一会儿，那十几个刺客就全都败下阵来。

一名暗卫问道："陛下，可要留活口？"

大暴君眼睛微眯，一个"杀"字正要脱口而出，突然闻到一股异香。他眉头微微皱了一下，总觉得这异香的味道有些熟悉。

等他反应过来这异香是蛊惑人心智的迷香后，他就见暗卫接二连三地倒在了地上。他立马屏住呼吸，伸手捂住怀中小丫头的口鼻，说道："闭气！"

虽然叶七七在父皇爹爹对自己说过后就屏住了呼吸，但多多少少还是吸入了一点儿迷香。哪怕只是一点儿，她就感觉自己身子一软，眼前一黑，然后整个人倒在了男人怀里，没了知觉。

该死！大暴君心里暗骂了一声，抱着小丫头一个腾空想要离开，却突然瞧见不远处的枝头上有一道一身黑衣的身影。

只见那人戴着张牙舞爪的恶鬼面具，一头银白的头发随风乱舞。

那面具男见他看向自己，忽然阴沉地笑了一声，对他说道："我的好侄儿，好久不见呀。"

那低沉的嗓音伴随着一点儿嘶哑，他听着却分外熟悉。看着那面具男，大暴君握着剑的手猛地收紧了几分。他目光晦涩地打量着那面具男，不用多想就知道是什么情况，说道："你又发病了吗？"

他的话音落下，那面具男显然不是很明白他这话是何意，冷笑了一声看着他，说道："你在说什么鬼话呢？"那面具男握紧手里的鞭子，猛地朝他袭来，嘴角扬起邪气的笑，说道，"我只是单纯地想取你的性命而已呀。"

那鞭子冷厉如风，毫不留情地抽了过来。大暴君目光一闪，抱着怀里昏迷不醒的小丫头一个腾空躲了过去。

几个回合下来，那面具男见他只守不攻，显然十分不满，眉眼间多了几分戾气，挥动着手里的鞭子，语气嘲讽地道："我的好侄儿，你躲什么？快拿起你的剑跟本王一决高下！"

那面具男一口一个"好侄儿"，听着让人觉得尤为刺耳，大暴君冷眸一闪，握紧掌中的剑，不打算再处处忍让。

见他终于握紧了剑袭来，那面具男脸上多了几分喜色，说道："我的好侄儿终于开始进攻了呀！"

大暴君说道："你太吵了！"不仅吵，还格外让人心烦。

不过哪怕那面具男很嚣张，两个回合后，还是败下阵来，手里的鞭子被打落到了一边。

大暴君用剑抵着那面具男的脖子，神情冰冷无比。

见他拿剑抵着自己的脖子却丝毫没有要往里刺的意思，那面具男不由得笑出声，伸手便握住了冰冷的剑刃，说道："怎么？还念着血脉之情不愿杀我？"

望着那面具男格外刺眼的嘴角，大暴君用力地压制着心里想一把抹开其脖子的冲动：他没必要跟一个疯子计较。

"滚。"

"什么滚不滚的？"那面具男一只手握着剑刃，把脖子往前凑了凑。

由于大暴君没有半点儿移剑的举动，那面具男觉得脖子似乎被剑刃划破了，传来几丝痛意。

大暴君只是冷眼看着。

那面具男见他不动，突然将目光放在他手里抱着的小丫头身上，微微歪了一下头，阴恻恻地笑道："今日有这丫头陪你，你黄泉路上应该不孤单了吧？"

等大暴君意识到那面具男想做什么的时候，只见一把闪着寒光的飞镖朝着他怀中昏睡的小丫头袭去。瞳孔猛地收缩了几分，千钧一发之际他一个侧身，利刃硬生生地扎进了肉里，大暴君低头看了一眼自己腹部那刺眼的红。

"哎呀，刺偏了。"那面具男语气有些惋惜地说道。

一时之间空气中弥漫着一股浓烈的血腥味。

那面具男闻到血腥味，感官受到了刺激，发出有些沉重的呼吸声。

夜姬尧看见那面具男已经红了眼，用嗜血到接近病态的目光死死地盯着他腹部的伤口。

夜姬尧说道："你果真是该死！"

那面具男说道："我确实会死，不过你一定会比我先死。"

不远处就是深不见底的山崖，那面具男朝着他阴恻恻地笑了一声，一脚踹上了他受伤的腰腹。

被踹下山崖前，大暴君还听见那面具男说："有这丫头陪你，姬尧，你黄泉路上不会孤单的。"

看着那人嘴角上挂着得逞的狂妄笑意，大暴君内心无言：太天真了，他夜姬尧堂堂一国之君，又怎么会轻易下黄泉？

那面具男扒在悬崖边上，眼睁睁地看着男人同他怀里抱着的小丫头在自己的眼前消失不见，确定两个人是真的掉下去了，才缓缓地站起身，转身离开，嘴里还哼着小曲。

夜幕降临，寒风凛冽，叶七七只觉得自己好冷，迷迷糊糊间感受到热源，下意识地凑了过去。

可过了一会儿，她就感觉不对劲了：血腥味，好浓的血腥味！

眼皮子仿若有千斤重，她十分困难地睁开眼睛，目光所及是点点火光，以及男人那张苍白的俊脸。

叶七七先是一惊，待视野慢慢清晰，就看见男人那张毫无血色的脸。

血腥味越发浓重，叶七七低下头，入目的便是男人的白衣上刺眼的红。她慢慢回过神来，回想起她和父皇爹爹半路遇上了刺客，然后突然间她闻到一股极其好闻的异香，就眼前一黑陷入了昏迷中。

叶七七颤抖着伸手试探男人的鼻息，心几乎跳到了嗓子眼儿里。直到指腹感觉到吹拂来的微弱的鼻息，她才抑制住想哭的冲动：还好，还好，父皇爹爹还活着。

叶七七擦了擦快要流下来的泪水，低头看着父皇爹爹受伤的腹部。父皇爹爹自己包扎过，所以多多少少止住了血，但因为失血过多，他的体温低得吓人，尤其是那双手，更是冰冷得吓人。

看着父皇爹爹身上只穿着一身内搭的里衣，她才注意到自己身上搭着一件黑色外袍，再也忍不住了，眼泪控制不住地流了下来。

"父皇爹爹……"她红着眼推了推昏迷的男人，声音都是颤抖的。

他们此刻应该是身处一个山洞里。地上有一道断断续续的暗红的血迹，有些已经干透了，可想而知父皇爹爹流了多少血。

叶七七吸了吸鼻子，急忙拿起外袍给男人搭上。她也不知道他们到底昏睡了多久，但是看着外面漆黑一片的天色，就知道已经是夜晚了。

一旁的火堆烧的时间有些长了，火势在慢慢地变小。

叶七七看外头黑漆漆一片，没有勇气出去捡干树枝，但是没干树枝的话，她和父皇爹爹就算不饿死，也会硬生生地被冻死在这里，更何况父皇爹爹还受了很严重的伤。

叶七七迟疑了好一会儿，望着男人苍白的脸色，鼓起勇气站起身，小小的手紧紧地捏成拳头：为了父皇爹爹，她不怕！

对，她不怕的，不就是捡干树枝吗？心里这般想着，她鼓起勇气慢腾腾地走到了山洞口。刚到洞口，就有一阵冷风迎面吹来，吹得小丫头浑身一抖，整个人清醒了不少。

外头黑漆漆一片，连月亮都看不见，就在她迟疑该不该出去时，突然听见远处传来一声恶狼的嚎叫。

"啊——"叶七七被吓得直接叫出声，转身就撒腿往山洞里面跑，一边跑一边哭。

好……好可怕！她十分憎恨自己这么胆小。

"呜呜呜，父皇爹爹，七七没用……呜呜呜……"

他们俩今天晚上要冻死在这里了。她越想哭得越凶。

夜姬尧就这样硬生生地被泣不成声的小丫头吵醒了。他睁开眼睛看着小丫头，缓缓地伸手摸上她的脑袋，说道："哭什么？朕还没死呢。"

听到那熟悉的声音，叶七七停止了哭泣，抬起头眼泪汪汪地看着他。

下一秒，小丫头"哇"的一声抱住了他的脖子，哭道："呜呜呜，父皇爹爹……"

夜姬尧伸手轻轻拍了拍小丫头的后背，动作温柔地安抚她。

小丫头抱着他哭了好一会儿，最后哭得连身子都一抽一抽的。

大暴君伸手摸上小丫头的脸，动作极其温柔地为她擦拭脸上的泪："哭什么？嗯？朕只是受了一点儿小伤而已。"

"可……可是流了好多血……"叶七七盯着他受伤的腹部，又用袖子擦自己脸上的泪痕。

"没事，死不了。"自己的身体他还是有点儿数的，"乖，不哭了。"

他摸上小丫头的手，只觉得凉得吓人，看了看自己身上盖着的外袍，准备给小丫头盖上。

小丫头伸手按住了他的手，红着眼摇了摇头："七七……不冷，父皇爹爹，您盖。"

这丫头手都是凉的，怎么可能不冷？夜姬尧把目光移向一旁，只见火堆已经烧得差不多了，怪不得突然间这么冷。

察觉父皇爹爹的目光落在一旁快熄灭的火堆上，叶七七低着脑袋道："七七……七七不敢出去捡干树枝，外面好黑。"而且她还听见了狼叫声。

望着面前的小丫头一脸委屈的样子，大暴君忍不住笑出声，伸手揉了揉她的脑袋，看向不远处，说道："傻丫头，干树枝那边不是有吗？"

闻言，叶七七顺着父皇爹爹的视线看了过去，就见不远处的角落里放着一堆干树枝，而且放置得整整齐齐，一看就知道是人为的。

"这……这里为什么会有呀？"而且还放置得整整齐齐的。

"这个山洞应该是猎户歇脚用的，所以这里才会放不少干柴，不然七七觉得我们此刻躺着的草席是从哪里来的？"

这时叶七七才注意到她和父皇爹爹正坐在一张厚厚的草席上，草席阻隔了来自地面的寒气。

她露出原来如此的神情。

她急忙走到角落里的柴火垛旁，拿了一些柴火抱在怀里，回来添进火堆里。

没一会儿，火势便旺了，叶七七感觉周身被暖意包裹住了。

"好暖和呀。"她忍不住伸出手蹲在火堆边取暖。烤了一会儿火，叶七七想到父皇爹爹，急忙将身子往一旁挪了挪，给他腾出一块取暖的位置。

大暴君看着小丫头这番举动，忍不住勾唇笑了笑。

从营地出来后叶七七就没有吃过任何东西，熬到这会儿，早就饿得前胸贴后背了。在小肚子猝不及防地叫出声时，她有些窘迫地红了脸，抬起头就见父皇爹爹半靠在那儿，正紧紧地盯着她。

叶七七心里更加羞了，痛恨自己不争气的肚子，说道："它……它饿了。"肚子饿这件事是她控制不了的。

"嗯，我知道。"大暴君说着，目光落在角落里的木箱上，说道，"既然是猎户歇脚的住所，那这里应该有存的食物。"

注意到角落里的木箱子，叶七七走过去，有些吃力地打开上面的木盖子，果然看见里头放着满满一箱的番薯。她立马变得欣喜无比，回头看了男人一眼，说道："父皇爹爹，是番薯！"

她从里头拿出一个最大的番薯，但是仔细地想了想，又放下了。番薯太大了要烤的时间太长，还不如烤几个小的，就可以很快吃到了。

叶七七一口气拿了四个小番薯，迈着小短腿屁颠屁颠地走到男人身边，邀功似的放在了男人面前，说道："父皇爹爹，我们可以吃烤番薯了。"太好了，他们不用饿死了。

叶七七将四个小番薯扔进火堆里，满心欢喜地又添了些干树枝进去。她看着火堆里的小番薯，下意识地舔了舔唇，脸蛋儿被火光映衬得红通通的。

看了一会儿，叶七七想了想，觉得这山洞里既然有番薯，那估计还有些别的东西。

她到处看了看，果真又找到了一些藏在角落里的陶瓷水壶。她把其中一个水壶拿在手里晃了几下，说道："父皇爹爹，这个里面好像灌了水。"

"水？"大暴君接过小丫头递过来的水壶，一打开便闻到了一股浓郁的酒香味，说道，"不是水，是酒。"而且以这醇香的酒味判断，这不仅是一壶好酒，还有些年头了。

"有几壶？"

叶七七想了一下，说道："好像有十几壶。"那些酒壶一排排地横放着。

大暴君看了看手里的酒壶，然后抬头看着小丫头道："七七乖，转过去。"

"啊？"她对父皇爹爹突然说的这话没反应过来，但还是稀里糊涂地转过身，问道，"父皇爹爹，为什么要让七七转过身呀？"

夜姬尧没有说话，解开包扎伤口的布条，只见原先白色的布料已经彻底被鲜血染红了，伤口处还在不时地涌出鲜血。他之所以让小丫头转过身，是因为怕她看见他的伤口会害怕。

"父皇爹爹？"见父皇爹爹没回答，小丫头忍不住又问了一声。

大暴君没说什么，只是淡淡地吐出三个字："你听话。"

直到闻到浓郁的血腥味夹杂着些许酒味，听到父皇爹爹忍痛的闷哼声和衣料被撕破的声音，叶七七紧紧地捏着拳头，心里已经猜到父皇爹爹一定是在处理伤口。

最终她还是忍不住转头看了一眼，就见父皇爹爹手里正拿着酒壶倒在那鲜血淋漓的伤口上，苍白的脸上早已经冒出一层冷汗。

男人咬着牙，疼得连手都是颤抖的。

见父皇爹爹将已经被染红的布扔到一边，叶七七伸手在怀里掏了掏，掏出一条干净的帕子，走过去将帕子递到了男人面前，说道："七七有帕子，干……干净的。"

大暴君抬头，就见小丫头的手都是颤抖的。

他看着小丫头故作镇定的脸，眸子闪了闪，伸手接过小丫头递过来的帕子，想开口说些什么，最终还是无言。

叶七七看着他用帕子捂住伤口，防止鲜血涌出，伤口虽然被堵住了，但貌似没有可以绑的东西。

叶七七正不知该从哪里找包扎伤口的东西，就见父皇爹爹伸手解开了头上绑着的发带，然后那一头乌黑的长发就披散在肩头。

看着披着长发的父皇爹爹，叶七七又一次惊艳了。这是她第一次见到父皇爹爹不束发的样子，突然间觉得不束发的父皇爹爹看着好温柔呀，像美人爹爹。

不过她来不及欣赏，打算把自己的发带也解开。

男人开口制止了她："不用七七的，一条发带就够了。"

见父皇爹爹自己一个人包扎似乎有些困难，叶七七立马道："那……那七七给父皇爹爹包扎。"

不等他回话，小姑娘已经上前，乖巧地给他一圈一圈地包扎伤口。

大暴君看着小丫头认真地给他包扎的模样，觉得这会儿伤口似乎也没那么疼了。

小丫头给他包扎好后，就低着脑袋没动。

隐隐约约地听到小丫头抽泣的声音，他有些无奈地摸了摸小丫头的下巴，失笑道："七七怎么成小哭包了？总是哭。"

叶七七用袖子擦干眼泪，语气闷闷地道："要是大白在就好了。"

"嗯？"大暴君面露不解。

叶七七红着眼睛抬起头看他，说道："那样父皇爹爹您就不会受伤了，大白会咬死那个伤了父皇爹爹的人。"

看着小丫头眸子里燃着烈火，男人有些失笑地道："大白还小，估计是打不过那人的。"

"那就加上大白的爹爹，大白的爹爹也很厉害。"让老虎咬死那个刺伤父皇爹爹的坏人！

"父皇爹爹，您是不是很疼呀？"

"不疼。"大暴君摇了摇头，"有七七在爹爹身边，爹爹就不疼了。"

"骗人，一定很疼。"叶七七有些赌气地说。

不过下一秒，叶七七似乎意识到什么，突然紧盯着面前的男人。她没有听错吧？刚刚父皇爹爹的自称好像是"爹爹"……

这个自称从父皇爹爹失忆后，她就再也没有听到过了。叶七七心底突然有一股强烈的预感，父皇爹爹……恢复记忆了。

叶七七咽了咽口水，似乎有什么喜悦感立马要从心底溢出来，说道："父皇爹爹……"

"嗯？"因为失血过多，男人的面色和唇瓣还是有些苍白。

叶七七紧张得手紧紧地捏成了拳头，想问父皇爹爹究竟有没有恢复记忆，但是又害怕终究是一场空。小丫头想了想，最终还是没问出口。

"七七去看看番薯好了没。"她看着一旁烤着番薯的火堆,站起身。

就在她起身之际,她的手突然被一只带有几丝温热的大手握住了。

叶七七望了过去,只见父皇爹爹正紧紧地抓着她的手,估计是烤了一会儿火的原因,原本冰冷得吓人的手已经温热了不少。

夜姬尧看到小丫头一脸不解地看着他,似乎想对她说些什么。哪怕不问,他心里也大致清楚小丫头想问什么。闻到烤番薯的味道,他松开手,对小丫头说:"番薯应该熟了。"

"哦……"叶七七立马小跑过去,从一旁拿起树枝将烤好的番薯从火堆里拨了出来。

她将第一个烤好的番薯递到了男人面前,说道:"父皇爹爹,吃番薯。"

大暴君伸手接过。

叶七七饿极了,拿起一个还很烫的烤番薯,就迫不及待地将外头被烤焦的皮撕开,打算张开嘴巴狠狠地咬上一口。但是她弄了半天,不但没把烤煳了的番薯皮撕开,反而把自己的手弄得脏脏的。

她难免有些气急败坏,张开嘴就打算直接一口咬下去。这时,一个被剥得干干净净的烤番薯出现在她面前。

"吃吧。"大暴君将烤番薯剥好皮后,递到了小丫头面前,轻声道。

叶七七先是愣了一下,随后摇了摇头:"父……"父皇爹爹,您先吃。

后面的几个字她还没有说出口,男人就将剥好的烤番薯塞进了她手里。

叶七七盯着手里剥得干干净净的烤番薯,抬头看了一旁的男人一眼,只见父皇爹爹正在剥另一个烤番薯,动作优雅,因为散着发,看上去比平时平易近人。

叶七七将原本打算说的话又咽了回去,低头张嘴咬了一口软糯香甜的烤番薯。番薯刚入口,她眸子立马亮了。

"好吃吗?"大暴君看着小丫头欣喜的眸子,问道。

叶七七一边吃烤番薯,一边点了点头,因为腮帮子被塞得满满的,所以有些口齿不清:"嗯,好……好吃。"

烤番薯真的好好吃呀,她一口气吃了两个。

等到男人将第三个烤番薯递到她嘴边的时候,小丫头摇了摇头:"七七已经饱了。"她不仅饱了,而且有些撑了。

大暴君将剩下的烤番薯吃完,又喝了几口酒壶里的烈酒。几口烈酒下肚,

489

他立马觉得身体里的寒意被驱散了不少，抬头就见一旁刚吃完烤番薯的小丫头正用手帕擦有些脏的手。

他目光微沉，过了好一会儿，才缓缓地沉声道："我失忆这段时间，七七过得很辛苦吧。"

叶七七正擦手，听了这话，动作立马停住了，抬头看着坐在那儿的男人，眼神从诧异慢慢地变成了惊讶，而后眼睛就红了。

叶七七吸了吸鼻子，语气中带着几丝哭腔道："父皇爹爹，您……您想起来了吗？"

"嗯，想起来了。"

就是这短短的几个字，让叶七七这段时间积压在心底的委屈就像是找到了宣泄口一样，她"哇"的一声哭了出来。

叶七七仿佛受了偌大的委屈，哭得异常凶。

大暴君将小丫头抱在怀里，伸手拍着她的背哄她。

之前掉下悬崖，哪怕他武功再高强，因为怀中还有个小丫头，落下时还是轻微地磕伤了后脑勺儿。

不过他还得感谢这突然的外部助力，不然也不能恢复对这丫头的记忆。

叶七七这一次当真哭了许久，哭到最后直接在他的怀里睡着了。

看着小丫头眼睛通红的模样，大暴君伸手用指腹擦拭掉小丫头流下的眼泪，又伸手揉了揉她的脑袋，替她盖好身上的外袍，眼底满是宠溺地轻声道："睡吧，乖孩子。"

第三十七章

灭国亡国恨

陛下遇刺，连同七公主一起失踪了，使得整个营地炸开了锅。

众人寻了大半个山头，最后在一座悬崖边上找到了男人的衣料碎片。

御林军都统看着那万丈悬崖，又低头看看衣料碎片，手都是颤抖的，说道："陛……陛下和七公主不会是……？"

"瞎说什么呢？"夜傲天一脚将那哭哭啼啼的御林军都统踢到了一边，怒道，"给本皇子接着找，父皇和七七吉人自有天相，一定会没事的！"

众人闻言，不敢懈怠，扩大范围又搜寻了好久，一直到晚上，终于在一处山洞里找到了两个人的踪迹。

"微臣救驾来迟，望陛下……"

"安静。"御林军都统的话还没有说完，坐在那儿怀里抱着小丫头的帝王便出声制止了。

众人看过去，就见陛下怀里正抱着七公主，而七公主已然是一副熟睡的样子。

所以是因为七公主睡着了，为了不打扰七公主睡觉，陛下让他们闭嘴？

毕竟陛下发了话，哪怕心中再激动，他们也不敢表露得太过明显。

大暴君抱着熟睡的小丫头上了马车。

众人也注意到了不远处的血迹，但瞧着陛下一脸从容的样子，也不像是受了重伤的模样，便没有问，准备赶回营地后再让太医好生替两个人检查一下身体。

营地内灯火通明，司冥炎和御林军都统跟大暴君汇报在现场发现的一些蛛丝马迹。

张太医看着陛下那让人不忍直视的伤口，上药的动作一顿，不由得抬起头注意着男人的神色，说道："陛下，这药撒上去有些疼，希望陛下千万要忍住。"

大暴君一边听部下的汇报，一边漫不经心地应了一声。

众人也没有想到陛下的腰腹受了如此重的伤，毕竟他们找到陛下时，陛下还一脸从容地将七公主抱上了马车，他们未看出半分不妥。

那血淋淋的伤口倘若放在他们身上，恐怕他们早就痛得昏死过去，可陛下还是一副坦然自若的神情，仿佛伤口不是在他身上似的，这需要有多大的忍耐力啊！

张太医给陛下包扎好后，见陛下面上倒是没什么异色，他自己反而胆战心惊地流了一身冷汗。张太医颤抖地收回手，擦了擦额间的冷汗，说道："陛……陛下，好……好了。"

"嗯。"大暴君淡淡地应了一声，然后将衣袍拉好。

御林军都统恭敬地上前几步，说道："陛下，那这事——"

"不用查了。"大暴君语气淡然地打断了御林军都统的话。

闻言，御林军都统显然一时没有反应过来："不……不用查了？"

在场的众人不由得面面相觑：陛下被人行刺一事事关重大，怎能说不查就不查了？

大暴君无视众人的反应，伸手捏了捏眉心，目光落在一侧的国师殷九卿身上，对众人道："朕乏了，国师留下，其他人出去吧。"

众人哪怕心中再疑惑，终究皇命难违，给男人行了个礼后，便恭敬地退了出去。

所有人都退出去后，殷九卿上前几步，对男人行了个礼，说道："敢问陛下，莫非此事还是……？"

殷九卿话还没有说完，就见男人轻轻点了点头。

殷九卿神色变了一下，须臾后，说道："臣定然尽快破解此法。"

因大暴君遇刺一事，春猎的猎场又加派了不少侍卫。

叶七七一觉醒来，发现自己已经躺在了营地帐篷里的床上，身上盖着松软的被子。

阿婉见她醒来，急忙叫来太医给她检查身体，确定没什么大碍后，才松了一口气。

叶七七身体弱，哪怕昨天男人将她护得很好，她多多少少还是受了一点儿寒气。喝了太医开的药后，叶七七本想去看一下父皇爹爹，毕竟父皇爹爹受了很重的伤，但是太医说她最近不宜走动得过多，所以她只能躺在帐篷里安心地静养。

在此期间，除了六哥哥，其他几个皇兄和皇姐姐都来看过她，尤其是二皇兄，还给她带了一大堆好吃的点心，大概是怕她吃荤食太腻，给她换换口味。

她自然欢喜得很。

不过叶七七心底还是希望六哥哥能来看看她，毕竟她这次出了这么大的事情。

于是她等呀等，从白天等到晚上，依旧没有等到六哥哥前来看她。

直到春猎结束回宫，上了马车，小丫头心想：今日总该见到六哥哥了吧？可她没想到，还是没有见到六哥哥的身影。

忍无可忍之下，小丫头问道："六哥哥不和七七坐一辆马车走吗？"明明他们来的时候坐的是一辆马车呀？

阿婉回道："公主殿下，奴婢忘记和您说了，六皇子殿下昨天就回宫了。"

"回宫了？"叶七七没想到会听到这样的回答，问道，"六哥哥怎么突然就回宫了？"

原来是回宫了呀，怪不得六哥哥没来看她，她差点儿以为六哥哥是故意不来看她的。

"据说是被贬到靖北的德妃娘娘突然患了重病，快要不行了，所以请求陛下让六皇子殿下回靖北见她最后一面。陛下同意了，所以六皇子殿下昨夜便去了靖北。"

德妃娘娘？靖北？听了这话，叶七七先是没反应过来，随后脑海里有一些片段闪过，才想起来德妃娘娘是六哥哥的母妃，因为先前不知犯了什么错，被大暴君爹爹贬到了靖北，从此便母子二人相隔异地。而如今德妃娘娘病重，六哥哥按理来说确实是该回去看看的，那毕竟是他的母妃呀。

她原以为六哥哥去靖北一趟很快就能回来，却不知他这一去就是两年。这两年里，因德妃娘娘的病情不稳定，六哥哥便一直留在靖北。

这期间叶七七也给六哥哥写了不少信，却没等来一封他的回信。

估计是因为六哥哥照顾他的母妃太忙了，才没有时间回复她，叶七七心里这样安慰自己。

虽然六哥哥不回信，但丝毫不妨碍她写信给他。因为整日练字，至少那字不像之前那么丑了，所以最近她给少年写信极其勤快，平均一个月两封信。

靖北太守府。

秦知书刚从外面回来，便瞧见坐在庭院里的少年手里拿着一封信。秦知书眉眼轻挑，将原本打开的折扇又猛地合了起来，笑着走了过去，说道："哟，你那个小丫头又给你写信了。写了快三十封了吧？人家给你写了那么多，你就不能回一封？"

少年猛地将信收起，神情漠然无比地道："没必要。"许是正处于变声期，他嗓音有些沙哑。

秦知书看着他将信塞进了袖子里，眉眼微挑了一下，没说话。过了一会儿，秦知书才道："这一次多亏了你，我们才能买到不少物资，今年的军饷应该是不用发愁了。"

秦知书不得不承认，燕铖很聪明，尤其是在军事这一块，有着异于常人的聪颖，当真不愧是西冥太子。

燕铖喝水的动作一顿，缓缓地开口道："当务之急是训练出好兵，有我在，军饷一事你不用发愁。"

"自是不发愁的，我可是十分相信殿下的实力。我只是等不及，现在就想取那狗皇帝的狗头了。"

燕铖神色黯了下，说道："取自然是要取的，只不过你我都清楚，如今时候未到，心急不得。"

毕竟当初说德妃病重只不过是个幌子，倘若他身在宫中，行事受到多方牵制，而想要倾覆那狗皇帝的国家的唯一办法，就是在那狗皇帝看不见的地方一点点地侵蚀。

秦知书面带笑意地看着少年喝水，突然间像是想到了什么，说道："你两年前设计让自己来靖北，不会是为了躲那个丫头吧？"

燕铖喝水的动作一顿，他抬眸看着一脸笑意的秦知书，在秦知书带着几丝玩味的目光下，从容地放下杯子，冷冷地出声："何出此言？"

"没什么，就是突然想到了而已，毕竟那丫头看着可是十分依赖你。"

"呵，依赖？"燕铖只觉得可笑至极，反问道，"依赖一个才真正相处半年的陌生人？"

他和那丫头相识于冬季，止于来年初春，要是真正算起来，两个人相识的日子连半年都没有，更别提后来分别至今整整两年未见了，她凭什么对他如此依赖？

下一秒，他掏出那封还未打开的信，撕碎了扔进一旁的池塘里。

秦知书见他此举，面露几分惊讶之色，说道："你确定不看看这信上写的是什么？"

"有何可看的？"看来看去不就是向他讲述她平日里的一些生活琐事？比如她平时笔试考了多少分，长了多高，换了几颗牙，连她近来养了一只猫的事情都在信中一一告知他了。

没必要，他完全没必要看。

时间一晃又过了半个月。

燕铖记得这一日又到那丫头来信的日子了，坐在庭院里喝着茶，等着小厮前来给他送信。

他从早上等到了晚上，却不见小厮送来一封信。

小厮说道："殿……殿下，今日没……没您的信呀……"

"没有？"燕铖神情一冷。

那小厮被他的眼神吓得不轻，说道："那……那小的再去给您找一找？"

燕铖看着半跪在自己面前瑟瑟发抖的小厮，眸子里泛起几丝冷意，说道："去找，找不回来你就提着你的脑袋来见我！"

小厮被他最后这句话吓得脸都白了，哆哆嗦嗦地前去给他找信，可找了半天，当真没有从京城送到靖北的信。

整整两个月，燕铖再也没有收到来自京城的小丫头写的信。原本他觉得她每个月给他写信很烦，巴不得她别再给他写信，可当她真的不给他写信了，他觉得自己似乎更加烦躁了。

燕铖这一个月来脾气不好，整日泡在军营里。

军营的士兵们苦不堪言，心里都暗自盼着这霸王早点儿走。

靖北驻军营地校场，在第二十八个士兵在比武台上被少年打趴下后，少年终于说了今日站在比武台上的第一句话："下一个。"

士兵甲看着一旁一群被揍得鼻青脸肿的士兵，忍不住开口提醒道："殿……殿下，没……没人了。"

闻言，燕铖抬起眸子，目光落在一群在台下看戏的士兵身上。

察觉少年看过来的目光，那群士兵犹如大敌当前，浑身一个激灵。

"突然想起来我今日还没有擦剑，我……我去擦剑。"

"靶子还没有搬，我去搬靶子。"

"我……我去刷……刷恭桶！"

…………

说完，那群士兵一溜烟儿地跑没影儿了。

燕铖："……"

随后燕铖将视线落在一旁的士兵甲身上。

那眼神看得士兵甲心里一个"咯噔"：没人陪殿下练剑，殿……殿下不会是想让他来吧？不不不，他……他连剑都不会使。

士兵甲看着少年将剑递到他手上，双手捧着那把剑，心如死灰：完……完蛋了！

燕铖说道："今天就到此为止吧。"说完，少年便转身下了比武台。

士兵甲一开始没反应过来，直到看着少年下了比武台，又低头看了看自己手里的剑，才反应过来少年是何意，不由得松了一口气：好险，吓死他了。

燕铖走到休息的帐篷前，只见已经有一个人等候多时了。

那人一身黑衣，显然不是军营里的士兵的装扮。

见燕铖走来，黑衣人恭敬地对他行了个礼，说道："属下参见殿下。"

燕铖神色淡淡地扫了黑衣人一眼，随后迈步进了帐篷里，说道："进来吧。"

"是。"黑衣人恭敬地跟着少年进了帐篷里。

燕铖坐在椅子上，伸手接过黑衣人递来的信。

黑衣人说道："朝廷赈灾派送到冀州的官银，今晚就能抵达幺关，属下已经命人在此地埋下了陷阱。"

少年一边听，一边漫不经心地翻动手里的信，问道："约有几成把握？"

黑衣人愣了一下，随后恭敬地道："约九成，属下定然竭尽全力，夺下那批官银。"

"是吗？"燕铖将信合上，眉眼间带着几分戾气，说道，"听说这次护送官银的是一位京城新上任的将军，可有此事？"

"确……确有此事。"黑衣人额间出了一层薄汗，脸色有些不好，说道，"先前的那位程将军，上个月在家中自缢了。"

"呵，他倒是个忠臣。"燕铖对此嗤之以鼻。就算是良将又如何？只要心向着姓夜的那个狗皇帝，最后还不是被他设计害得身败名裂？

这两年来燕铖为了一点点地吞噬掉那狗皇帝的势力，背地里设计了不少人，不过总的来说是不肯低头服从他的人居多。

就拿这一次的冀州赈灾来说，朝廷命人护送官银去冀州，不承想那批官银是无论如何都到达不了的。救命的银子到不了，局势难以平复，冀州发生暴动也是迟早的事情。

他费尽心思地布下了一盘棋，那狗皇帝和整个北冥都是他的棋子。

灭国恨，亡国仇，欠下的血债，总该还的！燕铖咬着牙，眉眼间是滔天的恨意，掌中的茶杯就这般被他捏了个粉碎。

一旁的黑衣人看着少年掌中流下殷红的血，滴落到桌子上，大气都不敢喘一下。

最近京城发生了两大喜事：一是大皇子夜景轩被册封为太子；二是七公主过生辰，皇上为集福愿，特大赦天下。

此时的前殿，大臣们战战兢兢地跪了一地。

坐在上方一身龙袍的大暴君一只手半撑着脑袋，另一只手拿着奏折，神色阴郁得能吓死人。

跪在地上的大臣们感受到男人此时心中的不爽，被吓得连大气都不敢喘一下。

站在大暴君身侧的赵公公，因最近陪同男人深夜看奏折，染上了风寒，鼻子不爽，有时突然间痒意上来，就死死地捏着自己的鼻子，不敢吱声。

殿内一片寂静，连呼吸声都几不可闻。

久到跪在地上的大臣们腿脚都发麻了，上方的男人终于出声，不过只是发出了一声阴沉的冷笑，足以吓得在场的大臣抖了又抖。

大暴君冷着脸将奏折放下，在大臣们的胆战心惊中，终于开口："冀州官银被劫，灾民暴动？"

他用阴沉的目光扫了一眼跪了一地的大臣。

在场的大臣被吓得脑袋压得更低了。

但总归有胆子大些的大臣，急忙开口道："官银被劫，百姓拿不到赈灾的银两，这才发生暴动，要是以暴制暴定然不能平息民怨，当务之急……只要再批一批官银过去，定能阻止事态变得严重。"

听了这话，另一位大臣坐不住了，说道："张大人此话差矣，虽说再批一批官银过去能平息暴动，但是今年全国各地闹了不少饥荒，赈灾的银两拨出了一批又一批，还修缮了南宫北殿和大墓庙宇，眼看着国库越发空虚，哪来的余钱再拨一次赈灾的银两？"

陈大人说道："或许可以把今年的军饷延迟发放，先用于冀州赈灾。"

姚将军说道："呵，陈大人这可真是好计谋，你真当军营里的士兵一个个无父无母皆是孤儿，不需要用军饷去补贴家用的吗？"

"你——"陈大人被姚将军这一句话气得不轻，说道，"姚将军可别恶意揣测，我可没这个意思。要知道我北冥的士兵都是忠义之士，在国家大事面前，难道分不清轻重吗？"

"呵，陈大人可真是一身正气，这话说得冠冕堂皇。本将军就说得再难听一点儿，要是朝廷一年不给陈大人发俸禄，让您整日吃萝卜咸菜，您还愿意恪尽职守地当个啥也不是的百姓官？"

姚将军这话虽然说得难听，但是话糙理不糙，陈大人被气得吹胡子瞪眼，硬是没憋出反驳的话。

"那听姚将军这话，莫不是想出什么好计谋了？"

"自然是想出来了。"话音落下，姚将军便上前几步，恭敬地对上方的男人开口道："陛下，臣以为赈灾银两被劫一事非同小可，若非处心积虑定然是不敢抢朝廷赈灾的银两的，贼人先前一定是做好了万般准备。另外，这次赈灾的银两数目巨大，定不是个人所为，依臣看来，这背后显然是有组织、有预谋的。还有便是赈灾的银两是在幺关被劫的，幺关地处陵江和惊台中间，关卡甚严，更何况赈灾的银两数目巨大，短时间内不会出幺关，当务之急是派人严查幺关县，对过往的车辆进行严格的盘查。"

姚将军的话音落下，在场的大臣面面相觑，交谈声四起。

不一会儿，便有人提出了异议："姚将军这法子虽好，不过要知道幺关县虽小，要找到失踪的官银，确实是有些棘手的。"

"是呀，而且挨家挨户地寻实在费时费力，也不知道能不能寻到。"

"就算是能寻到，恐怕也不是短时间内能寻到的，也不知道冀州的局势能不能挨到那时候。"

"对呀，就是……"

…………

"安静！"大暴君听着台下的大臣"叽叽喳喳"的谈论声，实在心烦得很。

大暴君此话一出，在场的大臣自然是不敢再吱声了。

大暴君把目光放在姚将军身上，冷声道："姚爱卿是否还有另一个法子？"

"臣自然是有的，只不过……"姚将军说着看了一眼四周的大臣，"这也是万不得已的法子，就要看诸位大人愿不愿意配合了。"

"姚将军这说的是什么话？我们都是北冥的官员，心向陛下，心系百姓，如果让我们出份力，我们自然是愿意的！"

姚将军听着在场的大臣一口一个"愿意"，便说道："虽说赈灾的银两数目巨大，但是京城有上百名官员，每位大人出个一百两银子，这钱不就筹到了吗？

"更何况近些年朝廷给诸位大人的俸禄一年比一年多，想必一百两银子诸位大人自然是拿得出来的吧？"

这话一出，在场的大臣安静了好一会儿，脸上一阵红一阵白。虽然每年朝廷给他们的俸禄不少，但是让每个人出一百两，不少人还是觉得心疼极了。

"陈大人，您觉得呢？"

方才为了拿回面子，在姚将军提出这个法子之前，陈大人的声音最高。现如今听姚将军提到自己，陈大人气得脸上一阵红一阵白：这么多大臣在场，而且陛下也在，他要是说个不同意，陛下铁定会摘了他的脑袋。

陈大人擦了擦额头上的冷汗，扯着脸皮子假笑道："自……自然是同意的，毕竟是为冀州出一份力嘛。"

"陈大人同意便好。那其他大人也没有异议了吧？"

陛下现如今还冷着一张脸，好不容易想出个集资筹银的法子，他们要是敢有异议，显然是不要脑袋了。

"自然是没有异议的。"

"我也没有异议。"

…………

499

听到在场的大臣都没有异议了，姚将军不由得对上方的大暴君恭敬地一笑。

大暴君说道："既然没有异议，那此事就交由姚爱卿去办，需要人手就跟刑部去要，就说是朕允你的。"

"是，臣定然不负陛下所托。"

殿外，一身粉衣的叶七七扒在柱子前，看着从殿内走出来的众大臣。看了好一会儿，她终于瞧见一道熟悉的身影，迈着小短腿屁颠屁颠地走了过去。

赵公公走到门口，正要揉一下有些发痒的鼻子，余光正好瞧见朝他走来的某团子。赵公公问道："七公主，您怎么来了呀？"

"赵公公，父皇爹爹下朝了吗？"叶七七现如今八岁了，扎着可爱的双丫髻，瓜子脸上还缀着一层好看的薄刘海儿，个子也比之前高了一点儿，出落得越发可爱了。

她脸蛋儿白白净净的，稚气的大眼睛里闪烁着宝石一般的光芒，再加上今天穿着一身可爱的粉衣，整个人就像个粉团子似的，是个人看见了都恨不得抱着亲上几口，但没人有这个胆子。

赵公公脸上带着慈爱的笑意，对小丫头说："陛下刚下朝，估计还在批阅奏折。公主，您要进去吗？"

叶七七点了点头。

她进去的时候，就见男人正坐在软榻上认真地看手中的奏折，眉头紧锁着。

大暴君察觉门外轻微的声响，冷着脸抬起头看了一眼，瞧见来人后，眸子瞬间染上了几丝暖色。他将手里的奏折放下，问道："七七怎么来了？"

"七七想父皇爹爹了。"叶七七走到男人跟前，朝男人伸出手。

然后大暴君便将她抱到了自己的腿上。

大暴君盯着小丫头头上扎的两个"小丸子"，在觉得可爱的同时也觉得十分新奇，忍不住伸手轻轻地碰了一下，漫不经心地问道："今天没去国子监上课？"

"今天国子监放假，不用去上课。"

闻言，大暴君露出一副原来如此的神情。

"父皇爹爹，您不开心吗？"叶七七抬起脑袋问他。

手里的动作一顿，大暴君问道："七七为什么这么问？"

"因为方才那些大臣出去的时候一个个苦着一张脸，每次您心情不好的时候，他们都会那样。"

大暴君："……"这丫头还真是敢说。

他勾唇笑了笑，微微歪了一下头，问道："那朕高兴的时候呢？"

叶七七回道："他们自然也是高兴的。上次父皇爹爹高兴的时候，那个李大人不就是因为太高兴，然后一个激动下朝的时候脚踩空了吗？"

大暴君伸手捏了一下小丫头的脸蛋儿，笑道："你倒是机灵，那么关注。嗯，这次的考试考得如何？"

一提考试，小丫头不由得垮下了脸。明明她最近已经很用功了，为此连信都没有给六哥哥写。

"嗯，考了……乙。"叶七七抠着自己的手指，怯怯地开口道，"下次……下次七七一定会努力地考到甲的。"

"那要是考不到怎么办？"大暴君瞥了她一眼，问道。

"考不好就下下次……再努力地考好。"

大暴君："……"

大暴君看着小丫头，无奈地道："罢了，你还小，朕确实不能对你太过严苛。上个月朕许过你要是你考到了乙，就允你一个要求。说吧，想要什么？"

叶七七闻言，抬起脑袋，有些兴奋地说道："七七想要什么都可以吗？"

大暴君微微眯了一下眼睛，说道："只要朕可以做到，都应你。"

"那……那七七想要去……去靖北。"

"嗯？"大暴君眉头一皱，说道，"靖北？"

小丫头说道："想去六哥哥那边玩。"

六哥哥？大暴君一时之间没反应过来，过了好一会儿才想起是他膝下那个六儿子，因为前年去靖北照看他娘，到现在都没有回来。

大暴君面色沉了一下，对着外头道："德顺。"

赵公公从门口走了进来，说道："陛下，奴才在。"

"德妃最近身体怎么样了？"

"回陛下的话，前些日子靖北传来消息，说德妃如今身子略有好转，但还是离不开六殿下。据说前些日子六殿下就离开了一会儿，德妃娘娘立马疯疯癫癫地哭喊着要找六殿下。"顿了一下，赵公公又道，"陛下是想召六皇子殿下回京吗？"

"不用了，就让他在德妃身边伺候着吧。"

要说这德妃也是个苦命的女子，好不容易坐上了妃位，岂料第二天就出了兄长带兵意图逼宫一事。兄长被陛下砍了脑袋后，德妃娘娘受了很大的刺激，变得整日疯疯癫癫的。

陛下不得已才把德妃娘娘送到了靖北静养，也是苦了当时年幼的六皇子呀。

目光落在一旁一脸期待地看着他们的小丫头身上，大暴君问道："真想去靖北？"

小丫头狠狠地点了点头。

大暴君想了想，说道："太危险了。"让这丫头去靖北，他实在不放心。

"那父皇爹爹您多派些暗卫保护七七不就行了吗？"小丫头伸手扒拉着他的手臂，撒娇道，"爹爹……"

大暴君吃软不吃硬，因为宠这丫头，哪怕内心再不愿让她去靖北，也终是拗不过她的软磨硬泡。

靖北离京城大概两天的路程，大暴君派了不少侍卫和暗卫保护小丫头。因正逢雨季，一行人途中遇上大雨，在路上耽搁了两日，等到了靖北已经是五日后了。

叶七七难得地没晕车。

到达靖北城时，她望着全然陌生的环境，欣喜万分，趴在窗前眼巴巴地看着街道两旁来来往往的商贩。

司冥炎骑着马，目光落在脑袋靠在车窗前的小丫头身上。

感觉到一道视线落在自己身上，叶七七一抬头就看到司冥炎紧盯着自己。

叶七七心里头一"咯噔"，下意识地直起了腰板。她也不知道父皇爹爹是怎么想的，让这个大宦官护送她来靖北。

司冥炎似乎察觉了小丫头对他的几分不满，并没有太在意。

就在这时，一旁的侍从走到了他身边，对他说了几句话。

叶七七就见那骑着马的大宦官神情似乎变了变，然后转头看了她几眼，跟小厮说了些什么。

小厮恭敬地点了点头。

然后她就看到那个大宦官骑着马离开了。

待司冥炎走后，马车外的小厮上前几步，恭敬地对她道："七公主，督主有要事要先处理一下，让我们在前面的酒楼等他。"

靖北地区以蒲州菜系闻名于天下，历来游客不断，而如今又是五月，靖北城内十分热闹。

一行人从东边的驿站赶到靖北城，已经跋涉了三个时辰，舟车劳顿，再加上城中离德妃和六皇子所住的静心苑又有些距离，所以打算在酒楼里休息片刻再出发。

因初来靖北城，叶七七对所有的事物都觉得新奇，下了马车后忍不住东张西望。

这一次她来靖北城，还把贴身侍女阿婉一同带来了。

阿婉接过小厮递来的包间牌子，拉着小丫头上了二楼的包间。

两个人身后还跟着五六个带着佩剑的随从，引得正厅里不少人注目，再加上小丫头长得可爱，更是让人忍不住多看几眼。

"好可爱的小丫头呀！"秦知书坐在二楼的窗边，瞧着楼下那粉色的软团子，忍不住出声道，"好像是殿下您喜欢的类型呢。"

听了秦知书这番调侃的话，坐在对面的少年不由得皱了一下眉，目光有些冷，似乎十分不悦。

秦知书不以为然地笑了笑，再向楼下看去时，只见那粉团子已经上了拐角的楼梯，只能瞧见那粉色的发带了。没看见那可爱的丫头的正脸，让他觉得有些惋惜："长得还真的挺可爱的，可惜没瞧见正脸。"

没瞧见正脸还说可爱？燕铖不由得轻嗤了一声，有些取笑秦知书的意味。

燕铖将杯中的酒一饮而尽，辛辣味蹿至喉咙，但他硬是连眉头都没皱一下，盯着手中的酒杯，苍白的指腹磨蹭着杯身，神情晦涩得有些可怕。

"对了，昨天夜里逃跑的那群人你打算怎么处理？"秦知书突然想到了这事。

少年轻轻抿了一下唇，眼睛都没有眨一下，说道："杀了。"叛徒留不得！

秦知书对他这番反应好像习以为常，轻笑着应了一声。

"对了，听说朝廷派了人来靖北，似乎还是个大官，你说他们会不会是想暗中调查官银被劫一案？"

燕铖抬头看到秦知书嘴角上挂着几丝邪笑，微微挑了一下眉，说道："你似乎有什么法子？"

秦知书勾唇一笑，摇了摇头："法子没有，但是给他们点儿颜色看看还是可以的。"

秦知书的话音落下，一楼的门口突然响起一阵嘈杂声。

众人循声望去，瞧见门口出现了一群腰带佩剑、身着官服的男子。

秦知书看着为首的男人，说道："听说为首的好像还是个将军来着。"

燕铖看着楼下的一群人，眉头皱了一下。那个将军他不知道，他的目光落在那个将军身侧的男人身上。

司冥炎怎么会来？司冥炎身为东厂督主，只负责掌管内廷，何时连朝廷外部的事情都管了？

司冥炎一行人上了二楼。

少年看着他们在一间房间门口停了下来，刚准备收回目光，在厢房的门打开之际，一道粉色的身影就这般闯入了他的视野里。

"你怎么那么慢？我肚子好饿！"叶七七看着从门口走进来的大宦官，神情里有几分埋怨。

司冥炎看着小丫头，说道："公主，您可以先吃的，不用等臣。"

"可是我等都等了……"

"砰——"少年手里的酒杯猛地掉在了地上，顷刻间变得四分五裂。

秦知书看着碎了一地的酒杯，正准备让小二过来打扫一下，无意间瞥见了对面的少年忽然僵住的神情，微微愣了一下，问道："你……你怎么了？"

秦知书从来没见过他露出这副神情，疑惑地顺着他的视线看了过去，只看见那紧闭的房门，门口还站着两个守门的。

"你说给他们点儿颜色看，是什么意思？"少年突然出声问道。

秦知书回过头，就看见少年阴郁深沉的目光，被吓得心头一跳，还没来得及说话，就听见不远处突然又响起一声巨响，依稀能听见兵刃相撞的声音。

"嘭——"原本紧闭的房门被踹开了，好几个身着官服的随从被从门里踢了出来。

真的是巧，叶七七拿起筷子正打算吃饭，窗外突然一下子来了好几个手里拿着刀剑的黑衣人。

姚将军见此，立马抽出腰间的佩剑，喊道："有刺客，保护好公主！"

叶七七愣了一下，正打算逃亡之前拿起一只鸡腿啃一啃，可还没有碰到，就被大宦官拎到了怀里。

"还想着吃？"司冥炎瞧着小丫头刚才的那番举动，有些恨铁不成钢地道。

叶七七正打算开口，就见一把冒着寒光的剑突然向她刺了过来。她神情一变，好在大宦官及时抱着她侧身躲过了。

"该死！"司冥炎看着那十几个来势汹汹的黑衣人，将小丫头扔进了一旁的一名侍卫怀里，说道："先护送公主出去！"

"是！"

场面一时间混乱得很。

楼下的食客看到二楼打了起来，尤其是那些人还带着武器，吓得立马四处逃窜。

几名侍卫护送着小丫头和她的贴身侍女出去，可没想到身后还是跟来了一名黑衣人。

短兵相接，血光四溅。

那名黑衣人的招式瞧着没半点儿像北冥这边的。

几个回合下来，侍卫们发现那名黑衣人的目标竟然是年幼的七公主。

小丫头很久没见过打斗的场面了，被吓得脸色苍白。

"扑哧——"她清晰地听见刀剑刺入皮肉的声音，然后就听到抱着他的侍卫闷哼了一声。

下一秒，她看到一把剑直直地朝着她的脖子刺了过来，吓得下意识地闭上了眼睛：惨了！她要死了！

出乎她的意料，疼痛并没有到来，手臂突然一紧，然后她像是被拉进了一个陌生的怀抱里。

当那个拿着剑的黑衣人发现闯入视野里的一袭白衣的少年，看到少年那张脸时，被吓得脸色一变。

"锵——"叶七七耳边响起两把剑相撞的声音。

而后那个拿着剑的黑衣人手一抖，抓握不稳，掌中的剑被少年挑起来，直直地钉在一侧的柱子上，入木三分。

叶七七也不知道自己是被谁抱住了，潜意识里觉得那人似乎是在保护她，于是便紧紧地攀着那人的脖子，不敢睁开眼睛，也不敢撒开手。

她抱得很紧，脑袋靠在他的脖子上，哪怕只是一次轻微的呼吸，气息都似乎在灼烧他的皮肤。

燕铖一只手拿着剑，另一只手环着怀里的小丫头，因为她的大半张脸贴在他的脖子上，他只能看见她用那粉色丝带扎的双丫髻，同时还有一阵阵熟悉的奶香味钻入鼻子里。

两年了，这丫头身上的味道倒是没有改变半分。燕铖微微抿了一下唇，目光落在不远处半敞的窗户上，然后抱紧怀里的小丫头，直接一个箭步上前，从窗户跳了下去。

与此同时，酒楼里的刀剑交击之声还未停歇，司冥炎眼睁睁地看着一个陌生的少年抱着小丫头从二楼的窗户跳了下去。

司冥炎黑着脸想去追，却被两个黑衣人拦住了去路，只好对一旁的侍卫道："去追！"

侍卫们望着这发生的一切都觉得挺玄乎，一开始看见那白衣少年出场时他们都以为他是好人来着，毕竟可以为了七公主挡刀，可当他抱着七公主从楼上跳下去时，他们发现似乎不是那么回事呀，他……他好像是想把七公主给掳走！

"啊——"叶七七似乎是感觉到突如其来的失重感，抱着那人脖子的手环得更紧了，忍不住尖叫出声。

她的声音软绵绵的，像是羽毛滑过燕铖的心头，他有些不想把这个丫头放开了。

安全地落地后，他还是将小丫头放了下来，正打算开口，就见她一脸警惕地看着他。

他还未来得及说话，不远处几名侍卫匆匆地赶来，对他说道："快放了公主！"

放了她？燕铖微微皱了一下眉：他又没有绑她，何来放了她之说？

他转头看了一眼一旁警惕地瞧着他的小丫头，这才发觉这丫头似乎也误会他了。

下一秒，小丫头脸上露出紧张的神情，磕磕巴巴地对他道："你……你不可以绑架我，不……不然我……我爹爹不会放过你的。"

望着小丫头看陌生人的神情，燕铖才想起来自己今日是以真实的面容示人，没有戴那六皇子的假面，怪不得这丫头没有认出他。

不过……他不在乎别人误会他，但不喜欢这丫头误会他，明明他是想救她来着，没想到到头来竟然成了绑架她。

呵，她既然想让他当恶人，那他岂能不顺她的意？

下一秒，他直接伸手抓住了小丫头的手臂，将她拉进自己的怀里，对着她勾唇一笑，十分恶劣地说道："正好我缺个童养媳，不如你跟我回去？"

叶七七听了他这番话，眼睛瞪大了：童养媳？！这个大哥哥真的是来掳她的？她……她还以为他是好人来着。

燕铖阴沉着脸，侧过头移开目光，不愿再去看小丫头一脸震惊的神情。是呀，他早已经不是她之前口口声声喊着的六哥哥了，他骨子里的虚伪和恶劣，在他撕下那六皇子的假面，以全然陌生的面容和身份出现的时候，都想在她面前展现出来，让她瞧瞧真正的他有多么不堪。

他握紧手中的剑，将小丫头放到一边，说道："乖乖地在这儿等我！"说完，他没理会这丫头是何表情，直接上前和赶来的几个侍卫打了起来。

他们皆不是他的对手，他压根儿没费多大力气就把他们全都打趴下了。

将侍卫们打趴下后，他往一旁一看，那丫头果真不在了。他微微勾了一下唇，嘴角的笑有些冷。

小丫头对环境是陌生的，也不知道那个坏少年把她带到了哪里，就一个劲儿地往前走。他让她乖乖地在原地等，她傻了才会听话。

"哎呀！"叶七七正跑着，突然撞到了人。她捂着有些痛的脑袋还没来得及反应，就听见上方传来一个熟悉的声音。

"怎么这么不乖？嗯？"

少年的嗓音听着有些沙哑，所以小丫头一听就知道这是方才那个掳她的少年，完全没有把这人和她印象中的六哥哥联想起来。

她才不要给他当童养媳！叶七七下意识地转身，可没跑几步，后衣领就被人抓住了。

少年直接强行将她抱在怀里。

小丫头想要尖叫，却被他伸手捂住了嘴巴。

"安静！"那一刹那，少年似乎故意压低了声音，声音不似之前那样沙哑。

叶七七听着这声音竟然觉得有些熟悉。

叶七七抓着他捂着自己的嘴巴的那只手臂，想都没想直接张嘴一口咬了上去，只听身后传来了少年的闷哼声。

燕铖看着小丫头粉色的发带，只觉得被她咬着的部位似乎都麻木了。

叶七七这一口可谓是用了很大的力，咬得自己嘴里都泛起了血腥味。可令她不解的是，后面的那个坏少年不但没有生气，反而还靠着她的后背，一只手捏着她的脸，低低地轻笑道："真是个小没良心的。"

是她的错觉吗？她怎么感觉他对她说话的语气好宠溺？这个坏少年该不会是脑子有问题吧？

他捏着她的脸，逼她仰起脑袋看着他。

在少年的笑意中，叶七七觉得自己有些晕，看不清人，然后就没了知觉。

第三十八章

发疯的德妃

叶七七一睁开眼，映入眼帘的就是有些破的布帘，还有一尊有些掉漆的巨大的佛像。她微微侧了一下脑袋，就见一旁身穿白衣的少年背对她坐着。猛然间她像是想到了什么，脸上的表情一僵，面颊有点儿发白。

然后她发现少年手里还拿着一根她头发上的发带，粉色的发带缠绕在他过分苍白的手指上。他怎么把她扎头发的发带拿走了呀？

少年突然动了一下，吓得她立马闭上了眼睛，装作一副熟睡的样子。

燕铖捏紧手里的粉色发带，侧过身看了一眼一旁熟睡的小姑娘，正打算起身，无意间看见她微颤的睫毛，起身的动作一僵：装睡？

叶七七闭着眼睛，感觉一旁的少年似乎站起身了，耳边传来的脚步声越来越远。她有些紧张地抓紧身上盖着的衣袍。

过了好一会儿，她觉得少年已经走远了，才慢慢地睁开了眼睛，岂料一睁眼，立马看见一双深沉的眼眸。

少年站在床边，紧盯着她，眉眼似乎还带着几丝笑意。

叶七七心里"咯噔"了一下，有种被人抓包的尴尬感。

两个人就这样大眼瞪小眼，谁也没有说话。

最后还是叶七七瞪得眼睛受不了了，一脸警惕地看着他问道："你……你究竟为什么绑架我？"她跟他无冤无仇，而且还是第一次来靖北。

她想到自己还没见到六哥哥，就莫名其妙地被眼前的坏家伙绑了，尤其是这个坏家伙一开始还说要她做童养媳。

她看他穿得人模狗样的，但平常的富家公子铁定做不出这种勾当。她唯一能想到的就是山里土寨子里的土匪，毕竟土匪抢劫多，钱也多，所以穿得人模狗样的。

他不会真的要把她带到山寨子里吧？叶七七想到这儿，眼睛控制不住地变红了。

看着小姑娘红了的眼睛，燕铖脸色冷了下来。事情发生得太突然，他本来也没打算绑架她，只是不知是骨子里的占有欲在作祟，还是她这两个月没有给他写信，导致他心中多少有些怨念无法发泄，最终造成了这个局面。

"别哭了！"少年的语气有些严厉。

叶七七被吓了一跳，立马止住了哭泣，眼眶里蓄满泪水地看着他，模样可怜极了。

燕铖觉得头有些痛，伸手捏了几下眉心，然后便朝她伸出手。

叶七七被吓得一抖，以为他要动手，下意识地护住了自己的脑袋。

燕铖："……"

他深吸了一口气，说道："衣服给我。"

一开始叶七七没反应过来，直到低头一看，才发觉自己现在正盖着他的外袍。她不敢迟疑，立马将身上盖着的衣袍塞给了他。

燕铖不动声色地伸手接过，隐隐约约地闻到衣袍上沾染了几丝她身上的奶香味。

叶七七犹豫了一会儿，鼓起勇气道："大哥哥，你是不是想要钱呀？"

燕铖穿衣袍的动作一顿，似乎在等她接下来说些什么。

见少年瞥向自己，叶七七以为是自己的话引起了他的兴趣，继续说道："我……我可以给你钱的。"

燕铖自上而下地扫了她一眼，没说话。

叶七七紧张得忍不住抠起了自己的手，说道："我六哥哥很有钱的，只要你把我安全地送过去，他肯定会给你很多钱。"

燕铖挑了一下眉：他有钱？他自己怎么不知道？

"你的六哥哥能给我很多钱？"他问。

叶七七点了点头。

"那他能给我多少？"燕铖手里把玩着粉色的发带，眼睛紧盯着她。

叶七七被他看得有些怕，下意识地往后挪了一点儿，眼神有些闪躲地道："你想要多少？"虽然她知道六哥哥有钱，但是万一这个坏家伙狮子大开口怎么办？

少年微微挑了一下眉，没有说话，反倒是突然轻哼了一声。

过了一会儿，他伸手摸上她的脸。

叶七七下意识地想要往后躲，但是没来得及。

好在少年很快就收回手。她感觉这个坏家伙似乎用指腹抹了一下她的脸。

燕铖直起身，将她眼中的警惕瞧在眼里，视而不见地问她："饿不饿？"

这话题转得太快，叶七七怀疑自己出现了幻听。然后她看着少年从衣襟里掏出一个油纸包着的东西，打开后里头是几块糕点。

现在他是匪，她是人质，她才不要吃这个坏家伙的东西呢。

燕铖拿起一块糕点，递到了她嘴边。

叶七七倒是格外有骨气，别开脸不愿意吃："我不要！"她就算饿死，也不要吃他的东西。

燕铖看了看她，随后将手里的糕点咬了一口，空气中瞬间出现桃花香夹杂着几丝淡淡的奶味。他记得她以前是最爱吃这种糕点的。他问她："当真不吃？"

"不吃！"

"咕噜……"叶七七刚说完，一个不合时宜的声音突然响了起来。

少年轻轻挑了一下眉，目光落在她的肚子上。

叶七七捂着肚子，小脸"唰"的一下子变红了：这不争气的肚子！

他将手里的糕点再一次递到她面前，说道："吃！"

叶七七涨红了脸，宁死不屈地道："我不要，才不要吃你给的东西，你是坏人！"

燕铖没想到小丫头性子这么倔，明明肚子已经叫了。他从油纸包中拿起一块糕点，面色有些冷地说道："你要是再不吃，我就亲自喂你了！"

他原以为语气凶一点儿这丫头就会乖乖地听话，可万万没有想到，她不仅没有乖乖地听话，反而眼睛一下便红了，仿佛他是个十恶不赦的恶霸似的。情绪崩溃就在一瞬间，他眼睁睁地看着面前的小丫头从一开始红着眼睛，到最后泪水止不住地往下流。

估计是顾忌他在场，她不敢哭得太放肆，只发出一阵阵的哽咽声，看起来楚楚可怜。

燕铖顿时手足无措起来，没想到自己一时之间恶作剧把人拐来，还把人惹哭了，凶巴巴的话到了嘴边却怎么也说不出来。

"别哭了。"他掏出手帕，给小姑娘擦了擦眼睛。

"呜呜呜……"谁知他这么一擦，叶七七哭得更起劲了。

他不是没见这丫头哭过，但还是头一次见她哭得如此凶，到最后身子都一抽一抽的。

"别哭了，只要你不哭了，我什么都依你还不行吗？"他伸手轻轻地拍了拍她的背，给她顺气。

她的嘴似乎动了动，但是声音太小，他凑近了几分还是没听清她在说些什么。

随后小丫头估计是急了，直接一掌拍上了他的脖子，红着眼，语气奶凶地对他吼道："回……回家！"她要回家！

燕铖被小姑娘这一掌直接打蒙了，感觉自己的脖颈火辣辣地疼，可偏偏罪魁祸首眼睛哭得跟兔子似的。他无缘无故地挨了她一掌，还不能骂她。

"行了行了，送你回去！"

叶七七红着眼睛看着他，问道："真……真的吗？"

燕铖回道："真的。"她真是他的小祖宗，他就见不得她哭。

叶七七用袖子擦了擦眼泪，站起身，目光落在缠在他的手腕上的粉色发带上，说道："还……还我。"她扯着发带往下拽，啥东西都不愿意留给他。

少年将发带扯下，视线落在小丫头乱糟糟的头发上。

现如今小丫头的头发挺长了，到了腰际，一头乌黑的秀发披散在肩头。因为刚哭过，不少头发贴在她的脸颊上。他冷着脸替她将贴着脸颊的头发弄走，一只手拿着发带，另一只手抓着她的长发。

叶七七不知道他要干吗，脑袋往后躲。

他伸手按住她的肩膀，说道："别动，给你扎头发。"

他不会扎小丫头一开始扎的那种可爱的双丫髻，只是简单地把她的头发扎了起来，扎好后还不忘打了个蝴蝶结，说道："好了。"

他的话音刚落，外头便传来声响。他知道自己该走了，救小丫头的人来了。

他们来得比他预计中的要快。

叶七七转头看去，就见他一个箭步跳出了后面的窗户。

与此同时，前面关着的大门被人一脚踢开了。大宦官司冥炎的脸闯入了叶七七的视野。

她看到熟人后，眼睛又红了，说道："你怎么来得这么慢？"她差点儿就没了！

司冥炎说道："臣救驾来迟，望公主恕罪！"说完，他把目光放在后面开着的窗户上，立马给身边的属下使了一个眼色，说道："去追！"

"是！"

司冥炎将小姑娘抱上马车后，问道："可有受伤？"

叶七七摇了摇头。

"那个臭小子可对你做什么了？"说完，他看着小姑娘的眼睛似乎是哭过，眉眼一下子冷了下来，说道，"难不成他动手打你了？！"

"他骂我了，还说让七七去给他做童养媳。"

听了这话，司冥炎气得脸都绿了：该死的浑蛋小子，等抓到他，自己一定扒了他的皮！

刚一进马车里，叶七七就闻到了一股食物的香味。果不其然，她刚坐下，就见那大宦官不知从什么地方拿出了一只烤鸡，用油纸包着，看着像是刚出炉的。

叶七七已经饿得前胸贴后背了，一看到烤鸡，眼睛都亮了。

大宦官伸手揉了揉她的脑袋，笑道："知道你一定饿了，吃吧。"

虽说这大宦官平日里凶巴巴的，但是不得不说有时候当真十分贴心。

司冥炎看着小丫头啃烤鸡啃得正欢，不忘拿出一条干净的手帕递给她。

他一只手抓着马车门，用指腹轻轻点了点门板，压低声音问她："你出宫门的时候，王爷跟你说什么了？"

叶七七吃得正欢，注意力都在烤鸡上，没听清他说的是什么，说道："啊？"

"没什么。"他看着小丫头吃得腮帮子圆鼓鼓的，眼神微微黯了一下。

司冥炎说道："等一下我还要去衙门，先让侍卫送你去城外六殿下住的静心苑那边，那里安排了不少人手，不会再发生今天这种事情了。"

马车行驶了半个时辰，稳稳地停在城外的一座宅子前，牌匾上面写着"静心苑"三个大字。

阿婉早些时候就来了，在门口等候多时。

"公主。"马车一停，阿婉就迫不及待地要上前。

一名侍卫拦住了阿婉，说道："公主好像已经睡着了。"

车帘一被掀开，果真看见小姑娘缩在里头的毛毯上睡得正香，阿婉正打算将她抱出来，身后响起一个声音。

"我来吧。"

众人回头，就见从门内走出来一名身穿藏蓝色衣袍的翩翩少年。

阿婉立马对着少年喊了一声："六殿下。"

燕铖把目光放在马车里睡得正香的小姑娘身上，弯腰就将小姑娘一把抱了起来。

"嗯……"突然被人抱起来，睡梦中的叶七七下意识地动了动身子，但是没醒，在少年的怀里找了个舒服的姿势，继续呼呼大睡。

少年抱着她走进了门里。

阿婉在后面跟着。

这时燕铖停下脚步，没回头，用不大但是能让阿婉清楚地听见的声音道："很晚了，你先下去吧，七七我会照顾好的。"

闻言，阿婉不由得愣了一下，抬头就见少年冷厉的目光，被吓了一跳。但她转念一想，六殿下乃公主的亲哥哥，自然不会做出伤害公主的事情，于是说道："是，那奴婢先告退了，要是有什么事，殿下可以随时叫奴婢。"

"嗯。"

阿婉恭敬地退了出去。

燕铖看着阿婉走向后院，才缓缓地收回目光，视线落在怀里睡得极熟的小姑娘身上。

他抱着她进了一间厢房，将她放到床榻上，不忘替她盖好被子。

如今已经是傍晚，屋子里还没有点灯，十分昏暗。燕铖盯了她好一会儿，终于还是忍不住坐到了床边，端详她那张曾经无数次出现在他的梦里的脸。

他用冰冷的指腹轻抚过她的眉眼，手掌落在她的脖子上仅一会儿，一股不舍的情绪油然而生。对她，他终究舍不得。

但仇人的女儿，他也终究碰不得，他能给自己一个交代的，大概就是保护她一世平安。

"七七快些长大吧，早些嫁人，嫁得越远越好，远离各国的纷争。你父皇欠下的债，我要让他自己还，绝对不会迁怒于你……"他把冰冷的手掌压在了小姑娘软乎乎的掌心上，缓缓地与她十指相扣。

夕阳渐渐地西下，直到屋外彻底黑了下来，屋内也漆黑一片。

少年靠在正熟睡的小丫头耳边呢喃，哪怕知道她什么也不会听到。

叶七七再一次醒来，已经是一个时辰后了。她迷迷糊糊地睁开眼，只见昏暗的灯光映照着黑色的床帘。还没回过神，她瞧着不远处坐在椅子上的身影，说道："阿婉姐姐，我想喝水。"她感觉嗓子好干。

坐在那儿的人动了，清晰的倒水声传入她的耳朵里。

随后脚步声传来，一只苍白修长的手捏着茶杯递到了她面前。

叶七七还是迷迷糊糊的，伸手将杯子接过，"咕噜咕噜"地喝了好几口，直到抬起头，才发觉不对劲的地方。她看着面前这人，喝水的动作硬生生顿住了。

床边站着的人背对着光，她看不清这人的脸，而且这人不仅很高，还穿着男士的衣服。这不是阿婉姐姐。

看着周围陌生的房间布局，叶七七脑子里突然闪过一个念头，不由得捏紧了手里的杯子，试探性地小声叫了一声："六……哥哥？"

"嗯？"少年的声音里透着几丝磁性，但还是有些沙哑。

听声音没听出来，但是听这讲话的方式，叶七七立马知道这一定是六哥哥了。

叶七七欢喜地道："六哥哥！"

燕铖看着原本坐在床上的小姑娘突然站起身，朝他扑了过来，一把抱住了他的脖子。熟悉的奶香味立马传入了他的鼻子里。

"七七好想你呀！六哥哥，你想不想七七呀？！"

小姑娘靠得很近，好几次他都感觉她即将亲上他的脸。尤其是她的两条腿还盘在他的腰际，让他不得不伸手托着她的屁股。他尴尬地僵着身体。

这姿势太过亲密，他想开口让她下去，但是目光触及小丫头一脸欣喜的表情，还是没忍心说出口。

"想不想吗？"见他没有回答，小姑娘软着嗓子跟他撒娇。

燕铖动了动唇，终于吐出一个字："想。"

"哼。"听了他这话，叶七七想到自己每个月给他写那么多信，他却从来没有回过一封。

叶七七说道："骗人，你要是想，为什么不给七七写信？"

燕铖喉咙一堵，一时之间不知该如何开口。她的信他每一封都回了，只不过……从来没有寄过去，而是一直放在盒子里。

"哼。"叶七七别开脸，踢了一下他的大腿，埋怨道："放我下来，我生气了，不想和你说话。"

燕铖没动，过了许久，对她说道："不放。"

他一只手托着她，另一只手捏了一下她的脸，说道："不是说很想六哥哥吗？嗯？怎么变得这么快？"

叶七七委屈地鼓着腮帮子，小声道："才不是……很想呢！"

看着小丫头气鼓鼓的样子，那小脸上仿佛写着"哄不好了"四个大字，燕铖目光黯了一下，才说道："因事耽搁了而已，总而言之是我的错。"

叶七七知道他是因为他的母妃德妃娘娘病重了才回的靖北，所以下意识地以为六哥哥是因为这件事忙。那毕竟是他的母亲，她就算再怎么生气，也是知道孰轻孰重的。

叶七七抬头，就见六哥哥紧盯着她，眼睛里仿佛有浩瀚的星辰。两年多未见，她发现六哥哥长高了好多，怪不得她一开始没认出来呢！

"七七饿了，想吃饭……"叶七七摸了一下自己的肚子，有些委屈地道。

"好。"燕铖应了一声，将小丫头放了下来，替她穿好鞋子，然后便让人传膳。

很快菜就上来了，一桌子的菜都是她喜欢吃的。

在陪小姑娘一起吃饭时，燕铖意外地发现这丫头吃饭不似以前了，越来越文雅，像个真正的公主了。

叶七七今天的话格外多，全程一直在讲。而他就当一个安静的听众，时不时附和她几句。

"六哥哥，你都不知道那个坏家伙有多讨人厌，不仅绑架我，还逼我吃东西。"叶七七一想起那个绑架她的坏东西，眼中尽是愤慨。

燕铖手里正捏着茶杯，听到她这话，面色如常，压根儿看不出有任何不妥，问道："那最后那个坏……坏家伙怎么处理的？"

"他翻窗逃走了。"叶七七面露遗憾地道。

燕铖将杯子放下，突然间想到了什么，语气里多了几分试探："那七七觉得他长得怎么样？"

"丑！"叶七七想都没想直接脱口而出，"像他那种坏家伙，肯定长得很丑！"

"这样呀。"燕铖此刻的表情有些怪异，下意识地将剥好的虾递到了小丫头的嘴边。

叶七七正要张嘴，听见少年冷不防来了一句："七七为何不肯吃那少年的东西，却愿意吃我剥的虾？"

这话听得叶七七一愣，好一会儿才道："因为你是哥哥呀……"那个坏家伙怎么能跟六哥哥比？！

"因为你是哥哥呀"，叶七七这句话犹如魔咒在他的心头久久盘旋。原来她信他、喜他，只不过是看在他是她六哥哥的分儿上罢了，他若是没了六皇子这个身份，那么在她眼里就什么也不是了。

"六哥哥，你怎么了？"她感觉六哥哥不太高兴呀？

"没什么。"燕铖伸手拿起一旁的帕子擦了擦手，将剥好放在盘子里的虾递到了她面前，说道，"吃吧。"

"嗯嗯。"叶七七点着脑袋，吃得极欢。

少年紧盯着她，眸底的神色越发意味不明。

吃完饭后，叶七七被几个婢女带下去沐浴，洗得香喷喷的后便钻进了被子里。这自然不是之前六哥哥的房间，而是少年的屋子后的另一间厢房。

叶七七躺在被子里，有些睡不着，本来想起床去找六哥哥的，但是想了想已经很晚了，要是现在去找的话，万一六哥哥嫌她烦了怎么办？

想着想着，叶七七不知不觉中便睡着了。

婢女见小丫头睡着后，便吹灭了灯，走到门口刚关上门，一转头就瞧见了站在一旁的少年。婢女微微惊了一下，恭敬地对少年行了个礼，说道："拜见殿下。"

"公主睡了吗？"

"回殿下的话，已经睡了。"

燕铖望着那漆黑的屋子，说道："嗯，你下去吧。"

"是，奴婢告退。"婢女恭敬地走开了。

516

燕铖望了紧闭的门许久，最终还是没有推开。

"晚安，"顿了一下，他压低声音道，"亲爱的七七。"

燕铖转身走到了前院。

薄雾缭绕，依稀可见庭院角落的亭子中站着一个人。

他迈步走去。

那人没回头，反倒是望着星空中的一轮明月打趣道："今儿的月亮可真圆。"

燕铖抬头，见那月亮果真是圆的。

等他走近，那人抬手晃了晃手里的白瓷酒杯，问道："陪我喝一杯？"

燕铖摇了摇头："今天就算了。"

"是因为那丫头来了吗？"

见少年没回话，那人心里觉得他是默认了，将酒杯里的酒一饮而尽，畅快淋漓的辛辣感席卷了他的口腔。

"让人埋伏在酒楼差点儿不小心伤了那丫头，这事确实是阿书的不对，我已经惩治他了，殿下也莫要生他的气了。"

燕铖抬头望着那一轮明月，没回答。如果不是当时他在场，那么说不定那丫头就死在那帮人剑下了，他没一怒之下杀了秦知书，已经是对秦知书最大的仁慈了。

燕铖把手搭在桌子上，用指腹轻轻点了几下桌面，目光有些沉，问道："明天让他在军营的比武台上等我吧。可以吗，太守大人？"

那一声"太守大人"无疑让男人愣了一下，但很快便恢复了正常。

白明镜将手里的酒杯放下，抬头对上少年有些冷厉的眉眼，笑着说了句："好，不过还请殿下手下留情呀，毕竟阿书不是您的对手。"

少年冷哼了一声，听是听进去了，但是没回话。

过了好一会儿，他才漫不经心地吐出几个字："我尽量。"

白明镜："……"

少年口中的尽量和别人所理解的尽量不是同一个意思。或许他是真的尽量没有把秦知书揍得很惨，但是据当天在军营里的人说，秦大人被打趴在地上起都起不来，最后还是被人用担架抬下去的。谁都不知道秦大人到底哪里惹到了六皇子殿下。

燕铖一大清早就出去了，一直到了正午都未回来。叶七七一早醒来就未看见他，直到吃完午饭还是没有瞧见他，百无聊赖之际，便在偌大的宅院里闲逛了起来。

　　她走着走着，就走到了宅子的尽头。

　　那是一座院门紧闭的院落，门口站着两个守卫。

　　叶七七逛遍了前面所有的院落都没有瞧见德妃娘娘的住宅，问了人才知道德妃娘娘的住所是在这里。她一时想不通，为什么德妃娘娘的住所离正厅那么远？

　　不过既然来了，她铁定是要看望一下德妃娘娘的。

　　她身后跟着阿婉，阿婉手里还拎着一个食盒，里面是她特意从京城带来的点心。

　　来靖北之前她可是派人了解了一下德妃娘娘的喜好，知晓德妃娘娘最喜欢吃京城一家糕点坊的糕点。

　　两个人刚走到门口，就被人无情地拦住了。

　　一名守卫说道："这里是德妃娘娘休养的重地，六殿下有令，闲杂人等一律不许入内。"

　　一听这话，站在小姑娘身后的阿婉不乐意了："这可是七公主，我们公主来看德妃娘娘都不行吗？"

　　那名守卫扫了小丫头一眼，语气冷冰冰地道："没有六殿下的命令，谁都不可擅自入内，还望公主恕罪。"

　　守卫话已至此，叶七七脸上流露出几丝失落。她看了看面前这两名身形高大的守卫，又看了看阿婉手里的食盒，想了一下，问道："那你们可以帮忙把这个食盒拿给德妃娘娘吗？"

　　两名守卫对视了一眼，一时之间有些拿不定主意。

　　就在他们不知如何是好的时候，正好瞧见不远处走来一道熟悉的身影。下一秒，两个人恭敬地道："属下见过六殿下。"

　　叶七七回过头，就看见朝他们走来的少年，叫道："六哥哥。"

　　燕铖看着有些委屈的小丫头，伸手揉了一下她的脑袋，问道："怎么到这里来了？"

　　叶七七说道："想来看看德妃娘娘……"

燕铖闻言，扫了一眼站在门口的两名守卫。

那冷厉的眼神吓得两名守卫脸色一变，立马低下了脑袋。

叶七七感觉气氛有些说不出来的怪异，问道："七七不可以见吗？"

少年回过神，对着小丫头笑了笑，说道："怎么会？自然是可以的。"

然后燕铖对守卫说："把门打开。"

守卫自然是不敢迟疑的，回道："是。"

很快门锁被打开了。

叶七七瞧着，心里更加疑惑了：为何德妃娘娘的住所要上锁呀？

燕铖看到小丫头一脸疑惑的样子，眼神黯了一下，但并没有说什么。

门打开后，他牵着小姑娘的手进去了。

跟在小丫头身后的阿婉正要进去，却又被守卫拦住了。

"阿婉姐姐和我一起来的。"叶七七眼巴巴地看着身侧的少年。

少年脸上露出了几丝难色，语气有些无奈地道："母亲不想见太多人。"

然后燕铖看向阿婉手里拎着的食盒，说道："给我吧。"

阿婉先是愣了一下，看了小公主一眼，似乎知道六殿下是何意了，然后恭恭敬敬地将食盒递了过去："那奴婢就待在门外等公主出来。"

叶七七自然是想把阿婉姐姐带着的，但是见六哥哥的脸色不太好，想了想只能作罢。

两个人进了院子里后，经过了一条长长的走廊。走廊和院落看起来异常干净，似乎有人天天打扫，但是也异常安静。她望了望四周，忍不住问道："这里没有婢女吗？好安静呀！"安静得像是没有半点儿人气似的。

"有的。"燕铖说完又牵着小丫头走了一会儿。

然后小丫头又看见了一座紧闭着院门的院子——这里也太大了吧！

就在这时，少年突然停下了脚步，问她："七七一定要来看我的母亲吗？"

叶七七自然是点了点头。不过就在她刚点完头的时候，那紧闭着院门的院落里突然传来一阵女人的惨叫声："啊啊——"

那叫声异常凄惨，将她吓了一跳。

叶七七猛地抓紧了少年的衣服，躲到了他身侧，叫道："六哥哥……"这声音好……好吓人呀。

少年的目光落在紧闭的院门上，眸子里的情绪没多大的起伏。

院子里头又响起女人刺耳的尖叫声，似乎还夹杂着侍女的声音："德妃娘娘……德妃娘娘……您别闹了。"

声音虽然嘈杂，但是叶七七隐隐约约地还是听到了一些熟悉的字眼，心里"咯噔"了一下：难不成那个尖叫个不停的女人就是德妃娘娘？

其实从看到上锁的院落时起，她就有一种不祥的预感，毕竟德妃娘娘要是正常的话，是不会被关在这里的。

叶七七说道："德妃娘娘她……"

"疯了，很多年了。"少年回答的语气倒是很平常，毕竟他是假的六皇子，里面关着的又不是他的亲娘。

他带着这丫头一起来，只是不想让她起疑心罢了。

不过他这般平常的语气在小丫头听来，却是接受现实后的麻木，她心疼极了。六哥哥到底经历了什么？看着自己的母亲这个样子，还能做到如此淡定，六哥哥此刻心里一定难受极了。

下一秒，叶七七便伸手一把抱住了少年的腰，轻轻拍了拍他，似乎是在安慰他："六哥哥，你不要伤心了，德妃娘娘总有一天会好的！"

小姑娘说得坚定无比，完全没有感觉到少年猛然僵住的身子。

燕铖低头，看着突然抱住他的腰的小丫头，尤其是这丫头还要轻拍他的背安慰他，但因为两个人身高的差距，她只能轻拍他的腰部。

他目光闪了一下，伸手握住了小丫头的手。

叶七七心中一惊，以为六哥哥是想推开她，却见他突然蹲下身子，与她面对面，平视着她。

叶七七有些困惑，不太懂六哥哥要干什么，直到看到他动了动唇。

他对她说："我可以抱抱七七吗？"

叶七七先是愣了一下，有些不太明白六哥哥为什么要问她这个问题：他要是想抱她，自然是可以抱的呀。

不过她转念一想，毕竟此刻的六哥哥很脆弱，心灵脆弱的人这个时候肯定是有些矫情的。

叶七七十分大度地点了点头，朝少年笑了笑："当然可以呀，六哥哥想什么时候抱七七都可以。"

燕铖看到面前的小丫头一脸灿烂的笑容。

就在他伸手打算抱上去时，一旁的院门突然被打开了。

侍女瞧见门外的两个人显然愣了一下，然后脸色一变，急忙恭恭敬敬地道："奴……奴婢，见过六皇子殿下。"

燕铖看了小丫头一眼，终究缓缓地收回了手，目光落在门口的侍女身上，眸子里多多少少有些不悦。

侍女被他那眼神吓了一跳，缩了缩脖子，心里头疑惑极了：六皇子殿下不是每个月的月底才来一次吗？今日怎么突然来了？而且身旁还有一个相貌极其可爱的小姑娘。难不成这位小姑娘就是昨日来的七公主？

燕铖问道："母亲今日怎么样了？"

"回……回六殿下的话，德妃娘娘方才一醒来便闹了一下，刚刚奴婢们喂了她最喜欢吃的糕点，她这才安分下来。"说完，侍女又看了两个人一眼，哆哆嗦嗦地问道，"殿下，您是要和七公主进去看一看吗？"

燕铖将视线落在一旁的小丫头身上，似乎是在等她的回答。

侍女说道："不过今日娘娘的状态不是很好，看见七公主这副生面孔，恐怕又会发疯……"

侍女刚说完，院里头便又响起女人的尖叫声，还有碗筷被打掉的声音。

"啊啊——"那叫声一声接着一声，刺耳得很。

然后又有几名侍女走了出来，还架着一个脑袋被砸伤的侍女。

侍女们走到门口，看到门口的少年，连忙对少年行了个礼，说道："见过六殿下。"

燕铖看着被架着的侍女，就知道这是被那疯了的德妃砸的，说道："带下去让医师好好给她医治。"

"是，殿下。"说完，几名侍女便赶紧架着受了伤的侍女去找医师。

德妃娘娘发了疯经常会拿东西乱砸人。起初德妃娘娘还住在前院，不管发疯成什么样子，都有侍女精心地伺候着，毕竟是德妃娘娘，谁也不敢怠慢。德妃娘娘每日都用花瓶等东西砸人，砸伤了不少侍女。后来六殿下来了，让人将花瓶等瓷器撤了。之后德妃娘娘又换作用凳子砸人，甚至有一次疯得厉害，直接用筷子戳瞎了一名侍女的一只眼睛。

那时众人才意识到事情的严重性。六殿下便下令将德妃娘娘关进了后院里，严加看管。虽然平日里德妃娘娘还是没少闹腾，但是无疑比之前好多了。

"今日娘亲似乎又病得厉害了，七七还是改日再和我来看吧。"燕铖说。

叶七七看向院子，隐隐约约地看到一个披着长发的女人。她心里头多多少少还是有些害怕的，最终点了点头。

燕铖将手里的糕点盒子递给一旁的侍女，说道："这是母亲最爱吃的京城的糕点，等她安分下来，就拿给她吃吧。"

侍女点了点头，恭恭敬敬地伸手接过。

在被燕铖拉着离开时，叶七七还是忍不住转头看了一眼紧闭着的院门。就在这时，她突然想到一件事，问道："六哥哥，是不是要等到德妃娘娘好了，你……才能回到京城呀？"

第三十九章

她以为他是

回京城？燕铖抿紧薄唇，无言。

叶七七见他突然停下脚步，下意识地仰起头看着他。

两个人的视线就这般对上了。小丫头一脸天真无邪，看着他时嘴角还挂着几丝笑意。

他从计划来靖北时起，便没想过短期内回京城，不然也不会在这儿一待就是两年多，毕竟身在京城行事颇受限制，远不如在靖北自在。

不过在京城大概也就只有这丫头牵挂他了。

"嗯。"少年轻轻应了一声，算是回答了她的话。

叶七七脸色不太好，说道："那要是德妃娘娘一直不好，你不就不能回——"她也是一时着急脱口而出，等意识到自己说了什么，连忙摆了摆手，脸上露出惊慌的神色，说道，"七七……不是那个意思。"她不是说德妃娘娘永远不会好的意思。

燕铖瞧着小丫头因口误而惊慌，伸手揉了揉小丫头的脑袋，笑道："嗯，哥哥知道七七不是那个意思，七七不用解释。"

看着六哥哥的嘴角突然扬起的笑意，叶七七虽然记不清这是六哥哥第几次对她笑了，但是她总感觉六哥哥每一次的笑都是十分难得的。

叶七七握着他的手，拉着他往前走。

燕铖看着小丫头的背影，目光落在两个人牵着的手上。是的，他对她说了谎，他要是想回去，随时可以回去，但是现实是，他不能回京，至少是不能为了她一个人回。

"对了，靖北离京城十分遥远，父……父皇是如何同意你来靖北的？"燕铖坐在椅子上，目光落在一旁吃饭正香的小丫头身上。据他在京城的探子汇报，这丫头可是深得那大暴君的宠爱。那么那大暴君是如何放心地让她来靖北的？

叶七七抬起头看着他，嘴角上还粘着米粒，白色的米粒和红红的唇形成了鲜明的对比。

燕铖看到后，想都没想就放下自己手里的茶杯，将手指伸到她的嘴边，正打算替她将米粒擦掉，就听见小丫头有些委屈地对他说："六哥哥，你没有看信吗？七七在信上说了的呀……"

靠近她嘴角的手指一顿，他抬头看着她，见小丫头眼中布满了委屈。这一刻燕铖终于知道自己闯了祸，那天就不该一时赌气撕碎了她给他写的最后一封信。

等到他后悔将那封信从水里捞出来的时候，上面的字迹已经被水泡没了。

或许她这两个月没有给他写信的理由，就藏在那封被他撕碎的信里。

他动了动唇，想解释却又不知该怎么解释，最后只道："那封信……它……"

叶七七说道："是被信差弄没了吗？那七七当时应该再写一封给六哥哥。听说这段时间冀州那里闹饥荒，路过冀州的东西很多会被灾民给抢走。"

一般来靖北是必然要经过冀州的，只是叶七七这次是绕冀州而行。关于这些天冀州的灾祸，她也是从大宦官口中得知的。

叶七七天真，潜意识里显然不认为她最喜欢的六哥哥会亲手撕碎她特意写给他的信，心里头认为是灾祸的影响导致信没有送到六哥哥手里，所以六哥哥没有看到那封信。

望着少年有些落寞的眸子，叶七七安慰道："没事呀，反正七七现在来了，可以当面告诉六哥哥七七在信上写的内容呀。"

少年此刻神情落寞，天真的小丫头只以为六哥哥是因为没有收到她的信而难受，殊不知少年是因为心存撕碎她亲手给他写的信的亏欠感。

燕铖看着小丫头天真的样子，抿唇无言。她为何会如此信任他？她为何想不到或许是他故意弄丢了她的信？

他宁愿她将他想得坏一点儿，那样他也不用伪装得这么累了。

"七七怎么这么信我？或许是我亲手把信撕碎了也说不定呢？"燕铖擦掉粘在小丫头嘴角上的碍眼的米粒，抬起头，就这样和小丫头对视上了。

叶七七闻言，先是愣了一下，但很快好看的大眼睛微微弯了一下，朝着少年笑了笑，歪了一下脑袋，说道："才不是这样呢！七七相信六哥哥！"说完，她直接扑进了少年的怀里，伸手抱住了他的腰。

哪怕被小丫头出其不意地抱过很多次，但在她抱住他的那一刻，他的身体还是会僵一下。

叶七七心里头是真的只把少年当作自己血浓于水的亲哥哥，自然不会注意什么男女授受不亲。在抱住少年后，她还忍不住用脑袋蹭了蹭少年的胸膛，鼻子动了动，深吸一口气：六哥哥身上还是那股熟悉的冷香味，真的是一点儿都没有变。

不过闻着闻着，小丫头突然想到之前绑架她的那个坏少年。她记得那个坏少年身上的味道跟六哥哥身上的味道好像，难不成男孩子身上都是这个味道？

燕铖眼睁睁地看着小丫头抱住他，还不停地动着鼻子闻，尤其是她的手还按在他的大腿上。熟悉的奶香味逼近，燕铖闭了闭眼，觉得自己要疯了。

下一秒，他深吸了一口气，随后伸手捏住了小丫头的下巴，面色有些沉地道："七七。"

叶七七抬头，就见六哥哥一脸认真的神情。她说道："嗯？"

"你……"燕铖想让这丫头注意点儿，哪怕是兄妹也要注意分寸，但是话到嘴边，瞧着小丫头天真的样子，想说的话终究难以说出口。

"你……你和其他几个皇兄也这么亲吗？"停顿了一下，燕铖继续道，"就像你现在抱着我这样。"她也像抱着他这样，抱过她的其他几位皇兄吗？

"才没有呢。"叶七七很果断地摇着脑袋，"七七只喜欢抱六哥哥一个人呀。"

听了叶七七这话，燕铖一开始挺惊讶：只抱过他一个人呀。

不过他高兴得太早，就听小丫头又说："大皇兄和二皇兄每次抱七七时都喜欢揉七七的脑袋，把七七的头发都揉乱了，所以七七不喜欢让他们抱！"

燕铖摸小丫头的头发的动作一顿，下意识地将目光落在自己摸着小丫头的发尾的那只手上。

不过重点不是他摸小丫头的发尾，而是她口中的"大皇兄和二皇兄每次抱七七"。燕铖莫名其妙地觉得心口有些堵，动了动唇，问道："他们每次都喜欢……抱你吗？"他口中的"他们"自然是指小丫头的那两个皇兄。

"对呀！"叶七七点了点头，然后看了一下四周，见没有人，突然拉了拉他的衣领，示意他低一下头。

燕铖很顺从地低头凑近了小丫头。

然后小丫头贴在他的耳边，小声对他说："六哥哥，我告诉你一个秘密。"

"嗯？"

"关于二皇兄的。"小丫头笑着眨了一下眼睛，说道，"二皇兄睡觉会打呼噜！"

叶七七正说着二皇兄的糗事，完全没有注意到一旁的少年瞬间冷下去的表情。

知晓夜傲天打呼噜，那不就代表着这丫头跟夜傲天一起睡过觉？

"然后他有一次睡觉把自己都吓醒了，哈哈哈……"一想到二皇兄的糗事，叶七七就忍不住笑出声。但是明明她把这件事讲给皇姐姐和大柱听的时候他们都笑了呀，连大皇兄也就是太子哥哥也笑了，怎么到了六哥哥这里，六哥哥都不笑一下呀？

场面一度有些尴尬。

叶七七咽了咽口水，反问道："不……不好笑吗？"六哥哥的笑点好高呀。

燕铖回过神，为了不让小丫头觉得他无趣，说道："很好笑。"

叶七七委屈地噘了噘嘴巴：六哥哥嘴上说很好笑，但是压根儿没有笑一下。

"但六哥哥都没有笑……"

下一秒，少年朝着她笑了一下。

叶七七脑海里的第一反应是：六哥哥的这个笑容好假呀！

叶七七松开抱着少年的手，重新坐到自己的凳子上。

燕铖看着小丫头从自己的腿上离开，伸手想重新将她拉回来，但又觉得自己没有资格。

他看到小丫头似乎在赌气，一口气吃了两只鸡腿，想了想，对小丫头道："七七不是说要跟哥哥讲讲信上写的内容吗？"

小丫头放下手里啃着的鸡腿，对他道："父皇爹爹说只要七七测试考及格就答应七七一个要求，然后七七努力地闭关学习两个月，皇姐姐和大柱邀我出宫去玩我都没有去。到了测试的时候，七七闭关学习的努力没有白费，考及格了，跟父皇爹爹要了一个可以让七七来靖北看六哥哥的愿望。然后父皇爹爹同意了，七七就来了。"这一大段话说完后，小丫头还不忘来一句赌气的话，"就这些，没了。"

小丫头叙述时的口吻异常冷淡，干巴巴的不带丝毫情感，一看就知道是在跟他赌气。

燕铖一时无言，毕竟这丫头很少跟他赌气，仔细想来，曾经的他倒是跟她赌过很多次气。

叶七七嘟着小嘴，一副气鼓鼓的样子。

燕铖想不通她到底在气什么，刚刚他不是笑过了吗？

"七七，你……"他一边说，一边下意识地伸手打算握住小丫头的手。

但是他还没有碰到，小丫头就无情地将他的手拍开了，气鼓鼓地扭了一下头，背对着他，不想让他碰的意味十足。

"七七生气了吗？"燕铖问。

叶七七想都没想直接答道："才没有！"她才不会承认她在跟他赌气呢！

在燕铖的记忆中，小丫头很少对自己发脾气，但很显然他并不讨厌她朝自己发脾气的样子。换句话说，他莫名其妙地觉得这丫头发脾气的样子还挺可爱的。

在一旁赌气的小丫头自然不知晓他心中的想法，要是知道了，估计会赌气得更加厉害。

她决定了，要冷落六哥哥一会儿，毕竟她觉得他压根儿一点儿都不像她在乎他那样在乎她。为了来靖北见六哥哥，她努力地学习了两个月，结果六哥哥什么反应都没有，还有她给他写了那么多封信，虽然他很忙，但是她就不信他忙到挤不出给她写信的时间，而且明明现在他就这么闲。

他根本就不在乎她。叶七七越想就越委屈：是她自作多情了，明天她就回京城！

她正打算起身，突然被人从背后抱住了。

燕铖将赌气的小丫头圈在怀里，问："七七，你到底在跟我赌什么气？"

叶七七低头想要掰开少年环绕着她的手臂，但他的力气有点儿大，她压根儿挣脱不了。

"我没……"

她的最后一个字还没有说出来，少年便将她转了个身，双手捧着她的脸，与她面对面。

"真没有？"他问。

两个人本来就靠得很近，再加上现在他捧着她的脸，逼她仰起头，距离就更近了。望着六哥哥冷厉的眉眼，叶七七嘴硬的话到了嘴边却说不出来，过了好一会儿，她无力地垂下眸子，声音弱弱地道："有，七七生气了。"

燕铖问道："那六哥哥哄一哄七七，七七可以不生气了吗？"

叶七七垂着眸子，没说话。

燕铖迟疑了一会儿，然后松开捧着小丫头的脸蛋儿的手。

在他松开手的那一刻，小丫头下意识地看了他一眼，心里想着：难不成六哥哥也生气了？她是不是有些无理取闹了？

就在她以为少年被她惹生气了的时候，她就听少年对她说："过来，抱一下，然后和好可以吗？"

看着六哥哥对自己张开怀抱，叶七七先是愣了一下，然后身体比脑子更加诚实地率先做出反应。算了，这次她就原谅六哥哥吧！

燕铖走到正厅，大老远就瞧见坐在椅子上的那一道黑色身影，同时屋内、屋外还站着不少侍从。

之前燕铖便听说过九千岁司冥炎，明明只是一个宦官，偏偏那暴君给了他不少实权，因屡破京城奇案，还被封了一个"九千岁"的名号。

宦官参政，实在可笑至极。燕铖眸子沉了一下，迈步走了过去。

司冥炎坐在椅子上，余光瞥见一道白色的身影逼近，抬头看清来人后，难得地站起身，对着少年行了个礼，说道："见过六皇子殿下。"

"九千岁不必多礼。"燕铖看了他一眼，做了个请的手势。

司冥炎来时下人便给他添了杯热茶。如今燕铖朝他身旁桌上的杯子看去，见还冒着热气，估计他刚来没有多久。

燕铖问道："不知九千岁此番前来所为何事？"

"小事而已，一来是受陛下所托将七公主护送至此，二来是陛下命臣前来探望六殿下和德妃娘娘。"

"劳父皇惦记，我与母亲在此一切安好，只是母亲近来不宜见生人，恐怕是让九千岁白走一趟了。"

听了少年这话，司冥炎不由得勾了一下唇角，狭长的眸子看向少年，说道："六殿下，您说笑了。除此之外，我自然还为其他事而来。不知最近冀州灾祸一事，六殿下，您可知一二？"

闻言，少年喝茶的动作一顿，随后他缓缓地放下手中的茶杯，抬眸对上对方意味不明的眼神，说道："自然是略知一二的。"

司冥炎又说："本来朝廷派人护送赈灾的银两，岂料半路被人劫走了。"

司冥炎说这话时，一直在观察面前的少年脸上的神情。但很显然，他并没有在少年脸上看到丝毫异样的神色。

"官银被劫一事非同小可，想必父皇派九千岁前来就是为了调查官银被劫一事。"

"陛下派我前来确实是为了调查此事。经过几番调查，倒是查到些眉目了。"司冥炎说着，突然停了一下，问道，"不知六殿下可曾听过最近江湖上新起的门派——罗刹阁？"

"罗刹阁？"燕铖微微抿了一下唇，面色平静，淡淡地开口道，"略有耳闻。九千岁是觉得灾银被劫一事和这个罗刹阁有关吗？"

司冥炎握着手中的茶杯，因微微晃动了几下，杯中茶水荡起了几丝波纹。他把目光从茶杯上移到少年脸上，随后将茶杯放下，说道："不是，只是最近听说了这个门派。"

江湖中门派虽然众多，但是不少是被掌控在朝廷手中的，有的被拉拢，有的被牵制，自是不敢兴风作浪。但这罗刹阁是个例外，虽成派时间不长，所行却皆是百姓认为的正义之事——劫贪官银两，赠贫苦穷人。

对这一新门派，朝廷不是没有私下拉拢过，但其门派地址包括门徒都异常神秘，外人不仅无从得知他们的下落，连见都很少见到他们。

唯一在江湖上流传的大概只有他们的穿着：一身黑衣，面戴獠牙青鬼面具，剑上绑一根系着红铃铛的白绳。

燕铖说道："偶尔在茶馆里听说书先生讲过一些关于罗刹阁的事情。据我所知，这罗刹阁专劫贪官银两赠予穷苦百姓。冀州灾祸如此严重，想必他们应该知道劫走官银意味着什么。"

看着少年平静的脸，司冥炎轻笑了一声，说道："六殿下所言极是。"说完，他便站起身，恭敬地道，"衙门那边还有要事要办，臣就先行告退了。"

"九千岁，您言重了。"燕铖也跟着站起身。

司冥炎刚走两步，突然像是想到了什么似的，转头又道："七公主在京城时便一直念叨着想要见六殿下，费了好大的劲儿才说服了陛下来靖北。这半个月时间七公主就住在殿下这里了。另外，臣也安排了一些人手在此保护殿下和公主。"

"嗯。"燕铖一直注视着他离开的背影。

回想起司冥炎方才说的话，燕铖眸子沉了一下：也就是说那丫头只在靖北待半个月便要回去了。

燕铖站在原地思索了一会儿，转身往里走去。

燕铖走到小丫头待的那间厢房时，小丫头已经睡着了。

阿婉给熟睡的小丫头盖好被子，刚走到门口，就见从门外走来的少年，惊了一下，然后恭敬地对少年行了个礼，说道："奴婢见过——"

"七七呢？"少年打断了阿婉的话。

阿婉说道："回六殿下的话，公主睡着了。"

少年从阿婉身边走过，进了小丫头睡的内室里。

阿婉自然是不敢拦他的，说道："公主每天这个时辰都会睡午觉。"

"她一般睡多久？"

"一般……半个时辰左右。"

燕铖看着躺在床榻上的小丫头恬静的睡颜，转头对一旁的阿婉道："好好照顾她。"

叶七七看了三天书，学了三天知识，如同饱受煎熬一般。到了第四天，小丫头终于忍不住了，拉着少年的袖子，可怜巴巴地道："六哥哥，七七想出去玩。"她学习学得好累。

少年把目光放在她面前的书上。

叶七七看着他那眼神，心慌慌的，生怕他突然来一句"什么时候把这本书都学完，什么时候出去玩"。

"哥哥……"她扯着他的袖子跟他撒娇，"好不好吗？"

小丫头一副可爱的样子，让人无法拒绝。

燕铖看着她，问："那你想去哪里玩？"

要说这靖北城，她上次已经逛过一圈，还买了挺多东西。他也不太懂小女孩儿的心思，平日里压根儿很少逛靖北城，最常去的地方大概就是城外的驻军营地。

叶七七摇了摇头："不知道。"

她仔细地想了一下自己来时做的攻略，发现自己写的都是靖北的美食，玩的地方一处都没写。

少年思索了一下，没说话。

叶七七问道："梵灵寺那边好玩吗？七七之前答应了皇姐姐要去梵灵寺给她祈福。对了，皇姐姐还说那边可以看桃花。"

桃花？燕铖想了一下，说道："桃花没有了，但是应该可以吃到桃子。"

叶七七闻言，先是恍惚了一下，然后才突然想起现在已经六月份了，桃花早就变成桃子了。

"梵灵寺只有早上才接待香客，现在这个时间已经关门了，我们可以明天早上去。"

"但是七七现在就想出去玩。"叶七七委屈地嘟着小嘴。

燕铖放下手中的书，目光落在不远处的角落里的一张弓上，又看了看一旁有些沮丧的小丫头，问道："想去练射箭吗？我可以教你。"

射箭？叶七七抬起头，目光有些茫然地看着他。

燕铖让人牵了一匹马来，抱着她坐上马。

叶七七还没有反应过来，已经被六哥哥抱着上了马。

"六哥哥，我们不是要去射箭吗？为什么还要骑马呀？"

"带你去个地方，等一下你就知道了。"燕铖一只手握着缰绳，另一只手抱着小丫头。

六哥哥带着她骑了一路，先是路过繁华的街道，然后到了郊外无人的小道，又行了一会儿，终于到了驻军营地。

燕铖停下马，抱着她下了马。

他刚下马，一名士兵就主动地牵过他手里的缰绳，说道："参见六殿下。"

"嗯。"燕铖看了一眼身旁的小丫头，伸手牵住她的手，说道："跟我来。"

叶七七乖巧地任由六哥哥牵着她往里走。如果她猜得没错的话，这里应该是靖北的驻军营地。

燕铖带着她走过了哨所，继续往里走。

叶七七一抬头就看见一个很大的校场，此刻有很多士兵在校场上练剑。

众士兵瞧见那道熟悉的身影时，吓得丝毫不敢松懈，但当他们看到少年牵着一个无比可爱的小丫头走来时，都忍不住多看了几眼。

冷卫大老远就看见少年的身影，待少年走近时，恭敬地对少年行了个礼，说道："属下参见六殿下。"随后冷卫将目光落在少年身旁的小丫头身上，只是一眼就知道这丫头一定就是七公主了，说道："见过七公主。"

燕铖问道："池风去哪里了？"

"回殿下，池风今日一早就去了工匠铺，估计下午才能回来。"

冷卫说完，见少年皱了下眉，还以为殿下找池风有急事，说道："那属下现在让人把池风叫回来。"

"不用了。"反正给小丫头做弓箭的活儿，他自己也是可以的。

他对一旁的冷卫说了一句"拿点心过来"，然后就牵着小丫头走进一间屋子里。

屋子里很乱，遍地零碎的器件，有木头的，也有铁的。

叶七七看着一旁的架子上挂着大大小小形态各异的兵器，不由得看花了眼。

燕铖从一旁拿过一把小椅子让她坐，说道："你先坐在这里，等我一会儿。"说完，他便走到里头，似乎是在挑什么东西。

燕铖站在架子前挑了好一会儿，最终给小丫头选了一张最小尺寸的弓。

起初叶七七还不太明白六哥哥在干吗，直到看到六哥哥拿出了一张很小的弓，才知晓六哥哥是在帮她组装适合她的弓。

冷卫端了两盘点心放到小丫头面前的桌子上，说道："公主，您可以先尝尝点心，殿下制作弓箭估计需要一点儿时间。"

叶七七看着点心，又看了看面前的男人，伸手拿了一块点心塞在嘴里，刚咬了一口，眼睛猛地一亮。

冷卫笑着问她："好吃吗？"

叶七七点着脑袋，眸子闪闪发亮，说道："嗯嗯，好吃，谢谢大哥哥。"

冷卫被小公主这一声"大哥哥"叫得颇有几分受宠若惊，还没来得及回话，就见小公主将手上剩下的一小口糕点塞进嘴里，然后从椅子上跳了下来。

因为衣袖太长，少年不得不拿了一根绳子将袖子扎起来。

"六哥哥，七七帮你系。"见六哥哥一只手不太方便的样子，叶七七自然地将这活儿揽了过来。

不过对燕铖来说，他是压根儿不需要这丫头帮忙的。

帮少年系好袖子后，叶七七倒也没有走，就蹲在少年身旁，看着他弄。

燕铖突然从一旁挑出几根不同颜色的细绳，问："七七要什么颜色的？"

他觉得这丫头铁定会选粉色，果不其然，下一秒就听小丫头指着他手中那根粉色的细绳说："七七想要这个。"

燕铖将那根粉色细绳抽了出来，把其他颜色的放到一旁，继续手中的动作。

过了一会儿，见小丫头还蹲在他身边看着他，他微微抬了抬下巴，目光看向不远处的椅子，说道："去那儿坐着。"她没有必要一直蹲在这边看着他，腿会麻的。

叶七七听话地站起来走到椅子旁，不过没有坐上去，而是将椅子拖到了他身边，然后才坐下来。

叶七七拖椅子的时候还特意瞧了一下六哥哥脸上的神情，见他没有阻止，这才坐了下来。她双手捧着脸，看少年手里拿着方才让她挑的那根粉色细绳，一圈一圈地在弓箭上绑着。她说道："六哥哥。"

"嗯？"

"这张弓是特意做给七七的吗？"

燕铖停下手里的动作，抬头看了一眼一旁的小丫头，见小丫头捧着腮帮子看着他，脸上挂着明媚的笑意。

他把目光重新落在自己的手上，没说话，当作默认了。

叶七七问："那是生辰礼物吗？"她期待地看着他。

燕铖手里的动作一顿。

叶七七见他还是不说话，下意识地歪了一下脑袋，将脸凑到了他面前，叫道："六哥哥？"

燕铖伸手将小丫头的脸推开，说道："乖乖地坐好！"

他那语气听着有点儿凶。

"哦。"叶七七应了一声，然后乖乖地坐好。

她可以说六哥哥一点儿都不关心她吗？都没有给她准备生辰礼物。

哼哼，她还特意记住了六哥哥的生辰呢，这一次来可是算好了时间的，要给六哥哥过一次生辰。

见六哥哥专心致志地做手上的活儿，叶七七便也没有再打扰他。

她看向四周，看到墙上闪着寒光的兵器也没有兴致去摸一摸了，也不知道六哥哥要什么时候才能好。

叶七七站起身。

燕铖立马抬头看了小丫头一眼，见她走到了桌子边，拿起盘子里的糕点塞进嘴里，估计是饿了。

燕铖收回目光，正打算继续做手上的活儿，就见小丫头端着盘子走到了他身旁。

小丫头将手里的糕点递到他嘴边，眼睛闪闪发光地盯着那块糕点，说道："六哥哥，你尝尝这个，好好吃啊，还是桃子口味的。"

叶七七像是发现了什么珍宝似的，极力给他推荐着。她那盘子里还有三块糕点，和她手里拿着的那块颜色都不一样，估计只有她手里那一块是桃子口味的。

燕铖望着她手里被她咬了一小口的糕点，几乎想都没想一下就握住她的手腕，在她递过来的糕点上也咬了一口。

"是不是很好吃啊？"

燕铖回道："嗯，挺好吃的。"还挺甜的。

叶七七见被六哥哥咬了一口后糕点还剩一点儿，就把它全都塞进了自己的嘴里。

"嗯，真的好好吃。"她还想吃这种桃子味的糕点，不过好可惜，只有一块。

叶七七看着盘子里剩下的别的口味的糕点，小脸蛋儿上有些失落。

"喜欢的话我让他们再拿一盘这个口味的糕点给你。"说完，他便让人端来了一盘。

叶七七这下开心了，高高兴兴地吃了五块。

不过……他倒是不太开心了。

小丫头吃得正香，见六哥哥看着她，以为六哥哥也想吃，就将手里剩下的塞进了自己的嘴里，重新从盘子里拿出一块完整的糕点递给他，说道："六哥哥，给你吃。"

燕铖看着她递过来的那块完整的糕点，视线上移，落在她塞得圆鼓鼓的腮帮子上，有些赌气似的移开了视线，闷闷地来了一句："不吃。"

叶七七愣了一下，说道："哦，那七七自己吃了。"六哥哥又怎么了？她怎么感觉六哥哥好像又生气了？

嗯，六哥哥可真难搞懂，她还是继续吃小点心吧。

大约又过了半个时辰，少年总算把弓做好了。他拿出一把小刻刀，特意在上面刻了"七七"两个字。

叶七七伸着小脖子看，说："还要刻上六哥哥的名字——夜霆晟。"

她兴致勃勃地说着，完全没有注意到在她说完"夜霆晟"三个字后，少年猛然顿住的动作。

夜霆晟！夜霆晟！他为她所做的一切，在她眼中都是夜霆晟这个人做的而已！

燕铖猛地将手中的小刻刀放下，心里头升腾起一股子怒意。

"六哥哥！你流血了！"叶七七看到少年手上突然有一片鲜红，不由得惊呼出声，急忙掏出自己的帕子。

燕铖低头，瞧见自己的右手掌心被小刻刀划了一道口子，看着还挺长的，却松了一口气：真好，不用刻那碍眼的"夜霆晟"三个字了。

叶七七拿着帕子要给他按住止血。

他伸手制止了她的动作，说道："不用了。"这点儿小伤口对他来说压根儿不算什么。

叶七七以为六哥哥的意思是这种小伤口以他的特殊体质会恢复得很快，但是哪怕恢复得再快，六哥哥也是会觉得疼的呀，而且还流了好多血。

"不行，一定要止血才行！"叶七七强行伸手按住了他的伤口。

燕铖动了动唇，还没来得及说话，就听见小丫头凶巴巴地对他说："六哥哥乖，要听话。"

她那模样像极了一个小大人。燕铖僵着身子，没有再把她推开。

"呼呼。"叶七七捧着他的手，对着他受伤的掌心吹了吹，说道，"吹一吹就不疼了。"她之前摔跟头跌伤膝盖的时候，父皇爹爹就给她吹。

随后叶七七还强行让人拿了一瓶止血的药粉过来。

本来他是不想上药的，但拗不过小丫头，只能乖乖地让她给自己上药。

上完药之后，她还拿出绷带给他包扎。

燕铖看着自己的手被小丫头包得跟个包子似的，无声地笑了笑："你把它包成这样，我还怎么教你射箭？"

"以后呀，又不是一定要今天。"

燕铖："……"罢了，反正他带她来的最终目的也不是教她射箭，而是给她做一把弓而已。

"给你。"他用自己没有受伤的手将做好的弓箭递给了小丫头。

叶七七看着那把弓箭，精致而又小巧，尤其是上面还刻着她的名字。不过她并不是很开心，毕竟是因为帮她制作弓，六哥哥的手才受伤的。

"谢谢六哥哥。"叶七七看着弓问道，"七七回京城的时候可以把它带回去吗？"

燕铖说道："自然可以。"他本来就是想让她带回去的，毕竟她也要到上弓箭课的时候了。

叶七七真的觉得六哥哥好厉害，还会制弓。

因为六哥哥手突然受了伤，自然是不能教她射箭了。叶七七一开始提议让别人教她，毕竟现场有那么多兵哥哥，但是她说完这句话后，发现六哥哥的脸色立马冷了下来，好像不太高兴。

"把弓给他吧，让他送回去。"燕铖叫来一名士兵，让那名士兵将弓送到静心苑。

"那我们不回去吗？"叶七七脸上有些疑惑，看了看天色，已经快傍晚了。

"七七累了吗？"他问她。

叶七七摇了摇头。累自然是不累的，她又没做什么事，倒是六哥哥一直在忙活。

"想带七七去一个地方，如果你累了的话，我们就改天……"

"七七不累，一点儿都不累。"小丫头伸手就抱住了他的腰，问道，"我们去哪里呀，六哥哥？"

燕铖时常觉得这丫头对他过分信任了。倘若有一天她知晓他的真实身份，还能像如今这样信任他，跟他撒娇吗？

燕铖抱着小丫头上了马，带她去城外的桃林山看夜景。他之前无意间知晓桃林山的夜景很是不错。

两个人骑马到城外时天已经完全黑了。

说实话，叶七七其实挺胆小的，但是因为六哥哥在身边，她觉得自己好像也没那么害怕了。

半路上小丫头嚷嚷着自己又饿了。

燕铖在城外的一个摊子前停了下来，让小二给他们每人做一碗面。

嚷嚷着说饿的是这丫头，结果吃了一小半面，她就吃不下去了。

"嗯，七七尽力了，是今天下午糕点吃多了。"叶七七委屈地捂着自己的肚子，盯着自己碗里还剩一大半的面。面真的很好吃，但是她的肚子装不下更多面了。

燕铖轻轻叹了一口气，将小丫头剩下的面倒进了自己的碗里。他就知道这丫头吃不了多少。

天色昏暗，唯有树林转角处的这个小摊有着光亮。叶七七坐在椅子上，晃着脚，看着对面的少年一口一口地吃面。

六哥哥吃面都是斯斯文文的，叶七七忍不住开口道："六哥哥长得真好看。"

吃面的动作一顿，燕铖没说话。她夸他，可他一点儿也不开心，毕竟现在的这张脸不是他的。

上山的路不好再骑马了，燕铖将马拴在树上，牵着小丫头的手往前走。

一开始的时候小丫头还兴致勃勃的，精神百倍，但是走着走着就累了。

"六哥哥，还要走多久呀？"

"快了。"燕铖转过头看着身旁的小丫头，说道，"累了吗？哥哥背你。"

叶七七想都没想就拒绝了："不要，七七可以自己走的。"对，她可以的，结果又走了一会儿还没有到，叶七七强忍住自己想哭的冲动。

燕铖看着小丫头，背对着她蹲了下来，伸手拍了拍自己的肩膀，说道："上来。"

这一次，叶七七没拒绝，伸手抱住他的脖子靠上了他的背。

燕铖刚准备站起来，就听见背后的小丫头说："要不然我们歇一会儿吧，不然六哥哥也会累的。"

"无事。"他站起身将小丫头背在身后。他之前习武的时候可比这累多了，背着她压根儿不算什么。

"七七是不是很重呀？"叶七七现在后悔自己平时吃得那么多了。

"不重。"燕铖轻声说。

叶七七以为他是在说她并不胖，可是接下来她又听见六哥哥说："女孩子胖一点儿可爱。"

胖一点儿可爱……她怎么感觉这才是六哥哥回答她重不重的答案呢？

叶七七伸手抱住他的脖子，脑袋靠着他的左侧脖颈，问道："那七七可爱吗？"

"可爱。"

"那六哥哥喜欢七七吗？"

"喜欢。"

"那七七可不可以问六哥哥一个问题？"

燕铖说道："嗯？"

"七七的生辰是什么时候？"

"五月二十日。"燕铖几乎脱口而出。

小丫头被他这快速的回答惊到了：她还以为……六哥哥不知道呢。

要说也是十分巧，原本的夜七七的生辰和她的生辰一模一样，都是五月二十号。叶七七本来还想着要是六哥哥不知道她的生辰的话，她就要生一会儿闷气了，可没想到六哥哥居然记得。

"七七也知道六哥哥的生辰——六月十六日，就是后天。七七可以给六哥哥过生辰了。"她来靖北就是为了给六哥哥过生辰来着。

按理来说，她说完这些六哥哥应该会很高兴才是，但是他只是轻轻应了一声，语气淡淡的。

燕铖从小丫头刚才说的话里自然知道她后天要陪他过生辰，但后天是夜霆晟的生辰，并不是他的。说来也巧，这丫头的生辰也就比他真正的生辰早一天罢了。

第四十章

兄妹情缘尽

下了山之后，两个人骑着马又去了一趟梵灵寺。

叶七七在寺里给皇姐姐求了一道符。

燕铖随口问了一句是什么符，结果小丫头支支吾吾半天也没告诉他，最后还是他自己瞥了一眼她手里的符，才得知这丫头给她的皇姐姐求的是一道姻缘符。

"这符也求过了，我们该走了。"燕铖说着就准备往外走。

叶七七及时叫住了他，说道："七七还要再求几道平安符呢，给父皇爹爹、皇姐姐、皇兄还有九皇叔他们！"

等求完符出来，小丫头跟在他身后，嘴里还数着将平安符送给哪几个人。

燕铖解开拴着马的绳子，听着身旁的小丫头说了好几个人，却没有在她口中听到夜霆晟的名字。

燕铖面色有些冷，看样子心情不太好。

不过反观小丫头倒是心情很好的样子。在被他抱上马时，叶七七还一脸激动地跟他说："父皇爹爹他们要是知道七七给他们求了平安符，一定会很开心的。对吧，六哥哥？"

燕铖抿了抿唇，说："嗯，会开心的。"不过，他们是开心了，他却一点儿

539

也不开心了。

两个人骑着马到了城中。叶七七在路边看见卖糖葫芦的小贩，顿时又走不动路了，转过头眼巴巴地看着他。燕铖拿她没办法，就给她买了一串。

小丫头接过少年递过来的糖葫芦，啃了一口，一边啃还一边看身边的六哥哥，想了想，将糖葫芦递到了少年的嘴边："六哥哥，吃糖葫芦。"

燕铖看着小丫头递到自己嘴边的糖葫芦，摇了摇头："我不吃，你自己吃吧。"

"你吃嘛，吃了七七就给你一个奖励。"

奖励？听了这话，少年抬眸看着她，目光中多了几分审视。

燕铖不知道究竟是自己太想知道小丫头口中的奖励是什么，还是因为小丫头望着他的眼神太让人无法拒绝，张嘴就咬了一颗山楂。糖葫芦挺甜的，但还是带着些许酸味。

叶七七神神秘秘地往他手里塞了一样东西。

他低头一看，是一个写着"夜霆晟"三个字的平安符。

他望着手里的平安符，一时之间心中五味杂陈，喜的是这丫头给他求平安符了，悲的是那上面的名字不是他的真名。

"六哥哥，你还是不高兴吗？"她以为六哥哥看到这个平安符会高兴，他的反应怎么和她想象中不太一样呀？

"没。"燕铖伸手摸了摸小丫头的脑袋，说话的声音有些哑，"我还以为……"他还以为她唯独忘记他那一份了。

"嘻嘻，"叶七七伸手抱住少年的腰，说道，"七七最爱六哥哥了，绝对不会把六哥哥的那份忘记。"

望着小丫头灿烂的笑脸，燕铖最先捕捉到的是小丫头所说的"最爱"二字。她到底是"最爱"他这个人，还是"最爱"她的六哥哥？

"走吧，六哥哥，我们回家。"

燕铖还没等到心中的疑问有答案，身旁的小丫头已经伸手牵住了他的手，对他说"我们回家"。

回家吗？那个地方大概可以称为家吧。

在叶七七吃完最后一口糖葫芦时，两个人刚好稳稳地到了静心苑门口。

燕铖将小丫头抱下马。

管家似乎在门口等候多时了，见两个人回来，立马上前接过少年牵马的缰绳。

燕铖抬眸，这才注意到门口还站着几个陌生的面孔，不由得皱了一下眉。

管家倒是喜笑颜开地道："殿下，来贵客了！"

贵客？起初少年还在想管家口中的"贵客"是谁，直到——

"父皇爹爹！"叶七七走到正厅，看到不远处的那道熟悉的身影，下意识地松开了一直牵着少年的手，迈着小短腿朝不远处的男人飞奔过去。

夜姬尧就这样被小丫头撞了个满怀。

"几日不见，七七怎么变得这么皮了？嗯？"夜姬尧瞧着多日未见的小丫头，宠溺地伸手刮了一下小丫头的鼻尖。

叶七七觉得自己是在做梦，而且这梦不太真实。

"父皇爹爹，您怎么会来靖北呀？什么时候来的呀？怎么不提前告诉七七一声呀？"叶七七因为太激动，一连问了好几个问题。

站在不远处的少年瞧着这父女久别重逢的画面，低头看了一眼自己的手，面色很快阴沉下来。

大暴君伸手将小丫头抱进怀里，说道："今天一早刚到的靖北，本以为一来就能看见七七，可没想到你这丫头竟然不在。"他伸手轻轻捏了一下小丫头的脸蛋儿。

叶七七撒娇似的朝他吐了吐舌头，说道："七七不知道父皇爹爹会突然来靖北嘛。七七昨天跟六哥哥出去玩了，玩得可开心了。"

大暴君因为一路奔波劳累，先去休息了。

"六哥哥？"

少年正在前面走着，突然听到身后的小丫头叫了他一声。他回头看了她一眼，问道："嗯，怎么了？"

叶七七看着六哥哥平静至极的脸，摇了一下头："没什么。"她怎么感觉父皇爹爹来了，六哥哥好像不太高兴呀？

"那个……七七想去一下厨房。"

燕铖问："去厨房干什么？"

"父皇爹爹坐了好几天马车，肯定很累了。现在正好父皇爹爹在休息，七七想给他煮一碗粥，等到父皇爹爹醒来，就可以吃啦。"

煮粥？燕铖自上而下地扫视了小丫头一遍。说实话，他并不觉得这丫头像是会下厨房的样子，只当她是突发奇想，对那个身为她爹爹的男人尽一点儿身为女儿的责任罢了。

"随你。"话音落下，燕铖就准备转身离开。

但是小丫头又抓住了他的衣袖，问道："那六哥哥去哪里呀？"她还想着跟六哥哥一起去厨房煮粥，她一个人不行的。

燕铖说道："我要出去一趟。"

"去哪里？"叶七七纠缠不休地问。怎么刚回来六哥哥就要出去？她觉得他一定是在骗她！

燕铖看着小丫头的那张脸，脑海里浮现出那个男人的那张脸。原本在这丫头将他的手甩开时，他已经有点儿生气了，这会儿心里头更加烦了。

他忍住脾气没冲她发火，伸手掰开了她抓着他的衣袖的手，冷冷地道："有事！"

叶七七被少年有些不耐烦的声音吓了一跳，尤其是此刻六哥哥看向她的眼神。是她的错觉吗？她感觉现在六哥哥的眼神好吓人，看着冷冰冰的，让她心里发怵。

燕铖别开脸，没去看此刻小丫头正用何种表情看他，对一旁的侍从说："公主想去厨房，你带她去，让福姨帮着她点儿。"福姨是在厨房做菜的老手了。

"是，殿下。"侍从恭敬地应了一声。

叶七七眼睁睁地看着六哥哥越走越远，直到彻底消失不见。

侍从说道："小公主，厨房在这边。"

叶七七看了看少年离开的方向，然后跟着侍从去了厨房。

"公主，您想煮粥？"福姨是个微胖的中年女人，听小丫头说这话时正坐在凳子上，以为自己出现了幻听。

叶七七点了点头。

福姨放下手里的东西，说道："公主，您是想喝粥了吧？奴婢这就给您去煮。"

见福姨要从凳子上起来，叶七七急忙摇了摇头："不……不是，七七想自己做。"

"自己做？"福姨觉得自己大概真的出现幻听了。

叶七七没管福姨此刻脸上惊讶的神色，从一旁拿来了一张小矮凳子垫脚。

因为身高太矮了，她够不到砧板。

"七七想要青菜、香菇和鸡肉。"

福姨看着小丫头撸起袖子似乎要大干一场的架势，说道："有，今天刚送来的新鲜蔬菜。"说着，福姨立马将食材给她拿来。

叶七七是会做饭的，在来到这个世界之前，因为妈妈的工作太忙，一日三餐基本是她自己做的，从六岁到十四岁。一开始妈妈并不是很放心她一个人做饭，但是时间长了，也没见她因为做饭受伤什么的，便也默许了。

叶七七对自己的厨艺多多少少还是有点儿信心的。

厨房里切菜的刀又重又沉，福姨身高体壮，菜刀的这点儿重量自然不算什么，可小丫头人小呀。当她十分吃力地想要拿起那比她的脸蛋儿还要大的菜刀时，福姨和在场的侍从都被吓得哆嗦了一下。

两个人脸都被吓得惨白了。要是公主有个闪失，估计今儿他们俩都要交待在这里。

"公……公主，"福姨急忙将大菜刀从小丫头手里抢了过来，说道，"您想切什么？奴婢帮您切吧……"叶七七拿着这刀晃来晃去的，实在太吓人了。

叶七七指了指砧板上的肉和青菜，说道："切这两个。"

"奴……奴婢来帮您。"

见福姨在切菜，叶七七就准备给灶台生火。她第一次接触灶台，没什么经验，点个火差点儿把自己额前的几撮刘海儿给烧没。

福姨被她吓得差点儿当场晕过去，后来干脆就让小丫头坐在一旁指挥该做什么。

福姨好不容易才将公主所说的什么香菇滑鸡青菜粥做好了。

在端给父皇爹爹品尝之前，叶七七还特意自己尝了一下。嗯，就是这个味道，她终于又吃到她最爱的香菇滑鸡青菜粥了。

叶七七害怕打扰父皇爹爹休息，一直到傍晚，算好时间，才去敲门，毕竟父皇爹爹奔波了一路，是要好好休息一下的。

"咚咚咚——"门外传来几声敲门声。

然后小丫头的声音在外头响起："父皇爹爹，您醒了吗？"

夜姬尧这才放下手中的信，看了一眼身侧的暗卫，说道："让她进来吧。"

"是，陛下。"

叶七七问："父皇爹爹醒了吗？"

暗卫刚将门打开，首先看见的就是小丫头那张无比可爱的脸，急忙给小丫头让开路，说道："回公主的话，陛下已经醒了。"

"七七给父皇爹爹做了粥，可好喝了。"

暗卫看着侍从手里端着的托盘，伸手接过来放在了男人面前。

夜姬尧看着还冒着热气的粥，眼眸里多了几丝意外，问："七七，你做的？"

叶七七点了点头："对呀。七七刚刚尝过了，真的可好吃了。"

叶七七拿起勺子舀了几勺放在碗里，然后把碗递到了大暴君面前。

大暴君伸手接过。

一旁的暗卫见此，下意识地想要拿出银针，却被男人一个冰冷的眼神制止了。

见父皇爹爹喝了一口粥，叶七七心里忐忑极了，问："好吃吗？"

大暴君刚喝下第一口，动作就顿住了，这味道……他盯着面前的那碗粥，目光里似乎带着几丝难以置信的惊愕。

叶七七看着男人这番反应，以为是自己做的粥不合男人的胃口，问道："不……好吃吗？"她自己觉得还挺好吃的，跟她妈妈做的口味是差不多的。

大暴君缓缓地放下勺子。如果小丫头注意看他的手，就会发现男人握着勺子的手居然在微微颤抖着。

"很好吃。"夜姬尧伸手将小丫头拉到自己的跟前，说道，"可以告诉父皇，这粥……是谁教七七做的吗？"

是妈妈！叶七七下意识地要将这句话脱口而出，不过好在及时停住了。要是她用这个称呼，大概会让人觉得很奇怪吧。

"是……是母妃教七七做的。"叶七七说这话时还是有些心虚的，毕竟她话里的母妃是指她的妈妈，而不是父皇爹爹他们以为的容嫔娘娘。容嫔夜七七那么坏，怎么可能教夜七七做粥？

不过叶七七倒也不怕自己的谎言被拆穿，毕竟现在容嫔娘娘也不知道被父皇爹爹发配到哪个犄角旮旯了，应该不会再和父皇爹爹见面了。

大暴君问道："容嫔教你的？"

叶七七点了点头，算是默认了。

大暴君面色平静，盯着面前的那碗粥时，眼眸里却暗潮汹涌。他抬头看着小丫头那张清秀的脸，发现小丫头的脸慢慢地和记忆中的另一张脸重合：这丫头倒是长得越来越像她了。

"爹爹，您不吃了吗？要……冷掉了。"叶七七看到男人紧盯着她，那眼神里是她看不懂的情绪。

大暴君这才回过神，揉了几下小丫头的脑袋，嘴角竟挂着几丝苦涩的笑，说道："吃，七七亲手做的，朕自然是要全吃完的。"

"那七七喂爹爹。"小丫头很开心地拿起勺子，放在嘴边吹凉后，才递到男人嘴边。

大暴君张开嘴，望着小丫头的眼神无比宠溺。

叶七七虽然说是专门给父皇爹爹做的粥，但自然也给六哥哥留了一碗。

燕铖回来的时候已经很晚了，刚回来，大老远就看见自己的房间里点着灯。

他身旁的小厮提醒道："殿下，七公主在呢。"

燕铖皱了一下眉，说道："这么晚了，她没回去睡觉？"

"七公主说等您回来了再睡，还在厨房里给您留了粥。我现在让厨房里的人热一下端过来。"小厮说完，就准备走。

燕铖及时叫住了小厮，说道："不用了。"

"啊？"小厮有些不明白。

燕铖走到自己的房间门口，透过窗户看见里头坐在桌子前的那一小团身影，眼神黯淡了下来，转头对一旁的小厮道："让她回去睡觉吧，就说我今晚不回来了。"

"那殿下现在去……"小厮话还没有说完，就被少年一记冰冷的眼神吓得闭上了嘴巴。

叶七七坐在椅子上，双手撑着脑袋，困意越发强烈。这时，她无意间看了一眼门口，就看见了站在门口的小厮，下意识地以为六哥哥回来了，急忙跑了过去。

"是六哥哥回来了吗？"叶七七往小厮身后张望，却看不见任何身影。

小厮说道："回公主的话，殿下刚刚让人捎消息回来，说今天晚上不回来了。"

"不回来了？那六哥哥住在哪里呀？"

小厮摇了摇头："这个奴才就不知道了。时间不早了，公主还是快些回去休息吧。"

545

叶七七听了小厮这话，脸立马垮了下来：六哥哥不回来了，那她的粥……

燕铖就站在不远处的角落里，看到小丫头流露出失落的神色，抿着唇，默默无言。

夜深之时，福姨将厨房打扫干净，正准备离开，就瞧见在门外站着的少年。

"哎哟！"福姨被吓得立马捂住胸口，一脸心有余悸地道，"殿……殿下，您差点儿吓着老奴。"

"公主做的粥在哪里？"

福姨指了指不远处的灶台，说道："在里面。"

燕铖走过去将锅盖打开，看见里头放着一碗粥。

福姨说道："粥冷了，老奴给殿下热一下吧。"

"不用了，你可以走了。"少年将碗端起来放到一旁的桌上，又拿了一个勺子。

福姨看了他一眼，点了点头："哦，好，那老奴就先下去了。"

"别跟那丫头说这粥是我吃的。"

福姨心中一惊，连忙点着头应了。

第二天一早，三个人一同吃早膳。

叶七七喝着粥，时不时地看向对面的少年，似乎有什么话要跟他说。

大暴君看着一旁的小丫头一副做贼似的眼神，不由得伸手揉了一下她的脑袋，问道："七七是有什么话要对你的六皇兄说吗？"

"啊？"叶七七回过神，下意识地抬起头，刚好跟少年看过来的视线对上了，心中一惊，立马摇了摇头，"没……没有，就是见六哥哥没有吃桃酥。"

燕铖说道："我不喜欢吃甜的。"

少年说话时目光很冷地看着她。叶七七觉得他那目光冷极了，不像是之前她认识的那个六哥哥了。

大暴君似乎没注意到他们两个人怪异的气氛，目光看向一旁的少年，问道："德妃最近好些了吗？"

"回父皇的话，母妃……还是老样子。"燕铖说着，眼里还带着几丝哀伤的神色。

大暴君说道："她这一病，倒是耽误你了。朕从京城带了太医过来，等一下让太医去给她看看。"

少年听了这话，目光黯了一下，说道："是，谢父皇。"

张太医行医多年，见过不少怪病，但是像德妃娘娘这病情，倒是从未见过。

这是叶七七第二次见六哥哥的生母德妃娘娘，第一次只是站在门外远远地看了一眼，看得不太真切，第二次也就是今天，还是站在门外，却清楚地看见了德妃娘娘的相貌。

德妃娘娘疯了很久，哪怕每日都有人在身边照顾，但看上去仍旧癫狂无比，尤其是见到生人，眼底的恐惧之意更深了。

张太医要给她把脉看病，不得不让婢女用绳子绑住她的双手双脚。不过哪怕被绑住了，她还是不太安分，尤其是看着张太医手里拿着针灸的针朝她走过来时，叫得更大声了："啊啊啊……啊啊啊……啊啊……"

一名婢女安慰道："娘娘，别怕，太医是给您看病呢。病好了您就可以见皇上了，您不是很想见皇上吗？"

听到"皇上"二字，德妃立马安静下来，愣愣地瞧着一旁说了这话的婢女，说道："皇……皇上？"

"是呀，娘娘，皇上今儿也来了，就在外面呢。"

德妃娘娘低着头，呢喃道："皇上……皇上也来了，我要见皇上……啊啊啊，我要见皇上……啊啊啊……"德妃像是受到了什么刺激似的，剧烈地挣扎起来。

大暴君听到女人的尖叫声走了进去。

原本得知陛下要来看德妃娘娘，一大早婢女就将她梳洗干净了，还梳了德妃娘娘之前最喜欢的妆发。但是架不住女人方才剧烈的闹腾，好不容易梳好的头发也被她弄乱了，此刻歪歪扭扭的发型看着就疯极了。

德妃顶着那头乱糟糟的头发自言自语着什么，直到面前有一道阴影落下，才抬起头。

起初由于男人背对着光，她看得不太真切，直到看清男人那张脸后，惊恐之意立马浮现在脸上，尖叫道："啊啊啊……陛下！陛下……"仿佛有巨大的恐怖之意袭上心头，女人被吓得白了脸，一个劲儿地往后躲。

对此，夜姬尧只是冷眼看着。他坐到一旁的椅子上，说道："听说你的病情没有好转，朕找来了张太医给你看看。"

"啊啊啊……"女人不敢对上他的视线，拼命低着头，眼底是深深的恐惧。她怎么也没有想到，陛下居然会真的来看她。

女人还在挣扎，不想让太医拿针扎她。

下一秒，坐在那儿的男人冷着脸看了她一眼，冷声道："德妃这手莫不是不想要了？"

一听这话，女人心中一"咯噔"，被吓得瞬间不敢挣扎了。

在场的婢女看见以往十分闹腾的德妃娘娘竟然因陛下的一句话如此安分，皆惊讶极了。

大暴君扫了一眼一旁的张太医。

张太医立马会意，上前给女人看诊。诊断后，张太医摇了摇头，说道："回陛下，臣医术不精，实在是诊断不出德妃娘娘的病因出自哪里。"

大暴君看了女人一眼，心想：这女人乃装疯卖傻，自然是什么都诊断不出来。

"嗯，朕知道了，你下去吧。"

门外，叶七七站在少年身边，看着他冷酷的神情，伸手扯了扯他的袖子。

燕铖低头看着小丫头。

小丫头对他说："六哥哥，你不要担心，张太医可是宫里医术最好的太医，肯定能治好德妃娘娘。"

"嗯。"燕铖声音淡淡地应道。

不过张太医医术多高超，都无法治好德妃，因为那个女人压根儿就是装疯。他两年前第一次来靖北时就发现了。

不得不承认，那个女人为了活命当真是狠，不惜装疯卖傻多年。

当年她兄长意图谋反，她也深受牵连，若不装疯卖傻，那狗皇帝是绝不会让她活着的。不过以那个女人拙劣的演技，那狗皇帝自然是知晓她是装疯的，至于为何不拆穿她，也只不过是让那个女人有一个留在靖北的借口罢了。

他该庆幸那六皇子本身不受圣宠，那狗皇帝对六儿子留在何处自然是毫不在意的，不然他倒是要烦恼该以何种借口留在靖北积蓄力量了。

夜姬尧出来的时候，小丫头和少年都还站在门口。

叶七七立马跑了过去，问道："父皇爹爹，太医怎么说呀？德妃娘娘的病是不是可以治好呀？"

男人看了亿眼一旁的少年，随后目光落在小丫头身上，说道："朕会让人找尽天下的名医。"

"啊？"叶七七愣了一下，说道，"那……就是……"那六哥哥岂不是要一直留在这里？

"晟儿。"大暴君喊了一旁的少年一声。

一开始燕铖还没反应过来那狗皇帝是在叫自己，直到见小丫头直勾勾地看着自己，才想起来六皇子夜霆晟名字的最后一个字是"晟"字。

"儿臣在。"

大暴君主动地伸手搭在少年的肩膀上。

那突然亲近的动作，令少年身体一僵。

"两年未见，晟儿倒是长高了不少！"看着和自己就相差一个脑袋的高度的少年，大暴君不由得感叹道。

燕铖抬头，对上男人带着些宠溺的眼神，心里头惊愕得仿佛见了鬼：这狗皇帝不对劲！怎么突然对他这么好了？

夜姬尧见少年僵着身子，耳边又响起昨儿小丫头说的话："母妃疯了，六哥哥已经很可怜了。父皇爹爹，您一定要对六哥哥好一点儿，给六哥哥一点儿父爱，不然六哥哥会不开心的……"

因为少年在男人来了后就开始不太开心，叶七七下意识地以为是因为父皇爹爹对她太好了，六哥哥感受不到父爱吃醋了，所以这两天一直冷眼对她。

六哥哥也是父皇爹爹的孩子，父皇爹爹只对她一个人好，哪怕六哥哥不说，心里头肯定还是很难过的。

夜姬尧也仔细地想了想，自从六儿子出生起，自己就一直冷落他，也想补偿一下。

"这些年朕冷落你了，你母妃的事情，朕也很惋惜。"

听了男人这话，燕铖心中突然有一种不祥的预感，说道："父皇，您言重了。"

他僵着脸，看着男人搭在他肩头的那只手，心中有种说不上来的怪异感。他宁愿这狗皇帝继续做个冷血无情的暴君，也不愿其对他像是对亲儿子一般嘘寒问暖。

大暴君说道："晟儿，你在这儿待了也快两年了吧？"

燕铖听了男人这话，心中不祥的预感越发强烈了，但还是恭敬地对男人道："回父皇，是的。"

果不其然，下一秒他就听大暴君道："如若想回京城，这次就跟朕一起回去吧。"

燕铖因男人这番话心里"咯噔"了一下，努力地克制自己脸上的表情，不让男人发现什么异样。

一旁的小丫头听了这话，眼睛亮了一下，下意识地看向身旁的少年，扯了几下他的袖子。六哥哥可以跟她一起回京城了！

燕铖低头看了一眼小丫头，只是一眼便移开了视线，然后对男人道："多谢父皇体恤儿臣，但百善孝为先，儿臣……还是希望能留在靖北照顾母妃。"

大暴君对少年这番话似乎也没有感到多大的意外，拍了拍少年的肩膀，说道："既然如此朕也不好强求。如果以后你哪天想回京城了，随时可以回去。"

"是，父皇。"

小丫头听了少年这番回答，垮下脸，表情由原来的欣喜变成了失落。

燕铖正准备接着往前走，袖子却被拉住了，转身一看，只见小丫头站在他身后，扯着他的袖子不肯撒手。他扯了一下，没能把自己的袖子从小丫头手里抢过来。

叶七七问："六哥哥，你是不喜欢京城吗？"

燕铖问道："为什么这么问？"

"那你为什么不回去？"叶七七委屈巴巴地看着他，仿佛他要是不找一个合理的理由，她就不松开他似的。

"我为什么要回去？"

叶七七完全没有想到六哥哥会突然反问他，一时之间被难住了。

"我的母妃就在这里，我没必要回去。"燕铖看了一眼没走多远的男人，压低嗓音又道，"放手！"

那冰冷的语气吓得小丫头心头一跳。

叶七七因少年冰冷的语气愣住了，不知道自己又哪里惹到他了，明明之前父皇爹爹还没来的时候，六哥哥还跟她好好的。

"七七又哪里惹六哥哥生气了吗？"

"没有。"燕铖故意别开脸，不去看她那湿漉漉的眸子，伸手用力地将自己的袖子从她的手中抽了回来。

他承认这些日子他一看到她，心中就摇摆不定，也因此纠结了许久，但直到看见她那父皇，哪怕他再沉醉其中，也会立刻回想起被灭国的惨痛经历。

或许她可以独善其身，但是他绝对不能。趁着还能回头，他不能再深陷其中了。

叶七七说道："虽然德妃娘娘不在京城，但是六哥哥还有七七，还有父皇和皇兄、皇姐，我们不也是你的亲人吗？"

燕铖正准备往前走，身后就传来小丫头的这一席话。他停下了脚步。

家人？他讽刺至极地勾了勾嘴角。

"可我一点儿也不想跟你做家人。"

叶七七听了少年这话，顿时满脸惊愕地看着他。

燕铖冷声道："古往今来哪个皇室当中不是兄弟姐妹为了争夺皇位而互相残杀？七七，你信不信，这一刻我能宠你，以后我也能眼睛都不眨一下地杀了你！"

（未完待续）

出版番外
初　识

　　"殿下，你要好好活下去！你就是我们西冥的希望！一定要……好好活下去！"

　　少年刚一睁开眼睛，映入眼帘的便是一个年迈的老太监将他推上了马，身后是烽火连天的皇城，战马嘶吼声混杂着号角声。

　　他还没有反应过来，身下的马儿便狂奔起来，不远处战火纷飞的皇城离他越来越远。依稀之间，他好似听见了不远处那城楼之上战士的悲鸣：

　　"北冥人杀进宫了！北冥人杀进宫了！快逃啊——"

　　少年什么也记不清了，不知道自己是谁，好像丢失了所有的记忆。他抱着头努力想要唤醒自己的记忆，但是在头脑的一阵疼痛中，脑海里只闪过一位绿发女子的身影。

　　"回去吧臭小子，这个时代不是你该待的地方。"

　　"我会让你和她相遇的。"

　　他不知道那个绿色女子是谁，还有她口中的那个她是指谁。

　　他从护送他出城的那群皇族暗卫口中知晓了自己的身份，他们说他是太子，西冥太子燕铖。

　　不过他还没有尝到做太子是何种滋味，今日便遭遇了灭国，从高高在上的太子，沦为了逃亡人。

灭国杀他双亲的凶手便是北冥君王夜姬尧。

那一刻，燕铖终究是明白了临走之前，那老太监对他说的话——"你要好好活下去，活下去！"

然后，他要找北冥君王报灭国之仇。

不过复仇之路并不好走，那北冥君王手段狠辣，斩草定要除根。在暗卫护送燕铖离开皇城的第五天，他们路上遇袭，原本护送的十三名暗卫大半死在了北冥追兵的剑下，剩下的一小半为了掩护让他先走，也殒命于此。

燕铖紧紧抓着缰绳趴在马背上，一路北上，白天黑夜在眼前交替，一人一马不知走了多久，但他唯一知道的是，他终于摆脱了北冥的追兵。

等到他再一次醒来，眼前不再是以地为床、以天为被，而是那洗得发白的灰色床帘。

"小兄弟，你终于醒啦！"燕铖顺着声音看去，看见了一对打扮淳朴的夫妇。

燕铖捂着有些疼的头从床上坐起，声音沙哑地问道："这是哪里？"

男主人开口说："这里是李家村，五天前你倒在我们家田里，我们就把你抬进来了。"

燕铖听言一下子便抓到了重点："五天前？我昏睡五天了？"

"是的，当时你脸色苍白，吓人得很，不过我们已经找了村里的大夫给你看过了，你没事，就是太疲惫加上很久没吃饭了。"

燕铖死里逃生，被这对淳朴的夫妇救下，心中万分感激，想着等到他大仇得报的那天，定要好好向两位道谢。

可他没想到人心难测，在他醒后的第二天，这对夫妇直接五两银子把他卖进了宫当太监。

也就是这时，燕铖才知道，他骑着马一路北上，最终来到了北冥都城。

"小兄弟，你莫要怪我们，我们上有老下有小，家中还有一个瞎眼的痴儿，我们真的需要钱啊！"那位夫妇嘴上说着万分愧疚的话，但是手中的动作毫不犹豫。

燕铖被捂着嘴绑着四肢送进了宫里的净身房。

从一个亡国太子沦为太监，他自是不愿，费了九牛二虎之力，终于是从净身房里逃了出来。

北冥初秋的天很冷，为了不引人怀疑，他在宫中一处破败的院子里躲藏，谋划着刺杀北冥帝王的行动。

虽然他此刻身处北冥皇宫，那狗皇帝就住在皇宫里，但是偌大的皇城，他一个外来者想要刺杀皇帝，谈何容易？

北冥皇宫戒备森严，别说他刺杀那狗皇帝了，就连那狗皇帝的面他都没见到。

原先胳膊上受的伤隐隐有了溃烂发炎的迹象，燕铖背靠在废弃冷宫大殿的柱子上。柱子因为常年无人修缮，原本的红漆风干脱落，变得十分丑陋。

透过破败的窗户，燕铖瞧着窗外那皎洁的明月，眼前的视线越发模糊——他大抵是要死了。

在闭上双眼之前，他隐约看见门口有一道模糊不清的身影朝他走来，应当是冥界的鬼差来锁他的命了。

叶七七从未想过这种事情会在她的身上发生。

就在阿铖弟弟在她眼前消失的下一刻，一束强光朝着她袭来，等到她再一次醒过来的时候，就发现自己到了古代，还变成了一个年仅五岁的小女孩儿。

更重要的是，她这副身体的母亲还是个被打入冷宫的妃嫔。

"死丫头，谁让你吃那么多的？"叶七七站在门口，刚拿起小太监送过来的馒头咬了一口，站在她身后的女人已经是一巴掌拍在了她的后背。

容嫔一把夺过她手中的馒头，怒骂道："那么小个人吃那么多，你也不怕噎死！"

说完，容嫔揪下小半个馒头扔给她，端起盘子里的五六个馒头进了屋子，一边走着，口中还在不断咒骂："真是个晦气的丫头！"

叶七七垂下眼，看着被女人扔在地上沾了不少尘土的小半个馒头，心中无奈叹息了一声，蹲下身子将馒头捡起，弄掉上头的脏东西塞进嘴里。

没办法，谁让她现在只是个五岁的小女孩儿呢。若是不吃东西，她会死的。

到了晚上，一天只吃了小半个馒头的叶七七差点儿哭了，不过她看过电视剧，知道皇宫里有一个名叫御膳房的地方。

趁着夜色叶七七偷偷摸摸想要找到御膳房，结果御膳房没看见，反而差点儿迷了路，但也就是迷了路，让她瞧见了熟人。

屋外冷风萧瑟，叶七七瞧着倒在地上奄奄一息的少年，一下子便认出那不就是阿铖弟弟吗？

他这是跟她一起过来了？

叶七七走到他面前，看着他紧闭着双眼，张了张嘴想要叫醒他，但是她这副身体前段时间发烧烧坏了嗓子，现在发不出声音。

叶七七伸手推了推他，触碰到他的手臂，才发现他发烧了，身上烫得吓人。

容嫔的住所好像有药，趁着容嫔熟睡，叶七七便将药给偷过来喂少年服下。

燕铖本以为自己会死在这个无人问津的初秋，可没想到他活了下来，救他的是个小女孩儿。

经过叶七七一整天的摸索，她虽然不知道御膳房在哪里，但是知道了宫女们吃饭的地方。

叶七七将油纸打开，油纸里头包裹着油亮亮的烤鸡，察觉到一旁的视线，叶七七抬眼，便看见了原本昏迷着的少年此刻睁开了眼睛，目光正紧紧盯着她。

叶七七眼前一亮，"啊啊啊啊……啊……"阿铖弟弟你醒啦！

燕铖瞧着这个小女孩儿口齿不清地对着自己说话，不由皱了皱眉——她是哑巴？

见少年醒了，叶七七赶紧将烤鸡递到了他的嘴边。

燕铖对这个突然出现的小女孩儿还心存戒备，看着她递到他嘴边的烤鸡，他自然不会吃。

正要摇头，就见她直接伸手将鸡腿塞进了他的嘴里。

燕铖虽然心存戒备，但是此刻大病一场，加上好几天都没有吃上一顿安稳饭，在她将鸡腿塞在他嘴里时，饥饿和美味的双重刺激下，他狼吞虎咽，将鸡腿吃得干干净净，连骨头都没留下。

叶七七被他这吃相给惊呆了——阿铖弟弟这是饿了多久啊？

没一会儿工夫，一只烤鸡便被他俩吃完了。

一连三天，叶七七都从饭堂里偷饭来给他吃，她因为嗓子受了伤不能说话，但是少年也跟她一样不开口。

叶七七以为他和她一样嗓子受了伤，直到第三天。

今天的食物是一大碗面条，叶七七刚将筷子掏出来，便听见少年开口道："小哑巴。"

听着少年突然出声，叶七七被吓了一大跳，抬眼看向他——他嗓子没坏，能说话啊。

燕铖说道："你为什么每天给我送饭？"

"啊啊啊……"叶七七张了张嘴想要说话。阿铖弟弟没认出她吗？

下一秒，叶七七才想起来她现在是个小女孩儿，他要是认识她才怪。

既然不能说话，叶七七打算写字，结果她写的现代字，他居然一个都不认识。

看着小女孩儿那鬼画符一样的字，燕铖闭上双眼："算了。"

她不能说话，他看不懂她写的字，两人的交流遇到了障碍。

虽然燕铖不知道这个小女孩儿的真实身份，但是看着她全身伤痕还有那单薄的衣服，便知道她估计也是生活在这个冷宫的孩子，也许是某个宫女偷尝禁果而生下的孽种。

燕铖一直觉得她给他送来的食物是正规途径拿的，可直到那日，他才知道那些都是她偷来的。

"你个小贱婢，好大的胆子，敢偷我们六皇子的膳食，活腻了！"御花园内，一个小太监围着一个小女孩儿拳打脚踢。

叶七七抱着脑袋，将自己缩成一团。

"行了。"直到一旁的六皇子夜霆晟开口，那几个小太监的动作才停了下来。

其中一个小太监立马摆出一副谄媚样，站在少年面前，问道："殿下要如何处理这个小贱婢？听说这个小贱婢偷过好几次饭堂的吃食。"

夜霆晟说道："呵，是吗？小小年纪就偷盗，长大了还得了，给本皇子将她扔下去，好好清醒清醒！"

小太监："是。"

叶七七还不知道六皇子到底让人将她扔哪里，下一秒，她直接被人给扔进了湖中，铺天盖地的水朝着她袭来，她的身体越来越沉，岸上的笑声也越来越远。

就在叶七七以为自己要淹死时，一道身影跳入水中，将她拽上了岸。

燕铖拽着已经晕过去的小女孩儿，瞧着不远处六皇子离开的背影，看着少年和自己相似的身形，心中突然升起了一个计谋。

燕铖低头看了看浑身湿漉漉的小女孩儿，低声开口道："若我成为他，定不会让你挨饿。"

一个月后，燕铖成功假扮成了六皇子夜霆晟，无人知晓燕铖是假的。

又一个月后，北冥帝王生辰宴，燕铖才知晓当初那个救他一命的小女孩儿竟是那狗皇帝的七女儿。

生辰宴上，燕铖瞧着小丫头那眼中的惊恐之色，轻笑道："你长得可真可爱。"